迦陵著作集

迦陵杂文集

［加拿大］葉嘉瑩 著

北京大学出版社
PEKING UNIVERSITY PRESS

图书在版编目(CIP)数据

迦陵杂文集/(加)葉嘉瑩著. —2版. —北京：北京大学出版社，2014.10
（迦陵著作集）
ISBN 978-7-301-24336-7

Ⅰ.①迦… Ⅱ.①葉… Ⅲ.①杂文集-加拿大-现代
Ⅳ.①I711.65

中国版本图书馆 CIP 数据核字(2014)第 118437 号

书　　名：迦陵杂文集（第二版）
著作责任者：[加拿大]葉嘉瑩　著
责 任 编 辑：徐丹丽
标 准 书 号：ISBN 978-7-301-24336-7/I·2780
出 版 发 行：北京大学出版社
地　　　址：北京市海淀区成府路 205 号　100871
网　　　址：http://www.pup.cn　　新浪官方微博:@北京大学出版社
电 子 信 箱：pkuwsz@126.com
电　　　话：邮购部 62752015　发行部 62750672　出版部 62754962
　　　　　　编辑部 62752022
印　刷　者：北京中科印刷有限公司
经　销　者：新华书店
　　　　　　965 毫米×1300 毫米　16 开本　34.25 印张　427 千字
　　　　　　2008 年 4 月第 1 版
　　　　　　2014 年 10 月第 2 版　2015 年 3 月第 2 次印刷
定　　　价：95.00 元（精装）

未经许可，不得以任何方式复制或抄袭本书之部分或全部内容。
版权所有，侵权必究
举报电话：010-62752024　电子信箱：fd@pup.pku.edu.cn

《迦陵著作集》总序

北大出版社最近将出版一系列我多年来所写的论说诗词的文稿，而题名为《迦陵著作集》。前两种是我的两册专著，第一册是《杜甫秋兴八首集说》，此书原为20世纪60年代中期我在台湾各大学讲授"杜甫诗"专书课程时所撰写。当时为了说明杜甫诗歌之集大成的成就，曾利用了整整一个暑假的时间走访了台湾各大图书馆，共辑录得自宋迄清的杜诗注本三十五家，不同之版本四十九种。因那时各图书馆尚无复印扫描等设备，而且我所搜辑的又都是被列为珍藏之善本，不许外借，因此所有资料都由我个人亲笔之所抄录。此书卷首曾列有引用书目，对当时所曾引用之四十九种杜诗分别作了版本的说明，又对此《秋兴》八诗作了"编年""解题""章法及大旨"的各种说明。至于所谓集说，则是将此八诗各分别为四联，以每一联为单位，按各种不同版本详加征引后做了详尽的按语，又在全书之开端写了一篇题为《论杜甫七律之演进及其承先启后之成就》的长文，对中国古典诗歌中七律一体之形成与演进及杜甫之七律一体在其生活各阶段中之不同的成就，都作了详尽的论述。此书于1966年由台湾中华丛书编审委员会出版。其后我于1981年4月应邀赴四川成都参加在草堂举行的杜甫学会首次年会，与会友人听说我曾写有此书，遂劝我将大陆所流传的历代杜诗注本一并收入。于是我就又在大陆搜集了当日台湾所未见的注本十八种，增入前书重加改写。计共收有不同之注本五十三家，不同之版本七十种，于

1988年由上海古籍出版社出版,计时与台湾之首次出版此书盖已有整整二十年之久。如今北大出版社又将重印此书,则距离上海古籍出版社之出版又有二十年以上之久了。这一册书对一般读者而言,或许未必对之有详细阅读之兴趣,但事实上则在这些看似繁杂琐细的校辑整理而加以判断总结的按语中,却实在更显示了我平素学诗的一些基本的修养与用功之所在。因而此书首次出版后,遂立即引起了一些学者的注意。即如当年在美国威斯康辛大学任教的周策纵教授,就曾写有长文与我讨论,此文曾于1975年发表于台湾出版之《大陆杂志》第五十卷第六期。又有在美国圣地亚哥加州大学任教的郑树森教授在其《结构主义与中国文学研究》一文中也曾提及此书,以为其有合于西方结构主义重视文类研究之意(郑文见台湾东大图书公司1983年所刊印之《比较文学丛书》中郑著之《结构主义与中国文学》)。更有哈佛大学之高友工与梅祖麟二位教授,则因阅读了我这一册《集说》,而引生出他们二位所合作的一篇大著《分析杜甫的〈秋兴〉——试从语言结构入手做文学批评》,此文曾分作三篇发表于《哈佛大学亚洲研究学报》。直到去年我在台湾一次友人的聚会中还曾听到一位朋友告诉我说,在台湾所出版的我的诸种著作中,这是他读得最为详细认真的一册书。如今北大出版社又将重印此书,我也希望能得到国内友人的反响和指正。

第二册是《王国维及其文学批评》。此书也是一册旧著,完稿于20世纪70年代初期。原来分为上下两编,上编为"王国维的生平",此一编又分为两章,第一章为"从性格与时代论王国维治学途径之转变",第二章为"一个新旧文化激变中的悲剧人物",这两章曾先后在《香港中文大学学报》发表;下编为"王国维的文学批评",此一编分为三章,第一章为"序论",第二章为"静安先生早期的杂文",第三章为"《人间词话》中批评之理论与实践",这些文稿曾先后在台湾的《文学批评》及香港的《抖擞》等刊物上发表,但因手边没有相关资料,所以不能详记。此书于

1980年首由香港中华书局出版,继之又于1982年由广东人民出版社再版,并曾被当日台湾的一些不法出版商所盗版。这册书在最初于香港出版时,我曾写有很长的一篇《后叙》,并加有一个副标题——《略谈写作此书之动机、经过及作者思想之转变》,文中略叙了我婚前婚后的一些经历,其中曾涉及在台湾的白色恐怖中我家受难的情况。台湾的"明伦"与"源流"两家出版社盗版,一家虽保留了此一篇《后叙》,但将其中涉及台湾的地方都删节为大片的空白,并在空白处用潦草的笔迹写有"此处不妥,故而删去"等字样;另一家则是将此一篇《后叙》完全删除(据台湾友人相告,他们曾将删去的《后叙》另印为一本小册子,供读者另行购买)。直到2000年台湾的桂冠图书公司出版我的《叶嘉莹著作集》一系列著作时收入此书,才又将此篇《后叙》补入书中,同时并增入了一篇《补跋》。那是因为1984年北京中华书局出版了《王国维全集·书信》一书,其中收入了不少我过去所未见的资料;且因为我自1979年回国讲学,得以晤见了几位王国维先生的及门弟子,他们为我提供了不少相关的资料;更因为《王国维全集·书信》一书出版后,曾相继有罗继祖先生及杨君实先生在国内之《读书》《史学集刊》与香港之《抖擞》及台湾之"《中国时报》"诸刊物中发表过一些论及王国维之死因及王国维与罗振玉之交谊的文字。凡此种种,其所见当然各有不同,所以我就又写了一篇《补跋》,对我多年前所出版的《王国维及其文学批评》一书又作了一些补正和说明。这些资料,如今都已收入在北大出版社即将出版的这一册书中了。至于原来被河北教育出版社与台湾桂冠图书公司曾收入在他们所出版的《王国维及其文学批评》一书中有关王氏《人间词话》及《人间词》的一些单篇文稿,则此次结集时删去,而另收入其他文集中。因特在此作一简单之说明。

第三册是《迦陵论诗丛稿》。此书共收入了我的论诗文稿十五篇,书前有缪钺先生所写的一篇《题记》。这是我平生所出版的著作中唯一有人写了序言的一册书。那是因为当中华书局于1982年要为我出版这一册书时,我正在成都的四川大学与缪先生合撰《灵谿词说》。我与缪先生相遇于1981年4月在草堂所举行的杜甫研究学会之首次年会中。本来我早在20世纪的40年代就读过先生所著的《诗词散论》,对先生久怀钦慕,恰好先生在1980年也读了上海古籍出版社出版的我的《迦陵论词丛稿》,蒙先生谬赏,许我为知音,并邀我共同合撰《灵谿词说》。因此当中华书局将要为我出版《迦陵论诗丛稿》一书时,先生遂主动提出了愿为我撰写一篇《题记》作为序言。在此一篇《题记》中,先生曾谓我之论陶渊明诗一文可以摆脱纷纭之众说而独探精微;论杜甫《秋兴八首》一文可以尚论古人而着眼于现代;又谓我之《说杜甫〈赠李白〉诗一首》一文寄托了自己尚友千古之远慕遐思,《从李义山〈嫦娥〉诗谈起》一文探寻诗人灵台之深蕴而创为新解。凡此诸说固多为溢美之辞,实在都使我深感惭愧。至于先生谓我之诸文"皆有可以互相参证之处","是以自成体系",则私意以为,"自成体系"我虽不敢有此自许,但我之论诗确实皆出于我一己之感受和理解,主真,主诚,自有一贯之特色。则先生所言固是对我有所深知之语。另外尤其要感谢先生的,则是先生特别指出了此书中所收录的《简谈中国诗体之演进》与《谈〈古诗十九首〉之时代问题》两篇文稿都是我"多年前讲课时之教材,并非专力之作",则先生所言极是。这两篇写得都极为简略,我原来曾想将之删除,但先生以为此二文一则"融繁入简",一则"考证详明",颇"便于教学参考",且可以藉之"见作者之学识工力"。因先生之谬赏,遂将之保留在此一集中,直至今日。这也是我要在此特加说明的。另外先生又曾于《题记》中评介了我的一些诗词之作,我对此也极感惭愧。但先生之意主要盖在提出"真知"之要"出于实践",这自然也是先生一份奖勉后学之意,所以我乃不惮烦琐,在此一一述及,以表示我对先生的感激和怀念。本书最后还附有我的一篇《后叙——谈多年来评说古典诗歌之体验》,此文主要是叙写我个人研读态度之转变与写作此类文字时所结合的三种不同的方式。凡此种种读者自可在阅读中获知,我在此就不一一缕述了。

第四册是《迦陵论词丛稿》。此书共收论文八篇,第一篇标题为《古典诗歌兴发感动之作用(代序)》,原是1980年上海古籍出版社为我出版此同一标题的一册书时所写的一篇《后序》。当时因中国开放未久,而我在海外所选说的一些词人则原是在国内颇受争议的作者。所以就写了此一篇《后序》,特别提出了对于作品之衡量应当以感发之生命在本质方面的价值为主,而不应只着眼于其外表所叙写的情事。这在词的讨论中较之在诗的讨论中尤为重要。因为诗中所叙写的往往还是作者显意识中的情志,而词体在最初即不以言志为主,所以词中所表现的往往乃正是作者于无心中的心灵本质的流露。这种看法,直到今日我也未曾改变,所以我就仍取用了这一篇《后序》,作为北大出版社所出版的我的这一册同名之著作的前言。至于此书中所收录的《温庭筠词概说》《从〈人间词话〉看温韦冯李四家词的风格——兼论晚唐五代时期词在意境方面的拓展》《大晏词的欣赏》《拆碎七宝楼台——谈梦窗词之现代观》与《碧山词析论——对一位南宋古典词人的再评价》及《王沂孙其人及其词》诸篇,则与我在《唐宋名家词论稿》一书中所收录的一些分别论说各家词的文稿,虽在外表篇目上看来似颇有重复之处,但两者之间其实有相当大的不同。此一书中所收录的大多以论说作品为主,所以对各篇词作都有较详的论说和赏析。而《唐宋名家词论稿》则主要以论说每一位作者之整体风格为主。而且凡是在此一册书中所论述过的作者和作品,在另一册书中都因为避免重复而作了相当的删节。所以有些读者曾以为我在《唐宋名家词论稿》一书中对于温、韦、冯、李四家词的论述颇为简略,与论说其他名家词之详尽者不同,那就正因此四家词既已在此书中作了详细论述,因之在另一册书中就不免简化了的缘故。

至于此一册书中所收录的《王沂孙其人及其词》,则是写于《唐宋名家词论稿》以后的作品,所以在论述方面也作了避免重复的删节。因此读者要想知道我对名家词之全部论见,实在应该将这两册书合看,才会得到更为全面的理解。至于这一册书所收的最后一篇《论陈子龙词——从一个新的理论角度谈令词之潜能与陈子龙词之成就》一文,则是在这一册书中写作时间最晚的一篇作品。当时我的研究重点已经从唐宋词转移到了清词,只不过因为陈子龙是一位抗清殉明的烈士,一般为了表示对陈氏之尊重,多不愿将之收入清代的词人之中。这正是当年龙沐勋先生以清词为主的选本只因为收入了陈子龙词而竟把书名改为《近三百年名家词选》的缘故。而我现在遂把《论陈子龙词》一文收入了不标时代的这一册《迦陵论词丛稿》之中。不过读者透过这一篇文稿的论说已可见到,此文已是透过论陈子龙词对前代唐宋之词所作的一个总结,而且已谈到了陈词与清词复兴之关系,可以说正是以后论清词的一个开始了。

第五册《唐宋词名家论稿》,这一册书可以说是在我所出版过的各种论词之作中论说最具系统、探讨也最为深入的一本书。那是因为这册书的原始,是来自缪钺先生与我合撰的《灵谿词说》。关于缪先生与我合作的缘起及《灵谿词说》一书编撰之体例,我在该书中原写有一篇前言,标题为《谈撰写此书的动机、体例以及论词绝句、词话、词论诸体之得失》。《灵谿词说》一书于1987年由上海古籍出版社出版,十年以后当河北教育出版社要为我出版《迦陵著作集》的系列书稿时,曾征询得上海古籍出版社之同意,把《灵谿词说》一书中我所撰写的一部分收入此一系列著作中,而改题为《唐宋名家词论稿》。此书共收入我所撰写的论文十七篇,除了第一篇《论词的起源》以外,以下依时代先后,我分别论述了温庭筠、韦庄、冯延巳、李璟、李煜、晏殊、欧阳修、柳永、晏几道、苏轼、秦观、周邦彦、陆游、辛弃疾、吴文英及王沂孙共十六位名家的词作。我在当时所写的那一篇前言中,原曾提出过说:"如果我们能将分别之个点,按其发展之方向加以有次序之排列,则其结果就也可以形成一种线的概念。"又说:"如果我们能对每一点的个体的趋向,都以说明文字加以提示,则我们最后之所见,便可以除了线的概念以外,更见到此线之所以形成的整个详细之过程及每一个体的精微之品质。"又说:"如此则读者之所得便将不仅是空泛的'史'的概念而已,而将是对鲜活的'史'的生命之成长过程的具体的认识,且能在'史'的知识的满足中,也体会到诗的欣赏的喜悦。"如今我所选说的这十六位词人虽不能代表唐宋词之整体的发展,但也具体而微地展示了词之发展的过程。这与我在前言中所写的理念自然尚有一段距离,然而,虽不能至心向往之,读者或者也可以从这一册书中窥见我最初的一点"庶几使人有既能见木,也能见林"的、既能"体会到诗的欣赏的喜悦"、也能得到"史的知识的满足"的一种卑微的愿望。所遗憾者,这册书既是我个人的著作,遂未能将当日缪先生所撰写的二十二篇论文一并收入。不过,缪先生已出版了专集,读者自可参看。而我在本书之后则也仍附录了缪先生所撰写的二十二篇的篇目,用以纪念当初缪先生与我合作的一段情谊和因缘。

第六册《清词丛论》,此一册书共收论文十一篇。第一篇《从云间派词风之转变谈清词的中兴》,此文原是一篇讲演稿,本不应收入著作集中,而竟然收入了进来,其间盖有一段因缘。原来早在1993年4月,台湾"中研院"文哲所曾举办了一次国际词学会议,会议中文哲所的林玫仪教授曾邀我为文哲所即将出版的一系列论词丛书撰写一册论清词之专著。当时我因为早在1970年代和1980年代中便已写有几篇论清词的文稿,所以毫不犹豫地就答应了林教授的要求。岂知会议之后我竟接连不断地接受了赴各地讲学和开会的邀请,自计无法按时完成任务,于是乃商得林教授的同意,邀请了上海古籍出版社的陈邦炎先生与我共同合作，订出了我们各写四篇文稿以集成一书的约定。及至1996年截稿时间已至，陈先生所担任的四篇文稿已全部写作完成，而我却仍欠一篇未能完卷。因此林教授遂临时决定邀我再至文哲所作一次讲演，而将此次讲演整理成一篇文稿收入其中。那就是本书所收的第一篇文稿《从云间派词风之转变谈清词的中兴》。所以此文原系讲稿，这是我不得不在此作出说明的。至于本书所收录者，则除去前所叙及的讲稿外，尚有自《清词名家论集》中收入的三篇文稿，计为：

　　1.《从艳词发展之历史看朱彝尊爱情词之美学特质》；

　　2.《谈浙西词派创始人朱彝尊之词与词论及其影响》；

　　3.《说张惠言〈水调歌头〉五首——兼谈传统士人之文化修养与词之美感特质》。

此外本书还增入了自他处所收入的七篇文稿，计为：

　　1.《论纳兰性德词》（此文原发表于台湾的《中外文学》，因手边无此刊物，对发表之年月及期数未能详记，下篇亦同）；

　　2.《常州词派比兴寄托之说的新检讨》（此文原发表于台湾的《中外文学》，其后曾收入1980年上海古籍出版社出版之《迦陵论词丛稿》）；

　　3.《清代词史观念的形成与晚清的史词》（本文也是由讲稿整理而成的，原来是因为2000年夏天台湾"中研院"曾举行过一次"谈文学与世变之关系"的会议，在此会议前后我曾做过几次相关的讲演，本文就是这些讲演的录音整理稿）；

　　4.《由〈人间词话〉谈到诗歌的欣赏》；

　　5.《谈诗歌的欣赏与〈人间词话〉的三种境界》；

　　6.《论王国维词：从我对王氏境界说的一点新理解谈王词之评赏》（以上三篇自河北教育出版社出版之《王国维及其文学批评》一

书之《附录》中选录增入);

7.《记南开大学图书馆所藏手抄稿本〈迦陵词〉》(本文原是为南开大学图书馆成立80年所写的一篇文稿,其后被台湾桂冠图书公司出版的《叶嘉莹作品集》收入其系列论丛的《清词散论》一书中,现在是据此书增入)。

从以上所写的对本书内容之说明来看,则此书所收录的各文稿其时间与地域的跨度之大,已可概见一斑。因特作此说明,供读者之参考。

第七册《词学新诠》,此书共收论文六篇。但第一篇题名为《迦陵随笔》之文稿,其所收之随笔实共有十五则之多,这一系列的随笔,是我于1986至1988两年间,应《光明日报》"文学遗产"专栏几位编辑朋友之邀约而写作的。当时正值"文革"后国家对外开放未久,一般青年多向往于对西方新学的探寻,所以就有朋友劝我尝试用西方新说来谈一谈古代的词论。因而这十五则随笔所谈的虽然主要仍是传统的词学,但先后引用了不少如诠释学、符号学、语言学、现象学和接受美学等多种西方的文论。其后又因每则随笔的篇幅过于短小,遂又有友人劝我应写为专文来对这些问题详细加以讨论,因此我遂又于1988年写了一篇题为《对传统词学与王国维词论在西方理论之观照中的反思》的长文(曾刊于1989年第2期之《中华文史论丛》)。而适值此时又有其他一些刊物向我索稿,我遂又先后撰写了《对常州词派张惠言与周济二家词学的现代反思》及《对传统词学中之困惑的理论反思》两篇文稿(前者曾于1997年发表于香港中文大学《中文学刊》第一期;后者曾于1998年发表于《燕京学报》第四期)。而在此之前,我实在还曾引用西方女性主义文论写过一篇题为《论词学中之困惑与〈花间〉词之女性叙写及其影响》的长文,曾于1992年分上下两期发表于台湾出版的《中外文学》第20卷之第8期与第9期。最后还有一篇题为《论词之美感特质之形成及反思与世变之关系》的文稿,此文本是为2000年在台湾"中研院"召开的"文学与世变之关系"的国际会议而写作的,其后曾发表于《天津大学学报》2003年之第2期与第3期。以上六篇文稿都曾引用了不少新的西方文论,因此遂一同编为一集,统名之为《词学新诠》(台湾的桂冠图书公司也曾出版过与此同名的一册书,收入在他们2000年所出版的《叶嘉莹作品集》中,但北大此书之所收入者则实在较台湾同名的一册书增加了更多的内容。因此遂在此结尾处略加说明)。

第八册是《迦陵杂文集》。此书收集我多年来所写的杂文七十篇,另附有口述杂文成册,其实我这些"杂文"与一般人所说的杂文在性质上实在颇有不同。一般所说的杂文,大都是作者们随个人一时之见闻感兴而写的随笔之类的文字,而我则因为工作忙碌,平时实在从来不写这种杂文。我的这些所谓的"杂文",实在都是应亲友之嘱而写的一些文字。其间有一大部分是"序言",另有一些则是悼念的文字。至于附录的一些所谓"口述杂文"则大多是访谈的记录,或应友人之请而由我讲述再由学生们记录的文字。这一册杂文集自然卑之无甚高论,但亦可因此而略见我生活与交游之一斑。因作此简短的说明。

目 录

什刹海的怀思 …………………………………………（1）

我与我家的大四合院 …………………………………（3）

诗歌谱写的情谊：我与南开二十年 …………………（9）

怀旧忆往
　　——悼念台大的几位师友 ………………………（26）

悼念马英林学长 ………………………………………（36）

悼念端木留学长
　　——挽诗二首及文 ………………………………（42）

论缪钺先生在诗词评赏与诗词创作两方面之成就 …（49）

悼念文史学家缪钺先生 ………………………………（59）

陕西人民出版社重印缪钺《诗词散论》序言 ………（60）

我与唐圭璋先生的两次会晤 …………………………（63）

纪念影响我后半生教学生涯的一位前辈学者李霁野先生 …（66）

悼念赵朴初先生
　　——记我与赵朴老相交往之二三事 ……………（74）

数学家的诗情
　　——谈陈省身先生与我的诗歌交往 ……………（82）

妙理推知不守恒
　　——在南开大学庆祝杨振宁七十华诞报告会上的发言 ……（89）

1

顾随先生百年诞辰纪念会致张恩苣学长信 ……………………（95）
《艳阳天》中萧长春与焦淑红的爱情故事 ………………………（96）
《艳阳天》重版感言……………………………………………（109）
纪念我的老师清河顾随羡季先生………………………………（118）
《顾随先生临帖四种》序………………………………………（154）
顾随先生《诗文丛论》序言
　　——诗词中的师生谊………………………………………（155）
《顾随全集》序言………………………………………………（165）
《台静农先生诗稿》序言………………………………………（170）
《台静农先生诗稿·序言》后记………………………………（181）
序《还魂草》……………………………………………………（184）
朱维之先生《中国文艺思潮史稿》再版序言…………………（189）
《唐诗的魅力》序………………………………………………（194）
《荔尾词存》序…………………………………………………（196）
范曾先生画册序言………………………………………………（207）
《唐宋词选读百首》序言………………………………………（213）
《考调论词——两宋二十二名家词选》序言…………………（216）
《百年词选》序…………………………………………………（219）
题黛文女士画展…………………………………………………（227）
写在王人钧画展之前……………………………………………（230）
刘波画展序………………………………………………………（233）
《论语百则》前言………………………………………………（236）
《与古诗交朋友》序言…………………………………………（241）
《唐宋词十七讲》自序…………………………………………（250）
《唐宋名家词赏析》叙论………………………………………（261）
《中国词学的现代观》大陆版序言……………………………（269）

《中国词学的现代观》增订再版序言……………………（272）
《诗馨篇》序说……………………………………………（275）
《词学古今谈》前言………………………………………（286）
《清词名家论集》序………………………………………（290）
《清词选讲》序言…………………………………………（300）
《阮籍咏怀诗讲录》前言…………………………………（307）
《迦陵文集》总序…………………………………………（311）
《我的诗词道路》前言……………………………………（316）
《迦陵谈词》新版序………………………………………（336）
《叶嘉莹作品集》总序……………………………………（338）
《叶嘉莹作品集·诗词讲录》序言………………………（354）
《叶嘉莹作品集·诗词论丛》序言………………………（362）
《叶嘉莹作品集·诗词专著》序言………………………（369）
《叶嘉莹作品集·创作集》序言…………………………（381）
《中国诗歌论集》英文版后记……………………………（400）
《历代名家词新释辑评丛书》总序………………………（407）
《浩气长存——历代歌咏文天祥诗钞》阅后小言………（412）
独陪明月看荷花
　　——《叶嘉莹诗词选译》序……………………………（416）
《迦陵讲演集》序言………………………………………（421）
蔡章阁楼记…………………………………………………（424）
《常州词派与晚清词风》序言……………………………（426）
《词之美感特质的形成与演进》序言……………………（429）
一幅珍藏
　　——记陈省身先生手书七言诗一首……………………（436）
《欧行三记》序……………………………………………（442）

3

题津门胡志明先生所藏羡季师自印旧刻本《荒原词》集…………（443）

《魏晋诗人与政治》修订本序言………………………………（444）

喜看诗域拓新疆

  ——《马凯诗词存稿》读后小言……………………（448）

《叶嘉莹诗歌讲演集六种》序言………………………………（452）

《末代遗民陈曾寿及其咏花词》序言…………………………（457）

附　录

月与镜的谈话……………………………………………………（463）

《中国古代经典诗词文赋选讲》序言…………………………（471）

《迦陵诗词稿》中的乡情………………………………………（474）

"红楼竟亲历"

  ——应周汝昌先生之嘱讲述六十年前在辅大女院

  恭王府读书之琐忆……………………………………（490）

我的自述…………………………………………………………（502）

叶赫寻根…………………………………………………………（526）

什刹海的怀思

我对什刹海有一份特殊的感情,因为这一带乃是我自童年到大学毕业的一段日子中所经常来往游憩的所在。

童年时,父亲远在南方工作,于是我和两个弟弟的教养之责,乃全部落到了母亲的肩上。母亲平日对我们的学习教导虽严,但每当假日则常携带我们到什刹海和北海散步,使我们在学习之余也有适当的嬉游的机会。记得我们当时总是沿着什刹海中间一道长堤缓缓步向北海后门,在北海游倦了,就再步经什刹海的长堤然后乘车回家。每到夏天,这一条长堤上总是布满了各种摊贩,母亲便常带我们在一处席棚下的小店中坐下来,叫几碗摆满了鲜菱和鲜藕的冰碗品味河鲜。这是我一直最难忘的童年乐趣。但1941年秋天,我才十七岁,母亲便不幸因病弃养,那时我才考入辅仁大学不久。辅大女校与什刹海距离不远,有一天课后,我与同学偶然步经这条长堤附近,想到母亲已长逝不返,什刹海在一片秋风中也显得萧瑟异常,一时感慨,还曾口吟了七绝一首:"一抹寒烟笼野塘,四围衰柳带斜阳。如今柳外西风满,谁忆当年歌舞场。"

第二年,我升入了大学二年级,开始从顾随先生受业,先生对诗歌的讲授既生动又深切,常使全班同学都听得如醉如痴。当时先生家住南官坊口,就在什刹海附近。因此同学们每于课后常一同散步经过什刹海去拜望先生。先生则常为我们吟写他近作的新诗。有一天他给我

们看了他所写的四首绝句,题目是《薄暮散步什刹海》,其中有两首诗是这样的:

> 巢泥已带落花香,何事飞飞燕子忙。人不归来春又去,荒城一半是斜阳。

> 更无荷叶叠青钱,只剩垂杨绾暮烟。今日会贤堂下过,共谁掩泪话开天。

当时北平正在沦陷之中,先生诗中的"人不归来"及"掩泪话开天"之句,当然隐含有不少家国之慨。我那时正从先生习作旧诗,所以不久后,就以《初夏杂咏》为题,也写了四首绝句,其中曾有"一度春归一惆怅,绿槐阴里噪新蝉"及"空教夏意浓如许,荷叶青苔两未圆"之句,所写的也就是什刹海的景物。

其后于1948年春,我就离开了北平赴南京结婚,同年秋天又随丈夫工作的调动去了台湾。抵台不久就接连遭遇了许多意外的忧患,那时我对故都的师友有着无限的怀念,所以经常做梦,总梦见我与同学一同要去拜望老师顾随先生。可是经过什刹海附近时,就看见到处都长满了极高的芦苇,而我则总是迷失在苇丛中,怎样也无法走出去。然后就蓦然惊醒,留下满怀的悲哀和怅惘。因此我在台湾所写的题名为《怀故乡北平》的一套散曲中,就还曾写有"什刹海、鲜尝菱角,五龙亭、嬉试兰桡"的句子,以表现我对昔日旧游之地的怀念。

近来见到北京什刹海研究会"什刹海系列丛书"的邀稿函,想来什刹海之恢复旧日的盛况,使我能再度品尝鲜菱鲜藕之美味的日子,应该是为期不远了。

我与我家的大四合院

今年 2 月 14 日的《光明日报·东风》版上,题为《女词家及其故居》的文章,其中所写的就是我与我家的大四合院。对于"词家"之称,我虽然愧不敢当,但邓先生的大文则使我非常感动。作为一个病人的家属,邓先生其实只不过是到我家来,请我伯父改过几次药方,真没想到相隔半个多世纪以后,邓先生竟然还会对我家宁静的庭院以及其中所蕴涵的一种中国诗词的意境,仍然留有如此深刻的感受,如此长久的记忆。而我自己,作为这所庭院的一个后人,生于斯,长于斯,我的知识生命与感情生命都形成孕育于斯,我与这一座庭院,当然更有着说不尽割不断的、万缕千丝的心魂的联系。不过,这个庭院已经就快要从北京这一座文化古城中消失了,因为国家对这一片地方已有大规模的拆迁改建的计划。我家胡同西口对面的一排房子,目前已被拆成了一片断瓦颓垣。当然我也明白,没有旧的破坏何能有新的建设,我也愿意见到新的北京将有一片新的高楼大厦的兴起。只是正如邓先生大作中之所叙写,我家故居中的一种古典诗词的气氛与意境,则确曾对我有过极深的影响,这所庭院不仅培养了我终生热爱中国古典诗词的兴趣,也引领我走上了终生从事古典诗词之教学的途径。面对这一所庭院即将从地面上消失的命运,我当然免不了一种沉重的惋惜之情。其实我所惋惜的,还不仅只是这一所庭院而已,我所惋惜的乃是这一所庭院当年所曾培育出的一种中国诗词中的美好的意境。我曾梦想着要以我的余年余力,把我家故居改建成一所书院式的中国古典诗词研究所,不过事实上困难极大,问题甚多,这决非我个人之人力、财力之所能为。我对此也只好徒呼负负了。不过,我个人愿以古典诗词之教学来报效祖国的心意,则始终未改。邓先生大作中曾经引了我十多年前的一句诗,我的原诗是:"构厦多材岂待论,谁知散木有乡根。书生报国成何计,难忘诗骚李杜魂。"我从1979年以来,曾回国在国内各大学讲学多次。最近这一次是从去年底回国来的,目前我就正住在邓先生文中所写的这一座四合院内。邓先生的大作使我深受感动,因此遂忍不住想要写几句话,既可作为对邓先生之大文的回应,也可算是我对我家故居即将被拆除前的一点告别语吧。

我家原是满族人,我家的四合院是在我曾祖手中购置的。我的曾祖父讳联魁,是清朝的二品武官,我的祖父讳中兴,是清朝的翻译进士,曾在工部任职。我家大门上方原来悬有一块黑底金字的匾额,上面写着"进士第"三个大字。大门两侧各有一个小型的石狮子。大门外是门洞。下了门洞外的石阶,左角边有一块上马石,上马石的左边是一个车门。大门的里面也有个门洞,隔着一方小院,迎面就是邓先生文中所写的那面磨砖的影壁墙,墙中央刻有"水心堂叶"四个字。里面的门洞右边是门房,门房右边是车门里面的门洞,车门洞的右边是一间马房。进入大门后,从迎面是影壁墙的那方小院向左拐,下了三层台阶,是一个长条形的外院。左边一排是五间南房,三间是客房,两间是书房。右边则是内院的院墙,中间有个垂花门。要上两层台阶,才能进入垂花门,门内是一片方形的石台,迎面是一个木制的影壁,由四扇木门组成,漆着绿色的油漆,每扇门上方的四分之一处各有一个圆形的图案,是个红色的篆体寿字,从石台两侧走下就是内院。内院有北房五间,东西厢房各三间,北房前的两侧各有一个小角门。西角门内的小院中有两个存放杂物的房子,东角门外有一条过道,通向另一个小门,小门外是一个长条形的东跨院,跨院的南头直通车门洞,北头则是厨房和下房。从东角门的过道往左拐是一条窄路,可以通向后院。后院原是花园,其后把花木移去,盖了房,有些亲友住在里面。我家前面的大四合院原是方砖铺的地。祖父不许种花草,只有几个大花盆,里面种着石榴花和夹竹桃等花木。还有个大荷花缸,有时夏天在里面养些荷花。原来是祖父母住北房,伯父母住东厢房,我父母住西厢房。我是父母的长女,我就是在西厢房出生的。我才出生不久,祖母就去世了,又过了四五年,祖父也去世了。伯父母就迁入了北房,东厢房就做了伯父给人看病的脉房。伯母和母亲都喜欢养花,就在院子里开了两处小花圃,一处在北房前,一处在西厢房的窗下,里面种些四季应时的花花草草,垂花门边上的内院墙下还种了爬山虎和牵牛花。母亲还在墙角两侧插植了一棵柳树和一棵枣树。我上了初中后,又去一个同学家移来了一丛竹子,就种在我住的卧房的窗外。

我小的时候,父母没有送我进入一般的小学去读书,而是由姨母来做我和小我两岁的弟弟的家庭教师。那时小我八岁的小弟还没有出生。只有我和大弟两个人,他读《三字经》,我读《论语》。另外还由伯父教我背诵一些唐诗。大概是我十一岁的时候,伯父就教我学着作诗。我当日是关在大门里长大的,没有其他生活的体验,所以我家庭院中的景物,就成了我主要写诗的题材。记得有一年秋天,院里其他花草都已逐渐凋零,只有我移来的那丛竹子青翠依旧,我曾写了一首七绝小诗,说:"记得年时花满庭,枝梢时见度流萤。而今花落萤飞尽,忍向西风独自青。"又有一年初夏,我家才拆下冬天防寒的屋门,换上了很宽的竹帘子,院内的榴花与枣花都在盛开,我就又写了一首七绝小诗,说:"一庭榴火太披猖,布谷声中艾叶长。初夏心情无可说,隔帘惟爱枣花香。"还有一个夏日的黄昏,雨后初晴,我站在西窗竹丛前,看到东房屋脊上忽然染上了一抹初晴的落日余晖,而东房背后的碧空中,还隐现着半轮初升的月影,于是我又写了一首《浣溪沙》小令,说:"屋脊模糊一角黄,晚晴天气爱斜阳,低飞紫燕入雕梁。　　翠袖单寒人倚竹,碧天沉静月窥墙,此时心绪最茫茫。"这些都是我早年的极为幼稚的作品,若不是因为受了邓先生大文的感动,我是决不会将这些幼稚的作品公之于世的。邓先生在他的文章结尾处,曾经推测我之所以终生从事于诗词之教学与研读的原因,说:"我想察院胡同那所大四合院旧时的宁静气氛,对她的影响一定是很大的吧。"我现在就以我这些幼稚的作品,来向邓先生证实,他的推测应该是确实可信的。

最后我还要向邓先生做一点说明,事实上我家的院子如今早已面目全非。1974年我第一次从海外回国时,我家已经成了一个大杂院。大门上的匾额不见了,门旁的石狮子被打毁了,内院的墙被拆掉了,垂花门也不在了,方砖铺的地也已因挖防空洞而变得砖土相杂而高低不平了。不过,尽管有这些变化,我对我家庭院仍有极深的感情,只因那是我生命成长的地方,只因我曾见过它美好的日子。即使有一天它被全部拆除,它也将常留在我的记忆中,常留在我那幼稚的诗词里。

【附录】

女词人和她家的大四合院

邓云乡

不说女词人,而说女词家,是因为叶嘉莹教授是学者,是研究词学而蜚声海内外的当代作家。去年我应台北"中研院"文哲所筹备处主任戴琏璋教授的邀请,8月间去该所访问了两周,加上提前到达几天,这样在"中研院"活动中心住了十八九天。天气太热,很少出去玩,多数时间在院内,倒有了几天安静读书的机会。其时正赶上文哲所刚开完林玫仪教授主持的词学国际研讨会,送给我的《中国文哲研究通讯》,主要刊登的就是这次盛会的"论文摘要"和几篇词学论文。而第一篇专题演讲,就是叶嘉莹教授的大作《从〈花间〉艳词的女性特质看辛弃疾的豪放词》。客中有幸读到这样的宏文,亦是难得的文字缘了。

叶嘉莹教授现在是加拿大皇家学院的院士,在遥远的异国,深切关怀的则是故国的文化。"谁知散木有乡根",这是十多年前她的一句诗,全诗我一时记不得了,可是这句我却记得很清楚。女词家生长京华,毕业于辅仁大学,是顾羡季先生的高足。我也上过顾先生两年课,不过在学生时代没有同过学。我看叶教授的论词著作是在80年代初,后来在一篇介绍文章中,知道叶教授京华故居是在察院胡同,我忽然想起:这不是叶大夫家吗?七七事变以前,母亲生病,较长时期请叶大夫来家看病,我也经常因为送药与请大夫改方子到察院胡同叶宅,看病时间长了,就建立了很熟的友谊。父亲派我给大夫送节礼,过年拜年,这样察院胡同叶宅,我也是熟门熟路的了。有一次在北京,诗词学会招待叶教授,我恰巧在京,也参加了这次小小的盛会,同时教授见面,寒暄之后,顺便问了一句:察院胡同叶大夫……叶教授回答说:"是我伯父。"啊,到此我才明白了原来半个多世纪以前的叶大夫家,就是女词家叶教授的故居。

这是一所标准的大四合院,虽然没有后院,只是一进院子,但格局极好,十分规模。半个多世纪前,一进院子就感觉到的那种静宁、安祥、闲适气氛,到现在一闭眼仍可浮现在我面前,一种特殊的京华风俗感受。旧时西城一街南北长街沟沿,由西直门大街转变往南,一直前行,北沟沿、南沟沿,可以直到宣武门西顺城街,城墙边上,清代象坊桥、象坊养大象的地方,民国初参、众两议院所在地。沟沿由北行来,穿过报子街后,往东拐一小弯又往南,右手第一条胡同就是察院胡同。进胡同走不到百米,路北大红门,就是这所房子。但顺沟沿由北来,却不必绕这个弯进察院胡同,只在过了报子街口,正对西南角一条小胡同穿过去,右手一拐,就是这所大四合院的大门了。实际这条小胡同就是沿这个大院东厢房后墙走的,由北来,未进小胡同之前,就可望见院内北房高大的屋脊和围墙了。

记得第一次去时,正是夏天,敲开大门,迎面整洁的磨砖影壁,转弯下一个台阶,是外院,右手南房,静悄悄地,上台阶,进入垂花门,佣人引我到东屋,有廊子。进去两明一暗,临窗横放着一个大写字书案,桌后是大夫座位,桌边一个方凳,是病人坐了给大夫把脉的。屋中无人,我是来改方子的,安静地等着。一会大夫由北屋打帘子出来,掀竹帘进入东屋,向我笑一下,要过方子,坐在案边拿起毛笔改方子……头上戴着一个黑纱瓜皮帽盔,身着本色横罗旧长衫,一位和善的老人,坐在书案边,映着洁无纤尘的明亮玻璃窗和窗外的日影,静静的院落……这本身就是一幅弥漫着词的意境的画面。女词家的意境想来就是在这样的气氛中熏陶形成的。

中国诗词的某些感受和中国旧时传统生活的感受是分不开的。"庭院深深深几许","雨打梨花深闭门","场无人处帘垂地"……这种种意境,只有在当年宁静的四合院中,甚至几重院落的侯门第宅中才能感受到,在西式房舍甚至在几十层的公寓楼中,是难以想象的,叶教授所以成为名闻中外的学者、词家,原因自然很多,但我想察院胡同那所大四合院旧时的宁静气氛,对她的影响一定是很大的吧。

(原载于《光明日报》1994年2月)

诗歌谱写的情谊:我与南开二十年

> 构厦多材岂待论,谁知散木有乡根。书生报国成何计,难忘诗骚李杜魂。

这是1979年我第一次回国讲学时所写的一首绝句,我与南开大学的情谊也就是从那一年春天开始建立起来的。如今回首前尘竟然已有二十年之久了。回想当年我决意申请回国讲学但不知是否能获得国家允准时内心的激动和不安,到今日竟然接受了南开大学的邀聘成立和担任了一个研究所的所长,这其间自然有一段漫长的经历。有些人对于像我这样一个饱经忧患且已年逾古稀的老人,何以不在桑榆晚景之年居家自享清福,而却要出资出力不辞辛苦地去办一个研究所,感到困惑难解。现在既正值我返国教书已有二十年之久的周年,又正值南开建校已有八十年之久的校庆,校方要我写一篇文稿来作一次回顾。我想这是很有意义的一件事,不过二十年的往事头绪纷繁,拿起笔来还真不知从何说起。幸而我自己有一个写诗的习惯,现在我就将以诗歌为纲领,来对我与南开的情谊略加回顾。

首先我要说明的是,何以我在去国三十年之久以后的1978年,竟然提出了想要回国教书的申请。我想这主要是出于书生想要报国的一份感情和理想,以及我个人对于中国古典诗歌的一份热爱。也就是正如我在本文开端所引的一首诗中所说的:"书生报国成何计,难忘诗骚李杜魂。"我是一个终生从事于古典诗歌之教研的工作者,当国内掀起翻天覆地的"文化大革命"时,我曾经失望地想我是再也没有机会以自己之所学报效国家了。而多年来我在海外文化不同的外国土地上,用异国的语言来讲授中国的古典诗歌,又总不免会有一种失根的感觉。所以在1970年当我接受了加拿大的不列颠哥伦比亚大学(University of British Columbia,以后简称B. C. 大学)之终身聘约时,曾经写过一首题名为《鹏飞》的绝句,说:

    鹏飞谁与话云程,失所今悲着地行。北海南溟俱往事,一枝聊此托余生。

诗中的"北海",指的是我的出生地第一故乡北京,而"南溟",则指的是我曾居住过多年的第二故乡台北。"鹏飞"的"云程"指的是当年我在此两地教书时,都能使用自己的语言来讲授自己所喜爱的诗歌,那种可以任意发挥的潇洒自得之乐;而在海外要用英语来讲课,对我而言,就恍如是一只高飞的鹏鸟竟然从云中跌落,而变成了一条不得不在地面匍匐爬行的虫豸。所以我虽然身在国外,却总盼望着有一天我能再回到自己的国家,用自己的语言去讲授自己所喜爱的诗歌。而当时在中国所进行的"文化大革命",则对于自己国家的宝贵的文化却正作着无情的扭曲和摧残。这自然使我的内心中常有一种难以言说的感慨。直到1977年"四人帮"的倒台,与1978年的改革开放,才使我多年来回国教书的愿望有了实现的机会。

  记得是1977年的春天,当我与外子及女儿一同回国探亲旅游时,在沿途所乘坐的火车中,往往看见国内的旅客手捧着一册《唐诗三百首》津津有味地阅读着。在参观各地古迹时,也往往听到当地的导游能朗朗上口地背诵出古人的佳句名篇。我当时真是有说不尽的欣喜,以为祖国虽然经受了不少灾害和磨难,但文化的种子却仍然潜植在广大人民的心底。于是欣喜之余,我在沿途旅游中就也随口吟写了一些小诗,其中有两首是这样写的:

  诗中见惯古长安,万里来游鄠杜间。弥望川原似相识,千年国土锦江山。

  天涯常感少陵诗,北斗京华有梦思。今日我来真自喜,还乡值此中兴时。(《纪游绝句十二首》之一及之二)

既然欣喜着见到祖国的中兴,因此回到加拿大后,我自己就一直考虑着要申请回祖国去教书的事情。而当1978年改革开放的春风吹起,我也就终于决定投寄出了我的申请信。那是一个暮春的黄昏,我在温哥华的住家的门前,是一大片茂密的树林。我要走过这一片树林,才能够到马路边的邮筒去投信。当时落日的余晖正在树梢上闪动着金黄色的亮丽的光影,而马路两边的樱花树则正飘舞着缤纷的落英。这些景色既更唤起了我对自己年华老去的警惕,也更令我感到了要想回国教书,就应早日促其实现的重要性。古人说"一寸光阴一寸金",金色的夕阳虽美,终将沉没,似锦的繁花虽美,也终将飘堕。我之想要回国教书的愿望,如果不能付诸实践,则不过也将如一场美梦之破灭消失终归于了无寻处。而当时满林的归鸟也更增加了我的思乡之情,于是我就随口又吟写了两首绝句:

  向晚幽林独自寻,枝头落日隐余金。渐看飞鸟归巢尽,谁与安排去住心。

  花飞早识春难驻,梦破从无迹可寻。漫向天涯悲老大,余生何地惜余阴。(《向晚二首》)

当我把申请信寄出后,我就一直关怀着国内有关教育方面的报道。

有一天我看到了一则消息,说"文革"中许多曾被批判过的老教授,目前多已获得平反。而在被平反者的名单中,则赫然有着我所认识的李霁野先生的名字。李先生是我的师长一辈,我虽然未曾从李先生受过业,但我的老师顾随先生则是当年曾与李先生同在辅仁大学任教时的好友。在抗战胜利台湾光复后,李先生曾被他的同乡兼好友台静农先生邀往台湾大学教书。1948年春当我将离京南下结婚,并将随外子工作调动迁往台湾时,顾先生还曾写信要我抵台后去拜望李先生。1949年春天我在台湾大学曾与李先生见面,但其后不久李先生就离开台湾返回大陆了,而外子与我则于1949年冬及1950年夏相继以思想问题被台湾国民党所拘捕。从那时起我与李先生就完全断绝了联系,而今忽然看到了李先生的消息,真是喜出望外。于是我立即写了封信向李先生问候,并告诉李先生我已经提出了利用假期回国教书的申请。很快就收到了李先生的回信,信中说"文革"已成为过去,目前国内教育界情势极好。于是我在兴奋中,就用前两首的诗韵,又写了两首绝句:

　　却话当年感不禁,曾悲万马一时喑。如今齐向春郊骋,我亦深怀并辔心。

　　海外空能怀故国,人间何处有知音。他年若遂还乡愿,骥老犹存万里心。

写了这两首诗以后,又过了一段日子,我寄出的申请终于有了回音。国家同意我回国去访问讲学,并决定安排我去北京大学,于是我就于1979年的春天来到了北大。北大负责接待我的几位老师都极为热情,还结识了两位老鼠同盟,一位是与我同岁的甲子年出生的陈贻焮先生,还有一位是小我们一轮的丙子年出生的袁行霈先生。但南开的李霁野先生却以师辈的情谊坚邀我去天津的南开。于是在北大短期讲课后,我就应邀转来了南开。当时从天津到北京来接我的,是中文系总支书记任家智先生和一位外事处的工作人员。任先生说可以安排我先在北京游览一下,于是第二天他们二位先生就陪我去了西山的碧云寺和卧佛寺等地。那一天碧云寺的中山堂正在举办书画展览,一进门我就看见了一幅极有神采的屈原图像。正在欣赏时,忽见展览室中的工作人员把这幅画摘了下来。我问他们为什么把这幅画摘下来,他们指着旁边的一位游客说,这位日本客人把这幅画买了。我当时手中正拿着一架照相机,于是极表惋惜地说,可惜没来得及把这幅画拍摄下来。任先生在旁边对我说这位画家是南开校友,以后还有机会见到他的画。我当时对任先生的话并未十分在意,谁知任先生竟将此事深记在心,这是后话,暂且不提。总之第二天他们就陪我来到了天津。那时还没有专家楼,他们就安排我住进了解放北路的天津饭店(也就是老字号的厚德福饭店)。饭店对面是个小公园,唐山地震后里面搭盖了许多临建棚。公园附近的楼房有的还留有被震毁的残迹。但忙碌的拆建工作,也使我看到了未来重建后将有的一片美好的前景。而且那时正是春天,街旁墙角的路树,有的已经绽放了深红浅粉的花朵。于是满怀着对祖国的美丽前景之祝愿和憧憬,我就又写了一首小诗:

  津沽劫后总堪怜,客子初来三月天。喜见枝头春已到,颓垣缺处好花妍。(《天津纪事绝句二十四首》之一)

  第二天上午李先生亲自到饭店来看我。经历了"文革"批判的李先生,外表看来虽然比三十年前我所见的显得苍老了,但精神矍铄依然,对人热诚如旧。李先生首先关怀的是我的生活和课程的安排,继之就问起了在台湾的一些老友的情况。他所最怀念的是当日台湾大学的中文系主任台静农先生。他们二人既是同乡,又是同学,一同离开安徽的老家来到当年的北平,又一同追随鲁迅先生参加未名社的活动,更曾一同被国民党政府关进监狱。海峡虽然隔断了他们的往来,但隔不断的是他们彼此间的深厚情谊。李先生在"文革"中的坚强不屈,以及今日对老友的深沉的怀念,都使我极为感动,于是我就为李先生写了两首诗:

> 欲把高标拟古松,几经冰雪与霜风。平生不改坚贞意,步履犹强未是翁。

> 话到当年语有神,未名结社忆前尘。白头不尽沧桑感,台海云天想故人。(《天津纪事绝句二十四首》之三及四)

当年南大中文系为我所安排的课程是汉魏南北朝诗。每周上两次课,每次两小时。上课地点是主楼一楼的一间约可坐三百人的阶梯教室。当时的系主任是朱维之先生,朱先生是一位学养过人的忠厚长者,每次上课,朱先生都坐在第一排与同学们一起听课。朱先生精神健迈,看上去不过六十岁左右,及至有一天举行纪念五四的科研大会,朱先生在台上致辞,自云六十年前参加五四运动时,其年龄不过仅有十四岁而已。那时我才知道朱先生已有七十四岁的高龄了。而当朱先生谈到当年参加五四运动的往事时,却依然神采奕奕,仿佛犹有余勇可贾。因此我就为朱先生也写了一首诗:

> 余勇犹存世屡更,江山百代育豪英。笑谈六十年前事,五四旗边一小兵。(《天津纪事绝句二十四首》之五)

讲课开始后,同学们反应极为热烈。不仅坐满了整个教室,而且增加的课桌椅一直排到了讲台边和教室的门口。有时使我走进教室和步上讲台都颇为困难。于是中文系就想了一个制发听讲证的办法,只许有证的人进入教室。这个办法实施以后,我进入教室和步上讲台的困难虽有了改善,但教室的阶梯上和教室后面的墙边窗口,却依然挤满了或坐或立的人们。日子一天天过去,天气逐渐热起来。满教室的人,无论是讲者还是听者,有时都不免挥汗如雨。于是有一天有一位女教师就从讲台下传递过来一把扇子给我。黑色的扇面,上面用朱笔以隶书写了一首《水调歌头》词,那正是我不久前在课堂中偶然讲过的一首自己的词作,题目是《秋日有怀国内外各地友人》。原来在1978年秋天,当我已决定要回国教书时,曾经写了这首词,寄给我以前在台湾教过的学生,还有在美国与我一起参加过爱国活动的友人,以及在我的故乡北京的一些亲友和旧日的同学。词是这样写的:

> 天涯常感旧,江海隔西东。月明今夜如水,相忆有谁同。燕市亲交未老,台岛后生可畏,意气各如虹。更念剑桥友,卓荦想高风。
>
> 虽离别,经万里,梦魂通。书生报国心事,吾辈共初衷。天地几回翻覆,终见故园春好,百卉竞芳丛。何幸当斯世,莫放此生空。

扇面上写录了这首词,也写了上款我的名字,却没有写下款的署名,而书法则写得极有工力。后来我才知道送我这把扇子的,原来是天津有名的书法家王千女士。于是我就也写了一首诗送给王女士:

> 便面黑如点漆浓,新词朱笔隶书工。赠投不肯留名姓,惟向襟前惠好风。(《天津纪事绝句二十四首》之十二)

而也就因为我曾在课堂上录写过一些我自己的词作,因而中文系就又提出了希望我能增开一门唐宋词课的要求。但同学们日间的课都已经排满了,于是就把词的课排在了晚上。记得当我临离开南大前,最后一晚给同学们上课时,大家都不肯下课,一直等到熄灯号吹响了,才把课程结束。我把这件事也写入了一首绝句:

> 白昼谈诗夜讲词,诸生与我共成痴。临歧一课浑难罢,直到深宵夜角吹。(《天津纪事绝句二十四首》之二十)

在所有的课程都结束以后,中文系更为我举行了一个欢送会。那又是一个挥汗如雨的夏日午后,不仅中文系师生都来了,还有许多曾来旁听过的人,也都来参加了这个欢送会。开始时首先由系主任朱维之先生做了长篇的极为恳挚热情的讲话,继之是学生代表王华所致的真诚动人的感谢辞,然后由中文系向我致送纪念礼物。只见他们拿来了一个包装得很仔细的长轴,他们请我到台上去,把长轴展开来一看,出现在眼前的竟然是神采飞动的一幅屈原图像。原来当初去北京接我的任家智先生,一直记得他陪我到碧云寺游览时,我曾经对那里展出的一幅屈原图像表示过赞美,而且因为未能把这幅图像拍摄下来而表现过惋惜。他就把这件事记在了心中。而这幅图像的作者就是南开历史系的校友——名画家范曾先生。所以当中文系讨论要送我什么纪念品时,任先生就提起了这件事。于是中文系遂请得历史系的前辈教授郑天挺先生与系领导联名写信,向范曾先生求画,又烦中文系教师宁宗一先生亲赴北京与范曾先生联系。得画后又请杨柳青画店赶工裱成,遂得于欢送会当日以此一画轴相赠。这一份盛情厚赐,真是令我感激无已。最后大家要我题诗留念,我就为大家吟诵了一首绝句:

难驻游程似箭催,每于别后首重回。好题诗句留盟证,更约他年我再来。

欢送会结束后,我又写了两首诗句一首词来记述这一次感人的盛会。先把两首诗抄录在下面:

题诗好订他年约,赠画长留此日情。感激一堂三百士,共挥汗雨送将行。

当时观画频嗟赏,如见骚魂起汨罗。博得丹青今日赠,此中情事感人多。(《天津纪事绝句二十四首》之廿一及廿二)

然后我又填写了一首词,调寄《八声甘州》:

想空堂素壁写归来,当年稼轩翁。算人生快事,贵欣所赏,情貌相同。一幅丹青赠我,高谊比云隆。珍重临歧际,可奈匆匆。

　　试把画图轻展,蓦惊看似识,楚客遗容。带陆离长铗,悲慨对回风。别津门、携将此轴,有灵均、深意动吾衷。今而后,天涯羁旅,长共相从。

除去本文所记叙的这些与诗词有关的人物和情事以外,其实我还写过很多首赠给南开中文系友人的诗词。即如曾负责为我安排一切的古典教研室主任鲁德才先生,与我的研究兴趣相近的、讲授唐诗的郝世峰先生,讲授《离骚》及汉乐府的杨成福先生,以及也曾从顾随先生受业的、与我有同门之谊的王双启先生,还有曾为我赴北京向范曾先生求画的宁宗一先生,我就都曾写有诗句相赠。但因恐文字过于冗长,现在就只好从略了。

总之,我与南开大学是从一开始就建立了深厚的友谊。而且这一份情谊更延续到了我的家族的下一代。因为我的侄子叶言材在当年秋季就考入了南开大学的中文系。毕业后赴日本进修,获得硕士学位后留在日本任教,并在日本结了婚。我的侄媳,目前在日本某女子学院任教的桐岛薰子是日本人,却热爱中国古典文学,曾来南开攻读硕士学位,论文写的是李商隐诗研究,是郝世峰先生的学生。有了这种种因缘,我与南开的情谊自然益形密切,而我也果然信守了当年"更约他年我再来"的诗句的盟诺,经常回到南开来讲课。只不过那时我还没有从加拿大的 B.C. 大学退休,一般只能利用暑假期间回来。好在 B.C. 大学的暑假放得早,4月初我就可以回来了,教课到6月中或7月初,至少还有两三个月的时间可以留在南开。除此以外,B.C. 大学还规定每隔五年可以休假一年,代价是休假的一年只能有百分之六十的薪金。我曾在1981—1982和1986—1989的期间,申请过两次各一年的休假,1981年暑假后我曾在南开教了整整一个学期的课,1986年则从9月到翌年4月我在南开又曾教了半年多的课。1990年我自 B.C. 大学退休,1991年当选了加拿大皇家学会院士。那一年我正应邀在台湾清华大学客座一年,并在台大、淡江和辅仁三校兼课。寒假中南开大学邀我来天津,由前一任校长藤维藻和当时的校长母国光两位先生共同主持,为我获得了加拿大学术界的最高荣誉,在东艺系的讲演厅举行了一次庆祝会。也就是从那时开始,南开就经由当时外事处的逄涌丰处长,透过我侄子言材与我商议,希望我在南开成立一个研究所。我当时的想法是,我只是一个教师,只知道讲课,对行政事务一无所知,实在难以担任所长一职。而校方则说那些事务自会有人负责,劝我不必为此担心。继之就又提出了请谁来担任副所长,以及研究所应挂靠在哪一部门的问题。这其间经历了多次反复的讨论,最后商定了挂靠在汉教学院,由鲁德才先生任副所长。但鲁先生不久就被韩国请去讲学了。当时幸而得到崔宝衡先生的同意,在研究所起步的艰难时刻,来担任了研究所的副所长。但那时的研究所却实在连一间办公室也没有,于是校方遂决定把东艺楼的一间房拨给我们暂时借用为办公室。王文俊副校长更在我们所遇到的一些困难中,给了我们很多切实的协助。那时母校长曾对我说,如果我能在海外募得资金,校方愿拨出土地为研究所建一所教学楼。因而崔宝衡先生与我遂共同为筹建这个研究所的教学楼拟了一个简单的计划。不过因为我们所挂靠的汉教学院没有研究生的指标,所以汉教学院虽然在很多方面都给了我们大力的支持,但在研究生方面却一直无法解决。直到1996年的秋冬之际,学校党委副书记兼任中文系主任的陈洪先生决定接受我们挂靠在中文系,于是情况遂有了飞速的进展。首先是中文系同意拨给研究所两名研究生,又表示只要我能向海外募得资金,校方定会拨给土地合资兴建教研楼。有了这些承诺,当我回到温哥华后,很快就经由在B.C.大学亚洲图书馆工作的谢琰先生之介绍和联系,获得了一位热心教育的老企业家蔡章阁先生的响应和支持,表示愿意捐资为研究所兴建教研楼。原来我与谢先生自

1969年就早已相识,每当我去亚洲研究图书馆查找书籍,谢先生都给予我热心的协助。而谢先生的夫人施淑仪女士则是香港中文大学中文系毕业的高材生,对古典诗歌有很高的兴趣和修养。他们夫妇经常邀请我去他们家举办一些诗词讲座。蔡先生也在他们府上听过我讲课。蔡先生一生热心教育事业,尤其关怀中华文化中优良传统对青少年道德品质之培养的重要性。巧的是蔡先生来听我讲课的一次,我讲的正是清代经学家张惠言所写的五首《水调歌头》组词。这五首词是张氏写给他的学生杨子掞的作品,内容讲的正是儒家之优良传统中为学与做人的修养。蔡先生可能认为我所讲授的内容,与他的理想颇有暗合之处。所以现在一听说我要向海外募资为研究所兴建教研楼,立刻就表示了热心赞助的意愿。在我与蔡先生磋商的过程中,我们决定将研究所定名为"中华古典文化研究所"。本来当研究所开始成立时,我曾将之定名为"中国文学比较研究所",那是因为前些年的青年学生在多年封闭和压抑后,骤然迎来了改革开放的变化,心理上不免就形成了一种偏差,往往炫迷于海外的新异,而鄙弃中国之旧学以为腐朽,所以我才在研究所的名称中,于"中国文学"之后,加上了"比较"二字,以表示我们研究所在学习中国古典的同时,也重视对西方新学的融会。但我们的目的则仍在于想要向更深更广的层次来拓展中国古典文学的研究,而古典文学中所蕴藏的则正是中华的古典文化。所以当蔡先生提出要以"中华古典文化"为研究所命名时,我也就欣然表示了同意。而蔡先生则更希望研究所在从事文学方面之研究时,也同时能注意到儒学方面之研究。今后我们的研究所将双管齐下,对于中华文化中的文学之美与儒学之善同时并重,以期使中华文化中之优良传统不断得到拓展,不仅能使其重光于中国之现代,更能使其自中国而走向国际。当我与蔡先生磋商决定后,就将磋商的结果向陈洪先生做了报告。陈先生经过与侯自新校长的切实讨论,提议将蔡先生所拟捐资兴建的研究所教研楼，与校方正在计划兴建的文科大楼连接在一起，而不另外拨地建造，以免过于分散。此一提议也获得了蔡先生的同意。目前这一所教研楼的落成已是指日可待。而且校方也已决定明年南开大学的招生计划，将把此一研究所正式列入其中。筹划了多年的研究所，虽然经历了不少开创的艰难，现在总算有了初步的基础。

我非常感谢南开大学给我机会，使我二十年前所怀抱的"书生报国成何计，难忘诗骚李杜魂"的一点愿望，能在南开的园地中真正得到了落实。这二十年来历任的校领导以及各有关单位如外事处、汉教学院和中文系，对研究所的支持和协助，还有研究所诸同仁在历年艰难的创始过程中所付出的一切辛勤的劳动，都是促使此一研究所得以逐渐成立起来的重要因素。至于我个人则也曾为研究所捐出了我在B.C.大学所得的退休金之半数（十万美金），设立了驼庵奖学金和永言学术基金。"驼庵"是我的老师顾随先生的别号，记得在1948年春天当我要离京南下时，顾先生曾经写了一首七言律诗送给我，诗是这样写的：

> 食茶已久渐芳甘，世味如禅彻底参。廿载上堂如梦呓，几人传法现优昙。分明已见鹏起北，衰朽敢言吾道南。此际泠然御风去，日明云暗过江潭。

除去这一首诗以外，先生还曾经在给我的一封信中写道：

> 假使苦水（按苦水亦为先生别号，取其与顾随二字谐音相近）有法可传，则截至今日，凡所有法，足下已尽得之。此语在不佞为非夸，而对足下亦非过誉。不佞之望于足下者，在于不佞法外，别有开发，能自建树。成为南岳下之马祖，而不愿足下成为孔门之曾参也。

从上面所引的先生的诗与信来看，先生诗中所写的"吾道南"，是禅宗五祖弘忍对六祖慧能传授衣钵时所说的话，而南岳怀让则是慧能的传人，马祖道一又是南岳的传人,所以先生信中又说到"南岳下之马祖",凡此都可见到先生对于"传法"和在继承中还要有所发扬之重视。因为无论任何一种学术文化之所以绵延于久远,都正赖其有继承和发扬之传人,而教学则正是一种薪尽火传的神圣的工作。我个人非常惭愧,多年来流寓海外,更复饱经忧患,未能按照老师的期望尽到自己传承的责任。如今既恐惧于自己之时不我与,更痛心于国内对古典文化之传承的忽视和冷落。所以想到要用老师的名号成立一个奖学金,希望能藉此给予青年人一些鼓励,使之能认识到在文化传承方面青年人的责任之重大,而若果然能使这一点薪火得以继续绵延且加以发扬光大,则庶几也可略减我愧对师恩的罪咎于万一了。所以我诚恳地希望领得奖学金的同学,所看到的不仅是这一点微薄的金钱,而是透过"驼庵"的名称所表现的一种薪火相传的重要的意义和责任。

至于学术基金之以"永言"二字为命名,我想大家所立刻想到的一定是《毛诗大序》中的"诗言志,歌永言"的一句话,我既是从事古典诗歌之教研的一个工作者,则以"永言"二字来命名,自然可能包含有我对古典诗歌之重视的一种取意。但除此以外,我之以"永言"为命名,却实在还暗含有一段悲痛的往事,而这一段往事则是我一向很少对人提起的。我原有两个女儿,长女名言言,次女名言慧。言言出生于1949年8月,当她仅有四个月大时,外子就以思想问题被台湾军方逮捕了。次年6月当她还未满周岁时,我也被拘捕了,而我是以母乳哺育婴儿的,所以我的女儿也就随我一同关进去了。其后不久我虽幸获释出,但被军方拘捕的外子则还杳无消息。我们原住的是公家宿舍,既失去了工作,当然也就失去了住房。幸好外子一家亲戚照顾,使得我与未满周岁的女儿,晚间得以在他们家走廊的一方地板上暂得憩卧之地。秋天以后我才经人介绍找到一家私立中学的教职,搬进了学校一间空荡荡的宿舍。那时我也曾写过一首诗:

>　　转蓬辞故土,离乱断乡根。已叹身无托,翻惊祸有门。覆盆天莫问,落井世谁援。剩抚怀中女,深宵忍泪吞。

三年后外子幸被释出,第二年生了次女言慧,我们全家由台南迁到台北,巧遇在台湾大学任教的我的两位老师,我遂得被推介到台大去任教。1966年被聘赴美国讲学,1969年转往加拿大。那时我家上有年近八旬的老父,下有读大学和读高中的两个女儿,而外子则尚无适当的职业,为了维持全家生活,我不得不接受了用英语讲授中国文学的工作。每天要查字典备课,经常工作到深夜两点,极为辛苦。直到1970年代中,两女相继从大学毕业,而且相继结了婚,我正在欣幸以后可以轻松地喘口气了,谁知就在1976年的3月下旬,长女言言与女婿永廷一同开车外出时,竟不幸发生了车祸,双双罹难。我真没想到我的命运竟是如此坎坷,才捱过了半世忧劳艰苦的生活,竟在五十多岁的晚年遭遇了如此重大的不幸。当时在接连数十日闭门不出的哀痛中,我曾经写了多首绝句。其中有两首是这样写的:

>　　早经忧患偏怜女,垂老欣看婿似儿。何意人天劫变起,狂风吹折并头枝。

>　　平生几度有颜开,风雨逼人一世来。迟暮天公仍罚我,不令欢笑但余哀。

这一份悲痛曾经持续了很长的一段日子。而使得我能从悲痛中走出来的,则是我对祖国的热爱与对诗词的热爱。正是这件不幸之事发生后的第二年,当我与外子及次女言慧一起回国探亲旅游时,我所见到的祖国的中兴气象,以及在沿途中我所接触到的人们,他们所表现出来的对古典诗词的浓厚的兴趣,使我对自己未来的人生有了新的期待和寄托。记得我在早年从顾随先生读书时,先生常提到两句话,说"要以无生之觉悟,为有生之事业;以悲观之体认,过乐观之生活"。我当年对这两句话并没有深刻的了解，而如今当我果然经历了一生的忧苦不幸之后，我想我现在对这两句话才有了真正的体会。一个人只有在超越了小我生命的狭隘与无常以后，才能使自己的目光投向更广大更恒久的向往和追求。正是长女言言夫妇的罹难使我对人生有了更彻底的体认和觉悟。所以我乃摘取了他们夫妇名字中的各一个字，做了我所设立的学术基金的命名。个人的生命是有限的，而学术的发展则是无穷的。我诚恳地希望此一基金对我们研究所未来所要从事的学术研究，能有一点小小的帮助。

除了我在前面所提到的，我对南开大学各方面的领导和友人们所给予的协助之感谢以外，我也该感谢在国内外的我的家人们对我所做的一切事的理解和支持。我在此要特别提到我的小女儿言慧，她不仅支持我所做的一切，而且在各方面给了我很多协助，还给了我一个宝贵的建议。她认为对中国古典文学之人才的培养，等到了大学和研究所时才开始注意，已经太晚了，她以为若想真正能培养出对中国的古典文学和古典文化有兴趣和有修养的下一代，我们实在应该从一个人的童幼年时代开始才是。其实我个人近年来对此一事也有了同样的想法和认识，小女言慧的话不仅更使我认识到此一事的重要性，而且也更增加了我要以有生之余年在这方面做出一点贡献的决心。我曾与友人合作编印了一册教儿童学古诗的读本《与古诗交朋友》，也曾应邀在很多地方做过教儿童古诗的示范教学，不过这种教学往往因我个人的忙碌，而不能持之以恒，每次教学的反应虽然都很好，但每当事过以后，则无人为继，遂使我的一切努力都归于徒劳。正如投石于水，投入时虽也可引生一些涟漪，然而涟漪静后则石沉水底，了无踪迹可寻了。所以近来我正在计划做出一套教儿童学古诗的录影带，以便向各地推广，更希望能藉此唤起负责教育方面之人士的注意，如果能够在幼儿园中设一个古诗唱游的科目，以唱歌和游戏的方式教儿童们学习吟唱古诗，则在持之以恒的浸淫熏习之下,对于儿童们的文化品质的成长和提高,必能收到很好的效果。在这方面,加拿大的蔡章阁先生也与我有同感,而且还提议除了古诗以外,希望研究所更能编出一册教青少年学习《论语》的读本,我也曾将此意向南开大学的领导做了反映,得到了侯自新校长与陈洪书记的支持。目前这两项工作即将开始,相信不久的将来,我们就会将这两项工作完成。以后我们的研究所在校方的支持和领导下,定会有一片美丽的前景。

最后我愿再抄录两首诗词来作为本文的结束,那是1980年代的中期,当我多次回国教书后,忽然发现学校中修习古典文学的学生,竟然有了程度下滑的现象。原来自改革开放后,经济方面虽然有了腾飞,但大家竞相追求物利的结果,遂使得在精神文化方面未能得到应有的重视。不过我相信这只是短暂的现象,当物质饱和以后,必然会返回到精神文化方面的追求。因此我就写了一首题名为《高枝》的诗,诗是这样写的:

> 高枝珍重护芳菲,未信当时作计非。忍待千年盼终发,忽惊万点竟飘飞。所期石炼天能补,但使珠圆月岂亏。祝取重番花事好,故园春梦总依依。

"高枝"上的"花",就象喻着我所热爱的古典诗歌,我相信只要我们尽到自己的力量,则不仅"天"可以"补","月"也不会"亏"的。而且为了表示我自己的决心,我还写了一首调寄《蝶恋花》的小词,词是这样写的:

> 爱向高楼凝望眼,海阔天遥,一片沧波远。仿佛神山如可见,孤帆便拟追寻遍。　　明月多情来枕畔,九畹滋兰,难忘芳菲愿。消息故园春意晚,花期日日心头算。

"望眼"中的"神山"是我所追寻的理想,"九畹滋兰"是我教学的愿望。我虽只是孤帆的小船,但也不会放弃我追寻的努力,相信"花期"到了的时候，终必有盛开的一日。当然我也自知自己的能力薄弱，正如我在开端所引的一首诗中所说的，我是一株不成材的"散木"，若把国家比拟作一座正在建造中的大厦，则正如杜甫在他的《赴奉先县咏怀》一诗中所说的，国家之多才，自然是"方今廊庙具，构厦岂云缺"，至于我自己，则只不过是对于我所热爱的古典诗歌，有着一份"难忘诗骚李杜魂"的感情而已。

本文以诗歌开端，也以诗歌结尾，而诗歌中所写的一切，都与我到南开来教书一事有着密切的关系。而且促使我回到国内来教书的动机，也正缘于我对诗歌的一份热爱，然则我将此一篇文稿名之曰"诗歌中的情谊"，其谁曰不宜。

1998年12月12日写于南开大学

怀旧忆往
——悼念台大的几位师友

我是在 1954 年秋天进入台湾大学任教的,直到 1969 年秋天我正式离开台大为止,前后共有十五年之久。在这十五年中,值得我追怀忆念的人和事自然很多,不过我这篇文稿所叙写的,则只是对于已经逝世的几位师友的悼念而已。若依他们逝世的年代而言,那就是 1972 年逝世的许世瑛先生,1978 年逝世的戴君仁先生,1990 年逝世的台静农先生,1991 年逝世的郑骞先生,和最近甫于 1993 年逝世的叶庆炳先生。而若依年辈来分,则前面四位都是我的师长一辈,只有第五位是我的同辈。回想四十年前,当我初进入台大教书时,这些师友所给予我的种种关怀和协助,实在使人感念无已,而何图数年之间,竟然相继长逝,真是言之怆然。

提到我进入台大任教的一段因缘,首先我应感激的就是许世瑛和戴君仁两位老师当日的推介。戴先生是我于 1941 年考入辅仁大学国文系后,教我大一国文的老师。而许先生则更是早自 1930 年代中就住在我祖居外院的紧密的邻居。我是在旧日北平的一所古老的大四合院中长大的。幼年时,家里没有送我上小学,却把我留在家里读"四书"和唐诗,而且非常重视背诵的训练。许先生迁入我家外院居住时,我才考入高中不久。除去忙学校的课业以外,平日偶有闲暇,仍经常以高声诵读为乐。我当时性格羞怯,除读书外,极不善于言谈,平日与许先生虽同在一个大门内进出,但我见了他则除去鞠躬行礼外极少与他谈话。

谁想他却从我读诵诗文的声音中,对我留下了深刻的印象。至于戴先生则既是我的老师,我对之当然更加敬畏,除了见面行礼外,我也不敢随便和老师谈话,不过戴先生对我的作文却颇为赏识。那时我们的作文规定要用文言写作,我占了从小背诵的便宜,所以颇习惯于文言的写作。记得有一次戴先生出了个作文题,是《书〈五代史·一行传〉后》,那时北平正在沦陷中,戴先生出这个作文题当然颇有一些言外之意。我在作文中就把这种含意做了些隐约的发挥,戴先生发还作文时曾写了几句批语,说我的"行文","反覆慨叹,神似永叔"。我想大概因此之故,戴先生对我也留下了颇为深刻的印象。

我是1948年冬天随外子工作调动而渡海来台的。次年暑假,长女出生,四个月后外子就因白色恐怖而被关起来了。次年6月,我也因白色恐怖的牵连,带着不满周岁的女儿被关起来了。其后我虽于不久后幸被释出,但却度过了极艰苦的一段无家又无业的日子,才勉强在南部的一所私立中学找到了一份教书的工作。直到三年后外子被释出,我才经由友人介绍转到台北二女中任教,遂举家迁来台北。那时许先生与戴先生都正在台大教书,老师听说了我所经历的不幸的遭遇,都对我极表关怀。恰巧那时台大才招收了一批侨生,想找一个国语较为标准的人去担任他们大一国文的课程,于是两位老师就向校方推介了我。那时我一方面仍在二女中专任,教两班高中国文,还担任一班导师。再加上台大兼任的一班国文,本来已够忙碌。第二年台大改成了专任,教两班大一国文。但二女中的校长却不肯放我走,一定要我把所教的两班学生送到高中毕业,于是我就更加忙碌起来,两年后,我离开了二女中,只教台大两班大一国文,本以为可以轻松一下了,但这时许先生却已担任了淡江文理学院中文系的主任。于是许先生就坚持邀我去教淡江才升入大二的中文系第一班学生的诗选课。而这时原在台大担任诗选课的戴先生,就也把他的这班诗选课让给了我。当淡江陆续又增开了三年级的词选和四年级的曲选课时,许先生就把这些课一起都交给了我去担任,另外还更增开了杜甫诗的专书课程。而也就在此后不久,我的母校辅仁大学也在台湾复校了,戴先生又被邀聘去做了辅大中文系的系主任。于是戴先生又坚意邀我去辅大担任诗选、词选等课程。那时我在台大除担任一班诗选课外,还担任了一班理学院的大一国文。据说这是联考中总分平均最高的一班,人数极多,改起作文来,自然要花费不少时间。因此对于戴先生邀我去辅大兼课的事乃迟迟未敢应承,戴先生也怕我过于劳累,所以就商得了台大中文系主任台静农先生的同意,免去了我大一国文的课程,而改开了一门杜甫诗的专书课程。记得戴先生为了这件事,曾到我台北的住所多次,对我排课的时间,做了妥善的安排,而且殷切地叮嘱我一定要把这门课教好。而不久后,许先生因为目力渐衰,对他所担任的大学国文广播教学的教材课本,阅读起来极感困难,就想把这门教学课也让给我去教,我因工作太忙,且深感学识不足,所以也迟迟不敢应承,拖延了将近半年之久,终于在许先生的鼓励和坚持下,不得不勉为其难地应承了下来。很多友人们都感到奇怪,以我当年在台湾时身体的瘦弱,何以竟然担任了这么多的教学课程。殊不知这实在全出于许先生与戴先生两位老师对我的一片奖勉和关爱的心意。我当日虽因工作过忙,对两位老师的厚意,曾经屡加推诿,但我也毕竟常存知恩感激之心,对两位老师交给我的教学任务,都尽了我最大的努力。而且两位老师实在不仅是对我这一个后学晚辈有所关爱而已,戴先生之为人的温仁宽厚,许先生对学生的奖励提携,我相信这是两位老师所有的学生弟子们,都对之深有体会的。只不过因为我认识两位老师的时间较早,而且认识的地点又是当年与台湾已全部音信隔绝的故都北平。何况许先生既原住在我祖居的外院,戴先生也常到我家祖居之地来看望许先生,因此,在我的心理和感情中,就总觉得两位老师与我的青少年时代的生命,有着一种特殊密切的关联。

所以当许先生逝世时,我曾经写了一首七言长古的挽诗,其中曾有句云:"我识先生在古燕,卅年往迹去如烟。当时丫角不更事,辜负家居近讲筵。"又曾说:"欲觅童真不可寻,死生亲故负恩深。未能执绋悲何极,更忆乡关感不禁。"其实这些诗句若用来表达戴先生逝世后我的哀悼之情,也是一样适用的,只不过因为戴先生逝世后,我已曾先后于1974年及1977年两次回到大陆我的乡关故里去探过亲,被台湾断绝了往来,所以未能及时写出什么哀悼的文字。其后,我在美国遇到了戴先生的三女祝畲姊,她听说我保存有戴先生吟诗的一卷录音带,想要翻录了编入戴先生的纪念资料中去,我回到加拿大后,立即就把戴先生吟诗的音带翻录了一卷寄给了她,而数年后祝畲姊竟也因癌症而遽然去世,不知我当年为她翻录的那卷音带现在何处。不过当年我托台大柯庆明先生为我录制的那卷戴先生吟诗的音带,则一直仍被我珍重地保存着,虽然可能因当日录音的环境不够安静,录音的设备也并非专业,所以效果并不是很好,但戴先生吟诗的声音之苍劲、情感之深厚、韵味之醇正,我至今仍以为那是我所保存的吟诗音带中最能具现中国吟诗之风范的一卷。至今,每当静夜清宵,我偶然聆听戴先生吟诗之音带时,则先生当年给我们上大一国文课时的音容笑貌,尚恍然如在目前,而先生与辅大一些师长有时来我祖居外院探望许先生,并参观我家一些藏书的情景,也仍历历如在目前。而我则已从当年的一个羞怯的少女,步入了历尽苦难风霜的古稀的年境。至于我家祖居的大四合院,则更是即将于最近被全部拆毁和改建。人世无常,真如电光石火。但我对二位老师对我的提携爱勉之情,则是终生感激的。

再说到台静农先生与郑骞先生,两位先生虽然也是我的老师一辈,但我却并没有从二位先生受业的幸运的机遇。我是于1949年初春在台北才认识两位先生的。原来当我在辅仁大学读书时,有一位顾随先生曾经担任过我们的"唐宋诗"课程。顾先生讲诗讲得极好,给我的启发极大，影响极深。当我于1948年春离开北平赴南京结婚时，顾先生曾经写了一首七言律诗送给我，诗中曾有"分明已见鹏起北，衰朽敢言吾道南"之句，表现了先生对我的殷切的期望。及至1948年秋冬之际，先生又从书信中获知我即将随外子工作调动转赴台湾时，先生遂又在信中殷殷向我介绍了在台湾任教的他的几位友人，那就是当日在台湾大学任教的台静农先生、郑骞先生，还有一位李霁野先生。顾先生在信中还附下了几张介绍的名片，嘱我抵台后去拜望他们。那时外子的工作地点在高雄左营，离台北相当远，所以我抵台后并没有立即去探望他们。直到第二年初春，我才因偶然赴台北办事的机会，到台湾大学去拜望了他们。如我在前文所言，我早年的性格本极为羞怯，一旦在台大的中文系办公室中，同时见到了这么多位夙所仰慕的人物，真不知说些什么才好，想来当时的情景一定颇为尴尬，不过诸位师长们的态度则都极为温蔼可亲。郑骞先生立即问我来台北后住在何处，我说准备住在旅舍里，郑先生马上告诉我说他现在就住在台大图书馆的楼上，房间很大，而且距离中文系办公室所在的文学院大楼只有几步路程，于是就邀我到他家里去住，我与郑先生虽是初次相见，但因我的老师顾先生与郑先生是极好的朋友，顾先生不仅在与我谈话中，曾多次提到过郑先生，而且在他的诗集与词集中，也留有很多篇写赠给郑先生的作品，所以我与郑先生虽是初见，但却在内心中特别有一种亲切之感，因此就毫不客气地接受了郑先生的邀请，当即随他走到图书馆楼上他家里去住了。那时郑先生家里共有四口人，那就是他的老母，他的夫人，还有一个女儿，名叫秉书。郑先生全家都对我极好。我以晚辈学生自居，称郑先生的母亲为太师母，称郑先生的夫人为师母，郑先生令他的女儿称我为叶大姐，于是我就称她为秉书妹。这一幕亲和的家庭景象一直清晰地留在我的记忆中，所以当这位郑师母去世时，我所写的挽联中，曾有"萱堂犹健，左女方娇，我来十四年前，初仰母仪瞻笑语"之句。其后，当我正式到台大来任教时，我更曾抽暇去旁听过郑先生的词选课，而郑先生每次见到我来旁听，就会在讲课中时或提到他与我的老师顾先生的一段交谊。有一次他曾提到了他所拟写的挽顾先生的一副挽联，联句是："东坡长山谷九龄，平生风义兼师友；诸葛胜子桓十倍，万古云霄一羽毛。"我自己也曾把郑先生讲书的风格和顾先生讲书的风格，私下做过一番比较，郑先生的风格是平实恳至，而顾先生的风格则是睿智飞扬，不同的风格可以使不同禀赋的学生得到不同的教益。我旁听郑先生的课不多，但却也仍然获得了不少教益。后来在1957年春夏之间，台湾的"教育部"曾经举办过一次诗词研赏的系列讲座，他们原来是请郑先生去担任词的讲座，而郑先生却向他们推介了我，这是我平生第一次讲授词的研赏。讲座结束以后，主办单位又要我们这些讲课的人，各写一篇论文刊登在当日台湾"教育部"所出版的《教育与文化》这本刊物中。因此我遂又草写了《说静安词〈浣溪沙〉一首》一篇文稿，而这也是我来到台北任教后所写的第一篇文稿。推源溯始，我对词的教学和研写，实在皆出于郑先生对我的一份推介和奖勉，这自然是我一直感激不忘的。

至于我对台静农先生的认识，则是从我来台大任教以后才逐渐加深的。台先生曾经做过一件极使我感动的事，而当时的我既丝毫也不知情，事后虽然知道了，却由于我当时的羞怯和不善言谈，因而也一向未曾向台先生表示过任何感谢之意。那是当我初来台大任教之时，按学校规定，我应该把一些作品送去交由学校审查。但我当时实在拿不出什么像样的研究成果。努力搜检箱箧的结果，只找到了一册油印的我的旧作诗词稿，还有就是我才从白色恐怖中被释放出来后，住在台湾南部的外子的一位亲戚，曾经邀我为他所主办的一些刊物写过的几篇诗词赏析的短文，和为我编印的一本小书。我对这位亲戚的好意十分感谢，但当时的我既没有写作的心情，也没有写作的环境，何况我又是个默默无闻的小人物，编者自然可以对我的作品任加增删修改。因此我自己对这些作品实在极不满意。记得当时是许世瑛先生来我家,向我要这些送审作品的。我本想只交给许先生一册油印的诗词稿就好了。但许先生却要我把那些短文和那本小书一起送去审查,匆忙中我对之一点也未加整理,就交给许先生了。及至我通过了评审,又过了许久,这些送审资料才再交回到我的手中,我才赫然发现我那些不像样子的文稿,竟然都被剪贴得整整齐齐的编订成了一本小册子。我知道这不可能是许先生做的,因为许先生的目力不好,而这一定是台先生做的,因为在这一本剪贴的小册子的封面上,还有台先生亲笔书写的一系列整齐的篇目。我见了后心中实在极为感动。但我与台先生见面时,却从来未提起过这件事,也从未表达过感激之一字。台先生以书法知名于世,但其实台先生的诗也极有才气,而且很喜欢联语。记得当郑师母去世时,我曾写了两副挽联,台先生以为我写得不错,后来就常叫我为他拟写一些联语,并且把他所藏的几册有关联语的书,借给我做参考。有一次我偶然向台先生提起,我在梦中曾见到一副联语,后来台先生不仅亲自为我写了这副联语,而且还把这副联语完全装裱好了来送给我。又有一次,我偶然到台先生家去,台先生要我在他写字的桌子旁先坐一下,而他自己却跑到后面去了。过了一阵子,就看见台先生抱了一大把鲜花出来,原来是他后院的许多花都开了,所以剪下这些花来,要我带回去。台先生的性格有极为豪迈洒脱的一面,但也有极为敏锐细致的一面。所以我对台先生很少言谢,我以为以先生的豪迈,必不在意我之是否言谢,而以先生之敏锐,则我虽不言谢,先生也必能感知我的谢意。而若以平日的交往来说,则我与台先生的交往实在比我与前几位先生的交往为疏远。这一则因为许先生曾是我的邻居,戴先生曾是我的老师,而郑先生则是我老师的好友,所以在心理上就自然有一种比较亲近的感觉。而台先生在当日则自有他自己的一大批及门弟子,所以我就总自觉不免是一个门外之人。何况台先生又是当日中文系的主任，而我则只不过是系里的一个教授，因此遂颇怀自远之意，并不常到台先生家里去。但台先生却常做出一些使我非常感动的事。记得在1988年冬天，我在离开台大已有将近二十年之久，又再度回台大来讲演时，曾在开场白中引述了我初抵加拿大时所写的一首小诗，其中有"北海南溟俱往事，一枝聊此托余生"之句，表现了我当日被环境所迫，而不得不羁留在外的一种孤寂的心境。次日台大校刊曾经刊出此诗。我对此原也未以为意，谁想到当我离台前去向台先生辞行时，台先生竟然已把校刊上所登载的我这一首小诗，写成了几个小条幅来供我检选。1990年秋天，我再度回到台湾，台先生已因病住入了台大医院。我第一次去台大医院看望他时，他还能讲话，曾对我说"还是回来教书吧"。10月底我将去大陆开会，临行前我再去看望他，他正在昏迷中。等我从大陆开完会回来，台先生就已经去世了。我终于未能在他生前，亲口告诉他我对他为我所做的一些事，有着何等衷心的感谢。我曾经希望能找到那几册他曾借我看过的有关联语的书。这些书我于1969年离台前，曾亲自交还了他。现在不知存放何处。若能找到，我愿能保存，作为纪念。

最后要说到叶庆炳先生，我是在到台大正式任教以后，才认识叶先生的。那时叶先生大概才从助教升任为讲师不久，而我这个初来的讲师恰好也是姓叶。叶先生是郑骞先生的学生，与郑先生同在第四研究室，我来台大后也被分配进入了第四研究室。见面机会既多，因此就自然地逐渐熟悉起来。有一天偶然谈到了自己的年龄，发现叶先生小我两岁，与我的大弟同庚。自此以后，叶先生遂称呼我作他的本家大姐。叶先生与我都是从外省到台湾来的，都远离了自己的故里亲人。而且那时叶先生还没有结婚，所以每逢假期之日，他有时就到我家来，还偶尔会带我的两个女儿一同外出去看电影。直到今日，我的小女儿已经做了两个孩子的母亲，她还一直记得有一次曾经被这位本家舅舅带出去同看"飞天老爷车"的欢快的童年往事。叶先生对师友同学间的情谊极重。当郑师母患癌症住院时,他几乎每日都到医院去探望,直到郑师母去世,很多事也都由他帮忙料理。那时我与他不仅同在台大教课,而且同用一个研究室,后来更同在淡江兼课。而那时在淡江中文系任系主任的许世瑛先生则对后学晚辈们极为关爱,因此经常约大家同聚,对于为叶先生找对象的事,更是极为关心。不久后经人介绍,叶先生认识了东海大学中文系毕业的高材生赖月华女士,赖女士文静贤淑,当他们结婚之日,我们都去吃了他们的喜酒,深为他的择偶得人而感到欣喜庆幸。1988年我从海外第一次回台湾讲学时,曾到他的家中去探望他们夫妇,叶先生还曾告诉我说他有另一处住房,可以让给我暂住。但我这次讲学是由清华大学邀请的,常需在新竹与台北两地奔跑,而且清华也已为我安排了住处,所以就未去打扰他们夫妇。最近一次见到他是我于1993年4月回台参加"中研院"文哲所的一个国际词学会议的时候。这次我与他见过两次面,一次是在词学会议中,当时因为与会的人很多,大家都忙着彼此打招呼,所以匆匆未及详谈。会议结束后,我从南港"中研院"的活动中心迁出来,搬到台大附近的侨光堂去住。第二天下午台大中文系的一些师友同学邀我去给他们做一次讲演,讲演的场所就在文学院二楼尽头的一个房间,原是第二十三教室,是我旧日经常上课的所在,距离第四研究室甚近。旧地重临,唤起我不少对往日的回忆。讲演结束后,台大的许多师友们邀我一同晚宴,叶先生也在座中,我很想好好和他话一话旧,但他坐在餐桌的另一端,所以与他也未及多谈。当晚柯庆明先生还为大家照了很多照片,但相机的镜头却大多对着餐桌的这一端,等我提醒他要照另一端时,底片恰好用完了。所以我与叶先生这一次的聚会,不仅未能畅谈,而且也未能留下一张纪念的相片,而谁想到这竟然是我与他的最后一次见面了。叶先生曾经写过一篇极使人感动的散文,题目是"我是一支粉笔",这实在是他自己最好的写照,不需要任何光华和彩色,却为师友和同学们默默地做着一切的服务。就我个人而言,我对他最感到愧欠的,是他虽然视我如姊,但我却因了个人一向的拘谨不善表达,而未能真正做出视之如弟的回应。

我在挽许世瑛先生的七言长古中,曾写过"死生亲故负恩深"一句诗,这句诗可以说恰好代表了我今日写这篇文字来悼念台大这五位师友的一个整体的心情。而若不是柯庆明先生催我要稿,我是连这一篇文稿也不会写出来的。因为我年纪老大以后,虽然比以前疏放得多了,但无论用言语还是文字,我还都是一个拘谨而怯于表达的人。而我对师友们的感念,则是一直永铭于心的。

1994 年 4 月 6 日写于温哥华

悼念马英林学长

我与马英林学长最后一次晤面,是去年(1992)5月3日在天津南开大学专家楼的住所中,当时我在南大的讲学才结束不久,正在收拾行装准备于次日转往甘肃的兰州大学。英林学长早曾于数日前自北京来电话联系,知我即将有兰州之行,遂特地与其夫人尹洁英大姊远自北京赶来天津相晤,这是自1987年暑期在沈阳结束了我的"唐宋词系列讲座"之全部活动后,我与英林学长夫妇的第一次重晤,虽已相隔五年之久,但英林学长之精神矍铄,一如往昔,他仍然有着谈不完的理想和计划,既想邀我赴青岛一行,又计划将于不久之后至温哥华探望其正在不列颠哥伦比亚大学攻读博士学位的女儿马赛。惟是因我次日将有远行,时间紧迫,遂于欢言未尽中匆匆握别。我于返抵温哥华后与其女马赛联系,马赛告我她才从国内探亲回来不久,见到父母都身体健康,甚感欣慰。我与马赛都盼望他们两老夫妇能于不久之后来温哥华一游。岂意通电话后不久,马赛即告我其父病危,她将再度返国,我还曾嘱其见到父母后替我致候问好。而未几之后马赛归来,乃遽告以其父已于12月8日逝世,惊闻噩耗,实深震悼。

我与英林学长相识虽晚,但因其大力倡议并筹划组成了我的"唐宋词系列讲座",我与英林学长夫妇有一段时间几乎每日相见,英林学长做事极为热心积极,我可以肯定地说,如果没有英林学长对我的敦促和鼓励,就决不会有"唐宋词系列讲座"的产生。此一系列讲座之筹划及完成,无论对筹划人英林学长而言,或对讲课人我自己而言,可以说都是一项十分沉重的工作。工作完成后,英林学长曾不止一次对我说,这是他晚年所完成的最为得意的一件事,我对英林学长之为人做事的精神品格之认识,可以说都与此一系列讲座的工作,有着密切的关系。而在全部过程中,英林学长的夫人洁英大姐则一直陪伴左右,全力相助。近日接洁英大姐来函,谓辅仁大学哈尔滨校友会将于最近编印一册《深切怀念马英林校友专辑》,要我写一篇悼念的文字,此自属义不容辞之事,现在就谨将我透过"唐宋词系列讲座"之全部活动,对于英林学长之为人做事的一点体会和认识,简单追述如下:

英林学长与我虽属同校同系之校友,但因其年数高我多届,因此原不相识。大约自1985年开始,英林学长因担任北京辅大校友会副会长之工作,才开始与我通信。还记得英林学长给我的第一信的署名乃是"雪痕",而我当时遂直觉地以为此一名字的所有者,必然是一位女性,于是在复函时,乃直呼之为"雪痕学姊",及至相见熟识以后,英林学长遂经常对我的此一错误之直觉加以取笑,并告以此一名字之由来,实由于抗战中大半国土沦陷,乃取此名以谐音为"雪恨"之意,即以此一小事,实已足可见英林学长之幽默风格及其热爱祖国的为人之一斑了。及至1986年4月,我由于加拿大社会人文科学理事会与中国社会科学院学术交流计划之安排,返回国内与四川大学历史系教授缪钺先生合撰论词之专著《灵谿词说》,4月14日先抵北京,英林学长闻知此一消息,遂于17日晚与其夫人洁英大姐一同来到我北京的老家相访候。又于21日再来相访,告以校友会将邀我于23日相聚,更于23日亲自来接我至北师大与众多校友们一同欢宴。26日上午英林学长夫妇再来我老家为校友会刊物向我索稿,27日下午又陪同一位记者前来,拟撰写访问稿。而我于28日就离开北京转往成都去了。以上是我与英林学长初识之后短短数日之经过。当时英林学长已是七旬的老人,但却为了校友会的工作,与其夫人每日不辞辛苦地来往奔波,我虽然还与之相知不深,但其为校友会热心工作之精神,却已深深使我感动。而在此期间内,还有一件值得一记的事,就是4月21日下午,我曾由另一位在北师大中文系任教的同门学姊杨敏如教授的安排介绍,应中文系之邀前往北师大为同学们讲授五代北宋令词之欣赏,而英林学长也不辞辛苦地前来听讲,谁知此一次听讲,遂隐伏下了以后英林学长全力要促迫我举办唐宋词讲座的一粒种子。

我使用了"促迫"两个字,那是因为我对英林学长要我举办"唐宋词讲座"一事,原曾有过一段不肯应承的推拒的过程。这主要因为我与英林学长的个性颇为不同,英林学长的性格是积极、乐观、进取,愿意把一切事都做得有声有色。而我的性格则是矜慎、抑敛、不喜过分的铺排。本来,当英林学长要我只给校友会做一次讲演时,我原曾毫不犹豫地就应承了下来,可是当英林学长把我原本应承的一次讲演,扩大为由四个单位联合主办的系列讲座,并且借用了国家教委的大礼堂作为讲演场地,而且还向各报纸发出消息时,在此一过程中,我对英林学长的安排,就越来越有了衷心不安的推拒的情绪,这一则是因为我深恐自己的学识能力有所不足,再则也因为深恐时间上有所不许,三则也因为我从小在家中就接受过"声闻过情君子耻之"的古训,因此对英林学长的安排遂一直加以推拒。但英林学长是一个性格极为坚强执著的人,而且因其早年毕业于辅仁大学国文系,对古典诗词有着强烈的喜爱,所以乃不断以发扬古典诗词的理想,来对我加以劝说。而我则恰好也是一个对古典诗词怀有同样喜爱和理想,并且终身从事于古典诗词之教学的工作者,所以我与英林学长之性格虽有不同,但由于有这一点共同的喜爱和理想,我遂终于被英林学长所说服,接受了他所安排的"唐宋词系列讲座"此一沉重之工作。当讲座开始以后,每当我在台上讲演时,总常常看到英林学长在台下四周不断地走动,对听课反应表现出深切的关怀。本来我一向做人所取的乃是但求尽其在我的态度,我既应承了此一工作,当然便要努力做好,至于别人的反应,则我对之原不十分介意。而英林学长则每当看到听众们的热烈反应时,就会从面部表现出一种难以掩饰的天真欣喜之情,而从他的这种表情中,我遂深深体会到了英林学长对他所从事之工作的一份纯真和热情的投注。而在此一讲课之阶段中,英林学长的夫人洁英大姐则更曾对我的生活照料备至,当时由校友会安排我住在北师大内的辅仁校友之家,而因正值春节期间,校内各餐厅都休息过节去了,只有一位老校工每天为我烧热水,并由他的老伴给我烧三餐饭。我的生活本极简单,有时中午烧个汤、烙张饼,一餐吃不完,我就请他们为我留下来,晚上再用原菜汤炖饼,洁英大姐常常来看我,每当她见到我的饭菜过于简单,就会亲自烧些菜给我送来,又因知道我喜欢吃水果,所以也经常会买些水果给我送来,更注意到我走路时腰腿似有不便,我告以两个月前曾扭伤腰部,洁英大姐遂又陪我至各地按摩针灸,终于医好了我的病。他们夫妇待人的热心诚恳,一直使我非常感动。

我在北京的讲座,开始于 1987 年的 2 月 3 日,基本上是隔日一讲,一共讲了十次,每次约三个小时,到了 2 月下旬,总算把此一工作做了圆满的结束,我遂恍如卸下一副重担一样,又安心地去了天津,仍然继续我在南开大学的教学工作。可谁知英林学长竟然又另有了一项新的计划,原来他已答应了在沈阳化工学院任教的赵钟玉学长,邀我去东北继续完成"唐宋词讲座"的续讲,因为我在北京的讲座只讲到了北宋后期的周邦彦,而对南宋的词人,则因时间来不及而一个也没有讲。但当两位学长来向我提出邀请时,我却又开始了第二次的推拒。这主要确实是由于时间上的无法安排,我在 1986 年暑期后,虽然已曾向我所任教的加拿大的大学请求了一年休假,而赴各地讲学的日程则早已排妥,南开的讲学结束后,我还要转赴南京大学、四川大学、湘潭大学和兰州大学等地去讲学,所以事实上我确已无法再接受其他邀请,而英林学长与钟玉学长二位则以锲而不舍的精神,对我不断加以劝说,以为做一项工作最好能有整体的完成,一定要把南宋词讲完,才能算是一个完整的"唐宋词系列讲座"。我就又一次被说服而同意了他们的安排,遂临时以极为歉疚的心情辞了湘潭大学与兰州大学的邀请,而于6月19日结束了在四川大学的讲课后,就从成都乘机直接飞到沈阳去了。以后又由英林学长与在辽宁师大任职的饶浩学长联系安排,由沈阳转去了大连,最后英林学长更安排我去了他自己曾经任职的黑龙江大学,准备在此地把我这一系列讲座的全部录音、录像及讲稿,做最后的审查和编订。在这一路的行程中,英林学长夫妇对我都曾一直照料和陪同左右。一同进餐,一同讨论,一同工作,有时也一同出去旅游。经过这一段日子的相处,我对英林学长的性格为人遂有了更进一步的认识,在我的印象中,英林学长乃是一位坚强执著,对于工作有着忘我之投入的人,而日常言笑则又表现得极为乐观风趣,同时对古典文学也有着很深的热爱,每每在登临游览之际,就会随口忆诵一些古人的诗文。也许就正因为我们都对古典文学有一份同样的爱好,所以才使我甘愿接受了他的种种"迫促"和安排,而承担了前后两次讲授唐宋词的沉重工作。当时我本来曾经一度有微咳且痰中偶有血丝的现象,英林学长夫妇对此极为关怀,每到一地,都安排为我检查诊治,只是英林学长却并没有要我把讲座停止的打算,巧的是我自己也是一个工作狂,一旦担起一项工作,就决不愿半途而废,我既认为英林学长对此次讲座的安排,确实有其弘扬古典诗词的理想,我当然也就不辞辛劳地全心投入了工作。如今此一系列讲座的文稿,已由湖南岳麓出版社出版,题名为《唐宋词十七讲》。至于此一系列讲座之录音与录像,则也已经由北京师范大学出版社音像部整理发行。凡此种种,实在可以说都是由于英林学长最初在北师大听了我一次讲演后,遂因而引发动机且一力促成的结果。英林学长对我的讲课能力之信心，以及他办事的热诚和魄力，是一直使我深受感动的。

去年5月我与英林学长夫妇在天津南开重晤，他一方面既表现了对他自己所计划安排的此一系列讲座之终于有了成果的欣喜，另一方面也表现了对我身体之健康情况的关怀，当我告诉他我的痰中有血丝的现象自返回加拿大只出现过一次，以后就未再出现，目前身体健康情况良好时，他就又提出了想邀我去青岛的话，看样子真不知他心中还有什么理想和计划。英林学长是个不断想做出工作和贡献的人，而且对于工作有一种不辞辛劳的无私忘我之精神。有人曾以为他的女儿马赛来温哥华读书是否曾通过我的协助。我愿在此诚恳地说明，马赛之来此读书，无论在学识还是经济方面，都是凭她自己的能力而获得的，我未曾对她有过任何协助，只是当她初抵温哥华时，曾经在我家借住过极短的一段时期。马赛无论在读书还是工作方面，都极为勤奋，目前即将获得博士学位，英林学长在天有灵，一定也会对之感到极大的欣慰吧。

谨以此文作为对英林学长的悼念。

写于1993年

悼念端木留学长
——挽诗二首及文

  天降才生世,翻令厄运遭。一言能贾祸,百劫自难逃。岁晚身初定,桑榆景尚遥。如何偏罹疾,二竖不相饶。

  记得津门站,相逢五载前。行囊蒙提挈,风度远周旋。检册时劳送,论诗善作诠。重来人不见,惆怅惜兹贤。

  端木学长才华过人,学养俱优,早年毕业于辅仁大学国文系,曾在辅仁中学任教。解放战争时,激于报国热忱乃决志参加南下工作团。肃反运动时,偶因直言,遭到批评。1957年被划为右派,开除军籍,下放至煤矿劳动学习。备经艰苦,1963年劳教期满,返回天津后无人为之安排工作,遂学习为泥瓦工。"文革"后始得机会转入南开大学图书馆工作,1986年我由北京至天津南大讲学,有校友多人至天津站迎接。当众人相晤寒暄之际,独有端木学长一人忙于为我提携行李,而沉默少言。相识后我每至图书馆查书,多蒙其热心协助,且往往将我所需之书籍,亲送至专家楼。校友程宗明女士之女撰写论文时,端木学长虽已抱病,经医生诊断为脑瘤,但亦仍亲在图书馆中为之寻检资料。宗明女士每话及此事辄为之泪下。盖端木学长天性宽厚,乐于助人,凡属知者,对其逝世莫不深为悼惜。宗明女士嘱我为端木学长撰写悼诗,因成此五言二律。端木学长能诗、工书法,虽在困厄中不废读书。据其弟端木阳相告云,端木学长曾撰有《成语词典》及《转注论》二稿,惜皆已散佚不传,身后无闻。惟有南开校友安易女士曾根据其弟端木阳与我之谈话,写有纪念端木留先生之短文一篇,发表于1993年之《辅仁校友通讯》,题为《虚负凌云万丈才,一生襟抱未曾开》。此虽为古人之诗句,而实可为端木学长一生之写照。夫天之生才不易,何期天生之才乃竟为世之所厄如斯,可慨也夫。

写于1992年

【附录一】

虚负凌云万丈才,一生襟抱未曾开

天降才生世,翻令厄运遭。一言能贾祸,百劫自难逃。岁晚身初定,桑榆景尚遥。如何偏罹疾,二坚不相饶。

记得津门站,相逢五载前。行囊蒙提挈,风度远周旋。检册时劳送,论诗善作诠。重来人不见,惆怅惜兹贤。

这是我写的挽端木留学长的两首诗。端木留是辅仁校友,比我高几班,过去并不认识。1986年我在南开大学讲学,有一次到北京去参加校友会,回津时天津校友分会安排几位校友到车站去接我,内中就有端木。初次见面,大家免不了寒暄,只有端木什么话也不说,过来就帮我拿行李。他好像很不善于应酬,还是经别人介绍,才知道他是国文系的校友,在南大图书馆工作。

我常到图书馆去查书,自从认识了端木,就常打电话烦他帮我借书,他总是在下班时送书来给我,有时候也坐下来谈几句。有一次天津校友要我作一个讲演,我在讲演中引了晚唐诗人杜荀鹤的几句诗:"早被婵娟误,欲妆临镜慵。承恩不在貌,教妾若为容",我把"若为容"一句曾解释作:"教我为什么人而化妆呢"。端木听了讲演后对我说,"若"字还可能有一个讲法是"如何"的意思,这句可以讲作:"教我如何来化妆才是呢"。我以为他的说法很好,也知道了他有很好的旧学修养和诠释旧诗的能力。

后来渐渐熟了,就提到他过去的经历,原来他的一生很坎坷,大学毕业后在北京教过书,解放初期参军南下。1955年因对"肃反运动"扩大化倾向有不同看法,在部队遭到批判。1957年打成右派,曾被送到煤矿去劳动教养。解除劳教后没了职业,曾干过泥瓦工,管过食堂和仓库,难得的是,他在谈这些往事时是心平气和的,一丁点儿埋怨的口吻也没有,而且觉得学会了泥瓦工,掌握了一种随身的谋身手艺,也是一件很好的事情。1987年我将离开天津的时候,他写了一幅字送给我,于是我又发现他的书法功底也极好。

当1990年我再来南开时,本以为会再见到他,没想到他竟然去世了。端木常说他自己身体很好,除得过一次牙病之外,平生连感冒都没得过,可他的病来得很突然,据说他发现脑瘤症状时已到晚期,从出现症状到去世只有3个月。天津校友会的程宗明女士告诉我,她的女儿在写毕业论文时常常到图书馆去请端木帮忙查找资料,那时候端木已经开始有视物不清和头痛的症状,可还是很热心地帮助她,程女士在说这件事的时候流了泪。她说:端木是个好人,我们不应该让一个这样好的人如此默默无闻地离开这个世界,她的这番话,深深地感动了我。

不久前我在天津见到了端木的弟弟端木阳,他对我讲了他哥哥的很多往事。于是我对端木又有了更深的了解,从而对他的去世也就更感到十分惋惜和悲伤。

端木阳说,他哥哥上中学时文、理、体育兼优,本来是准备学理科的,但由于看了一本中国文学史,就改学文学了。他同时考上了辅仁和师大的两个中文系,两个中文系各有各的名教授,他哪头也舍不得丢下,在选择辅仁之前有很长一段时间两头跑着上课,在辅仁他每年都得到奖学金,基本上不用家里负担。北京解放时,他正在辅仁中学教书,这在当时是个很好的职业,但他出于青年人爱国的热忱,报名参加了南下工作团,在部队担任文化教员和随军记者的职务,去过湘西,还到过朝鲜。他教部队学员写作总是从字词句讲起,力求给学员们打下扎扎实实的语言基础。利用行军打仗的间隙,他还编了一部成语词典,以深厚的文字功底纠正了时人对一些词语的错误理解。如果就这样下去,他在政治上和事业上本来会有一个很好的前途,可是"肃反运动"改变了他的命运。在运动中,他因坦率地对运动的扩大化倾向提出意见而遭到批判,并因此于1957年被划为右派,开除军籍,送到煤矿去劳动教养。但尽管如此,他也并没有失去生活的勇气和进取心。在煤矿他学会了推独轮车,他的煤总是堆得最多,而且跑得比别人更稳、更快。但他从未谈起在这几年中所受的身心摧残。他弟弟只记得有一次提到劳改生活时,他说过两句话,即是《红楼》中的"一年三百六十日,风刀霜剑严相逼"。

1963年他劳教期满回到天津。没有人给他安排工作,只有自找出路,去当泥瓦工,于是他把瓦工技术也当做一门学问来学,经过刻苦钻研,竟一下子就考上了四级瓦工。干瓦工极辛苦,但他工作一天之后回家还看书,吃饭时也拿着书。他常说:看着书吃饭比吃肉还香。"文革"时人家把他辞退了,全家人在很长时间里只靠他妻子在工厂干活的一点点收入生活。不过,他也沾了没有正式工作的光,否则,一定会被单位的红卫兵狠狠批斗,说不定就难以到今天。后来形势稍松,他又找了一份泥瓦工的工作。由于他干得好,人家就让他去管食堂和仓库。这个系统所属的服装学校知道他文化高,请他去教英文,英文虽然不是他的本行,但他以同样认真的态度全力而为,他还特意为学生们编写了一本《英语服装词汇》。

端木年轻时才华横溢,也许就因为他的才气才惹出了那么多的灾难。但中年后他的傲气全消,和他交往过的人,几乎无不对他的宽厚平和与热心助人留下深刻的印象。

他的书法真草隶篆皆精,而且有求必应,至今南大很多地方尚有他的墨迹,但由于人不出名,所以字也不出名。他曾有志于著述,但苦于工作太忙,一直未能如愿。他平生有两部最得意的著作,一部是前边提到的成语词典,一部是"文化革命"时偷偷写的文字学专著《转注论》。这两部书,至今未能出版。

南大中文系的郝世峰,中学时曾是端木的学生,后来端木到南大图书馆工作数年,郝世峰竟没有认出他来。直到我有一次无意中和郝提到端木的名字,说到他就在南大图书馆,郝才大吃一惊,他说:在他读辅仁附中时,端木是语文教师中最受学生欢迎的一位。当时翺翺年少,很英俊,与如今的样子判若两人,所以他绝没想到如此苍老的端木,竟是他当年的老师。

我与端木交往的时间不到半年,他给我的印象是:对人无所求也无所怨,总是在默默地为别人做事。不管处在什么环境,不管做自己喜欢的还是不喜欢的工作,他都是那样认真、努力、毫无保留地奉献。这种精神,在当今世界真是太难得了。

记得东晋诗人刘琨说过:"夫才生于世,世实须才",又说:"天下之宝当与天下共之。"我们这个世界人口过剩但人才并不过剩,对那些有才华的人,应该让他们充分发挥出自己的作用,端木有过人的才华,而一生却遭受了很多挫折苦难,虽然在"文革"以后得到平反,但终于没有能够把才华充分发挥出来就离开了这个世界。对他来说,这是一个遗憾；对我们来说，这是一个损失，是一件应该反省的事情。

当我听到端木故去的消息时，震惊之余立即想到两句诗："虚负凌云万丈才，一生襟抱未曾开。"程宗明女士也认为，用这两句诗来挽端木是再合适不过了。

但愿端木的精神永存世间。但愿那种浪费和摧残人才的现象在我们今后的社会中永远不要再出现！

【附录二】

端木留学长遗诗八首

悼念周总理

1977年1月15日观《敬爱的周总理永垂不朽》影片，人民的悼念，哀思无限。命笔十章，今存八章，以献其诚。

一

功烈垂宇宙，英名振古今。
万方齐揾泪，遗爱在斯民。

二

灵车缓去凤城西，肃立街头望眼迷。
老幼中青齐俯首，长空泪洒暗云低。

三

白花系向玉栏杆，总理灵车去不还。
挽幛竟出童稚手，英雄有泪也须弹。

四

北伐出师挥巨手,南昌起义第一枪。

功高天下犹谦让,正气堪增日月光。

五

骏马星驰来陕北,指挥革命在延安。

抗战八年得胜利,三年驱蒋凯歌还。

六

总理亲临来泼水,水光丽日互增辉。

欢欣喜与人民共,八亿神州心灵归。

七

边疆落户志非凡,教诲须知稼穑难。

锦绣河山亲动手,大西北变大江南。

八

大柱擎天立,艰难创业多。

蓝图亲手画,遗恨失蹉跎。

论缪钺先生在诗词评赏与
诗词创作两方面之成就

彦威先生九旬初度之庆

当时锦水记相逢,蒙许知音倾盖中。公赏端临比容甫,我惭无己慕南丰。词探十载灵谿境,人颂三千绛帐功。遥祝期颐今日寿,烟波万里意千重。(东、冬二韵合用)

我对缪先生之景仰盖始于1950年代初读先生《诗词散论》一书之时,其后于1981年4月,我应杜甫学会之邀来成都参加会议,始得拜识先生于草堂之中。适值拙著《迦陵论词丛稿》一书,亦已早于前一年在国内出版,先生读后亦对之留有深刻之印象,是以虽属初逢,先生乃遽以知音见许,写诗相赠,即曾有"相逢倾盖许知音,谈艺清斋意万寻"之句,别后惠函更曾引清代学者汪中《与刘端临书》之语,以为"念他山攻错之义,诚使学业行谊表见于后世,而人得知其相观而善之美,则百年易尽,而天地无穷,今日之交乃非偶然"。而我奉和先生之答诗,亦曾有"早岁曾耽绝妙文,心仪自此慕斯人"及"千古萧条悲异代,几人知赏得同时"之句。正由于有此互相知赏之基础,先生遂提出了合作撰写"词说"之计划。自1982年开始撰写,至1986年为止,共写成论文三十九篇,题名为《灵谿词说》,已于1987年由上海古籍出版社出版。近数年来,先生与我又陆续写成论词之文稿二十一篇,内容虽应仍属《词说》之续编,但体例则已微有不同,因乃改题为《词学古今谈》,已交付湖南岳麓书社及台湾国文天地二家出版社排印,预计今冬10月前后,即可于海峡两岸以繁简二体同时问世。自从合作以来,先生对我之奖勉鼓励常使我感铭万分,近接先生函,谓今岁10月四川大学将为先生举行九十华诞祝寿之会,希望我能写一短文对先生在诗词评赏与诗词创作两方面之成就,略为简单之叙介,我虽自愧浅陋,然而谊不敢辞,爰谨就个人阅读先生之著作,及平日接谈之一得,略抒所见于后。

关于先生在诗词评赏与诗词创作两方面之成就,其可称述者甚多,而私意以为其所以能形成其过人之成就者,则实有两大重要之因素:其一是诗人之禀赋与学者之修养的互相结合;其二是创作之实践与评赏之理论的互相结合。先生少承家学,在十八岁以前,就已经接受了文史之学的基本训练,而且在创作方面对于文章诗词也已经有了实践的体验。而且先生之禀赋过人,自幼年诵读《诗经》《左传》《庄子》《楚辞》诸书,就已经有了自得于心的感受,其后更曾致力精研汉魏六朝之历史与文学,而且对魏晋以来历经唐宋以迄于清代的各种文学体式,如魏晋辞赋、六朝五言诗、唐宋诗词之特变与流变,及历代之重要作者如曹植、王粲、陶渊明、颜延之、鲍照、陈子昂、杜甫、杜牧、李商隐、皮日休、两宋诸词人,以迄金元之元好问,清代之汪中、黄仲则、龚自珍、郑珍、王国维等,先生皆曾撰有专文之论著。先生对于治学之方法与态度,一向主张以"熟读深思"为基础,此四字虽看似常谈,而实含精义。先生尝自述其对熟读方面之体会,以为如果是"泛泛浏览"则"读后容易遗忘"且"用时不来"。而熟读成诵之后,则可以使之"变为自己之所有了","召之即来,运用自如"。如果以此种功力征之于先生之创作与评赏,我们便可见到先生在创作中遣词使事之得心应手,在评赏之征今稽古左右逢源,凡此种种妙用,盖莫不得力于其熟读成诵之功。再就深思方面而言,则先生也曾提出两个致力的途径：一是探索隐微，要能如汪中之所云"于空曲交会之际，以求其不可知之事"；二是高瞻远瞩，要能如黄庭坚之所云"如禹之治水，知天下之脉络"。如果再以此种功力与目光征之于其著作，则如其《论词》与《论宋诗》诸文之探索不同时代及不同文类之特质；《论李义山诗》与《论李易安词》诸文之所析两种迥然不同的锐感之心灵；《论辛稼轩词》之能指出辛词之具含双重之意境；论《姜白石之文学批评及其作品》之能指出姜氏之以江西诗法入词，凡此种种评断及识见，盖皆可谓为"探索隐微"，能"于空曲交会之际，以求其不可知之事"者。再如其《论六朝五言诗之流变》及《〈文选〉与〈玉台新咏〉》二文之就文学之体式与选录之标准之论诗歌之流变与作者之风格，又如其《汪容甫诞生二百年纪念》及《王静安与叔本华》诸文，前者论汪氏之才性造诣以探讨其在清代学术史上之地位，后者就王氏之才情禀赋以之与西方哲学家叔本华相比较，凡此诸文，其通观达识融贯古今之目光，则皆可谓为高瞻远瞩"如禹之治水，知天下之脉络"者。像以上的种种成就，固皆足以见其在诗词评赏上所具含的学者之熟读深思的学养与功力。

而除去以上种种成就外，先生在诗词评赏方面，更有其以诗人之禀赋所达成的两点特色。第一点是关于形象取譬，遂使论说之文平添了一份恍如诗歌之兴象的情致。即如先生在其《论宋诗》一文中，于论及唐宋诗之异点时，在做了概念之比较，谓"唐诗以韵胜，宋诗以意胜""唐诗之美在情辞，宋诗之美在气骨"的综述对比后，就更举引了一连串形象的对比以增强读者的感受，谓："唐诗如芍药海棠，秾华繁采，宋诗如寒梅秋菊，幽韵冷香。""唐诗如啖荔枝，一颗入口，则甘芳盈颊，宋诗如食橄榄，初觉生涩，而回味隽永。"又以宋人审美之观念与六朝相比较，谓："六朝之美如春华，宋代之美如秋叶。""六朝之美为繁丽丰腴，宋代之美为精细澄澈。"又如其在《论李义山诗》一文中，论及汉魏以降之诗人用情的两种典型，谓一则如庄子"如蜻蜓点水，旋点旋飞"，一则如屈子"如春蚕作茧,越缚越紧"。又如其在《论辛稼轩词》一文中,论及辛氏晚年闲适之词中所蕴涵的豪放之情与郁勃之气,亦曾举形象为喻,谓稼轩此种词"譬如江水滔滔东流,阻于山石,激荡回折,潴为大湖。湖波虽似平静,而水势余怒,蕴藏于中,黛蓄膏渟,气象阔远"。凡此种种精美切当之譬喻,在先生而言,又都并非徒事盛藻,而皆为深辨甘苦,惬心贵当之言,固非兼具学识与才情如先生者不能道。这自然可以说是先生诗词评赏之著作中的一大特色。关于其第二点特色则是文体之优美。先生既是学者,也是诗人,因此在其论著中,乃于求"真"以外,亦致力于求"美",而尤致意于骈散相融合以达成的一种气体之美。关于此点,先生在其论著中也曾屡屡述及,即如先生在其《颜之推的文学批评与作品》一文中,于论及颜氏作品的文学价值时,就曾赞美颜氏之文体,谓其"在南北朝末年崇尚华靡典丽的文章风气中,能树立清畅朴素的风格",又谓其文章"隽美流畅,虽多骈语,也有散行"。又曾兼论东晋以来的作者,如王羲之、陶渊明、范晔、郦道元、杨衒之等人的文章,以为其"有骈文中诗化的优点,而没有堆砌雕琢,藻饰繁缛的弊病,有些句子很隽美,是从口语中凝炼出来的。通篇虽多排偶之句,但是又常有散行,气足以举其辞"。又如其在《汪容甫诞生二百年纪念》一文中,也曾称美汪氏之文,谓其"所涉者广,上有会于春秋辞令之妙,而下采唐宋疏宕之致,非仅囿于魏晋也。故风骨高秀,潜气内转,善用成语,融化无迹"。又谓"学六朝者易流于堆砌重腿,而容甫以轻灵之气运之;摹八家者又失于矫揉造作,而容甫以自然之致出之,故能兼散骈两体之长,而自具清新馨逸之美"。凡此种种称述骈散兼融之文章的气体之美者,私意以为此盖皆为先生的"夫子自道"之言。如果要从先生的论著中举出一些例证来看,则如先生在《论词》一文中,于论及文与诗的性质之不同时,曾有一段话说:"文显而诗隐,文直而诗婉,文质言而诗多比兴,文敷畅而诗贵酝藉,因所载内容之精粗不同,而体裁各异也。"又论诗与词性质之不同,也有一段话说:"诗之所言,固人生情思之精者矣,然精之中复有更细美幽约者焉,诗体又不足以达,或勉强达之,而不能曲尽其妙,于是不得不别创新体,词遂肇兴。"如果以这两段话相对照来看,我们就可见到前一段话之特色,乃是在多次以骈语相对比后,而以两句散语作结,遂不仅在对比后增加了结论中判断的说明性,而且使文气从整饰的排比一转而变为了舒缓的长言,也更增加了一种气体摇曳多姿之美。至于后一段话,则表面之文字虽属散行,而在内容之本质方面则实为以词与诗相对比,亦属散行而以散体变化出之者,于是遂又表现了文散而神骈的另一种气体之美。而凡此种种文章气体的变化运行之美,在先生而言又丝毫不见矫揉造作之迹。乃真能如先生称美汪容甫之所谓"潜气内转""融化无迹""以自然之致出之"者也。更何况在这种优美的容甫文体之中,先生所叙写者又是其生平研读体会之所得的辨析精微之见,像这种在内容方面既深具学人的识见,而在文体方面又洋溢着诗人才情的诗词评赏之作,在今日作者中盖已绝难一觏。盖以诗词评赏之作,似易而实难,一般人往往以为此类作品但须略具一己之感受,再就原诗词加以阐释推述,便可敷衍成篇,而殊不知此类作品之佳者,固非兼具才、学、识三方面之修养者,不能极其致。而更能将此三方面之修养以优美之文体写出者,则尤不易得。这自然可以说是先生诗词评赏之著作的另一重要之特色。而近年来先生之文体乃又有一大改变,不复讲求文字之美,而纯以质朴之言语出之,则是所谓绚烂之极归于平淡,正如杜诗所谓"老去诗篇浑漫与",生平学养皆从平实中自然流露,则又为人生学问之另一境界矣。

至于先生与我近十年来所撰写之《灵谿词说》中所收诸文,则撰写之体例乃全出于先生之计划,全书按词人时代之先后编排,每篇论文之前附有论词之绝句,至于论文之内容,则或者为对作者之评介,或者为对作品之欣赏,或者为对词学之讨论,或者为对词史之分疏,盖有意欲将古今诗词评赏之各种方式融为一编者。在此书中,先生所撰写者共二十三篇,我所撰写者仅十八篇。先生所写固多为平生研读词与词学的深入有得之言,故此书出版后,颇获读者之重视,《四川大学学报》于1988年第2、3两期,曾专门辟有"《灵谿词说》笔谈"之栏目,此外如《读书》杂志之1988年第8期,及《群言》杂志之1990年第9期,以及港台两地之报刊亦多刊有评介此书之文字,其对先生之称誉,固属实至而名归,而我乃竟因曾获先生之知赏亦得以幸附骥尾,此则每一念及,常使我深增感慨者矣。

  以上我们既然对缪先生在诗词评赏方面之成就,已做了简单之介绍,下面我们就将对先生在诗词创作方面之成就也略加介绍。如我在前文之所言,先生盖早在十八岁以前,对于各体诗文之写作就早已有了娴熟的训练。而且先生之根底深厚,自先秦以下,对汉魏六朝唐宋以迄于清代的诸名家之作品,均早已熟读成诵有会于心,不过人各有其天性之所近,善于博观而约取者,自可于繁博之接触中加以提炼,而觅取其性情之所近者以为自己之所有。就先生之诗词创作方面的成就而言,则其诗之风格兼有晚唐与宋诗之美。其情韵之深长绵邈,近于晚唐之李义山,而无义山的隐晦之弊;其体格之清劲峭折,近于宋代之黄(山谷)陈(后山),而无黄陈的枯淡之失。至其词之风格,则在小令方面其情致之蕴藉富华盖与晏小山为相近,而在长调方面则其气体之清空骚雅则又有得于南宋之姜白石。私意以为,先生在诗词二体之创作中之所以形成了如此之风格,此盖与其性格为人有密切之关系。盖以先生一方面既在天性中原具有锐感深情之禀赋,此在诗人中自与李义山为近,而在词人中则与晏小山为近;而另一方面则先生又复在为人方面具有耿介之风骨,不肯趋逐流俗,因此在吟炼文句之时,乃又独喜江西诗派之峭折与白石词风之清雅。古人有云读其诗想见其人,诗品与人品之相表里,观夫先生之所作乃益信其言之有征矣。

先生诗词之作,共录存有手稿五册,题名为《冰茧庵诗词稿》,所收古近各体诗及小令慢词等共约五百首之多,尚未付印。1980年代初期,先生虽曾以其手录之全部诗词旧稿相示,所惜当时匆匆拜读后当即奉还,未敢向先生请示复印留存,是以今兹撰写本文,深感对先生诗词创作之成就,难于包举整体作详细之评述。所幸自1981年以后,先生每有所作必录附函中邮寄见示,迄今已逾十年之久,与先生前所书赠之旧稿合计,盖亦有近百首之多。如果从我对先生诗歌之个人印象而言,则私意以为先生之作品大约可以分为以下几个不同之阶段:第一个阶段是1940年代的作品,此一阶段之作品又约可分为两类,第一类是写个人生活的感受体验之作,第二类是写关怀国事的感慨乱离之作。前一类作品如其1943年所写的《夜读》一诗,曾有句云"少时仗兴观书卷,如向深山踽踽行。触眼峰峦乱稠叠,回头脉络尽分明",此盖真为读书人的深思有得之言,而乃全以形象之描述出之,使内容境界与艺术表现获得了极完美的结合。又如其1940年所写的《惘惘》一诗,曾有句云"惘惘心情入世非,宛然弱丧渐知归"及"夜读不嫌灯照影,早行犹惜露沾衣",则借用《庄子·齐物论》及《诗经·召南·行露》之出典,而赋以新义,以写其不汲汲于世的一种介然的持守和修养,用古出新而别具清雅之致。至于后一类作品,则如其《玉楼春》词所写的"萋萋已遍天涯路,直北长安遮远雾。瘴花无俚带愁开,明月有情将梦去。　山河举目皆非故,客里清明惊几度。春来何处听流莺,只有柳条依旧舞",及《一萼红·刘子植自重庆来宜山,离乱相逢,话旧增慨》一词所写的"瘴云深,叹相逢岭徼,村屋话秋霖。零泪移盘,藏舟去壑,愁对天际遥岑。更多少风吹梦断,独客久、辜负赏花心。照眼孤馨,堕流飞絮,斟酌幽襟。　琼岛碧荷千顷,恐从君去后,柳老烟沉。宝笈无凭,尊彝谁托,消息难问来禽。记曾共梁园载酒,想如今芳树已成荫。听墙边乱蛩,只有凄音",这两首词自然都是感慨乱离之作,而各有不同之风格,前一词掌握了小令的蕴藉低回之致,后一词则表现有南宋雅词的峭折深沉之美。先生在其《论词》一文中,曾举岳飞《小重山》及辛弃疾《摸鱼儿》与文天祥《满江红》诸词为例证,以为这些词人的"壮怀精忠、苦心孤诣,均借要眇蕴藉之词体,曲折达出"。先生此二词之以蕴藉与峭折来表现对国事之悲慨,其成就盖亦有近于是。而若以之与先生所称美之晏小山及姜白石二家相比较,则先生令词意境之深远既似有过于小山,慢词感慨之深挚亦似有过于白石。此则盖由于先生既曾身经战乱流离之遭遇,故其平时功力乃得与时世相结合,而有以成就之也。

至于先生第二阶段之作品,则当以1970年代后期至1980年代后期之所作为主。而1950年代及1960年代之作,则我手边并无此一时期先生之作品。此或者盖由于当时国内对古典之批判,故所作甚少之故,而自1970年代后期开始,国内既已拨乱反正,而1981年春先生与我在草堂相遇之后,又拟定了合作撰写《词说》之计划,是以此一时期先生之所作,乃充满了一种欣喜期望之心情,且其中大多为寄赠给我的诗篇。1981年相识不久之后,先生写诗相赠,即曾有"离合神光照眼新,婆娑冬树又生春。能从西哲探微旨,不与雕龙作后尘"之句,乃至约定共同撰写《词说》之后,先生又复写诗相赠,及更有"唐宋及五代,词兴四百年。微旨待探抉,相契写新编。天地本无穷,人生细隙迁。精英苟有托,永世期能传"之句。先生对我的溢美之辞,固使我愧不敢承,但就诗论诗则其所表现的对后学晚辈之奖勉,对诗词传统之关怀,既不废西哲之说,更相期永世之业,其胸襟之开阔与目光之深远,固已迥非流辈所及,至其风格之自然,则似乎更早已摆脱了晚唐与宋词之约束,而进入了一种自得之境界矣。而在此一时期中,先生还写有两篇七言长古之力作,一篇是1982年春为杜甫学会在成都草堂开会纪念杜甫诞生1270年而写的长篇七古,全诗约长三百余字,历叙杜甫之生平志意,忠爱流离,及其诗篇之成就与影响,而结之以"华夏立国万载传,贵有诗教相绵延。远承杜公继骚雅,汉家新数中兴年"之祝愿,在全篇的沉郁顿挫之余,表现了豪迈的气魄。另一篇则是先生于1982年写赠给我的题为《相逢行》的一首长篇歌行之作。全长有将近四百字之多,篇中也曾叙写我之家世及我所遭遇的忧患,以及我虽在患难中不废读书写作的教学生涯,而结之以先生与我相逢之欣喜,曾有句云:"草堂三月明春色,鹃花红艳松楠翠。早岁曾耽绝妙文,初逢竟似曾相识。论著精宏四五编,如游佳景入名山。最难所见多相合,宛似蓬莱有胜缘。灵光一接成孤往,庄惠相期非梦想。书生报国果何从,诗教绵绵传嗣响。凤凰凌风来九天,梧桐高耸龙门颠。百年身世千秋业,莫负相逢人海间。"先生对我之知赏与期望,固使我感愧无已,但先生这两篇七言长古的音调之铿锵与气韵之矫健,则实为近世诗坛上不可多得之作。盖以七言长古之声律往往变化无方,不似近体声律之有法可循,是以近世之为七言长古者日鲜,偶有作者亦往往不免失之琐杂芜蔓、声调不举,而先生之所作则气骨高翔,此固非精于诗法有熟读朗诵之功而通于神理者不能为也。此外先生在此一时期所写之词,亦多为赠我之作,如《高阳台》(西蜀鹃红)一首,曾有句云:"人间万籁皆凡响,为曾听流水瑶琴。"《水调歌头》(首夏气薰暖)一首,曾有句云:"高山流水新曲,倾听且为佳。莫道人生有限,请看无穷宇宙,日月自光华。澄澈灵谿水,同泛碧云槎。"诸作对我之赏契与推奖,常使我万分惭怍,我虽愧于征引,但先生此期词作所达致之自然高远之意境,则固有不可没者。

至于1987年以后以迄今日之诗词,则可视为先生第三阶段之作品。此一时期之所作,约言之大约有以下几点特色:其一,此一时期中颇多哀悼与感旧之作,如先生所写吴世昌先生挽诗,曾有"年来闻笛多伤逝,谁料清秋又哭君。谀德愧无光禄笔,衔哀空答秣陵文"之句。又如奉酬韩国磐教授之作,曾有"一别京华三十春,惊心几见海扬尘"及"著史能通千载事,咏怀聊寄百年身"之句,莫不典雅贴切,情真意挚。

先生尝自谓平生所作不为敷衍酬应之篇,不为无病呻吟之作,观夫前引二首挽诗与赠诗,其信然矣。其二,则此一时期中先生亦颇多感事之作。如其1987年所写《夜合花·用吴梦窗体纪念七七抗战五十周年》一词,曾有"春梦无痕,秋花易谢,人间万感微茫"及"卅载一梦苍凉,几红羊换劫,沧海生桑"之句。1990年所写《读陶渊明〈饮酒诗〉》一首七律,曾有"世事固难求甚解,桃源终亦愿常空。刑天猛志犹凌厉,都在遗编饮酒中"之句。1991年所写《季秋有作》七律一首,曾有"炙毂久嗤哗宠术,著书深耻稻粱谋"之句。凡此诸诗,莫不于温厚中寓有极深之悲慨,忧时伤世,固深有古诗人之遗风也。其三,则是此一时期先生之所作,亦有颇富哲理妙悟之诗篇,如其1992年春所写《元月书怀》五古一首,全诗云:"少小读儒书,又复喜庄老。济世与避世,冰炭满怀抱。一接逍遥游,人当解意表。秕糠铸尧舜,鹏鷃齐大小。静室凝清香,亲朋聚昏晓。棋声泯胜负,诗句志拙巧。怡然养天和,宁复计寿夭。寒梅亦解意,繁花插晴昊。"乃真有化出蹊径妙臻自然之致,此固当为中国传统文化中一种极高之意境。而此一时期中先生来函,亦曾述及近日细读《庄子》及陶诗,有更深之悟入,意者继此之后先生必将有更多此类妙臻自然之作。不过自今年4月以后,先生为二竖所侵,已久未惠示新作,昔孔门弟子曾有"子如不言,小子何述"之叹,我在此诚恳地祝愿先生之身体早日康复,能有更多之著述与创作以嘉惠后学。谨奉先生之命撰为此文,以为先生九十华诞之庆。

  1992年10月2日写毕于美国哈佛燕京图书馆

悼念文史学家缪钺先生

缪钺先生与我相识于1981年4月在成都草堂举行的杜甫学会第一次大会上。我去先生住处川大宿舍铮楼拜访时,正植杜鹃花盛开之际。我们相识后,先生初次来函即引清代学者汪容甫致刘端临书,以共同著述相期勉,其后遂商定合撰《灵谿词说》和《词学古今谈》。二书完成后,已分别由上海古籍出版社和湖南岳麓书社出版。1992年春先生卧病后,我曾一度订好机票,拟赴成都探望,后因故未成行。1994年12月先生病重住院,其时我正在北京探亲,亦曾购妥机票,拟往探候,乃因患重感冒,亦未成行。当时曾致电相约1995年4月返国时再来探望,岂意先生竟于1月中逝世。此次虽守约前来,而仅能参加先生葬礼,未获生前之一面。忆先生旧曾赠我《高阳台》词,有"人间万籁俱凡响,为曾听流水瑶琴"之句,知赏极深。今日重诵先生旧句,感愧怅憾之余,弥增悼念之思,作挽诗三首以祭先生在天之灵。

锦城又见杜鹃红,重到情怀百不同。依旧铮楼书室在,只今何处觅高风?

当时两度约重来,事阻偏教此愿乖。逝者难回怅一面,延陵徐墓有深哀。

曾蒙赏契拟端临,词境灵谿许共寻。重诵瑶琴流水句,寂寥从此断知音。

陕西人民出版社重印缪钺《诗词散论》序言

《诗词散论》是我国著名文史学家缪钺教授六十年前的一本旧作，原书曾于1948年由开明书店出版，共收论文十篇。其见解之精微，文辞之优美，自出版后即获得读者普遍之欣赏与推重。其后，台湾开明书店曾于1953年加以重印。1980年香港中文大学出版之英文刊物《译丛》(*Renditions*)曾印有介绍中国词及词学的专号一辑，其中即收有《诗词散论》中之《论词》一文，由英国之汉学家闵德福（John Minford）加以翻译介绍，获得海外学人的重视。而国内，《诗词散论》则在1982年由上海古籍出版社予以重印，又加入作者当年的一篇旧作——《〈诗〉三百篇纂辑考》。《诗词散论》一书，字数虽不过六万左右，然其所包容之方面甚广，尤为可贵者，所论均为积学深思之所得，是诗词论评中一本值得重视之作。

本书初版原收论文十篇，1982年重印后增为十一篇。其中论诗之文章四篇，按时代内容言之，依次为《〈诗〉三百篇纂辑考》《六朝五言诗之流变》《论李义山诗》及《论宋诗》四文。《〈诗〉三百篇纂辑考》一篇，纯属考据性之论文，与书中其他偏重评赏之篇稍有不同，故初印时未尝收录，此次重印始编入集中。此文印证旧籍，考寻《诗》三百篇当年纂辑之情况，征引翔实，考论精简，为考证文中难得之著作。其《六朝五言诗之流变》一文，以简驭繁，掌握重点，以为此一时期五言诗之演变，可以举三位诗人为代表作者：谢灵运融合玄释，模写山水；鲍照仿吴歌，发唱惊挺；谢朓用声韵，圆美流转：均能除旧拓新，开创风气，所论极为精要。其《论李义山诗》一文，结合李义山之性情为人与当日之历史背景加以分析，有烛微探隐之发挥。其《论宋诗》一文，论及唐诗与宋诗差别特异之点，分为用事、对偶、句法、用韵及声调数项，加以析论，对宋诗之优点及流弊，论述精辟。

除论诗之文外，集中所收论词之文，亦共有四篇，计为《论词》《论李易安词》《论辛稼轩词》及《姜白石之文学批评及其作品》。其《论词》一文主要在论述词之性质，以为词之特征约有四端：其文小，其质轻，其径狭，其境隐，在词之体式中，虽豪壮激昂之情，亦宜出之以沉绵深挚，始能不流于偾张叫嚣，所论颇有见地。其《论李易安词》一文，以为易安词超卓之处可分三点论之：一、为纯粹之词人；二、有高超之境界；三、富开辟之能力。于各点之下，皆分别举例加以阐述，所论极能得易安词之精华。其《论辛稼轩词》一文，于一般人所共见之稼轩词之豪壮特色以外，更特别提出稼轩较其他豪放派词人又有不同之处，则是稼轩词于豪壮之中更能有沉咽蕴藉之致，得相反相成之妙，故能使其作品更臻于浑融深美之境。又进而论及稼轩词之所以能具有此特美之原因，盖与其才情及修养有重要关系，所论极为精辟，发前人所未发。其《姜白石之文学批评及其作品》一文，除论白石之词以外，更论述白石之文学批评及诗歌之造诣，而且将白石之诗论及其诗作、词作与南宋之文学风气结合为一体加以讨论，溯源探隐，足见作者学养之深。

集中尚存有其他有关文学之论文三篇：其《〈文选〉与〈玉台新咏〉》一文，论两书体例之异及昭明、简文兄弟二人文学见解之不同，所论极为扼要。其《汪容甫诞生二百年纪念》一文，对汪氏之才性、造诣及其在清代学术史上之地位皆有所评述，知人论世，甚为精审透辟。其《王静安与叔本华》一文，先论叔本华之为人及其哲学之特点，继论王静安文学批评及其文学作品得力于叔氏之处，更进而论及叔本华哲学对王静安为人之影响,而结论及于学术史上他山攻错之益,具见作者论学之眼光及精诣。

1982年,我在撰写《灵谿词说·前言》中曾谈到有两本书对自己的启发和感动:"一本是王静安先生的《人间词话》,另一本就是缪先生的《诗词散论》。这两本书的性质,其实并不完全相同。我之阅读《人间词话》,盖始于我还在读书的髫龄时代,而我之阅读《诗词散论》,则已在我大学毕业开始教书之后。《人间词话》是我在学习评赏古典诗词的途径中,为我开启门户的一把钥匙;而《诗词散论》则是在我已经逐渐养成了一己评赏之能力以后,使我能获得更多之灵感与共鸣的一种光照。《人间词话》所标举者,是评赏诗词之际,所当体悟的一些最基本和最重要的衡量及辨析的准则;而《诗词散论》则是对个别的不同体制之韵文与不同风格之作者,在本质方面的精微的探讨。二书之性质既不尽同,我在阅读二书时之所得也并不尽同。不过,在我的感受之中,这两本书却也有着一些根本上的相似之处,其中最值得称述的一点,就是此二书之作者之所叙写者,都是他们在多年阅读和写作之体验以后的所谓'深辨甘苦,惬心贵当'之言,这与一般作者之但以征引成说或夸陈理论为自得的作品,是有很大不同的。再则,此二书之作者,似乎都各自具有一种灵思睿感,正如缪先生在其《王静安与叔本华》一文中所说的,'其心中如具灵光,各种学术经此灵光一照,即生异彩'。这正是此二书之所以能使读者在阅读时,往往得到极大之感悟和启发的主要缘故。"至今,我对缪先生《诗词散论》的评价依然如此。

陕西人民出版社将要重印《诗词散论》,约我写序,因返加在即,时间紧迫,未能从容为文,仓促成此短章,敬请读者原谅。

我与唐圭璋先生的两次会晤

我是一个从事诗词教研的工作者,对于词学界的前辈学人唐圭璋先生,可以说是仰慕已久,但却一直没有拜识的机会。我是满族人,出生在北平,自1937年"七七事变"至1945年抗战胜利为止,我一直生活在被日军占领的沦陷区,在这段期间内,我自然无缘认识唐先生。而且1948年春我就因结婚离开了北平,辗转去了台湾。其后更于1966年去了美国,又转去了加拿大。在这段期间内,我一直担任着"词选"一课的教学。唐先生的著作如《全宋词》《词话丛编》等,一直是我和同学们在学习研读中的重要参考书籍。古人说"读其书,想见其人",虽然这话一般是就创作性的作者而言的,但唐先生能以个人之力完成如此宏伟的几部巨著,其志意之坚和用力之勤的精神与修养,仍然是使我们这些教学者极为钦敬和向往的。

1977年"文革"过去以后,我与家人回国探亲旅游。沿途看到国内广大人民对于诗词的热爱,使我极为感动。遂于1978年提出了回国教书的申请。1979年春国家安排我去北京大学教书,过了一段时间,天津的南开大学又邀我去南开教书。在此期间我曾与南京大学历史系的陈得芝教授通信,陈先生遂邀我来到了南京大学。原来陈先生曾于两年前到加拿大的不列颠哥伦比亚大学访问。由于我是华人,曾协助校方做过接待陈先生的工作。有一天因为我自己有课,不能陪陈先生外出参观,陈先生主动提出愿意到我班上一同上课。课后谈起我研治词学,陈先生研治元史,我们都对王静安先生极为钦仰。陈先生遂表示希望我以后回国与他联系,要邀我到南京大学讲一次课。正是以如此的机缘,我遂来到了南大。在南大讲课后,校方还安排了我与南京大学及南京师范大学的几位教授有一次座谈的聚会,当时参加座谈的有程千帆、孙望、金启华等诸位先生,他们还曾分别吟诵了自己的诗作和词作。我趁机向金启华先生问起了唐圭璋先生的近况。金先生遂于座谈会后陪我一同去拜访了唐先生。

记得我与唐先生相晤时,曾并坐在一个长沙发上,先生坐在我的左侧。一见面先生就亲切地握住了我的手,以后一直与我执手而谈。先生相貌清癯,语音低缓,神色和宁,有谦谦君子之风。谈话将近半小时,先生所谈的都是治学之心得,无一语及于他事。这使我想到了陶渊明的"相见无杂言,但道桑麻长。桑麻日已长,我土日已广"的几句诗。先生一生研治词学,词学就是他所有的精神、感情、生命之所寄托,正由于他有如此专注的投入,所以才使得他在词学界中完成了如此伟大的成就。与先生会晤以后,我自己内心中一直在想,我半生漂流海外,虽然以讲授诗词糊口谋生,但多年来一直缺少师友的切磋砥砺,以致学殖荒落,面对先生,衷心极感惭愧。如有可能,我实在极愿侍随先生,长聆教诲。可惜我早已不是做学生的年龄,有不少现实工作责任的羁束,我大约在见过先生后的第二天就匆匆离开南京了。

其后,过了两三年之久,我又一次应南京大学中文系之邀再度来到了南京。当我见到金启华先生时,又向他问起唐先生的近况,金先生告诉我说目前唐先生正生病住在医院,我就请金先生陪我到医院去探望唐先生,只见唐先生身体更加瘦弱,语言也更加低沉无力了。我不敢多加打扰,就匆匆向先生告辞出来了。离开医院的途中,金先生娓娓向我叙述了唐先生的家庭生活,原来唐先生的夫人早于1936年就病逝了,唐先生不仅终身未再续娶,而且每于夫人忌日,必亲至墓前纪念凭吊,数十年如一日。其性情之笃，可以想见。

其后，在几次词学会议中，我又有机会与唐先生的几位高足弟子相结识，如目前在苏州大学任教的杨海明先生，在湖北大学任教的王兆鹏先生，在南京师大任教的钟振振先生，还有其他我并不大熟识的唐先生的另一些弟子们，他们都已各自树立，卓然有成。词学界的朋友们莫不称述唐先生作育英才对学术传承所做出的过人的绩业，这种绩业的完成，不仅由于唐先生有一种精勤的治学与教学的精神，也因唐先生更有一份关心爱护青年学子的笃厚的性情。先生之个体生命虽然已经长逝，但其精神教化，必然传之久远。这是我们从先生的一些高足弟子之成就上，所可预见的。

唐先生于1990年冬在南京病逝。当时我正应台湾清华大学客座讲学一年之邀聘，在台湾新竹的清大授课。可能因消息阻隔，我未能及时获知先生病逝的消息，所以未及一申哀悼之诚，其后每一念及，常感愧憾。近日接奉南京师范大学文学院来函，告以目前正在为《当代江苏学人丛书》编写《唐圭璋先生卷》，向我邀稿。但此信寄到天津时，适值我正因事去了北京，在京羁留多日，近日始返回天津，而下周我又将离津赴港，仓促中只草成了这一篇短文。相信以唐先生为人之谦和宽厚，如果先生有知，是必能鉴知我的真诚，原谅我的仓促。

1999年10月31日写于天津南开大学

纪念影响我后半生教学生涯的
一位前辈学者李霁野先生

李霁野先生是属于我师长一代的前辈学人。当我于1941年考入当年北平的辅仁大学时,李先生正在辅大西语系任教,而我则只不过是一个才考入学校的国文系的新生。我虽然早就读过李先生所翻译的《简爱》等小说,但却从来也没想到要去拜望这一位前辈教授。直到1948年春天我因要赴南方结婚离开北平时,与李先生也未曾有一面之缘。而谁料到相隔三十年后,李先生竟成了影响我后半生教学生涯的一位关键性的人物。

谈到我与李先生相识的机缘,就不得不推源到我的老师顾随羡季先生。顾先生当年在辅大担任我们的唐宋诗和《诗经》等课程,同时还在中国大学担任词曲选等课程。顾先生讲课一任神行,他所讲的完全是诗歌中一种兴发感动的生命本质,给了我极大的震动和启迪,与一些旧传统老先生们的讲课方式,有很大的不同。后来我才知道顾先生原来乃是老北大外文系毕业的,而他幼年所受的旧学教育则根柢极深,所以在讲课时方能作出结合古今中外的淋漓尽致的发挥。因此他与当日辅大西语系的一些教授都常有往来。李霁野先生就是顾先生的一位好友。我到南方结婚后,与顾先生仍常有书信往来。及至1948年冬季,当解放军要渡江的前夕,外子服务的国民党政府的机关即将迁往台湾。我遂仓促地给顾先生写了一封信,把即将赴台的消息向老师奉告。老师也即刻给了我一封回信,信中提及他的几位好友如李霁野、郑骞诸位先生都已经去了台湾,嘱我到达台湾后向诸位先生致候。但外子工作的地点在台湾南部的高雄左营,诸位先生则都在台北的台湾大学任教,当时台湾的交通并不像今日的便利,而外子与我初抵台湾,很多琐事,诸待安置,所以一直迟到第二年3月我才有机会去拜望诸位先生。记得那是一天上午,我在台湾大学中文系的办公室中,不仅见到了李霁野和郑骞两位先生,还见到了当日的中文系主任台静农先生,更巧的是我还见到了曾在辅仁大学教过我大一国文的一位老师戴君仁先生,还有曾经租住过北平我家老宅外院、也曾在辅大任教过的许世瑛先生。那时我已经怀孕,而且在台湾中部的彰化女中也已经找到了一份教书的工作,所以并未在台北久留。谁知此次与李先生相见不久后,台湾的白色恐怖就愈演愈烈。李先生乃于仓促间离开台湾返回了大陆。而外子则于此年12月——我生下的女儿还不满四个月时,因思想问题被他所任职的海军方面所拘捕。次年6月,我任教的彰化女中自校长以下还有六位教师也同时被捕,我带着未满周岁的吃奶的女儿,也被关押了起来。其后我虽先获释放,但却成了一个无家无业无以为生之人。其间艰苦备尝。直到四年后外子被释放出来,我转到台北二女中任教后,才有机会再见到台北的诸位老师,而那时李先生则已返回大陆多年,与台北的友人们早已断绝了音信。等到我再次见到李先生,那已经是1979年我回国教书以后的事情,那时距离我于1949年在台北与李先生初见,已经有三十年之久了。

关于我回国教书的动机和经过,在1999年南开大学八十年校庆的特刊上,我曾经发表过一篇题名为《诗歌谱写的情谊——我与南开二十年》的文稿,对此曾有颇为详细的叙述。总之,自从我于1969年定居加拿大,为全家生计因而接受了不列颠哥伦比亚大学的聘书,而不得不担任了一班必须用英语教学的中国文学概论的课程后,每当我必须要用我笨拙的英语来解说我所深爱的那些中国诗词时，我就感到极大的痛苦。而那时的中国则正在"文化大革命"期间，我连给大陆亲友通一封信都不敢，当然更不敢奢望回国去教书了。及至1973年加拿大与中国正式建立了邦交，我于是立即申请回国探亲。1974年获得批准，我才敢于在去国离家二十五年之久后第一次重返故乡。既与祖国建立了联系，所以1976年"文革"一结束，我就于1978年提出了回国教书的申请。1979年蒙国家答复，安排我去北大教书。而也就在此时期，我在报刊上看到了李霁野先生于"文革"后复出，目前在南开大学任外文系主任的消息。我当时极感兴奋，就给李先生写了一封信，叙述了自台北晤别后三十年来的种种变化，并告知了我已被国家批准回国教书的事。李先生立即给我回了一封信，说北大有不少老教授仍在，而南开则在"文革"的冲击后，很多老教授都不在了，所以很热情地邀我去南开讲学。李先生既是我的师长一辈，又有着当年在北平辅仁大学和后来在台北台湾大学的种种因缘，所以我毫不犹豫地就接受了李先生的邀请。于是在北大讲了一段课后，就由南开把我从北京接到了天津。那时学校还没有专家楼，我就临时住进了天津一家饭店。原拟稍加安顿后次日去拜望李先生，谁知第二天一早就有校方通知我说李先生现在就要来看我了。我只好留在饭店恭候。那年李先生已是七十五岁高龄，较之三十年前我在台北初见时只有四十余岁的李先生，当然显得苍老了许多，但精神仍极为矍铄，对人之诚挚热情依旧，一见面就殷殷询问我的生活情况，对我在南开的讲课时间与交通往返等事，都作了妥善的安排。继之李先生就向我询问起台北一些老友的近况。我遂告知李先生说当年在台湾大学中文系办公室一同聚首相晤的友人中，已有两位相继下世。那就是早已于1972年以心疾突发而去世的许世瑛先生，还有不久前于1978年逝世的戴君仁先生。至于郑骞先生则虽仍健在，但却已有龙钟之态，不良于行。李先生听到这些消息后，自然不胜欷歔今昔之感。而唯一值得欣慰的则是他所最关心的朋友台静农先生则不仅依然健在,而且精神身体之矍铄似较之李先生犹有过之。李先生闻此消息自然极感欣慰。原来李先生与台先生本是安徽霍邱县叶集镇的小同乡。据李先生说当他们还是婴儿时期,被分别抱在父母怀中相见时,彼此就已经有了"相视而笑"的情谊了。其后叶集镇创办了明强小学,他们二人就同时从私塾转入了明强小学的第一班。后来他们都来到了北京,一同去拜见过鲁迅先生,又与鲁迅先生一同办起了未名社。李先生致力于外国名著的译介,台先生则致力于短篇小说的创作。其后未名社被查封,李先生与台先生也同时被捕,一起被关了有五十天之久。所以他们二人不仅有同乡之谊,更有童稚之亲,而且还是患难之友。在叙说着这些往事时,我从李先生貌似平静而深蕴激情的语调中,不仅体会了他们的友情之深厚,也深深地领会了他们所共有的一份理想和操守。当时我曾经寄了两首七绝送给李先生,诗是这样写的:

欲把高标拟古松,几经冰雪与霜风。平生不改坚贞意,步履犹强未是翁。

话到当年语有神,未名结社忆前尘。白头不尽沧桑感,台海云天想故人。

于是我在感动之余,便主动地担任了替他们两位老友传递消息的任务。不过我自从1974年回大陆探亲后,就被台湾当局列为了不受欢迎的人士,连文稿也被禁止在台湾的书报上刊登,当然无法亲自到台湾去。我只能通过台先生在美国的两个女儿纯懿和纯行,以及在台湾的学生施淑,替他们两位老人辗转传递书信。其中以施淑传递的信息最多。直至今日在她手中还保留有李先生的多封信稿,还有几篇她曾代李先生在台湾报刊上发表过的李先生的文稿的手迹。从这些文字看来,李先生实在是一位风格极为纯朴恳挚的性情中人。

而更可注意的则是李先生不仅写作白话的诗文,同时还写作旧诗。就在我把前面所写的那两首赠诗寄给他以后不久,他就也寄了两首回赠给我的七言绝句,他的诗是这样写的:

赠叶嘉莹教授

一度同舟三世修,卅年一面意悠悠。南开园里重相见,促膝长谈疑梦游。

诗人风度词人心,传播风骚海外钦。桃李满园齐赞颂,终生难忘绕梁音。

这是我第一次读到李先生的旧体诗。当时我原以为李先生只不过因为我是个研读旧诗的人,所以特地也写了两首旧诗来送给我。其后我虽曾又读过一些李先生写赠台先生的诗,我仍想那是因为台先生定居台北以后常写一些旧诗,所以李先生才也写旧诗赠给台先生。直到不久前我因为要写这篇纪念文字,与李先生的孙女李正虹女士取得了联系,向她提起了李先生写旧诗的事,才听她告诉我说李先生原来一直都是常写旧诗的,如今还留有多年来所写的旧诗共四集。计有:《乡愁集》,收录自1943年至1948年的各体诗作共一百四十五首;《国瑞集》,收录自1951年至1971年的各体诗作共一百一十四首;《卿云集》,收录自1972年至1992年的各体诗作共三百二十首。此外还有未标年月的《露晞集》一册,收五七绝小诗四十首。一共加起来,李先生所留存下来的旧体诗作竟然共有六百一十余首以上。这使我不禁想起了远在台湾的他的老友台静农先生。他们原来都是倡导新文学而不欲以旧诗示人的新派人物。后来台先生逝世以后,据施淑所写的《台静农老师的文学思想》一文的叙述,就曾提及他最早写的一篇诗作,乃是1922年在上海《民国日报》副刊所发表的一篇题为《宝刀》的新诗。其主要内容所写的乃是一个年轻人"面对军阀混战和人民的苦难,决心以宝刀铲除战争罪恶"的一种理想和热情。而且当时的台先生还曾参加过一个叫做"明天社"的先进的文学社团。在"明天社"的宣言里,台先生曾公开提出过"反对旧诗和旧小说"的主张。而据李先生所写的一篇题名为《从童颜到鹤发》的文章中的记述,原来他与台先生二人在青少年时期都具有极强烈的革命的新思想,他们曾一同参加过许多如同"剪辫子和砸佛像"的行为。这正是何以他们在未名社中一个从事于西方文学之译介,一个从事于新小说之写作的原因。谁知数十年后,我们竟然发现他们二人原来都对写作旧诗有极浓厚的兴趣。台先生留下的新诗寥寥无几,而其所写的旧诗则现在已由香港翰墨轩主人许礼平先生将之编注出版为一册极精美的《台静农诗集》。李先生留下的新诗也不多,据他的家人说只有薄薄的一小册,而旧诗的数量则超过其新诗有数倍之多。我自己作为一个终身从事旧体诗词之教研的工作者,对此种情形不免引起了许多感想,从国内这数十年诗歌界的现象来看,旧体诗的诗词学会和诗词刊物,可谓已遍及全国之各省市,而新诗的作者和刊物的数量在相形之下则相差甚远。对于此种现象,我也曾做过一些反思。私意以为旧诗之所以易于流传的主要原因,大约有以下两点:其一是旧诗大多有一定的格式和韵律,这种格式和韵律,虽然似乎是一种限制和约束,但其所以形成此种格式和韵律,却原来与中国语言之单音独体的特质以及呼吸声吻的生理自然之韵律,有着密切的关系。其二是旧诗注重直接的兴发感动,情动于中而形于言,作者既可由直接感发而出口成章,读者也可以由直接感发而声入心通。而新诗则不然。新诗如果纯任口语之自然,则大白话的叙写就不免失去了诗的韵味,所以新诗的叙写,为了避免其过于俗白,就不得不做一些有意的安排,以使其有隐约含蓄之致。台湾当年之所以出现晦涩的现代诗,大陆前些年之所以出现隐晦的朦胧诗,都自然有其不得不如此的原因在。就我个人而言,我对于所谓现代诗与朦胧诗的佳作,也都极为欣赏。但此种诗作一则不免远离大众,再则又不易记诵。所以一般说来,凡是略有旧学修养的人,纵然在思想上属于革命先进之人士,但偶有感发,仍习惯于以旧体诗来抒发一己的情怀。不仅李霁野与台静农两位先生是如此,就是他们两人所追随崇敬的鲁迅先生也是如此的。关于这些新派文人的旧体诗作,本来也是一个大可讨论的话题,不过那就不免超越本文的范围了。现在我们仅就李先生的旧体诗作而言,私意以为李先生之作真可以说诗如其人,真诚无伪而且朴质无华。我们如果按照其写作年代顺序读下来,则李先生数十年来之生活经历,以及其时代与社会之背景,真可说是历历在目。无论于国于家于友,甚至于其所闻见之任何景物情事,李先生可以说对之莫不有一份真切之关怀。

回想1979年我初抵南开大学时,李先生对我之生活起居以及课业与交通之种种垂顾和安排,不仅曾使我深怀感激,而且也感动和影响了当时南开大学负责接待我的许多位教师和工作人员。因此当我来到南开大学以后,遂油然产生了一种极为亲切的恍如游子归家的感觉。所以就在这一年暑期,当舍侄言材报考大学时,我就建议他要以南开大学为第一志愿而考入了南开大学,他入学后曾蒙受到诸位师长的亲如子侄的关怀和教诲。及至1990年当我从加拿大的不列颠哥伦比亚大学退休时,那时我自1979年开始每年利用假期回国讲学,已有十年以上之久。综计我所曾访问讲学过的学校也已有十余所以上之多,当时有几所大学都曾询问过我退休后是否愿回国来长期任教的事,我对他们的热情都极为感谢,但最后我还是选择了南开大学。我想这主要就是因为从1979年我初来南开大学讲学时,在李先生的诚朴真切的性格与为人之影响下,南开的整体给了我一种亲如家人之感觉的缘故。

如今,我在南开大学任教前后已有将近二十五年之久,而且自从1993年开始,更在校方热心的推动下成立了一个研究所。目前我所指导的有博士生五人,硕士生二人,还有一个博士后的研读者。因此我每年都要从加拿大回到南开来,每次至少要停留半年之久。学校也给我安排了长久的住所。自从我北京祖居的老宅被拆毁夷平后,南开大学就成了我在祖国的唯一的"家"了。如我在前文所言,自从二十五年前在以李先生为首的南开的接待中,就使我对南开有了极为亲切的感情,这种感情一直延续到今日,文学院的领导和同事有不少都是当年的旧识,他们都随时给予我极为亲切的关怀。而一些听过我讲课的同学们,无论是二十多年前的旧学生,或是近年才考入的新的研究生,更是对我有如家人亲长一般的照顾,而他们彼此之间也有着如同姊弟兄妹一般的情谊。

记得早在1978年当我正在考虑想要回国教书时,曾经写过三首小诗:

  花飞早识春难驻,梦破从无迹可寻。漫向天涯悲老大,余生何地惜余阴。

  海外空能怀故国,人间何处有知音。他年若遂还乡愿,骥老犹存万里心。

  构厦多材岂待论,谁知散木有乡根。书生报国成何计,难忘诗骚李杜魂。

如今我不仅有了余生可以托身之所,而且更有志趣相投的师友同学,可以一同从事于诗骚李杜的欣赏和研读,则人间幸事何过于此。而这一切实在都源于当年李先生发自南开的对我一声呼召。我对李先生的感念,自是终身不忘的。

悼念赵朴初先生

——记我与赵朴老相交往之二三事

我与赵朴老本不相识。初始是由于我曾在报刊上偶然读到他的一些诗词之作及其传诵人口的一些自度曲,始获知其大名,并对其旧文学修养之深留有深刻之印象,但却长期未能有相见之机缘。一直到1988年之夏历5月,中华诗词学会正式成立,在北京召开大会。我被邀请以顾问之名义参加此会,并在会场上做了简短的发言。发言后遂有主持人介绍我与主席台上诸位贵宾相见,其中一位就是赵朴老。当时因时间匆忙,我与朴老不过短短握手而已,我虽因为与朴老终得识面而感到欣喜,然而却并未敢期望能与朴老有更进一步之交往。孰意数日后,朴老竟使人持简至我在北京察院胡同之旧居相探访,并邀我于两日后至广济寺一晤,以素斋相候。我于意外惊喜之余,届时遂如约前往。而此次广济寺之相晤,对我而言则实有两点难得的巧合之处:其一是以时日而言,此一日原为贱辰初度之日;其二是以地点而言,则广济寺原为四十四年前我曾一度在此听讲《妙法莲华经》之地。因而与朴老相见后,我遂将此两点巧合相告知,朴老以为此中颇有胜缘,因问我当年听讲《莲华经》后,亦有所得否?而我在那时只不过为一青年学生,对佛法既并无深研,对宗教亦并无信仰,我之前往听讲《莲华经》,只不过一则因为我的老师顾羡季先生在讲授诗歌时,往往以禅理为喻说,遂引起了我对于佛法与禅理之好奇;再则也因为我生于荷月,小字为荷,因此遂对一切有关荷花和莲花之名物皆感兴趣。至于听讲《莲华经》之所得,则至今所能记忆者,只不过当时所听到的"花开莲现,花落莲成"两句偈语而已。朴老聆听我的叙述后,以为即此二句偈语,便已是佛法入门真谛。适当日在座有一位杨姓青年,笃信佛法,并且即将由朴老资助,前赴日本留学,他听到了朴老与我的谈话后,遂口诵其所自作的诗偈一首,结尾处有"待到功成日,花开九品莲"之句。总之,此次与朴老之相晤,予我之启悟良多,我遂于别后填写了小词《瑶华》一阕,并于数日后亲携我之旧作数种,至朴老府上求正。我的词前还写有一段小序,序与词是这样写的:

> 戊辰荷月初吉,赵朴初丈于广济寺以素斋折简相邀。此地适为四十余年前嘉莹听讲《妙法莲华经》之地;而此日又适值贱辰初度之日,以兹巧合,怅触前尘,因赋此阕。
>
> 当年此刹,妙法初聆,有梦尘犹记。风铃微动,细听取、花落菩提真谛。相招一简,唤辽鹤、归来前地。回首处、红衣凋尽,点检青房余几。　　因思叶叶生时,有多少田田,绰约临水。犹存翠盖,剩贮得、月夜一盘清泪。西风几度,已换了、微尘人世。忽闻道、九品莲开,顿觉痴魂惊起。

朴老阅后,颇加称赏。又见到我携来的旧作数种,乃告我云自 1980 年国内上海古籍出版社刊印我的《迦陵论词丛稿》以来,已读过我的作品多种,印象极为深刻,而这也正是何以朴老在与我一面之后,便邀我至广济寺餐聚的主要原因,并告我云其夫人陈邦织女士原为上海古籍出版社负责古典文学编辑的陈邦炎先生之堂姊,而陈先生则正是为我编印《迦陵论词丛稿》一书之主编。是日邦织夫人亦同在座,晤言甚欢。数日后朴老遂亲来我的北京旧居相访,并携来其手书之《瑶华》和词一首相惠赠。词云:

> 光华照眼,慧业因缘,历多生能记。灵山未散,常在耳、妙法莲华真谛。十方严净,喜初度、来登初地。是悲心、参透词心,并世清芬无几。　　灵台偶托灵谿,便翼鼓春风,目送秋水。深探细索,收滴滴、千古才人残泪。悲欢离合,重叠演、生生世世。听善财、偈颂功成,满座圣凡兴起。(词后自注云:"灵谿"指所撰《灵谿词说》)

朴老在词中对我的称美,我自然愧不敢承。但就词论词,则朴老此词用笔深细,用意高远,自是一篇佳作。而且此词还不只是和韵而已,更是步韵之作。盖正如苏东坡《水龙吟·咏杨花》一词之用章质夫原韵,虽然每一韵字都是步和原韵,然而却句句自然工妥,全不见步和牵强之迹。人称东坡和韵远胜原作,朴老此词亦远胜我之原作多矣。

自此以后,我遂与朴老时或有过从书信往来,而更使我感动者,则是朴老自来过我在京之旧居以后,因亲见我旧居之四合院已成为大杂院,而我个人之住房,只不过斗室一间,极为逼仄,连携回之行李箱都无法全部打开。朴老对此深表同情,遂表示可在京为我安排一处住房,居室宽敞,庶便于读书写作。我对朴老之盛情,虽甚为感激,但因我经常往来海内外,并不能在京长期居住,如果占用一处本不属于我之住房,反而愧疚不安,遂婉言辞谢了朴老之美意。而其后不久,我自原任教之加拿大不列颠哥伦比亚大学正式退休,于是台湾之清华大学、台湾大学及淡江、辅仁等校,遂先后约我前往讲学。其后,新加坡之国立大学亦约我前往讲学。在此期间,我虽亦有时回京探亲,但因时间紧迫,来去匆匆,除与朴老偶或以电话致候外,殊少晤面之机会,如此直至1994年冬,我因接受了台湾"中研院"文哲所的一项写作计划,将与陈邦炎先生合作撰写一册《清词名家论集》,遂利用新加坡大学之寒假期间返回北京,与陈先生商讨写作事宜。谈话间我曾向陈先生询及朴老近况,拟前往探候。陈先生告云朴老现在医院休养,探望多有不便,因而作罢。但我却曾请陈先生代我转向朴老做过一次奉恳,那就是对于幼少年学习古典诗歌之倡导。盖因自1980年代中期以后，我曾多次返国，逐渐发现国内年轻人的古典文化之水平已日趋低落，不少人多只注重于物欲之追求，遂致社会风气日益浇漓。因思若能在幼儿园中增设"古诗唱游"一科，以唱歌及游戏之方式，教儿童唱诵古诗，如此则不仅可自童幼年时代培养其锐敏之感受与丰富之联想的能力，而且还可以培养其对宇宙万物之一种观察的兴趣与关怀的爱心，进而提高其人格修养之品质。如此则当其长大成人后，无论从事任何行业，都必可以终生受益无穷。我的此一理想，多年来虽曾在各地讲述多次，但因人微言轻，未尝有丝毫之结果，所以想请朴老以其身份地位做登高之一呼。陈邦炎先生将此意转达给朴老以后，朴老立即就写了一封回信，云：

....

叶嘉莹教授和您谈的关于古典文学幼年班的意见极好。我往年曾与谷牧同志谈到这个问题，意见大致相同。我想请吾弟代拟一个提议稿，我打算约几位政协委员，如张志公、叶至善等联名提出，尊意如何？我认为此事至关重要，再不着手抓，传统文化将有大损、甚至断绝之虞。请您考虑写一篇文章，敲敲警钟。拜托、拜托。

....

朴初十一·六

其后，朴老遂于当年全国政协八届第三次会议第〇〇〇三号提案中，正式提出了"建立幼年古典学校的紧急呼吁"之提案，当时署名者，除朴老以外，尚有张志公、叶至善、夏衍、冰心、曹禺、吴冷西、陈荒煤、启功等，共九人。不过此一提案，扩展了我原来只想在幼儿园内增设古诗唱游一科之原意，可能在落实方面涉及问题较多，所以此一提案虽于1995年2月27日经教委以教办〔1995〕一六号批文答复，但却终于未能付诸实践。而与此同时,我则与天津作协的一位田师善先生合作编写了一册题名为《与古诗交朋友》的儿童读诗选本。此书编成后,我又拜托陈邦炎先生转恳朴老题签,并附去我为此书所写的两篇《序言》求正。朴老再次复陈先生函云:

....

  顷发一函,忘将叶嘉莹教授的序文退还,兹寄上,并再题一书签,附请选一张转寄。叶序写得很好,复函时请代致敬意和问候。

  《幼年古典学校紧急呼吁》提出后,国家教委回信表示赞同,安徽师大亦来函响应,香港、台湾亦有积极反应。现在问题在于落实。政协会上当再提出。

....

朴初拜复
95年6月3日

  不久以后,《与古诗交朋友》一书就由天津人民出版社出版了,我还曾应天津电视台之邀,为他们做过几次教儿童学古诗的节目。不过我个人之精力、时间有限,而且不久以后我就返回了加拿大,而这个节目在我走后不久也就停播了。总之,这些年来我一直为提倡自幼少年时代学习古诗词之理想而做着不断的努力。每年往返海内外,也曾在各地多次为成人及儿童讲授古典诗词。一般说来,听讲后之反应都极为热烈,只可惜这些讲演都只出于个别的短期的邀请,当时听众的反应虽然热烈,也不过如同一方池水,偶因投石之一击,而泛起了一阵涟漪,其后事过境迁,石沉水静,投石之击,就只成了一种无用的徒劳。而岁月不居,年命如流,我却早已超过了古稀之岁。朴老近年亦经常卧病医院,其所云"政协会上当再提出"的倡导幼少年学诗之愿望,实不知何日方能实现,在此种不得已之情况下,我遂兴起了何不向国家领导人试做一次直接呼吁的想法。于是在1998年秋天,我就不揣冒昧地亲自写了一封信,托由国务院侨办直接转呈给了江泽民主席,我原以为江主席在日理万机之余,未必会对此一海外华侨之私人信函加以留意,我这样做只不过是想为了自己多年来欲借诗词教学以提高国民品质之夙愿,再做最后一次之努力而已。孰意江主席竟然很快地就对我的信函做出了批示,并经由李岚清副总理转批给了教育部的基础教育司。只不过当基教司打电话到南开大学与我联系时,我却已于数日前返回了加拿大。及至我于1999年秋再度回国,在京参加国庆期间,始得与基教司之李连宁司长相晤。李司长告诉我说教育部已请国内专家编撰了一套《古诗词诵读精华》的系列读本,供中小学教学之用,大约不久后即可印出。及至我于2000年秋再度回国,被邀参加了以"让中华诗词走进中小学校园"为主题的全国第十三届中华诗词研讨会,并在会场拿到了这一套新出版的《古诗词诵读精华》,眼见朴老当年的呼吁即将在中华大地初步绽放出美丽的花朵时,朴老竟然在一个月前已经遽归道山。回想这些年来,为了对中华文化有着共同的关爱,朴老所给予我的一切协助,而自朴老住入医院后,我竟然未能得到一次探望的机会。如今当中华诗词已经走进中小学校园,朴老的愿望即将逐步实现之时,我也未能将此一美好之信息亲自向朴老奉告,及今思之,悼念之余,实不免深怀歉憾。

近日接到北京冯其庸先生的电话,说朴老的一些生前友好拟编印一册朴老的纪念集,要我写一篇悼念的文字,对我而言,此一撰文之命自是义不容辞。于是我遂与上海的陈邦炎先生相联系,希望他能提供给我一些相关的资料,前面所抄录的朴老写给陈先生的那两封信,就是他提供给我的。除此以外,陈先生所抄示给我的,还有朴老于1988年5月28日至6月7日游青岛时,所写的总题为《青岛日记》之二十首诗中的两首诗,在此二诗中朴老也曾提到我与川大缪钺先生合撰的《灵谿词说》一书,诗是这样写的:

> 终日不安排,无事闲行坐。灵豁可潜盘,意与两贤合。
> 论词精且深,今日难有并。晏柳与苏辛,异音同至听。

其诗中所提及的晏、柳、苏、辛数家的词说,就正是我所执笔撰写的。在朴老身后读到他生前所写的这些对我的文稿加以称美的诗句,益使人于感动之余弥增悼念之情。而陈先生所寄给我的有关朴老的资料中,还有一篇陈先生自己写的文稿,题为《絮乱天迷,芳心不改——记赵朴老的几首词》,其中有一首《临江仙》词也引起了我的一段回忆,原来朴老生前还曾送给我一幅他的书法,所写的就正是这一首词,词前还有一段小序,序与词是这样写的:

> 夜梦江上,有巨舟载云旗鼓浪而过。舟中男女老幼,皆轻裾广袖,望若神仙。中有一人,似小时无猜之友。方欲招之与语,忽空中落花迷眼。转瞬舟逝,怅然之久。醒作此词以志异。
>
> 不道相逢悭一语,仙舟来梦何因?弥天花雨落无声。花痕还是泪?襟上不分明。　　信是娟娟秋水隔,风吹浪涌千层。望中缥渺数峰青。抽琴旋去轸,端恐渎湘灵。

我当时收到朴老所写的这一首词的书法后,虽深知其为一首好词,但不知其意蕴何指。不过清代的词学家张惠言说得好,词之特色本是"缘情造端,兴于微言,以相感动",可以假借"风谣里巷男女哀乐"之辞,来表现"贤人君子幽约怨悱"之情。朴老此词可能也有委曲之喻托。只是我当时并未向朴老做进一步之探询。此次收到陈先生的这一篇文稿,方知我的推测果然不错。据陈先生云,朴老此词原为1969年"文革"期间所作,但直至"文革"过后,才对之加以说明,谓"此词作于一九六八或六九年,是陈同生同志逝世之后事。同生之死,是此作诱因之一。当时,相识之人不得正命而死者以百计,故作此词以吊之。而不敢明言,只得假托梦境耳。词序中所言'载云旗'之舟,暗指非今日人所乘之舟。'舟中人皆轻裾广袖,望若神仙'者,暗指皆已作古人。词中'弥天花雨落无声'一句,是全文主旨所在。至于'望中缥渺数峰青'、'端恐渎湘灵'则皆暗指江青也"。我之抄录此词,一则既可以借此说明朴老在小词创作方面所表现出来的一种兴于微言的幽约怨悱之意境的成就,再则也可以借此说明朴老对人世之一种悲悯的关怀。而与此相对比的,则是朴老在其遗嘱后所附留的一首四言诗偈,偈语云:

　　生固欣然,死亦无憾。花落还开,水流不断。我今何有,谁欤安息?明月清风,不劳寻觅。

如果综合本文中所提及的朴老的一些诗词曲的作品来看,则自其所写的一些淋漓酣畅的自度曲,到《瑶华》之典雅清丽的慢词,再到其《青岛日记》中之率真质朴的五言绝句,更到其《临江仙》之微言喻托的小令,终至于其晚年所写的大量富有哲理与禅趣之作,包括其遗嘱中所附录的豁然彻悟的诗偈,我们所见到的不仅是他在文学创作方面的多种风貌之长才,而更可注意的则是他透过创作所表现的多层次之修养与意境。他既有对文化的关怀,也有对人世的悲悯,更有对禅理之妙悟,有出世的一面,也有入世的一面。昔佛家有云"不断烦恼,得成菩提",于今乃于朴老之诗词中得见云矣。而我这篇文稿所写的,则只不过是透过一个常人所见的有关朴老之二三事,以聊表一己对朴老的一点悼念之情而已。

2000 年 12 月 17 日
写于天津南开大学中华古典文化研究所

数学家的诗情
——谈陈省身先生与我的诗歌交往

陈省身先生是举世闻名的数学大师,而我则只是一个诗歌教学的工作者。如果以专业而言,我对陈先生的成就实在愧无深知,但陈先生与我却有着一段长达二十年以上的交谊。

记得大概是1980年代中期,我依惯例,像往常一样利用加拿大学校的假期回到天津南开大学来教书。当时所有的外籍教师,都住在学校的一座专家楼中。楼下有一间餐厅,我经常可以见到陈先生夫妇在此用餐。我对陈先生自然是久仰大名,但我想陈先生对我一定是一无所知。所以偶或相遇,也只是略做礼貌上的寒暄而已。谁想到有一天,我在南大主楼的中文系教室给学生上课时,陈先生夫妇竟赫然出现在讲台下的听众席上,并且表现了很大的兴趣。而从此以后,他们就经常来听我讲课。于是讲诗词也就成为了我们相见时的共同话题。原来陈先生不仅喜爱诗词,极富诗情,而且偶或也写一些七言绝句的小诗。有一天陈先生给我看了一首他于1974年写的题为《回国》的绝句,诗是这样写的:

飘零纸笔过一生,世誉犹如春梦痕。喜看家国成乐土,廿一世纪国无伦。

如果以严格的诗律而言,这首诗自然有一些不尽合律之处。但如果以内容情意而言,则这首诗却实在可以说是极为朴质地表现了一位久居国外的老人对于自己祖国的一份真诚的怀思和祝愿,而且引起了我的深切的共鸣。

原来我1974年第一次回国探亲旅游时,也曾写过几首七言绝句,其中有两首是这样写的:

> 诗中见惯古长安,万里来游鄠杜间。弥望川原似相识,千年国土锦江山。

> 天涯常感少陵诗,北斗京华有梦思。今日我来真自喜,还乡值此中兴时。

我们的专业虽然完全不同,但透过彼此的诗歌,我却发现像我们这些曾经历过抗战沦陷时旧中国的种种苦难的海外游子,都同样怀有着一份永远无法消除的对祖国的深情。而且飘零愈久,对祖国的怀念愈深,想要对祖国有所报效的意念也愈迫切。看到祖国从旧日的危亡走向了今日的兴盛,其欢喜自然也愈为强烈。不过,我们毕竟都已成了外籍华人。

有一天,我偶然与陈先生谈到了我们改变国籍的一些经历。陈先生告诉我说,他虽然早在1940年代就去了美国,由读书而教书,前后已有将近二十年之久,却依然保留着中国的国籍。直到1961年,美国有意推选陈先生为院士,而当选的条件之一,则是必须为美国公民。因此陈先生才加入了美国籍。不过陈先生虽入了美国籍,却丝毫无改于他本是中国人的身份。他当选的虽然是美国的院士,但同样也是中华民族的光荣。至于我,当然没有陈先生那样光荣的经历。而且陈先生一向都有他自己主观的理想和抉择。在一册题为《几何风范——陈省身》的书中,著者张奠宙就曾在书中第二节"抉择人生"的叙写中,清楚地标写出了陈先生的前后五次的重大抉择。正因为他抉择正确,所以才有了他日后的伟大成就。而我则是一个生来就属于所谓"弱者"的女性,我的一生可以说都是任随命运的拨弄和抛置,这些经历当然不便在此文中详述。总之,我是随命运的播迁而于1969年来到了加拿大的温哥华,当时我所持的是台湾的"护照"。1970年我虽然获得了加拿大不列颠哥伦比亚大学的终身聘书,却从来没想到要加入加拿大国籍。直到1974年我第一次回中国探亲,当我在香港办理过境手续时,经历了许多意想不到的磨难,于是我在1976年才申请加入加拿大国籍。其实我还是因为希望得到经常回国的方便,才抛弃了当时所持有的台湾"护照"。总之,我与陈先生的专业和经历虽有种种不同,但我们在谈话中却时时也可以得到一种共鸣,这当然也增加了我们的友谊,而更为难得的则是陈先生的夫人对我更有着种种的关爱。

  陈先生长我十三岁,我对陈夫人的年龄不确知,但约计也总比我年长在十岁以上。因此每当见面时,我总尊称她为陈师母。有一次他们夫妇二人又来听我讲课,看到我在右手的拇指和食指上都贴有胶布,因而陈师母就问起了我贴胶布的缘故,我告诉她说因为我经常写板书,粉笔灰使我的手指总是有皲裂的现象。于是陈师母就热心地给我送来了好几副她从美国带过来的胶质的薄手套。这种关怀,自然使我十分感动。其后在一次我与他们夫妇谈话中,陈师母告诉我说她的父亲郑桐荪先生也是一位数学家,是清华大学原算学系的创办人之一,但却非常喜爱诗词,曾写有诗词数百首之多,不仅曾在清华大学担任过多门基础数学课程的讲授,而且还曾在上海震旦女子文理学院讲授过诗词课程,并曾写有《吴梅村诗笺释》与《宋词简评》等有关诗词的著作。而陈省身先生的父亲陈宝桢先生则是光绪三十年(1904)的秀才,有很好的旧学修养。在这样的家庭熏习之下,自然就无怪乎陈先生夫妇对诗词如此有兴趣,而且因此关爱到我这个讲授诗词的人了。

陈先生从青年时代就喜欢写诗,大家一直流传着他十五岁左右在天津扶轮中学读书时所写的一首白话诗《纸鸢》。诗是这样写的:

> 纸鸢啊纸鸢!
> 我羡你高举空中。
> 可是你为什么东吹西荡的不自在?
> 莫非是上受微风的吹动,
> 下受麻线的牵扯,
> 所以不能干青云而直上,
> 向平阳而落下。
> 但是可怜的你!
> 为什么这样的不自由呢?
> 原来你没有自动的能力,
> 才落得这样的苦恼。

这首诗,若从近世所流行的现代诗或朦胧诗的审美眼光来看,当然显得过于浅露直白,缺少言外吸引人的余味,但却极为坦率真诚地表现出了一个年轻人的高远的志向和坚强的意志。不过,中年以后的陈先生却不再写新诗而改写旧诗了。除了前文所引的题为《回国》的那首绝句以外,我在《陈省身文集》中还见到了他所写的另外三首诗。一首是1975年他为夫人郑士宁女士六十大寿而写的一首庆诗。诗是这样写的:

> 三十六年共欢愁,无情光阴逼人来。摩天蹈海岂素志,养儿育女赖汝才。幸有文章慰晚景,愧遗井臼倍劳辛。小山白首人生福,不觉壶中日月长。

诗中所言"小山",据陈先生自注是他们在美国所居住的城名Cerrito,原为西班牙文,意为"小山"。还有一首题为《一九八零年三月去理论物理研究所归而赋此》的诗(按此诗共八句,按韵字实可分为二首绝句,但

《文集》中标为一首),诗是这样写的:

> 物理几何是一家,共同携手到天涯。黑洞单极穷奥秘,纤维联络织锦霞。进化方程孤立异,对偶曲率瞬息空。畴算竟有天人用,拈花一笑不言中。

再有一首,是1986年他七十五岁时所写的七言绝句,诗是这样写的:

> 百年已过四分三,浪迹生平亦自欢。何日闭门读书好,松风浓雾故人谈。

最后我要举引的则是不见于《陈先生文集》的一首赠我的诗。原来去年(2004)是我八十周岁的一年,南开大学文学院曾经为此举办了一个祝寿的词与词学研讨会。陈先生以九十三岁的高龄,不仅坐在轮椅上亲自来参加了大会的开幕式,而且亲笔书写了一首祝寿的诗来送给我。诗是这样写的:

> 锦瑟无端八十弦,一弦一柱思华年。归去来兮陶亮赋,西风帘卷清照词。千年锦绣萃一身,月旦传承识无伦。世事扰攘无宁日,人际关系汉学深。

关于陈先生诗中对我的溢美之辞,我当然愧不敢承。但我以为陈先生的诗,却一直都掌握了一个遗貌取神的特点。他的诗不在格律与辞句的工整妍丽,而在于其中的一份"真意"。其《纸鸢》与《回国》二诗,我在前文已有评述,兹不再赘。至于他寿士宁夫人六十花甲之诗以及其《七十五岁生日偶成》之诗,可以说句句写的都是真实的生活与感受。有人特别注意到了陈先生诗中特别喜欢用数字来叙写一些情事。我以为这恰好说明了陈先生对数字之敏感和情有独钟。至于陈先生借用了李商隐的《锦瑟》诗句,将"五十弦"改为"八十弦"来祝贺我的八十寿辰,则先生当日在大会的会场上,还曾特别讲了一段论《锦瑟》诗的评说。先生以为关于此诗,历来注释者虽曾有过许多不同的解说,但都并不能使读者完全信服。先生在此之前曾与我讨论过这一首诗。原来早在1960年代,我曾写过一篇题为《从比较现代的观点看几首中国旧诗》的文稿,其中一首所讨论的就是李商隐的这一首名诗《锦瑟》。我以为这一首诗的首二句是总起,作者展开了对锦瑟华年的追忆。末二句是总结,写对于当年种种情事之回忆中的怅惘哀伤。而中间四句两联,则正是以多种不同的意象表现了其所经历和感受到的种种旧梦前尘。陈先生对我说他以为这首诗是李商隐题写自己诗集的一首自叙之诗,我觉得陈先生的说法与我的理解颇有可以相通的暗合之处。由此可见陈先生对于诗歌果然自有其深入之理解。如此说来则陈先生之改《锦瑟》诗之"五十弦"为"八十弦"来祝贺我的八十寿辰,当然也就极为切当了。第三句"陶亮赋"写我回到祖国来教书的决心与志向,第四句"清照词"点明了我是一个写词和教词的工作者,第五句及第六句写我工作的成绩和教书之传承的责任。先生的溢美虽使我惭愧,但先生的诗则是针对着诗中的人物写得颇为贴切。至于末二句,先生感慨的则是尽管世事之扰攘纷纭,而先生与我们这些研读汉学的古典文学工作者之交往,则自有一份乐趣在也。先生之亲来参加大会,并赠我亲笔书写之寿诗,且在会场中发表了精彩的讲话,这种情谊,自然使我感动不已。会后数日,我曾与陈先生通了一次电话,表示我的感谢,并告诉陈先生说我近期将赴北京参加北师大为我举办的另一个祝寿会,而且将应邀为凤凰台的世纪大讲堂做一次讲演。我曾与陈先生相约说等我从北京回来,一定会亲自去拜望他。谁想到就在我去北京后的第三天,我才为凤凰台做完讲课录像的当晚,竟遽然听到了先生在天津医院病逝的消息,当时实感到万分惊悼。因为不过仅仅是一个月之前,先生在会场中所表现的真淳仁厚而且睿智的风采,一直仍在眼前。谁想到死生无常,竟成永别。于是我就匆忙从北京赶回了天津,为先生写了两首挽诗,并参加了12

月7日南开校方为先生举办的陈省身先生告别音乐会,并在会场上朗诵了我的两首诗;又于12月12日至北仓参加了与先生遗体告别的仪式;又于当日下午在南开小礼堂参加了校方为先生举办的追思会,并做了简短的发言。

现在出版社又将为先生出版一册纪念文集,要我写一些对先生怀思和纪念的话,因略叙先生与我相识交往的经过。

最后我将抄录下我为先生所写的两首挽诗以志悼念之意。诗是匆促写成的,未暇仔细斟酌,但以先生对于诗歌之重视本质而不计文辞之巧拙的鉴赏目光来看,我想先生定能体察到我的情意之真诚,而恕其不工之处也。录诗如下:

悼念陈省身先生绝句二首

噩耗惊传痛我心,津门忽报巨星沉。

犹记月前蒙厚贶,华堂锦瑟动高吟。

先生长我十三龄,曾许论诗获眼青。

此去精魂通宇宙,一星遥认耀苍冥。

先生逝世前不久,天文界曾以先生之名为一小行星命名,先生之精魂必将同其一样不朽也。

2005年1月30日

谨撰于天津南开大学

妙理推知不守恒

——在南开大学庆祝杨振宁七十华诞报告会上的发言

尊敬的杨振宁教授、母国光校长，诸位贵宾们：

我是一个学中国古典文学的人，今天能够附诸位科学家之骥尾来讲几句话，感到十分荣幸。我刚刚作了四首旧体诗，准备作为寿礼赠给杨振宁教授，虽然写得不好，但感情是很真诚的。杨教授希望我借这个机会讲讲这几首诗。现在我就把这四首诗读一遍：

> 卅五年前仰大名，共称华胄出豪英。
> 过人智慧通天宇，妙理推知不守恒。

> 记得嘉宾过我来，年时相晤在南开。
> 曾无茗酒供谈兴，唯敬山楂果一杯。

> 谁言文理殊途异，才悟能明此意通。
> 惠我佳编时展读，博闻卓识见高风。

> 初度欣逢七十辰，华堂多士寿斯人。
> 我愧当筵无可奉，聊将短句祝长春。

我说我是真诚的，因为从第一首诗起就是纪实。"卅五年前"指1957年，那时我正在台湾教书。杨振宁和李政道两位教授获诺贝尔物理奖的消息传开后，所有的华人都为之骄傲。物理一下子就成了热门，许多学生争着报考物理系。当时我教过物理系一个班的大一国文课,正是当时大专联考国文分数最高的一个班。记得我给他们讲晚唐五代小词的时候,就作过一些引申的联想。当时我讲的是韦庄的《思帝乡》:

> 春日游,杏花吹满头。陌上谁家年少足风流,妾拟将身嫁与一生休。纵被无情弃,不能羞。

我说,不要把它仅仅看做写美女与爱情的小词。因为,我们每一个人做学问和追求理想不是也需要这种精神吗?一个人所选择的必须是他所热爱的。要知道,学物理的人不一定都能获奖。如果你为物理付出了你的一生,最后却没有得到相应的报偿,你会后悔当初的选择吗?杨振宁教授的成就,不仅在他获得了诺贝尔奖,而更在他对物理学终身不渝的追求和奉献,以及他对祖国终身不渝的热爱!

从那时候起,我就经常注意报刊上关于杨教授的报道。有一次,他在香港中文大学校庆讲演中的一段话特别引起了我的注意。杨教授是这样说的:

> 一般念文史的人,可能没有了解科学研究也有"风格"。大家知道每一个画家、音乐家、作家都有他自己独特的风格。也许有人会以为科学与文艺不同,科学是研究事实的。事实就是事实。什么叫作风格?要讨论这一点,让我们拿物理学来讲吧。物理学的原理有它的结构,这个结构有它的美和妙的地方。而各个物理学工作者,对于这个结构的不同的美和妙的地方,有不同的感受。因为大家有不同的感受,所以每位工作者就会发展他自己独特的研究方向和研究方法,也就是说他会形成他自己的风格。

一位研究理论物理的科学家,可以从物理学原理的结构中发现它们的美和妙!从这段话里,我看到了他的智慧、他的融通、他的艺术气质和他对科学出自内心的热爱。

其后,我又在香港报刊上看到过杨振宁博士所写的一些旧体诗歌。因此,今天在大家介绍了不少他在科学方面的成就之后,我现在要向大家介绍一些他在文学方面的成就。首先是他在1974年发表的《赴拉萨途中飞越那木卓巴尔瓦山观奇景有感》:

玲珑晶莹态万千,雪铸峻岭冰刻川。
皑皑逼目无边际,深邃宁静亿万年。

尘寰动荡二百代,云水风雷变幻急。
若问那山未来事,物竞天存争朝夕。

前一首,不但在真切的景色描写之中透出一种玲珑晶莹的境界,而且还表现出一种通观宇宙的思致。后一首头两句是讲世界风云变化;后两句则寄托了他对祖国的期待,他希望中国急起直追,赶上世界发展的步伐。读这两首诗,使人感受到作者思想的开阔和深邃。他的感发,是结合了时间与空间的。

还有一首是《赞陈氏极》:

天衣岂无缝,匠心剪接成。浑然归一体,广邃妙绝伦。造化爱几何,四力纤维能。千古寸心事,欧、高、黎、嘉、陈。

"四力"指核力、电磁力、弱力、引力,"欧、高、黎、嘉、陈"指欧几里得、高斯、黎曼、嘉当、陈省身。

这首五言诗也写得很好,写出了宇宙造化的神奇微妙和科学家对宇宙奥秘的求索。这首诗的后四句看起来有些不符合诗的一般美学标准,然而作者是以诗的形式来写科学的精粹理论,这是一种文学与科学的融会结合,应该说是一种新的尝试和探索。

科学与文学发展到今天,已不再像过去那样泾渭分明了。我是学文学的,但我对杨振宁教授推出的宇称不守恒理论也很感兴趣。我以为,在世界各国文化中只有中国文字独体单音,很容易形成一种对称的美,所以才有了古典格律诗的平仄对偶。格律的平仄对偶可以说也是一种对称守恒的定律。而杨教授提出宇称不守恒,这就引起了我的联想——我讲课的时候是喜欢跑野马的,但过去都是在文学领域中跑,现在跑到物理领域来了——我就发现,中国格律诗里也有不对称的,那就是拗句。那么拗句是否也可以视为一种不守恒现象呢?然而格律诗又有拗救的说法:只要有拗,必然有救。那么,在宇宙的不守恒之中,是否也有救的办法呢?不过也许我这联想的野马跑得太远了,这个问题还是等以后有机会再个别向杨教授请教吧。

  我写的第二首和第三首诗也是纪实的。因为我虽然在三十五年前就很崇仰杨教授的大名,但却无缘得见。直到去年冬天我在南大讲课的时候,有一天外事处通知说杨振宁教授要来看我。当时我什么准备也没有,只有一锅煮好不久的山楂果汁,结果就用这果汁款待了杨先生。那一次我把我的两本书送给了杨教授,不久他就从香港寄给我他的一本大作《读书教学四十年》。从这本书里我深深感受到,杨教授有一种天生的综合贯穿的能力。读过之后我意犹有所不足,又向外事处借来了一本《杨振宁讲演集》。当时我正在写一篇有关感发作用与诗歌吟诵的论文稿,是论述中国旧文化传统中有关诗歌吟诵教育传统的。这一内容大概早已被当代不少人视为落伍的、腐朽的糟粕了,但我却一直认为它是一种我们应该继承的精华。于是我就在那篇论文里大胆引用了杨教授在他的一次题为《谈谈我的读书经验》的讲演中所说的一段话。他说:

> 要重视运用渗透性的学习方法。渗透性学习方法,就是在学习的时候,对学习的内容还不太清楚,但就在这不太清楚的过程中,已经一点一滴地学到了许多东西。这种在还不完全懂的情况下,以体会的方法进行学习,是非常重要的学习方法。

对这种学习方法,我深有同感。因为人的记忆能力与理解能力并不是齐头并进的。儿童时记忆力强,长大后理解力强。应该趁记忆力强的宝贵时期多记下一些有价值的东西。不理解没关系,长大后自会理解,而且终身受用不尽。但我们现在却不提倡让小孩子背不懂的东西。我的女儿在台湾上小学时所背的课文是"来来来,来上学;去去去,去游戏",这当然很好懂,但背下来并没有多大用处!其实,日本人训练孩子很小就背诗,我们中国传统的教育方法也是如此。杨振宁教授虽然是科学家,却能够背诵不少文学作品。前天在饭桌上我就听他背了李商隐的《嫦娥》《锦瑟》和刘禹锡的《乌衣巷》,全是脱口而出,而且对《乌衣巷》的"旧时王谢堂前燕,飞入寻常百姓家"两句还有与众不同的见解。这些诗,都是他小时候背下来的。现在,一般人对儿童的教学往往偏重于智性的知识的教育,而忽视感性的直觉的教育,再加上现代的急功近利的观念,当然就更认为以感性的直觉来训练儿童吟诵并不十分理解的旧诗乃是全然无用的了。殊不知,透过诗歌吟诵所可能训练出来的直感和联想的能力,不仅对于学文学的人是一种可贵的能力和资质,即使对学科学的人而言,也同样是一种可贵的能力和资源。早在1987年,我在沈阳化工学院对一些科学家们的一次讲话中就曾经谈起过,第一流的、具有创造性的科学家往往都是具有一种直感与联想能力的人物,而自童幼年学习诗歌吟诵,无疑乃是养成此种直感与联想之能力的最好的方式。所以,我以为,传统的教育方法其实并不陈旧,也并不落伍,应该提倡。不过,我们学古典文学的人微言轻,虽然看到了这一点,却不能产生很大影响。杨教授既然也看到了这一点,而且身受其益,是否应该倡导一下,从而使最多的人也能身受其益呢?

  我写的第四首诗也是很真诚的。"初度",出于《离骚》的"皇览揆余于初度兮",就是指生日的意思。今天我来参加杨振宁教授七十华诞的庆祝会就是"初度欣逢七十辰";而在座有这么多贵宾就是"华堂多士寿斯人"。我自己惭愧没有什么礼物可为杨教授祝寿,所以只能够"聊将短句祝长春"。杨教授虽然已届古稀之年,但在前几天的那个会上,我看到他一个箭步就跨上了讲台,身手真是非常矫健。所以,我相信他一定能够健康长寿。

  我们中国很重视同乡、同学、同事等各种关系。在座诸位多数是科学家,是杨教授的同行。我不是杨教授的同行,但我今天要与杨教授认一个"半同"的关系。因为,杨教授是1933年到1937年在北京崇德中学读的书,而我是1934年到1935年在北京笃志女中读的书。崇德和笃志是同一个教会所办的男校和女校。所以,我想我是可以借此与杨教授认一个"半同"关系的。现在,我就以这"半同"的关系向杨教授祝寿,祝他健康长寿,永葆青春。

顾随先生百年诞辰纪念会致张恩芑学长信

恩芑学长：

发下电传，已于昨日拜收。承告北师大中文系、河北大学中文系及北师大与辅仁校友会，将于5月16日在北师大英东楼联合举办顾随先生百年诞辰纪念会。闻讯后欣奋无已。所惜者我近日正在美国各地讲学，不克赶返国内参加此一盛会，亦未能协助诸学长共同参加筹备工作，未免深觉歉憾耳。犹忆五十年前（1947）我等曾为羡季师五旬晋一之寿辰，在北京举行祝寿宴会。当时诸学长曾命我撰写祝寿筹备会之通启，启文中我曾写有"但使德教之昌期，应是同门之庆幸"之语。近年来，羡季师之著作经由之京师妹之整理，已陆续出版多种，此次盛会更有《顾随诗文丛论》增订本之发行。中郎有女，能传父书，复加之以诸学长之共襄盛举，则先生德教之昌期，固已彰然可见。嘉莹不敏，每念师恩，无以为报，近年既在南开大学成立中国文学比较研究所，因决定捐献个人退休金之半数，成立基金会，并将其中之奖学金，定名为"驼庵"奖学金，特取羡季师之别号为奖学金之名称，亦不过聊表个人对师恩之感念于万一耳。此事本未对外宣扬，而今既适值羡季师百年诞辰会之举行，则此一奖学金之设立，或者亦正可表示嘉莹对羡季师百年诞辰之一点祝贺之微意。因敢奉告诸学长，想亦当为诸学长所乐闻也。

1996年4月

《艳阳天》中萧长春与焦淑红的爱情故事

前些时,我偶然在一份报刊上看到一篇文章,说浩然在《艳阳天》中不写爱情,过去我也曾听到一些友人说过类似的话。而我自己在第一次看这本小说时,也曾有过与他们相似的想法,只是后来我因偶然的机缘,把这本小说又重读了两遍,谁知却逐渐发现浩然对长春和淑红之间的爱情发展,实在写得非常细腻,当时我曾做了一些札记,现在愿意把我个人所做的札记,向读者作一次简单的报告。

根据我所做的札记,浩然对于长春与淑红之间爱情发展的叙写,全书共有四十余处之多,此外非正式的伏笔和暗示,远不计算在内。其实如果从暗示说起,在小说的一开端作者就曾借"萧长春死了媳妇,三年还没有续上"一句话,为以后长春和淑红的爱情发展,做了伏笔。写到第三卷最末一章,作者又借淑红妈和长春谈起"把里外打扫打扫,把屋子刷一刷"为二人的爱情暗示了圆满的结尾。除了全书所要写的斗争主题以外,长春与淑红的爱情故事,实在是贯申全书的一条重要副线。作者对于这一条副线的发展,有着非常生动细致的描述。

至于我们这些读者,对于作者细致的用心往往不能体会的缘故,则可能是由于我们看惯了现在资本主义社会作家所写的爱情故事。一般总是在男女主角一出场时,便光描写双方的容貌仪表如何彼此吸引,然后又安排一些花前月下的场面,用浪漫热情的笔调,写他们由谈情、接吻、拥抱甚至终于上床的进展过程。可是《艳阳天》中,却完全没有我们所熟悉所预期的这些描写,这该是我们这些读者,认为浩然"不写爱情"的主要缘故。再则浩然对于长春与淑红的爱情叙写又往往多用曲折含蓄的笔法,而且常与当时的斗争事件相结合一起来进行,这很可能是使读者以为"不写爱情"的另一缘故。就我们本身预期的落空而言,我觉得那是由于我们的预期,本来就可能是一种错误的成见。因为不同的生活背景,不同的思想性格,对于爱情的表达,自然有不同的方式。有些人喜欢彼此倾诉卿卿我我的甜言蜜语,有些人喜欢谈论共同的理想志意。鲁迅和许广平的《两地书》之不同于徐志摩和陆小曼的《爱眉小札》,便是一个很好的例证。何况萧长春与焦淑红都是在社会主义革命的激烈斗争中生活着的青年男女,他们对于农村有着共同的热爱,他们对于合作化有着共同的理想,他们在斗争的情势中,面对着共同的敌人,他们之间爱情的进展和表达的方式,其不可能相同于小资产阶级有闲有钱的男女们之谈情说爱的方式,毋宁是一件极为自然的事。所以要想欣赏和了解浩然对于长春和淑红二人间爱情的叙写,也许我们应该对我们自己过去的成见先有一些反省。至于浩然之多用曲折含蓄的笔法,而且常把爱情的进展与当时的斗争相结合在一起来叙写,则主要该是由于小说本身的需要,而并不是由于作者不肯或不会描写爱情。因为《艳阳天》这部小说的主题,原来就是斗争而不是爱情。作者对于爱情虽也有细心着意的描写,然而一直结合着主题的需要,把爱情与革命相结合在一起来叙写,这正是《艳阳天》这部小说极为成功的一点特色。再则,这部小说的背景是中国北方的农村,一般说来,关于男女间的爱情,在国内,北方较南方表现得含蓄保守,农村又较城市表现得含蓄保守。作者写女主角焦淑红,既有革命的理想,也有追求爱情的勇气,可是又仍有北方农村女子对爱情的传统观念,因此她对爱情的表现,就有一种既坚强又温柔、既大胆又含蓄的复杂而细致的特殊风格,这种风格不仅在资本主义文学的爱情小说中不可得见,就是在社会主义文学的小说中也不易见到。而作者浩然却以曲折含蓄的笔法,对这种具有特殊风格的爱情,做了委婉而生动的描述。如果我们因为自己对于斗争的生活和北方农村的背景没有了解,因而对这种特殊风格的爱情无法体会,于是便说《艳阳天》这部小说不写爱情,这实在是一种并不完全正确的判断。

  从我自己所做的札记看来,作者浩然为了写出这种特殊风格的爱情,很可能颇费了一些苦心的安排。因为他一方面既要从开始就为这一则贯串全书的爱情故事做伏笔,可是另一方面他又不能让爱情故事掩盖了斗争的主题。他既要用心着意去写,又不愿露出用心着意的痕迹。因此在开端几章,他所用的大多是暗示和欲擒故纵的笔法。例如在第一章开始不久,他就借焦二菊给长春做媒的机会,把淑红和对方的女子相比,一方面为以后的爱情故事做了伏笔,但另一方面却故意引开了读者的注意,使读者们以为长春与淑红必是绝无恋爱结婚的可能,否则的话,焦二菊提亲时何以会不给长春提淑红却舍近求远地去提别个村庄的女子呢? 其后在第三章第26页作者写长春从工地回东山坞,在月光笼罩的麦田里与看麦子的淑红相遇。作者对于这一幕的场景和对话,有非常生动的描述:既写出了在月光中淑红又动人又威武的形象,更写出了她随风飘散的汗气;既表现了淑红的革命精神,也为长春和淑红以后所可能有的爱情发展,做了极强的暗示。可是作者却不愿这么浅薄直接地就正式写起他们的爱情故事。于是接下来马上从他们见面后彼此都异常欣喜的谈笑,转入了有关分麦子的斗争的主题。其后更马上在下一章第43页,写长春在深夜出来要找韩百仲谈话的路上,听到了淑红和会计马立本谈话,"立刻想到,最近有人传说这对青年男女正在谈恋爱的事情",不仅再一次引开了读者的注意,而且也暗中点明了焦二菊给长春做媒时,所以不提淑红的一个可能的原因。其后作者写到长春与淑红的第二次见面,是在第十五章长春来参观青年们所开辟的苗圃中。当淑红带领长春参观时,作者曾描写淑红的心情说:"焦淑红的心里又高兴,又有点说不出来的紧张。她跟在萧长春的后边,像讲解员似的给萧长春介绍苗圃的情况,嘴上说着话儿,两只眼睛也不住地跟着萧长春转。她看到萧长春的脸上浮起的微笑,心里舒服得很。"这一段作者写一个初次动情的纯朴的少女的精神和心理,实在非常细致入微。可是他们口中所谈的,却全是有关苗圃的发展计划。于是作者遂又一次引开读者的注意,以为他们之间所有的只是对苗圃共同关心的同志之情。

  第十六章就长春和淑红之间的爱情发展而言,是富有转折性的一章,因为这一章开始,作者才把淑红的动情,逐渐从侧面的叙写转为正面的叙写,从坦率的同志之情转为微妙的男女之情。作者对于这种转变,首先从淑红外表的精神动作作了非常生动传神的描述。在这一章的开始,作者就叙写说:"焦淑红迈着跳舞似的步子回到家。她拉开后院的小栅栏门,一边歪着脖子往北看,一边往里走,没留神,撞到后院那棵石榴树上,扑簌簌,花瓣儿像雨点似地落了她一头发。自己也觉得太慌张了,忍不住好笑。"这一段作者对于淑红的心理完全未加说明,而只以客观的描述来作生动的表现,实在写得极为真切动人。究竟淑红为什么那么出神地"歪着脖子往北看"呢?又为什么兴奋得"迈着跳舞似的步子"呢?关于第一个问题,我们从下面两页淑红称长春的儿子说是"北院小石头",以及本章结尾说淑红从自己家后院"抬眼朝北边看,只见对门萧家的屋门口涌出浓浓滚滚的白烟。……又见一个壮实的身影,在烟雾中里外忙碌"来看,可见她"往北看"的原来正是在街北住着的萧长春。至于她兴奋得迈着跳舞的步子,则从她答复母亲的话来看,她说:"妈,真是喜事呀,萧支书一回来,连村子里的空气都变啦!"似乎她的欢喜只是为了长春回来使村子里精神气氛转变了。可是她欢喜的原因不止此,我们还记得在前面的第十五章,长春去参观苗圃时,她的眼睛曾"不住地跟着长春转",看到长春的微笑,又觉得"心里舒服得很",这种奥妙的感觉,应该才是造成她过度兴奋的真正原因所在。而作者却未用一句正面的说明,就小说的写作而言,这实在表现了作者极高的功力。其后作者又借淑红妈与淑红的谈话,称长春做"你表叔",引起淑红的异议说:"我们又不是真正的亲戚,我不跟你们排。"至此,才经由淑红自己的口中,微微透露出她的一丝心事,也暗中点明了焦二菊提亲何以不提淑红的另一个可能的原因,原来是因为对他们有着不属于同一辈分的顾虑。接着作者又借淑红妈的口和淑红提起长春的婚事,说:"你百仲大婶子正给她说媒,都说个八九成了,光等他去相亲呀!该说个人了——嗨,死丫头,你怎么把洗脸盆子放在锅台上了。"这几句把淑红对长春亲事的关心失神之状,全由淑红妈的谈话中侧写出来,不仅是传神之笔,而且更迫近地把淑红推到非要尽快表达心事不可的地步。接着作者又借淑红妈的口,谈到淑红和马立本的事,向淑红更逼近了一步,于是在219页作者才正面写到淑红"一边吃饭,一边想心事",又在222页,从淑红心思中写出她对马立本的无意,又写她的心思是"要在农村扎根,就要在农村找个情投意合的人。这个人似乎是找到了,又似乎根本没这个影子"。这几句写淑红的心思,也写得恰到好处。她觉得"找到了",是因为她自己已经对长春动情,"又似乎没这个影子",是因为长春对此似乎还懵然不觉,未曾对淑红有过任何表示。

如我在前面所言,中国北方农村的少女,对于爱情的事,一般都表现得较为含蓄保守。就我的记忆所及,在解放前,北方农村的婚姻仿佛大多属于父母之命媒妁之言的方式。解放后,虽然听说自由恋爱的事逐渐多起来,可是仍是由男方主动的居多。现在浩然在《艳阳天》中所写的焦淑红,则是一个有勇气、有理想、有革命精神的少女。她既然找到了自己理想的对象,当然就有勇气做主动的安排。可是她仍然需要对农村的保守风气有所顾及,而且她也不是一个轻浮狂荡的人。作者对于淑红的塑造和描述,掌握了恰到好处的方寸,把她对爱情的表示,写得又大胆又含蓄。淑红所要做的第一件事是先要打破人们对于她和长春辈分的成见。于是在第十七章写到淑红走过来帮忙长春烧饭时,作者安排了她与长春的儿子小石头的一段谈话,小石头叫她"淑红姐",淑红打断他:"不许再叫我姐了。"小石头问:"叫什么呀?"淑红说:"叫姑姑好不好?"小石头点点头说:"好。"淑红说:"叫个我听听。"小石头的两片嘴唇一碰,清脆地叫了声"姑"。焦淑红"哎"地答应一声,弯腰亲了亲孩子的小脸蛋。这段不仅写出了淑红想要突破别人成见的努力,也写出了她对小石头亲切的感情。

可是淑红还有更重要的一件事要做,就是向长春表明自己的心意,看一看长春的反应。于是作者就在第二十七章为他们安排了一个倾谈的机会,那是在开过干部会,马连福辱骂了萧长春的一天。当日会后的下午,焦淑红和萧长春不约而同地前后都去了乡党委会。党委书记王国忠留他们吃了晚饭。在吃饭的时候,谈了不少有关东山坞眼前的工作和斗争的问题。饭后送淑红回去,当晚正是个有月亮的夏夜,在朦胧神秘的月色中,作者把那一天以来长春对淑红激动的心情,和淑红对长春倾慕的少女的情意,作了微妙的结合的描述。在分别叙写他们二人对革命的理想和热情时,作者曾插入短短的一段说,长春走得热了,身上有汗,解开衣服的纽扣,想脱下来。焦淑红一回头看到了,连忙说:"别脱,外边风凉,小心受凉。"萧长春立刻又把衣裳穿好。这几句不着痕迹地写出了淑红对长春的关心,也写出了长春对她的心意的体会。其后作者又写淑红光顾想心事,不小心踩进一个小土沟子里。长春马上问她"没扭了脚吧?夜间走路,应当小心一点呀!这边走,这边平一点"。于是淑红朝长春这边靠靠,作者写:"她立刻感到一股子热腾腾的青春气息扑过来。"在铺排了足够的情绪气氛之后,作者终于在本章的第365页,使淑红忍不住对长春作了含蓄的表白,婉转地说明了她对马立本的毫无情意,又在369页使淑红再一次忍不住表示了对长春婚事的关心,终于长春也忍不住表示了自己对婚事的看法。作者写淑红谈话时的心情说:"她说出这句话,脸上一阵发烧,一个姑娘,怎么能跟一个光棍男人说这种话呀!可是,不知什么东西在逼迫她,不说不行。"作者又写长春的心情说:"他说出后边这句话,也觉得不合适,一个支部书记,怎么跟一个大姑娘说这种话呀!但也像有什么东西逼迫他,一张嘴就溜出来了。"于是淑红终于又鼓了鼓勇气,作了最后的表白,说:"反正我自己的事儿,我自己当家,谁也管不了我。"淑红走后,作者又写"萧长春站在原地,两眼愣愣地望着焦淑红走去的身影渐渐地隐藏在银灰色的夜幕里。他的心反而越跳越厉害了。许久,他没有办法让自己平静下来……"到此,我们也清楚地看到了长春的反应,当他明白了淑红的心思,知道她对马立本毫无情意的时候,他对淑红也开始动情了。

  有了这一次谈话,长春和淑红的感情已开始有了默契,于是在次日的叙写中,作者就微妙地写出了他们两人之间内在和外在的各种变化。在第三十三章作者写长春和王国忠书记于次日早晨回到东山坞,刚到长春家,就听见"后门对院传过清脆的声音:'来了?'"于是长春和王书记同时回头去看,作者写他们眼中的淑红说:"她今天好像是做了一番打扮,其实只换了一件半袖的小褂子。那件小褂子是蛋青色的,裁剪得肥瘦大小很合体,式样又别致。配上下边的一条打到腿腕的青布裤子,白袜子,带襻的黑灯芯绒的方口鞋,显得十分雅静。"接着作者又写长春当时的感觉说:"萧长春好像还是第一次从面容上端详这个姑娘,也好像第一次发现她长得这样美,美得这样大方动人。"这一段是作者第一次正式从外表的衣着相貌来写焦淑红,虽然也透过长春的眼睛说是长春所见的,但作者所写的,都不是我们在习见的爱情小说中所看到的"纤腰、朱唇、隆鼻、妙目"的俗滥的描写,而是一种非常朴素自然的品德和精神的美的外现。这一点也表现了浩然在描写女人形貌方面的一种清新朴素的风格。

　　接着作者更透过别人的眼光写出了长春与焦淑红间关系的变化。先是在第441页王国忠听见小石头叫焦淑红作"姑",于是就问说:"不是叫大姐吗,怎么变成姑了?"淑红说:"这是我们两个人的内部问题,你们管不着!"其后在第451页又写小石头吵闹着要长春给他买鸟笼子。淑红哄小石头说:"今天不是集。等集上,我让你爸爸给你买,好不好?"马之悦在旁边听见了,心里想:"没拜天地,她先当上妈了?浪的。"原来昨天晚上当长春送淑红回去在路上谈话时,偶然被过路的焦振丛在麦地里听见了,把这事传给了韩百旺,又辗转传到了马之悦的耳中。马之悦对长春和淑红这两个斗争的对手本来就忌恨非常,作者此处不仅写出了马之悦因为看见长春与淑红关系转近更加强了忌恨,也为以后马之悦设法铲走焦淑红做了伏笔。

　　长春和焦淑红既然已经有了相互的默契,于是,他们在同志之情与男女之情两方面,也就都有了更密切的合作与进展。在第三十五章作者曾叙写长春和淑红为开贫下中农会,在一起做准备工作。长春找出个红皮的日记本子交给淑红,让她把东山坞的积极分子和坏分子,以及真正的缺粮户,都算一算排一排。焦淑红一打开本子,扉页上几个粗犷的字跳到她眼里,写的是"不怕任何困难,永远做硬骨头,革命到底"。作者写淑红当时的心情说:"只有她,只有跟写这几个字的人共过甘苦的,才能理解这几个字的全部的深刻涵义;才能认识到,这几个字儿不是空话,而是结结实实的,是从面前这个共产党员的心里蹦出来的。看着看着,焦淑红心里不由得一热。"这一段,作者把淑红对革命的热情和对长春的爱情做了合二为一的叙写,她为长春表现的革命到底的"硬骨头"精神而感动,也因此而对长春更为动情。作者又故意安排有一张长春的小照片从日记本里掉出来,淑红把相片藏起,把本子还给了长春。下面作者对于这一位动情的少女,有一段极为生动的描写,说:"焦淑红出了萧家大门口,觉得阳光灿烂,风和气爽。她把相片捧在手心里,偷偷地看了一眼,又捂上了。进了自家的后门,站在那石榴树下,她又捧着照片看起来。照片上那威武英俊的革命军人朝着她微笑。只有这个时候她才敢于这样大胆地看着萧长春……焦淑红望着照片,害羞地一笑,把照片按在她激烈跳动的胸口……"这一段写淑红"偷偷地看……又捂上了……又捧着……看起来……害羞地一笑……按在……胸口"把一个北方乡村里纯朴的少女初次动心的欣喜又羞怯的心理和神态,刻画得非常细致而真切。其后,在第五十七章又写到有一天晚上长春、淑红两人和韩百仲讨论,让焦克礼代马连福做一队队长,让韩小乐接马立本的会计。讨论完了以后长春和淑红同路回家,一枝枣树枝桠挂在了长春小褂子的肩头。作者写"焦淑红替他摘开了带刺的树枝子",又问"挂着没有哇"?走出胡同口的时候,焦淑红又说:"快把褂子脱下来我看看,扯多大个口子?"又说:"脱下来吧,让我给你缝缝。"长春说:"对付几天算了。"淑红又说:"也该洗洗了,一股子汗味儿;湿漉漉的,穿在身上多不舒服呀!"这段写淑红对长春的亲切的关心也写得非常生动传神。当时长春听了淑红的话,便开始解衣纽扣,一边看了淑红一眼,见淑红两只大眼睛也正望着自己,于是便想到了前几天的一个月夜,从那夜开始,他发觉自己和淑红的多种关系中间,又多了一层关系。为了对淑红真正的关心,也为了眼前斗争的需要,长春对淑红谈了许多提高斗争觉悟的话。最后淑红忘了要给长春缝小褂子的事,说完话就朝自己家的后门走去。长春连忙脱下身上的小白褂子,团在一块儿说:"哎,等等。"淑红说:"你不想歇着呀?"长春说:"我觉着就把你的积极性打击没了!"淑红说:"怎么见得?"长春举着衣裳说:"瞧哇,撒手不管了!"淑红"哼"了一声,一把将衣裳抢了过来。长春说:"工作上你得帮助我,生活上呢,你也得多照顾着点,两方面都需要,头边那个是重点!"淑红瞥了长春一眼,心头一热,抱着衣裳跑进院子。这一节对话,生动地表现出他两人间亲切的情意,也是长春对淑红第一次正式"表态",于是在下面的第六十六章,作者就写到焦淑红一边精心细致地缝手榴弹袋子,一边想她自己和长春相爱的心事,准备和长春一说定了,就大大方方地跟自己父母挑明白。

可是作者却并没有真的写到淑红自己跟父母挑明这件事,因为正当淑红想着上面的念头时,不久她就听到了后门外对面萧家院子里长春和他父亲萧老大的一段谈话。当时长春正在锯木头,萧老大小声对长春说:"刚才我到大庙去,跟韩百旺闲唠嗑儿。说起淑红的事儿,又说起你来了……"于是锯木声戛然停止了。焦淑红的胸口突突地跳起来。长春问:"他说了什么?"萧老大嘻嘻一笑:"我又跟他提起,家里过日子没个娘们太困难,他说,等过了麦秋,给你们提提……"这一段话又呼应到前面第三十一章所写的焦振丛那天晚上把在麦地里偶然遇到长春和淑红谈话的事告诉了韩百旺的一则伏笔。这一则伏笔曾引起马之悦想要撵走淑红的反面作用,如今作者又使他对促成长春与淑红的婚事发生了正面的作用。接下去作者又写萧老大说:"我头先也这么想过,就是没有开口,我看倒是挺合适的……"又说:"你不用瞒着我,让百旺这么一提我倒醒过梦来了……"这一段写萧老大虽是听韩百旺提起,才正式和长春谈到这件事,但其实他自己却不仅早想到过了,而且还表示他已经感觉到了长春和淑红之间,早有了情意,只不过经百旺一提才更加清醒过来而已。淑红既然听到了萧老大的谈话,对自己和长春的婚事已经可以安下心来。可是在这时候她的爸爸妈妈却还正在屋里为着马之悦给淑红做媒要把她嫁到柳镇去的事而争论着。于是淑红回到屋里,就对她父母说:"你们又在嘀咕我的事儿吧?我求你们往后不要再嘀咕了。"又告诉他们不要急着给她找对象,说:"不用找啦,我已经找好啦!"又说:"我可以告诉你们一个底儿,我将来找到的这个人,一定要让你们满意……"这一段叙写,作者又一次表现了女主角焦淑红的稳健含蓄而又爽朗大方的性格。可是作者最后的安排还是由淑红的父母出面做主,来进行长春和淑红的婚事,而并没有由长春和淑红两人自己挑明来进行。关于这一点,我起初对于作者之竟然仍允许这种封建残余方式保留于这样一部以革命斗争为主题的小说中,本来颇觉得讶异,可是后来逐渐醒悟作者之如此安排也未始没有他的道理:其一我们该考虑到小说中故事发生的时代和地域的背景,在1957年代的中国北方农村中由父母出面做主的婚姻方式,可能仍是普遍存在着的事实。由此这样安排叙写便更增加了故事的真实感。其二作者也已叙明淑红之未曾自己挑明来进行她和长春的婚事,并不是因为她不敢挑明,而是因为双方的家长都有了同样的意思,她已经不需要自己来挑明了。其三则当时正当小麦马上就要收割的紧张斗争情势中,长春和淑红两个负有党团支书重任的人物,也没有余暇来办理自己的婚事。因此当我们读到第一百二十一章淑红的父亲焦振茂动念要和萧老大谈长春和淑红婚事的时候,以及最后第一百四十一章淑红妈张罗着要把屋子刷一刷为他们办喜事的时候,我们所感到的决不是父母主持婚姻的封建不自由的感觉,而是对革命斗争有着同样觉悟和热情的家人间的真正了解和关心。

浩然在《艳阳天》中,不仅生动真切地写出了焦淑红这一个热心革命的北国农村少女在恋爱中的心意和行动,而且借着她的爱情故事,为社会主义革命中的青年男女,以健康写实的笔法,提出了一种正确的恋爱观点和恋爱方式。在第二十九章392页,作者就曾借淑红和马翠清的谈话来说:"爱人是互相帮助,你帮助他,他帮助你,谁也不兴瞧不起谁,谁也不兴光闹气儿;要没有互相帮助,还叫什么爱人呀?"又说:"可不能这样随便好,随便吹。一个人选择一个如意的人实在不容易。选上了,好起来更难呀!"又在第三十五章的结尾,写淑红的心思,说:"她回味着昨天晌午的干部会,回味着昨晚月亮地里的畅谈,特别回味着刚才跟萧长春面对面坐着剖解东山坞的阶级力量,他们的恋爱是不谈恋爱的恋爱,是最崇高的恋爱。她不是以一个美貌的姑娘的身份跟萧长春谈恋爱,也不是用自己的娇柔微笑来得到萧长春的爱情,而是以一个同志,一个革命事业的助手,在跟萧长春共同为东山坞的社会主义事业奋斗的同时,让爱情的果实自然而然地生长和成熟……"从这些叙写,我们清楚地看到,焦淑红对爱情的观念,应该是互助的、恒久的,有着共同理想、参与共同奋斗,以同志爱为基础的身心完全相合为一的爱情。这种爱情观念,与西方资本主义社会中,彼此为满足暂时的自私的欲望,而产生的调情泄欲的恋爱,当然有着绝大的不同。至于淑红表达爱情的方式,也不是挑逗、撒娇、拥抱和接吻,而是对于长春的工作、生活,甚至对于长春的家人的真正关心。当长春被马连福污蔑时,她挺身出来捍卫;当长春参观苗圃时,她热心为他解说;当长春点不着灶里的柴火时,她跑过来为他烧火做饭;当长春要脱衣服时,她关心他受凉;当长春为开会做准备时,她为他开列名单;当长春衣服挂破时,她张罗为他缝补;当长春锯木头时,她想要帮他拉锯;当长春在打麦场上扬场时,她站在麦粒堆旁给他供锨……她也爱长春的儿子小石头,她盛饭给他吃,带来烙合子给他吃,小石头穿的用的,她都关心照顾……萧老大就曾经跟长春赞美淑红说:"她平常对咱爷俩、对小石头多好呀!……"当小石头丢了以后,萧老大几乎痛不欲生,在他极度悲伤中,搀扶他起来的,一边是他的儿子长春,另一边就是淑红。淑红对长春的爱情,不仅是与革命的热情合一的,也是与伦理之情合一的。

　　写到这里,我忽然想到最近在台湾出版的《中外文学》,其中载有陈映湘的一篇《当代"中国"作家的考察》,在论及青年女作家李昂的《人间世》时,曾经指出这些以写性爱为主的台湾小说,其内容"呈现的是一个宛若来世的悲惨世界",又说:"身处于转型期社会的这一代人们,立于旧日伦理的断瓦残垣与新秩序尚未成形的真空中间,心灵的苦闷,自然成了一场疫病似的到处流行。"又说:"真正的爱情是在荒僻的小乡镇旅馆的床上找不到的,生命的苦闷也不是在床上就能发挥殆尽的……背德的人是注定了要一步一步地走向没有阳光照耀的悲惨世界……任何一个误把性的解放,看做是今世救赎之道的人,因为没有那可以安身立命的健康的伦理能力,必然会是将被牺牲的刍狗。"李昂原是一个颇有才气的作家,她之写出这一系列的作品,并不是作者个人的道德堕落,而是一个病态社会所造成的必然产物。近来我更看到台湾巨人出版的一套1975年现代文学年选。其中一册短篇小说选,收有许多比李昂更年轻的作者的作品,有不少是在校的大专生和高中生。有这么多年轻有才的作者,原是一件可喜的事。可是我们试一看他们所写的内容,却发现有不少是写少男少女们调情、性爱、堕胎,以及吸食强力胶的故事的,我们就不得不为这些有才的青年生于这样一个病态的社会而觉得可哀了。相形之下,《艳阳天》中所写的焦淑红与萧长春的爱情故事,就成了一种强烈的对比,明显地反映出两种不同的生活形态和意识形态。文学之不可能超越于社会结构和社会意识的影响而独立存在,我们从作者所表现的不同的内容以及读者所表现的不同的兴趣,可以得到普遍的证明。有些读者不能欣赏《艳阳天》中的爱情故事,甚至根本不能欣赏《艳阳天》这部小说,这当然是一件并不足怪的事。

《艳阳天》重版感言

提起我与浩然先生的名著《艳阳天》这一部长篇小说的一段渊缘,自1974年我初读此书以迄今日,前后盖已相距有二十年之久了。在1974年到1976年之间,我曾把这一部百万字以上的巨著前后阅读了三遍,并发表过三篇与此一巨著有关的文稿。第一篇是1976年连载于香港《七十年代》的一篇长达八万字左右的专著《我看〈艳阳天〉》,第二篇是1977年连载于北美《星岛日报》的一篇论述书中之爱情叙写的长文《萧长春与焦淑红的爱情故事》,第三篇先后曾载刊于香港《抖擞》双月刊及纽约《海内外》的一篇《浩然访问记》。关于我阅读此书时的心理过程,其从抗拒到喜爱到研读的转变经过,我在《我看〈艳阳天〉》一文的《引言》中,已曾有所叙述,兹不再赘。总之,我原是一个从事中国古典文学之研读的工作者,对于中国解放后叙写革命与斗争的小说,原来并没有阅读的兴趣,但浩然的这一部《艳阳天》却风行一时,经不住朋友们的推介,我终于不仅看了这部小说,而且为其所吸引、所感动,最后更以我平日对于古典文学之研读的精神,对这一部叙写革命和斗争的小说,竟然也投注了大量的精力和时间,做了一番研读的工作,关于我对这部小说所花费的时间精力,也曾有些朋友颇不为然,这主要又可分为两类不同的情况:第一类是如我过去一样思想保守的人,他们对这一类叙写革命和斗争的小说早就抱有成见,因此他们对我之所为当然大不为然;第二类是重视个人在自己本行业中之研究成果的人,他们对我之所为的"不务正业",当然也极不为然。可是我不仅无悔于我过去所花费的时间和精力,而且当最近浩然先生来访,告诉我他的这一部巨著即将重印,而且要我为此写几句话时,我又一次不惜把自己本行业的研究工作暂时搁置,而对浩然先生的要求做了欣然的承诺。我现在就将我前后两次"不务正业"来为《艳阳天》这部小说撰写文稿的动机和感想,略加叙述。

首先我要加以说明的,就是从我个人的观念来看,《艳阳天》这部小说所叙写的情事,与我一向所研读的古典诗歌中所叙写的一些情事,就外表看来其内容虽然有很大的不同,然而作为一部出色的作品,《艳阳天》的某些品质,与古典诗歌中的某些优秀作品,却是颇有相似之处的。那就是它们既都具含有作者内心中一份真正感动的情意,而且更写出了对社会大我的一种关怀和理想。如果用我一向评说古典诗歌时所习惯常用的语言来说,那就是这些作品的好处,乃在于它们同样具含了一种深厚博大的感发的生命。早在1970年代我所撰写的《王国维及其文学批评》一书中,我在论及王氏《人间词话》境界说与中国传统诗说之关系时,就曾对中国历代诗论中所体认出来的中国古典诗歌之特质,做过一番历史性的通观的论述。我所得出来的结论乃是,在中国诗歌之评赏中,有一种重视兴发感动之作用的悠久的传统。至于此种兴发感动之生命的获得,最重要的当然乃在于作者对其所叙写之事物,有一种发自内心的真正的诚挚的感动,而这种感动之由来,则缘于作者对于宇宙万物和人世诸象的一种深切的关怀。至于作品中所传达出来的感发生命之大小、深浅、厚薄,则一则固然关系于作者表达之才能的高下优劣,再则也关系于作者之感情的深浅厚薄,及其所关怀之对象的广狭大小。而若更就今日西方文论中的接受美学与读者反应论而言,则一篇作品中所传达出的感发生命,其能否被读者所接受,以及其被接受之程度与反应,却又与读者所处身之时代及其个人之思想、意识和生活背景等等因素,有着莫大的关系。回想我当年初读《艳阳天》这部小说时,那时我才从台湾来到加拿大不久,在与祖国大陆隔绝了二十多年以后,一旦从对大陆的一切都予以封锁的台湾,来到了完全脱除了封锁的西方社会,我当时对祖国的一切都深怀着既关心又好奇的探索之情。在这种探索的过程中,我当然也曾阅读过一些大陆的小说,但那些叙写革命斗争的小说,大多并未引起我阅读的兴趣,直到我读了《艳阳天》这部小说,才改变了我对这一类小说的抗拒心态。如果从我在前文中所引述的中国古典诗论与西方现代文论来看,则就西方的接受美学而言,在当时作为一个读者的我,对于这一类叙写革命与斗争的小说,原来本该是既存有一种想要探索与接受的可能性,同时也存有一种因思想意识与生活背景之差异而产生之抗拒性的。《艳阳天》这一部小说之所以战胜了我的抗拒性,我以为那实在乃是因为我在浩然先生的这一部叙写革命与斗争的小说中,竟然也发现了一种与我所熟悉的古典诗歌中之优秀作品所同具的感发之力量的缘故。

1993年4月我回到北京老家时,我弟弟曾告诉我说浩然曾叫他儿子来探听过我何时返国的消息,希望相晤一谈,可惜那一次我在北京停留的时间甚短,未能做好相晤的安排。暑假中我在美国,突然听到浩然中风的消息。不久后我又接到浩然先生以病后初愈的右手写来的一封短函,说到他在发病后,曾在病床上向关心他的人提出过两点愿望,一是希望他自己仍能把目前正在进行中的一部长篇的自传体的小说写完,一是希望能见到他自己以前所写的《艳阳天》这一部小说的再度重版,并且在信中提出要我为他这部小说的重版写几句话。读了浩然先生的这封信,使我非常感动。一是有感于他在历经创作方面的扭曲和失落后,在又一次疾病的打击下,仍能保持如此坚毅自奋的一种不屈的精神;二是有感于他对于一个本属陌生的人如我,却能因我十六年前所写的一篇文稿,而对我有如此信赖之心。记得1977年浩然先生与我初次见面时,那是他才读过我所写的那篇《我看〈艳阳天〉》的长文以后不久,我想他对于我这一个来自不同的环境地区,具有不同的思想意识之人,竟然能把他的这一部百万字以上的小说阅读得如此细致,评说得如此深入,大概颇感惊奇和讶异。记得他曾对我说过一段话,他认为我的论述常常会发掘出当年他在写作中本没有明显意识到的潜存的含意,读了我的叙写,使他有一种蓦然觉醒过来的果然如此的感觉。作为一个终生从事于文学评赏的工作者,我感到浩然先生的这些话,实在是对我所从事之工作的最大的赞美。本来我在本位工作中一向所研读的都是古人的作品,无论是诗人中的陶、谢、李、杜,或词人中的温、韦、苏、辛,我对他们所作出的评说,都已无法再由作者方面得到任何肯定和印证。而面对今日西方所流行的接受理论与解构理论之否定一切意义与价值的新说,遂常使我感到我对古代诗人所作出之评量和解说,往往有一种难于取信于当世的惶感。如今,浩然先生既以一位当代的作者肯定了我对他的作品的评说,这确实使我对于自己一向所从事的研读和评析的工作,更增加了不少信心。由于以上两点使我感动的原因,所以在接到浩然先生的信以后,我立即就给他写了回信,答应了他的要求,并告诉他我将于本年12月回国,可以相约一晤。于是在1993年12月下旬的一天,浩然先生遂远从三河县赶来北京与我相晤,并且带了好几本他近几年出版的作品来送给我,其中有他的小说选集、散文选集,还有长篇小说《苍生》,以及他的自传体小说的前两种《乐土》与《活泉》。谈话中,我发现浩然先生的身体和精神较之我十几年前与他见面时的情况,已有了相当大的改变。首先是他在作品扉页中所书写的赠送我的题字和签名,在他的依然显得刚劲漂亮的书法中,已流露有力不从心的虚弱的痕迹;再则是他的谈话,在依然机敏的反应中,也已失去了像当年那样的滔滔滚滚的辩说无碍的谈锋。我清楚地感到了疾病对这一位原本意志高扬的才气过人的作者,所造成的折磨和痛苦。而除去疾病的折磨以外,我以为更使作者痛苦的,是面对今日社会之剧变所造成的一种惶惑和失落的感觉。前者的痛苦是属于他个人身体的疾病,我衷心祝愿他的身体早日得到全面的康复,则他的痛苦便也可随之而全面消失。而后者的惶惑和失落,则结合着他对于国家和社会的一种整体的关怀。在此双重之痛苦中,浩然先生对其写作与理想所表现出的执著和坚持,是既值得我们同情,也值得我们尊敬的。

  浩然先生走后,我花了几天的时间,翻阅了他带给我的那几本书,其中特别使我感动的是他所写的《乐土》与《活泉》两本自传体的小说,浩然每当写起他所熟悉的土地和人物,就会不由自主地涌现出一种极为真挚纯朴的乡土之情。他不仅对他所叙写的生活有深入的体会,而且对他所使用的语言有生动的掌握。而更难得的则是他以如此真挚生动的文笔,传达出一种品行和人格的成长的过程。而这正是今日某些只追求经济效益的小说所极为缺乏的品质。在这两册自传体的小说中,有不少写得极为感人的段落。即如他对自己从小学习文化的叙述,便在一片童真中写得极为真挚感人。他写他要强的母亲如何在极艰苦的生活中,把他送入赵各庄煤矿的镇子中的一所小学,但不幸他只上到了小学三年级,便因他父亲去世而不得不离开了赵各庄,迁到了一个名叫王吉素的村子里,他母亲又在千辛万苦中,把他送入村内的一家私塾,而更不幸的是半年后,他母亲又去世了,于是浩然便成了一个失学的孤儿。但他天生对于戏曲、小说、绘画等文学艺术,有着难以遏制的喜爱,在无书可读的情况下,他竟然把乡村妇女用来夹放绣花图样的样册子,当做了可以聊慰他精神上求知之饥渴的宝贵的读物。他为了迷着看书而忘记了耕地,为了赶去看节目而顾不上吃饭。凡此种种,他都以生动的语言、细致的描述,写得真挚感人。凡是有机会读书而不肯好好向学的人,若能读到浩然的这些叙写,真该有所感发而觉得自愧才是。再如浩然对于婚姻与爱情的叙述,也写得极为生动真挚,既反映了乡村的习俗,也表现了他自己在习俗之约束中的一种属于自我的做人和用情的品质。当村里的亲友们张罗着为他操办婚事的时候,他其实还是个不满十五岁的少年。他不喜欢家里从小给他订下的妻子,由于厌恨之心,他还以童真的淘气给这个女子暗中取了个外号,叫她"三角眼"。亲友们给他完婚后,他硬是不肯与妻子同床。结果把"三角眼"气回娘家去了。其后浩然受了解放区工作人员的进步思想的启发,终于正式与"三角眼"解除了婚约。不久之后,他当上了儿童团的团长。有一天有团员向他报告,说逮住了一个女特务,后来弄清楚那个女子原来是到王吉素村来探亲的一个邻村的解放区的副团长,名叫赵四儿。赵四儿不仅能文识字,而且绣花绣得好,唱歌唱得好,常到王吉素村来教这里的妇女们绣花和唱一些进步的歌曲,因而与浩然的姐姐不仅变成了密友,而且两家更发展成了干亲。于是在童真的姐弟的生命交往中,浩然与赵四儿之间逐渐萌生了相爱之意。但由于种种误会与乡村保守的习俗,他们两人终于未能成亲,浩然在他的姐姐与乡亲们的催迫下,结果和另一个女子成了亲。赵四儿有一天来看望他们,吃过午饭后,临行时,赵四儿叫浩然送他一程,走到一片庄稼垄的青纱帐里,赵四儿终于伤心痛哭地流露出她的爱意与悔意,她取出了当年由浩然所亲手描画出花样,又由她亲手绣出了两朵桃花和两只蝴蝶的一块白布,这布已由赵四儿撕去烧毁了一半,她把只剩下一朵桃花和一只蝴蝶的半块布还给了浩然。浩然自己叙写说,当他接过了这半块布时,"我的心像被一只有力的手撕扯了一下那么疼痛,随即一股热辣辣的气流直冲向脑门子。我想猛地伸出那只空着的手,抓住她的那只我从来没有触摸过的手,使劲攥着,不让她走掉;我想劝她说,咱俩一块儿跑,马上就跑,跑到山里找撤退了的同志,再不回来"。可是就在浩然激动得"浑身颤抖"之时,他接下来所写的却是"赵四儿的脸闪电般地变化成各种各样的面孔,其中不仅有我的妻子、我的岳父,还有我的干佬、干妈,和我姐姐。

尤其令人胆寒的,还使我想起了我那含怨而死的母亲,和我那没有正气、没有志气的父亲……"于是他接着写:"结果,似有一股无形的,而又强大无比的力量,压住了我的手,像被烫了被电了一样急速地收回。"像浩然所描述的这种顾念他人的、有节制的爱情,自然与有些人所写的放纵自私的滥情,也有着明显的差别。我在前文中曾谈到浩然在他的自传体的小说中,传达出了一种品行和人格的成长的过程。其实浩然还不仅是在求学与爱情这两项人生大事中,表现出了这种品行和人格的成长和提升而已。他在某些极不重要的小事的叙写中,也同样表现有这一种品质。即如有一处他叙写到他童年时才从赵各庄回到宝城单庄的老家,因为从来没见过大黄牛,而对之充满了好奇之心,几次戏弄大黄牛,曾被大黄牛攻击过一次,因而对大黄牛充满了恨意。直到麦收后,有一天他终于明白了是因为有大黄牛的出力流汗,他才能吃到了雪白的大馒头,由此才使他对大黄牛的感情完全改变了过来,他对自己感情的转变,叙写说:"我恨过大黄牛,不该恨,而恨了它;因悔,使恨变成爱,爱得就更深切。"像这种细致深入的对自己感情的反省和分析,也许并非童年时的浩然之所自觉,不过,我相信他所叙写的真实性。我常以为每人的资质不同,有人特别富于悟性,常能自幼年起,便可以从一些不经意的小事中,对人生得到一种未必自觉的体悟。只不过这种体悟往往又可分为良性与恶性两种不同的趋向。后者往往从现实物利的竞争之体验中,越来越趋向于残忍和自私;而前者则无论其所遭遇的是福是祸,都可以使之成为对自己品格之向前和向上的一种锻炼和提升。而浩然先生无疑乃是属于前者的类型。除去以上我所提到的这些叙写以外,另外还有一处我想只有我会注意到,而其他读者未必会注意到的一个小节的叙述,那就是他成婚时他自己所书写的一副喜联,上联写的是"多留余福还天地",下联写的是"常聚名书课子孙"。这其间所表现的是何等崇高美好的哲理和愿望,以一个只读过三年小学的十四岁的少年，竟能在所写的喜联中，表现出这样的哲理和愿望，这是所有在婚礼中只重视物质的浪费铺排而风格低下的人们，都该对之感到自愧的。在浩然这两册自传体的小说中，表现有这种足以使人们想到人品之提升与锻炼的地方还有很多。无论是大处的叙写或小处的描述，也无论是就人生哲理而言，或就文学艺术而言，浩然的这两册书随处都可见到光彩的闪烁。浩然在《乡土》中，曾经自叙说，他记事晚，他所保存下来的记忆只是一些"碎片片"，但他却说"每一碎片，都如同经过人工筛选和雕琢，舍弃了多余的部分，保留下最美好最令人珍惜的极少极少的那些碎片"。而也就是从他保留的那些碎片般的记忆中，我们清楚地看到了他从艰苦的生活中，如何锻炼和提升自己的真切生动而且感人的过程。在西方文学的品类中，有一类就是属于人格之提炼与成长的传记性的作品，有些名人自传都可归入此类作品，但像浩然这样详细生动写得充满文学性，而且处处闪耀着足以使人们感到一种兴发感动之力量的作品，却并不多见。我盼望着能早日看到浩然先生他的这一部长篇的自传体小说的全部完成。

读了浩然先生的两册自传体的小说，我们就可以越发清楚地明白了他的《艳阳天》之所以写得成功的主要因素。那就正因为他在《艳阳天》中所写的人物和情事，既有着他真正的生活的体验，也有着他真挚的感情的投注，而他在小说中所表现的理想，也正是他当时所正在衷心信仰和追求着的理想。有时我在教室中和同学们谈起文学的创作，我常打比方说，文学创作所要求于作者的，是和一个热爱中的恋人一样，它是嫉妒的，也是专横的，它要求你要对它献上全部的心灵和感情，容不得一丝虚伪和造作，更容不得一丝功利的观念。写作融入了教条的约束，自然是一种可悲的现象，写作融入了金钱的追求，更是一种可悲的现象。不过教条的融入也许还有其不得已的可以谅解之处，但今日有些作者乃竟然因为追求金钱的效益，而自甘堕落地写出了一些无论在内容方面或语言方面,都足以造成污染的作品。孟子曾说过"是亦不可以已乎"的话,这些自甘于背弃写作之理想的作品,则是难于求得谅解的。我在本文的前面曾经说过,浩然先生的《艳阳天》之所以战胜了我当年的抗拒心态,乃是因为这部小说充满了一种由热情与理想所凝结兴发感动的力量,而凡是具有这种品质的作品,都必然可以超越不同的时代与不同的环境,而可以恒久地唤起人们的一种感发和共鸣,浩然这部小说的重新出版,相信仍可获得广大读者们的欢迎和喜爱。

最后我还忍不住要向浩然先生说几句话,浩然所禀赋的过人的才华,曾使他从幼少年时代便在一般同辈中崭露头角,而不断的掌声和赞美,遂使他养成了一种难于泯没的想要过人的好胜之心。他自己对此也曾有明白的反省,他曾在《活泉》中说自己"曾经努力地用最伟大最无私的观念,管束和规正自己的思想与行为,强制自己沿着最美好最干净的轨道,塑造自己的灵魂,移动人生的脚步。然而那种种优越感和满足感,依旧顽固地阴魂不散地、时隐时现地伴随着我,干扰着我"。我以为浩然先生的成功,与他这种争强好胜之心实在有着密切的关系;但今日造成他的疾病与痛苦的,则实在也与他的这种心理有着密切的关系。我愿诚恳地劝告浩然先生尽快把这种心理努力抛弃,这将不仅对他病体的康复有莫大的裨益,同时也必将造成他创作生命的又一次飞跃。人不仅要泯没"求利"之心,也要泯没"求名"之心,才能写出真正心灵飞跃的作品。我要在此祝愿浩然先生的病体早日康复,也祝愿他的作品能在目前已有的成就之上,还能做出另一次的飞跃。而且我还设想着,如果他能以得之于现实的生活体验,和他久已习惯的生动写实的笔法,结合他自己的信念和理想,而提炼出一部超现实的象喻性的作品来,必将更具有超时空的永恒性。

1994年2月17日写于北京故居

纪念我的老师清河顾随羡季先生

一 先生之生平、教学及著述简介

顾师羡季先生本名顾宝随,河北省清河县人,生于1897年2月13日(即农历丁酉年之正月十二日)。父金墀公为前清秀才,课子甚严。先生幼承庭训,自童年即诵习唐人绝句以代儿歌,五岁入家塾,金墀公自为塾师,每日为先生及塾中诸儿讲授"四书""五经"、唐宋八家文、唐宋诗及先秦诸子中之寓言故事。1907年先生十一岁始入清河县城之高等小学堂,三年后考入广平府(即永年县)之中学堂,1915年先生十八岁时至天津求学,考入北洋大学,两年后赴北平转入北京大学之英文系,改用顾随为名,取字羡季,盖因《论语·微子》篇曾云"周有八士"中有名"季随"者也。又自号为苦水,则取其发音与英文拼音中顾随二字声音之相近也。1920年先生自北大之英文系毕业后,即投身于教育工作。其初在河北及山东各地之中学担任英语及国文等课,未几,应聘赴天津,在河北女师学院任教。其后又转赴北平,曾先后在燕京大学及辅仁大学任教,并曾在北平师范大学、北平大学、女子文理学院、中法大学及中国大学等校兼课。1949年后,一度担任辅仁大学中文系系主任。并转赴天津,在天津师范学院中文系任教,于1960年9月6日在天津病逝,享年仅六十四岁而已。先生终身尽瘁于教学工作,1949年以前在各校所曾开设之课程,计有《诗经》《楚辞》《昭明文选》、唐宋诗、词选、曲选、文赋、《论语》《中庸》及中国文学批评等多种科目。1949年后,在天津任教时又曾开有中国古典戏曲、中国小说史及佛典翻译文学等课。

先生所遗留之著作,就嘉莹今日所搜集保存者言之,计共有词集八种共收词五百余首、剧集二种共收杂剧五本、诗集一种共收古近体诗八十四首、词说三种、佛典翻译文学讲义一册、讲演稿二篇、看书札记二篇、未收入剧集之杂剧一种,及其他零散之杂文、讲义、讲稿等多篇,此外尚有短篇小说多篇曾发表于1920年代中期之《浅草》及《沉钟》等刊物中,又有《揣籥录》一种曾连载于《世间解》杂志中,及未经发表刊印之手稿多篇分别保存于先生之友人及学生手中。

我之从先生受业,盖开始于1942年之秋季,当时甫升入辅大中文系二年级,先生来担任唐宋诗一课之教学。先生对于诗歌具有极敏锐之感受与极深刻之理解,更加之先生又兼有中国古典与西方文学两方面之学识及修养,所以先生之讲课往往旁征博引兴会淋漓,触绪发挥皆具妙义,可以予听者极深之感受与启迪。我自己虽自幼即在家中诵读古典诗歌,然而却从来未曾聆听过像先生这样生动而深入的讲解,因此自上过先生之课以后,恍如一只被困在暗室之内的飞蝇,蓦见门窗之开启,始脱然得睹明朗之天光,辨万物之形态。于是自此以后,凡先生所开授之课程,我都无不选修,甚至在毕业以后,我已经在中学任教之时,仍经常赶往辅大及中国大学旁听先生之课程。如此直至1948年春我离北平南下结婚时为止,在此一段期间内,我从先生所获得的启发、勉励和教导是述说不尽的。

先生的才学和兴趣方面甚广,无论是诗、词、曲、散文、小说、诗歌评论,甚至佛教禅学,先生都曾留下了值得人们重视的著作,足供后人之研读景仰。但作为一个曾经听过先生讲课有五年以上之久的学生而言,我以为先生生平最大之成就,实在还并不在其各方面之著述,而更在其对古典诗歌之教学讲授。因为先生在其他方面之成就,尚有踪迹及规范可资寻绎,而惟有先生之讲课则是纯以感发为主,全任神行,一空依傍,是我生平所见到的讲授诗歌最能得其神髓,而且最富于启发性的一位非常难得的好教师。先生的讲诗重在感发而不在拘狭死板的解释和说明,所以有时在一小时的教学中,往往竟然连一句诗也不讲,自表面看来也许有人会以为先生所讲者,都是闲话,然而事实上先生所讲的却原来正是最具启迪性的诗歌中之精论妙义。昔禅宗说法有所谓"不立文字,见性成佛"之言,诗人论诗亦有所谓"不涉理路,不落言筌"之语。先生之说诗,其风格亦颇有类于是。所以凡是在书本中可以查考到的属于所谓记问之学的知识,先生一向都极少讲到,先生所讲授的乃是他自己以其博学、锐感、深思,以及其丰富的阅读和创作之经验所体会和掌握到的诗歌中真正精华妙义之所在,并且更能将之用多种之譬解,做最为细致和最为深入的传达。除此以外,先生讲诗还有一个特色,就是先生常把学生与学道以及作诗与做人相并立论。先生一向都主张修辞当以立诚为本,以为不诚则无物。所以凡是从先生受业的学生往往不仅在学文作诗方面可以得到很大的启发,而且在立身为人方面也可以得到很大的激励。

凡是上过先生课的同学一定都会记得,每次先生步上讲台,常是先拈举一个他当时有所感发的话头,然后就此而引申发挥,有时层层深入,可以接连讲授好几个小时甚至好几周而不止。举例来说,有一次先生来上课,步上讲台后便转身在黑板上写了三行字:"自觉,觉人;自利,利他;自渡,渡人。"初看起来,这三句话好像与学诗并无重要之关系,而只是讲为人与学道之方,但先生却由此而引发出了不少论诗的妙义。先生所首先阐明的,就是诗歌之主要作用,是在于使人感动,所以写诗之人便首先须要有推己及人与推己及物之心。先生以为必先具有民胞物与之同心,然后方能具有多情锐感之诗心。于是先生便又提出说,伟大的诗人必须有将小我化而为大我之精神,而自我扩大之途径或方法则有二端:一则是对广大的人世的关怀,另一则是对大自然的融入。于是先生遂又举引出杜甫《登楼》一诗之"花近高楼伤客心,万方多难此登临"为前者之代表,陶渊明《饮酒》诗中之"采菊东篱下,悠然见南山"为后者之代表;而先生由此遂又推论及杜甫与陆游及辛弃疾之比较,以及陶渊明与谢灵运及王国维之比较;而由于论及诸诗人之风格意境的差别,遂又论及诗歌中之用字、遣词和造句与传达之效果的种种关系,甚且将中国文字之特色与西洋文字之特色做相互之比较,更由此而论及于诗歌之中所谓"锤炼"和"酝酿"的种种工夫,如此可以层层深入地带领同学们对于诗歌中最细微的差别做最深入的探讨,而且绝不凭藉或袭取任何人云亦云之既有的成说,先生总是以他自己多年来亲自研读和创作之心得与体验,为同学们委婉深曲地做多方之譬说。昔元遗山论诗绝句曾有句云:"奇外无奇更出奇,一波才动万波随。"先生在讲课时,其联想及引喻之丰富生动,也正有类乎是。所以先生之讲课,真可说是飞扬变化、一片神行。先生曾经把自己之讲诗比作谈禅,写过两句诗说:"禅机说到无言处,空里游丝百尺长。"这种讲授方法,如果就一般浅识者而言,也许会以为没有世俗常法可以依循,未免难于把握,然而正是这种深造自得、左右逢源之富于启发性的讲诗的方法,才使得跟随先生学诗的人学到了最可珍贵的评赏诗歌的妙理。而且当学生们学而有得以后,再一回顾先生所讲的话,便会发现先生对于诗歌之评析实在是根源深厚、脉络分明。仍以前面所举过的三句话头而言,先生从此而发挥引申出来的内容,实在相当广泛,其中既有涉及诗歌本质的本体论,也有涉及诗歌创作之方法论,更有涉及诗歌之品评的鉴赏论。因此谈到先生之教学,如果只如浅见者之以为其无途径可以依循,固然是一种错误,而如果只欣赏其当时讲课之生动活泼之情趣,或者也还不免有买椟还珠之憾。先生所讲的有关诗歌之精微妙理是要既有能入的深心体会,又有能出的通观妙解,才能真正有所证悟的。我自己既自惭愚拙,又加以本文体例及字数之限制,因此现在所写下来的实在仅是极粗浅、极概略的一点介绍而已。关于先生讲课之详细内容,我多年来曾保存有笔记多册,现已请先生之幼女顾之京君代为誊录整理,编入先生之遗集,可供读者研读参考之用。

至于就先生的著述而言,则先生所留下来的作品,方面甚广,我个人因本文篇幅及自己研习范围之限制,不能在此作全面的介绍和讨论,现在只就先生在古典诗歌之创作方面的成就略作简单之介绍。先生自二十余岁时即以词见称于师友之间,最早的一本词集《无病词》刊印于1927年,收词八十首,当时先生不过三十岁;其后一年(1928)又刊印《味辛词》一册,收词七十八首;又两年之后(1930),又刊印《荒原词》一册,收词八十四首。在《荒原词》之卷首,有先生之好友涿县卢宗藩先生所写的一篇序文,曾经叙述说先生"八年以来殆无一日不读词,又未尝十日不作,其用力可谓勤矣"。然而自《荒原词》刊出以后,先生却忽然对写词感到了厌倦,于是遂转而致力于诗之写作。四年之后(1934),遂有《苦水诗存》及《留春词》之合刊本问世,卷首有先生之《自序》一篇,叙述生平学习为诗及为词之经过,自云"余之学为诗几早于学为词二十年,顾不常常作",又云自1930年冬"以病忽厌词",于是自1931年春"遂重学为诗";先生自言其为诗之用力亦甚勤,云"余作诗虽不如老杜之'语不惊人死不休',亦未尝率意而出,随手而写,去留斟酌之际,亦未尝不审慎",然而先生却自以为其诗之成就不及其词,并引其稚弟六吉之言,以为其所为诗"未能跳出前人窠臼"。先生自谓"少之时,最喜剑南",其后"学义山、樊川,学山谷、简斋,惟其学,故未必即能似,即其似故又终非是也"。而先生之于词则自谓"并无温、韦如何写,欧、晏、苏、辛又如何写之意",以为"作诗时则去此种境界尚远"。故于《苦水诗存》刊出以后,先生之诗作又逐渐减少,乃转而致力于戏曲,两年后(1936)遂刊出《苦水作剧三种》,共收《垂老禅僧再出家》《祝英台身化蝶》《马郎妇坐化金沙滩》杂剧三种及附录《飞将军百战不封侯》杂剧一种。先生既素以词名,故其剧作在当日并未引起广大读者之注意。然而先生在杂剧方面之成就,则实不在其词作之下。原来先生在发表此一剧集之前,对杂剧之写作亦曾有致力练习之过程。盖早在1933年间,先生即曾写有《馋秀才》之二折杂剧一种,其后于1941年始将此剧发表于《辛巳文录初集》之中,并附有跋文一篇,对写作之经过曾经有所叙述,自云此剧系1933年冬"开始练习剧作时所写"。其后自1942年开始,先生又致力于另一杂剧《游春记》之写作,此剧共分二本,每本四折外更于开端之处各加《楔子》,为先生所写之杂剧中最长之一种,迄1945年始正式完稿,刊为《苦水作剧第二卷》。当先生之兴趣转入剧曲之写作时,曾一度欲停止词之写作,在其《留春词》之自序中,即曾写有"后此即有作亦断断乎不为小词矣"之语。然而先生对词之写作实在不仅未尝中辍,而且在风格及内容方面更曾有多次之拓展及转变。先是在1935年冬,先生于病中曾写有《和浣花词》五十四首,其后于1936年又陆续写有《和花间词》五十三首,《和阳春词》四十六首,统名之曰《积木词》(此一卷词未曾见有刊本问世,今所收存为我于1946年时自先生手稿所转抄者);其后先生于1941年又曾刊有《霰集词》一册,收词六十六首;1944年又曾刊有《濡露词》及《倦驼庵词稿》合刊本一册,共收词三十二首;解放后,先生亦写有词作多首,曾陆续发表于天津之《新港》杂志及《天津日报》等报刊,总其名为《闻角词》,然未尝刊印成册。计先生生平虽然对于古典诗歌中诗、词、曲三种形式皆尝有所创作,然而实在以写词之时间为最久,所留之作品亦最多,曲次之,诗又次之。所以本文对先生古典诗歌创作方面之介绍,便将以先生之词作及剧作两种为主,而以诗作附于词作之后略作简单之介绍。

二　先生词作中之思想性和艺术性

关于先生的词作,我想分为思想性和艺术性两方面来加以讨论。先谈思想性方面。自1927年先生刊出其第一册词集《无病词》开始,至

1960年先生逝世前发表之《闻角词》为止,前后计有三十余年之久,共写词有五百余首之多。在此极长之时间与极多之作品中,先生既曾经历北伐、抗战、沦陷、胜利以迄解放多次之世变,又曾经历由青年而中年而老年之人生各种不同之阶段,则其词作之思想性的内容,自然曾有多次之转变。如果自其变者而观之,则其感时触物、情意万殊,自非本文之所能遍举,而如果自其不变者而观之,则先生词作之思想性的内容,大约可以简单归纳为以下几点特色。第一点,我们要提出来的是先生之词作往往含有对时事之感怀及喻托。先生在其《荒原词》之卷末附有自题词集之绝句六首,其中一首有句云:"禽鸣高树虫啼秋,时序感人不自由。少作也知堪毁弃,逝波谁与挽东流。"其所谓"感人"的"时序"和"东流"的"逝波",所指的应该便是他自己早期词作中对当时世事有所感怀的用心和托意。先生之《无病词》刊于1927年,《味辛词》刊于1928年,《荒原词》刊于1930年,只要是对于中国近代史稍有了解的人,大概都可以想象得到当日的中国是处于怎样的动乱之中。先生在当时对于革命之理想虽然尚未有明确之认识,然而其忧时念乱的爱国之感情却是经常流露于笔墨之中的。例如其《无病词》中的"中原却被夜深埋,那更秋风秋雨逐人来"(《南歌子》),"江南江北起烟尘,风力猛,笳声动,落日无言天入梦"(《天仙子》)以及"栏干倚遍,但心伤破碎河山"(《汉宫春》)诸作品,其所表现的对于国事的悲慨是明白可见的;及至《味辛词》中,如其"湖边血痕点点,更血花比著暮霞红"(《八声甘州·哀济南》)以及"不道好山好水,胡马又嘶风,地下英灵在,旧恨还重"(《八声甘州·忽忆历下是稼轩故里因再赋》)诸作品,所表现的则是对于当年所发生的济南惨案的悲哀愤激的感慨。及至抗战兴起以后,先生沦陷于当日为日军所占领的北平,在这一时期中,先生曾写了不少以比兴为喻托而寄怀故国之思的作品,如其《霰集词》中之"漫写瑶笺寄远方"(《南乡子》)以及"渺渺予怀水一方"(《南乡子》)等句,所托喻的便都是对于故国的怀恋和思念；又如其"春风何日约重还,好将双翠袖,倚竹耐天寒"(《临江仙》)以及"蒹葭风起正苍苍,伊人知好在,留命待沧桑"(《临江仙》)等句,所托喻的是对祖国之期待盼望的坚贞的心意。这种委婉托喻的作品,其内容用意虽也是对时事的感怀,然而却与早年的悲慨激愤的风格已经有了很大的不同。及至到了解放以后,先生之词的风格又发生了一次更大的转变,如其《闻角词》中的"乍云开雾敛,海澹澹,赤霞张。渐迤逦关河,雪山葱岭,共浴朝阳"一首《木兰花令》,是为第一届全国人民代表大会而写作的；又如其《玉楼春》一首之"河流让路天低首,人力胜天凭战斗",则是为庆祝全国丰收而写作的。这些词中所表现的欢欣颂愿的情意,是先生以前的作品中极为少见的,不过其风格情调虽有不同,而其为关怀国事的有心用意之作,则是始终一致的。

　　第二点我们所要提出来的,则是先生在词作中往往表现出一种对于苦难之担荷及战斗的精神。一般说来,先生在词作中虽也经常写有一些自叹衰病之语,这可能是因为先生的身体一向多病的缘故,而其实在精神方面先生却常是表现有一种积极的担荷及战斗之心志的,从先生早期的作品,如其《无病词》中的"何似唤愁来,却共愁撕打"(《蓦山溪》)与《味辛词》中的"人间事,须人作,莫蹉跎"(《水调歌头》)等句,便可以看到这种精神的流露。而到了《荒原词》中,这种精神和心志则表现得更为鲜明和强烈。如其《鹧鸪天》(说到天涯自可哀)一首之"拼将眼泪双双落,换取心花瓣瓣开",《踏莎行》(万屋堆银)一首之"此身判却似冰凉,也教熨得栏干热",《采桑子》(如今拈得新词句)一首之"心苗尚有根芽在,心血频浇,心火频烧,万朵红莲未是娇",便都是极好的例证；而其《鹧鸪天》词之"说到人生剑已鸣。血花染得战袍腥。身经大小百余阵,羞说生前死后名。　　心未老,鬓犹青。尚堪鞍马事长征。秋宵月落银河暗,认取明星是将星"一首,则尤其是把这种担荷及战斗之心志表现得最为完整有力的一篇代表作。其后在沦陷时期中,先生则把这种担荷战斗的精神心志与比兴喻托相结合,用最委婉的词语,表现了一种对故国怀思期待的最坚贞的情意,而在解放后所写的《闻角词》诸作中,则又将此种精神心志转为了奋发前进的鼓舞和歌颂。从外表看来,其内容情意虽然似乎曾经有多次的转变和不同,然而其实就精神方面言之,先生之具有对苦难之担荷及战斗的精神心志,则也是始终一致的。

  第三点我们要提出来的则是先生在词作中常表现有一种富于哲理之思致。一般说来,在中国古典诗歌之传统中,词之为体原来大多皆以抒情为主。间有用心托意之作,所写也不过是家国之思、穷通之慨,至于如西方文学中之以诗歌表现某种哲理之思致的作品则并不多见。至晚清之王国维氏,因其曾经涉猎西方之哲学,所以往往以西方之哲理入词,这是一种极可注意的新开拓。先生早年既曾入北大研读西方文学,又对王国维之《人间词》及《人间词话》极为推崇,故先生亦往往好以哲理入词,不过先生之以哲理入词也有与王国维相异之处。其一,就所选用之语汇及形象而言,王国维仍多沿用旧传统之语汇和形象,而先生则往往使用新颖的语汇和形象,此其差别之一;其二,就内容情意而言,则王国维受西方叔本华厌世主义哲学之影响,故其词作中每多悲观忧郁之语,而先生则不为任何哲学家之说所局限,其所写者往往只是一种因景触物的偶然的富于哲理之思致,此其差别之二。举例而言,在先生词作中,如其《无病词》中之"为是黄昏灯上早,蓦然又觉斜阳好"(《蝶恋花》)、"人生原是僧行脚,暮雨江关,晚照河山,底事徘徊歧路间"(《采桑子》),《味辛词》中之"空悲眼界高,敢怨人间小,越不爱人间,越觉人间好"(《生查子》)、"那堪入梦,比著醒梦尤难"(《庆清朝慢》),《荒原词》中之"乍觉棉裘生暖意,阳春原在风沙里"(《鹊踏枝》)、"山下是人间,山上青天未可攀"(《南乡子》),《留春词》中之"走平沙绿洲何处,只依稀空际现楼台"(《八声甘州》),《濡露词》中之"流波止水两悠然,要与先生商去住"(《木兰花令》),《倦驼庵词稿》中之"回头来路已茫茫,行行更入茫茫里"(《踏莎行》),这些词句便都蕴涵有对景触物所产生的一种哲理之思致,而此种思致既不局限于任何一家的哲学之说,而且更都结合着生动真切的景物之形象。除此之外,先生也常以人物之形象表现一种富于哲思之新情意,如其《荒原词》中的一首《木兰花慢·赠煤黑子》便曾写有一个煤黑子的形象,说:"豪英百炼苦修行,死去任无名。有衷心一颗,何曾灿烂,只会怦怦。堪憎,破衫裹住,似暗纱笼罩夜深灯。"又在《味辛词》中的一首《木兰花慢》(是何人弄笛)也曾写有一个深夜卖卜者的形象,说:"想身外茫茫,行来踽踽,深巷迢迢。……有谁将命运,双肩担起,一手全操?"这些作品便都不仅表现了哲思,而且也选取了旧传统中所不常叙写的人物的形象。这种富于哲思的新意境,是先生词作中另一点可注意的特色。

除去以上三点思想性方面之特色以外,先生之词作在艺术性方面也有几点值得注意的特色。首先是先生对词之写作能具有创新之精神,足以自成一种风格。关于这一点,先生自己也曾有所叙述,例如在《苦水诗存》之《自叙》中,先生即曾自言其写词时"并无温、韦如何写,欧、晏、苏、辛又如何写之意",又在其《无病词》中先生也曾有"自开新境界,何必似花间"(《临江仙》)之语。从这些话当然都可以看出先生在词之创作方面具有一种不肯蹈袭前人的开拓创新之精神。这种独立创新之精神,一方面与先生一向论诗之主张既然彼此相合,另一方面与先生学词之经过也有相当密切之关系。先从论诗之主张一方面来谈。先生讲课时一向主张创作时应当有独立创新之精神,经常在讲课中勉励同学说:"丈夫自有冲天志,不向如来行处行。"而这种开创,先生又主张当以"立诚"为本,所以先生在词之创作中的开拓创新,便也全以一己真诚之表现为主。先生在其《味辛词》中,便曾写有一首《朝中措》,自叙其为词之甘苦说:"先生觅句不寻常,一字一平章。只望保留面目,更非别有心肠。"这是先生之词所以能形成一己独立之风格的一项重要原因。再就先生学词之经历而言,先生在其《稼轩词说》之《自序》中曾叙述其早年学习诗词之经过,自谓其学诗自幼即承庭训,而学词则未曾有所师承,云:"吾年至十有五……一日于架上得词谱一册读之,亦始知有所谓词。……二十岁时,始更自学为词,先君子未尝为词,吾又漫无师承,信吾意读之,亦信吾意写之而已。"这种信意读、写的态度,很可能是造成先生之词能以自成一格的另一原因。不过更值得注意的是先生在随意读、写的经过中,原来对前代词人也曾有过广博的汲取继承,只不过先生在汲取之时并未曾落入任何一家的窠臼之中,所以才能依然保留其一己之面目。先生对其所曾经学习模仿过的一些前代词人也都曾在其词作中有所叙及。首先我们要提出来的一位前代词人是辛弃疾。早在先生第一本词集《无病词》中《蓦山溪》(填词觅句)一首之下,先生即曾自注云"述怀,戏效稼轩体";其后在《濡露词》中更曾写有《破阵子》二首,对稼轩极致推崇仰慕之意,在第一首词中即写有"要识当年辛老子,千丈阴崖百丈溪,庚庚定自奇"之句,仍以为未能尽意,又在第二首中赞美辛词说:"落落真成奇特,悠悠漫说清狂。千丈阴崖凌太古,百尺孤桐荫大荒。偏宜来凤凰。"其崇仰之情可以概见。原来当先生写作这二首词时,盖正当先生撰著《稼轩词说》之际,先生在《词说》之《自序》中,曾叙述其一向对辛词之喜爱,说:"世间男女爱悦,一见钟情,或曰宿孽也。而小泉八云说英人恋爱诗,亦有前生之说。若吾于稼轩之词,其亦有所谓'宿孽'与'前生'者耶?自吾始知词家有稼轩之其人以迄于今,几三十年矣,是之间研读时之认识数数变,习作之途径亦数数变。……而吾之所以喜稼轩者或有变,其喜稼轩则固无或变也。"从此亦可见先生对于辛词之推崇赏爱之既入且深矣,所以先生自己之为词亦颇受稼轩之影响。即以前面所举引之两首《破阵子》而言,其爽健飞扬之致,便颇近于稼轩之风格。除稼轩以外,先生在词作中所曾述及的前代词人还有以下几位：其一是朱敦儒，先生在早期之《味辛词》中之《定风波》（扰扰纷纷数十年）一首之小序中即曾有为朱敦儒词"下一转语"之言，其后在《荒原词》之《行香子》（不会参禅）一首之下亦曾自注云"效樵歌体"；在先生晚年之《濡露词》中《清平乐》（人天欢喜）一首之下也曾自注云"早起散策戏仿樵歌体"，在这些效樵歌体之作品中，如其"不会参禅，不想骖鸾"及其"先生今日清闲，轻衫短杖悠然"诸语，其真率疏放之致，便与朱敦儒晚年作品之风格颇有相近之处。其二，我们要提出来的则是欧阳修。先生对欧词似乎也有很深的喜爱，曾经先后在《荒原词》《留春词》及《霰集词》中各写过五首至六首《定风波》词，均为效欧词《定风波》之"把酒花前"之作，共有十七首之多。在《荒原词》中的五首，前四首均以"把酒东篱"开端，末一首为总结，合为一组，全写对秋光之爱惜怅惘；在《留春词》中的六首，前五首均以"把酒高楼"开端，末一首为总结，合为一组，全写对残春之留连哀悼；在《霰集词》中的六首，前五首均以"把酒灯前"开端，末一首为总结，合为一组，全写对人生之悲慨感叹。这十七首词都写得低徊往复，一唱三叹，极能得六一词之神致。其三，我们要提出来的是晏殊。先生在《荒原词》中有三首《破阵子》词，第一首题为《南园看枫》，后二首题为《次日重游再赋》，全为模仿晏殊《珠玉词》风格之作，词中且曾引用大晏之词句云"珠玉词中好句，人生不饮何为"；其后在《留春词》中之《凤衔杯》（眼前风土又纷纷）一首，也曾有自注云"用珠玉词体"；更后在《濡露词》中之《浣溪沙》（一片西飞一片东）一首之前也曾有小序云"日读珠玉及六一近体乐府，借其语成一阕"，可见先生对于晏殊也曾有过赏爱和模仿，不过一般而言，先生模仿大晏之作往往只是在字句方面用大晏之词语，而在神致情韵方面则先生仍然自有一己之面目，与大晏之风格并不尽同。其四，我们要提出来的则是柳永。先生在《留春词》中之《凤衔杯》（见说人生真无价）一首之下，曾自注云"用乐章集体"，盖为仿效柳之通俗平易之一种风格者。其五，我们要提出来的则是周邦彦。先生在《留春词》中收有《西河》(燕赵地)一首,自注云"用清真韵"。此词在形式音律方面虽然与清真相近似,然而在神致方面则先生之率真清健与清真之典雅含蕴之风格实在并不全同。除去以上诸前代词人先生曾在词作中明白叙及有意模仿拟作者外,还有极值得我们注意的一件事,就是在1936年1月至9月之间,先生曾陆续写有《积木词》三卷,全为与古人和韵之作,首卷和韦庄之《浣花词》,次卷和《花间集》中之温庭筠、皇甫松、顾夐、牛峤、和凝、孙光宪、魏承班、阎选、尹鹗、毛熙震诸人之作,三卷和冯延巳之《阳春词》。这些与古人和韵之词,对于先生词之风格曾产生过相当大的影响。原来先生早期词作受稼轩及樵歌之影响较大,偏于发扬显露而略少含蓄之情韵,经过此一阶段对晚唐五代词之拟作,对先生旧有之风格恰好产生了一种调节融会之作用。这种作用,使先生之词于原有之率真清健之风格以外,又增加了一份深情远韵之美。又加之先生在填写《积木词》以后之次年,北平即因卢沟桥事变而沦陷于日人之手,先生既以家累之故不得不留居于沦陷区之北平,而其内心之抑郁悲慨之怀,遂皆假词之形式以抒写之。这些作品其后皆收入于1941年所刊印之《霰集词》中,其体式大率以短小之令词为主,至其内容则或者写低徊怅惘的故国怀思,或者写贞幽坚毅之期望等待,而其表现则大多兴象丰融,寄托深至,既有清健之气,复饶情韵之美,是先生词作中的上品之作。如其《霰集词》中《鹧鸪天》之"不是新来怯凭栏"一首与《浣溪沙》之"又是人间落叶时"一首之写怅惘之情思,以及《定风波》之"昨夕银釭一穗金"一首与《临江仙》之"岁月如流才几日"一首之写坚贞之期望,便都是这类作品中极佳的例证。至于先生在晚年所写的《闻角词》,则似乎又有返回于早年之率真豪健之意,不过其发扬开阔之气与夫欢欣鼓舞之情,以及其作品中对于新生事物之歌颂赞美,则皆为早年词作中之所未有。综观先生词之风格,盖能于自辟蹊径之中兼融前代词人各家之长而又能随时代以俱进者。这是先生之词在艺术风格方面一项可重视的特色。先生在其《积木词》之卷末曾附有自题词集的六首绝句,其最后一首即曾云:"人间是今还是古,我词非古亦非今,短长何用付公论,得失从来关寸心。"这首诗就恰好说明了先生写词之融会古今、自辟蹊径的态度和风格之特色。

其次,再就先生在艺术手法方面之表现而言,则我们大约可将之分别为用字、结构与意象三点来加以讨论。先谈用字方面之特色,先生既富于独立创新之精神,又对西方文学有相当之素养,是以先生之词作往往能结合雅俗中外之各种字汇作融会之运用。例如其《无病词》中《蝶恋花》(昨夜宿醒浑未醒)一首中之"爱神烦恼诗神病"之句;《味辛词》中《清平乐》(晕头胀脑)四首中之"镇日穷忙忙不了"与"磨道驴儿来往绕"诸句;《荒原词》中《凤栖梧》(我梦君时君梦我)一首中之"别来可有新工作",《踏莎行》(当日桃源)一首中之"乐园如不在人间,尘寰何处寻天国"诸句;《留春词》中《浣溪沙》(青女飞霜斗素娥)一首中之"试把空虚装寂寞,更于矛盾觅调和",《好儿女》(地可埋忧)一首中之"象牙塔里,十字街头"诸句,便都是这种对于雅俗中外之字汇加以融会运用之最明显的例证。再就结构方面之特色而言,先生在句法及章法方面最喜用层转深入与反衬对比及重叠排偶之手法,以造成一种在艺术传达方面特别加强之效果,如其《无病词》中《好事近》(几日东风暖)一首中之"甚春深春浅"与"说春长春短",《定风波》(口北黄风塞北沙)一首中之"归去,可怜归去也无家",《采桑子》(一重山作天涯远)一首中之"君住山前,侬住山间,山里花开山外残"诸句;《味辛词》中《生查子》(身如入定僧)一首中之"越不爱人间,越觉人生好",《减字木兰花》(狂风甚意)一首中之"老怕风多嫌雨少,雨少风多,无奈他何一任他"诸句;《荒原词》中《南乡子》(三十有三年)一首中之"山下是人间,山上青天未可攀",及所附《弃余词》中《最高楼》(携手去)一首中之"相见了,相思依旧苦;离别后,离愁何日诉"诸句;《留春词》中《忆秦娥》(黄昏时)一首中之"人间无复新相知,人生只合长相思",《踏莎行》(百战归来)一首中之"为君重爇少年心,为君重下青春泪"诸句;以及《霰集词》中《灼灼花》(不是昏昏睡)一首中之"纵相逢已是鬓星星,莫相逢无计",《濡露词》中《鹧鸪天》(谁识先生老更狂)一首中之"今年都道秋光好,好似春光也断肠",《倦驼庵词稿》中《踏莎行》(天黯如铅)一首中之"回看来路已茫茫,行行更入茫茫里"诸句,便都是这种层转深入与反衬对比及重叠排偶等艺术手法的明显运用。

再次,我们再就先生词作中所使用之形象而言,在中国诗歌之旧传统中,一般多将形象与情意之关系简单归纳为比兴两类,或者因情及物,或者由物生情,总之凡情意之叙写多以能结合形象可以予读者直接感受者为佳。先生之词,如我们在前文讨论其思想性内容时之所叙及,其作品中原来常包含有对于当时世事、个人心志及人生哲理多方面之含蕴,是其所作原多偏于有心用意之作,而凡此种种情意,先生往往多能用比兴之手法假形象以为表达,故其所作既在思想性方面有丰富之内容,同时在艺术性方面亦表现有丰美之形象。至于其形象之所取材则或者取象于大自然之景物,或者取象于人事界之事象,或者取象于想象中之幻象。至其表现,则或者用比的手法以为拟喻,或者用兴的手法取其感发,皆能随物赋形,有极生动与极真切之表达。本文在此不暇做细密周至之分析,现在仅想就其形象与情意相感发、相结合之几种不同之方式及层次略作简单之介绍:其一是以写眼前大自然之景物形象为主而表现有一种感发之情趣者,如其《无病词》中《一萼红》(静无尘)一首对新荷之描写,"静无尘。乍湿云收雨,远树带斜曛。木槿飘零,紫薇开罢,半池秋水粼粼。西风里、金销翠贴,剩几朵留与看花人。夜月欺风,朝阳羞露,尽够销魂",《浣溪沙》(咏马缨花)一首之"一缕红丝一缕情,开时无力坠无声,如烟如梦不分明",《味辛词》中《蝶恋花》(独登北海白塔)一首之"我爱天边初二月,比著初三,弄影还清绝。一缕柔痕君莫说,眉弯纤细颜苍白",《荒原词》中《清平乐》(故人好意)一首之"黄花好似前年,折来插向窗间,窗外一株红树,教他与我同看",诸词中所写之形象皆为眼前大自然之景物,而莫不鲜明生动、情趣盎然,极富感发之力量。其二是所写虽亦为眼前之景物,然而其所传达者却不仅只为一种感发之情趣,更且寓含有较深之情意及思致者,如其《无病词》中《踏莎行》一首之"岁暮情怀,天寒滋味,他乡又向尊前醉。路灯暗比野磷青,天风细碾黄尘碎";《味辛词》中《汉宫春》一首之"底事悲秋,试倚楼间眺,一院秋光。牵牛最无气力,引蔓偏长。疏花数朵,待开时、又怕朝阳。浑不似、葵心向日,一枝带露娇黄";《荒原词》中《鹊踏枝》一首之"过了花期寒未退。不见春来,只见风沙起。乍觉棉裘添暖意,阳春原在风沙里",诸词所写之形象,虽亦为大自然之景物,然而却都蕴涵有更深一层之情意和思致。如果将此一类词中之形象与前一类词中之形象相比较,则我们大概可以做如下之区分,即前一类形象仍以写物为主,其情趣亦不过为外物所偶然引发之感受及情趣而已;而后一类形象已经不完全以物为主,而是心与物之一种交感的呈现,是心中早隐然有某一份情意及思致,不过偶然为物所触发遂不知不觉将此种情意融会于物象之中,成为一种心物交感的流露。至于第三类则是全然以心中之情意思致为主,不必实在有外物形象之触发,而由心自己创造一种形象以为表现者,如《霰集词》中《虞美人》一首之"去年祖饯咸阳道,斜日明衰草。今年相送大江边,霜打一林枫叶晓来寒。 深情争供年年别,泪尽肠千结。明春合遣燕双飞,夹路万花如锦送君归",便是全以形象喻写在沦陷区中对故国之怀思者;又如《霰集词》中《临江仙》词之"记向春宵融蜡,精心肖作伊人。灯前流盼欲相亲。玉肌凉有韵,宝靥笑生痕。 可奈朱明烈日,炎炎销尽真真。也思重试貌前身。几番终不似,放手泪沾巾"一首,则是全以形象喻写一种对于理想之追求及幻灭之悲哀者;再如《味辛词》中《鹧鸪天》咏佳人的四首词,每首都以"绝代佳人"开端,则完全是以"佳人"之形象来发抒其"美人香草"之幽约悱恻之思者。像这些词中的形象,无论其所写者为"咸阳道",为"大江边",为"灯前"之"玉肌""宝靥",为"倚楼""倚阑"之"绝代佳人",都并非眼前实有之景象,而完全出于一种假想之象喻,是将抽象之情思转化为具体之形象来加以表现者。以上三类,虽是极概略的区分,但却分明代表了形象与情意相结合的几种最基本的方式和层次。先生对之皆有纯熟之运用。这种艺术的表现手法,正是使得先生之词虽以有心用意为主,然而不失之于枯窘,而往往能写得既活泼清新又富于深情远韵的重要原因。

三 先生前后二期诗作之简介

至于先生之诗作,则可以分别为前后二期言之。前期之作自以收入《苦水诗存》中之八十四首为代表,后期之作则未尝加以收编,今所辑录,乃仅就先生当日在课堂中所偶然引举之作品,以及先生致友人及学生之书信中之所写录者抄存所得,计共有一百首左右。先生自己对早期之诗作颇不满意,在其《苦水诗存》之《自叙》中,先生曾自云:"余之不能诗,自知甚审,友人亦多以余诗不如词为言。"且曾引述其稚弟六吉之语,以为所作诗"未能跳出前人窠臼"。盖先生之词作无论在修辞及意境方面,皆极富于开拓创新之精神,充满活泼之生命感,而先生早期之诗作则往往不免有两种缺憾:或者过于用心着力有意模仿古人而少生动之气韵,或者虽有生动之气韵而又往往失之靡弱有近于词之处。如其《夜读山谷诗》一首七律之中二联"江南塞北同一月,万古千秋只此身。试遣泥牛入大海,从知野马是微尘",即为有心模拟江西诗派之作品,可为前一类之代表;又如其《从今》一首七律之颈联"逝水迢迢悲去日,横空冉冉爱痴云"二句,清新婉丽,气韵生动,然而却不免稍嫌靡弱,可以为后一类之代表。据先生之《自叙》,其致力于诗之写作,亦复既勤且久,而其成就乃竟尔不及其词。先生尝自云其为词时"并无温、韦如何写,欧、晏、苏、辛又如何写之意",而其为诗,则常不免有模拟古人之念横亘胸中。故先生又尝自谓"惟其学故未必即能似,即其似故又终非是也"。夫以先生在词作中所表现之开拓创新精神之健举发扬,何以方其为诗之时乃竟为古人之所羁缚,或者竟流入于词之风格而不能更有所振发突破?其所以然者,私意以为大约由于以下之二种因素:其一,盖由于学习之过程不同。据先生自言,其为诗乃全出于幼年时受其父金墀公之教导;而其为词则全出于一己之爱好及学习。据先生幼女顾之京君之叙述,知金墀公课子甚严,常将先生拘缚于书桌之前,不使嬉游,此种严苛之督导,或者曾使先生在学习中产生一种紧张之心理,此可以为先生之诗作常不免有拘缚着力之感之一因。其二,则可能由于才性长短之不同。盖诗与词之体式风格各异,诗较典重,词较活泼,以诗句入词,尚不失凝练之美,而以词句入诗,则常不免有靡弱之病。是故历代之能诗者往往亦可以兼长于词,而以词专擅者,则未必能兼长于诗。即以词中之巨擘辛弃疾而言,其所为诗亦复不及其词甚远。此盖由才性之禀赋不同,故其所长所短亦各有能有不能也。

然而先生在其后期之诗作中,则曾经以多年所积之学养,终于突破前所叙及之两种缺憾,而表现出相当可观之成就,如其《和陶渊明饮酒诗》之五古二十首,《赠冯君培先生夫妇》之五律四首,以及自1944至1948年间所写之七言律绝多首,便都各有其足以超越早期作品的专胜之处。综而言之,其后期作品之成就大约有以下几点之特色。一则,由于写作之修养日深,遂自拘谨生硬转而为脱略娴熟,如其《晚春杂诗》及《春夏之交得长句数章》的两组七言绝句,便都能于疏放中表现深蕴之致,极为老练纯熟。又如其《赠冯君培先生夫妇》之五言律诗四首,则更能于脱略娴熟之中寓托感怀时事之深意。此四诗盖写于1947年之秋,诗前有长序云:"秋阴不散,霖雨间作,一日午后,往访可昆、君培伉俪于沙滩寓所,坐至黄昏,复蒙留饭,纵谈入夜,冒雨归来,感念实多。年来数数晤对,留饭亦不可胜计,而此次别来已一星期,仍未能去心,自亦不解其何因。今日小斋坐雨,乃纪之以诗,共得短句四韵四章,即呈可昆与君培。私意固非仅识一时之鸿爪而已,谅两君亦同此感。"诗中之句,如"涂长叹才短,语罢觉灯明","云压疑天矮,雨疏闻地腥"及"人终怜故国,天岂丧斯文"诸联,莫不属对娴熟、疏放自然。此种成就之达致,除因其长久写作之修养以外,盖更有对于赠诗之对象之一份故人知己之感,而且自其写诗之时代及诗前之长序所隐约喻示的含意观之,意者先生当日与冯先生夫妇之所"纵谈"者,或不免有涉及当时政局之语,故先生序中乃谓此四章诗,"固非谨识一时之鸿爪而已"。是以诗句中亦往往于脱略娴熟之声吻中,别含感慨沉郁之意,这是先生后期诗作可注意的成就之一。再则,先生阅世既久,思致日深,因之乃能将情感与思致及议论互相交融成为一体,如其《和陶渊明饮酒诗》二十首五古,便时时有精警之句,而又极为朴质自然,深得陶诗之意致。如其第五首"显亦不在朝,隐亦不在山。挂杖街头过,目送行人还。所思长不见,默默亦何言",第十首之"藐姑射之仙,绰约若有余。苟能得其意,此世良可居",第十四首之"振衣千仞岗,出尘安足贵。谁与人间人,味兹人间味",第十七首之"耻作鸟兽徒,甘落尘网中",第十九首之"知足更励前,知止以不止"诸诗句,便都是这一类情思与议论交融,充满精警之意而又写得极为朴质自然的诗句的代表,这是先生后期诗作中第二点可注意的成就。三则,先生写作表达之力既已臻于极为纯熟之境,故其用心着力之处,已能变生硬为矫健,而尤以七言律诗中之二对句,最能表现其健举之致,如其《开岁五日得诗四章》中之"高原出水始何日,深谷为陵非一时。故国旌旗长袅袅,小园岁月亦迟迟"与"重阳吹帽识风力,五月披裘非世情。云路还输远征雁,星光自照暗飞萤"诸句,便都能于七律常格之靡弱与江西派之生硬以外别具健举的笔力,是先生后期诗作中之另一点可注意的成就。是则吾人固不可因其早年在《苦水诗存》之《自叙》中有"诗不如词"之一语,便对先生之诗作遽尔加以忽视也。不过,如果以数量计之,则先生之诗作与先生之词作相较,大约尚不及其词作的二分之一,且方面亦不及词作之广,是以今兹介绍先生之创作,乃将词作置于诗作之前。至于先生在戏曲方面之创作,亦有极可重视之成就,此点当于下一节再加论介。

四 先生剧作中之象喻意味

先生共写有杂剧六种,即《馋秀才》《再出家》《马郎妇》《祝英台》《飞将军》与《游春记》。第一种《馋秀才》仅有二折,写于1933年,据先生跋文自言,此剧乃"开始练习剧作时所写",其后编订剧集时,并未将此剧收入,因此我在本文所讨论者,便将只以两本剧集为主。如果就这两本剧集而言,我以为先生之最大的成就是使得中国旧传统之戏曲在内容方面有了一个崭新的突破,那就是使剧曲在搬演娱人的表面性能以外,平添了一种引人思索的哲理之象喻的意味。这种开始,就先生而言,并非只是一种偶然的成就而已,而是有着深思熟虑之反省和用心的结果。本来就中国旧日之剧曲而言,元明两代之杂剧与传奇,其作者虽多,作品虽众,然而却因为受到当时历史及社会背景之种种限制,以致其文辞虽偶然亦有可观之处,然而其内容则大多以表演故事及取悦观众为主,极少如西洋戏剧之富于深刻高远之哲思者。王静安先生在其《静安文集续编》之《自序二》中,就曾提出说:"吾中国之文学最不振者莫戏曲若,元之杂剧,明之传奇,存于今日者,尚以百数,其中之文字虽有佳者,然其理想及结构,虽欲不谓至幼稚至拙劣不可得也。"王氏之所以有此看法,主要是因为王氏有见于西方文学中之戏剧方面之成就之伟大过人,相形之下便感到中国戏曲在内容方面之浅陋空乏,于是王氏便也曾一度有志于戏曲之创作。诸凡此意,王氏在其《文学小言》及《自序》诸文中皆曾屡屡言及,只可惜王氏虽有从事戏曲创作之意愿,然而却并未能将之付诸实践,而王氏所未曾完成之意愿,却在先生之手中真正获得了完成。先生在其《游春记》杂剧之《自序》中,也曾致慨于中国旧日戏曲内容之无足取,说:"从事戏曲者率皆庸凡、肤浅、狂妄、鄙悖,是以志存乎富贵利达者,其辞鄙;心系乎男女风情者,其辞淫;意萦乎祸福报应者,其辞腐;下焉者为牛鬼,为蛇神,为科诨,为笑乐,其辞泛滥而无归,下流而不返。"从羡季师对旧日戏曲之严格的批评来看,可知羡季师对自己所创作之戏曲,必然含有严格的要求和理想,这是我们所可以断言的。因此下面我们便将对先生的两本剧集做一番较详细的探讨和介绍。

先生之第一本剧集《苦水作剧》三种及《附录》一种,共收有杂剧四本,为了便于以后之讨论起见,我们不得不在此先对此四本剧曲之内容略作简单之说明:第一本"题目"为"继缘和尚自还俗","正名"为"垂老禅僧再出家",故事内容主要写一和尚名继缘者,在大名府兴化寺出家,因有一乡亲名赵炭头者为梨园行之净色,携其妻子什样景卖艺至大名府,不幸染病卧床,继缘和尚常往看顾,并以钱米相资助。其后赵炭头病殁,临危之际,以其妻托于继缘和尚,及赵炭头殁后,继缘初不肯与什样景结为夫妇,但仍常往探问以钱米相助。什样景责其救人不肯救彻,遂终于结为夫妇,并育有一男一女。其后二十年儿女俱已成长,什样景染病而殁,继缘和尚遂再度出家。第二本"题目"为"碧窗下喜共读,绿水边愁送别","正名"为"梁山伯墓生花,祝英台身化蝶",内容写祝英台与梁山伯原有指腹为婚之约,其后梁生落魄,祝父悔婚,而英台则因曾与山伯共读互生情愫,其后祝父迫英台改嫁,山伯病死,当英台被迫嫁往马家途中经山伯墓前见墓上有红花,英台亲往摘取,山伯墓爆裂,英台跃入墓中殉死,其后魂魄双双化为蝴蝶的故事。第三本"题目"为"柏林寺施舍肉身债","正名"为"马郎妇坐化金沙滩",故事内容为延州人民不识大法,堕落迷网,有马郎妇者誓愿舍肉身为布施以渡化众生,而当地诸长老以之为淫妇,迫逐之使去,马郎妇于临行前遂坐化于金沙滩上。第四本《附录》一种,"题目"为"困英豪弓矢空射虎,逞威势衣冠赛沐猴","正名"为"灞陵尉临阵先破胆,飞将军百战不封侯",故事内容写汉武帝时将军李广罪免家居,时往南田山中射虎,一夕见巨石,以为虎也,射之,中而没羽,又曾醉归为灞陵尉所辱,虽多次与匈奴战而终身无功的故事。先生在每本杂剧之后皆附有跋文,记叙故事之所出及写作之经过。除了《祝英台》剧之出于民间流行之故事及《飞将军》剧之出于《史记》之《李将军列传》较为众人所熟知之外,至于其他二剧,则《再出家》之故事盖出于宋洪迈《夷坚志》之《野和尚》条,《马郎妇》之故事则出于明梅禹之《青泥莲花记》。不过先生所采用者实在仅不过为故事之梗概而已,至于详细之关目情节则皆出于先生自己之创造,与原来之故事亦多有不尽相合者。本来元人杂剧之本事亦往往取材于旧史及说部而加以增删和演义。自其表面观之,则先生剧作之取材与元杂剧之取材实在极为相似,不过事实上其间却有一点绝大的不同之处,盖元剧之所写者无论其与原来之本事之是否相同,总之其写作之目的多不过仅为搬演之际可以取悦于观众而已。而先生之所写则并非仅为搬演,而同时也为阅读之戏剧,其目的并不在于搬演一个故事,而是要借用搬演故事之剧曲,来表达对于人生之某种理念或思想。这种写作态度,无疑受有西方文学很大的影响。先生在其《游春记》一剧之序文中,便曾经赞美古希腊之普拉美修斯一剧(Prometheus Bound)说:"其雄伟庄严,集千古而无对,而壮烈之外加以仁至义尽,真如静安先生所云'有释迦、基督担荷人类罪恶之意'。"从这一段话来看,则先生自己在剧作方面的理想,也就可以想象而知了。

在《苦水作剧》三种及《附录》一种之剧集中,如果就其内容用意言之,则最容易使人将其中之含意认识清楚的,实在是取材于《史记》的《飞将军》一剧。这本杂剧主要是借着"飞将军百战不封侯"的故事写一个失意的将军,空有着杀敌的本领却一直未能得到杀敌之机会的命运之悲剧,我们现在就把其中最值得注意的曲子抄录下来看一看。第一折之〔油葫芦〕云:

> 得志的儿曹下眼看,分什么愚共贤,金章紫绶更貂蝉,马头一顶遮檐儿伞,乔躯老直走上金銮殿,没学识,没忌惮,老天你好容易生下个英雄汉,却怎么觑得不值半文钱。

第四折之〔大石调六国朝〕云:

> 粘天衰草,动地胡笳,积雪压穹庐,寒冰凝铁甲。虎瘦雄心在,听冬冬更鼓初挝,月上夜光寒,映缕缕将军白发。谁承望封侯万里,堪怜早六十年华,还说甚杀敌掳名王,空只是临风嘶战马。

前一支曲子写一些不学无术的人们都得到了高官显爵,而真正有杀敌本领的英雄却被投闲置散;后一支曲子写白发的将军虽然雄心未老却壮志难酬。两支曲子都写得感慨悲壮,把这一本杂剧的主题和用意表现得十分有力量。

其次一本主题和用意也比较容易认识清楚的则是《祝英台身化蝶》一剧。本来这一个民间故事已经流传了很久,从元代之杂剧直到今日之电影及地方戏,都有根据这一个故事而改编的作品。一般说来,大家对此一故事所着重的主题约有两点:其一是强调生离死别的爱情之悲剧,其二是强调对于旧礼教之批判。前者赚人热泪,后者引人反抗,但私意以为先生所写的这本杂剧,其重点却似乎除去此二者之外还另有所在,那就是对于足以超越生死的精诚之心意的歌颂。在这本杂剧的第三折中,曾写到梁山伯死后托梦给祝英台说:"如今我的墓上生了一株红花,是从墓中我的心上生出来的。"又说:"姐姐你记住,那花儿须是你自己摘,别人摘不下来的。"其后在第四折中写到祝英台在嫁往马家的路上经过梁山伯墓地的时候,果然见到墓顶上赤艳艳地开着一朵红花,当时祝英台曾唱有一支曲子:

〔甜水令〕似这般三九严冬,寒云凝雾,坚冰铺野,林木也尽摧折,则那一朵红葩,朝阳吐艳,临风摇曳,除是俺那显神灵的兄弟英杰。

其后写到坟墓爆裂,祝英台在投身入墓之前又唱了一支曲子:

〔离亭宴带歇指煞〕呀,俺则见疏剌剌地狂风一阵飘枯叶,骨都都地黄尘四起飞残雪,浑一似呼通通地山崩地裂,还说甚冉冉地夕照影萧寒,漠漠地天边云黯淡,涓涓地山水流呜咽,则你那里苦哀哀地百年怨恨长,俺这里冷森森地三九冰霜冽,禁不住扑簌簌地腮边泪泻。只道你瑟瑟地青星堕碧霄,沉沉地黄壤瘗白玉,茫茫地沧海沉明月,从此便迢迢千秋无好春,悠悠万古如长夜,却原来皇皇地英灵未绝。马秀才你寂寂地锦帐且归休,梁山伯咱双双地黄泉去来也。

在这两支曲子中,所表现的都不是一般电影或戏曲中之只知赚人热泪的哀哭而已。先生所写的是一种精诚的心志之力量,是虽然在死后也能在墓顶上于三九严冬寒云凝雾中开出的赤艳的红花,是能够使得隔绝死生的无情的坟墓都能为之爆裂的"皇皇地英灵未绝"。虽然这些奇迹并不一定合于科学上之"真实",但这种精诚所至金石为开的坚贞的心意,却是千古以下都会使人受到感动和激励的。而先生全剧所要表现的就正是这种精神力量的一种象喻,这与一般只写一个悲剧故事,或者借此不幸之悲剧以表现对于旧礼教之批判的演故事或说教训的表现法是有着很大的不同的。

除去前两种杂剧以外,我以为先生之更易引起别人误会,更难使人了解其真正之主题和用意的,实在是《再出家》和《马郎妇》二本杂剧。因为前两种杂剧无论其真正之用心立意是否为读者所了解,至少从故事本身的外表情节来看,总还不失一种严肃的意味。而《再出家》一剧所写的一个既还了俗又结了婚的和尚,和《马郎妇》所写的一个以肉身布施的淫妇,若只从故事本身的外表情节来看,就更加显得荒诞不经了。然而我却以为这两本杂剧不仅就内容而言,较之前两种杂剧有更为深微之用意,即使就表达之艺术手法而言,较之前两种杂剧也有更可重视之成就。现在我们就先从表达之艺术手法方面来谈一谈。本来中国的小说和戏曲,一向大多是以写实为主的,而且经常带有某些说教的意味。可是先生的这两本杂剧,却是带有一种象征之意味的创作,以整个的故事传达一种喻示的含义,这种表达方式是近代西方小说家、剧作家甚至电影导演,都曾经尝试采用过的一种表达方式,自 1950 年代后期的尤金·伊欧尼斯柯(Eugene Ionesco)到 1960 年代的撒姆尔·贝克特(Samuel Beckett)和哈洛德·品特(Harold Pinter)诸位剧作家,他们所写的戏剧便都不仅是一个故事,而是借故事的外形以传达和喻示某种思想或心灵的理念和感受。我这样说,也许会有些人不以为然,因为先生的这两本杂剧都是 1936 年的冬天写定的,比西方那些剧作家写作这一类剧本的时间要早了十年以上,而且先生的剧作也并没有像西方那些剧本的极端荒谬的形式和意念,不过无论如何以剧作中之具体的人物情节来喻示某一种抽象的理念情意,这种表达方式则是极为相近的。而先生之所以能够突破了中国旧有的传统,竟然开创了一条与后起之西方剧作家相接近的途径,成为了一位在文学创作之发展中的先知先觉者,其早年研读西方文学所曾经受到的影响当然是不容忽视的。我们前面论及先生对戏剧创作之理想时,已曾引用过先生对于古希腊名剧普拉美修斯一剧之赞美的话,以为此一剧表现有"释迦、基督担荷人类罪恶之意"。而古希腊之名剧其含有丰富深微委曲之含意,足以令人思索玩味者,实不仅普拉美修斯一剧为然,这正是何以王静安氏及先生都以为中国旧传统之创作不如西方而有思有志于戏曲之创作的一个主要原因。所以先生之有意在其剧作中寄托一种深微高远的理想和意念,便也是极自然的一种情事。而除了受西洋之剧作的影响以外,我以为西方的近代小说,以及在西方影响下发展起来的五四时期前后的中国近代小说,也都曾给予先生很大的影响。先生喜欢在课堂上谈到鲁迅之《阿Q正传》和《狂人日记》等含义深刻的小说,这是凡曾上过先生课的学生都对之有极深刻之印象的;而另外先生在课堂上还曾经谈到过一位白俄作家的作品,大概就不是很多同学对之都留有印象的了。这位白俄的作家名字叫做安特列夫(L. N. Andreyev),并不是一位很出名的作者,但他的小说却有一个很大的特色,就是常以小说中之人物情节作为一种抽象的感受或理念的喻示。鲁迅曾译有他的两篇短篇小说收入于《域外小说集》,一篇题目为《谩》,另一篇题目为《默》:前一篇喻示人生之虚伪,欲杀"谩"而"谩"不死,欲求"诚"而"诚"乃无存;后一篇喻示人生之隔绝寂寞,欲求知谅之不可得。我以为先生盖曾受有此一作家相当之影响,因为先生既曾在课堂中提及此二篇小说,而且自己也曾翻译过另一篇安特列夫之作品,题目为《大笑》,内容写一个带有惹人发笑之面具的人,虽然内心极为悲苦,却并无一人能察见其悲苦,而无论行至何处,所追随者皆为一片大笑之声。这当然是一篇喻示性的故事。先生此一篇译稿曾经发表在当时北平《益世报·语林》第八十八号(1935年1月2日)。从先生对戏曲和小说的这些态度和观点来看,先生在自己的剧作中之喻示有较为深刻的含义,这当然是一件极为可能的事。下面我们便将对先生之《再出家》与《马郎妇》两剧之含义略加探讨。

《再出家》一剧之含义,主要可能有以下几点,其一是佛家之所谓"透网金鳞"之禅理,先生在其《稼轩词说》中论及稼轩之《八声甘州》(故将军饮罢夜归来)一首词时,曾经举引过一则禅宗公案,云:"昔者奉先深禅师与明和尚同行脚,到淮河,见人牵网,有鱼从网透出,师曰:'明兄!俊哉!一似个衲僧。'明曰:'虽然如此,争如当初不撞入罗网好!'师曰:'明兄,你欠悟在。'"深禅师之所以如此云云者,盖因未撞入网的鱼,对于网并没必然能脱出的把握,惟有曾经撞入网而又能脱出的鱼,才真正达到了不被网所束缚的境界。未曾还俗以前的继缘和尚,就譬如是一条未撞入过网内的鱼,所以终不免被网所缠缚,直至其垂老再度出家时,才真正脱出了网的束缚。这一则"透网金鳞"之公案,先生在课堂讲书时亦曾常常举引,所以先生在其所写的《再出家》一剧中之含有这种哲理的意味,该是极有可能的。其二,我以为先生在此剧中可能还寓有一种救人便须救彻的理想,在本剧的第三折写有什样景对继缘和尚所说的一大段宾白,云:"师兄,你知道慈悲为本,方便为门,可还知道杀人见血,救人救彻吗?你如今害得我上不着天,下不落地,那里是你的慈悲方便?你出了钱米养活着我,让我来活受罪吗?昔日释迦牟尼,你不曾说来吗?在灵山修道的时节,割肉喂虎,剖肠饲鹰,师兄道行清高,难道学不得一星半点儿?如若不然,让我自己在这里冻杀饿杀,不干你事,从此后休来我面前打闪,搅得我魂梦不安。"这一大段宾白不仅在文字方面写得十分沉着有力,而且在用意方面还提出了一种无论是想要成佛或做人,都应该追求向往的最高理想,那就是不惜自己牺牲或玷污而要救人救彻的精神。这种用意,先生在讲课时,也曾屡屡及之,而且常常把为人与为诗相提并论。例如先生有一次在讲到姜白石的词的时候,就曾经批评白石词的缺点是太爱修饰,外表看起来很高洁,然而却缺少深挚的感情,先生以为一个人过于自命高洁,白袜子,不肯踩泥,则此种人必不肯出力,不肯动情。先生所倡示的实在是一种不惜牺牲或玷污自己而入世救人的精神。如果将先生平日讲课的话与这一本杂剧参看,我们就更可以明白先生的《再出家》一剧,所写的绝不仅是一个故事而已,而是先生透过故事的形式所要传达的他自己对于人生的某种理念。这一点认识是非常重要的。至于《马郎妇》一剧所写的以肉身施舍布人的故事,就也正是前一剧之宾白中所说的"割肉喂虎,刳肠饲鹰"之精神的故事化的表现。在《马郎妇》的第一折中,马郎妇一出场,就唱了三支曲子:

〔黄钟醉花阴〕云幻波生但微哂,万人海,藏身市隐。你道俺恋红尘,那知俺净土西方坐不得莲台稳。

〔喜迁莺〕好教俺感怀悲愤,但行处扰扰纷纷,朝昏,去来车马,恰便似漠漠狂风送断云,无定准,都是些印沙泥的雁爪,沿苔壁的这蜗痕。

〔出队子〕有谁知此心方寸。田难耕,草要耘,一分人力一分春,转眼西天白日曛,可怜这咫尺光阴百岁人。

在这三支曲中,第一支曲子所表现的实在就是我不入地狱谁入地狱的救世精神。第二支曲子则是写人心之纷扰痴愚。然而先生对人世所采取的却又绝不是完全否定消极的态度,所以下面第三支曲子先生所写的就是在心灵之修养持守方面,所当做的努力。而更可注意的其实是在这一折中后面所写的另一支曲子:

〔刮地风〕俺也会到这寒宵将您那棉被儿温,俺也会准备您的箪食盘飧,俺也会嘘寒送暖将您来加怜悯,俺为您作几件儿衣巾,作两套儿衫裙,爱您似竹林的春笋,我送给您腮边的蜜吻,到晚夕卧床边将您来怀中抱稳,为什么您偏生不认真,跪面前叫一声娘亲。

这一支曲子是写众儿童对马郎妇嘲笑打骂时,马郎妇所唱的曲子,表面虽似乎荒诞不经,但其实内中所蕴涵的则是一种抱有救世之慈悲的深愿,却不能为世人所了解和接受的深刻的悲哀。这种悲哀在第四折有

更明白的叙写,例如下面的一支曲子:

〔醋葫芦,么篇之二〕俺常准备着肉饲虎肠喂鹰,走长街吆喝着卖魂灵,您当俺不是爷娘血肉生。俺生前,无谁来相亲敬,俺死后将这臭皮囊直丢下万人坑。

以及结尾一支曲子中的最后两句:"我请那释迦佛来作证,则被着恶名儿直跳下地狱最深层。"像这些曲文,可以说对本剧所蕴涵的意旨都有着明白的提示。因此我们说先生的剧作中有着严肃深刻的取义,这是足可以为证的。

至于先生的第二本剧集《游春记》,其内容则取材于《聊斋》中之《连琐》一则故事。据先生在《自序》中所云,此剧之着笔盖始于1942年1月间,而其完稿则在1945年之2月中,《自序》又云:"初意拟为悲剧,剧名即为《秋坟唱》,既迟迟未能卒业,暇时以此意告知友人,或谓然,或谓不然,询谋既未能佥同,私意亦游移不定,今岁始决以团圆收场,《游春》之名,于以确立。"当先生撰写此剧之时,也正是我从先生受业之时,记得先生当日也曾与同学们谈及此剧将以悲剧或喜剧结尾之问题,而且也曾在课堂中论及西方悲剧中之人物性格,其所曾讨论者,先生已大半写之于《游春记》之《自序》中。先生为"悲剧"和"喜剧"所下之定义与西方并不尽同,依先生之意,以为"悲剧中人物性格可分二种,其一为命运所转,又其一则与命运相搏"。对所谓"与命运相搏"者,先生又曾加以诠释,曰:"遇有阻难,思有以通之,遇有魔障,思有以排之……通之而阻难且加剧焉,排之而魔障且益炽焉,于是乎以死继之,迄不肯苟安偷生,委曲求全……窃意必如是焉,乃成乎悲剧之醇乎醇者矣。"持此一标准以求,先生以为西方莎士比亚之剧,"若《哈姆雷特》,若《李尔王》,其显例已"。而在中国之元明杂剧及传奇中,则根本缺少此类之悲剧。先生曾引王静安先生《宋元戏曲考》之言曰:"明以后传奇无非喜剧,而元则有悲剧在其中。"然而依先生之见则以为"即以元剧论之,若《梧桐雨》,若《汉宫秋》,世所共认为悲剧也,顾明皇元帝皆被动而非主动,乃为命运所转,而非与之相搏,若《赵氏孤儿》剧中之程婴与公孙杵臼,庶几乎似之,然统观全剧,结之以大报仇",凡此类戏剧,严格地说起来,盖皆不合于先生为悲剧所下之定义,所以在先生的标准之下,元明诸剧作中可以说并无理想之悲剧。至于所谓"喜剧"者,则先生以为静安先生所说的"明以后传奇中之喜剧",实在不得称之为"喜剧",而"当谓之'团圆剧'始得耳",而"团圆剧"则是被先生平时常目为"堕人志气坏人心术者也"。盖以一般"团圆剧"之所写者,多不过为功名成就亲事和谐,斯不过为人情物欲之满足而已,故先生以为此种戏剧多浅薄庸俗,全无高远之理想志意可言。那么先生所理想之喜剧又该是怎样的呢?先生在《自序》中对此虽然并无详细之阐释,却有一段简短的说明,云:"今之为此《游春记》也,其自视也则又如何?则应之曰:'人既有此生,则思所以遂之,遂之之方多端,而最要者曰力,其表现之于戏剧也,亦曰表现此力则已耳。其在作家,又惟心力体力精湛充实,始能表现之。悲剧喜剧,初无两致。'"如果从这一段简短的提示以及《游春记》一剧本身之故事来看,我们可以推测先生理想中的"喜剧"与其所谓"堕人志气坏人心术"的"团圆剧"必然有很大的不同,而最主要的分别则在于先生之所理想中的"喜剧"是要表现有一种为求遂其生而须付出追求之艰辛的"力"的作品。假如从这一种衡量的标准来看,我们便会发现先生的《游春记》之所以选取《聊斋志异》中之《连琐》一则故事作为素材,而且决定以"喜剧"为结尾,其中是果然有着深刻之取意的。

首先从故事之取材而言,我以为先生之所以选取了《聊斋》中之《连琐》一则故事作为素材的缘故,主要盖取其由死而复生的一点象征的用意,这当然与把此一故事只看做僵尸复活之迷信的事件有着绝大的不同,先生只是借用此一则故事来表现一种可以起死人而肉白骨的精神和感情的伟力,同时也表现一种求遂其生的强烈的意志和愿望。在本剧第一本第一折中,正末杨于畏出场所唱的第一支曲子〔仙吕点绛唇〕中所描写的虽然是"黄叶凄凄,又是悲风起"的秋天的肃杀悲凉的景色,可是紧接着的第二支曲子〔混江龙〕,杨于畏所唱的却是"任岁月难留如逝水,尽摧残不尽是生机"的对坚强的生意的歌颂,同时还唱出了他自己的"则生平有多少相思意,相伴着花开花落,春去春归"的缠绵执著的感情。到了第二折中,写连琐的鬼魂出现,则象征了一个多情美好的生命被幽闭于隔绝凄冷之世界中的悲苦寂寞的心情,也曾经透过杨于畏的口吻唱出了下面一支充满同情之感的曲子:

〔十二月〕可怜他腰肢瘦损,肺腑难申。空剩下一身的窈窕,融解作四野氤氲。则他那无边的怨苦,直引起半世的酸辛。

到了第三折,则写出了对于爱情和生命之追求寻觅中的徘徊和迷惘,如杨于畏所唱的下面一支曲子:

〔川拨棹〕情暗伤,他争知人见访,俺则见风冷云黄,水远山长,树映着朝阳,叶带着余霜,起伏着陀岗,上下着牛羊。我耐无聊,徘徊半晌。则夜来的吟诗,真个也,梦想?

到了第四折则由正旦连琐作为主角,于是就更为直接地唱出了她自己的多情而被幽闭的凄怨,如下面一支曲子:

〔紫花儿序〕一夜夜清眸炯炯,绣履轻轻,翠袖盈盈。行来荒野,立尽残更。无情。有情呵,幽闭在泉台下待怎生。

然后就接写连琐之鬼魂被杨于畏的诚挚之情所感动,于是前来与之相会,曾经唱了几支曲子,表现出对于感情的诚挚的力量的感动,例如下面的一支曲子:

〔调笑令〕月明,澹云横。想昨夜三更那后生,立荒园不管霜风劲,把新诗霎时酬定。则他那聪明更兼心志诚,热肠儿敢解冻融冰。

以上是本剧的第一本,一共四折,只写到连琐的鬼魂与杨于畏相见为止。

到了第二本开始,故事的背景就已经由前一本之凄寒的秋日转变为风云凛冽的严冬。如果说前一本之秋日的背景象喻了虽然在凋零肃杀之中也难以被摧毁的生机,那么第二本第一折之严冬的背景则更可以说是有着两层的提示和暗喻:其一是因季节之改变所暗示出来的杨于畏与连琐之间的感情的增长和坚定;其二是因严寒的凛冽才更可显示出对于生机之追寻有着不畏风雪的坚强执著的精神。所以在第二本第一折,连琐一上场所念的定场诗的末两句就是:"常爱义山诗句好,不辞风雪为阳乌",表现了虽然在严冬中但坚决要追求光明和温暖的坚强的心意。到了第二本第二折,则季节已经自严冬转为风光明媚的春天,而连琐的幽魂也已经洋溢着满怀生意。所以在这一折中,连琐上一场所唱的定场诗的末两句就是:"幽绪满怀蚕作茧,生机一片水生涛。"但若只是连琐心中有了这一片生机却仍嫌未足,正如古今中外所有的神话或宗教中所喻示的一样,凡一切再生的救赎,都需要有一种牺牲的血祭,因此连琐便向杨于畏提出了要以一滴活人的鲜血滴入脐中的要求。当这一幕庄严的仪式完成以后,正末杨于畏在下场时念了一首下场诗,说:"带月荷锄汗未消,南山曾记豆生苗,谁知深夜明灯下,一朵心花仗血浇。"这首诗用陶渊明写躬耕之辛苦的诗句"带月荷锄归"来喻写对于心田中之心花的浇灌,正可见出凡属一切收获皆须付出汗血之代价的严肃的意义。第三折是对连琐之起死回生的正面的叙写,在这一折中,先生用了北曲中一套著名的套曲〔九转货郎儿〕,是先生的用力之作,其中有几支曲子写得笔酣墨饱,非常出色,例如:

〔九转货郎儿〕也是俺的至心宁耐,也亏俺的痴心不改,感动得巫娥飞下楚阳台,我破家私将春光买,我下功夫将好花栽,也有个万紫千红一夜开。

〔四转〕且莫道人生如梦,说不尽至心爱宠。将一幅画图儿叫真真,叫得哑了喉咙。也有个幽灵感动,悲欢相共。恰便是向荒田中,沙漠里,将情苗种。也有个一夜东风,装点春容。人道是三山难遣风相送,凡人休作神仙梦,你看俺恰便是挂起了帆篷,东指云海蓬莱有路通。

〔八转〕俺这里凝看不瞬,他那里星眸闭紧。告巫阳好和俺赋招魂。且将这安息漫焚,漫焚,悄无声,气氤氲,我静待青春归来讯。则见他挪娇身也么哥,沈香津也么哥,䏶下鬓云,慢转秋波,动着樱唇。渐渐地娇红晕粉,晕粉,两朵明霞弄腮痕,越越地添风韵。听微呻也么哥,看轻颦也么哥,这一番亲到瑶台逢玉真。

这里所引的三支曲子,前二支写经过艰苦的寻求和期待以后,终于可以如愿以偿的欢欣和兴奋,第三支则写亲眼见到自己所期待已久的美好之生命的复活。先生将之写得极为细腻生动,而所有的描写其实都带有超越现实之上的一种象喻的含意,这种用心,是读者所绝不应该对之忽略的。

以上第一本四折和第二本之前三折,剧中的故事情节与《聊斋》中之《连琐》一则的故事大抵可以说相差不远。到了第二本的第四折所写的杨于畏与复活以后之连琐并马游春的故事,则不是《聊斋》之所原有,而是全出于先生自己之想象和创造了。如果我们想到先生在《自序》中所曾提到的最初写此剧时对于以悲剧或喜剧结尾的慎重考虑,我们就会知道先生之所以决定以喜剧结尾,并且增出此一折《聊斋》中所本来没有的"游春"的情节,更把全剧定名为《游春记》,这其间必然有先生一种深微的用意。我以为先生此一折所要写的,实在应该是理想中一种美满之人世的象喻。而且更可注意的是先生在其所写的"游春"之中，还特别安排了"登山观海"的叙写，也就是说先生所理想中的美满的人世，不仅应有如春日的欣荣，而且更应该有一种如同"登山观海"之高远的薪向和志意。关于这种象喻的意义，先生在这一折的剧曲中，也有足够的叙写和暗示。例如当剧中写到杨于畏与连琐来到海滨观海的时候，他们二人曾经有几句宾白，先是"（末云）娘子，你觑兀的不是大海当前也。（旦云）相公，你听林籁涛声，宫商并作好悦耳也"，于是下面正旦连琐就接唱了几支曲子：

〔耍孩儿〕自然海上连成奏，多谢你个挡弹妙手，相伴着长林虚籁正清幽，珊珊佩玉鸣璆。说什么翠盘金缕霓裳舞，月夜春风燕子楼，到此间齐低首。听不尽官音与商音同作，看不尽云影和日影交流。

这支曲子对于海的赞美，当然也就象喻着对于一种高远雄壮的美好的境界的向往。后来写到海上日落，正旦连琐又唱了一支曲子：

〔一煞〕遥空晚渐低，绮霞明未收，将海天尘世一起来庄严就，将遍人间绛蕊融成色，合天下黄金铸一个球。潮音里响一片钧天奏。比月夜更十分渊穆，比春朝加一倍温柔。

在这一支曲子中，其歌颂和象喻的意味，比前一支曲子就更为明显了。我以为在中国文学史上，无论是在任何一种文学形式的创作中，如此富于反省自觉地苦心经营，使用象喻的手法写出一种至圆满至美好之理想人世之境界者，实当以先生此剧为第一篇作品，这一种成就和用心是非常值得我们尊敬和重视的。

最后我还要提出一点小小的补充说明，就是在此一剧中，先生曾经为杨于畏安排了一个净扮的书僮"抱琴"，时常做一些插科打诨的说唱和动作。这是剧作中常有的一种调剂，不必有若何深意。至于在下卷第一折前面的楔子中先生又安排了杨于畏的四个学友来书斋中作闹之事,则一来因《聊斋》的故事也有关于这些情事的记叙,而且这种安排也暗示了在对于美好之事物的追寻过程中,也往往可能会遇到一些对美好之事物不知珍重爱惜,而竟以焚琴煮鹤之恶作剧为乐的人物。如此则此一楔子中之玩闹的恶作剧,便也隐然有一层象喻之意味了。

五　尾言

如我在前文所言,我聆听羡季先生讲授古典诗歌,前后曾有将近六年之久,我所得之于先生的教导、启发和勉励,都是述说不尽的。当1948年春,我将要离平南下结婚时,先生曾经写了一首七言律诗送给我,诗云:"食荼已久渐芳甘,世味如禅彻底参。廿载上堂如梦呓,几人传法现优昙。分明已见鹏起北,衰朽敢言吾道南。此际泠然御风去,日明云暗过江潭。"先生又曾给我写过一封信,说:"不佞之望于足下者,在于不佞法外,别有开发,能自建树,成为南岳下之马祖,而不愿足下成为孔门之曾参也。"先生对我的这些期望勉励之言,从一开始就使我在感激之余充满惶愧,深恐能力薄弱,难副先生之望。何况我在南下结婚以后不久,便因时局之变化,而辗转经由南京、上海而去了台湾。抵台后,所邮运之书籍既全部在途中失落无存,而次年当我生了第一个孩子以后不久,外子又因思想问题被捕入狱。我在精神与生活的双重艰苦重担之下,曾经抛弃笔墨,不事研读、写作者,盖有数年之久。于时每一念及先生当日期勉之言,辄悲感不能自已。其后生事渐定,始稍稍从事读、写之工作,而又继之以飘零流转,先由台湾转赴美国,继又转至加拿大,一身萍寄,半世艰辛,多年来在不安定之环境中,其所以支持我以极大之毅力继续研读、写作者,便因为先生当日对我之教诲期勉,常使我有唯恐辜恩的惶懼。因此虽自知愚拙,但在为学、做人、教书、写作各方面,常不敢不竭尽一己之心力以自黾勉。而三十年来我的一个最大的愿望,便是想有一日得重谒先生于故都,能把自己在半生艰苦中所研读的一点成绩,呈缴于先生座前,倘得一蒙先生之印可,则庶几亦可以略报师恩于万一也。因此当1974年,我第一次回国探亲时,一到北京,我便向亲友探问先生的近况,始知先生早已于1960年在天津病逝,而其著作则已在身后之动乱中全部散失。当时中心之怅悼,殆非言语可喻。遂发愿欲搜集、整理先生之遗作。数年来多方访求,幸赖诸师友同门之协助,又有先生之幼女现在河北大学中文系任教之顾之京君,担任全部整理、抄写之工作,更有上海古籍出版社,热心学术,愿意接受出版此书之任务,行见先生之德业辉光一向不为人知者,即将彰显于世。作为先生的一个学生,谨将自己对先生一点浮浅的认识,简单叙写如上。昔孔门之弟子,对孔子之赞述,曾有"仰之弥高,钻之弥坚,瞻之在前,忽焉在后"之语。先生之学术文章,固非浅薄愚拙如我之所能尽。而且我之草写本文,本来原系应先生幼女顾之京君之嘱,所写的一篇对先生之教学与创作的简介,其后又经改写,以之附于先生遗集之末,不过为了纪念先生当日之教导期勉,聊以表示自己对先生的一份追怀悼念之情而已。

> 1981年6月初稿
>
> 1982年4月改写
>
> 1982年8月定稿

《顾随先生临帖四种》序

辛未仲冬,嘉莹应邀在天津南开大学任教,适天津古籍书店出版部编辑《顾随先生临帖四种》即将付印,因知嘉莹于1940年代曾从先生受业,遂来相访,嘱为序言。嘉莹素不工书,闻命惶愧。然而缅怀师恩,犹忆1944年夏,先生曾以手书真楷诗稿一册见示。当时嘉莹曾写有《题羡季师手写诗稿册子》五言古诗一首,诗固朴俚无足取,但其中所言,则确为嘉莹对先生为诗、为书与为人之真切感受,谨录于后,聊表对师恩感念之万一。诗云:

> 自得手佳编,吟诵忘朝夕。吾师重锤炼,辞句诚精密。想见酝酿时,经营非苟率。旧瓶入新酒,出语雄且杰。以此战诗坛,何止黄陈敌。小楷更工妙,直与晋唐接。气溢乌丝阑,卓荦见风骨。人向字中看,诗从心底出。淡宕风中兰,清严雪中柏。挥洒既多姿,盘旋尤有力。小语近人情,端厚如彭泽。诲人亦谆谆,虽劳无倦色。弟子愧凡夫,三年面墙壁。仰此高山高,可瞻不可及。

先生天资卓逸,而用力精勤,无论为诗与为书,莫不纤毫不苟,一如其人,故能成其清严与淡宕相融之品,盘旋与挥洒兼具之姿。虽时移世往,后之学者已无由接其声欬。然而读其书法,或者仍可想见先生精神风骨之仿佛乎。

1991年12月26日

顾随先生《诗文丛论》序言
——诗词中的师生谊

我一生从事于古典诗词之研读与教学的工作,如果说我在这方面也还稍有所成就的话,那我最该感激的有两位长辈:一位是在我幼年时教我诵读唐诗的我的伯父狷卿公,另一位就是在我进入大学后,担任我们诗词曲诸科之讲授的老师顾羡季先生。伯父的引领,培养了我对诗词读诵与写作的能力和兴趣;羡季先生的讲授,则开拓和提高了我对诗词之评赏与分析的眼光和境界。先生对诗词的感受之锐、体会之深,其灵思睿智,就我生平阅读交往之所接触者而言,实更无一人可相伦比。因此我对当年听先生讲课时所写录的一批笔记,多年来乃一直视同瑰宝,虽在飘零辗转忧患苦难之生涯中,多数宝物皆已散失无存的情况下,而我对这一批笔记则一直随身携带,故幸得始终保存完好无缺。1974年,我首次回国探亲,闻知先生已早于1960年逝世,且其所有遗作,亦皆于动乱中散佚,悼痛之余,乃发愿与诸同门好友一同搜辑整理先生之遗作。并将我所保存的这一批笔记,交给了先生的幼女、现在河北大学中文系任教的顾之京女士。其后于1984年,编订成《顾随文集》一书,于1986年交由上海古籍出版。其所附录的《驼庵诗话》一部分,就是之京女士所整理的我当日听先生讲授诗词诸课的笔记。其后台湾的桂冠出版社又与我相商,将更多有关先生诗词讲授的笔记一并收录,由顾之京女士再次整理出版为《顾羡季先生诗词讲记》一书,交由台湾桂冠出版。而近年来顾之京女士又搜辑得先生之遗作多篇,而且也把我所保存的听先生讲授诗词以外之其他诸课的笔记,一并收入,又编成了另一书,即将交由天津人民出版社出版。顾之京女士与出版社负责人要我再为这册书的出版写几句话。但目前我既远在海外,未能见到全部书稿,所以无法按书稿之内容来写此《序言》,因此遂仅能略述先生遗作前后三次出版之经过情形如上。不过我每次撰写有关先生的纪念文字,总会引起无限的怀思,以前当《顾随文集》一书出版时,我既曾写有《纪念我的老师清河顾随羡季先生》一篇长文,对先生之教学以及创作各方面之成就与特色,做过相当详细的介绍。现在当我撰写此一篇文稿时,乃又忆及当我从先生受业时,先生为我评改诗词习作时的许多往事。

一般说来,先生对我之习作改动的地方并不多,但即使只是一二字的更易,也往往可以给我极大的启发。先生对遣词用字的感受之敏锐、辨析之精微,可以说对学习写作任何体式之文的学人,都有极大的助益。因此我现在乃想不避我当年习作的幼稚浅薄之讥,略举一二例证,以做说明。

先生来担任我们的唐宋诗课程,是在 1942 年的秋天,那时我才升入大学二年级不久,北平正在沦陷之中,而先母逝世则已将近一年,因此我的心情颇为悲凄,遂在一次习作中,呈交给先生三首七言绝句,现在先把原诗写在下面:

第一首题为《小紫菊》,原诗写的是:

　　阶前瘦影映柴扉,过尽征鸿晚露稀。淡点秋妆无那恨,斜阳闲看蝶双飞。

第二首题为《闻蟋蟀》,原诗是:

　　月满西楼霜满天,故都摇落绝堪怜。烦君此日频相警,一片商声上四弦。

第三首题为《秋蝶》,原诗是:

> 几度惊飞欲起难,晚风翻怯舞衣单。三秋一觉庄生梦,满地新霜月色寒。

第一首诗,先生为我改了两个字,那就是把第二句的"晚露稀",改成了"露渐稀",把第三句的"淡点秋妆",改成了"淡淡秋妆";第二首诗,先生为我改了一个字,那就是把末一句的"上四弦",改成了"入四弦";第三首诗,先生也为我改了一个字,那就是把末一句的"月色寒",改成了"月乍寒"。关于后两首的改动,先生都曾写有旁批或眉批加以说明。第二首的末句旁有评语说"'商声上'三字双声,似不上口,'上'字不如改作'入'字为佳"。第三首末句的上端则写有眉批说"'色'字稍哑,'乍'字似较响也"。关于第一首诗所改动的两个字,先生则未加说明。以我个人的推测,我想先生之把"晚露稀"改成了"露渐稀",可能一则因为一般人说到"露"总是说"朝露",而我竟用了"晚露"的字样,未免显得不妥;其二则"露渐稀"中所用的"渐"字可以予人一种时间之推移消逝的感觉,与前面的"过尽征鸿"一句中的"过尽"二字所表现的时间消逝之感正可以互相呼应而使此种感受更为加强,这大概是先生将此句之"晚露稀"改成为"露渐稀"的主要缘故,至于"淡点秋妆"之改为"淡淡秋妆",则可能是因为后者显得更为轻灵自然的缘故。

除去先生对我的习作之批改曾经给予我极大的启发以外,我当时习作的风格,也曾受有先生之影响,记得先生有一次在课堂上曾举引雪莱(Shelley)之《西风颂》("Ode to the West Wind")中的"假如冬天来了,春天还会远吗"(If winter comes, can spring be far behind)的诗意,以中文写了"耐他风雪耐他寒,纵寒已是春寒了"两句词。于是我就用这两句凑成了一阕《踏莎行》,并且写了一行"小序",说"用羡季师句,

试勉学其作风,苦未能似",我写的词如下:

> 烛短宵长,月明人悄。梦回何事萦怀抱。撇开烦恼即欢娱,世人偏道欢娱少。　软语叮咛,阶前细草。落梅花信今年早。耐他风雪耐他寒,纵寒已是春寒了。

先生担任我们的"唐宋诗"课程时,既正值北平为日军所占领之时,我想先生之所以在讲课时拈举出雪莱的诗句,并将之改写为中文词句,其中自也暗含有与同学们互相慰勉之意,则我在《踏莎行》中之所敷演者,与先生之原意,或者也还不甚相远,再则先生早年为词,颇喜用富于思致的语句,我的这首小词既有意模仿先生的作风,所以就也写了些颇用思致的语句。先生阅后,曾给我写了一句评语,说"此阕大似《味辛词》"。"味辛"就是先生早年的一册词集。

除去我受先生之影响和模仿其风格以外,先生有时也与我互相唱和。记得是1944年的秋天,我曾先后写了六首七言律诗。第一首诗的题目是《摇落》,原诗是:

> 高柳鸣蝉怨未休,倏惊摇落动新愁。云凝墨色仍将雨,树有商声已是秋。三径早荒元亮宅,十年身寄仲宣楼。征鸿岁岁无消息,肠断江河日夜流。

写了这首诗以后不久,我又写了题为《晚秋杂诗》的一组五首七律,原诗是:

> 鸿雁来时露已寒,长林摇落叶声干。事非可忏佛休佞,人到工愁酒不欢。好梦尽随流水去,新诗惟与故人看。生平多少相思意,谱入秋弦只浪弹。

> 西风又入碧梧枝,如此生涯久不支。情绪已同秋索寞,锦书常与雁参差。心花开落谁能见,诗句吟成自费辞。睡起中宵牵绣幌,

一庭霜月柳如丝。

深秋落叶满荒城，四野萧条不可听。篱下寒花新有约，陇头流水旧关情。惊涛难化心成石，闭户真堪隐作名。收拾闲愁应未尽，坐调弦柱到三更。

年年尊酒负重阳，山水登临敢自伤。斜日尚能怜败草，高原真悔植空桑。风来尽扫梧桐叶，燕去空余玳瑁梁。金缕歌残懒回首，不知身是在他乡。

花飞无奈水西东，廊静时闻叶转风。凉月看从霜后白，金天喜有雁来红。学禅未必堪投老，为赋何能抵送穷。二十年间惆怅事，半随秋思入寒空。

以上六首诗是我在1944年秋天写的。那一年我实岁是十九岁，虚岁是二十岁，诗中举成数而言，故曰"二十年间惆怅事"。自1942年我从先生受业以来，到1944年已有两年之久。在这期间，我既因聆听先生的讲授而对诗词的评赏有了较深的体认，更因先生不断的启发和鼓励，在创作方面也有了逐渐的进步和提高。这次交上的这六首诗，先生发还回来时对我的原诗不仅一字未改，而且还附下了六首和诗，先生的诗题是《晚秋杂诗六首用叶子嘉莹韵》。先生的和诗是：

倚竹凭教两袖寒，何须月照泪痕干。碧云西岭非迟暮，黄菊东篱是古欢。淡扫严妆成自笑，臂弓腰箭与谁看。琵琶一曲荒江上，好是低眉信手弹。

巢苇鹪鹩借一枝，鱼游沸釜已难支。欲将凡圣分迷悟，底事彭殇漫等差。辛苦半生终不悔，饥寒叔世更何辞。自嘲自许谁能会，携妇将雏鬓有丝。

青山隐隐隔高城，一片秋声起坐听。寒雨初醒鸡塞梦，西风又

  动玉关情。眼前哀乐非难遣,心底悲欢不可名。小鼎篆香烟直上,空堂无寐到深更。

  旧殿嵯峨向夕阳,高槐落叶总堪伤。十年古市非生计,五亩荒村拟树桑。故国魂飞随断雁,高楼燕去剩空梁。抱穷独醒已成惯,不信消愁须醉乡。

  一片西飞一片东,萧萧落叶逐长风。楼前高柳伤心碧,天外残阳称意红。陶令何曾为酒困,步兵正好哭途穷。独下荒庭良久立,青星点点嵌青空。

  莫笑穷愁吟不休,诗人自古抱穷愁。车前尘起今何世,雁背霜高正九秋。放眼青山黄叶路,极天绝塞夕阳楼。少陵感喟真千古,我亦凭轩涕泗流。

当我读到先生的六首和诗时,时节已经进入了冬季,于是不久我就又写了六首诗,题目是《羡季师和诗六章,用〈晚秋杂诗〉五首及〈摇落〉一首韵,辞意深美,深愧无能奉酬。无何,既入深冬,岁暮天寒,载途风雪,因再为长句六章,仍叠前韵》。当我把这六首和诗再呈交给先生以后,不久,先生发还时,就又附了六首和诗。不过,本文原只是想透过自己当年一些幼稚的习作,来追怀先生对我的爱勉和教诲,目的并不在记录一些诗作,因此对这些叠韵和诗,就不再一一抄录了。

  除去诗词的习作以外,我在从先生受业期间,也曾写过令曲套曲等作品多篇。记得当我初次把习作的曲子呈交给先生后,先生发还时曾写有一行评语,说"作诗是诗,填词是词,谱曲是曲,青年有清才如此,当善自护持"。盖先生对学生之教诲,总是常以鼓励为主,即使对学生之习作有所更改,也常是只把原作的字句用毛笔在外面画一个圈子,而并不用毛笔把原作字句抹去,同时批改的说明也多用"似"字、"稍"字等商略之口吻。如此则一方面既促进了学生的反省和思索,也增加了学生的信心和勇气。何况先生更随时会把他自己新作的诗稿、词稿和曲稿抄录给我们看。如此自然就更引起了学生创作的兴趣。记得当先生选取《聊斋》中《连琐》一则故事,欲改写为杂剧时,对于以悲剧结尾或以团圆剧结尾,曾久久不能决定。有一次我与同班一位要好的女同学一起去拜望先生,先生还曾向我们征询意见,我们当时实不能赞一辞。及至最后,先生终以团圆剧结尾,我读了先生全剧后,认为先生之如此结尾,实有其极深刻的取意。关于此剧中之象喻之意,我在《纪念我的老师清河顾随羡季先生》一篇长文中,已曾有所叙述,兹不再赘。而先生对杂剧之创作以及对于死生之际的悲剧与团圆剧的思量和考虑,也引起了我对于创作杂剧的兴趣以及对于生死的反思。不过我那时已经从大学毕业,开始在三所中学任教,由于授课时间甚多,无暇创作四折的杂剧,于是乃写了一篇一折的杂剧,内容则是选取《庄子》中的《至乐》一篇所写的"庄子之楚,见空髑髅髐然有形,撽以马捶",因而和髑髅对话,谈及死生之问题的一则寓言故事。当我把此一剧作呈交给先生以后不久,我就因为要赴南方结婚而离开了北平,谁知此一去之后,时局就发生了极大的变化。我遂辗转流离,由上海而南京而台湾,而抵台后不过一年多,就遭遇了台湾当日所谓"白色恐怖"的囹圄之祸。而大陆则更曾先后经历了许多动乱。当我于1974年再次回到故乡时,先生已逝世有十四年之久,连先生自己的遗作都已散佚无存,我这篇剧作的稿子当然就更不知其所终了。我的幼稚的习作,其散失原不足惜,只是我对于此一篇剧稿之终于未能得到先生一字之评语,始终感到是一件极大的憾事。何况我自当年离开故乡后,一则既经历了许多忧患,再则又失去了先生的勉励和督导,三则更忙碌于维持生计的工作,遂致更无兴趣及闲情从事于诗词曲之创作。虽然偶有机缘,也还写一些短篇的诗词,但却更无一篇剧曲之作品,而我当年的这篇剧作,自己也未曾留有底稿,遂致我现在所留存的旧稿中,乃独缺剧作一项之习作成绩。而如果严格地说起来,则诗词二体之创作,实在都是我在进入大学前,早在少年时代,就已经开始尝试写作了,而独有曲之写作,则是自我从先生受业后,才开始学习写作的,所以我自己对于没有一篇剧作的稿子留下来,也一直觉得是愧对先生的一件事。

自从我离开北平,远赴南方结婚后,当我住在上海和南京的几个月中,先生与我本来还有书信往来,而自1948年11月我随外子工作调动迁至台湾后,先生与我的书信来往就完全断绝了。而我所保存的先生的这些书信,则在白色恐怖中,当调查人员来住处搜查时,全部被没收去了,且从此未再归还。我现在所保存的先生的手迹,一部分就是先生当年亲手评改的我的习作旧稿,另一部分则是我离开北平前先生给我的几封信,还有一首先生为给我送别而写作的七言律诗。这几封信和这一首诗之得以保存下来,是因为我已经把它们作为书法而装裱起来了,所以才未被调查人员取去。所装裱过的两封信,当先生的《顾随文集》出版时,我已曾交给先生的幼女顾之京女士摄影附在《文集》的卷首。现在为了纪念先生对我的一份鼓励和奖勉的情谊,我就再把这首诗也抄录在下面,诗题是《送叶子嘉莹南下》:

> 食茶已久渐芳甘,世味如禅彻底参。廿载上堂如梦呓,几人传法现优昙。分明已见鹏起北,衰朽敢言吾道南。此际泠然御风去,日明云暗过江潭。

而谈到这首诗,又使我想起了一段因缘。原来有一位著名的红学专家周汝昌先生,在燕大读书时,也曾从先生受业,论起来该是我的同门学长,我虽久闻其大名,但却并不相识。直到1980年威斯康辛大学的周策纵教授,在美国威斯康辛州的麦迪逊召开国际红楼梦研究会,我才得在大会中认识了周先生。会后周先生自北京给我来信,告诉我说有一次当他的工作将自北方调往南方时,顾师羡季先生曾经将此诗抄录了转赠给他,并且曾写信告诉他说这是当年送给叶生的一首诗,周先生因而乃写信相问"叶生为何人?现在何处?而师不答"。我读了周先生的信后,甚为感动,而从先生诗所写的"上堂""传法""鹏起北""吾道南"等语句来看,先生原对我抱有很多的奖勉和期望。而谁知自1948年我告别先生南下之后,竟然不久就因时局变化而音信隔绝了,而我又于次年经历了许多意外的灾难,停笔不复研读写作者,有数年之久。有时我也曾想,幸而是消息断绝了,不然的话,如果先生知道了我种种不幸的遭遇,一定会增加先生不少的忧伤和挂念。更幸而得有汝昌学长在研究著述方面的过人之成就,得使先生将"传法"之期盼,转而寄托于汝昌学长的身上,庶几可使先生的晚年稍得慰安,也得略减我在先生生前终于未能报答师恩的一点罪咎。

先生对我的师恩深厚,但因我年轻时的性格拘谨羞怯,很少独自去拜望先生,总是与同学一同去。见到先生后,也总是静聆教诲,很少发言,我对先生的仰慕,只是偶然会写在诗词的作品中,现在我就再抄录我当年所写的一首题为《题季师手写诗稿册子》的五言古诗,来作为本文的结尾。原诗如下:

> 自得手佳编,吟诵忘朝夕。吾师重锤炼,辞句诚精密。想见酝酿时,经营非苟率。旧瓶入新酒,出语雄且杰。以此战诗坛,何止黄陈敌。小楷更工妙,直下晋唐接。气溢乌丝阑,卓荦见风骨。人向字中看,诗从心底出。淡宕风中兰,清严雪中柏。挥洒既多姿,盘旋尤有力。小语近人情,端厚如彭泽。诲人亦谆谆,虽劳无倦色。弟子愧凡夫,三年面墙壁。仰此高山高,可瞻不可及。

我的诗虽然不佳,但我在诗中所叙写的对先生的诗与字的种种感受,却是真诚的发自我内心中的一片仰慕之情。古语说"人师难求",先生所传授给学生的,决不是书本的知识而已,而是诗歌的精魂与生命,以及结合此种精魂与生命的,先生所表现出的整体的品格和风骨。

当此先生的第三册著述即将出版之际,谨写此《序言》,再次表达我对先生的悼念和怀思。

1995 年 2 月 1 日写于温哥华

《顾随全集》序言

河北教育出版社即将为我的老师顾随羡季先生出版《全集》，作为一个曾经追随先生听讲有四年之久，而且终生蒙受先生教诲之益的学生，闻此信息，自然极感欣喜和振奋。但当出版社的王亚民社长及先生的幼女——现任河北大学中文系教授的顾之京女士，相继前来天津看望我，并要我为先生的《全集》撰写序文时，我却深感惶恐，不敢率尔应承，这一则是因为我已曾为以前各出版社所出版的先生的几册集子，先后写过三篇序跋之类的文字，如今再写此序，实难以再出新意；再则也因为我近日离津在即，工作十分繁忙，若想好好撰写一篇序文，也确已为时间所不许。王亚民社长与之京师妹却坚意要我撰写序文，并说长短不拘，但却一定要写，于是在他们的坚持下，我也就只能答应下来了。可是时间确已十分匆迫，我在至不得已的情形下，只好以我最诚敬的心情，简单写下一些我最想说的话。

首先我要谈的是，想要读先生的书，应采取何种态度的问题。我之所以提出此一问题，主要是因为先生的《全集》与一般学者的学术性著作似乎颇有不同之处。一般学术著作大多是知识性的、理论性的、纯属客观的记叙，而先生的作品则大多是源于知识却超越于知识以上的一种心灵与智慧和修养的升华，如果只从知识去追求，既不能真正得其三昧，但如果没有知识的积累而去阅读，则也同样不能尽得其三昧。我诚恳地盼望此书的读者，能够摒弃掉今日的只以知识为商品的浅薄的观念,而能以积学深思的态度去阅读此书,若能于其中有所体悟,则无论在为学与做人各方面,都必将受益无穷。我之所以在半生流离辗转的生活中,一直把我当年听先生讲课时的笔记始终随身携带,唯恐或失的缘故,就因为我深知先生所传述的精华妙义,是我在其他书本中所决然无法获得的一种无价之宝。古人有言"经师易得,人师难求",先生所予人的乃是心灵的启迪与品格的提升。我希望读此一《全集》者,都能持此种阅读态度去细味深思,而勿以读一般的商品化知识性书籍之态度而悠忽视之,这是我所要说的第一段话。

其次我要谈的,则是先生对于后学之传承和拓展的期望。早在1945年,当我大学毕业后不久,先生在给我的一封信中,就曾写道:"年来足下听不佞讲文最勤,所得亦最多,然不佞却并不希望足下能为苦水传法弟子而已,假使苦水有法可传,则截至今日,凡所有法,足下已尽得之,此语在不佞为非夸,而对足下亦非过誉。不佞之望于足下者,在于不佞法外,别有开发,能自建树,成为南岳下之马祖,而不愿足下成为孔门之曾参也。"其后于1948年春,当我要南下结婚时,先生又曾给我写了一首诗,其中有两句是"分明已见鹏起北,衰朽敢言吾道南"。先生在诗中所写的"吾道南",是禅宗五祖弘忍传衣钵于六祖慧能时所说的话;而先生信中所提到的南岳怀让,则正是慧能的传人,马祖道一又是南岳的传人。从先生的这些话中,我们自然都可见到先生对于传承的重视和关怀。而且先生心目中所想象的传承,还不仅是如孔门之不敢逾越的传承而已,而是要"别有开发,能自建树"的一种带有开拓性的传承。关于此点,先生在信中也曾有所指示,说"然而欲达到此目的,则除取经于蟹行文字外,无他途也"。又说:"至少亦须通一两种外国文,能直接看洋鬼子书,方能开扩心胸。"先生幼承家学,对古典早有深厚之修养,其后又毕业于北大之英文系,在为学方面能融古今中外为一体,我想这正是何以先生在论诗谈艺之际,能随时有高论妙悟的一个主要原因。

我自己忝蒙先生期许,但因幼少年时对古典要籍未能有系统之学习,且因读书时期正值日军占领北平之际,英文课时普遍减少,也未能学好英文,其后虽因任教海外,曾被迫不得不以英语教学,但毕竟根底浅薄,又兼生事之累,不得专心治学,更未能在国内之教学工作中,尽到传承之责任。这是我每一念及先生之寄望,就终身感到愧疚的。所以近年自海外退休后,乃应南开大学之聘成立了中国文学比较研究所,并捐献了自己退休金之半数,设立了奖学金与学术基金,并且用先生之别号"驼庵"二字做了奖学金的名称,而且在教学中对传统文化与西方文论表现了同样重视的态度,冀望于在继起的青年学生中,果然能培养出一些足以继承先生志业之传人,则或者亦可略减我个人之愧疚于万一了。至于世间广大之读者们,则其间必有能读先生之书,且能承继先生之教业者,是则此一《全集》之出版,在传先生之志业方面,必能起极大之作用,愿一切有心之读者,皆能有志于此,这是我所要说的第二段话。

其三我所要谈的,则是近十余年来师姊之惠及师妹之京与诸多同门学长们,对弘扬先生之德教方面所做出的大量的工作。记得在1974年暑期我第一次回国探亲时,我最想探候的一位长辈,就是对我曾深寄期望的先生。因为多年来当我在海外历经各种艰苦的生涯时,唯一能给我以坚持的力量,在古典诗歌之教研方面不断做出努力的,就是先生当年所给我的启迪和教诲,我一直盼望着能有一天再见到先生,我要把我辛勤所得的一点小小的成果,呈献在先生的座前,冀能获得先生一颔首之印可,则庶几既可告慰于先生,亦不负我半生之努力。谁知当我回到国内时,听到的消息竟然是先生早已于1960年因病逝世,而且全部著作原准备交付刊印者,竟然都已于"文革"中全部散失无存。当时我之痛心实难名状,于是遂与之京师妹及同门诸学长联络,共同努力于搜辑整理之工作。其后于1986年由上海古籍出版社出版了《顾随文集》;1992年又由台湾之桂冠图书公司将之京师妹所整理的我当年听先生讲课时所写的笔记出版为《顾随羡季先生诗词讲记》,并出版了先生的杂剧集《苦水作剧》;及至 1995 年又有天津人民出版社出版了《顾随:诗文丛论》,并于 1997 年先生百年诞辰出了此书之增订本。最近又见到上海古籍出版社的书目谓将于近期在学术萃编中出版先生之《顾随说禅》(二种),如今河北教育出版社又将出版先生之《全集》,目前接获该社寄下此书内容之目录,其中多有以前我所未见的先生之著作,特别是其中的小说一类,多为以前未见流传之作品。而且除去作品以外,此一《全集》内还收录有先生之《书信·日记》一卷,此更为外间难得一见之资料,而读者得此《全集》,自然亦更可借此以窥知先生德业文章之全貌。则此《全集》之出版,其为功岂浅显哉。

我自觉惭愧,多年来客居海外,对于整理先生遗著之工作,未能尽到应负的力量,而且国内诸同门学长历年为先生所举办的多次纪念会我也未能参加。近日据之京师妹告知在 1990 年 9 月辅仁大学、燕京大学、中国大学、河北大学诸校友曾在北京为先生举办了逝世三十周年纪念会,并出版了纪念文集。1996 年 9 月辅大校友返校节时又在辅大旧址的南院花厅为先生举办了作品与书法的展览会。1997 年 5 月又有辅大校友会、北师大校友会、北师大中文系及河大中文系共同联合在北师大图书馆的英东楼,为先生举办了百周年诞辰的纪念展,据之京师妹及其他学长相告云,历次纪念会与纪念展出,参加者都极为踊跃,场面极为感人,可见先生之教泽恩深,凡受业者都对先生有深切之怀念。记得早在 1947 年先生五十寿诞之时,我曾应诸位学长之嘱,写过一篇"祝寿筹备会通启",其中曾有"先生存树人之志,任秉木之劳,卅年讲学,教布幽燕。众口弦歌,风传洙泗"之语,如今虽已历经半个世纪以上之久,而先生之弦歌教化,仍仿佛如在昨日。古人有云"先生之风,山高水长",不其然乎。我个人作为先生的一名学生,在此先生之《全集》即将出版之际,谨在此对之京师妹及诸位学长多年来为弘扬先生之德教所做出的努力,致以最大之感谢。

以上只是简单写下我个人最想说的几段话,至于对此《全集》整体之介绍,则既非我个人能力之所能及,也为目前时间之所不许,而除此《全集》之文字著作外,天津古籍书店还曾经于1986年出版过《顾随先生临同州圣教序》书法一册,又于1992年出版过《顾随临帖四种》书法一册,总之先生之成就,方面甚广,原非我个人所能尽述,至于我所能略窥其一二的先生在诗、词、曲各方面创作之成就,则我于1982年所写的《纪念我的老师清河顾随羡季先生——谈先生对古典诗歌之教学与创作》一篇长文中,叙之已详。据出版社相告云,此一长文亦将附录于《全集》之中,读者自可参看,则我当然不须在此更加赘言了。

我前日甫自福州返回天津,后日即将离津赴京,并转赴加拿大,身侧书物堆积,诸待整理,又兼之访客与电话不断,未能从容撰写此一序文,重读一过,不免深感愧憾,但我撰写此一序文之心情,则是极为虔敬的。先生有知,定能鉴察其一点诚心也。是为序。

1999年2月12日连夜写于天津南开大学

《台静农先生诗稿》序言

今年(1995)暑期,我赴美国康桥编订一册英文书稿,9月初将要返回加拿大时,台静农先生的次女纯行女士,交给我一册用稿纸抄写的台先生的诗稿复印件,说他们兄弟姊妹希望我为这一册即将出版的诗稿写几句话。本来我以为我并不是为这册诗稿撰写介绍文字的适当人选,一则因为我亲炙台先生的机会并不多,对先生的生平所知不深;再则我也不是一个长于撰写介绍之序言一类文字的作者,不知该如何写起。不过我毕竟对纯行做出了承诺。使我做出应承的也有几点原因:其一是因为如我在《怀旧忆往——悼念台大的几位师友》一文中之所言,台先生曾做过极为使我感念的几件事,但在台先生的生前,我却一直未曾有向他言谢的机会,不免内心中常有一种怅憾之感,因而乃想借着撰写这篇文字,或者可以做出一点补偿;其次则是因为我曾读过台先生《龙坡杂文》一书中所收录的,台先生为友人们的著作所写的几篇序文,发现台先生为人写序,原也没有一定章法,而且说过"只因没有学过写序文,不知序文怎样写法"的话,台先生此言虽或者只是自谦的一句话,但也可见台先生性情通达之一斑,是则纵然我之所写并不合于序文之章法,先生有知,或者也不会深责,而但当付诸宽容之一笑的吧。

我与台先生初识于1949年春,当时只是在他的办公室中匆匆一面,未曾深谈。其后我于1953年进入台大中文系任教,但如我在《怀旧忆往》一文中之所言,我既未曾有过从台先生受业的机缘,只是一种职属之关系,因之乃颇存自远之意。其后我虽发现了台先生曾为我送审的几篇文稿加以剪辑和编目,内心深怀感激,但因我一向对自己之感情怯于表达,而且与台先生个人见面的机会也不多,所以也就一直未曾对之开口言谢。何况当时的台先生,对于他自己在小说和诗歌方面的创作,又一向讳莫如深,因此我对台先生在文学创作方面的才华,那时可以说是一无所知。直到1960年代初期,郑骞先生的第一位夫人去世时,我曾经撰写了两副挽联,似乎颇得台先生的赞赏,从此以后,台先生遂往往叫我去他家,吩咐我代他撰写一些或祝贺或哀挽的联语。于是我就与台先生谈到了我有一次在梦中所得的一副联语,那是当外子与我相继遭受到白色恐怖的拘囚之后,我曾梦到过一副联语,写的是"室迩人遐,杨柳多情偏怨别;雨余春暮,海棠憔悴不成娇"。台先生听了极为高兴,马上要我把这副联语写下来,而且告诉我说他也曾在梦中得过诗句,这是我首次知道台先生或者偶尔也写诗,但他却并没有把他梦中的诗句告诉我。而我又是一个一向不喜勉强他人的人,所以也就未曾追问。过了几天,台先生又要我去他家,原来他已经把我梦中的联语写成了一幅书法,而且已经用黄色细绫为我装裱成了一个极为精美的镜框,这当然又是一件极为使我欣喜感动的事。其后不久,当我应聘赴美即将远行的时候,台先生又写了一幅书法送给我,内容写的是几首晚唐人的七言绝句,第一首写的是李商隐的"十二楼前再拜辞",第二首写的是赵嘏的"官鸟栖处玉楼深",而台先生在写时,则是既未加作者姓名,也未加原诗题目,前一首与后一首之间也未留任何空格,因此一口气读下来,只觉得满纸都是晚唐人的凄美哀伤的情韵,再加之以台先生书法的提顿盘折之骨劲,遂使得这一幅书法呈现了一种情韵与骨力相结合的美感。我当时见了这幅字后,内心就曾暗暗猜想,以他在书法中所表现的才气风骨,加上他对诗歌所表现的欣赏情趣,不知他自己若写出诗来,该是怎样的一种风格。不过我这种猜想都只是暗藏于心而已,既未曾向台先生开口询问,也未曾向任何台大的师友提起过。因为在当时,大家都未曾见到过台先生的诗作,因此我的猜想,自然也无法从任何人得到印证。直到1970年代初期,台先生的一位高足弟子施淑女来到温哥华后,偶然有一次她向我展示了台先生送给她的几幅书法,仿佛记得其中有一幅台先生画的梅花,上面题了两句咏梅的断句,现在从纯行给我的台先生诗稿来看,可能那幅梅花上所题的,就是诗稿中《白沙草》的第一首题为《画梅》的诗的后两句"为怜冰雪盈怀抱,来写荒山绝世姿"。另外似乎还有一幅书法,写的是一首五言绝句,我现在已不记得是哪一首诗的诗句,印象中只是直感到台先生原来也是一位极富有才情的诗人。其后,我于1988年应台湾新竹清华大学之邀,回台讲学。当我去拜望台先生时,就当面告诉他说我从施淑女那里偶然见到他的一些诗作,觉得他的诗写得很好,问他为什么不肯拿出来付印,他却一直呵呵笑着说:"我不会作诗,我不会作诗。"等到我看见林文月先生为他整理出的诗稿时,都已经是他逝世以后的事了。而也就在我看到他的诗稿的前后,我还曾读到了柯庆明所写的一篇悼念台先生的作品,题目是《那古典的辉光》,文中竟然记述了台先生关于我的一段谈话,说当年邀聘我到台大任教,是因为看到了我"所作的旧诗词,实在写得很好",所以"就请了她"。台先生的称赞,虽使我异常惭愧,却也更增加了我对台先生的感念之情。如果在他生前我就能读到他的诗稿,而且知道他对我的诗词的看法,也许会使我鼓起勇气,去和他做一次有关诗歌的畅谈,可惜这一切都已经太晚了。当我现在为台先生诗稿写作这篇文字时,台先生已经去世有五年之久了。

纯行交给我的台先生诗稿,所抄录的诗有《白沙草》《龙坡草》及《补遗》三个部分。《白沙草》中所收录的是抗战期间,先生因避难于1938年秋入蜀,寄居江津县之白沙,以迄1946年秋出蜀来台一段期间的作品,此一部分计收录有五言绝句六首,七言绝句十七首,五言律诗四首,七言律诗七首,五言古诗二首,共计三十六首。《龙坡草》中所收录的是1946年来台后,定居于台大宿舍龙坡里一段期间的作品。此一部分计收录有五言绝句一首,七言绝句二十九首,五言律诗一首,七言律诗一首,四言偈句一首。最后《补遗》部分共收七言绝句六首。全部作品共计七十五首。据林文月先生在其《台先生写字》一文中之所记述,台先生于1975年的一个夏天,曾经把自己的诗作写了一个长卷送给她,卷末有跋文云:"余未尝学诗,中年偶以五、七言写吾胸中烦冤,又不推敲格律,更不示人。今钞付文月女弟存之,亦无量劫中一泡影尔。"他在跋文中所写的"未尝学诗"之语,应该乃是台先生极为真诚的一句自述。我们从台先生的生平来看,他于1902年出生于安徽霍丘县之叶家集镇,幼年时曾在家乡读过书塾及小学,并没有学习和写作旧体诗的记述。他所发表的第一篇作品,乃是1922年在上海《民国日报》副刊上刊出的、一首题名为《宝刀》的新诗。据施淑在其《台静农老师的文学思想》一文中之记述,这首新诗所表现的,乃是一个年轻人"在面对军阀混战和人民的苦难,决心以宝刀铲除战争罪恶"的一种理想和热情。而且此时的台先生还参加了一个叫做"明天社"的前进的文学社团。在"明天社"的宣言里,台先生和他的友人们曾经"指责当时思想界的幼稚沉闷","反对旧诗和旧小说","反对文学成为发牢骚和名利狂的工具"。当时台先生所致力的似乎乃是欲以文学改造社会。所以台先生于1925年就加入了鲁迅所领导的"未名社",而且写作了一系列与鲁迅风格相近的短篇小说,充满了对酸辛和凄楚的人间的关爱和同情。他在这方面的成就,自是有目所共见的。他早年之并无意于学习和写作旧诗,自也是有目所共见的。不过,台先生虽无意于写作旧诗,但他却似乎生而就具有一种可以写作旧诗的才情和气质。方瑜在其《梦与词的因缘》一文中,曾经记述说,台先生在他二十岁那年,曾经在梦中忽然得了两句诗,却直到八十岁才足成为一首七言绝句。这首诗现在已收入他的诗稿中,全诗是:"春魂渺渺归何处,万寂残红一笑中。此是少年梦呓语,天花缭乱许从容。"这首诗前半的梦中语,该是台先生最早的两句旧诗的作品,其所表现的绵缈哀伤,固正当为其潜意识中所禀赋之诗人之才情的一种自然的流露。不过在显意识中,台先生则仍在继续他的欲以文学改造社会的短篇小说之创作。

其后于1928年4月、1932年12月及1934年7月,台先生曾经三次被捕。第三次被释出后,在北方学界已难立足,遂经人介绍赴厦门大学任教。1937年7月台先生回北平度暑假,正值抗战爆发,次年秋,台先生遂辗转逃难入蜀,定居江津之白沙。而其诗稿中之《白沙草》,就正是台先生在历经了这些家国之忧患后的一卷作品。在这些作品中,台先生所抒写的主要乃是忧国、思乡、怀友之情,而潜蕴于这些感情之下的,则更有他的一份志意难酬的悲慨。据秦贤次先生所写的《台静农先生的文学书艺历程》一文之记述,原来台先生还曾在1938年春天加入了一个全国性的文艺团体"中华全国文艺界抗敌协会",其后数年写过将近三十篇欲以"文章报国"的文字,可惜其中大多数并未编印留存。反而是在他的一些并非用意之作的短小的绝句中,如其《沪事》一首之"他年倘续荆高传,不使渊明笑剑疏",《谁使》一首之"要拼玉碎争全局,泜水功收属上游",《泥中行》一首之"何如怒马黄尘外,月落风高霜满辅"诸诗句,却曾流露和保存了他当年在抗战期中的一份慷慨的壮怀。而且虽在后方艰苦之生活中,也依旧此心未易,他在《典衣》一诗中,就曾写有"检典春衫易米薪,穷途犹未解呻吟。君看拾橡山中客,许国长怀稷契心"的诗句,可以为证。国家既在战乱忧患之中,内心中又有许多难酬的壮志,而现实中更不免会有许多使台先生感到不满不平之事,于是他少年时所曾反对过的"发牢骚"的文学内容,就也终于出现到他自己所写的旧诗中来了。即如他所写的《移家黑石山山上梅花方盛》一首的"问天不语骚难赋,对酒空怜鬓有丝。一片寒山成独往,堂堂歌哭寄南枝"和《山居》一首的"山深玄豹隐,风急冥鸿高。坐对梅花雨,吞声诵楚骚"诸诗,可以说就都是属于这一类的牢愁之作。但他毕竟曾经是歌咏过《宝刀》的青年斗士,所以在发牢骚之余,他偶然也会写出一些颇具锋芒的刺讥之语,如其《去往》一诗所写的"获麟伤大道,屠狗喜封侯"之句,《苦蘗》一诗所写的"英雄大泽志,竖子河山新"之句,便都仍可见到台先生虽然在经历忧患之后,也仍然保留有他的一份性气和芒角。另外在此一时期中,台先生还曾写有两首长篇的五言古诗,一首题为《寄兼士师重庆》,一首题为《题白匋为绘半山草堂图》,这两首诗可以说是台先生全部诗稿中的最为用心用力之作,其间感时伤事,用笔古雅而矫健,读起来颇有杜陵遗风,诗长不及备引,只好请读者去看原诗了。此外还有颇可注意的两首诗作,此二诗在纯行给我的抄稿中,一首题作《无题》,一首题作《感事》,而在林文月先生所整理编印的台先生手书诗稿中,则此二首相连,以《无题》一题相贯,大似李商隐之《无题二首》之类,其间的"梦里凌波惊照影,月中消息误鸣鸾。分明恩甚成轻绝,惆怅何因寄佩兰"及"偶拈红豆伴羞急,戏唤鹦哥薄醉时。要负今宵天岂许,欲寻往事梦难期"诸句,可谓其中有人呼之欲出。不过,我对台先生之平生所知不深,无从考证,而就诗论诗,则写得极有风致和情韵,可见台先生的诗才,原来也是多方面的。

至于《龙坡草》一卷,则全部是台先生迁台以后的作品了。此卷所收的第一首诗,是题为《槃庵属题白石老人辛夷》的一首七绝,题下注云"己酉除夕前一日",台先生迁台在1946年,而己酉已是1969年,可见他在迁台之后曾经有多年未曾写作旧诗,而这第一首诗则是应友人之嘱为之题画的一首诗,则台先生在当时之未曾有心用意于写作旧诗,也仍是可以想见的。直到1975年,也就是乙卯年之后,台先生所写的旧诗,才逐渐多起来,就在前引一首题画诗之后,接连有三首诗都在题下标记着乙卯的年月,一首题为《种桃十年始花》,题下注云"乙卯春",一首题为《念家山》，题下注云"乙卯夏初"，一首题为《忆北平故居》，题下注云"乙卯六月"，可见乙卯年春夏之间，是自从迁台以后，蓦然引发起台先生之诗兴的一段日子，而台先生之将旧诗的诗稿"钞付文月女弟存之"，也就正是在此一段日子，台先生在诗卷跋文后所题记的"一九七五年六月九日"的日期，可以为证。在这几首诗中真正引发台先生之诗兴的，我以为乃是《种桃十年始花》一诗，全诗写的是："十年种树看花迟，一见花开雪涕思。欲尽千花投碧海，碧翻红浪铸新辞。"此诗之"雪涕思"三字所表现的感情极为强烈，但是因为"见花开"，而引起台先生"雪涕思"的，究竟是什么事呢？从台先生的诗作来看，他一直是个爱花的人，这是毫无疑问的。在白沙时，他喜爱的是梅花，所以《白沙草》的第一首诗，所写的就是"冰雪盈怀抱"而不减"荒山绝世姿"的梅花。其所象喻的诗人之品格气骨，自然意在言外。及至来台以后，则不复写梅花，而改成了写桃花，这一则自然是因为地域气候的关系，在台湾很少见到梅花，即使偶然见到一株梅花，也显得颇为伶仃瘦弱，缺少了冰雪中的一种清劲坚苍的气骨，而桃花在台湾则是颇为盛茂的。所以除去这一首诗外，台先生在《龙坡草》中，还曾写有另外两首咏桃花的诗，一首在抄稿中题作《桃花》，而在写付林文月先生的诗稿中则题作《桃花开》，诗云："蟪蛄灵椿俱可哀，任他春去与秋来。小窗寂寂枯禅坐，忽见桃花朵朵开。"诗写得极为简淡，但却分明可以使人感到台先生在心情老去之时，"桃花开"所仍然能带给他的一份内心的触动。另一首则是收在《补遗》中的题作《无题》的一首诗，全诗是："又是早春寒料峭，小桃风片雨如丝。傥知此际情萧索，灯火摇摇欲泪时。"在春寒料峭桃花开放的日子，使台先生在风雨深宵的灯火中感到凄然欲泪的，又是什么事情呢？而所谓"傥知"者，又意指何人之傥知呢？据秦贤次先生的《台静农先生的文字书艺历程》及李霁野先生的《从童颜到鹤发》两篇文章的记述，则台先生于1928年被捕入狱后，原来还曾写过一首题为《狱中见落花》的新诗,虽然根据李霁野先生文章中的记述,台先生"狱中"所"见"的"落花",应该是海棠花,而并非桃花,不过,花开花落原是春天的一种共相,只是在台湾似乎没有像大陆一样的那种木本的海棠花,然而在四季如春的宝岛台湾,要想重温一下在大陆所感受的春天的二十四番风信中的花开花落的乡思,则最后的一种可以替代的花木,自然就非桃花莫属了。所以台先生这首诗题所写的乃是《种桃十年始花》,从"种桃"开始,诗人伴随着"桃"所种植下的原该是他的一片绵远而深挚的乡思,而"十年"之久,所表现的又是何等长久的期待和盼望。所以才会在"一见花开"之际,而有"雪涕"之思,至于下面的"欲尽千花投碧海,碧翻红浪铸新辞"的两句诗意,则更富于引人寻味的言外之想。如果把这二句诗与台先生诗稿中所收录的,他去世前"病中执笔"所写题为"老去"一诗的首句"老去空余渡海心"七字相参看,我们就会发现,从1975年开始,直到他去世前所写的最后一首诗,其间贯串的一份浓重的乡思。如果把他在《龙坡草》中所写的乡思,与我在前文中所提到的他在《白沙草》中也曾写过的思乡怀友之情相比较,我们就会发现其间的感情成分实在也有了很大的不同。在《白沙草》中他所写的思乡怀友之情,如其《苦蘖》一诗之"去欲归燕市,逡巡少故人"、《寄兼士师重庆》一诗之"何年出巫峡,问字怀椠铅"、《孤愤》一诗之"万里烽烟萦客梦,一庐风雨证初心"诸句,其间都还隐含有一种"归燕市"和"出巫峡"的期待与一种"怀椠铅"和"证初心"的志意,可是他在《龙坡草》中所写的乡思,则已是一种心断望绝之后的极痛深哀。如果从他所写的《种桃十年始花》一诗的日期,自前逆推十年,则他种桃之年实当在1965年,那时他迁台已有二十年之久了,古人说"十年树木",在离乡二十年之后,而开始在他乡种树,则他当然早已感到了归期之无日。及至十年之后而见到了花开,则其对归去之绝望可知。而阻隔着他归去的,则是难以超越的一片茫茫的海水,故曰"欲尽千花投碧海",正表现了他的有如精禽填海的一种悲愿。而结之以"碧翻红浪铸新辞","碧"是海,"红"是花,"海"是无边的阻隔,"花"是无穷的意愿,而曰"浪",曰"翻",则在阻隔之涛浪中翻动着的该是何等久经挣扎而难以割断的一片乡思。而又继之以"铸新辞"三字,则更增加了另一层深意,若结合着上句的"欲尽千花"来看,则是大有一种欲以填海之心来另写新篇去追还一切长逝不返之情事的心意。那么那些长逝不返的,又是何等的情事呢?如果仍从春花开落所给人的联想而言,依据李霁野先生之《从童颜到鹤发》一文中之叙述,则在1928年4月,台先生原来曾与李先生一同系狱有五十天之久,狱室的隔院有海棠花,他们二人被释回时,则正盛开着刺槐花。而更值得注意的,则是台先生当时所写的《狱中见落花》一诗,据李先生说其所表现的原是"他对一位女友的纯真的友谊"。如此说来,则台先生在其《种桃十年始花》一诗中所蕴涵的乡思之感情成分,原来应该乃是极为深挚而多样的,其中既可能含有他对曾共患难的生平挚友的一片怀思,也可能含有他对少年之志意之终于落空的一片悲慨,还可能含有他对红颜知己之女友的一片纯情,而这一切则都已经因碧海之阻隔随年华之消逝而长逝不返了,故曰"欲尽千花投碧海,碧翻红浪铸新辞"。他的想要以千花填海,使生命倒退回去,再行另铸新辞的悲愿,是永远不会实现的了。而也就正是在这种悲慨多方的已经绝望了的思乡怀旧之情中,引发了台先生的诗兴,所以在这一首诗之后,台先生就接连写下了《念家山》的"每过云鸿思旧侣,且随蚁聚度生涯。丹心白发萧条甚,板屋楹书未是家"、《忆北平故居》的"什刹海边忆故居,春风骀荡碧千丝。南来亦种垂垂柳,不见花飞惘惘思"、《少年行》的"孤舟夜泊长淮岸,怒雨奔涛亦壮怀。此是少年初羁旅,白头犹自在天涯"等一系列洋溢着思乡怀旧而致慨于志意难酬之悲慨的诗作,直到《春雨》一诗的结尾的"已分此心沉碧海,又惊杜宇自声声"两句,都与前面引起他诗兴的《种桃十年始花》一诗中之"欲尽千花投碧海"的感情,做着声声回响的呼应。这种回响一直振荡到他绝笔的《老去》一诗中的"老去空余渡海心,蹉跎一世更何云"的病中所写的作品中,都未曾停歇。这可以说是他的《龙坡草》一卷诗中的主调。除去此一主调外,还有另一伴奏的辅调,也是极可注意的,那就是表现出台先生虽在经历了战乱流离忧患失志之后,也仍然保有着一种超然自立的气骨与一份圆融幽默的情趣和襟怀,即如其《腐鼠》一诗中所写的"老夫一例观兴废,不信人间有道穷"、《夜》一诗中所写的"魑魅魍魉都见惯,老夫定定到天明"及《题大千游鱼》一诗中所写的"喹食从容水一沤,萍风荇带自悠游"诸句,就都表现了他的气骨和襟怀。而另外如其答杨莲生先生所写的《歇脚偈》及《向庄慕陵乞杖》诸作,则都表现了他的一份幽默的情趣。除此之外,在此一卷诗中,台先生还写了一些哀悼怀人的作品,如其《闻建功兄逝世》《过范允臧先生故居口号》及《怀老舍兄》,还有台师母去世后先生所写的几首悼亡诗,便都是此一类作品。在这一类作品中颇值得注意的,一是《过范先生故居》一诗所写的"和平西路故人居,一角危楼一老臞。手脚不灵心未死,居然归骨故山隅",诗后有跋文云:"范寿康教授退休后,妻死又中风,独居危楼中,后辗转回故国,首丘于浙江故里。"此诗由范先生归骨故山所引起的悲慨是极耐人寻味的。再有就是台先生在几首悼亡诗中,对于共历一生忧患之柴米夫妻所表现的一种自然真朴之至情,也是极为感人的。

如果以《龙坡草》中的作品与《白沙草》中的作品相比较,则《白沙草》的一卷诗中,时或似仍不免于有意为诗之作,而《龙坡草》的一卷诗中,则几乎可以说全是纯任感情之自然涌现的一片神行之作。所以《白沙草》中仍偶尔有用心用力之作的五古长篇,而《龙坡草》中的作品则以七言绝句为独多。那就正因为七绝一体,对于一位富有才情的诗人而言,其篇幅与韵律的结合,乃是不需费力便可出口成章吟写成极富情韵之作的一种诗体。如我在前文所言,台先生本无意要做一个写旧诗的诗人,他写给林文月先生的手书诗卷跋文中,也曾自言其并"不推敲格律",所以如果以格律言,台先生诗稿中确实有些不尽合乎格律之处,即如其《老去》一诗之末两句的"无穷天地无穷感,坐对斜阳看浮云",其中的"浮"字便不合律,因为此处宜仄声,而"浮"字是平声。若此等处,我们也不必为贤者讳,因为台先生原不是一个斤斤于格律的人,他的诗乃是他的才性襟怀的自然流露。汪中先生在其《台静农先生书艺》一文中,曾经引有台先生为"江椒原先生所写陶公饮酒诗二十首并作画像"的长卷所写的一篇跋文,台先生曾称此长卷之佳处,以为其"信笔所至,似未尝经意者,然其趣,正在有意无意间"。台先生诗之佳处所在,盖亦正有类乎是。惟其无意,故能独得真趣,而在真趣中却又自有其丰美之深意,读台先生诗者当自得之,我不过是以一己之浅见,略述个人读先生诗之一得如上而已。

1995 年 11 月 25 日写于温哥华

《台静农先生诗稿·序言》后记

当我为《台静农先生诗稿》写了前面一篇《序言》后不久,就因国内南开大学中国文学比较研究所方面工作的需要去了天津。台先生当年的知交好友原任南开大学外文系主任的李霁野先生退休后家居天津,于是我就于1996年2月上旬的一天,携带着这一篇《序言》去拜访了李先生。李先生虽已年逾九旬,精神仍颇为癯健,惟目力已大为减退,闻知我携此《序言》前来,极为兴奋。当下就令我把这篇文稿朗读了一遍。先生聆听后对此文颇为赞赏,以为我透过台先生的诗歌对其感情心事所做的探讨颇为深入,决非一般序言的泛泛之作,同时对我在《序言》中所谈到的台先生早年与一位女友的情谊做了补充。惟是我的《序言》原是就诗论诗之作,对人事方面并不想多费笔墨。只不过有李先生的证实,就使我想到了台先生《龙坡草》中的另一首,我在以前撰写《序言》时,虽曾经有一些感发联想,但因本事不足而未敢探求的作品,那就是题为《甲子春日》的一首绝句,诗云:"澹澹斜阳澹澹春,微波若定亦酸辛。昨宵梦见柴桑老,犹说閒情结誓人。"据方瑜所写的《梦与诗的因缘》一文之记叙,台先生曾亲自对方瑜说"不知怎么会梦到了渊明,还跟他谈《闲情赋》,醒来独坐,信笔就写了这首绝句"。因此方瑜在文中就曾将台先生之梦见渊明,与辛弃疾之梦见渊明,做了联想的对举,说"想不到老师竟与辛老同梦"。其实我以为台先生之梦见渊明,与辛弃疾之梦见渊明,两者间原有很大的不同,辛氏之梦是果然以渊明为主的梦,而台先生之梦,则似乎并不是以渊明为主,而是以"结誓人"为主的梦。如果透过这种认识,再来看台先生此诗开端的"澹澹斜阳澹澹春,微波若定亦酸辛"两句,我们应该就更可以体会到这一首诗之凄美幽微的韵致了。"澹澹斜阳"是岁月长逝后今日的迟暮之年华,"澹澹春"是岁月之长逝也难以使人忘怀当日的青春之痕影,因此这一句表面看来虽似乎只是写眼前"春日"之景色,但读之却感到景中有情,似乎别具绵缈之思,这在诗歌中实在是一种极难传述的意境,而使得这种意境更加"绵缈"起来的,则是此诗之次句"微波若定亦酸辛"七个字所写的一种难以具言的情思。从"微波"二字所给人的直感来说,自然是一种水面微波的动荡,但此"微波"二字究竟何指?则就中国诗歌传统所给人联想而言,乃似乎有两种可能:其一是曹植《洛神赋》曾有"托微波而通辞"之语,既表现了追求向往之深情,也暗示了心波之摇荡;其二则若结合"微波"之"若定"来看,则"波"之"定"又可使人联想到唐人孟郊《烈女操》中的"波澜誓不起"之句,表现了对摇荡之心波的一种约束和节制。台先生的诗句之妙,则在于其所表现者,既有"波"所提示的摇荡和向往,又有"定"所指示的节制和约束,而更妙的则是他在"定"字上所加的一个"若"字,所谓"若者",似而未是之谓也。如此则在其"波"之动与"定"之间,遂表现了一种永无休止的痛苦的挣扎,所以台先生遂在"微波若定"之后,加上了"亦酸辛"三个字,这三个字表现真是"酸辛"得使人感动。但台先生却在此句后紧接着写了"昨宵梦见柴桑老"一句,把一切都推到了陶渊明身上,反客为主,把自己的情思做了绝妙的转移,然后却在最后一句借陶渊明的《闲情赋》才点出了"犹说閒情结誓人"的主题,呼应转折,一片神行,这真是一首既有深情又有远韵的绝妙的好诗。而若从台先生的手稿来看,我以为此诗之妙处,实在还有一点值得注意之处,那就是台先生在诗之末句"犹说閒情结誓人"中,他自己所写的"閒情"乃是"閒"字,但在诗后的自注中引陶渊明之《闲情赋》时,所写的则是"闲"字,盖"闲"字有闭锁防止之意,其所求之结果在"定",而台先生所写的则只是"若定",其结果所得并未全"定",所以乃有意不用"闲"而用了"閒"字。虽然"闲"字与"閒"字本可相通互用,但台先生的手稿在末句与句后的自注接连写下来的时候,却用了两种不同的写法,我以为这种微意,也是颇可使人吟味的。不过,微妙的好诗,最好的是不加解说。台先生手稿后曾亲笔录有方瑜的三首和诗,其最末一首的结句说"微波若定何曾定,澹澹斜阳澹澹春",也许这种不解之解才是真解吧。我之更为此后记,只因这是一首好诗,而且如果引申而言,则此诗所写的原可以不仅暗示了一种至老难忘的深情,还可以暗示出一种终身志意未酬,而即使老去也依然此心未已的酸辛和哀感,可以为台先生晚年整体心情的写照,因特再写后记,为之表出如上。

1996 年 7 月 28 日写于哈佛燕京图书馆

序《还魂草》

我是向来未尝为任何人任何书写过序文的,然而两天前,当周梦蝶先生要我为他即将出版的诗集《还魂草》赶写一篇序文时,我竟冒昧地答应了下来。其一,当然是有感于周先生的一份诚意;其二,则因为我是一个讲旧诗的人,而周先生居然肯要我为这一本现代诗集写序,则无论这一篇序文写得如何,至少不失为新旧之间破除隔阂步入合作的一种开端和尝试;最后,一个更大的原因,则是因为我对周先生之忠于艺术也忠于自己的一种诗境与人格,一直有着一份爱赏与尊重之意,因此,虽明知自己未必是为此书写序的适当之人选,也依然乐于做了这种知其不可而为之的承诺。

周先生之要我写序,也许因他曾偶在报刊中看过我所写一些有关旧诗词之评赏的文字。其实,批评古人的旧诗词,与批评今人的现代诗,并不尽同,一则因为旧诗词的作者,已属无可对质的古人,则我信口雌黄之所说,在读者而言,纵未必尽信其是,然也不能必指其非,而对今人之作,则我在论评之间,就不得不深怀着一份唯恐其未必能合作者原意的惶惧;再者,对于旧诗词的阅读和写作,我是早在三十年前就已经开始了的,而对于现代诗,则我不仅从来不曾有过写作的尝试和经验,即使阅读,也仅是近二三年来偶然涉猎过一些极少的作品而已。但美之为美,天下有目之所共赏,我对于现代诗中的一些佳作,也极为赏爱,但如说到论评,则刺绣之工既不尽同于编织,缰辔的控持也必然不同于方向盘之操纵，如今我欲以一向惯于论评旧诗词的眼光来论评现代诗，则即使不致如扣盘扪日之盲，似乎也颇不免于燕说郢书之妄了。

以我习惯于论评诗词的眼光来看，我以为周先生诗作最大的好处，乃在于诗中所表现的一种独特的诗境，这种诗境极难加以解说，如果引用周先生自己在《菩提树下》一诗中的话——"谁能于雪中取火，且铸火为雪"，则我以为周先生的诗境所表现的，便极近于一种"自雪中取火，且铸火为雪"的境界。

我在为学生讲授诗词的时候，常好论及诗人对自己感情的一份处理安排之态度与方法，由于其对感情之处理与安排的不同，因此诗人们所表现的境界与风格也各异，如果举一些重要的诗人为例证，则渊明之简净真淳，是由于他能够将其一份悲苦，消融化解于一种智慧的体悟之中，如同日光之融七彩而为一白，不离悲苦之中，而脱出于悲苦之外，这自然是一种极难达到的境界；其次则如唐之李太白，则是以其一份恣纵不羁的天才，终生作着自悲苦之中欲腾掷跳跃而出的超越；杜子美则以其过人之强与过人之热的力与情，作着面对悲苦的正视与担荷；至于宋之欧阳修，则是以其一份遣玩的意兴，把悲苦推远一步距离，以保持其所惯用的一种欣赏的余裕；苏东坡则以其旷达的襟次，把悲苦作着潇洒的摆落；以上诸人其类型虽尽有不同，然而对悲苦却似乎都颇有着一种足以奈何的手段。此外更有着一种从来对悲苦无法奈何的诗人，如"九死其未悔"的屈灵均，"成灰泪始干"的李商隐，他们固未尝解脱，也未尝寻求过解脱，他们对于悲苦只是一味地沉陷和耽溺。另外更有一种有心寻求安排与解脱，而终于未尝得到的人，那就是"言山水而包名理"的谢灵运，大谢之写山水与言名理，表现虽为两端，而用心实出于一源，他对山水幽峻的恣游与对老庄哲理的向往，同样出于欲为其内心凌乱矛盾之悲苦觅得一排解之途径。然而佛家有云，"境由心造"，若非由内心自力更生，则山水之恣游既不过徒劳屐齿，老庄之哲理亦不过徒托空言,所以大谢诗中的哲理,若非自其"不能得道"作相反之体认,而欲于其中寻觅"得道"的境界,就未免南辕而北辙了。

至于周先生的诗作,则自其1959年出版的第一本诗集《孤独国》,到今日准备出版的第二本诗集《还魂草》,其意境与表现,虽有着更为幽邃精致也更为深广博大的转变,然而其间有着一个为大家所共同认知的不变的特色,那就是周先生诗中所一直闪烁的一种禅理和哲思。周先生似乎也是一位想求安排解脱而未得的诗人,因之他既不同于前所举第一种之隐然有着对悲苦足以奈何的手段之诗人,也不同于第二种之对悲苦作着一味沉陷和耽溺的诗人。如果自其感情之不得解脱,与其时时"言哲理"的两方面来看,其诗则颇近于大谢,然而,若就其淡泊坚卓之人格与操守来看,则毋宁说其诗则更近于渊明。周先生之不同于大谢者,盖大谢之不得解脱之感情,乃得之于现实生活之政治牵涉的一份凌乱与矛盾,而周先生之不得解脱之感情,则似乎是源于其内心深处一份孤绝无望之悲苦;再者,大谢之言哲理,只不过是在矛盾凌乱中的一份聊以自慰的空言,而其所言之哲理,并未曾在其感情与心灵之间发生任何作用,而周先生诗中的禅理哲思,则确实有着一份得之于心的触发与感悟,虽然周先生并未能如渊明一样,做到将悲苦泯没于智慧之中而随哲理以超然俱化,但周先生却确实做到了将哲理深深地透入于悲苦之中而将之铸为一体,故其诗境乃不属于以上所举之三种诗人的任何一类型之中。周先生乃是一位以哲思凝铸悲苦的诗人,因之周先生的诗,凡其言禅理哲思之处,不但不为超旷,而且因其汲取自一悲苦之心灵,而弥见其用情之深,而其言情之处,则又因其有着一份哲理之观照,而使其有着一份远离人间烟火的明净与坚凝,如此"于雪中取火,且铸火为雪"的结果,其悲苦虽未尝得片刻之消融,却被铸炼得如此莹洁透明,在此一片莹明中,我们看到了他的属于"火"的一份沉挚的凄哀,也看到了他的属于"雪"的一份澄净的凄寒,周先生的诗,就是如此往复于"雪"与"火"的取铸之间,所以其诗作虽无多方面之风格,而使人读之无枯窘单调之感,那便因为在此取铸之间,他自有其一份用以汲取的生命与用以熔铸的努力,是动而非静,是变而非止。再者,周先生所写之境界多为心灵之境,而非现实之境,如果我们可以把诗人的心灵比作一粒晶球,则当其闪烁转动于大千世界之中的时候,此一粒晶球虽并不能包容大千世界的繁复博大之实体,而其每一闪烁之中,却亦自有其不具形的隐约的投影,在周先生诗中,我们就可看到此一粒晶球的面面之闪烁,以上是我所见的周先生诗中的境界。

其次,我想再谈一谈周先生诗中文字的表现。我以为周先生在文字的表现一方面,也有其极为独到的一种熔铸和运用的能力。我是一个一贯主张要把古今与中外交融起来的论诗者,而在周先生诗中,我就清楚地看到了这种交融运用的成功。在周先生诗中,有大似古乐府江南曲的极质拙而真切的排句,如其"虚幻的拥抱"之后数句:"向每一寸虚空,问惊鸿的归处,虚空以东无语,虚空以西无语,虚空以南无语,虚空以北无语。"有极近于宋诗的顿挫和音节,如其"逍遥游"的前数句:"绝尘而逸,回眸处,乱云翻白,波涛千起。"至于其时时可见的对偶之工,与一些旧辞旧典的运用,更属熟练之极,多不胜举。其实,用旧并不难,而难能的是周先生所用之旧,都赋有着新感觉与新生命,既不迷于旧,亦不避其旧;而此外周先生更善于以其锐敏的感觉与精炼的工力,熔铸出极为新颖而现代化的诗句,如其"纵使黑暗挖去自己的眼睛,蛇知道:它能自水里喊出火底消息"(《六月》),"你将拌着眼泪,一口一口咽下你的自己,纵然是蟑螂,空了心的,在天国之外,六月之外"(《六月之外》),"而泥泞在左,坎坷在右,我,正朝着一口嘶喊的黑井走去"(《囚》),像这些诗句可说是颇为费解的现代化的诗句了,然而不必也不须更加解说,我们岂不都能自其中聆听到一份呼号,感受到一份震撼,所以,求新颖与现代也不难,而难能的乃是在其中真正充溢着一份诗人之锐感与深情,以上尚不过是我有心于古典与现代之两面求相反的例证,如果不存此有心分别之成见,而在周先生诗集中寻求一些交融着古典与现代、交融着火的凄哀与雪的凄寒的诗句,则更属俯拾皆是,随处都可看到翠羽明珠之闪烁。总之,周先生的诗,无论就意境而言,无论就表现而言,其发意遣词,都源于一份真切的诗感,如此,所以无论其篇幅之为长为短,其用典之为旧为新,其用字造句之为古典为现代,他都能以其诗人的心灵做适当的掌握和表现,不故意拖沓以求长,不故意为新奇以炫异。周先生之诗作,一直在现代诗坛上,受到普遍的尊敬和重视,其成就原不是偶然的,而我以一个外行人竟然如此哓哓,匆匆草毕此文,乃弥觉有多事之感,唯愿此一诗集能早日与世人相见,而一些其他的外行人,或者因我这一些外行话,而反而留意于此一现代诗集,则我之哓哓,或者也尚非全属徒然,是为序。

朱维之先生《中国文艺思潮史稿》再版序言

我与朱维之先生初识于1979年之春。当时"文革"才过去不久,全国各大学颇有重振中国古典文学教学之意,南开大学外文系主任李霁野教授解放前曾在北平辅仁大学任教,与我在辅大读书时之业师顾羡季先生为好友,遂来函邀我回国至南大中文系访问教学。那时中文系的主任就是朱维之先生。朱先生给我的最初印象乃是一位温厚博雅的长者,其气度之谦冲诚挚,尤使人衷心景仰。我在南开讲课约有两个月之久,原定每周上课两次,每次两小时,讲授汉魏古诗。其后又增加晚间上课一次,讲授唐宋词。而朱先生则每次都亲来听讲,我因见到朱先生的身体精神都极为健旺,原以为先生不过六十上下而已,及至五四运动六十周年纪念大会上,听到朱先生自己讲述当年参加五四运动的情况,始知先生早已年逾古稀。本来我对先生亲来听讲,早已感到惭惶无已,及至知道先生的年龄后,乃更加感到衷心不安。再加之我上课的地方乃是一间南北走向的阶梯教室,而来听讲者则更是一直挤坐到讲台前,座无虚席,当天气逐渐热起来,每当下午上课,半边教室都是西晒的阳光,室内蒸热无比,讲者与听者都不免有汗流浃背之苦,而朱先生则依然一直从容端坐,略无倦容。当我临行前最后一次讲课结束之际,朱先生更曾登上讲台讲了一段极长的结束送别的讲话,对我在上课时讲的一些谬说妄言不仅不以为忤,而且还对之做了极好的整理和归纳。因此我对先生博容兼取的襟度与融贯古今的识见,遂留下了深刻的印象。

自1979年以后,我曾又赴南开讲学多次,而朱先生则虽然已于数年前退休,但其精神之矍铄、体力之康强,乃一如往昔。每日下午先生必外出散步,有时也顺便走至我当时居住的专家楼小坐,娓娓谈论其为学之道与养生之法,使后学之我获益良多。一日,先生亲持其所撰著之《中国文艺思潮史稿》一册,来相赐赠。并话及今日青年学子对中国固有文学传统之逐渐生疏,我对先生之所言,深有同感。而先生此一册著作则对中国传统之文艺思潮,有极为简明融贯之介绍。私意以为此书之内容,实为一般大学生所当具备之共同知识,应属文、理、工各科所皆应阅读之著作,因谓先生何不将此书再版,以广流传。先生自言亦颇有此意,因嘱我为再版写一简短之序言,现在我就试将个人读后之所感略述如下。

早在1970年代中,当我撰写《王国维及其文学批评》一册书稿时,我就曾因王氏为学之理念及其自沉之悲剧,而对中国的社会与文化做过一番反思。其中有两点曾引起我很深的感慨,其一是王氏之重视教育的一些理念。王氏在其《教育小言》中,曾经对当日之社会之重利而不好学有所慨叹,说:"吾国下等社会之嗜好,集中于利之一字,上中社会之嗜好亦集中于此,而以官为利之代表。"又说:"学术之绝久矣,昔孔子以老者不教、少者不学,为国之不祥。闵子马以原伯鲁之不悦学,而卜原氏之亡。今举天下之人而不悦学,几何不胥人人为不祥之人而胥天下之亡也。"王国维之发出此种慨叹,是因为他所经历的当时正是民国初年的政党争权军阀混战之时代,而我在撰写《王国维》一书时之对王氏之所言深有所感,则是因为当时国内正值"文化大革命"之时代。全国皆投身于斗争而不复为学,这当然是一种可悲的现象。其二则是王氏为学途径之转变及其自沉所反映出的在新旧文化之激变中的一些问题。我在该书第一编第二章的余论中,曾经提出说"任何一时代或一地域之文化及制度,几乎可以说都各有其得失利弊之所在","任何一地域之民族,如果不加反省消化,而一味盲目地去接纳另一地域或另一民族的全然不同的文化及制度,有时都不免会发生未蒙其利而先受其害的后果",王氏所生之时代"就不幸正当中国之旧文化既已衰老腐败,但存其弊而不见其利之时,而当时列强环伺的危机,使全国急于求变的结果,仓促间接受了当时欧美资本主义挟其富强之余威所传入的新的文化和制度,于是遂又未蒙其利而先受其害",因此,"当旧文化已经趋于衰老腐败,需要接纳另一种新文化之时,对于新文化根源的深入探讨,及对于旧文化之固有价值的重新衡定,都是极为需要的"。我以为就治学一方面而言,王氏"早年所从事的西方文哲之学的研究,及晚年所从事的中国古史之研究,其途径虽然不同,然而对于一个激变的时代而言,这两种方向的探讨,都有着同样的重要性"。至于生活方面而言,则王氏乃不幸在此新旧文化激变之时代的价值认同之混乱中,为了恐惧于人身与人格之受辱,而做了一个不幸的牺牲者。而如果以王氏之悲剧,与我在撰写该书时,国内"文化大革命"对学术之摧残、对学者之迫害相较而言,则后者较前者似乎尤有过之,这当然是另一种极可悲的现象。我在当时既怀有此种悲慨,因此一旦拨乱反正之后,我遂立即提出了回国教学的申请,希望能在祖国重振教育文化事业的工作中,或者也可贡献出自己一点微薄的力量。而当我于1979年之春来到南开大学教书时,同学们之热情向学的精神,则更使我感到祖国教育文化事业的前景无限。然而曾几何时,我最近几次回国,却发现社会风气已有了极大的改变。目前人们所最为热衷的乃是如何尽速发财致富,而教育与学术研究则已沦落于最被冷落的价值的底层。当然,发财致富也并不是一件坏事,何况中国已经久历困穷,能使经济起飞也是一件大好的事,只是如果在经济起飞之中,忽略了对学术与教育的重视,则国民之品质自必逐渐低落,如此则终久必会落到得不偿失的下场。何况近世纪来,西方资本主义过分重视物质的结果,也已经引起了西方人的忧虑。早在1988年,当我撰写《迦陵随笔》之《结束语》一文时,就曾提到过美国芝加哥大学一位名叫艾伦·布鲁姆（Allen Bloom）的教授于1987年所出版的一册题名为《美国人心灵的封闭》(*The Closing of American Mind*)的著作，布氏在书中曾提出他的看法，以为美国今日的青年学生，在学识和思想方面已陷入了一种极为贫乏的境地，而其结果则是对一切事物都缺少了高瞻远瞩的眼光和见解。这对于一个国家而言，实在是一种极可危虑的现象。当年"文革"时代之全国发动斗争而不复为学，自是一件可悲之事，今日之全国之皆欲下海从商而不复悦学，恐怕也同样有其值得危虑之处。本来如我在前文所言，任何一地域之民族，如果盲目地去接受另一不同地域与不同民族之文化，有时就已经不免于会发生未蒙其利而先受其害的结果，何况当另一地域民族之文化，若已陷入弊端百出之境地时，而仍盲目地去追随与接受，当然就更有其值得警惕之处了。近世西方之过于重视物质的资本主义文化本已产生了无数弊端，近期西方诸报纸就曾经刊登过一篇教宗若望保罗二世的访问谈话，谴责了如脱缰野马已经恶质化了的资本主义，乃是欧洲和全球其他地区严重社会问题的根源。在目前中国大力对外开放之时，当然更需要对新旧中西两种不同的文化有一番深入的反思和探讨。而朱先生所撰著的这一册《中国文艺思潮史稿》，则恰好可以作为引发青年们对此一问题加以反思和探讨的一册宝贵的参考资料。

朱先生既有深厚的旧学根基，又有多年来从事外国文学之教学与研读的修养，而且襟怀博大，性格谦冲，因此朱先生的这一册著作乃形成了几点极可注意的特色。首先我提出来一谈的，乃是先生以"文艺思潮史"名篇的意义，先生在该书之绪论中，曾经自言本书之性质既不同于一般的文学史，也不同于一般的文艺批评史。因为一般文学史所注重的乃是外在的文学观察，而一般文艺批评史所注重的则是外铄的文学理论，至于先生此书所注重的，则是各个不同时代的文艺家们所表现的思想和态度。透过这种带有反思性的综合观察，自然能使读者们对我国传统文化有一种溯其源而辨其流的整体的认识。这是先生此书的第一点可贵之处。其次我想提出来一谈的，乃是先生的《史稿》一书，除了对中国的文艺思潮之发展做了纵向的生动的介绍以外，更为可贵的是，先生还以其深研西方文学的修养，将中国文艺思潮中的种种现象与西方的种种文艺现象做了横向的相对的比照，因此遂使读者对于中西双方在文艺现象方面的异点与同点都能有更为具体的认识，这是先生此书的第二点可贵之处。其三我想提出来一说的，则是除了纵向的史观与横向的对比以外，尤其可贵的是，先生更曾以其卓越的识见与开阔的襟怀，对中国文艺思潮中的种种现象做了既深入又公允的适当的评述。有旧传统之修养而无其狭隘拘执之病，有新时代之见解而无其标新立异之失，我相信青年读者们读了这一册《史稿》，将不仅可以获得知性的学识，而且也可以在为学与做人的态度方面，得到很多可以作为师法的借鉴。这是先生此书的第三点可贵之处。以上我不过仅举其荦荦大者，对此书的特色做了几点简单的介绍而已。至于对此书内容的详细评介，则早在1989年第3期的《文艺理论研究》中，已曾刊登过王晓昀先生的题名为《在纵横立体的审美坐标上观照中国文学——读朱维之〈中国文艺思潮史稿〉》的一篇详细评述，对此书之内容做出了很高的评价。可惜像这样一册好书，在1988年出版之际都只不过印了三千册而已，因此目前此书早已绝版。好书不易出版，即使出版也册数不多，且售罄后难得再版，而一些低级趣味的书刊却能大量出版而且不断再版，古人所谓"黄钟毁弃，瓦釜雷鸣"，这实在是社会极可悲慨的现象。这也正是我何以在前文中引述了许多王国维在《教育小言》中之感言与我在《王国维》一书中之感言的缘故。

最后，我愿诚恳地推介，愿此书能早日得到再版的机会。

1994年1月20写于南开大学

《唐诗的魅力》序

1986年秋,我应南开大学之聘利用休假期间回国讲学。南开大学中文系主任郝世峰教授以为应指导研究生阅读一些海外学人的著作以拓宽眼界,并提高学生英文之阅读能力,因此要求我除了为本科生讲授唐宋词课程以外,并为研究生开设一科海外学人有关中国古典文学英文著作导读之课程。我当时所选用的教材是美国高友工与梅祖麟二教授所合撰的三篇论文:第一篇是《杜甫的〈秋兴〉——语言学批评的实践》(原文刊于1968年《哈佛大学亚洲研究学报》第28期),第二篇是《唐诗的句法、用字与意象》(原文刊于1971年《哈佛大学亚洲研究学报》第31期),第三篇是《唐诗的语意、隐喻和典故》(原文刊于1978年《哈佛大学亚洲研究学报》第38期)。其后因时间限制,事实上我在课堂中只与同学们研讨了第一篇论文,其他两篇皆未及讨论。而选课同学中有中文系研究生李世耀及哲学系研究生武菲二君,对此课程颇感兴趣,因将尚未及讨论之二篇论文从我处借去,并表示愿将此三篇论文皆译为中文发表。我深知二君平日勤勉用功,向学之志意既极为可嘉,译写之能力亦足以胜任,如果将此三篇论文全部译出,使国内研读古典文学之青年对西方文评之理论与西方治学之方法有更多之了解,则不仅能使中国传统之诗文评论由此而拓一新境,而且也可使中国之古典文学由此而在世界文化之大坐标中觅得一正确之位置,此实为一极有意义之工作。因欣然表示赞同,并介绍二君与美国之高、梅二教授取得联系征求意见,未几,二君即来相告谓已获得高友工教授之同意及鼓励。只可惜我的行期已届,未能一读二君完成之译稿。近接二君来函,谓全部译稿已蒙上海古籍出版社接受,即将于最近出版,希望我能在开端略书数语。欣喜之余,因简单写此序文,略志其因缘如上。

1988年2月8日写于加拿大之温哥华

《荔尾词存》序

《荔尾词存》是一位终生致力于现代生物学与古农学之科研与教学的石声汉教授之遗作。我与石教授既完全不相识,我的专业与石教授的专业也完全不相干,而石教授之哲嗣、现在清华大学计算机系任教的石定机先生,乃竟然专诚至我的老家寻问,要我为其先父之遗集写序,这其间自然也有一段渊源。原来石声汉教授与南开大学以前的吴大任校长二人原为生前挚友,而吴校长及其夫人陈䚮教授二人虽同为数理学家,却都雅爱诗词。自1979年以来,每次我到南开大学讲授诗词时,他们夫妇二人往往抽暇来听我讲课,偶逢春秋佳日,陈䚮教授还会以盆花相赠,更有时邀我至其家中参加昆曲之雅集。我对他们夫妇二人之学问人品既久怀钦仰,而他们夫妇二人对朋友之敦厚热诚,则尤其使我感动。今年秋天我再度返回南开,却惊闻吴校长已于数月前去世。当我去探望陈教授时,于追怀悼念吴校长之余,陈教授还曾为我殷勤叙及,在1930年代初吴校长与石教授同时考取第一届中英庚款留学生后,在英伦所建立起来的一种知交相赏的情谊,并言及吴校长希望我能为石教授之词集写序的遗愿。其实陈教授殊不知早在我来津探望她以前,当我抵达北京老家时,石教授之哲嗣石定机先生已曾由于他们的介绍,携其先父之遗集来看望过我了。而我今天之所以执笔为石教授之词集写序,除了由于被吴校长与石教授的这一份知己相交死生不渝之情谊所感动以外,同时更是由于这一册词集本身所表现出的作者之品格情操及其深厚之古典学养所给予我的一种直接的感动。这是一册不平凡的词集,我为自己能有机会读到这一册不平凡的词集而深感幸运,也对吴校长夫妇之推介使我能有机会读到此一词集而深怀感谢。

我是一个终生从事古典诗词之研读与教学的工作者,平时所阅读过的古今词人之作,不可谓为不多。无论其为婉约豪放,无论其为典雅俚俗,无论其为正统新变,其中自然都不乏令人赏爱和感动的佳作。而在如此众多的各色各样的作品中,石教授的《荔尾词》却别具一种迥异于众的不平凡之处。关于这种不平凡之特质的形成,我以为可以归纳为以下几点因素:最主要的一点因素,乃是由于石教授生而就具有着一种特别善于掌握词之美感的、属于词人的心性。关于这种特美和心性,我以前在其他论词的文稿中,也早已曾有所述及。约言之,词体中所表现的,乃是较之诗体更为纤美幽微的一种美感特质,清代常州词派之开创者张惠言,在其《词选》一书中就曾提出说,词之特质乃是"兴于微言,以相感动",可以"道贤人君子幽约怨悱不能自言之情",晚清的名学者王国维,在其《人间词话》一书中,也曾提出说"词之为体,要眇宜修",因此要想写出真正属于词之特美的作品,那么我们首先所要求的,就应是写词的人要具有一种具含纤柔善感之特质的词人的心性。而石教授作品中所表现的,可以说就正是这种词人之心性与词体之美感的一种自然的结合。据石教授在其作品中所自撰的题为《忧谗畏讥——一个诗词的故事》一篇文稿中之叙写来看,他自幼就是一个敏感而多忧思的少年,生长于一个人际关系极为复杂的大家庭中,身为穷房子弟的他,所受之于父亲的教诲乃是忍耐和承受。而在他所阅读的小说中,最能引起他共鸣的则是小说中的一些弱者的心声,如《红楼梦》中林黛玉所写的《柳絮词》、《聊斋·褚生》一篇中李遏云所吟的《浣溪沙》词。这些情思石教授统称之为"忧谗畏讥"之情,而这应该也就正是石教授何以将其自叙个人写作诗词之经历的一篇文稿,题名为《忧谗畏讥——一个诗词的故事》的缘故。以"忧谗畏讥"四个字来自叙自己写词之体验和经历,外表看来虽然似乎只是颇为个人的一件事,但私意以为此一题名却颇有两点深义可供沉思。第一点可供沉思者,乃是这四个字确实探触到了词之美感的一种特殊品质。关于此种特质,我在前文已曾引述过张惠言与王国维二家的"幽约怨悱"及"要眇宜修"之说,不过张、王二家的说法,却仍嫌不够彻底,他们都只能但言其然,而未能深言其所以然。所以这些年来我对于词之美感特质的形成之因素,曾经颇作了一些反省的思索。首先于1991年,我曾写了一篇题为《论词学中之困惑与〈花间〉词之女性叙写及其影响》的长文,以为词之特美的形成,与早期歌辞之词中的女性叙写有着密切的关系。其后我于1993年又写了一篇题为《从艳词发展之历史看朱彝尊爱情词之美学特质》的长文,对词之美感特质做出了一些更为触及其本质的探讨。在该文中我曾对于此种本质试拟了一个"弱德之美"的名称,以为《花间》词中之女性叙写固然是一种"弱德之美",即使是豪放派的苏、辛词之佳者,其所具含的也同样是一种"弱德之美",而且曾尝试加以申论,说"这种美感所具含的,乃是在强大的外势压力下所表现的不得不采取约束和收敛的一种属于隐曲之姿态的美"。如此我们再反观前代词人之作,我们就会发现,凡被词评家们所称述为"低徊要眇""沉郁顿挫""幽约怨悱"的好词,其美感之品质原来都是属于一种"弱德之美",又说"就是豪放词人苏轼在'天风海雨'中所蕴涵的'幽咽怨断之音',以及辛弃疾在豪健中所蕴涵的沉郁悲凉之慨,究其实也同是属于在外界环境的强势压力下,乃不得不将其'难言之处'变化出之的一种'弱德之美'的表现"。以上所叙写,乃是我多年来对词之美感特质加以反省后的一点认识。而如今当我见到石教授以"忧谗畏讥"四个字为标题,来自叙其写词之经历与体会时,遂油然产生了一种共鸣之感。我以为石教授所提出的"忧""畏"之感,与我所提出的"弱德之美"在本质上原是有着相通之处的,也就是说这种感受和情思都是由于在外界强大之压力下，因而不得不自我约束和收敛以委曲求全的一种感情心态。我实在没有料想到石教授以一位并非以诗词为专业的科学工作者，竟然能以其天资所禀赋的词人之心性，如此直接而敏锐的以其个人一己直观的体验，轻易地就掌握了词之美的一种最基本的特质。这自然是石教授所提出的"忧谗畏讥"四个字之第一点可供沉思之处。

至于第二点可供沉思之处，则是这四个字在中国文化传统中，还蕴蓄有一种丰富的内涵。它代表了中国传统文化中之才人志士的一种普遍的心态。先就这四个字的字面而言，它们就原是出于中国文化历史中之才人志士的一篇名作，那就是宋代范仲淹的《岳阳楼记》。范氏文中所叙写的"忧谗畏讥"的心态，正是一位具有"居庙堂之高则忧其民，处江湖之远则忧其君"的"以天下为己任"的才人志士的"忧畏"，所以"忧谗畏讥"四个字所蕴涵的，实在不仅只是一种自我约束和收敛的属于弱者的感情心态而已，而是在约束和收敛中还有着一种对于理想的追求与坚持的品德方面之操守的感情心态。其为形虽"弱"，但却含蕴有一种"德"之操守。而这也就正是我之所以把词体的美感特质，称之为"弱德之美"的缘故。如果从石教授一生的为学与为人的持守和成就来看，他平生的一切可以说就都是在忧患困苦之中完成的。据姜义安先生所写的《春蚕颂——记著名古农学专家石声汉教授》一文中之记叙，石教授曾在短短三年之内，就写了《齐民要术今释》九十七万字，《氾胜之书今释》五万八千字，《从〈齐民要术〉看我国古代农业科学知识》七万三千字；同时自己又把后两种书翻译成英文本，由科学出版社出版，在国外发行（在短期内就曾再版四次）。石教授在科研方面的成就，曾经受到过英国撰写《中国科技史》的李约瑟博士的极端重视。《科技史》的《农业史》一册中，曾经多次引用石教授的论著。而在石教授自己的国家内，则当他的《齐民要术今释》于1958年将第四册陆续出完时，却正是石教授被批判之时。但石教授却并未因此而放弃他的科研的志业和理想。批判过后，1962年他就又开始了整理《农政全书》的工作。当时他白天还担任着教学和培养研究生的工作，只能利用晚上的时间来整理《农政全书》，而那时他还患着严重的哮喘病。但只要喘息稍舒，他就继续不断地工作。他终于完成了一百三十余万字的《农政全书校注》，十七万字的《农桑辑要校注》，还有《中国农业遗产要略》《中国古代农书评介》《辑徐衷南方草物状》等其他多种著作。而他最后的文稿甚至是写在烟盒纸和报纸边上面的，则其处境之艰苦可知。姜义安先生把他所写的那篇纪念石教授的文章题名为《春蚕颂》，一方面固然因为石教授的讲学与著述工作，其所作出的贡献，真是如春蚕吐丝之至死方休；另一方面也因为石教授自己曾写过以《春蚕梦》为题的十二首《忆江南》词。词前有一小序，石教授自谓此十二首词乃因其于"岁暮检书"之际，偶见其旧作《生命新观》之弃稿而作，则其以春蚕吐丝自喻其倾注心血从事著述的喻义，固属显然可见。而从其每一首词的小标题，及其词中所叙写的情事来看，则尤可见其寄喻之深意，下面我们就将抄录其中的两首来一看：

忆江南·丝（积稿）

抽不尽，一绪自家知。烂嚼酸辛肠渐碧，细纾幽梦枕频移，到死漫余丝。

忆江南·衣（成册）

裁制可，依梦认秾纤。敢与绮纨争绚丽，欲从悲悯见庄严，压线为人添。

这两首词从蚕之吐丝经织帛而裁剪成衣，以喻写才人志士之撰述之积字成稿以至于装订成册。第一首词开端"抽不尽，一绪自家知"，至于"烂嚼酸辛肠渐碧"句，表面自是写蚕之嚼食桑叶，乃至通体变为碧色,而其所喻者则是人之生活虽茹苦含辛,而内心中所酝酿蓄积者,则为一腔碧血。至其下句之"细纾幽梦枕频移",表面自应仍是写蚕在吐丝时其头部之左右摆动之状,故以"枕频移"为喻,而另一面则"枕频移"三个字却也正可以喻示人在撰述时之用心思考虽落枕而不能安眠之状。只此"枕频移"三字已经把蚕与人之形象和情思都写得极好,何况上面还有"细纾幽梦"四个字,"梦"就人而言,自可喻示其撰著所追求之理想;至于就蚕而言,则其一世之缠绵辛苦吐丝自缚所追求者,倘亦有一理想存于其间者乎。至末句结尾之"到死漫余丝"五字,则写人生之苦短,志意之苦多,至死而仍意有所不尽,一如蚕之到死而仍有余丝,真是把才人志士的理想和悲哀写得如此之沉痛缠绵。至于次一首开端的"裁制可,依梦认秾纤"二句,则以蚕丝之裁帛制衣,喻示人之写稿成册,而"梦"则喻示所追求之一种理想,最后获得之成果自应求其与最初之理想相符合,故曰"依梦认秾纤"也。其下二句之"敢与绮纨争绚丽,欲从悲悯见庄严",则为石教授自写其辛苦之著述,并无在世间与人争求美名之意,不过只是为了欲将所思所得贡献给人世的一点悲悯之心愿而已,然而此种工作之辛劳,岂不为一大庄严之事,故曰"欲从悲悯见庄严"也。而结之以"压线为人添",乃是用唐人秦韬玉《贫女》一篇中之"苦恨年年压金线,为他人做嫁衣裳"的诗句,写贫女之为人做嫁衣,以表示其一世之辛劳全是为他人而并无为一己之意。至于"压金线"三字,则是写其积压的有待完成的工作之多。石教授这一组词全部以春蚕之吐丝、作茧、织帛、裁衣为喻,以自写其一生之辛劳工作之全部为人而全无为己之心意。喻象之美与托意之深,二者结合得既优美又贴切,既有词人之纤柔善感之心性,又有才人志士之理想与坚持,其所体现的品格与才质之美,也就正是石教授所提出的"忧谗畏讥"四个字之深层意蕴的另一点可供沉思之处。

以上我们是就石教授所自撰的"忧谗畏讥"一文，对其作为一个词人在品格和心性方面所具备的不平凡之处所做的一些探讨。而除去这些在本质方面的不平凡之处以外，石教授的词之所以使人感动和欣赏，实在还由于他在题材之选择与表达之方式方面，也有一些不平凡之处。下面我们就将对这两方面也做一些简单的探讨。

先就题材之选择方面而言，石教授在1958年写给其长子定机的一页便笺上，曾经自叙说："老蹇蹉跎五十一年，平生不甚以显达荣乐为怀，尤不欲人以词人文士见目。少年学作韵语，只以自写块垒。"只这一段话，就充分显示了石教授的词之所以迥异于一般人的不平凡之处了。因为就一般人而言，作为一个喜欢写作诗词的作者，总不免有两点习气，其一是对自己之作品常不免有矜持自喜之意，其二是在朋友间常不免有以作品为酬应之时。而石教授则绝无此两点习气，仅此一端，便已足可见到石教授之词之迥不犹人的不平凡之处了。何况石教授在其词中所写的，乃是正如他在短笺上所说的，都是他的最真诚最深切的胸中之"块垒"，下面我们就将抄录他的几首词作来一看：

首先我要抄录的乃是足以反映其修养与心情之转变的三首小词：

清平乐

漫挑青镜，自照簪花影。镜里朱颜原一瞬，渐看吴霜点鬓。

宫砂何事低徊，几人留住芳菲。休问人间谣诼，妆成莫画蛾眉。

柳梢青

缱绻残春，簪花掠鬓，坐遣晨昏。臂上砂红，眉间黛绿，都锁长门。　　垂帘对镜谁亲？算镜影相怜最真。人散楼空，花蔫镜黯，尚自温存。

前调

休问余春，水流云散，又到黄昏。洗尽铅华，抛残翠黛，忘了长门。　　卷帘斜日相亲,梦醒后翻嫌梦真。雾锁重楼,风飘落絮,何事温存。

这三首词,据石教授自言,乃是他读了王国维之《人间词》中的《虞美人》(碧苔深锁长门路)与《蝶恋花》(莫斗婵娟弓样月)两首词后的有感之作。王氏之词所写的,乃是以闭锁长门的蛾眉自喻,慨叹于谣诼之伤人,但在被伤毁和被冷落中,词人却仍坚持着一种"且自簪花坐赏镜中人"的不甘放弃的理念,这种心态自然正是石教授所说的"忧谗畏讥",也就是我所说的"弱德之美"的感情心态。而这自然也正是石教授何以会被王氏的这两首词所感动了的缘故。不过石教授由此一感动所引生的三首词,则已经超越了王氏原词中的心态,而更增加了反复思量的多层的意蕴。从怅惘于"芳菲"之不能"留住",到"花蔫镜黯",而仍不肯放弃的"尚自温存",再转到"梦醒"后之彻底放弃的"何事温存",这其间石教授所表述的情思和意念,可真可以说是幽微要眇百转千回,像这种题材和意境,岂止不是一般以文学为羔雁之具的人所能企及,也不是一般只会写伤春悲秋以诗酒风流自赏的词人文士所能达致的。而除去这一类要眇幽微的作品外,石教授还有一些以日常口语反映现实生活和政治情势的作品,也写得极有特色。我们现在就也抄录一些这类作品来一看:

浣溪沙·嘉州自作日起居注

白足提篮上菜场,残瓜晚豆费周章,信知菰笋最清肠。　　幼女迎门饥索饼,病妻扬米倦凭筐,邻厨风送肉羹香。(六之二)

双袖龙钟上讲台,腰宽肩阔领如崖,旧时原是趁身裁。　　重缀白癜蓝线袜,去年新补旧皮鞋,羡它终日口常开。(六之三)

骤雨惊传屋下泉,短檠持向伞边燃,明朝讲稿待重编。　　室静自闻肠辘辘,风摇时见影悬悬,半枝烧剩什邡烟。(六之六)

鹧鸪天·记近闻近遇

牛鬼蛇神事有无,蚊雷市虎代爰书。乌合谰急钞瓜蔓,红卫兵骄卤腐儒。　　髡皓首,系玄符。龙钟拥篲涤圊窬。劳心锻就风波狱,迁固何曾涉谤讥。(二之二)

以上这几首词例,从表面看来其所写的题材内容,与前面所举引的《清平乐》《柳梢青》等词作,虽然有很大的不同,但其所写之亦为作者胸中之"块垒",而并非一般词人文士的舞文弄墨之作,则是显然可见的。而且其所写者虽然是极为具体现实的生活情事,但其情思之幽约怨悱,则仍是属于石教授之所谓"忧谗畏讥"的一份词人之心性与情意,却仍是一贯不变的。而这种意境自然是造成石教授之词之迥异于常人之不平凡之处的另一项重要因素。

除去前面我们已曾探讨过的石教授之词在本质方面与题材方面的各种不平凡之特质以外,我以为石教授的词还更有另一点极重要的不平凡之处,那就是他虽然生而具有一种词人之心性,但并未接受过一般学词之人的传统训练,但另一方面他却又自幼年开始就对古典文学有深厚的修养。可是他虽对古典文学有了深厚之修养与兴趣,但其志业又不在于文学而在于科学。于是这种种方面的复杂矛盾的因素,遂使得石教授的词有了极不平凡的特色。他一方面既能完全不被传统词人之习染所拘限,而另一方面却又因其深厚之古典修养,而使其在不受拘束之中,仍能不失古典之规范。就以我们在前文所举引的一些词例而言,如其《清平乐》《柳梢青》诸词,其风格之典雅温婉,情思之悱恻幽微,自然是传统词中的佳作,但其意境却又另有天地,而迥异于传统之陈言,再如其《浣溪沙》诸词,所写者虽为具体之日常生活,用语也极为通俗直白,但其意境却又与古典中之"忧谗畏讥"的传统隐然相通,更如其《鹧鸪天》词中所写之情事,其辛酸与荒谬虽全非古典之词中所曾有,但石教授却有意地在这首词中用了许多古典的词语,使其满腹之辛酸悲愤,在古典之词语中有了更深的意蕴。

而且石教授不仅是长于写短小的令词,也长于写长调的慢词,不仅长于写自抒块垒的抒情词,也长于写托意深微的咏物词,下面我们就将把这一类词,也抄录一首来看一看:

沁园春·驮行病骥

蹄铁敲穿,踏遍崎岖,日渐昏黄。叹木鞍坚重,背成生瘇,麻韁粗硬,吻有陈伤。项下乌笼,虚无寸草,枉羡青畦菜麦香。沉吟处,听鞭梢爆响,倦步催忙。　　归来繫向空廊,早弦月盈盈上短墙。奈毛似垂葆,泥和汗结,头如赘瓮,颈共肩僵。半束枯刍,一拳释壳,便是辛劬竟日偿。宵寒恶,任螳蹲蛙坐,直恁更长。

这首词以一匹背负重物的病马来喻写备受迫害与折磨的辛劳工作者,不仅用词与喻意配合得工切典雅,而且写得酸楚动人,自不失为咏物词中之佳作。

此外石教授还有一些写柔情的长调,如其《莺啼序》(斜阳尚凝旧陇),及同调(西风又催鬓改)诸词,据石教授之女在笺注中说,这些词都是石教授怀念其妻子的作品,写得极为深婉动人,但因篇幅的关系,在此不暇俱录,现在只再抄录其题为《寿细君》的一首小令《鹧鸪天》词来一看:

自嫁黔娄百事乖,春风纨绮尽蒿莱。岁朝羁旅伤憔悴,九月寒衣未剪裁。　　儿女累,米盐灾。七年犹着嫁时鞋。鸳盟若许前生约,后世为君作妇来。

从这首词来看,其伉俪情深,固已可具见一斑。而且这首写得不事雕饰,还有用前人诗句之处,盖以家人之间,不必过事讲求,亦可见石教授率真之一面。

总之石教授之词,在现当代之作者中,其成就极为难能可贵,足可自树一帜,固当珍重保存,以流传后世。而据石教授之弟石声淮先生为《荔尾词存》所写之跋文所言,则此一册词集在"文革"中曾为人攘去,置故纸杂物间。及至1979年,石教授已殁世八年之后,西北农学院欲将"文革"中所遗留之弃物焚毁之际,幸得石教授之高足姜义安先生于故纸堆中发现此一册词集之手稿,因收取而亲付之于石教授之哲嗣石定机先生。又经石教授之女石定枎之整理笺注,在此即将付梓之际,我得以作序之机缘,先期读到此一册词稿,感动之余,深以为幸。前南开大学校长吴大任先生曾在纪念石教授的《怀声汉》一文中写道:"我希望这些词及其笔迹将作为文化遗产永远保存。"我与吴校长有相同的愿望。

　　1998年1月25日写于南开大学。时为离津前一晚之深夜,行装尚待整理,故结尾稍嫌草率,实非得已也。

范曾先生画册序言

范曾先生为当代之名画家,我则只是终身从事诗歌之教研的一个工作者,于绘画一道实未曾略窥门径,乃日昨范先生竟亲来相访,嘱我为其即将出版之画册题写序言。我原曾推辞说自己对画理与画论并无深解,不敢妄言。而范先生则以为既已与我相识有二十年之久,而且我过去也曾为其画作写过题词,且曾颇为其所欣赏认同,因告我但须据事直书,写出自己真实之观感即可,固无须对画理与画论多加考虑也。于是在范先生的坚持及鼓励之下,我只好答应了他的请求,而范先生又嘱我必须于本周末交卷,但不巧的是我近数日之工作又极为忙碌,在固辞不获之情况下,我只得依范先生之所言,仓促间写此短文,将我对范先生之画与人之认识的经过及观感略加陈述。虽无典雅之美,而庶几或不失信达之诚也。

我对范先生之第一印象,是来自他的一幅画作。那是1979年的春天,我第一次归国讲学,将从北大转往南开,南开遂请二位先生来京接我赴津,而于赴津前一日,更邀我游览京郊诸名胜之地。时值碧云寺之中山堂举办画展,我一入展室,但觉眼前一亮,就被入门不远右侧墙上所悬挂的一幅屈原图像所吸引了。其后我曾写过一首《水龙吟》词,对我当时初睹此一图像时之欣喜震惊加以描述,说"半生想像灵均,今朝真向图中见。飘然素发,翛然独往,依稀泽畔。呵壁深悲,纫兰心事,昆仑途远。哀高丘无女,众芳芜秽,凭谁问,湘累怨"。当时,我对于作此图画的范曾先生实在一无所知。但我以为若非对屈子之心魂志意有深切之共鸣与体悟之人，绝不可能画出这一幅能传达出屈子之精神相貌的图画来。我平日论诗词，注重感发和意境，常以为若非诗人之心灵中具有此一种感发和意境，就决不能在作品中传达出此一种感发和意境。我对绘画之事既并无深知，因此不敢说我的论诗之言是否亦适用于论画。不过若只就我个人的主观而言，则我对于绘画的欣赏，却一向也是以绘画中所传达出之感发及意境之深浅、厚薄、强弱为我个人赏爱之标准的，因此当我面对此一幅图像时，立即就由绘画中所传达出的感发和意境，引起了我对于这一位画家的联想。所以在这首词的下半阕，我便接着写下了"异代才人相感，写精魂凛然当面"的两句话，而接着写下的"杖藜孤立，空回白首，愤怀无限"之句，则表面上虽是对图画中屈子之形象的描述，但事实上却已融入了我对于画家之情怀的想象。而且在这一幅画上，还有画家所题的一首诗，其中有"希文忧乐关天下"之句，然则画家范曾之借用前世名臣范仲淹之"先天下之忧而忧，后天下之乐而乐"之襟怀以为自喻之心情自可想见，这当然就更增加了我对于这幅画的一份感动，所以我接着就又写下了"哀乐相关，希文心事，题诗堪念"三句词，明显地把画中之人与作画之人及所题的诗中之人，都结成了一体，如此遂把千古以来的屈原、范仲淹与范曾都联成了一线生生不已的民族不朽的精魂。而我更在此词结尾处写下了"待重滋九畹，再开百亩，植芳菲遍"三句祝愿，这三句表面自然仍是就画中的屈原而叙写的，因为屈原在《离骚》中曾经写过"余既滋兰之九畹兮，又树蕙之百亩"的话。"美人香草"在屈骚中都是他所追寻的美好之理想的象喻。我说"待重滋"则正表示了后人对屈子之志意的继承，这自然可以指作画的范曾。而我当日之归国讲学，原来也正由于眼见国内之教育与文化在"文革"中之横被摧残，因而遂萌生了一种"书生报国成何计，难忘诗骚李杜魂"的愿望。古人既曾把"树人"与"树木"相比，又曾把学生们比作桃李,而桃李自然是一种"芳菲",所以我所写的"待重滋九畹,再开百亩,植芳菲遍"的三句词,当然也就融入了我自己的心怀和意愿。因此千古前之三闾大夫屈子,实可说是我与范曾先生相识之第一媒介。近日我偶然在范先生赠我的一册《画外话·范曾卷》中,读到了他为所绘之屈原《哀郢图》所写的题为《汨罗江,诗人的江》的一段话,其中有"回顾屈原以后的贤哲,从贾谊、司马迁到鲁迅、闻一多之千古骚韵不绝如缕,缱绻壮怀,烛照华夏"之言,然则我当日在与范先生相晤之前,仅就其所绘之一幅屈子图而引发的《水龙吟》一词中的感发和想象,固可因此而证其决非虚想也。

至于我与范先生本人之相见,则是在我写过那一首词的三个月之后,那时我刚结束了在南开的讲学,从天津回到北京,南开中文系的友人因为曾听到当日赴北京接我并陪我游访碧云寺的二位先生说起过我对范曾所绘屈原图之激赏,遂商请范先生亲自又绘了一幅屈原图作为南开赠我之临别纪念,同时更有友人将我所写的那一首《水龙吟》词也传送到了范先生的手中。因此当我回到北京后,范先生就邀我到他家中去看他作画,并说他已将我的《水龙吟》词写成了一幅中堂准备相赠,当我抵达他府上后,他立即向我展示了他的这一幅书法,于是我所写的纸上的一首词,遂在他的劲健飞舞的笔势中,仿佛更获得了一种纸外的生命。继之他又欲为我当面作画,但那时他的住处并不宽敞,没有较大的画案,于是他遂张纸于壁,悬腕举肘为面壁之画。初于纸上绘出双目,便已见精光炯炯而出,继之则又以线条挥洒,数笔勾勒便完成了一幅深沉睿智的达摩演教图。记得范曾论画曾云作泼墨人物必须意在笔先,使所绘之人物与所用之笔墨全相结合,意到笔随,乃见精神,苟有丝毫之迟疑补缀,必成败笔。此事言之虽易,但行之实难,诚以欲求人物之得其神,则必须有深厚之修养,而欲求笔墨之得其神,则必须有精到之工力。范曾先生于人物之能得其神,固出于其才气之敏悟与读书之修养,至于其笔墨之能得其神,则应出于其锲而不舍的精勤之努力,范曾先生曾为其所绘的一幅鲁迅之图像,题写过一篇以"生命的奇迹"为题的短文。自叙其于1977年曾因病住院,动过一次大手术,当时他为了要使两手能保持作画之自由,曾请求医护人员将输血之针管插到脚上,据云以脚代腕插入针管之痛苦极大,而他当时又严重贫血,故插管之痛苦,必须忍受多日。范曾先生乃以其坚毅之精神,不仅承受了此种痛苦,且请人于其床上置一小几,每日以意志驱除痛苦,伏几作画不辍,而全以白描之笔绘出了《鲁迅小说插图集》一册,自此遂锻炼出了他掌握白描之线条的一种既生动又精确的工力。而这种刻苦的努力则应是全出于其过人之天才之不甘于生命落空的一种对于不朽的追求。

在我拜访过范先生以后不久,范先生便携其夫人一同到我所居住的友谊宾馆来回访。谈话中始获知范曾先生原出生于南通之诗人世家,其曾祖范当世先生,字肯堂,号伯子,其诗歌在同光之世极负盛名,著有《范伯子诗集》行世,其昆弟子侄亦大多能诗,然后乃知范先生之能绘出千古骚魂,固原有其渊源之所自也。而我个人自少年时起,亦复耽于屈骚之吟诵。适值我手边有一小型录音机,因即面请范先生为我吟诵了《离骚》之首尾各一节,其初范先生尚颇有迟疑拘束之意,盖以诗歌吟诵之传统在近世之中国已日渐消亡,常人不习于此乃往往闻而笑之,及至范先生见我闻其吟诵后的惊喜之状,遂以我为知音,因乃放声长吟,在兴会淋漓之中,继屈骚之后又陆续吟诵了太白、子美、东坡、稼轩诸家之诗词多首。其后数日,在我临行前范先生又携夫人亲来宾馆,以其专门为我录制的吟诗音带一卷相赠,以为临别之纪念。其后我也曾写了又一首《水龙吟》词,继前一词所写的观其绘画之感受之后,又写出了我聆其吟诵之后的另一番感受,词是这样写的:

  一声裂帛长吟,白云舒卷重霄外。寂寥天地,凭君唤起,骚魂千载。渺渺予怀,湘灵欲降,楚歌慷慨,想当年牛渚,泊舟夜咏,明月下,诗人在。　　多少豪情胜概,恍当前座中相对。杜陵沉挚,东坡超旷,稼轩雄迈。异代萧条,高山流水,几人能会。喜江东范子,能传妙咏,动心头籁。

自从聆听了范曾先生的吟诵以后,我对于他的画似乎更有了一份深入的体认。那就是支撑起他的不凡之画骨的,原来正是源于其内心中所蕴涵的一份涵养深厚的诗魂。而且无论其所绘者之为诗人与否,其笔墨深处似乎都有着一缕诗魂的回荡。而这与他自幼生长于诗人之世家,一直接受着诗歌环境之熏陶培养,自然有着密切的关系。若就今日一般之画家言之,则欲求一有不羁之才如范曾者固已极为难遇,若欲更求一有文学诗歌之修养如范曾者,则更属难能。且也,范曾先生不仅工书、善画,而且能诗,其所自作之诗篇亦复才气纵横迥出俗尘之外,古称"三绝",范曾先生自可当之而无愧。是则其负一世之盛名,固决非偶然者也。

不过,盛名之下,亦往往不免有盛名之累,范曾先生既有才人的狂放不羁之傲骨,又有诗人的任率纵情之性格,故其所言所行亦时或不为世人所谅,而认为其有不经之处。我与范曾先生之相识既已有二十年以上之久,我之年龄又虚长范先生有十四岁以上之多,因念古人"益者三友"之说,以为我既自愧"多闻",则于"直""谅"不敢不勉,是以偶尔与之相见,亦曾以谦冲自抑为劝。不过我所谓之"谦冲",实在乃是修养有得之一种境界,而决非世俗之伪为谦冲之态者,否则我固宁取其傲纵之真诚,而决不欲见其有谦冲之伪态也,但谦冲入化之为作画与作人之另一极高之境界,则不待我之言说,范曾先生对此实亦已早自有所解悟,在其为所绘之《老子演教》一幅图像所题写的"画外话"中,便曾经叙述说:"道之所在,便是冲融和谐之所在。"又曾在另一幅《老子出关》的"画外话"中说:"一个具有雄才大略的睿智伟岸的人,应该虚怀若谷,谦恭下士(知其雄,守其雌)。"夫以范曾先生之天才学识,意者其艺术境界定会有更臻于谦冲自得超然神化之一日。天假我年,当拭目俟之。

千禧之年岁在庚辰仲春之月望后五日

七六老人序于津沽之南开大学

《唐宋词选读百首》序言

杨敏如教授是我的同门学姊,不过我们二人却并非同学。敏如学姊早我数年毕业于燕京大学之外文系,我则于1945年毕业于辅仁大学之国文系。我与敏如学姊初不相识。1979年我首次回国讲学,曾在南京大学中文系讲过一次课,在那里遇到一位赵瑞蕻教授,谈话中提到我曾经从清河顾随羡季先生受读诗词,赵先生遂提及敏如学姊之大名,谓其亦曾从羡季先生受业,目前在北京师范大学中文系讲授唐宋词。我那时正在搜集整理羡季师的遗著,闻此信息,不胜欣喜,遂于抵达北京后,立即与敏如学姊取得了联系。敏如学姊之为人真诚热诚,一见遂成莫逆。我们见面后谈得最多的,自然是对于羡季师当年讲课时之风度神情的种种追思和怀念。羡季师的讲课与其他老师有很大的不同,一般老师上课当然以传授知识为主,但羡季师的讲课所给予学生的则是人格的感化与性灵的启迪。早在多年前,我曾经写过一篇纪念老师的长文。在那篇文稿中,我对羡季师的讲课曾有扼要的叙述。我以为:"先生之讲课是纯以感发为主,全任神行,一空依傍。昔禅宗说法有所谓'不立文字,见性成佛'之言,诗人论诗亦有所谓'不涉理路,不落言筌'之语,先生之说诗,其风格亦颇有类乎是。所以凡是在书本中可以查考到的属于所谓记问之学的知识,先生一向都极少讲到。先生所讲授的,乃是他自己以其博学、锐感、深思,以及其丰富的阅读和创作之经验,所体会和掌握到的诗歌中真正的精华妙义之所在。"盖以中国古典诗歌之本质，原以传达一种兴发感动之生命为主。早在《毛诗大序》中，就曾经有过"情动于中而形于言"的说法，其后当齐梁之际，中国文学逐渐有了反思之评论时代，钟嵘之《诗品》与刘勰之《文心雕龙》也都曾提出过"气之动物，物之感人，故摇荡性情，形诸舞咏"与"人禀七情，应物斯感，感物吟志，莫非自然"的创作理论。可见诗歌之创作，其引发诗人的创作之动机，与形成其作品中内涵之本质者，固应皆以兴发感动之作用为主。因此就读诗者与说诗者而言，其所追求者当然也就都应以能体认和说明此种兴发感动之作用为主了。所以早在《论语》中，孔门说诗也就提出了一个"兴"字。既说"兴于诗"，又说"诗可以兴"，则其重视诗歌中之奋发感动之作用，固属显然可见。不过诗人之品质既各有不同，其写作之能力也高下各异，因而作为一个优秀的说诗人，就不仅应具有能体认诗歌中之兴发感动之生命的能力而已，还需要有一种能分辨出其作品中之感发生命之品质与其写作艺术之高下的修养，并需能加以传述说明，使聆讲者也能有此种感发与分辨，如此才可以说在诗歌之教学中，真正完成了一种对诗歌中感发生命之传承的责任与使命。不过此种重视感发之一派的讲授方式，也往往会被重视记问之学的一派目为空疏。其实这两种讲授方式原是不可偏废的。重视感发者固应有记问之学的根底，重视记问的学者，也应同时重视感发之重要性，方能真正传述出诗歌本质中最宝贵的生命，而不致有买椟还珠之憾。

我曾经有幸听过一次敏如学姊讲授稼轩词的课，发现敏如学姊讲课时，极为投入，讲到稼轩词的慷慨激昂之处，就真的投入了稼轩这位词人的激昂慷慨的感情境界之中，所以能使在场的听众举座动容。虽然尚未能达到如羡季师一样的超越神行，却果然传述出了稼轩词中的一份感发的生命。昔稼轩之咏渊明，曾在一首《水龙吟》词中，写有"老来曾识渊明，梦中一见参差是"之句，又曾说"须信此翁未死，到如今凛然生气"，讲授古人的作品，能使听众感到古代的诗人仿佛"参差如见"，体会到古代诗人的一份"凛然生气",这自然是一种极大的成功。而中国古典诗词的可贵之处,也就正在于其中蕴涵有这一种强大的感发之生命,虽在千百年之下,仍可使读者、讲者、听者都进入这一种生生不已的感发中,获致一种激励和启发。从这一点来看,敏如姊的讲课,实在已获得了很大的成功,但敏如姊却并不以其讲课的成功为满足,而常以未曾有所著述为憾。近日我回国后,曾与敏如姊通电话,她在电话中告诉我已经完成了一册题为《唐宋词选读百首》的新著,要我为这册书写一篇序文,并嘱我于序文中要叙及我们对羡季师的追怀忆念,以及羡季师所给予我们的启发和影响。当时却因我将离京赴津,所以未能安排晤面详谈的机会。当我抵达天津南开大学之后不久,敏如姊就寄下了一部分书稿,共十几首词的评说,虽然仅只是尝鼎一脔,但也颇可以就一斑而窥全豹。拜读之下,我发现敏如姊的书稿与她在堂上讲课的风格,实在颇有不同。敏如姊在堂上的讲课是纯任感发,而她的书稿却包含了不少的考索和说明。这册书的出版自然可以说明她在课堂上的重视感发之讲课,原来也都有着记问之学的根底。至于羡季师当年讲课之一任神行,一方面自然表现了羡季师之学养已进入了一种一空依傍而取之左右逢其源的至高境界,这自非我辈之所能企及,一方面也因为时代已有了不同,我们读书的时代,一般青年学生对于古典都已有了相当的根底,当然不需要老师再做这种记问之知识方面的解说。但现在的年轻人则对于古典文学方面的知识,已经日益陌生。敏如姊的这本书,恰好既结合了基本的知识,也充满了感发的意趣,我相信这册书的出版,必将使喜爱读词的朋友们从中获得很大的帮助。仓促间写为此文,还希望敏如姊给予批评和指正。

1997年10月24日写于天津南开大学

《考调论词——两宋二十二名家词选》序言

我与本书作者张红女士初识于1979年之春,当时我第一次到南开大学来教书,张红女士是刚毕业不久的一位青年教师。她最初给我的印象是学习勤勉而为人坦诚,不过我们私人之间的交往并不多。继1979年之后,我于1981年秋又曾来南开任教,在这两次的教学中,我都曾开授了唐宋词的课,我发现张红女士总是每课必到,而且勤于笔记,不过在课外则并未曾深谈。其后,我又有几次回到南开来,没有见到她,先是听说她生了病,正在治疗休养中,其后又听说她身体已康复,到日本去进修了。今年我又回到南开来,却听说她已完成了一册论词的专著。果然过了几天,她就带了一叠厚厚的书稿来看我。首先使我惊喜的是她病后的身体,不仅恢复得极好,而且容光焕发,显得更加活泼和年轻了。谈话中我发现她对于为学、做人和养生各方面,都有了更多的体悟。她自谓现在从事于词的研读,还是受了我当年回南开来讲课的影响,所以她希望把这一册论词的书稿,交我阅读一遍。本来我当时正在行旅匆匆的百忙之中,但因我自1979年就与她相识,看到她能战胜病患得有今日之成绩,十分为她高兴,因此就欣然接受了她的请求。在阅读书稿的过程中,我发现这些年来她对词的研读确实下了很大的工夫,不仅涉猎了大量有关词的论著,而且养成了很好的判断的能力,这从她在书中的征引之博、别择之精与立论之正各方面都可得到证明。如果只作为一个词的选本来看,她所选的两宋二十二家作者的八十一首词,在数量上较之其他选本,虽或者有所不及;不过,本书之撰写,原来就不只是选编一册词选而已,更可注意的是本书之标题,在开端还有着"考调论词"四个字,这说明了本书原不同于一般的选本,而是一本结合了考证、理论与词例之评说的综合性著作。全书实在包含了两个部分:第一部分题名为"引论",在开端之处作者首先就说明了"词学之研究当治词谱、词选、词评、词史、词话、词韵于一炉",本书之编撰就正是作者对于此一理念的实践。至其论述之要点则约可归纳为以下几个方面:其一是作者提出了词之音乐性的重要,词本是合乐而歌的一种文学形式,虽唐宋之词乐在今日基本上已难于做具体之考察,但词之形式特征与其美感特质,则实际上都与词之音乐性结合有密切之关系。作者在论词时能注意及此,是颇有见地的。其二则作者对词之艺术个性,也有适当的体认和说明,作者征引了许多前人的说法,然后做出自己的别择与判断,通观婉约与豪放之各种不同的风格,而归纳出一个结论,以为词之艺术特质,其最重要之一点,乃是词长于准确细微地表达出一种感情之意境。这种认识基本上是正确的。其三则作者对历代词论亦有扼要之介绍,书中所涉及之重要词论,作者曾尝试将之归纳为五大流派,计为:一、主比兴寄托者;二、主雅正者;三、主清空者;四、主自然者;五、主境界者。作者对于这五种词论之流派的短长利弊都做了公正之评述。以上引论部分,可以说已经为后一部分的词例之选评奠立了一个良好的基石。所以在以后个别的词例之评说中,作者乃可以结合词之艺术特质与词之发展的演变,及词之风格流派,不仅对每一篇作品之选调、谋篇、命意、炼辞,都做出了详尽的论述,尤可贵者,是作者更能就每位作者不同之历史背景与不同之感情意境所形成的艺术效果,也都做了适当的阐述。综合来看,本书乃是一册结合了考证、理论和实例,对于词这种文学体式,做出了较全面之介绍的一本书,相信这本书的出版,对于青年之有兴趣于读词者,必有很大的助益,因乐为之序。

    1997年1月1日写于加拿大之温哥华

《百年词选》序

刘君梦芙先生英年多才,早在1980年代中,当我在成都与川大缪钺教授合撰《灵谿词说》一书时,就曾拜读过刘先生的诗词大作多首,缪先生及我皆曾对其才华工力深加叹赏。近年来我更有机缘读到刘先生评介诗词的论文多篇,始知其不仅长于创作,且在学养识见方面皆有过人之处。去秋九月在深圳中华诗词学会中,我与刘君又得幸晤,知其近数年来曾与周笃文先生联名编选有《百年词选》一书,感其词选所标举之"百年"二字,实与我前岁在台湾各大学讲演时,所标举之"百年回首——谈庚子国变中之几首史词"之讲题,似亦不无暗合之处。盖以此一百年间之世变沧桑,固不仅关系于国家盛衰的政局之变,而且也关系于词学之盛衰的文化之变,然则此《百年词选》之问世,固自有其反思与总结之历史意义与价值在也。

夫词之为体,当其初起时原不过但为隋唐以来里巷之人随当时流行之宴乐所歌唱的曲词而已,初不为士大夫所重,其后作者渐多,乃有后蜀赵崇祚《花间集》之选。而欧阳炯所写之序文中,乃坦言此一集编选之目的,盖原不过只是为了"庶使西园英哲,用资羽盖之欢"而已。故其所收录之作品内容,乃大多为伤春怨别的闺阁儿女之言。其后历经两宋元明以迄于清代常州词派之张惠言氏,乃竟以为其中可以有比兴寄托之意,至其继起者之周济遂更倡为"诗有史,词亦有史"之说,于是原本被目为"小道末技"的歌辞之词,乃一变而为可以反映世变盛衰之词史矣。此种观念之形成,自然与词体之发展演进,以及词学家对于此种演变中所形成的词之美感特质之反思,有着密切的关系。而私意以为此一册《词选》之编录,如果上溯百年,则正值庚子之变的年代。而如果就词之创作而言,则晚清之世却实在正是周济所提出的"诗有史,词亦有史"之说,在词之创作中得到实践之证明的时代。因此若想真正理解此一《百年词选》之编选的意义与价值,则我们势不能不对前面所提出的两点问题一加探讨。

首先就词之美感特质之形成而言,王国维在其《人间词话》中,固早曾提出过"词之为体,要眇宜修"之说,不过王氏对于其何以形成此种美感特质之因素,则并未加以论述,而且王氏所欣赏者,似亦只以五代北宋之令词为主,但对南宋之长调慢词,则大多不能欣赏。而私意则以为王氏所提出之"要眇宜修",虽可以为词之普遍美感之一种综述,但在词之发展演进中,则已经发展出了三种不同之类型:其一是早期五代宋初的以写闺阁儿女之情为主的作品,此一类词可称之为"歌辞之词";其二是由东坡所拓展,经稼轩之发扬而表现为"一洗绮罗香泽之态","于剪红刻翠之外别立一宗"的作品,此一类词可称之为"诗化之词";其三是由周邦彦所拓展出来的,以思力之安排勾勒为写作之手法,经南宋诸家之发扬至宋季《乐府补题》之作而臻其极致的作品,此一类词可称之为"赋化之词"。此三类词之体貌虽然各有不同,但其佳者,则莫不以具含一种要眇幽微之质素者为美,此点乃是一致的。至于其间互相影响演变之关系,则亦有可得而言者。

首先就歌辞之词而言,私意以为其所以形成要眇幽微之美的原因,主要约有二点:其一是由于以男性之作者而写女性之闺思,遂在怨妇之情思中,隐现了一种士人之失志之悲,因而遂形成了一种双重的美感品质;其二是由于作者所处身之小环境(如西蜀及南唐)之偏安享乐的生活,与当日大环境之战乱流离的时代,这种既相矛盾又相重叠的处境,遂形成了一种双重语境之微妙的作用。因此遂使得《花间》及南唐的一些小词,乃在其表面所写的相思怨别之情以外,更隐然具含了一种幽微要眇令读者生言外之联想的作用。其次再就诗化之词而言,歌辞之词之转化为作者直接言情写志的诗篇,最早盖滥觞于《花间》之鹿虔扆与南唐之后主李煜,鹿氏之《临江仙》(金锁重门荒苑静),写其经历前蜀之灭亡后的悲慨,后主之《虞美人》(春花秋月何时了)及《破阵子》(四十年来家国)诸词,则自写其破国亡家之痛,是以王国维乃谓后主"遂变伶工之词为士大夫之词",此自是歌辞诗化之滥觞。不过后主词之诗化只是在生活激变中情感之自然发露,而并非有意为之,其有意为之拓变者,则始自眉山苏轼。私意以为苏轼与柳永之词风虽似乎迥然相异,但苏之拓变则实受有柳词正反两方面之影响。盖以早期歌辞小令中之男女欢爱之词,在令词中虽不乏含蓄要眇令人生言外之想的远韵,但当柳词将之写入于长调之中,且不得不展开铺陈式之叙写时,其情事遂显得浅俗淫靡,了无余味了,因而苏词乃力图振起于绮罗香泽之外,这自然说明了苏词之诗化所受到的柳词之反面的影响。可是在另一方面,则柳永除去应歌伎乐工之请所写的应歌之长调慢词以外,他也还曾写有一大部分的羁旅行役之词。在这一部分作品中,柳词除了一变春女善怀之情而写出了秋士易感之悲以外,更在羁旅行役的登山临水之中,写出了一片高远的境界。所以宋人笔记就也曾屡次记述了苏轼对柳永《八声甘州》(对潇潇暮雨洒江天)一词之赞美,以为其"高处不减唐人",然则苏词的高远之境,盖亦有受到柳词之正面影响者在也。不过苏轼在拓展出了诗化之词以后,其词中之美感作用,则表现出了三种不同之性质。第一类,是诗化以后遂表现了一种诗歌的直接感发之美,虽然也是佳作,但其美感品质却并不属于词之要眇幽微之类型者,如其《江城子·密州出猎》之作属之。第二类,是诗化以后既表现了诗歌的直接感发之美,同时也蕴涵了词之要眇幽微之美者,如其《八声甘州·赠参寥子》之作属之。第三类,是在某些长调的诗化之作中,既因其句式及音律不近于诗而近于文,因而在铺陈叙写中遂失去了诗歌的直接感发之美,却也未能掌握词之要眇幽微之美,遂不免有平直浅率之失者,如其《满庭芳》(蜗角功名)之作属之。在此种情况下,遂又发展出了周邦彦之以安排勾勒来写作长调的一种手法。对于这种用安排勾勒手法写出来的作品,我在1980年代中所撰写的《对传统词学与王国维词论在西方理论之观照中的反思》一文中曾试称之为"赋化之词"。这可以说是继"歌辞之词"及"诗化之词"以后,所发展出来的第三类词。私意以为此类词之出现,盖与前二类词的长调之作易流于平直浅率有关,盖以长调之句式音律多与诗歌有所不同,诗歌之节奏本身即可产生一种直接感发之美,故无害于其使用直接辅陈叙写之手法。而在词之长调中,则如果多用直接叙写之手法,则柔婉之词便易有柔靡之失,而豪放之词则易有叫嚣之病。此所以清代王又华在其《古今词论》中乃曾云"填词长调不下于诗之歌行,长篇歌行犹可使气,长调使气便非本色"者也。可见赋化之词的出现于长调之中,固原自有词之美感特质之一种基本要求在也。

　　以上三类词之美感特质,在南宋之词作中继有发扬,小令之词一般仍大多继承五代北宋之风格,但靖康之变以后,也有不少以令体写激昂慷慨之情的诗化之作,二者皆有可观。至于长调之作,则以诗化之笔写长调之词者,自当推辛弃疾为第一位代表作者,辛氏不假赋笔之勾勒安排,即以激昂慷慨之诗笔出之,而自具要眇幽微之致,私意以为此盖与辛氏所生之时代及其性格遭遇有密切之关系,非可追步强学者,是以陈廷焯在其《白雨斋词话》中,乃云:"稼轩一体,后人不易学步。无稼轩才力,无稼轩胸襟,又不处稼轩境地,欲于粗莽中见沉郁,其可得乎?"因此周邦彦的赋化之词遂影响了南宋后期的一些作者,如白石、梦窗、碧山诸人,纷纷都走上了以赋笔为词之写作的途径。那就因为他们在本身的才情志意方面,既不能于诗化之直笔中表现有幽微要眇之美,遂不得不于写作笔法之安排勾勒中求之的缘故。

从以上的叙述来看,我们已可见到词之发展演化,自晚唐、五代、北宋以迄于南宋之败亡,在此一漫长的期间内,就创作方面而言,其风格与流派之演变可以说已经完成了此一文学体式之多种可能性。后此之作者实在已难于在此歌辞之词、诗化之词及赋化之词的三种写作方式以外更出新意。可是其写作之方式手法虽有不同,但其词作之佳者,则又莫不要求有一种"要眇幽微"的美感特质。只不过其所以形成此种"要眇幽微"之特美的质素,则又各有不同。歌辞之词之具含此种特美者,固如前文所言,其质素有二:其一在于以男子而作闺音的双性人格,其二在于作者所处身之小环境与外在大环境之双重语境。《花间》之温、韦及南唐之冯、李可以为此类词之佳作的代表。至于诗化之词之具含此种特美者,其质素之形成主要乃在于作者之性格与时代之世变相遭遇,东坡以其儒家的理念及道家之修养而遭遇到新旧党争之双重迫害,遂形成了苏词之"天风海涛之曲中多幽咽怨断之音"的一种虽在清雄放旷的诗化之作中也仍具有词之要眇深微之致的一种特美。而稼轩则以其英雄豪杰之激昂的志意遭遇到偏安之政权的摈斥和压抑,因而遂形成了辛词之虽在激昂慷慨之气中却别有沉着悲郁之情的属于要眇深微之致的一种词之特美。苏、辛二家自可为此类词之佳作的代表。再说赋化之词,此类词之产生,可以说本来就有着要想以写作手法之安排勾勒来追求词之要眇之美,以避免长调诗化后过于平直之弊的一种作用,但此类词之缺点则在于过于重视写作之手法,因而遂又不免有时会有雕镂太过而内容空疏之弊。周邦彦的一些佳作之所以能在勾勒中不流于雕镂空疏者,主要在其往往蕴涵有个人所身历的新旧党争之变的一种今昔沧桑之慨。至于南宋末之梦窗、碧山诸家,则更是生当南宋危亡之世,其感时伤世之悲,自然更有其难于具言与明言者,于是遂把这类赋化之词的要眇幽微之美,更推向了一个极致。

前面几节可以说是对词之美感特质之形成,就其演化发展之历史所做的一段简单的论述。

下面我们所要讨论的第二点,则是历代词学家对于词之美感特质如何做出反思的问题。就中国词学之发展而言,可以说是经历了一个相当漫长的时间。这当然因为早期的词只被看做是一种娱宾遣兴的歌曲之词。一般士人不仅没有反思过词之美感特质的问题,而且对于士大夫之是否可以写作这一类娱宾遣兴的艳歌小词,都不免心存困惑。关于此点,早在1990年我就曾写过一篇题为《论词学中之困惑与〈花间〉词之女性叙写及其影响》的文稿,对之加以讨论过。约言之,则词学乃是从困惑中发展出来的。早期的词论只散乱地见之于宋人笔记及一些词集的序跋之中。在这众多的有关词之论述的文字内,私意以为最值得注意的有两篇文字,其一是北宋之李之仪在其《跋吴思道小词》一文中,对宋初晏、欧二家词之赞美,谓其"语尽而意不尽,意尽而情不尽";其二是南宋黄昇在其《唐宋诸贤绝妙词选》一书中,对于五代令词之赞美,谓其"语简而意深,所以为奇作也"。从这两段话,我们已可见到人们对词之富于要眇幽微的言外意蕴之美的特质,已经开始逐渐有了模糊的体认。但关于这种难于指说的特美,在中国传统诗论中却难于找到一个恰当的词语来加以概括的说明,勉强要找一个相近的词语,于是词学家们遂想到了"比兴寄托"之说。所谓"比兴寄托",原本乃指传统诗歌中之一种写作及评说的方式。至于在词体中之采用此说者,则早在南宋之世的刘克庄在其《题刘叔安感秋八词》一文中,就曾称美刘叔安之作,谓其可以"借花卉以发骚人墨客之豪,托闺怨以寓放臣逐子之感"。不过此文所言实在只是对于个别作者的个别作品之赞美,并不属于对词体之美感特质经过反省后的思辨之认知。而且直至南宋后期的词学专著,如沈义父之《乐府指迷》及张炎之《词源》等著作,他们所论及的也大都仅只是关于词之音乐声律及句法修辞等问题,而并未曾对词之美感本质做出深一层的探讨。而也就正因为词学家们对词之美感特质,一直尚无正确之认知,所以词之发展继两宋以来所完成的各种风格体式之成就以后,却在元、明二代逐渐转入了衰落的时期。其实这也就正由于他们对词之美感特质既无正确之认知,所以才会将词之写作与曲之写作等同视之,而竟用谱写散曲小令之手法,来写作小词,这自然就不免使词之风格流入了浅俗空乏之弊了。如此以至于明清易代之变,一些平日耽溺于诗酒风流的晚明才士,才蓦然有所憬悟,于是在小词中才写入了家国败亡之痛,也才开始对于词之深层美感逐渐有了更多的体会,即如清初的大词人陈维崧就曾在其《今词苑序》中,提出过词可以有"海涵地负……为经为史"的功能;而另一位与之同时的大词人朱彝尊在其给陈氏之弟陈维岳之《红盐词》所写的序文中,也曾提出过词可以有"假闺房儿女子之言,通之于离骚变雅之义"的功能。在这种逐渐觉醒的认知中,于是到了乾嘉时代的张惠言,遂在其《词选序》中,对词之美感特质提出了一套更为完整的说法,以为词之为体乃是"缘情造端,兴于微言,以相感动,极命风谣里巷男女哀乐,以道贤人君子幽约怨悱不能自言之情",而且要"低回要眇,以喻其致"。只不过张氏对于词之写作方式之可以有"歌辞之词""诗化之词"及"赋化之词"三种不同的类型,则并未能有清楚的认知,以至于当其评说词作时,遂不免往往把一些歌辞之词中,只因为双性人格及双重语境所形成的要眇深微之致,竟用有心安排的赋化之词的有心托喻之方式来加以解说,因此遂不免招致了牵强比附之讥。但无论如何,张惠言之说是果然探触到了词体的一种基本的美感特质。而词学发展到了张惠言之时,也已经逐渐步入了一个更为成熟的阶段,所以其后乃有周济之继起,既对寄托之说提出了"有、无、出、入"的灵活的说法,又观察到了词之美感特质之形成与世变之影响的密切关系,于是才提出了本文在开端所引用的

"诗有史,词亦有史"的说法。而更巧的则是就在周济提出这种说法之后的不久,当日的清王朝就果然步入了一个世变多难的时代。相继发生了鸦片战争、英法联军侵华、中法战争、甲午战争、庚子国变,而也就正是在此一连串的世变之中,清词之创作却步上了如周济所说的"诗有史,词亦有史"的一个成就的巅峰,使周氏的词论获得了一个真正落实的验证。

中国最近一百年间所发生的世变,与前此之历史中所发生的世变,有了极大的不同。前此之世变不过是一朝一姓之盛衰兴亡而已,但在此一世纪中所发生的世变,则不仅是自海运开通后有了列强入侵之忧患,而且中国自身也经历了前后多次的革命与改革,因此无论就政体而言,或就文化而言,中国都面临了一个崭新的如何承先启后继往开来的重大课题。中国之词与词学自然也就面临了这样一个相同的课题。《百年词选》所辑录者,正是反映此一世纪政治文化激变之时代的代表作品。其当能在词之创作与研究各方面,帮助我们找出一条如何承先启后的光明而美好的途径来。

题黛文女士画展

黛文女士本名刘洵美,我与之初识于台北第二女中的教室之中,当时她正在高中一年级读书,而我则远自台南初来台北任教。我不仅担任她们这一班的国文课,且兼任她们的班导师。虽然我不久后就被台湾大学聘任,但却经二女中校长的特别挽留,一直把她们教到高中毕业为止。在这段期间,我不仅与黛文女士每日相见,而且还要经常评阅她的作文、日记和周记。也正是由于有此一段因缘,所以我对黛文女士的才华留有颇为深刻的印象。记得我第一天到她们班上课,进入教室后,忽然想起我忘记了一些东西,遂想叫一个学生到楼下休息室去取。那时我对全班的同学一个也不认识,而黛文女士则恰好坐在教室内较中央的一个座位上,正用她充满灵秀之气的双目注视着我,于是我就问了她的姓名,并请她下楼去替我取来所需的东西,这就是我认识黛文女士的开始。其后,透过我对她们班上的作文、日记和周记的评阅,黛文女士的才华遂引起了我更进一步的注意,她不仅有流畅优美的文笔,而且更具有一种诗人和艺术家的气质,感觉敏锐而意象丰美,这一切都曾给我留下了深刻的印象。她考入台大后,与在台大教书的我,仍不时有见面的机会。直到她赴美结婚后,我还曾收到过她美丽的结婚照片。但不久后我也应聘去了美国,其后又转来了加拿大,几度迁移,遂和黛文女士失去联系。谁知有一天晚上,我忽然接到黛文女士的一个电话,原来是有一位在加拿大与我相识的教授,因去美国访问后与黛文女士相识,谈话中得知了黛文女士与我有一段师生的关系,遂把我的电话及地址给了黛文女士。近来黛文女士又与我通电话,告知我即将在台湾举行画展,并曾寄给我一卷介绍她的画作与画室的录影带,观赏之后,引起我不少联想,黛文女士要我为她的画展写几句话,现在就将我个人的一些想法写在下面。

我是一个从事诗歌之研读与教学的工作者,对绘画之事,原来所知甚少。不过,凡是美的事物总会唤起人的共鸣和赏爱,我对于绘画就也只是停留在这个初步的直觉的欣赏阶段。但我同时既也是一个学诗的人,因此就也常不免以欣赏诗歌的眼光来欣赏画。就诗而言,中国的传统诗歌,有一个极为重要的特质,就是对于兴发感动之作用的重视,作诗的人既然需要先有一种"情动于中"的感觉,读诗的人也需要有一种"诗可以兴"的感发。凡可以在作品中传达出这种作用的,就是好诗,否则,即使有多么美丽的辞华和藻饰,也只是一首没有生命的诗篇。我以为绘画也是如此。黛文女士的画,使我看了深为欣赏和感动的,就正是其中所蕴涵的一种丰富而活泼的感发的生命。在黛文女士寄给我的一篇访问记中,她曾回答一位美国的访问者说,她的绘画是为了表达自己内心中的一种情思(to express my thoughts),又说外界的情境对她的精神心灵的引动,是她的创作的第一个根基(my surroundings and the absorption of my spiritual intake are the first base for my creative process),这就更使我联想到了《礼记》上所说的"情动于中"的起源,乃是"人心之动,物使之然也"的说法,如果从这点来看,则黛文女士之作画,乃确实与我所体会的作诗的感发,是果然有着某些相近似之处的。此外黛文女士的画还曾引起我另外一点联想,那就是我近年撰写文稿所经常引用的一位法国女学者茱丽亚·克里斯特娃(Julia Kristera)的理论,克氏在其 *Revolution in Poetic Language* 一书中,曾经把符号(sign)的作用分为两类,一类是符示的作用(semiotic function),另一类是象喻的作用（symbolic function）。在后者的情况中，其符表与符义的关系是固定而可以确指的，我们一般生活上的语言，就大多是属于此一种作用的关系。至于在前者的情况中，则其符表与符义的关系乃是不被固定也不可确指的。在诗歌的创作中，有些写得极为现实的作品，虽也富于感发的作用，但其内容意义则是可以明白确指的，这自然是属于后者的情况；而另有一些诗歌，其内容与意义则是并不可以明白确指，但是其作品的文本（text），却又确实带有一种可以不断产生兴发和感动的作用，这类作品就应该是属于前者的所谓"符示的作用"的情况。黛文女士的画作，我以为其所展示的就正是这一种情况，这类作品较之内容意义被明白限定了的作品，往往可以给予读者或观者更为丰美的感发和联想。看到黛文女士的画，常会使人感到一种属于"诗"的意境，但却并不同于旧传统之所谓"诗中有画，画中有诗"的山水画，黛文女士所表现的乃是不受具体形象所限制的、更为丰美的、更为接近诗歌之本质的、一种感发的生命。这就是我的一点感想，写出来向更为懂画的专家们求教。

1993年10月13日写于加拿大之温哥华

写在王人钧画展之前

不久前,王人钧亲自给我送来一张他个人画展的请柬。见到这张请柬,我感到异常高兴,因为早在二十多年前,当我初次见到他的画时,就已经对他的绘画才能留下深刻的印象。

我不是一个画家,也不懂什么绘画的理论,但对于真正富含艺术生命的创作,无论是诗歌、绘画或音乐,却似乎颇有些直感的能力,我想这大概与我自幼学诗的经历有着相当的关系。中国旧诗的传统,一向最重视的是一种兴发感动的力量,好的绘画,对我而言似乎也有一种同样的作用。

二十多年前,人钧的母亲刘秉松女士,曾经一度在不列颠哥伦比亚大学亚洲系任教,因而与我相识,我们很谈得来。有一天,刘女士邀我到她家吃便饭,一进门,我就被她家客厅的壁炉那一面墙上所悬挂的一幅画所吸引了。事隔多年,我对那幅画的细节虽已不能详记,但当时我被那幅画所打动了的感觉,却一直仿佛如昨。那是一幅色调幽暗的模糊的人像,我对绘画的技巧所知不多,只是直感到这幅画所传达表现出来的一种抑郁而孤独寂寞的感觉十分强烈。

我认为这幅画的作者含有一种极为真诚而敏锐的属于艺术家的才质,当下就询问刘女士这幅画的作者是谁,刘女士说是他的长子人钧,而那时的人钧大概只有十七岁,我以为具有这样艺术才能之本质的年轻人极为难得,所以从此以后我对人钧在绘画方面的成长和进步,一直极为关心。因此现在听到他将于9月3日开始(至24日)在不列颠哥伦比亚大学陈氏中心(Chan Genter for Performing Arts,6265 Crescent Rd.)举行颇具规模之个展的消息,自不免极感到兴奋和欣慰。

人钧生长于一个文学艺术气氛甚浓的家庭,父亲王敬义是知名的文学家,母亲是台湾师范大学美术系的优秀毕业生。人钧姊弟从小就在父母的熏陶下,开始了画图画的训练。他的父母也早就发现了人钧在绘画方面的才能。所以从人钧的幼少年他们全家仍住在香港的时代,他便已经被父母送到香港中文大学的校外课程部去修习美术课程了。

在当时,他的老师包括有吕寿琨及徐容生等九位先生。其后又曾从丁衍庸先生学习国画,又曾从一位法国留学归来的画家学习基本素描及光暗造型等美学概念。

我于1975年第一次见到王人钧的画时,正是他通过这些基础训练后的一幅早期的作品,而这一幅画已经使我感到了其中洋溢着的艺术才能。其后不久,他就考入了Emily Carr Art College,在那里修习了四年油画。

据人钧告诉我,当他毕业时,他的老师Don Jarvis曾经对他说:"画画对你应说是一种责任。"我对他这位老师所讲的话颇有同感,因为上天之生才不易,一个人生而在某一方面具有天赋的才能,便命定了应该有完成其天赋之才能的责任。不过,古语也曾有一句话,说"丰兹吝彼,理讵能双",艺术家的直觉锐感和对人对己的真诚,往往是与"大伪斯兴"的重视功利之社会并不相容的,而且愈是有天赋的艺术家,往往在现实生活中愈会感到这种矛盾,如何能在这种矛盾中坚强地走出一条自己的道路,正是有天赋的艺术家所应努力学习的一项重要课程。

人钧在现实生活中也曾经历过一些挫折和打击,但他都已经坚强地走过来了,他曾经自我反省到他所适合和喜爱的绘画的道路,是属于具象和写实的一派,因此这些年来,他曾一直不断地在具象和写实的画法中,加强自己的锻炼。

人钧曾经听过我讲授诗歌的课,他曾对我说,我在讲诗时所提出的"观之而有动于中,感之而能形诸言"的写诗的创作过程,也正是他在绘画方面所喜爱的一种创作的过程。而我以为这也正是真正的艺术生命之孕育和表达的一个共同的过程,循此以进,我相信人钧在绘画方面必然会有更大的成就。

人钧过去已曾有多次展出,此次个展更展现了他自己多方面的绘画风采,内容虽主要以人物为主,但也包括了风景和静物。既有油画,也有粉彩炭笔画,相信人钧此次展出,一定会得到观众们的赏爱。作为一个他母亲的朋友,而且多年来一直在关心他的艺术生命成长和进步的长者,在他的绘画个展前夕,我愿以此短文写出我自己的欣喜和对人钧的祝福。

1997 年 8 月写于温哥华

刘波画展序

"立雪功成九品莲",这是南开大学东方艺术系硕士研究生刘波所写的一句诗。我以为这正是他多年来在其导师、名画家范曾先生指导下力学深思后的一句有得之言。

早在三年前的某一日,范曾先生曾亲携刘君到专家楼我的住处相访,晤谈之际,范先生告我云刘君正在从其诵习诗文,并当即令刘君背诵太史公之名篇《报任安书》,刘君乃应声而诵,熟记如流。夫学习绘事,而能以读诵古诗文植其根基者,此在今日诚已有如凤毛麟角之稀。范先生擅三绝之盛名,其为导师也,固当有此高远之卓识,而刘君若非可造之才,则范先生亦必不会携其亲来我处令其背诵诗文,为之殷殷介绍如此也。但我对绘事既无深知,对刘君之虚心力学虽留有深刻之印象,但当时对刘君文学艺术之造诣,则未尝有丝毫之体认也。其后一年,我再至南开大学,为研究生开授词与词学之研讨课程,刘君来我处要求旁听,其心意极为恳切。始知刘君之诵习诗文非仅出于导师范曾先生之要求而已,实亦为其个人志趣之所在也。其初,刘君在课程研讨中常保持缄默,不发一言。相处既久,我遂亦在讨论意见莫衷一是之时,指名请刘君发言,于是始对其赏析诗文之能力逐渐有所认知。

去岁秋冬之际,刘君曾手刻石印一方相赠,其后不久,我在与诸生讨论时,偶然提及我旧日所填写之《木兰花慢·咏荷》之全词,数日后,刘君又亲持其手绘之荷花图一幅相赠。其图画之意境清远,书法亦极见工力。与之谈论,始知其曾致力于书法多年,早年曾心仪欧阳询风格之瘦劲,其后又曾致力于魏碑及汉隶之临摹,然则其在篆刻及书法方面之能有今日之成绩,自非偶然也。

及至今年岁首,刘君又赠我贺卡一枚,卡上题有七言偶句云:"拈花意觉三生梦,立雪功成九品莲。"询之,则其近作七律中之一联也。此联对偶工丽,音调谐美,兼且意境深远,此种古典修养在今日青年中,固已大不易得,而其联语中古典与今典之结合,则尤有可述者焉。夫"拈花"之典,语出禅宗之《宗门杂录》,谓当年世尊在日曾应梵王之请,登座说法,但惟拈花示众而不发一言,众皆罔措,仅大弟子摩诃迦叶曾破颜微笑,于是世尊乃以正法眼藏付迦叶。至于"立雪"之典,则事出于《朱子语录》,谓游酢、杨时二人初见伊川先生,伊川瞑目而坐,二子侍立。俟伊川既觉,曰:"尚在此乎,且休矣。"二子出门,则雪深已盈尺矣。这二则故事都关系于传法授业中师弟之间的一种关系。前者表现了在传法中之一种灵心妙悟的境界,后者则表现了在受业中之一种重道尊师的精神。夫既有如范曾先生者为之导师,自当有如刘波君者为其弟子也。

至于"三生梦"与"九品莲",则应是古今双重事典之结合。"三生"之典,自然源出于佛家三世因果之说,刘君自言其早年时阅读《弘一大师传》,曾受有极大之影响,故而对于艺术与人生皆别有禅悟之体验,因自号曰"荷生",亦可见其学习修养之一斑矣。至于"九品莲"之典,其源盖亦出于佛家之说,谓修净业者往生极乐时,其所托之莲座有九品之差别。然刘君之用此典,则其实乃由于我在讲课中,曾偶然提及我自己所写的调寄《瑶华》之一首小词,在此词结尾处,我曾引用一位学佛之青年的"功成九品莲"之禅偈,写有"忽闻道九品莲开,顿觉痴魂惊起"之句,其所表现者乃是对于学道能成的一种向往。刘君偶然聆听我对自己旧作之讲述,而能用之于其诗句之中,且自成一种志意境界,其慧悟可想。

夫南山豹变,北海鹏飞,资质与根基既已兼具,则其丰华硕果,固当指日堪期。今兹刘君将出版其第一册兼备书画诗联篆刻之专集,雏凤新声,因乐为之序。

2002 年 3 月 23 日

写于台北南港"中研院"学术活动中心

《论语百则》前言

《论语》是我童年时所读的第一册启蒙读本,也是对我平生影响最大,使我受益最多的一本书。我自幼年就经由父母亲自教导认了不少字,也背了不少唐诗。及至到了入学的年龄,父母没有送我去一般的小学读书,却请了一位家庭教师来教我读"四书"。而第一册读的就是《论语》,所请的教师也并非外人,就是我的姨母,所用的课本就是当时坊间常见的朱熹的《四书集注》。姨母觉得我年纪还小,所以在讲书时并不斤斤于字句训诂的研求,而只着重于说明其义理之大略,而我对于书中之义理虽然并无深刻之了解,却对之极感兴趣,其后我常常回想我大概是一个生来就对于人生的种种问题喜欢思考和反省的人。"思考"当然还是属于客观的少年求知的思索,而"反省"则是颇为主观的,想要将所学之义理在生活实践中求得印证的一种反思了。记得当我初读《论语》时,对其中之深义虽然并不能理解,但已经有了一种要想将其所言之义理在人生中求得印证的朦胧的追求和向往。那时我对于《论语》中所谈到的种种为学与为人之境界,自觉有的尚颇可体悟,如"学而时习之,不亦说乎"及"吾日三省吾身"之类,就是我自觉可以理解和印证的。至于像"仁者不忧"及"七十而从心所欲,不逾矩"之类,则是我自觉尚不能完全理解和印证的。而就我的天性而言,则是偏偏对于这些未能全解也未能印证的事物,有着更大的想要一探其究竟的好奇心。我应该感谢我早年所接受的以熟读背诵为主的传统教育方式,这使得我对于当时所读诵的书,无论懂与不懂解与不解,都一概深深地印入了脑中。《论语》既是我最早背诵的一本书,也是我最为熟记的一本书,因此当我在此后数十年的人生路途中,无论遇到任何困惑或苦难时,常常就会有一两句《论语》中的话在头脑中闪现出来,而我也往往就由此一两句话,而对所面临的困惑与苦难得到了答案和解脱。不久前,当我为台湾桂冠图书公司所出版的我的《叶嘉莹作品集》撰写序文时,还曾提到在抗战后期北平沦陷区的艰苦生活中,我虽然不得不穿着补丁的衣服,然而却能不以为耻,吞食难以下咽的混合面,也能不以为苦,那就因为当我面临这些情境时,自然就会有《论语》中所说的"衣敝缊袍与衣狐貉者立,而不耻"及"士志于道而耻恶衣恶食者,未足与议也"等一些语句,立即涌现脑中。而这些语句当时不仅可以给予我以一种精神力量,使我对于衣食之艰苦都可以不复介意;而且因为我对于"四书"都曾熟诵,于是我就更可以由在贫苦中何以自处的一种反思,而联想到"四书"中其他的一些语句,如《论语》中所说的"不仁者,不可以久处约,不可以长处乐"。也就是说"不仁者"不仅不可以长久处于俭约贫苦之中,甚至于也不能长久处于富贵享乐之中。于是我就又想,如果说俭约贫穷是苦,所以"不仁者"不能长久安贫;那么富贵享乐就应该是福了,何以"不仁者"竟也不能长久处富呢?于是我就又想到了《孟子》中所说的"富贵不能淫,贫贱不能移"等语句,以及《中庸》中所说的"素富贵行乎富贵,素贫贱行乎贫贱"等语句,因而乃体悟到所谓"仁"者,一定是内心中自有一种安身立命的自得之处,如此方能不被外界一切物质环境所左右。于是我就又联想到这种融会贯通的体悟,也应该正是孔子所极为重视的一种教学方式,所以孔子就也曾说过"举一隅不以三隅反,则不复也"的话,也就是说求学之道原贵在于有"举一反三"的联想和体悟。而这种联想的作用,在诗歌之教学中则尤为可贵。所以在《论语》中,孔子就曾赞美子贡与子夏两个弟子是"可与言诗"的人,那就因为子贡可以从孔子所说的"贫而乐、富而好礼"两句谈做人修养的话,联想到了"如切如磋,如琢如磨"两句诗;而子夏则从孔子对"素以为绚兮"一句诗所做的"绘事后素"的解释,而想到了"礼后乎"的做人的修养。所以孔门论诗,特别注重"兴"的作用,既说"诗可以兴",又说"兴于诗"。我想大概正是由于我在幼年时受了所诵读之《论语》中的这些言语的影响,因此当我以后教授诗词时,才会特别注重诗歌中之兴发感动的作用,而且这种感发往往与人生之体验和修养有着密切的关系。因为在我的眼中看来,不仅诗歌中充满了活泼的感发之生命,《论语》一书中也同样充满了活泼的感发之生命。而我平生读书的最大的乐趣,就是从所读的书中,去探求和体会这一份活泼的可以使人的精神提升起来的生命的力量。也正是从这一点来说,《论语》乃是对我平生影响最大,使我受益最多的一本书。而且随着年龄和生活体验的累积,我对于当年所不能理解的"仁者不忧"及"七十而从心所欲,不逾矩"等言语,也开始逐渐有了理解和体悟。不过,使我惭愧的则是,我从《论语》一书受益虽多,然而对于弘扬《论语》一书之教学方面,却未曾尽过丝毫的力量。下面我就将对我在这方面的亏欠,也略加叙述。

其实,当我为自己的《作品集》撰写序言时,我就已曾对自己为学的不足之处做过一番检讨,说"我一向并无大志",而且对于自己也"从来未尝以学者自期"。所以对于《论语》一书,虽然由于童幼年时的熟诵,而使我终生受益无穷,然而说来惭愧,原来我却连我幼年时所读的《论语》一书的朱熹《集注》,都未曾好好研读过。数十年来我一直在海内外各大学讲授诗词,为了教研的需要,我也经常撰写一些评诗说词的文稿,在教书和写稿时,也往往引述一些《论语》中的言语,这些言语都是因为我的熟诵,而在讲课或写稿时自然涌现出来的,我实在并未曾对这些语句在任何注本中做过研考。有些友人和学生因为常听我征引《论语》一书,也曾向我提出过讲授《论语》的要求,而我自己则因为对《论语》一书及儒家之思想，都并未曾做过有系统的学术性之研究，因此乃迟迟不敢应承。此次之编选《论语百则》一书，盖实出于蔡章阁先生之倡议。关于蔡先生之生平志业，本书之编撰者冯君大建在其序文中，已有颇详之叙述。至于我与蔡先生之相识，则是由于碧诗大学亚洲图书馆谢琰先生之介绍。原来我自1993年蒙南开大学邀聘成立了中国文学比较研究所之后，因创建伊始，困难颇多，谢先生之夫人施淑仪女士曾从我学诗，是以彼夫妇二人，对于我创建研究所之困难颇为关心，因而乃与蔡先生言及此事，蔡先生遂慨然捐资，不仅为研究所兴建了教学楼，而且以为研究所仅以中国文学为主，范围未免过狭，乃倡议将研究所更名为"中华古典文化研究所"，而以儒学及文学之研究为两大重心。而蔡先生所尤为关注者，则是对于青少年的学问品质之感化及教育。我于数年前既已曾与天津友人田师善先生合作，编有《与古诗交朋友》一书，作为青少年学诗之入门读物。蔡先生因倡议再编撰《论语百则》一书，以作为青少年儒学之入门读物。我因自惭对儒学并无深入之研究，乃请求南开大学中文系主任陈洪教授予以协助，由陈教授所指导之研究生冯君大建编成此书。而且为了将此书向海外所有热心于学习中华文化之人士推广，更商请得温哥华西门菲沙大学之教授王健（Jan Walls）先生及兼职教授谢琰先生共同合作，将此书译为英文，而蔡先生则更表示愿负担出版此书之全部费用，行见此书出版后，不仅将成为海内外之有志于学习中华文化者之一册宝贵的入门津筏，而且对于提高青少年之品质必将发挥极大之功效。则我虽自愧对儒学并无深入之研究，但作为一个自幼诵读《论语》之极大受益者，能有幸在此书之倡议及编撰之前有一段介绍之因缘，既乐见其成，乃更为文略述其始末如此。

本来，这一篇《前言》写到上面，已可告一结束，但我却想借此机会对于青少年之有心于诵读《论语》者，再说几句话。那是因为我近日为了撰写这一篇《前言》，因此就又找了一册朱熹的《论语集注》来阅读。

而方一开卷,就在开端的《论语序说》中发现了几句极值得注意的话,那是朱子所引的程子的几段话,其中一段说"读《论语》,有读了全然无事者;有读了后其中得一两句喜者;有读了后知好之者;有读了后直有不知手之舞之足之蹈之者",又有一段说"今人不会读书,如读《论语》,未读时是此等人,读了后又只是此等人,便是不曾读"。可见古人对《论语》一书之诵读,其所看重的原来乃是一种变化气质的宝贵的作用。而我想这也许正是中国传统之教育与今日之教育的一个最大的差别。传统的教学所注重的乃是气质之感化,而今日之教学所注重的则是知识之传授。即如《荀子》之《劝学》篇,就曾经说过"古之学者为己,今之学者为人"及"君子之学也以美其身,小人之学也以为禽犊"的话。所谓"以美其身",所指的乃是身体力行以求人格之完美的"为己"之学;而所谓"以为禽犊",所指的则是以学问为手段去追求名利的向外面去谋求的"为人"之学。蔡先生之所以倡议要编撰一册《论语》的普及读物,其理想就正在于希望可以使青少年们在诵读此一册读物时,可以自其中能获致一种"以美其身"的变化气质之效果。所以这一册书中所选编的可以说都是有关日用常行的一些基本的处世为人之道。《论语》一书的可贵之处,就在其语言之简短,而且可以各自独立成章。悟到一句话,就有一句话的受用,而且所悟之道可以随年龄与体验之不同而与日俱进。希望青少年的读者们,都可以从这一册书中得到可以终生受益的宝贵的收获。

2000 年 8 月 1 日写于温哥华

《与古诗交朋友》序言

一 写给老师和家长们的一些话

为小朋友们编选一册古诗的读本,而且教给他们怎样去读诵和吟唱古诗,这是我多年来一直常存在心中的一个愿望。我抱有这个愿望,还不仅是为了保存中国古典诗歌的宝贵传统而已,更是想借着教导小朋友们诵读和吟咏古诗的训练,来培养和提高我们下一代孩子们的道德品质与学习能力。我深信孩子们如果能在童幼年时代,就学会了古诗的诵读和吟唱,这样不仅能使他们长大后成为一个富有爱心的、对社会和人类都更为关怀的人,而且还能使他们在学习中也更富于联想和直观的能力,无论是在文科方面或理科方面,都可以因此而获致更为杰出的成就,而且对小朋友的这种教导,实行起来并不困难。下面我就将对此略加说明。

中国的古典诗歌,有一种最可宝贵的特质,那就是诗歌中常蕴涵有一种兴发感动的力量。早在钟嵘的《诗品序》中,就曾经对诗歌之创作的原动力,提出了他的看法,说"春风春鸟,秋月秋蝉……斯四候之感诸诗者也",又说"嘉会寄诗以亲,离群托诗以怨……凡斯种种,感荡心灵"。前一段话,说的是大自然四时景物之使人感动;后一段话,说的是人事界的离合悲欢种种情事之使人感动。诗人以他敏锐的观察和深厚的感情,通过文字,为我们写下了一篇篇美丽的诗歌,其中充满了诗人对于宇宙万物和人间社会的种种赏爱和关怀。小朋友们若从小就学会了古诗的诵读和吟唱,那自然也从小就培养了他们对宇宙万事万物之观察感受的能力,以及赏爱和关怀的感情。

也许有人会以为学习古诗,是要透过讲解说明,使孩子们理解了古诗的内容意义,然后才能教他们诵读,可是幼小的孩子们怎么能完全理解古代那些诗人们的思想和感情呢?其实这种顾虑是不必要的。因为有时候孩子们是不需要理解就能学习的。著名的诺贝尔物理奖得主杨振宁先生,在一篇题为《谈谈我的读书经验》的访谈录中,就曾提出了一种不必先求理解的所谓"渗透性"的学习法。他说:"渗透性学习方法,就是在学习的时候,对学习内容还不太清楚,但就在这不太清楚的过程中,已经一点一滴地学到了许多东西。"并且还说:"这种在还不完全懂的情况下,以体会的方法进行学习,是一种非常重要的学习方法。"(见南开大学出版社1992年版《杨振宁演讲集》)我以为杨先生这段话说得极好。因为一般而言,教育和学习大概基本上可分为两种方式:一种是偏重于智性的知识的灌输,另一种则是偏重于感性的直觉的感化。前一种的教育方式,学习者之所得往往只是一些身外之知识,而后一种的教学方式,则学习者之所得往往可以对其心灵与品格产生莫大的影响。教孩子们诵读和吟咏古诗,正是属于后一种教育的一种最为简单易行而效果却极大、极值得重视的教育方式。诗歌所写的内容既可以增加孩子们美感的联想,诗歌吟诵的声音,更可以透过直接的感受而产生一种乐音对心灵之品质的感化的效果。不仅学习文科的人需要这种教育为他们打下良好的基础,就是学习理科的人,也需要这种教育来提高他们联想和直观的能力,才能够造就出来更富于开拓创意之精神的科学家与发明家。如果家长和教师们只重视知识的灌输,却忽略了在孩子们幼少年时代,给予他们这种渗透性的美感和直观的、直接作用于孩子们心灵和品质的教育,那无疑将对孩子们的成长造成莫大的损失。而从小就培养孩子们对古诗的背诵和吟咏,这种渗透性的教育,无疑地乃是挽救单纯的知识灌输之教育缺失的一个最为简单有效的办法。

也许又有人会以为,从童幼年时代就教孩子们背读和吟诵古诗,岂不增加了孩子们学习的负担。这种顾虑其实也是不必要的。因为就孩子们的发育过程而言,童幼年时代乃是他们记忆力最强,直感能力也最强的时代,在这时候,如果不要求他们过多的知识的理解,而只教他们音律的直感,去吟咏背诵一些既短小而又朗朗上口的古诗,这对孩子们而言,实在并非难事。就像小朋友们在玩跳橡皮筋时所唱的"小皮球,香蕉梨,满地开花二十一,二五六,二五七,二八二九三十一"等歌谣一样,孩子们并不要求了解歌谣的深意,但他们却都可以把这些歌谣不假思索地背诵如流。只不过他们背诵那些并无深意的歌谣,到他们长大后并没有什么用处。而如果在这时教他们背诵一些古诗中的佳作名篇,即使他们现在不懂诗中的意思,可是当他们年龄逐渐长大,理解力逐渐加强时,他们自然就会对他们所熟诵的古诗,终有豁然贯通之一日,到那时他们自然就会体悟到,童幼年时对古诗的诵读,实在是使他们终生都受用不尽的。为了要使他们童幼年时所具有的记忆力强的优势,不要白白地浪费掉,最好的办法,就是把背诵古诗的教学,当做一门唱游的课程来教,要孩子们只像唱歌一样地来吟诵古诗,这应该也并不会增加孩子们什么学习的负担。

我们这本书,一共选录了一百首古诗,都是五、七言的绝句,内容方面曾经过辑录者的精心选择,无论言情或写景,总以适合儿童们的心智和兴趣为准则。而且每首诗后面还附有简单的注释和作者介绍,原诗每字都加了注音、个别入声字及破音字还加了特别的符号,更可贵的是这册书的编选者,还为每一首诗都写了教读参考。这些参考的主要作用,就正如本文在前面所说的,其目的乃是在给予孩子们的心智一种富于诗意的启迪,既不同于死板的知识的灌输,也不同于枯燥的白话的翻译，而是对诗中之情趣的一种扼要的传述。透过这些写得既简明又生动的教读参考，我相信老师们和家长们一定可以更深入地体会出诗歌中的感发的生命力，这样在教孩子们诵读时，当然也就可以更为生动活泼地把孩子们带领进诗的意境中去了。撰写这些简介和教读参考的作者，是一位有名的天才少年诗人的父亲，这位天才少年诗人名叫田晓菲，她在不满十岁时，就已出版了第一册诗集，当时曾一度名扬全国，初中才毕业，就已被北京大学以天才儿童而破格收入到英文系，当别人才大学毕业时，她已在美国取得了硕士学位，现在她已是美国哈佛大学比较文学系的博士候选人。我与她在哈佛相遇，谈起话来，知道她之有今日过人的成绩，完全得力于她父亲在她幼年时教她背诵古诗的教育。她的父亲名叫田师善，是一位极富诗人气质的教育工作者。关于这本书中每首诗的注解、作者介绍和教读参考，就完全是田师善先生所撰写的。

这一册书，除了上文所提到的一些简介和教读参考资料以外，我们还为这一百首诗配制了一盒吟诵的录音带。因为诗歌原是一种美文，而音节和韵律原是形成诗歌之美感的一项重要质素，而且还在诗歌的感发生命之传达方面，起着重要的作用。但目前很多年轻人已经都对古诗之音节韵律茫然不能体会了，所以我们就按照古诗的格调韵律，把这一百首绝句全部读诵了一遍，而且还附了少数几首诗歌的吟唱，希望能提供给老师和家长们，作为教小朋友读诵古诗时的参考。让我们透过这一册书和录音带，一起和古诗做个好朋友。

1995 年 5 月

【附录】

吟诵录音带前言

诸位小朋友：

我相信你们都是喜欢多结交一些好朋友的。我现在就要给你们介绍一位非常可爱的朋友，那就是中国的古诗。这位好朋友有着千千万万不同的面貌和化身，这些化身就是我们中国历史中的一个又一个有名的诗人。他们出现在不同的时代、不同的地域，各有不同的生活和经历，各有不同的情感和思想；可是他们却同样带有一种属于中国古诗的共同品质，那就是他们对于宇宙中的万物，都有着共同的热爱和关怀。无论是春天的花、秋天的月、山上的树、水里的鱼，或是人生的悲欢离合，世事的盛衰成败，这一切都使他们动心和关怀。他们就把他们这些动心和关怀的感情，都写成了一篇又一篇的音节美丽的诗歌，这些美丽动人的诗歌，就是我今天要介绍给小朋友们认识的，这位可爱的好朋友——中国的古诗。

谈到交朋友，我相信你们都急于想见一见这位朋友的面貌到底长得是什么样子，也急于想听一听这位朋友的讲话到底是什么声音，现在就让我把这位朋友的面貌和声音介绍给你们吧。

先说这位朋友的面貌，我们既然知道这位名叫"中国古诗"的朋友，可以变化出种种不同的化身，这些化身当然有许多不同的面貌。不过化身虽多，我们却可以按他们不同的外表把他们归纳成几种重要的类型。他们有的长得高一点，有的矮一点；有的胖一点，有的瘦一点。我们这位朋友既然是诗歌，而诗歌都是由文字一句一句组成的，所以他们的体型和面貌，当然也就是由篇幅的长短和字数的多少而形成的。我们今天来不及把这位朋友所有的各种不同的化身都介绍给你们，现在我只能先把其中的一对兄弟介绍给你们。他们的胖瘦差不多，都是由四个句子组成的诗歌。可是哥哥出生比较早,个子长得矮,只有五个字一句;弟弟出生比较晚,却是七个字一句,所以个子反而比较高。哥哥的名字叫五言绝句,小名是五绝;弟弟的名字叫七言绝句,小名是七绝。现在你们总算大概认识了他们的相貌和名字了。可是如果只有这种认识,当然不能够结交成相知相爱的好朋友。你们要想与中国古诗结交成好朋友,就一定要学会他们的语言,你们首先要学会听懂他们的话,然后才能够与他们交谈成为好朋友,你们说是不是呢?

这位名叫"古诗"的好朋友,是一位出色的音乐家,每一个他的化身,说起话来都像唱歌一样,有一个好听的调子。你们要想学会这些调子,其实一点也不难,因为这些调子的形成,原是由于一个共同的遗传基因,那就是我们中国语文的一种独体单音的特质。直到现在我们所说的话仍保留着这种特质,那就是我们中国的语文,每个字只占一个单独的空间,每个字也只占一个单独的音节,这与其他国家所使用的拼音的语文,有着很大的差别:比如我们说"花",一个字只占一个空间,只有一个音节;而日文说"花"是"ハナ",英文说"花"是"flowers",这些语文的字往往就都不只占一个空间,也不止一个音节。初看起来,我们中国的语文似乎比较单调,不像他们拼音的文字,每个字可以有很多音节的变化。可是我们的聪明的祖先,却能够把我们语文中的短处,变成了长处,为我们这位名叫"古诗"的朋友所化身的各体诗篇配制出一些像唱歌一样的美丽的声调。这些声调听起来非常谐和好听,却一点也不复杂。

小朋友们都知道我们的普通话有四个声调,一声、二声、三声、四声。比如我们说 hao 这个声音,第一声念"蒿",第二声念"豪",第三声念"好",第四声念"耗"。你们注意到这四个声调在念读时有什么不同了吗?原来第一和第二两个声调,读起来时声调都比较平缓,可以拖长。而第三声的声调,读起来时则好像中间拐了个弯,有一个转折,不大容易拖长。第四声的声调,读起来时则好像是一直向下沉下去的感觉,也不大容易拖长。于是我们聪明的祖先,就把这四个声调分成了两组,前两个声调,也就是一声和二声,被称为"平声"的声调。而后两个声调,也就是三声和四声,则被称为"仄声"的声调。他们发现我们如果把一句诗的每个字都写成为相同的一个声调,像"溪西鸡齐啼"(平平平平平)、"后牖有朽柳"(仄仄仄仄仄),这样读起来既不顺口又不好听,于是他们就自然而然地想到了要把平声和仄声间隔着来配合运用,那样才会好听。配合的情形有以下几个方式,例如前面我们提到的那位小名叫"五绝"的哥哥,他说话的声音,基本是用两个不同的声调格式互相配合而组成的。第一个格式是"平平平仄仄,仄仄仄平平",第二个格式是"仄仄平平仄,平平仄仄平",他长成的样子是每四句为一篇诗,所以他说起话来,经常就是下面的两种声调:有时是"平平平仄仄,仄仄仄平平。仄仄平平仄,平平仄仄平",有时则是"仄仄平平仄,平平仄仄平,平平平仄仄,仄仄仄平平"。不过他说话时并不是把"平平仄仄"这些声调一口气不停地一直说下去。他喜欢在说话时做出些停顿,使自己说话的声音更有音乐性,他停顿的办法是每一句在第二个字后面稍停一下,在第四个字后面有时也稍停一下,听起来就像这样"平平、平仄仄,仄仄、仄平平"或"仄仄、平平、仄,平平、仄仄、平"。这就是小名叫"五绝"的哥哥说话时的基本声调。

  至于那个小名叫"七绝"的弟弟,他因为长得比哥哥高了一点,所以说话的声调也就比哥哥长了一点,不过,基本上他们兄弟俩长得是很像的,弟弟只是比哥哥多了两个字,如果哥哥所说的话,头两个字是平声字,他就在上面加两个仄声字,而如果哥哥所说的话,头两个字是仄声字,他就在上面加两个平声字。而且在说话时也喜欢学他哥哥,每两个字就稍停一下,于是弟弟说话的声调,就成了下面的两种格式:一种是"平平、仄仄、平平仄,仄仄、平平、仄仄平",还有一种就是"仄仄、平平、平仄仄，平平、仄仄、仄平平"，他把这两种基本格式颠来倒去的用，于是弟弟的说话，就像哥哥的说话一样，也成了每四句为一首的，声调和谐美丽的诗篇。你们看这个弟弟学哥哥，学得多么像，而他在格式方面的增加和变化，又是多么聪明和顽皮。而且这一对哥哥和弟弟，应该也像小朋友一样，有着活泼的生命，所以他们的说话虽然有基本的声调格式，但真正说起话来时，又经常会有许多变化。特别是每句的第一个字和第三个字，他们有时常把平声的字换成仄声的字，或把仄声的字变成平声的字，更有时甚至模仿他们的表哥或表弟的声调，说一些与他们的基本声调并不相同的语言，其间的变化很多，你们现在对他们一些众多的亲族还不完全认识，所以目前无法向你们一一加以介绍说明，总之，只要你们掌握了他们说话的基本声调，常与他们交谈，那么你们实在不必去死记那些平仄的格式，听他们谈话的时间长了，俗话说"熟能生巧"，你们自然就会与他们交谈了。

  我们这本书所选录的一百首诗，就都是这两位哥哥弟弟变化出来的化身。下面我就将要把这一百首诗，都给你们读诵一遍，让你们听一听这两位哥哥和弟弟是怎样借着他们的化身来向你们说话的呢。不过，在读诵前，我必须先说明一件事，那就是：除去普通话的四声以外，古音原来还有一种被称为"入声"的字也属于仄声的声调，只不过普通话读不出入声来，有时就把入声字改读成平声了。这样在读诵或吟咏时，就会有不合声调的情形了。所以当我们读诵或吟咏古诗时，若遇到了被普通话读成为平声的入声字时，一定要特别注意，不要把它们读为平声，而要把它们尽量读做仄声，这样才会合乎我们这位古诗朋友的说话的声调。所以当你们听我诵读或吟咏古诗时，也许偶尔会发现我读的某些字音，怎么和普通话的读音不一样了呢，那些字就很可能是古代的入声字了。下面我就把这一百首绝句，读诵一遍给你们听。

  （读诵）

经过上面你们所听到的一百首诗的诵读,我想你们应该大致已经熟悉了这两位哥哥和弟弟说话时的基本声调,那么小朋友们就可以和他们进一步交往,做更好的朋友了。这进一步的交往,就是要陪他们一起唱歌。他们喜欢不同的人,陪他们一起唱不同的歌:说普通话的人,可以陪他们用普通话一起唱歌;说广东话的人,可以陪他们用广东话一起唱歌;说上海话的人,可以陪他们用上海话一起唱歌;老人可以用老人的声音陪他们唱歌,小朋友也可以用小朋友的声音陪他们一起唱歌。各种不同的人,只要懂他们的话,都可以陪他们一起唱歌,所以大家陪他们唱的歌并没有一个死板固定的曲调。小朋友们只要肯真诚地学他们的讲话,陪他们一起唱歌,无论你们唱的是什么声调,这位古诗朋友都会喜欢的。如此天长日久,小朋友们与古诗,自然就成了亲密的好朋友了。我自己就是从幼年时和古诗结交成了好朋友的,所以在我的一生中,他们经常和我说话,给了我无数的鼓励和帮助。现在我就将把我自己陪他们唱歌的声音,也唱给你们听一听。下面就是我陪他们唱的歌。

(吟咏)

《唐宋词十七讲》自序

这一册讲唐宋词的录音整理稿之得以出版与读者们相见,可以说主要盖皆出于一些热爱古典诗词之友人们的鼓励和协助。因此我想在卷首略述其成书之经过,以表示对友人们的深挚的感谢。

我在1986年间曾先后返国两次。第一次在4月中。此次返国之主要目的,原是为了前往四川大学与缪钺教授共同商定我们所合撰的《灵谿词说》一书的定稿及出版事宜。途经北京时,偶因同门学姊北师大杨敏如教授之邀请,曾在北师大作了一次有关唐宋词的报告。当时北京辅仁大学校友会副会长马英林学长适在座中,事后马学长遂与我商议,要我于10月中辅大校友聚会时为校友也作一次报告。我想身为校友,此自属义不容辞之事,遂欣然允诺。7月初,我又因美国奥立根大学东亚系之邀请,曾一度赴美讲学。8月底再度回国。此次回国是因我于8月以后有一年休假,事先已应允了国内复旦、南开、南京、四川、兰州及湘潭几所大学的邀请,从事讲学及科研活动。抵京后不久,有中华诗词学会周一萍及张璋诸先生先后来访,邀我参加9月初在京举行之诗词学会的座谈会,并于会后提出要我也为该会作一次报告的邀请。我因以后讲学之行程多已排定,实难更作安插,遂提出请诗词学会与辅大校友会联系,或者可以将两次报告合并举行。其后我即离京赴沪,先在上海复旦大学讲课,9月底又转往天津南开大学讲课,10月上旬我又利用一个周末自天津赶返北京参加在京举行之辅大校友会。

但因时间不及安排,并未能为校友会及诗词学会作任何有关诗词之报告。于是马英林学长遂又提出希望我能于春节假期返京时多作几次报告的要求。我当时表示或可作四至五次报告,但不可再多。随即返回天津仍在南开继续讲课。岂意自我返回天津后,北京方面乃又有国家教委老干部协会及中国国际文化交流中心相继加入了此一讲座的筹办工作。马英林学长与我联系,提出欲将此一讲座安排为系列之形式,对唐五代及两宋词作系统之介绍。我因自知时间及能力有限,对此一要求最初本不敢贸然允诺。但马学长以中文系前辈校友之关系,曾多次对我以发扬古典诗词之理想相劝说,最后我只好勉力答应了此一邀请。于是主办单位遂又提出了要我编选教材的要求,而我当时一方面既在南开大学授课,另一方面还在为《光明日报》"文学遗产"栏目撰写《迦陵随笔》,又为《中国历代文学家评传》撰写《王沂孙评传》一篇文稿,工作实极为忙碌,仓促间只编选了一组词目并复印了一些参考资料寄往北京,后由李宏学长将所选各词及参考资料分别抄录整理,幸而能于春节期间由印刷厂赶印出来。于是我的唐宋词系列讲座遂于1987年2月3日,也就是旧年丁卯新正初六日,在北京国家教委礼堂正式开始,我当时正染患有轻微感冒,且曾于不久前在天津火车站前跌伤腰部,加之工作一直极为忙碌,对此系列讲座乃全然未暇作任何准备。不过,骑虎之势已成,遂不得不勉强开讲。岂意爱好诗词之广大听众对此一讲座之反应竟极为热烈,因此在讲座结束后,主办人遂又提出了要将此一讲座之录像及录音全部整理出版的计划。当时幸蒙李宏学长又热心答应了整理此一系列讲座全部录音讲稿的工作,于是我遂又返回天津,仍在南开继续讲课。在此期间,北京之辅大校友会常拜托一何姓女同志将李宏学长整理好的稿件送来天津交我审读。直至4月下旬,我又自天津转往南京大学讲课,于是审稿之工作遂暂时停止。迄5月底,我又自南京返回北京,在参加中华诗词学会成立大会时,得与岳麓书社的胡遐之先生相识。胡先生闻知有此一讲稿正在整理中,遂积极与主办此一讲座之负责人联系,决定由岳麓出版此册讲稿。不过,我在北京的讲座,因时间关系实在只讲到了北宋后期的周邦彦,而南宋词则全然未及。此时乃又有沈阳校友会之赵钟玉学长提出了要我去沈阳续讲南宋词的邀请。本来我此次休假一年返国讲学的活动已早经排定,实无法再增入任何讲课活动,故而对赵学长邀请之盛意,我原曾多次婉拒,岂意赵学长乃锲而不舍,先后自沈阳专程来京、津两地邀请竟多达五次以上。最后又请得北京讲座主办人中之马英林学长与之共同来对我加以劝说,一力主张既已举办了唐宋词系列讲座,便应将南宋词一气讲毕,俾能将录像及录音一次整理出来以便发表,于是我遂不得不分别致函湘潭及兰州两大学,请求他们的谅解,将原定之讲课活动取消,而于 6 月下旬在四川大学讲课结束后,即由成都去了沈阳。而一到沈阳,我就发现自己面临了一个绝大的难题,因为按预定计划,我来沈之目的原是为了续讲南宋词,可是沈阳之听众却已经不是北京前次讲座的听众,而且南宋词又一向以深晦著称,如果对全无准备的听众,一开始就讲述如此深晦的作品,则势将使听众们感到格格难入。因此遂决定再对五代北宋词稍加介绍,可是此一部分又在北京早已讲过,因此在去取剪裁之际,乃不免煞费周章。而在此同时又有编辑北京讲座录像之许宪同志自北京携录像来交我审视。因此我遂开始了接连不断的紧张工作,每天上午早餐后即开始审查录像,至午餐时间为止,下午外出讲课,晚餐后又开始审查录像工作,往往至夜晚十时半以后才停止。此外我还要在这些紧张工作的间隔空隙间,例如在餐厅等候饭菜之时或晚间睡眠之前,抓紧时间审读已整理出来而尚未审毕的北京讲座的录音稿,而就在此时,又有大连辽宁师范大学的饶浩学长不断与沈阳化工学院的赵钟玉学长联系,坚持要邀我至大连一行。当时我所讲的南宋词,尚有最后一家王沂孙未讲,遂又于 7 月初转往大连接讲王沂孙的咏物词。而大连既然又是另一批新的听众,王沂孙又是一向以晦涩著称最为难讲的一位作者,这种情况确实给我增加了不少困难。而为了使听众较易接受起见,我遂不得不对咏物之作的渊源又作了一番简单的介绍,而这也就正是何以在这一册讲稿中王沂孙所占的篇幅为独多的缘故。像这样把一个名为系列的讲座,被迫着不得不拆散开来对不同时地的陌生听众来讲,其效果之不能尽如理想,自亦从而可知,何况在大连除讲课外,尚须同时审查在沈阳、大连两地讲课的录像,因此每日自晨及夜仍是忙碌异常。而除去这些已排定的工作外,还有一件更重要的事情,完全由我自己利用一切可能时间来工作的,就是审查北京、沈阳、大连三地陆续整理出来的讲稿,也就是这一册《唐宋词十七讲》的最初底稿。

说到此一册录音讲稿,我自然首先要感谢为我整理讲稿的诸位友人,那就是北京的李宏先生、沈阳的李俊山先生及王春雨先生,还有大连的张高宽先生。当时因为岳麓书社曾要求我于8月返回加拿大前交稿,时间极为迫促,所以使得每一位为我整理讲稿的友人,都工作得极为紧张。我原意以为只要整理出来应该很快便可以全部审订,谁知实际工作起来却不如此简单,因此虽然有诸位友人们付出了如此繁忙辛苦的劳动,但我却仍然未能如期交稿,这自然主要都怪我自己很多事做得不够周到的缘故。其一就是我生平讲课一向不在事前准备讲稿,可一旦讲起来又喜欢因即兴的感发而征引许多材料来对所讲的内容加以阐发,此在平时讲课言之,即使所征引者偶有失误,总是说过就算了,尚复无伤大体。然而现在既要审订加以出版,遂迫使我在审稿时还要尽力为之核对出处,这自然是增加了审稿困难的第一点原因。其次则是我自己讲课的语言不够简洁,既常不免重复,又喜欢跑野马。何况口语的讲述与行文的笔法毕竟不能全同,有些话在讲述时显得很自然,但一写下来就感到不对了。于是为我整理讲稿的友人们,对此一困难遂采取了两种不同的态度:一种态度是完全忠实于我原来讲话的声吻,把我当时所讲的话一字不改地写下来；另一种态度则是欲求行文之通畅简明，遂将原来的讲话重新删裁改写。我对这两种态度的用意之美，都极为感谢。只是天下之事总是有一利即有一弊。前者忠实，遂不免有繁复啰嗦之感；后者简净，但有时却不免有不够周全之处。而我在审稿时，遂一一要为之删繁使简或增略使详。这自然是增加了审稿之困难的又一点原因。三则我在沈阳及大连两地讲授南宋词时，既时时不得不对以前北京已讲过的五代及北宋词重加介绍和说明，而今却又将三地之所讲都编为一集，如此则对某些重复之处自需重加删订，这自然是增加了审稿之困难的再一点原因。而除去了由我自己所造成的这些困难以外，还有一点我不得不很感慨地提出来一说的，就是南宋词的最后一部分讲稿的整理，当时因时间已甚为紧迫，遂由负责整理的友人找了一些中文系的同学来加以协助，岂意这些同学们对古典文学竟甚为生疏，甚至将词牌之《齐天乐》误写为《七天月》，将李璟词的"菡萏香销"误写为"含淡香销"，将厉鹗《论词绝句》中的"残蝉身世香莼兴"一句误写为"潺潺山寺香春兴"。像这一类的错误简直不胜枚举，而事实上我在讲课时凡此一类的行文，本都用投影仪写有胶片字幕。而且《齐天乐》的词牌与李璟的词句更是分明都印写在参考资料之中的，所以我至今仍不明白这些学生何以在整理讲稿时竟发生了这么多如此荒唐的错误。而这自然使我在审稿时增加了极大的困难。说到这里我就不得不对沈阳的李俊山先生加以特别的感谢，因为这一部分文稿不仅错误百出而且书法也写得极为潦草零乱，加之我在审订时又几乎重写了一遍，所以原稿乃杂乱到几乎不复可以辨读的地步，幸得李俊山先生极为热心，在挥汗如雨的炎热天气中又将此一部分稿件重新抄写了一遍，只是我当时已来不及再将全部文稿通读审订，就因为去年我自己在加拿大购买的一年期的往返机票已经到期，而不得不匆促返回了加拿大，并将南宋词部分的讲稿带回温哥华作最后的审订，然后又于1987年底将审订后的此部分稿件再托人携往北京交给另一位好友对全部讲稿作最后通审。这一位好友就是我从中学直到大学的多年同学刘在昭学长。在昭学长自中学时便已才华颖露，文笔及书法均佳。临离京前，她来为我送行，我与她谈到审订这些讲稿的问题，恐怕我自己匆迫中终不免有疏误之处，乃蒙其慨然允诺愿为我将全部讲稿作最后一次通审，这自然是我要特别加以感谢的。此外还有一位学长我也应加以感谢的，那就是与我在辅大中文系曾同学四年之久的史树青学长。树青学长自少年时即潜心研古，现已为国内著名考古学者，我在北京举办唐宋词讲座时，树青学长不仅每次均亲来听讲，并曾对我提出有关古文物之宝贵意见，今又蒙其赐序弁首，这自然是我应该深加感谢的，至于我在本文前面所曾提及的先后促成和筹办此一讲座的北京辅仁大学校友会、中华诗词学会、国家教委老干部协会、中国国际文化交流中心、沈阳化工学院、大连辽宁师范大学，以及各地各单位支持此一讲座的广大的爱好古典诗词的友人们，我当然更要在此对之深致感谢之意。

经过以上的叙述，读者们对于此一册讲稿之成书的曲折和复杂的经过，大概已有了相当的了解，而也正惟其因为有如此一段曲折复杂的过程，所以我虽然对各位协助成书的友人们深怀感谢之心，可是就我自己而言，则一直对此一册讲稿感到未尽满意。那就是因为此一册讲稿在名义上虽然是属于一个所谓"系列"的讲座，但实际上是匆促之间在不同的时间、不同的空间、面对不同的听众，而且是经过不同的人整理而完成的。因此无论在文字方面或内容方面遂都不免有一种不甚浑融的感觉。关于文字方面，则事已如此，实难再加挽救，当然只好任之而已。至于在内容方面，则我在当初陆续讲述中，却也曾形成了一些主要的纲领，虽然因为外在环境一些曲折的经过，使得这些纲领已被打散得七零八落，但我想如果能在此卷首略作提挈的说明，则或者也尚可聊收补救之功。因此下面我就将对这些纲领略加叙述。

我在讲述中所形成的纲领,约言之大概有以下几个重点:第一个重点是我在介绍每一位作者时,都特别注意其风格之特色与其所传达的感情之品质的差别。因为词在早期本多为应歌之作,所以自其表面观之似乎殊少差别,因此我以为词的讲述乃特别应注意其相似而实不同的深微之意境与风格的差别。我所讲过的唐五代两宋之重要词人,计共有温庭筠、韦庄、冯延巳、李璟、李煜、晏殊、欧阳修、柳永、苏轼、秦观、周邦彦、辛弃疾、姜夔、吴文英、王沂孙等十五家,对这十五位作者,我都曾结合了他们的历史背景、生平经历、性格学养、写作艺术各方面,对其能感之与能写之两方面的因素,作过较详的掌握其特点的叙述。第二个重点是对词之演进和发展之过程的介绍。我在讲授每一家的作品之际,于叙述其个别的风格特色之时,也同时都兼顾了他们在纵向与横向之间的影响和关系,即如冯延巳对于晏殊及欧阳修之影响,以及三家词之异同;柳永词在内容与形式两方面的拓展,及其对苏轼与周邦彦之影响;苏词对辛弃疾的影响,以及苏、辛二家词之异同;周邦彦对南宋之姜夔及吴文英诸人之影响,以及周、姜、吴三家词之异同;王沂孙咏物词之特色,及其在整个咏物之传统中的地位。凡此种种,在讲述时虽因某些外在之因素,有讲得不够周全不尽合乎理想之处,但大体言之,其发展之主线及彼此间相互之关系,也还是相当清晰可辨的。第三个重点是对词之特质及传统词评中两种重要模式的介绍。关于词之特质,我在讲座一开始时,就已曾就词之源起对其要眇宜修的特质作了简单的说明。至于就词之评说而言,则我在讲说中也曾举出了张惠言与王国维二家说词的两种重要模式。一般而言,我以为张惠言之说词大多乃是依据所说之词中的一些语言词汇作比附的猜测;而王国维之说词则是依据所说之词中的一些感发之本质作联想的发挥。张氏之评词方式适用于像对温庭筠、周邦彦、姜夔、吴文英、王沂孙等人之词的评说,而王氏之评词方式则适用于像对冯延巳、李璟、李煜、晏殊、欧阳修诸人之词的评说。这两种说词方式,当然可以说都是对词之要眇宜修之特质的欣赏有得之言。而此外却还有一类词,则是既不需要据词汇为比附,也不需要用联想来发挥,而本身就具有一种要眇深微之美者,此就婉约一派之作者言之,则如冯延巳之《抛球乐》(逐胜归来雨未晴)一首,秦观之《画堂春》(落红铺径水平池)一首,均可作为例证;而就豪放一派之作者言之,则如苏轼之《八声甘州》(有情风万里卷潮来)一首,辛弃疾之《水龙吟》(举头西北浮云)一首,也都可作为例证。关于这几类不同性质的词,我在讲说中都曾作过相当的分析,读者自可依此纲领而寻见其脉络。第四个重点则是我在讲说中也曾结合了一些西方的理论,如语言学中语序轴与联想轴之二轴说,诠释学中的诠释的循环之说,符号学中的语码之说与显微结构之说,接受美学中的读者之创造性背离之说与文本中所蕴涵的可能潜力之说等。我这样做的缘故主要有两个:首先是因为中国传统的文学批评大多重直感而缺少理论的逻辑,因此我在讲述时遂往往借用一些西方理论,希望借此可以帮助我对传统批评之精义,作出更好的论说和分析;其次则是因为在现在的开放政策下,青年们中间已经涌现了一股向西方追求新知的热潮,而古典文学的研讨和教学似乎也已陷入了一种不求新不足以自存的地步,我在讲述中之偶或引用一些西方理论,就正是想要以世界文化历史之大坐标为背景,对我国古典文学之意义与价值作一点反思性之衡量的尝试。第五个重点我所要提出来一谈的,则是贯串于此一册讲稿之中的一个整体性的特色,那就是我在讲授诸家之作品时,所冀望能传达出来的一种感发的力量。本来我对诗歌的评赏,一向就主张应该以其所传达出来的感发生命之有无、多少、大小、厚薄为衡量其高下之标准,只不过当我执笔为文之际,常不免过于重视思辨的理论,有时遂不免因而削减了对作品中感发生命之直接的传述和发挥,而此次讲座之举办,其地点所在之国家教委礼堂既是一个可以容纳一千数百人的极大的场所,而听众则更是包含了社会上各阶层各年龄的人士。上至六七十岁的老诗人、老教授，下至十六七岁的中学生与社会青年，在程度上有着极大的差别。在这种场合中，我一方面既唯恐讲得过于专业、过于学术化会影响一般听众的了解和兴趣，而另一方面却又希望能讲得比较精致深入，不致辜负了那些对旧诗词有修养的听众们的期望，遂不得不在求精与求深的同时，也希望能求其尽量做到大众化。而要想同时达到此两种目的，我以为只有从发挥作品的感发力量入手，才能使广大的听众们经由感发而一同进入精深委婉的词境中来。而这一条以感发力量为主而贯串在全部讲授过程之中的主线，读者们自可以在阅读此一册讲稿时，从我的讲授方式与讲授口吻中，随时感受得到。如果读者们能掌握以上所提出的五项重要纲领，则在阅读时自不难在庞杂繁冗的讲述中为之归纳出一个相当清晰的条理，而获致一种整体性的理解。

最后我还想借此机会，对于我个人之所以不自量力，不辞辛苦，而且在并无任何报酬的情况下，承担了此一繁重的唐宋词系列讲座的心理因素，也略加剖述。我自总角学诗迄今，盖已有五十余年以上之久，自1945年大学毕业后担任古典文学的教学工作，也已有四十余年以上之久，因此遂养成了我对古典诗歌的一份深厚的感情。本来这种感情的性质原只不过是我个人的一种兴趣与爱好而已，但自1979年我回国教书以来，却在内心中逐渐产生了一种要对古典诗歌尽到传承之责任的使命感。虽然我也自知学识浅薄，国内固有不少才学数倍于我的学者和诗人，这传承的责任原落不到我的头上来，但正如杜甫诗中所云："当今廊庙具，构厦岂云缺。葵藿倾太阳，物性固莫夺"，我对古典诗歌似乎也就正有这样一种不能自已之情，因此我在当时还曾写有一首诗："构厦多材岂待论，谁知散木有乡根。书生报国成何计，难忘诗骚李杜魂。"诗虽不好，但所写的却是我自己的一份真诚的感情。也许正因为我有这样一种感情，因此对于这次讲座的邀请，在最初我虽然因自恐能力有所不足而迟迟不敢应承，但终于接受了下来，而且在讲授时也倾尽了自己全部的心力。有一些关怀我的友人，在听过我的讲课后，常常劝告我说不要讲得声音太大，语调太急，要节省点精力，注意自己的身体，对这些叮嘱我非常感谢。每次讲课开始前，我也常以这些叮嘱自我警告，但是只要一讲起来，我就会不自觉地完全投入到诗词的境界之中，而把这些叮嘱全部忘记了。就这一次讲座而言，大概就因为讲课过于劳累之故，从北京的十讲结束以后不久，我就在痰中发现了血丝。当时我曾先后在南开大学的医务所、南京的江苏省立医院、沈阳的解放军二〇二医院和大连的铁路医院治疗过，照过X光片，也验过血痰，但因一直未发现结核或癌症的病变，因此我的讲课工作也仍然一直继续而未曾停止。如果有人观看我的讲课录像带，就会发现我在讲课中时有微咳的现象，而我讲课的语调却并未曾因此而降低或减慢。幸而自我回到温哥华以后，因为工作较轻，得到休息，这痰中带血的现象自去年10月以后已根本消失。我愿在此向关怀我的朋友们和医生们告慰并致感谢之意。我现在述及此事，只是想要说明我之不自量力竟而承担了此一系列讲座的繁重工作，盖缘出于我对古典诗歌的一份真挚的感情。以前我的老师顾羡季先生常喜欢提到一句话，说"余虽不敏，然余诚矣"，如今我之所为，究其用心盖亦不过如是而已。

现在值此《唐宋词十七讲》的录音整理稿即将面世之际，我自己虽然对此一册讲稿感到有许多不足之处，然而我的女儿言慧却曾给了我相当的鼓励。原来我在去年圣诞节前后，曾赴渥太华去探望他们一家，随身携带了一部分正在审阅中的讲稿，当时他们家中住有一位中国来的留学生，见到了这些讲稿，就借去阅读。我原以为她是一个学理工的学生，对这些唐宋词的讲稿未必感兴趣，谁知她竟然读得津津有味，而且还把这些讲稿介绍给另外一些中国留学生去阅读。直到我临走前的一夜，她们竟然读了一个通宵，希望能把讲稿尽量读完。本来我女儿家中也存有我写的几册论诗论词的集子,我曾询问过她:"她们读过这些书吗?"她说:"你的那些书她们读起来感到颇为吃力,因为你的文章有时写得文白相杂,而且往往过于理论化,除非是专门研究古典诗词的人,一般读者大概对你这些书没有很大兴趣。可是你的讲座所面对的则是广大的一般听众,因此你所用的既都是白话的口语,而且解说得也比较生动。我想你的讲稿印出来后,很可能会比你写的书更受到一般读者的欢迎。"我希望小女所说的话果有其真实可信之处,如此则这一册讲稿的整理便非徒劳,而发起和主办此一讲座和协助整理这一册讲稿的友人,在长久的辛勤劳动之后,便也足可引以自慰了。

1988 年 8 月 2 日写毕此序

于成都之四川大学

《唐宋名家词赏析》叙论

　　一般说起来，诗与词在意境上有相似、相通之处，也有相反、不同的地方。王国维在《人间词话》中曾说词"能言诗之所不能言，而不能尽言诗之所能言，诗之境阔，词之言长"。换句话说，诗有诗的意境，词有词的意境，有的时候诗能表达的，不一定能在词里表达出来，同样的，有时在词里所能表达的，不一定能在诗里表达出来。比较而言，是"诗之境阔，词之言长"，诗里所写的内容、意境更为广阔、博大，而词所能传达的意思有余味，所谓"长"者，就是说有耐人寻思的余味。缪钺先生在《诗词散论·论词》中，也曾说："诗显而词隐，诗直而词婉，诗有时质言而词更多比兴。"为什么诗与词在意境和表达方面会形成这样的差别和不同，我以为其既有形式上的原因，也有写作时语言、环境、背景的原因。我们先说形式上的原因，如果以词跟诗相比，特别是与五言古诗相比，二者之间便有很大的不同，像杜甫的《赴奉先县咏怀》《北征》这样的长篇五言古诗，它所叙述的内容这样博大、这样质朴，这种风格和意境在词中是没法传达的，因为词在性质上本是配乐歌唱的歌辞，它有音乐曲调上的限制，从来就不能写出像《北征》《赴奉先县咏怀》这样长篇巨幅而波澜壮阔的作品。另外，在形式上的字句和音律方面，诗一般流行的是五言和七言的句式，通篇是五言或七言，字数是整齐的，押韵的形式都是隔句押韵，即第二、四、六、八句押韵，形式固定；而词的句式则长短不整齐，每句停顿的节奏不尽同。一般说来，诗的停顿，五言诗常是二三或是二二一的节奏,七言诗常是四三或二二三的节奏,像"玉露——凋伤——枫树林,巫山——巫峡——气萧森"。可是在词里,不仅词句的字数是长短不整齐的,而且在停顿节奏方面也有很多不整齐的变化,就算是五字或七字一句的,其停顿也有时不同于五言或七言诗的停顿。即如五言的句子会有一四的停顿或三二的停顿,七言的句子会有三四的或三二二的停顿。当然,词里面也会有与诗相同的停顿。这两种不同的停顿方式有两个名称,凡最后一个停顿的音节是单数的与诗相同的,我们把这样的句式称之为单式;最后一个音节是双数的,则称这样的句式为双式。总之,词与诗比较,在句式上,词的字数是不整齐的,而且停顿也富于变化。唐五代北宋词的句法与诗还比较相近,而后来长调出现,句式就更多变化了。一般说来,一个词牌里单式的句子较多,这个调子就比较轻快流利,若又是押平声韵的则更是如此。而双式句子较多,这个调子则比较曲折、委婉、含蓄。我们试举出两首词来一看,例如苏东坡的《水调歌头》:

  明月几时有,把酒问青天,不知天上宫阙,今夕是何年。我欲乘风归去,又恐琼楼玉宇,高处不胜寒。起舞弄清影,何似在人间。

  转朱阁,低绮户,照无眠。不应有恨,何事长向别时圆。人有悲欢离合,月有阴晴圆缺,此事古难全。但愿人长久,千里共婵娟。

再例如周邦彦的《解连环》:

  怨怀无托。嗟情人断绝,信音辽邈。信妙手、能解连环,似风散雨收,雾轻云薄。燕子楼空,暗尘锁、一床弦索。想移根换叶,尽是旧时,手种红药。　汀洲渐生杜若。料舟依岸曲,人在天角。漫记得、当日音书,把闲语闲言,待总烧却。水驿春回,望寄我、江南梅萼。拚今生,对花对酒,为伊泪落。

请注意周邦彦词的句式,如将之与苏东坡词相比较,苏词"今夕是何年"

"何似在人间""高处不胜寒""起舞弄清影",凡五字句都是二三的停顿,而周词"嗟情人断绝"和"似风散雨收"等句却是一四的停顿,另外如"信妙手、能解连环"与"暗尘锁、一床弦索"等句,则都是三四的停顿。不仅如此,在周邦彦这首词中,长句中多有一个领字,一个字单独停顿,引起后面一段叙述,如"嗟情人断绝,信音辽邈""想移根换叶,尽是旧时,手种红药""把闲语闲言,待总烧却"。可见在形式上,词不仅在每句字数方面有长短不同,而且一首词中可以融合单式和双式的句法变化,而诗却只有二三、二二一和四三、二二三的单式停顿,变化少。这样一对比便可知道,词的句法变化多,从而增加了词的委婉曲折的姿致,有利于传达委婉曲折的感情。这当然是最简单的说明。有的人要问,不仅是词里才有不整齐的句子,诗里面也有杂言的形式,也是不整齐的句式,即如汉乐府诗:"上邪,我欲与君相知,长命无绝衰,山无陵,江水为竭,冬雷震震,夏雨雪,天地合,乃敢与君绝。"同词一样是长短不等的句式。有人还说汉乐府和词一样都是可以配乐歌唱的诗歌,两者相似,其间有没有什么密切的关系呢?我以为,乐府诗是先有歌辞后配乐曲的,而词则是先有曲调而后按照曲调填写歌辞的,乐府的长短句是完全自由的,而词则是完全不自由的,二者外表形式虽很相似,而完全自由写作的乐府诗和按曲填写的歌辞是有很大区别的,而且所配的音乐也是不同的。也有人说南北朝间有的歌曲,如梁武帝的《江南弄》以及沈约的《江南弄》也是有曲调然后配词的,其实,当时的配乐和词的配乐也是不同的,词所配的曲不是以前的乐府诗所配的乐曲,它的乐曲是隋唐间出现的一种新乐曲。当时流行的有三种乐曲,一种是中原地区一直流传下来的雅乐,一种是南北朝以来的所谓清乐,还有一种是隋唐间出现的新的乐曲燕乐。燕乐是曾受西域龟兹音乐影响的一种音乐,是西域音乐和中原音乐相融合而形成的一种新乐。本来隋唐之间民间就有这种乐曲流行,清光绪年间在敦煌发现的曲子词就可以证明它在当时是非常流行的。然而这些曲子词是晚清时才发现的,虽幸而保留下来,但过去很久却并不为人们所知,而流传下来的最早的词集则是《花间集》。《花间集》是五代后蜀赵崇祚所编。由于敦煌曲子词这种民间词曲没有很好地以文字形式流传下来,所以《花间集》这本最早的词集对以后中国词这一文学体式的风格和形式产生了很大的影响。而尤其应该引起大家注意的是《花间集》编选的目的,他所收集的词是什么性质的词,这对后世同样有很深的影响。《花间集》编纂的目的,在欧阳炯为它写的序中曾有所言及,原来这本集子中所收集的乃是当时诗人文士为流行歌曲所写的曲子词,是配乐歌唱的歌辞。五代时的文人诗客喜欢当时乐曲的清新的调子,但又觉得其曲词不够典雅,所以他们便自己插手于曲词的写作,故而《花间集》的作者说他们的作品是"诗客曲子词",是文人、诗人、士大夫为这一新兴的歌曲填写的歌辞,有别于民间的曲子词。欧阳炯在《花间集序》中记述了他们写作和歌唱这些曲子词的背景,他写道:"则有绮筵公子,绣幌佳人,递叶叶之花笺,文抽丽锦;举纤纤之玉指,拍案香檀。不无清绝之词,用助娇娆之态。"是在花笺上写的曲词,是交给美丽的歌女,让她们敲着檀板的节拍去歌唱的。以典雅的歌辞去增加那酒筵歌席间歌女的美丽的姿态。"庶使西园英哲,用资羽盖之欢;南国婵娟,休唱莲舟之引。"他说他希望这些歌辞能增加像西园那种地方的才学之士乘车游园时的欢乐。("西园英哲""羽盖之欢"是用曹植《公宴》的诗句"清夜游西园,飞盖相追随",是写饮宴的文士们的游园聚会之诗。)使南国的佳人不再唱那莲舟之曲的通俗的歌辞,而有更美丽的歌辞供她们演唱。这样的歌辞只是歌筵酒席之间供才子诗人消遣、歌伎舞女表演的,所以内容空泛柔靡,没有什么有价值、有意义的思想和情感存在其间。然而中国后来所称述的具有诗所不能传达的深远幽微的意境的词,却正是由这样一些内容空泛柔靡的词所演变而来的。下面我所要讲的温、韦、冯、李这四位晚唐五代的词人的作品,便恰好表现了词的形式如何由空泛柔靡这种歌筵酒席之间的歌辞,而变成了能传达最幽微、最隐约、最深情的心灵感情品格的意境的文学形式的一种过程。

如前面所说,词之源起既原是歌筵酒席间演唱的歌辞,然而后人却又往往从这种歌辞中看到了比兴寄托的深意,关于此一问题,我以前写过《常州词派比兴寄托之说的新检讨》一文。清代常州词人张惠言和周济都曾指出词是有比兴寄托的,意内而言外。然而他们的解释都有偏颇疏误的地方,我那篇文章对此有较详细的评析,可以参考。常州词派张惠言推尊温庭筠,说他的一些作品可以比美屈子《离骚》,王国维不赞成张惠言这种比兴寄托的说法,我的老师顾随以及我本人也不赞成。王国维在《人间词话》中就曾说:"飞卿《菩萨蛮》、永叔《蝶恋花》、子瞻《卜算子》皆兴到之作,有何命意?皆被皋文深文罗织。"张惠言说温庭筠的词可比美于屈子《离骚》,欧阳修的词反映了北宋初年政治上的党争,每句词都有深刻的含意,王国维反对张惠言的这种比兴寄托的说法,可王国维自己的词里却也有许多比兴寄托,他在《人间词话》中还曾以三首小词比喻古今成大事业大学问的三种境界,说"昨夜西风凋碧树,独上高楼,望尽天涯路"(晏殊《蝶恋花》)为第一种境界,"衣带渐宽终不悔,为伊消得人憔悴"(柳永《凤栖梧》)为第二种境界,"众里寻他千百度,蓦然回首,那人正在、灯火阑珊处"(辛弃疾《青玉案》)为第三种境界。如果他认为张惠言说温庭筠和欧阳修等人的小词有比兴寄托是深文罗织,而他自己却又把晏殊、柳永、辛弃疾的三首小词说成是成大事业大学问的三种境界,对他的这种说法又该如何看待呢?这就需要我们先将什么叫比兴寄托解释清楚,比兴寄托有广义的解释,也有狭义的解释,有字面的解释,也有引申的解释。有就作者方面而言的说法,也有就读者方面而言的说法,我们可以从不同的角度分析这个问题。而对词这种形式,不论是张惠言还是王国维,为什么他们在写作词的时候,在欣赏和解说别人的词作的时候,都容易发生这种现象?而且张、王两人虽然同样是把原来的词句附加上了他们自己理解的内容,可是他们附加这些内容的时候使用的阐述方式又有什么不同呢?我们现在简单地谈一下这个问题。先讲比、兴。词天生有这一特质,容易把作者引向比兴寄托的路子,也容易引起读者比兴寄托的联想。本来比、兴是写诗的两种作法,如果换一种较新的说法,我以为比、兴就是指心与物相结合的两种基本关系。兴是见物起兴,是由物及心。见物起兴是说你看到一个物象,引起你内心的一种感发。以《诗经》来说,"关关雎鸠,在河之洲"是外在的物象,所谓"物象"是眼睛所能看见的,耳朵所能听见的,凡是感官所能感受的统称物象。这在中国诗歌中有很久远的传统。即如《诗品序》中就曾说:"气之动物,物之感人,故摇荡性情,形诸舞咏。"又说:"若乃春风春鸟,秋月秋蝉,夏云暑雨,冬月祁寒,斯四候之感诸诗者也。"陆机的《文赋》也曾说"悲落叶于劲秋,喜柔条于芳春",都是说你看到外界的景物后引起了你内心的感发,是由物及心的物与心的关系,这就是所谓的兴。李后主《乌夜啼》:"林花谢了春红,太匆匆!无奈朝来寒雨晚来风。　　胭脂泪,留人醉,几时重?自是人生长恨水常东。"这种由于看到"林花谢了春红"而引起的感发就属于此类。什么叫比呢?比是以此例彼,是说你内心中有一种情意,要借助于外在的物象来传达,因为诗歌这种美文,如果只讲抽象的概念中的情意,便不易引起读者直接的感动,所以常要把抽象概念的情意与具体的物象联系起来,才能引起读者的感发。由心及物的例证如《诗经·硕鼠》:"硕鼠硕鼠,无食我黍。三岁贯女,莫我肯顾。逝将去女,适彼乐土。乐土乐土,爰得我所。"是用一只吃粮食的大老鼠来比喻剥削者,这是他心中先有一个剥削者的概念,然后用硕鼠这一形象来表现的,是先有内心的情意然后找形象来比喻,是由心及物的心与物的关系,这就是比。秦观的"欲见回肠,断尽金炉小篆香"(《减字木兰花》"天涯旧恨"),说你要看到我内心中那千回百转的情意,就如同像篆字般曲折的小篆香一样,寸寸燃尽,以此形容他回肠的寸断。这也是比,是先有其回肠的情绪,而后以小篆香来作比喻的。所以一般说来,比、兴就是表达情意的两种基本方式,或者是由物及心,或者是由心及物。这是对比、兴最简单的解释。不过,兴的情况比较复杂,因为兴只是纯粹直接的感发,并没有明显的理性的衡量和比较,所以有时是正面的感发,有时是反面的感发,而且同样的物象可以引起不同的感发,所以兴这种感发的范围是非常自由的,不是理性所能够完全掌握的。相对而言,比是比较有理性的。总之,比与兴基本上原该是指诗歌创作中心与物相交感时的两种方式和作用,但是汉儒却对比兴有了另一种解释,说"比"是"见今之失,不敢斥言,取比类以言之",而"兴"则是"见今之美,嫌于媚谀,取善事以喻劝之"(《周礼·春官·大师》郑注)。不过,这种说法并不完全可信,因为从《诗经》的作品分析,用兴的方法写的对象不一定都是美的,用比的方法写的对象也不一定都是恶的。总而言之,在中国文学批评的传统上,比兴从此有了另外的意思,就是"言在此意在彼"的一种美刺托喻的意思,这以后,在诗歌创作中说到"比兴"就再难只以单纯的心物交感的比兴来衡量,而有了一种言外之意可以追寻体会的意思。张惠言讲温庭筠的小词"照花前后镜,花面交相映",说这两句词有《离骚》"初服"之意,因为《离骚》中曾有"退将复修吾之初服"的句子,意思是要保持自己本身的芳洁美好。屈原的《离骚》确实是以美人芳草为喻托来表现他对国家朝廷的忠爱之心的,温词有没有这一含义呢? 张惠言以为它有,就因为温飞卿写了"照花前后镜,花面交相映。新贴绣罗襦,双双金鹧鸪"四句词,其实温飞卿这首小词所表示的只是一个女子的芳洁好修,要使自己的容貌和衣饰都是最美好的,而张惠言就从这芳洁的衣饰联想到了屈子的"初服",正是衣饰和初服的关系,引起了这种联想。张惠言讲欧阳修的"庭院深深深几许"一首词,说"庭院深深"是《离骚》中的"闺中既以邃远"的意思,是如同屈原所感慨的楚王不能听信他的忠谏的意思,张惠言为什么会得出这些引申,因为欧词的"庭院深深深几许"不是邃远之意吗?张惠言是以字面相接近从而产生出寄托的联想的。可是王国维说"昨夜西风凋碧树,独上高楼,望尽天涯路",是成大事业大学问的第一种境界,这就不是只以字面的相似而加以比兴的解说了,而是从这两句词的意境中所包含的感发作用来解说的。而且张惠言一定要指说作者有如此这般的用心,这样的论证显得狭隘、拘执、勉强,难以引起读者的同感,这是王国维等人不能同意他的这种观点的原因之一。而王国维是从感发出发的,并且不拘执地指为作者的用心,即如他在讲了上述成大事业大学问的三种境界后,又说"然遽以此意解释诸词,恐晏、欧诸公所不许也"。这是王国维非常开明的地方,他说这几句词引起了他的这种感发和联想,但要说作者一定有这样的意思,恐怕晏殊和欧阳修都不会同意。所以若将张惠言和王国维作对比,我们就可以看出,诗歌的创作者可以有比兴的作法,而读者读词和说词,也可以有读者自己的感发和联想,而且读者的感发和联想,又可以分为比的阐述和兴的阐述两种不同的方式。张惠言的解释近于比的阐述,王国维的解释近于兴的阐述。

《中国词学的现代观》大陆版序言

本书中所收录的文稿基本上分为两大部分,第一部分是题名为《对传统词学与王国维词论在西方理论之观照中的反思》一篇长文,第二部分是一系列题名为《迦陵随笔》的十五篇短文。这两部分文字本来都是我为大陆的一些刊物所写作的文稿,但于1988年底在中国台湾合在一起抢先出版了一册《中国词学的现代观》。现在湖南的岳麓书社也想把同样的内容出版为一本书,因此希望我为此写一篇序言,对其中原委略加说明。

这册书中的两大部分文稿,如果以写作时间言,实在以《迦陵随笔》之前十二篇为最早。原来我自1986年8月至1987年8月曾经利用休假的机会,回大陆教了一年书。当时有《光明日报》的几位编辑要我为他们的《文学遗产》一版写一个系列的专栏。那时我正在南开大学教书,除了寒假期间,我曾赴北京举行了"唐宋词系列讲座"外,我遂利用在南开教课余暇,自1986年10月起至次年4月止,陆续写了十二篇随笔,交给《光明日报》的编辑们,以备刊用,但谁知《文学遗产》一版竟自1987年3月起就被《光明日报》取消了。而同时我于4月初离开南开大学后,就转赴南京、成都、沈阳、大连等各地讲学,并在匆迫的日程中,还要审阅国内友人们为我的"唐宋词系列讲座"所编辑的录音稿与录像带(按此一系列之音带与像带现已由北京师范大学出版社正式发行)。工作既异常忙碌,于是我遂停止了随笔的写作。但当我各地讲学完毕再回到北京时,《光明日报》的友人们却又来告诉我说,《文学遗产》一版虽已停刊,但我的文稿则仍在其他版面上陆续登载,希望我回到加拿大后,仍继续为他们写稿。于是在我返加后,遂又为他们写了随笔之十三与十四两篇文稿,岂知我将文稿寄去后,竟久无消息。因思《文学遗产》一版既已停刊,虽蒙编者厚爱仍将我的文稿继续刊出,但像这种既不定期又不定版的连载方式,无论就读者或编者而言,势必都会造成很大的不便,于是乃停止了随笔的写作。而这时又恰好收到了一封国内友人的来信,劝我将随笔中所提出的一些观点,改写成一篇专文发表。于是我遂撰写了题为《对传统词学与王国维词论在西方理论之观照中的反思》一篇长文。适值四川大学的缪钺教授来函为《灵谿词说》之续编向我索稿,我遂同意将此篇文稿交由《四川大学学报》发表。1988年暑期返国我即将此稿携返国内,而川大《学报》见到此稿后,以为篇幅过长,不适合《学报》之用,遂由缪钺教授将此稿转交给《中华文史论丛》,而此一刊物则迟迟未能按期出版。及至1988年底,有台湾几所大学邀我至台湾讲学。我过去本曾在台湾教书多年,许多旧日教过的学生,都已在台湾各大学做了主任和教授,他们早想邀我回去,却因种种情况未能如愿。此次幸而顺利办好邀请手续,台湾出版界的一些朋友因为这是我离台二十年后第一次回台讲学,遂要求出版我的一些未在台湾发表过的作品,因此我就将这两部分文稿交给了他们,而台湾的出版则异常迅速,不到一个月,就赶在我回去讲学的同时把书印了出来。只不过台湾的友人们因我的文稿中颇有涉及大陆的字样,恐在台出版或有不便之处,遂对其中一些文字做了少许删节。而我于1988年夏就已交给《中华文史论丛》的那篇文稿,却一直迟到1989年秋才得以刊出。最近湖南的岳麓书社拟将此两部分文稿在大陆出版,既已在通信中征得我之同意,我决定将此书仍题名为《中国词学的现代观》,内容与台湾所出者基本相同,只不过岳麓所出者已依据这些文稿在大陆发表之原文将台湾删去的一些文字都做了补正。因特写此序言,对于这些文稿先后在大陆与台湾两地发表及出版之经过,略作说明如上。

1990 年 2 月 10 日写于温哥华

《中国词学的现代观》增订再版序言

本书之大陆版,初印于 1990 年春,当时之印数不多,未几即告脱售。1991 年 12 月原出版人岳麓书社之潘运告先生来天津参加古籍会议,适值作者应南开大学之邀在津讲学,潘先生因便来访,话及拟将此书再版,并要求作者提供更多性质类似之文稿以增广篇幅。恰好作者手边有关于词学现代观之讲稿数篇,乃将之复印交潘先生携去。此一部分文稿原系作者于 1988 年应邀赴台湾讲学时之录音整理稿,盖以《词学现代观》一书原曾在台出版,当时曾配合此书之出版,在台湾举行了同一标题之系列讲座。讲座共分七次,经浓缩后整理成讲稿三篇,计为:一、《对传统词学的现代反思》;二、《冯延巳词承先启后之成就与王国维之境界说》;三、《从三种境界与接受美学谈晏、欧词欣赏》。除此三篇文稿外,本书增入者尚有题为《从女性主义文论看〈花间〉词之特质》的文稿一篇,此稿亦为录音整理稿,内容是 1991 年春作者应台湾清华大学之邀,为该校八十周年校庆学术讨论会所做之讲演,当时因时间限制,未能畅所欲言,其后作者于 1991 年夏遂又写成《论词学中之困惑与〈花间〉词之女性叙写及其影响》之四万字以上之长文一篇,对《花间》词特质形成之因素,及其对后世之词与词学之影响,都在西方女性主义文论之观照的反思中,做了一番深入的系统化的探讨。此文不久以后将收入《灵谿词说》之续编,故未增入本书再版之内。但该文实为"词学的现代观"之一篇重要参考资料,所以在此处顺便提起,希望读者们能注意及之。

　　以上所增入之讲稿四篇,固皆属于"词学的现代观"之范畴,但在最后我却还增入了一篇与此一内容似乎并不相干的论诗之旧稿,题为《关于评说中国旧诗的几个问题》。此稿原写于1973年,当时还加有一个"为台湾的说诗人而作"的副标题。盖以当1960年代后期及1970年代初期之际,台湾曾出现过一阵所谓"现代热",当时作者也曾撰写过一些从西方现代观点来讨论中国旧诗的文稿。而且在1970年代初所撰写的《王国维及其文学批评》一书之第二编第一章中,还曾写有专节讨论"中国文学批评之传统及其需要外来之刺激为拓展的必然性"。不过这种拓展却更需要有良好的中国古典之修养为基础,而当时的流风所及,台湾乃有一些青年学人,在并无良好之旧学根底的情况下,轻率地引用西方文论来评说中国古典诗歌,因此遂不免造成了某些谬误和偏差。我自己既曾在引用西方文论方面,做过助长一时风气的作者,因此对此种流风所及而造成的误谬与偏差,乃不免深怀愧疚之感,因此乃写了此一篇文稿,聊表个人的补过之心。不过,时代之所趋,固正如本书《前言》之所叙述,"现在毕竟已进入到一个一切研究都需要有世界性之宏观的信息的时代,我们自然也应该把我们的古典诗歌的传统,放在世界文化的大坐标中去找寻一个正确的位置",而不可以因恐惧于其产生偏差便因噎废食。所以我现在乃又陆续撰写了这些属于"词学的现代观"的文稿,希望借此能对传统词学之开拓,做出自己的一点贡献。而为了防止把青年人再度引入耽新昧古之偏差,所以乃将二十年前所写的这一篇补过的旧稿,附录于本书之末,冀愿或可借此收到一些防患未然的效果。

　　最后,我愿在此对四川大学的缪钺教授深致感谢之意,因为此书初版之后,我曾寄奉一册向缪先生求正,先生来函谬加推许,谓"我近来细读你的《中国词学的现代观》一书,有一种感想。自从王静安接受西方康德、叔本华哲学、美学之观点论词,撰《人间词话》,在研究词学中别开新域。你采取近现代西方新的文学理论,反照中国词学,发抒创新之见,可谓继静安之后又一次新的开拓"。先生溢美之辞,固为作者所决然不敢承当,然而此书之大胆创新之论,既能得到深于旧学的前辈之理解,则确实使我对自己之尝试增添了不少信心。而缪先生闻知此书即将增订再版之消息,更欣然为此书赐写题签。此种知赏奖勉之谊,则深为作者所衷心感念者也。

      1992年1月10日写于天津南开大学

《诗馨篇》序说

《诗馨篇》结稿后,《中华文化集粹丛书》的编者要我为丛书中的此一部分文稿写一篇序言。首先我要说明的是,我虽曾为这部分文稿提供了材料,并做了最后审订,但真正执笔的撰写人则并不是我。事情的经过是这样的,早在一年多以前,当编辑部向我邀稿时,我因工作忙碌且即将赴各地开会讲学,日期皆已前定,心知无法担当写作此一部分文稿之重任,因此迟疑不敢应承。邀稿人以为我早在1979年回国讲授诗词时,即曾写有"书生报国成何计,难忘诗骚李杜魂"之诗句,而且四十多年来在各地讲学,都以透过诗词来介绍和弘扬中华之优秀精神文化为职志,如此说来,则对于此一部分文稿之撰写,自当以责无旁贷之心情,勇敢地担负起来才是。邀稿人的话非常使我感动,不过事实上是我赴各地之行程既皆已排定,根本已无法安排时间来撰写此一文稿。于是遂商得了邀稿人的同意,采取了一个折中的办法,就是由我提供近年来在各地讲授诗词的一些系列音带,交给国内的三位友人,由她们根据音带来加以整理和撰写。这三位友人的名字分别是安易、徐晓莉和杨爱娣,她们都是天津师大中文系的校友。自从我1979年第一次回国在天津南开大学讲学,她们就曾在班上听课,以后每当我回来讲学,她们都来旁听,当我于1988年在北京举行"古典诗歌欣赏"之系列讲座时,她们更曾自天津来北京听讲,并协助整理录音之讲稿。因此我对她们整理讲稿之能力深具信心。此次能使《诗馨篇》之文稿及时顺利完成,实在全赖她们的合作,这是我首先要在此说明和感谢的。

《诗馨篇》之内容共分三十六章,前二十章是关于诗的介绍,始于《诗》《骚》,终于晚唐之李商隐;后十六章是关于词的介绍,始于晚唐之温庭筠,终于南宋末之王沂孙。这种选择,就中国诗词的整体而言,自不免有过于简略不够全面之病,不过在字数与时间的限制下,这已是我们所能做出的最好安排。至于宋代以下之诗及金元以后之词,虽然也有不少著名的作者和作品,但毕竟都已是余波嗣响和别干新枝,在种种限制下,势难做全面之介绍,我们对之就只好割爱了。至于我们所介绍的作者与作品,则在每章之前都各有一个大标题和副标题,对我们所要介绍的重点,都已做了明白的标示,我们在此就不再对之加以重复了。除去每一章前面的正副标题以外,在第一章介绍《诗经》之前,与第二十一章介绍温庭筠词之前,我们还曾分别各录了几句所谓"名言",对于"诗"与"词"两种文类之特质,做了简单的提示。在"诗"的部分,我们所录的乃是《毛诗序》中的"正得失,动天地,感鬼神,莫近于诗"几句话;在"词"的部分,我们所录的乃是"词之为体,要眇宜修,能言诗之所不能言"及"词之雅郑,在神不在貌"两段话。青少年朋友们初看到我们所引的这些话,也许会颇不以为然。因为《毛诗序》所谓"得失""天地""鬼神"之说,既似不免流于教条和迷信;《人间词话》所谓"要眇宜修"及"在神不在貌"之言,也似乎不免过于模糊影响,难于做具体的掌握和了解。但我们愿在此诚恳地告诉青少年朋友们,这些话中却确实包含了我们古典诗词中的一些精谛妙义,了解这些话,我们就如同获得了可以使我们顺利进入中国诗词之宝库的两把门钥。而且这些看似"教条""迷信"和"模糊影响"的话语,事实上与西方现代最新的文学理论,还恰好有着不少可以相通的暗合之处。因此下面我们就将透过这些足可被视为"门钥"的话语,来对我们古典诗词中的一些精谛妙义,略作现代化的理论的说明。

首先我们要谈到的当然是《毛诗序》中"正得失、动天地、感鬼神，莫近于诗"几句话，这些话若只从文字表面的意思来看，自不免似有"教条"与"迷信"之讥。不过，古今之时代意识不同，文学的语言与科学的语言也不同，我们如果能超越于古今意识之差别与文学表面之拘限以外，而用一种"得意忘言"的态度来看这几句话，我们就会发现所谓"得失"之"正"，与"天地""鬼神"之"感""动"，其所强调的实在乃是诗歌的一种强大的兴发和感动的力量。而兴发感动的力量与作用，则正是我们中国古典诗歌所具含的一种极可宝贵的质素。这在中国传统的诗论中也早就被注意到了。即如《毛诗序》述及诗歌之创作时，即曾提出过"诗者，志之所之也"及"情动于中而形于言"的说法。可见内心情志之有所兴起感发的活动，实在乃是诗歌之创作的一种基本动力。至于引起内心情志之感动兴发的因素，则《礼记·乐记》也早曾有"人心之动，物使之然也"的说法。其后到了齐梁之世，一般文士对于文学之创作与欣赏，既有了更为深刻细密的反思，于是当时的文论家对于诗歌中的这种兴发感动的作用，也就有了更为明确的认知。即如刘勰在其《文心雕龙·明诗》篇中，就曾提出说"人禀七情，应物斯感。感物吟志，莫非自然"。而与刘勰时代相近的钟嵘在其《诗品序》中，对于引起人兴发感动的"物"，则曾有更为具体明白的叙述。他把使人感动的"物"，分成了两大类。一类是自然界的物象，所谓"气之动物，物之感人"，如"春风春鸟，秋月秋蝉，夏云暑雨，冬月祁寒"，这是自然界一年四时的各种现象，所谓"斯四候之感诸诗者也"。另一类则是人事界的各种遭际的事象，钟嵘对此也曾举例说"嘉会寄诗以亲，离群托诗以怨。至于楚臣去境，汉妾辞宫……塞客衣单，孀闺泪尽；或士有解佩出朝，一去忘返；女有扬蛾入宠，再盼倾国"，这种种人世间的悲欢离合的现象和遭际，当然更使人感动，所谓"凡斯种种，感荡心灵，非陈诗何以展其义？非长歌何以骋其情？"所以中国诗歌中创作生命之由来，可以说乃是源于一种对宇宙人生万物之关怀的不死的心灵。而当这种不死的心灵表现在诗篇中以后,于是遂可以凭借着诗篇而将之世世代代地传给了千百年以下的读者,使千百年以下的人读到这些诗篇时,不仅仍可以同样感受到当日诗人的感动,并且还可以因当日诗人的感动,而引发今日之自己的更多的感动。所以中国的诗歌传统不仅在诗人创作时重视一种兴发的感动,就是在读者读诵时也同样重视一种兴发的感动。关于读诗之注重感发的作用,中国同样也有着一个悠久的传统。在《论语》的《泰伯》篇中,就曾记载有"子曰:'兴于诗,立于礼,成于乐'"的话;《阳货》篇也曾记载有"子曰:'小子何莫学夫诗,诗可以兴,可以观,可以群,可以怨'"的话,本文因篇幅字数所限,在此不能对这两段话做详尽的阐发,但孔子论诗之注重兴发感动的作用,则是显然可见的。此外在《学而》篇中还曾记载有孔子与他的弟子子贡的一段谈诗的话;在《八佾》篇中也记载有孔子与他的另一个弟子子夏的一段谈诗的话。从这两段话中,我们更可以见到孔子所赞美的"可与言诗"的弟子,都是能从诗句中得到兴发感动而且能以生活实践的体验来做印证的人物。所以在中国文化之传统中,诗歌之最可宝贵的价值和意义,就正在于它可以从作者到读者之间,不断传达出一种生生不已的感发的生命。前些年我在大陆讲授古典诗歌时,就曾有学生问我说:"老师,你讲诗的课我们也很爱听,但我们读这些古典诗歌有什么用呢?"我当时就回答他们说:"读诗的好处,就在于可以培养我们有一颗美好的活泼不死的心灵。"现代人过于重视物欲,一切只看眼前的利益,因此遂失去了人之所以为人的那一颗关怀宇宙人生万物的活泼美好的心灵。而这也就正是社会人心之所以日趋于堕落败坏的一个重要的原因。我们作为一个现代人,虽然不一定要再学习写作旧诗,但是如果能学会欣赏诗歌,则对于提升我们的性情品质,实在可以起到相当的作用。我们在《诗馨篇》中所选录的作者和作品,就中国诗歌的数千年之传统而言,原不过只可能算是尝鼎一脔,当然不够全面。不过我们的选录和评说,却基本上可以说掌握了两个重点:其一是我们希望所选录的作品,可以大致掌握到中国诗歌由《诗》《骚》以迄于晚唐此一演进和发展之阶段中的一些重要的线索。其二是希望我们所作的评说介绍,可以大致传达出诗歌中的兴发感动的生命和作用。这也就是我们何以选用了《毛诗序》中特别强调诗歌中之兴发感动之作用的几句话,放在了诗的部分的开端,来作为有关"诗"的名言的缘故。如果青少年朋友们以为这几句话过于古老,已经不合于现代的观念,那么我们愿在此诚恳地告诉青少年朋友们,有些我们文化中的古老的智慧的结晶,却恰好有合于现代西方文化中的一些新论。即以文学作品的感化作用而言,西方的读者反应论(reader-response)与接受美学(aesthetic of reception)的一些学者们,对此就都曾提出过他们的看法。即如沃夫岗·伊塞尔(Wolfgong Iser)就曾经说"文学评赏的行为,不仅只是一种阅读的进行,同时也是一种新的品德的强调(a new moral emphasis)"。在这方面,伊氏与另一位时代较早的学者华尔克·吉布森(Walker Gibson)的意见颇为相近,吉氏就以为阅读有一种治疗(therapeutic)的作用,阅读不仅可以带领人对于自己有更充分的了解(leading to fuller knowledge of the self),甚至还可达成一种自我的创造(self-creation)。希望青少年朋友们不要因为我们引用的是古典,就将之视为保守落伍,我们民族的文化历史悠久,有些数千年前就已被我们前代的哲人智者所领悟出来的道理,说不定却与西方近代才开创出来的某些新论,恰好有着可以相通的暗合之处。读书,特别是读诗,尤其是读中国的古典诗歌,是果然可以有一种兴发感动足以变化人之气质的作用的。这是我们对于诗之部分的开端,所选录的几句"名言"的一些说明。

其次我们要谈到的,则是我们在词之部分的开端所选录的《人间词话》中的"词之为体,要眇宜修,能言诗之所不能言,而不能尽言诗之所能言"及"词之雅郑,在神不在貌"两段话。不少人往往以为诗与词都是抒情的韵文,在本质上没有什么不同,其实二者间实在存有很大的差别。如我们在本文前面所言,诗之创作乃是以"情动于中"和"志之所之"的作者之显意识活动为主体的。可是词在初起时,却原来只是文士们在歌筵酒席间按照乐调而填写的给歌女们去歌唱的歌辞。在作者的显意识中原不必有什么言志和抒情的用心。最早的一册歌辞之词的集子,是五代时后蜀赵崇祚所编选的《花间集》。这一册集子对于词之"要眇宜修"之特质的形成,具有极大的影响。因为这一册集子中所收录的大多是以叙写美女与爱情为主的作品,这一类作品,在中国文学传统的诗以言志及文以载道的衡量之下,自然都是属于被鄙薄和轻视的所谓淫靡之作,然而就在这一类淫靡之作的小词中,却产生了一种奇妙的现象,那就是虽然同是叙写美女与爱情的作品,但其中有些作品却似乎蕴涵了一种足以引人产生言外之想的要眇深微的意蕴。我在《论令词之潜能与陈子龙词之成就》一文中,曾经借用了一个西方接受美学的术语,将令词中所蕴涵的这种引人产生丰富之联想的意蕴,称之为令词中之"潜能"(potential effect)。"花间"词人中最富于"潜能"的作者,自当推温庭筠、韦庄二家。我在《论令词之潜能》一文中,也曾对温、韦二家词之所以蕴涵了这种"潜能"的缘故做过简单的论述。我以为温词之所以具含了此种潜能,乃是因为他在叙写美女之姿容衣饰时所用的一些词语,如"蛾眉""画眉"之类,既与中国文学中以美女为托喻的叙写,有着某种"语码"的暗合;而作为一个怀才不遇的知识分子的感情心态,也与伤春怀人的闺中怨女的感情心态,有着某种情绪上之暗合的缘故。至于韦词之所以具含了此种潜能,则是因其劲直真切的写情之口吻既足可以造成一种直接感发的力量,而且他所写的相思怨别之情词,又都有着一种乱离忧患之时代遭遇为其背景之底色的缘故。而与"花间"词相映相成的,还有南唐的一些词人。在南唐词人中,冯延巳与中主李璟之作风较为相近,他们所写的都显示有一种感情之意境,虽然也是伤春怨别之词,但已不似"花间"词的秾艳拘狭,而且还隐含有一种由国势之危岌所引发之忧患意识的无心的流露,这自然是使得他们的词都蕴涵有丰富之潜能的一个重要的缘故。到了北宋的晏殊和欧阳修两家,则在南唐之词风的影响下,也同样在词中写出了一种感情的意境,而且也蕴涵了极丰富的潜能,只不过他们词中所呈现的已不再是忧患的意识,而是作者自己的学养和襟抱了。正是由于以上所叙及的这些因素,所以中国的词从"花间"以来就形成了一种特质,那就是以具含一种幽微要眇的言外之潜能者为美。这种潜能虽可以引人生言外之联想,然而却又极难于作具体之指陈,与诗之出于显意识之情志的叙写,有着很大的分别。《人间词话》的作者王国维,就是对词之此种特质深有体会的一位说词人,所以他才会提出了"词之为体,要眇宜修,能言诗之所不能言"的说法。而另一方面,则言志抒情的诗篇中之叙事发论的长篇巨制,当然也不是篇幅短小的词所能做到的,所以王氏乃又说词"不能尽言诗之所能言"。而且词之佳者既贵在有一种言外之潜能,因此词的深浅优劣与其表面所叙写之是否为美女与爱情实无必然之关系,所以王氏又说"词之雅郑,在神不在貌"。王氏的这些话,当然都不失为可以引领我们进入词之殿堂的有见之言。只不过词的发展却并没有只停留在歌辞之词的小令阶段,如我在《对传统词学与王国维词论在西方理论之观照中的反思》一文之所曾论述,中国的词自晚唐五代历经两宋,其发展之次第似可分为歌辞之词、诗化之词、赋化之词三个阶段。王国维《人间词话》中所提出的"要眇宜修"与"在神不在貌"两段话,就其狭义言之虽然似乎只适用于对歌辞之词的欣赏,但若就其广义言之,则词之以具含有引人深思的言外之意蕴者为美的一点,实在是三类词之佳者所共同具有的一种特质。只不过到了诗化之词与赋化之词中,其所以引人产生言外之联想的因素已经有所不同罢了。

先谈诗化之词,如果以自我抒情写志作为"诗化"之特色而言,则南唐后主亡国后所写的一些直抒哀感的词,可以说已经是"诗化"之滥觞,所以王国维在《人间词话》中,乃谓后主词"遂变伶工之词为士大夫之词"了。其后柳永的羁旅行役之作,则又拓变了歌辞之词中的春女善怀之情,而写出了秋士易感之慨,这当然也可以说是一种"诗化"之现象。至苏轼之词出,更乃"一洗绮罗香泽之态",使词达到了"诗化"的高峰。其后南渡词人的激昂愤慨之作,则又为诗化之词开辟了另一天地,至辛弃疾之词出,乃更在诗化之词中树立了另一巅峰。这些诗化之词,自表面看来虽然似乎已经失去了歌辞之词透过美女与爱情之叙写而引人生言外之想的要眇幽微之意致,但事实上这一类词之佳者,则原来也仍是以具有一种深层之意蕴为美的。即如李后主词之佳者,在个人亡国的悲慨中却写出了古今人类所共有的人生长恨;柳永词之佳者,在登山临水的秋士之感中,也往往表现了一种可以"破壁飞去"的"神观飞越"之致;苏轼词之佳者,则更在"天风海涛之曲"中,寓含了"幽咽怨断之音";而辛弃疾词之佳者,则在"龙腾虎跃"的英姿豪气中,还表现有一种"欲飞还敛"的悲郁之情和缠绵之致。像这些诗化之词,其风格内容虽然各异,但其所以为佳,则却是同样由于其各自都具有一种耐人深思联想的言外之意蕴。所以《人间词话》所说的"要眇宜修"之美,与"在神不在貌"的评赏之言,就广义来说,对诗化之词应该也是适用的。

再谈赋化之词,我在《论周邦彦词》之《论词绝句》中,曾写有"顾曲周郎赋笔新"之句,提出了周邦彦以赋笔为词的看法。所谓"赋笔",我的意思是指一种以思力铺排为主的写作方式。周氏长于为赋,早年曾经写过长达万余言的《汴都赋》。就中国之文学传统言之,写赋与写诗之主要区别,乃在于诗之写作重在直接的感发,而赋之写作则重在思力的铺排。所以前人评词,如周济之《介存斋论词杂著》,就曾称"美成思力,独绝千古",又云"勾勒之妙,无如清真"。陈振孙《直斋书录解题》亦曾称周词"长调尤善铺叙"。而且周氏又精于音律,往往好用拗折的句子,当然就更要重视思力的安排了。夏承焘在《论唐宋词字声之演变》一文中,即曾云"至清真益出以错综变化,而且字字不苟"。凡此种种,当然都与早期令词之以直接感发为主的写作方式,有了很大的不同。而这种以思力铺排为主的写作方式,则实在是词之长调在发展中的一种必然的趋势。因为长调之写作一定要重视铺排,柳永词长调之铺叙,本可以视为赋笔为词的一种滥觞,不过柳词之铺叙乃大多以平直之叙事为主,如此有时就不免失之于平浅,而周词之铺叙,则往往用倒叙或跳接的手法,为词之写作方式增添了种种变化,即使是旧传统的词学家,对周词之错综变化,也往往有不尽能掌握了解之处。即如陈廷焯在其《白雨斋词话》中,就曾说"美成词操纵处,有出人意表者",又说"美成词有前后若不相蒙者"。而也就是周词的这种以思力安排为主的赋笔为词的写法,遂给南宋后来的作者,如姜夔、史达祖、吴文英、王沂孙等人,造成了极大之影响。这一类赋化之词中的失败之作,虽不免有堆砌晦涩之病,可是这一类词之佳者,却也往往正因其思力安排的繁复变化,遂使之也同样具含了一种词所特有的幽微深隐引人生言外之想的特美。王国维对于这一类词,本来不大能够欣赏,因为王氏之词论较重直接之感发,所以王氏所最为称赏的词人,实在乃是南唐之冯、李与北宋之晏、欧诸家。我们在词之部分的开端所引的两段名言,当然也最适用于对此诸家之评赏。不过如我们在前文之所论述,赋化之词的佳者既然也同样具含了一种深微幽隐之特美,则其所谓"要眇宜修"与"在神不在貌"之言,就其广义来说,对赋化之词自然就应该也是可以适用的了。

以上我们既然对诗之部分与词之部分开端所引之"名言"都已做了简单的解说,而且提出了词之所以异于诗之特质,乃是由于诗之源起,主要重在直接的感发,是一种显意识之活动;词之源起则只是合乐之歌辞,并不必然为作者显意识之活动,但又往往有一种潜意识之流露,所以乃形成了一种幽微要眇之特质。但当词"诗化"和"赋化"了以后,于是早期歌辞之词中潜意识之流露,乃随其"诗化"而转化为显意识之抒写,又随其"赋化"而转化为有意识之安排。只不过词之佳者更具有一种幽微要眇之特质而已。而无论其为诗,为词,为显意识之抒写安排,为潜意识之呈现流露,总之中国之韵文一向是以抒情为其主要之传统的。关于中国诗歌之抒情传统,以及中国传统与西方传统之差别,近二十多年来,已经有不少学者对之做过相当的探讨。早在 1960 年代,美籍华裔学者陈世骧教授就曾发表过《中国的抒情传统》一文,以为西方之以史诗与戏剧为主的文学传统,与以抒情诗歌为主的中国文学传统,代表了两种迥然相异的文化(陈氏之说见台湾 1972 年志文出版社《陈世骧文存》)。最近台湾大学教授张淑香女士在其所写的一篇题名为《抒情传统的本体意识》的讲演稿中,则更想透过中国诗歌抒情传统之表面现象,而追寻出隐藏在此种现象之后的基本根源。她首先从东西方文化形态之差异谈起,以为西方传统受希腊哲学与基督教思想之影响,其宇宙观乃是二元两分的。本体与现象、天堂与尘寰、理性与感觉,界限分明,而绝对的价值与权威则只在前者之中。至于从文学方面来说,则因为崇拜半神之英雄,乃有叙述高贵英雄之丰功伟业的史诗,又因为宗教的缘故而发展出戏剧,呈现为人与外界或命运之冲突的主要形式。所以西方的史诗与戏剧两种文学形式,始终主宰了西方文学的传统,实与其文化性格及特质是相关的。而中国人文传统之面貌,则与之相异。相对于希腊之诸神与基督教之上帝,中国的盘古开天辟地之创世神话,则谓天地混沌如鸡子,盘古生其中,阳清为天,阴浊为地,盘古在其中(见《艺文类聚》卷一引《三五历纪》)。而盘古垂死,乃化身为风云日月,山岳江河,及黎甿百姓(见《绎史》卷一引《五运历年纪》)。如此则是人与神及人与人以及人与万物,都在同体之中。这种血气相通的关系,意味着人类世界就是实现终极价值之所在,生命的意义就在人世之中。而这种万物一体之感,本质上就是一条感觉与感情的系带,它系连了个人与社会,并扩充到自然界。而当这种浑然一体之情,从时间上纵的延展下来,就产生了连绵不断的历史意识,透过记忆之长流,把现在与过去结成了一体,并奔向了未来。张女士的说法,与我一向以兴发感动之作用来说诗的论点甚为相合。本文在前面所曾举引的"情动于中而形于言",以及"人禀七情,应物斯感"和"气之动物,物之感人"诸说,就正说明了人与宇宙人世万物一体之关怀相感的基本的情怀。更在举引"诗可以兴"与"兴于诗"诸说中,说明了不仅写诗的作者贵在有一种感发的作用,就是读诗的读者也同样贵在有一种感发的作用。而且这种感发不仅是一对一的感动而已,更且贵在感动之外还可以引起一种兴发,于是一可以生二,二可以生三,乃至于生生不已以至于无穷。所以孔子与他的学生子贡谈到"贫而乐,富而好礼"的修养,可以使子贡联想到"如切如磋,如琢如磨"的诗句;而孔子与他的另一学生子夏讨论"巧笑倩兮,美目盼兮,素以为绚兮"的诗句,又可以使子夏联想到"礼后乎"的修养。而在词的方面,则张惠言论词可以从"风谣里巷男女哀乐"之词联想到"贤人君子幽约怨悱不能自言之情"。王国维论词也可以从晏、欧的相思怨别之词,联想到"成大事业大学问的三种境界"。凡此种种都可以说明,在中国的诗词中,确实存在有一条绵延不已的感发之生命的长流,而这也就正是中华文化所特有的一份珍贵的宝藏。诸位青少年朋友们,希望我们所撰写的《诗馨篇》的文稿,能够带领你们,使你们不仅可以体认到这条生命的长流,而且可以加入到这条长流之中,来一同沐泳和享受这条活泼的生命之流所给我们的最大的乐趣,我们等待你们的加入,才能使这条生命之流永不枯竭。

1991年5月12日深夜1时
写于台湾清华大学文学研究所

《词学古今谈》前言

早在 1987 年,上海古籍出版社曾出版了四川大学缪钺教授与我合撰的《灵谿词说》一册,现在所出版的《词学古今谈》,实为前书之续编。不过我们却换了一个新的书名,而且内容与体例也都与前书有了相当的不同,现在我就把我们何以做了这些改变的原因及经过,略加叙述。

关于缪先生与我合作撰写《灵谿词说》一书之动机及经过,我们在《词说》之《前言》与《后记》中,都已曾有过颇为详细的说明。原来《词说》一书之撰写以及撰写之体例,一切盖皆出于缪先生之倡议。我与缪先生相识于 1981 年春在成都草堂举行的杜甫学会首次年会之中,当时国内已早于 1980 年出版了我的《迦陵论词丛稿》一书,先生读后认为我论词之见解与他颇有相合之处,遂提出了合作撰写《词说》之计划。又因先生曾经写诗相赠,我亦曾写诗奉答,先生见我于撰写论文之余亦从事诗词之创作,内心尤深赏契,遂又提出了以论词绝句与理论文学相结合之撰写方式。而我于四十年前初读先生《诗词散论》一书之时,即已对先生深怀仰慕,而今既幸得相遇,更蒙知赏,复得合作之机会,感谢之余,遂欣然奉命。及至出书之际,则据上海古籍友人相告云各地新华书店对此书征订之册数甚少,此或由于此书之题名及撰写之体例皆不免过于古雅之故。盖当时正值国内改革开放不久,社会上乃不免有一种崇尚新异之风气。记得我于 1986

年秋回国讲学时,就曾有几位相熟的友人先后劝我在讲授古典诗词时,最好能增入一些新说及新义以提高学生们学习古典文学之兴趣。当时《词说》一书既已结集,即将出版,缪先生亦以为今后我们虽仍可继续撰写论词之文稿,以备日后出版《词说》之续集,但已不必拘守以前所约定的结合论词绝句之形式,而可以各按自己之心得与兴趣采用不同之方式来撰写。那时恰好有《光明日报》的几位编辑先生要我为他们的《文学遗产》撰写专栏短稿,于是自1986年10月开始,我遂为《光明日报》陆续撰写了一系列短稿,题名为《迦陵随笔》,有心引用了一些西方文论如符号学、诠释学及接受美学等论点,来对中国传统的词学做了一些反思的探讨。不过,这一系列短稿却并未收入这本《词学古今谈》之内,那是因为自从这些短稿发表后,就曾经有友人建议,以为我应将这些短稿所涉及的内容改写为一篇长篇论文,那就是现在收入本书之内的《对传统词学与王国维词论在西方理论之观照中的反思》一篇文稿。而自兹以后,我遂一连写了数篇用西方文论来探讨中国词学的文稿。而与此同时,缪先生则以其深邃之旧学,继《词说》所写的对唐宋之词与词人的论述之后,又陆续撰写了以对金元以来之词与词人之论评为主的一系列文稿,计共有十三篇之多,虽然每篇之篇幅不长,却皆为先生读词有得的赏心贵当之言。以先生行文之精简与我之冗杂相对比,从表面看来,其内容与风格当然都有了很大的不同,而不复似以前所合撰的《词说》一书之体例与风格之相一致。当我最初将自己所写的这些冗杂的长文寄奉先生求正时,原以为或者将为先生所不许,岂意先生读了我这些引用了西方文论来探讨中国之词与词学的冗杂之长文后,不仅未曾斥以为荒诞不经,反而来函极致赞许,以为《反思》一文"采取近现代西方新的文学理论,反照中国词学,发抒创新之见,可谓继静安之后又一次新的开拓",又以为《词学困惑》一文"体大思精,目光贯彻古今中西,融合西方女性主义文论,反观《花间》诸词,创发新义,探索秘奥,确实是一篇杰构"。对于先生的过誉之言,我自然愧不敢承,然就先生言,于此乃益见其识见之通达与胸襟之开阔。盖以先生平日论学即主张既要专精,也要博通。又曾提出几种结合之论,以为当以文史相结合、史论相结合、古今相结合、中外相结合。因此先生早年所撰《诗词散论》一书,即曾在其《王静安与叔本华》一文中,将中国之学者与西方之哲人相并论,又曾在其《论词》一文中,将中国历代之诗赋词曲与西方各类风格不同之诗歌相比较。盖以中国文学批评之拓展固原有待于旧学新知之贯通与融会,先生固应早在四十年前就已有了此种博通之识见,是以我所撰写的融用西方文论的长文,就外表言虽似乎与先生之作风有着明显的不同,然而若就我所致力之方向而言,则固当亦为先生内心所深许者也。因将此书命名为《词学古今谈》,一方面固由于所收录之内容有以古今中外相融会结合之意,另一方面也希望改为此一合乎时俗之书名以后,或者能使其较之前所出版的《灵谿词说》一书之不合时宜者,能在各地新华书店中得到较多的征订册数。

不久前,出版者来函要我为此书写一序言,而目前我正在美国从事研究工作,手边无一篇原稿可资为写序时之参考凭藉,因此乃只能简单叙写此书虽为《词说》之续编,然而却在书名及内容体例各方面都有了很大改变的原因及经过如上。是为序。

最后还有一点要加以说明的,就是今年10月四川大学将为缪先生举行九十华诞的寿庆,希望此书能赶在寿庆之期出版。书稿编写后原曾函询《词说》之原出版者上海古籍是否愿出版《词说》之续集,俟接复函之虽极愿出版此书,但因出版任务过重,积压稿件甚多,无法赶在缪先生寿期出版。而当时适有湖南岳麓书社及台北国文天地两家出版社,曾先后致函给我及缪先生商谈出版之事,遂决定将此一书稿交付两家出版社,并承两家出版社热心承允将赶在本年10月缪先生寿庆之期出版。我在此谨向两家出版社表示感谢,并藉此祝贺缪先生的九十华诞之庆。

1992 年 9 月 19 日
写于哈佛燕京图书馆

《清词名家论集》序

对于清代的词与词学,我本来早就有研读的兴趣,所以早在1970年代初,我就曾撰写了《常州词派比兴寄托之说的新检讨》一篇文稿。其后于1980及1990年代中,又陆续撰写了《论陈子龙词》《论纳兰性德词》及《论王国维词》等多篇文稿。我也本曾有意再多写几篇讨论清词的文稿,将之编辑为一册更具系统性的清代词与词学的论集。所以当"中研院"文哲所的林玫仪教授于1993年向我表示要我为他们研究所的"词学主题研究计划"撰写一册论清词的专著时,我乃毫不犹豫地就做出了爽快的承诺。而其后我却于1993年的7月及11月在美国耶鲁大学及马来西亚的马来亚大学先后参加了两次会议,而且在马大会议后不久,又接到了新加坡国大中文系的邀请,要我于1994年赴新讲学,我自忖在此匆迫的工作和行程中,实无力完成一册研究之专著,遂与林玫仪教授相商,决定邀请国内学人陈邦炎先生与我一同合作来撰写此书,幸而获得了陈先生的惠然同意,我遂利用1993年底新加坡短暂的假期去了一次北京,邀约陈先生在京晤面,仓促间商定了一个撰写计划。陈先生早在多年前就曾撰写过《陈维崧评传》与《徐灿传》等多篇文稿,而我则曾撰写过前文所述及的诸篇文稿,因此遂决定各就原有之基础并另外增选数家,以合编为一册论集。陈先生不负约言,果然陆续撰写了极具分量的四篇文稿,那就是收入本书中的《评介陈维崧及其词论词作》《评介女词人徐灿及其拙政园词》《论云起轩词》与《陈曾寿及其旧月簃词》四篇文稿(原来还有一篇《论新蘅词》因已收入《词学研讨会论文集》故未计入)。至于我自己则说来惭愧,事实上我只撰写了三篇文稿,那就是收入本书中的《从艳词发展之历史看朱彝尊爱情词之美学特质》《谈浙西词派创始人朱彝尊之词与词论及其影响》与《说张惠言〈水调歌头〉五首——兼谈传统士人之文化修养与词之美学特质》三篇文稿。及至今年1月,我因接受台湾信谊基金会之邀请赴台讲演,遂得与林玫仪教授再度相晤,林教授告以我尚需为《清词名家论集》再撰写一篇文稿,始得凑足陈先生与我各有四篇之数,而截稿之时间则已极为紧迫,于是遂于仓促间又商定了一个补救的办法,就是我为文哲所作一次讲演,然后由姚白芳女士整理写出。此一讲稿就正是目前以"附录"编入此书的《从云间派词风之转变谈清词的中兴》一文。

从以上的内容来看,陈先生与我的选题可以说本是各自为政,除了避免重复以外,实在并未规定任何撰写的系统和条例。但及至现在即将成书之际,我重读全部文稿,却发现在这些不同风格与不同论述的文稿中,似乎也隐然可以寻觅出一条贯串的线索。而且此一线索更与我最初想要撰写一册论清代的词与词学之专著时所构想的理念,也颇有暗合之处。

关于我最初想要撰写"清代的词与词学"之理念,我在以前所写的诸篇文稿以及本书所收录的诸篇文稿中,也已曾分别有所透露。我之本意盖原在于想要探讨清词中兴之主要因素与其所体现的词之美学特质,以及清代词学家对此种美学特质之体认与反思的过程。此种探讨自应依时代之先后为次第,方能为之推寻出一条演进之线索。而如果依此而言,则本书中所附录于最后的题名为《从云间派词风之转变谈清词的中兴》的一篇讲稿,实颇具发端之重要性。在该文中我曾提出说,明词之所以衰微与清词之所以中兴,主要乃在于云间派诸作者在词风之转变中,竟然从词之表层的美感特质,重新体现了词之深层的一种美感特质。而这种双层之美感特质,则原是早自唐五代《花间集》之一些佳作中就已经形成了的一种词之美感特质,其表层所呈现者为美女与爱情之叙写,其深层所蕴涵者则为丰富的言外之感发。在此双层之特质中,一般人所认知的原大多只是其表层之特质,《花间集》编选人之所取者也原是其"庶使西园英哲,用资羽盖之欢;南国婵娟,休唱莲舟之引"的表层的歌辞之词的美感特质而已。可是晚唐五代之际的战乱流离,却使得某些作者于无意间在其歌辞之词的作品中,竟然流露了其潜意识中的某种忧危的情思,于是遂使得这些歌辞之词,乃在表层所写的美女与爱情的婉约柔靡的美感特质以外,更形成了一种含蕴深微,足以引起读者丰富之感发与联想的深层的美感特质。不过一般的作者与读者,最初对此却并无明白的认知。两宋词风之由歌辞之词转化为诗化之词,又由诗化之词转化为赋化之词,事实上就正是一些杰出的作者,先后对于如何突破词之表层的美感特质,以及如何在突破之后还能保有一种双层之特美的努力和尝试。而且两宋之时代固仍在词体之发生与演变的阶段,于是晏、欧、柳、周、苏、辛,以迄于南宋后期的梦窗、碧山诸家,乃能各以其襟抱、性情、才华、遭际,纷纷以不同之风格与意境,为词之双层美感开拓出不少崭新的天地。不过,两宋之创作虽有可观,但在词学的反思和体认方面,则并没有可称述的论著。所以一般人对词的认知,就仍停留在词为艳科,被视为小道末技的观念中,明词的衰微,主要就正由于明人对词之深层的美感特质全然无所认知的缘故。云间派词人早期的作品,其所承继者仍是明代之遗风,而造成其词风之转变,使之由词之表层美感进入到深层美感之特质者,则是由于甲申国变所加之于这些词人的一段苦难忧危的经历。关于此种转变,我在本书附录之《云间派词风》及早期我所写的《论陈子龙词》两篇文稿中,已有详细之论述。现在我想提一提的,乃是此种转变对清代之词与词学之发展所造成的影响。

先就此种转变对清词之内容所造成的影响而言,本来一般人之认为词之但为艳科者,在经历了惨痛的国变以后,乃发现了词之参差委曲的形式,原来乃特别适合于表达一种忧危隐曲的难言的情思。于是自云间派词人以降,使用词之体式以抒写其易代之悲与身世之慨的作品,遂如叶恭绰在其《广箧中词》中论及"清初词派"之所云:"丧乱之余、家国文物之感,蕴发无端、笑啼非假……分途奔放,各极所长。"顿时呈现出一派中兴的气象。这种现象的产生,其实就正由于时代之忧危既在作者之内心中形成了一种深曲难言的情思,而词之体式则恰好又正适宜于表现此种深曲幽微之情思,于是时代之特色遂与词之特殊美感相结合,使词体之表达此种特殊情思的作用,得到了极好的发挥的机会。何况相继于清初的易代之悲与身世之慨的余波与嗣响犹未全歇的时际,未几就进入了清朝的道、咸衰世,外患内忧,接踵而至。于是自早期云间派词风之转变,由词人所经历的忧患而重新振起的词之深层的美感特质,遂得以相继延承,历清室之衰亡,而在晚清诸大家的词作中,乃有了更为出色的表现。而这种由时代之忧患与词人之忧思所结合而形成的词之深层的美感特质,遂终于突破了词之被人目为小道末技的局限,而拓广和加深了词之作为一种文学载体的意境和容量,于是词在文学体式中的地位,在清一代乃获得了大幅度的提升。不仅吸引了大批优秀的才人,投入了创作的行列,而且吸引了大批的学人,对词籍之编校整理投注了大量的精力。而与以上所述及的词之意境的拓展及地位之提升相表里,而同时发展出来的另一种值得重视之成就,则是清代词学家对于词之深层美感之特质的体认和反思。

提到清代词学家对词之美感特质及其意义与价值的反思,我们仅从《词话丛编》中所收录的清人词话的数量之多,便已可概见其盛况之一斑。要想对之做出有系统的仔细深入的探讨,当然并非这一篇短短的序文之所能为。不过,纵使仅就本书中所编录的几篇文稿来看,我们已经可以略微窥见此种反思之觉醒与发展的一点端倪。现在我们就将按照书中所论及的几位作者的时代先后略加叙述。首先我们要提及的一位清词大家，自然是为我们曾留有一千数百首作品的才气纵横的词人陈维崧。他的词论中最为人所称述者，就是他在《今词苑序》中所提出的"盖天之生才不尽，文章之体格亦不尽……要之穴幽出险以砺其思，海涵地负以博其气，穷神知化以观其变，竭才渺虑以会其通，为经为史，曰诗曰词，闭门造车，谅无异辙也"一段话。从这段话看来，陈维崧对于词之所以异于诗之特美，虽然并无深切的认知，但已经对于词之作为一种文学载体，其功能之可以含有极大之包容量，有了明白的觉醒。所以陈氏之词一方面就词之特美而言，虽不免有时会令人有"一发无余"的憾惜，但另一方面则他在内容方面所做出的拓展，则确实已突破了把词视为小道末技的狭隘的观念，这是极可注意的。至于与其时代相近的本书中唯一的一位女性词人徐灿，其《拙政园词》则诚如陈邦炎先生所称述的，表现了一种"男性词人也少有的深沉的沧桑感和悲咽跌宕的唱叹之音"。徐氏虽然没有什么词论流传下来，但她在创作的实践中，却充分证明了她不仅在观念上已脱出了词之为小道末技的但以柔婉为美的拘限，而且更在艺术上极为出色地表现了词的一种深层的美感特质，后之论者往往将清代的徐灿与宋代的著名女词人李清照相提并论。私意以为李氏之词作虽亦有过人之处，但若就其对词之容量与词之双层美感特质的体认而言，则李氏固仍未能完全摆脱早期歌辞之词的美感观念之局限，所以李氏虽然也身经北宋沦亡的国变，但在其词中却并未能做出更为深广的发挥。而徐氏所生之时代，则自明清之易代对云间派词风之转变造成了强大之影响以来，清初作者之在词体中表现其沧桑之慨与身世之悲，盖已成为一时之风气，陈维崧就是在此种风气中，提出了词之可以具含更为深广之功能的一位作者，只不过陈氏作为一个性格豪迈的男性作者，故其作品之风格乃表现为奔放者多，而沉敛者少；至于徐氏则以一位女性之作者，在国变中感受到了与男性相同的悲慨，却在另一方面又禀赋了女性之深微柔婉的心性，所以徐氏虽没有任何的词论之流传，却在其创作之实践中，自然把词之深广的功能与词之双层的美感特质做出了极为美好的结合。只可惜其出塞后之所作，未能流传于世，否则固当如陈邦炎先生之所论，"其中必多刻骨铭心、感荡心灵之作"，不仅在女性词人中足可称为巨擘，即使就男性作品而言，如徐氏之所成就者固亦不易多见也。

以上两家，可以说都是对词之意境与功能方面既有了更为深广的认知，而且在创作方面也表现出可观之成就的两位作者。至于依时代先后在本书中所论及的第三位作者——朱彝尊，则可以说是对词之深层美感开始做出有意之反思与探索的一位作者。在本书中所收录的《谈浙西词派》一篇文稿中，我对于以朱彝尊为首的浙西词派之形成的过程，以及其词论中之重要论点与其得失之所在，都已曾做了相当多的探讨。约言之，则朱氏词论之成就盖可分为两方面来加以观察：其一是他对于词在意蕴方面之可以具含一种双重美感的体认。关于此点，他在《红盐词序》与《紫云词序》两篇作品中，曾以外表看似矛盾的叙写，分别提出了词之表层虽具有"宴嬉逸乐"之性质，但在深层美感中，词却也含有一种可以使那些"不得志于时者"可以寄情的微妙的作用，这种体认当然是极可重视的。其二则是他对于"小令当法汴京以前，慢词则取诸南渡"的两种不同词体之不同美感的辨析，这种辨析可以说是发前人之所未发，当然也是极可重视的。而且与他对南宋慢词之特殊美感之认知相结合的，还有他的倡雅正而崇姜张的主张，此种主张，就南宋慢词之美感特质而言，以及就朱氏之有意于纠正明词的淫秽之作风而言，原来也并未可厚非。可是过于重视形式与文字之雅的结果，却使得浙派的词风逐渐成了一种浮薄空疏之病。于是乃有本书中所论及的第四位作者张惠言所倡导的，以比兴寄托为主的重视内涵的常州派词论之出现。我个人因为早在多年前就已曾写有专论《常州派比兴寄托之说》的文稿,所以本书中所收入的一篇,原是对张惠言《水调歌头》五首之词作的评说,而并不是讨论其词学理论的作品,不过在讨论张氏之词作时,我却也曾结合其词论来加以评述。约言之则张氏的重视"言外"之意的比兴寄托之说,表面看来自然似乎曾受有朱彝尊的《红盐词序》所提出的"不得志于时者所宜寄情"之说的影响,但事实上则私意以为清代词论之所以对于词之深层美感之逐渐有了愈来愈明白的认知,原该是由于我在前文所提出的,乃是时代之特色与词之特殊美感相结合后所产生的必然的结果。清代的作者既在词之委曲的形式中找到了最适合于表达他们的幽微深曲之情思的一个文学载体,则词学家们透过了反思而逐渐认识到词体之深层美感,便自然也就形成为词学发展的一个共同趋向了。只不过这一条反思与认知的道路,也仍是极为曲折的,朱彝尊虽然曾经对此一特点有所认知,却并未能就此一特点加以发挥,而在其晚期词论中转向了对慢词的形式之美与文字之安排的强调,因而遂产生了浮薄空疏之弊。至于张惠言虽然对此一特美有了更清楚的体认,但也留下了两个无可讳言的盲点:其一是未能分辨出词之深层美感的作用与诗之比兴寄托的有意识的拘执的喻说并不全同;其二是未能分辨出小令的自然感发与慢词之安排勾勒的两种美感作用之并不全同。所以张氏之词论,乃在后世蒙受了不少"牵强比附"与"深文罗织"的讥评。不过尽管张氏有这些盲点,他所提出的对于词之富于"言外"之意的深层美感的特质的认知,也仍是极可重视的。而更可贵的一点,则是我在《说张惠言〈水调歌头〉》一文中所提出的,张氏之"兴于微言"之说所体认到的词中之"微言"的微妙作用,只不过可惜的是张氏对此一微妙的作用,也未能做出更多的理论发挥。

除去在本书中我所提出的朱彝尊与张惠言二家的词论以外,我在此还想略作补充的,则是常州词论之继起者周济的词论。周氏之词论最可注意者有两点:其一是对词之深层美感作用有了更深的体认,他在《宋四家词选·目录序论》中,曾以极形象化之语言指出了词之"言外"之意与诗之有意识的喻说的微妙的差别,说"读其篇者,临渊窥鱼,意为鲂鲤,中宵惊电,罔识东西",喻示了词深层美感的一种虽可确感而不可确指的微妙作用。这种体认自然是极为可贵的。其二是周氏提出了"词史"之观念,他在《介存斋论词杂著》中曾特别提出了"感慨所寄,不过盛衰"之说,以为"诗有史,词亦有史",这种观念之形成,私意以为与我在本文所提出的清词之中兴乃是由于时代之特色与词之特殊美感相结合的演进形势,也有着极为密切的关系。云间词派之词风的转变,就主要是由于明清易代之变在士大夫的感情心态与身世遭际方面所造成的一种强烈的激荡而促成的。自此以降,经历了嘉道以来百余年之内忧外患,直到清代之衰亡,一些优秀的词人,都曾先后以词这种委曲的形式,传达了他们内心中的一种深曲难言的忧思。于是周济所提出的"词史"的观念,遂在词的创作中做出了实践的完成。在这方面,正是陈邦炎先生的四篇极具分量的结合历史背景与词之艺术特色的论文,对此做了很好的发挥和论述。而其中《论云起轩词》一文,结合历史背景之评述,则正可为晚清史词之最好代表。至于其《论旧月簃词》一篇文稿,则私意以为尤可注意。这不仅因为陈先生与其所写的词人之间有着家族的关系,知之深而言之切,也因为陈曾寿之身世及其感情心态,本来就有其特别合于词之美感特质之处。而其表达艺术的深隐曲折之"微言",也似乎更含有如周济所说的使人"临渊窥鱼,意为鲂鲤"的一种美感之潜能。多年来我曾一直劝说陈先生要写一篇介绍苍虬老人之词的文字,如今果然能够读到陈先生的这篇文稿,这自然是一件可喜的事。

至于我自己的文稿所偏重的则似乎是关于词之美感特质的探讨,除去以上已曾提到过的论《云间派词风之转变》《谈浙西词派》诸文稿外,另外我所写的颇为烦琐的两篇长文,则是《从艳词发展之历史看朱彝尊之爱情词的美学特质》及《说张惠言〈水调歌头〉五首——兼谈传统士人之文化修养与词之美学特质》两篇文稿。这两篇文稿仅从题目来看,固已可见其内容之纷繁琐杂之一斑。因此我实在不拟在此序文中更加重述。不过为了要想使此一篇序文有一个贯串的线索,我在此只想再提出一点来略加说明,那就是清词之中兴,虽然乃是由于时代所造成的词人之忧思与词体之特美相结合所形成的结果,但词体之特美却并不是只适于表达时代的忧患之思。即如朱彝尊之爱情词与张惠言之谈士人修养之词,就都不是属于此一类内容的作品。但也就正由于这些不属于此类内容之作品同时也具含了词之此种特美的品质,遂使得我们能够窥见词体之更为基本的一点特质。关于此种特质,我在论《朱彝尊爱情词》一文中,也曾经尝试为之拟想了一个名目,称之为"弱德之美",并且曾指出词之能表现出一种深层之特美者,往往乃是由于其有一种"难言之处"。并且曾举出豪放派词人中之苏、辛两大家来作为例证,以证明词之风格无论其为婉约或豪放,但凡属表现有词之特美的佳作,盖无不寓含有此种"弱德之美"的特质。朱彝尊的爱情词,其所表现者之为一种"弱德之美",且有其"难言之处",固不待言,至于张惠言之写士人之修养的五首《水调歌头》,则私意以为实在也具有此一种特殊之美感。我这种说法,初听起来,也许并不易被一般人所接受,但如果就儒家修养之本质而言,则儒家所重视的"克己复礼"的功夫,其自我约抑的操守,实在就正是一种"弱德之美",而且如我在《说张惠言〈水调歌头〉五首》一文中之所言,儒家修养之最高境界实在并不易于完美的达致和完成,要想将个人对此种修养的深微的体会用语言来加以说明,当然也自有其难言之处,而这也正是张氏的这五首词之所以能表现有词之深微曲折之特美,而与平板僵硬之说教者有着截然之不同的缘故。

　　本书中所收录的几篇文稿,就整个有清一代之词与词学之中兴的成就而言,固不过仅如蠡海之一酌,本文之所写,只不过是想尝试在这几篇内容与风格并不尽同的文稿中,为之寻觅出一条聊可贯串的线索而已。

最后我要为个人之因琐事忙碌,既未能全力投注于写作,更于最后不得不以一篇讲稿来作为附录以完成我个人所应负担的撰写之篇数,来向文哲所表示极大的歉意。同时也向陈邦炎先生之惠允合作的大力协助,表示诚挚的谢意。

1996 年 6 月 5 日夜完稿于温哥华

《清词选讲》序言

清词之盛,号称中兴,其作者之多,流派之盛,以及其对词集之编订整理,对词学之探索发扬,种种方面之成就,固已为世所共见。早在1960年代中,我已曾经写过《对常州词派比兴寄托之说的新检讨》一篇长文,继之又在1980年代中写了《对传统词学与王国维词论在西方理论之观照中的反思》,以及《论王国维词》与《论纳兰性德词》诸文,并且对于曾被龙沐勋称誉为"遂开三百年来词学中兴之盛"的云间词人之代表陈子龙的词,也曾写过长文加以论述。凡此种种,当然都表现了我对于清词研读的兴趣。不过,自从1950年代我开始在台湾各大学讲授诗词诸课以来,直到我于1990年自不列颠哥伦比亚大学退休为止,三十多年来,我却从来未曾在国内外各大学的诗词课中讲授过清词。这主要是因为一般大学中的词选课,主要都是从唐五代的词讲起,如此依时代次第讲下来,要想把两宋重要的作者讲完,在时间上已经极为紧张,当然根本就不会有机会讲到清词了,谁知就在我退休已经四年之后,我却在被新加坡国大中文系邀去客座讲学的半年中,得到了一个讲授清词的机会。

我之被新加坡国大邀聘,其事盖全出于一次偶然的机缘。原来我曾于1993年冬赴吉隆坡,参加马来西亚大学中文系举办的一个国际会议。会议中得识新加坡国大中文系的陈荣照主任,恰巧我三十多年前曾在台大教过的一个学生——王国璎博士正在该系任教,于是我在吉隆坡开完会后,遂应国璎之邀至新加坡旅游。勾留数日,并作了一次讲演。临行前,陈荣照主任遂向我表示了拟于次年邀我前来讲学之意。于是我遂于1994年7月中来到了新加坡。当时我担任的有两门课,一门是研究生的"专家研究",另一门则是本科三年级的"韵文选读"。后一门课由国璎女弟与我合开,她教前半学期,我教后半学期。这一班学生对于唐宋诗词大多已经有了相当的学习经历,所以当我提出想要讲授清词时,就立即得到了系方的同意。新加坡国大沿用英国教学制度,除课堂讲授外,另有辅导课,由教师指定研读主题与参考书目,由学生自行研读,然后分为每十人一组,由教师指导讨论,并写成读书报告交由教师评阅。我担任的后半学期课,一共只有六周,每周的讲授课只有三小时,但因选课的学生差不多有一百二十人,所以每组十人的辅导课却有十二小时之多,我所拟定的教材内容,原为清代词人十四家,依时代先后,计为:李雯、吴伟业、王夫之、陈维崧、朱彝尊、顾贞观、纳兰性德、项廷纪、蒋春霖、王鹏运、文廷式、郑文焯、朱祖谋、况周颐等共十四位作者。但因受时间限制,只能有一半作者由我在课堂中讲授,另一半作者只好由学生自己阅读教材,然后在辅导课中讨论。这一册《清词选讲》所收录的,就是由姚白芳女士根据我在课堂中讲授时的录音所整理出来的文稿。其中所收录的,计共有李雯、吴伟业、陈维崧、朱彝尊、蒋春霖、王鹏运、郑文焯、朱祖谋、况周颐等九位作者,至于其他在辅导课中讨论过的五位作者,则因讨论时多由学生发言,然后才由我回答他们的问题和指正他们的错误,是以内容颇为零乱。而且辅导课有十二组之多,其中自有不少重复之处,整理起来极为不易,因此未加收录。不过最后我们却增录了另外一位作者,那就是清代常州词派的作者张惠言。本来我并未将张氏列入讲授的计划之中,因为张氏的作品不多,在清词的创作中并不占重要地位。只是我们在讲课中既曾提到了清词中阳羡、浙西与常州三大流派,因此在介绍了阳羡派的代表作者陈维崧与浙西派的代表作者朱彝尊之后,就也顺便选讲了一首张惠言的词,那就是他的《水调歌头》五首中的第一首。而其后我自新加坡返回温哥华后,有几位当地友人听说我曾在新加坡讲授清词,就要求我也为他们讲一些清代的词。那时我对于才在新加坡讲过的张惠言的一首词,正有一种意有未尽之感,遂决定把张氏的五首《水调歌头》全组词,做了一次颇有系统的讲评。所以这一位本来未被我列入讲授计划之内的作者——张惠言,如今在这册书中反而占有了最大的篇幅,这原是我始料所未及的。

以上所写,可以说是我对此书内容之讲授的种种机缘。至于这些讲授的音带之得以整理成书,则由音带之整理写录,以至联络出版成书,乃全出于我的一位私淑弟子姚白芳女士之手。这其间也有一些巧合的机缘,本来我身居加拿大,她远在台北,可说是素不相识。但就在我退休后将要应台湾清华大学之邀赴台讲学之际,有两位同事好友陈弱水和周婉窈夫妇,向我提起了远在台北的姚白芳女士,说她有心向我学习诗词,我当时也未以为意,及至抵达清华大学开始上课以后,白芳遂经常自台北来新竹听课。直到我在台大也开了同样课程,才省去了她在台北与新竹间的往返奔波。其后更巧的则是,当我返回温哥华后,白芳也办了移民加拿大的手续,送她的几个子女来温哥华读书,而且她的住所离我家极近,走路不到十分钟即可抵达,于是她遂经常来我家问学讨论。那时她曾一度想要把我在台湾清华大学所开的"清代词学"一课的录音整理成书,但因那也是一门讨论课,学生程度不齐,所提的问题颇为零乱,所以整理起来极为困难,乃终于作罢。及至我赴新加坡国大讲学,她又曾有一次自台北远来新加坡,要求我务必将讲课录音交给她聆听和整理,她的用功学习坚持不懈的精神,实在使我极为感动。如今她不仅已将我在新加坡所讲的"清词选读"整理成书,而且已于最近考入了香港的新亚研究所,将从事清词之研究,该所并已来函,邀聘我任其论文指导教师,以她的勤勉向学和资质的聪慧,相信她在研读方面必会获得很好的成果。

  在叙写了此一册《清词选讲》之成书的种种机缘以后,我还想对我最初拟定教材时的一些想法,也略加说明。我所拟定的教材始于历经明清国变的李雯、吴伟业诸人,而终于晚清四家词。我以为清词虽以其创作及研究的种种成果,号称中兴,但是真正促使清词有此种种成果的一个基本因素,却实在乃是自清初直至清末,一直隐伏而贯串于这些词人之间的一种忧患意识。其实早在1989年我所写的《论陈子龙词》一文中,我已曾对此一观点有所论述。本来词在初起时,原只是歌筵酒席间的艳曲,然而此种艳曲,却在其早期的发展过程中,由于晚唐五代之时代背景,以及温、韦、冯、李诸词人之身世经历,而于无意间使之具含了一种富于言外之意蕴的特质。其后经历了两宋之发展,虽然在形式上及风格上都有了很大的拓展和变化,但无论其在形式上之为小令或长调,在风格上之为婉约或豪放,总之词之以具含一种言外之意蕴者为美,则仍是词之佳作所要求的一种基本特质。只不过这种潜蕴的特质,一般人对之却并无明显的理论上的认知,明代之词之所以衰落不振,就正因为明代词人对于此种特质缺少了一种深入之体会,而且受了元代以来之散曲与剧曲之影响,对于"词"与"曲"的体制风格之异,未能做出明显的区分,往往以写作小曲的方式来写词,遂使明代之词缺少了深远之意境,纵使偶有灵巧倩丽之作,亦不免浅薄俗率之病。如此相延至明代末年,云间派词人陈子龙、李雯、宋徵舆诸人,他们早期所写的所谓"春令"之作,也仍然只不过是一些叙写男女柔情的艳歌而已。直到甲申国变以后,经历了切身的家国之痛,才使他们的作品有所改变,加深了词的内容,也提高了词的境界。陈子龙自然是在此种转变之中,最值得重视的一位作者。不过陈子龙乃是为反清复明殉节而死的一位烈士,我们自不应将之再收入清代作者之中。所以龙沐勋所编选的清代词人选集,乃不敢称"清代",而改称为《近三百年名家词选》,私意以为那就正因为龙氏一方面既明知"开三百年来词学中兴之盛"的作者,乃是云间派词人之陈子龙,但另一方面则他又为了对这位殉节的烈士表示尊重,而不敢妄自将之收入为清代之作者,遂不得不以"近三百年"来称其所选的词集。但不论其名称为何,总之清词之所以有中兴之盛,其最重要的一个原因,实在正是由于明清易代的惨痛国变所造成的结果,这一点乃是不争之事实。不过,每一位词人在国变中之遭遇既各有不同,其性格之反应也各有不同,所以清初词坛乃在国变之后,骤然展现出一种激扬变化的异彩。叶恭绰在其《广箧中词》中,即曾称"清初词派……丧乱之余,家国文物之感,蕴发无端,笑啼非假,其才思充沛者,复以分途奔放,各极所长"。叶氏这段话是颇为有见的。我所拟定的教材中,李雯、吴伟业、王夫之三人,就分别代表了清初历经国变的几位不同性格与不同遭遇之作者,所展现出的几种不同的风格。至于稍后的陈维崧与朱彝尊两家,虽然在整体的风格上有着颇大的差别,但就其传诵众口的佳作而言,则如朱氏之《水龙吟·谒张子房祠》(当年博浪金椎)、《长亭怨慢·咏雁》(结多少悲秋俦侣)诸作,以及陈氏之《夏初临·本意》(中酒心情)、《沁园春·题徐渭文"钟山梅花图"》(十万琼枝)诸作,也都蕴涵有不少沧桑易代之悲。此外我所选的顾贞观与纳兰性德二家,则主要以他们为遣戍宁古塔的友人吴汉槎所写的几首《金缕曲》为主,虽非家国之慨,但同样是一种忧患之思。至于项廷纪与蒋春霖两家,则同为落拓不偶之才人,项氏尝自称其"生幼有愁癖,故其情艳而苦",不过其所写大多为个人之哀愁,似乏高远之致;而蒋氏则除个人之哀愁外,还有不少反映时代乱离之作,自然也属于一种忧患之意识。继此而后,则我又选了王鹏运、文廷式、郑文焯、朱祖谋及况周颐数家之作,他们所生的时代,已是晚清多难之秋,自鸦片战争、英法联军、甲午之战,在列强的觊觎之下,中国被迫签订了一系列丧权辱国的国耻条约,继之以戊戌变法的失败,八国联军之攻占北京,于是这些作者们就也把他们伤时感事的哀感,一一反映在了他们的作品之中。而与这一系列清词之发展的忧患意识相配合的,因而在词学中遂也发展出了重视词之言外之意的比兴寄托之说,以及词中有史的"词史"之观念。而词之意境与地位遂脱离了早期的艳曲之局限,而得到了真正的提高,也使得有清一代的词与词学,成就了众所公认的所谓"中兴"之盛。

  以上所写的,乃是我最初编选教材时的一点理念,但可惜的是我的这一点理念,在这一册讲录中却并没有完全反映出来。其中最主要的一个原因自然是由于时间的不足,如我在本文开端所言,这一门"清词选读"只有半学期的课,在教室中所上的讲授课,时间极少,于是我遂不得不把许多作者和作品,都放在了辅导课中,由学生自修,然后辅导讨论,而这一册讲录,则因体例关系,并未能将辅导课的内容纳入其中,因此对于王夫之、顾贞观、纳兰性德、项廷纪以及文廷式诸人,在这册讲录中乃并无一语及之,除此以外,对于陈维崧与朱彝尊等人的一些长调之作,在课堂中也未曾加以讲授,这一则自然也是由于时间的有所不足,再则也因为其中几首作品,我们在另一班"专家研读"的课程中,也已经辅导阅读过了,所以这册讲录中,就只讲了他们两首短小的令词,凡此种种,当然都是需要这一册书的读者,对之特别加以谅解的。不过相对于这些原在拟定的教材之内,然而却未能在课堂之中讲授的缺憾,我们却在另一方面做出了补偿,那就是我们增录了一位原不在教材计划之内的作者——张惠言,而且因为在讲授张氏之词作时,并没有任何时间之限制,于是遂使我有了比较可以自由发挥的机会,因而遂造成了张氏之词在此一册书中,所占分量为独多的一种不平衡的现象。这种不平衡的现象,一方面固然说明了时间之不足,对我的讲课所造成的是否能畅所欲言的影响;而另一方面,则我以为这种表面不平衡的现象,却也在这册书的内容本质上,于无意间形成了一种巧妙的平衡的效果。因为如我在前文所言,我当初拟定教材时,原是想以忧患意识作为贯串清词之一条主线的,而就中国传统之士人心态而言,则在他们对于国家社稷的"进亦忧、退亦忧"的"以天下为己任"的忧患意识以外,若就个人而言,则他们却原来也有着一种"不以物喜,不以己悲"的超然于个人得失之外的一种"仁者不忧"的境界。而张惠言的五首《水调歌头》,所表现的可以说就正是这样的一种修养境界,而这种修养境界却往往也正是使得那些士人们去关怀和承担忧患的一种基本的力量,如此说来则张氏之词的不平衡的介入,岂不也有着一种微妙的平衡的作用。不过纵然如此,这册书之并不完备,之并未能达成我初心原意的理想,则是一个不可讳言的事实。

在此即将成书之际,我除去对热心整理并促成此书出版的姚白芳女士表示感谢之意以外,谨将成书之经过及一切我所感到的不足之处,说明如上,是为序。

1995年12月29日写于天津南开大学

《阮籍咏怀诗讲录》前言

这一册《阮籍咏怀诗讲录》，原是 1960 年代我在台湾任教时，为台湾教育电台播讲大学国文时之讲课录音。在播讲期间，我丝毫也没有要将所播讲之内容整理成书之计划，所以在当时并未把播讲之内容录音保存。谁知相隔三十多年后，竟然在大陆被整理记录成书。这实在是当初我完全没有意想到的一件事。回思往事，从我之接受播讲的邀请，以至今日之编录成书，这期间原来颇有一些巧合的机缘。现在我就将这些巧合的机缘略加叙述，并对与这些机缘有关的友人们表示感谢。

先从当年被邀担任大学国文播讲的一段机缘谈起。我从 1950 年代初即开始在台湾大学任教，其后又相继被邀往淡江大学及辅仁大学两校兼课。当时在淡江大学任中文系主任的许世瑛先生与我家原有世交，且为我的师长一辈。当我渡海抵台经历过一段忧患之后，介绍我入台湾大学任教的，就是许世瑛先生。其后许先生又邀我至淡江大学兼课。及至 1960 年代中，许先生因久患目疾，视力日损，其所担任的大学国文播讲课程之教材，则字体甚小，因而日感不便，遂坚意邀我去接替他的课程。最初我本不敢接受此一邀请，一则是因为我那时已在三所大学任教，工作极为忙碌，实已无暇增加任何教课之任务；再则也因为大学国文广播节目所选用之教材，其涵盖面颇为广泛，有些内容如《说文解字序》之类，并非我所专长。何况此一广播之收听者乃是社会大众，我深恐万一在讲说中倘或有所失误，岂非愧对许先生之推荐。因此我对许先生之邀请,曾坚持甚久,不肯接受。但半年后许先生之视力已衰减至几乎不能阅读之地步,我遂终于不得不接受了许先生之推荐,接替了他的大学国文广播教学之任务。而阮籍的《咏怀诗》,则正是当日大学国文广播教学中的一篇教材。这自然是今日得有此书出版的第一段机缘。

不过我当日对自己所播讲的大学国文课程,既未曾录音保存,今日之有此一批音带,则是由于我自 1969 年到加拿大任教后,当时有几位从台湾来的研究生,他们知道我在台湾曾经有此套广播教材,希望能获得这些教材的录音作为他们自己课外学习之参考。我遂函请在台亲友与台湾教育电台联系,请他们为我复制一套音带寄至加拿大。当时台湾应允只能复制成圆盘式之大型音带,不能制成卡式音带,而若将全部广播教材都制成圆盘式音带,则数量极大,邮寄起来颇为不便,所以在台之亲友就只为我录制了教材中有关诗歌和辞赋的部分音带。而这些圆盘式音带,在播听起来时极为不便,所以当我收到这些音带后,就又请人为我转录成了卡式音带。多年来经过学生们的辗转播听,其中部分音带已经模糊不清,而且音带颇有失落,次第已不复衔接。何况从我自加拿大的不列颠哥伦比亚大学退休后,这些音带已久被搁置不再被学生们借去听用。谁知两年前竟有在温哥华的一位友人施淑仪女士笃好中国文学,不仅热心于借取音带去播听,而且曾经为我将部分音带重加整理复制。恰好近年在天津有一些曾在南开大学听过我讲课的学生,正热心于整理我讲课的录音,于是我遂把施女士为我重新录制的一套阮籍《咏怀诗》的音带,也带来了天津。这自然可以说是今日之得有此书出版的第二段机缘。

当我把这套阮籍《咏怀诗》的广播音带携来天津后,也并没有要请天津的几位旧日学生将之整理写出之意。因为她们所整理的大多是我近年来的一些讲课录音,而并不是我在台湾时代的广播录音。那些讲课的录音已经数量极大,当然一时无暇再整理这些广播录音。而说到我的讲课录音之被整理,也原有一段机缘。因为我过去在讲课和讲演时,一般都是不录音的,直到1978年夏天,美国东岸有一批爱国的文艺工作者,组织了一个文艺夏令营,坚邀我去参加。在那次聚会中,大多数人所发表的都是比较进步的言论,只有我所讲的乃是几首古典诗歌的评赏,我原以为我之所讲颇为不合时宜,谁知听众的反应竟极为热烈。当时在座的有一位在纽约联合国工作的尹梦龙先生,正在主编一册题名为《海内外》的杂志,他不仅把我的讲话全都录了音,而且很快就让人整理出来在他的刊物中发表了。自此以后尹先生遂要求我把当时在加拿大讲授的诗词课,都录成音带寄给他交人去整理发表。这可以说是我的讲课之被整理发表的一个开始。其后我养成了讲课录音的习惯,于是才有以后天津的旧日学生为我整理音带的工作。这几位学生虽是在南开听过我的课,但其实都是天津师大的校友,那就是现在天津电大任中文系主任的徐晓莉,在南开中国文学比较研究所任秘书的安易,在天津市铃铛阁中学任语文教师的杨爱娣,如果不是她们三个人多年来对听我讲课(包括听录音带的讲课和整理)所表现的热心,我是不会把多年前在台湾播讲大学国文的音带携带到天津来的。以上种种当然也都是造成此一册《阮籍咏怀诗讲录》之得以辑录成书的另一些可贵的机缘。

不过,尽管有着以上的一些机缘,但是我之把阮籍《咏怀诗》的音带携来天津,却原来并没有将之整理成书的意思。如今之被整理成书,则是出于又一次巧合的机缘。这本书的写录执笔人——刘志刚先生,也是一位在南开大学曾听过我讲课的旧日学生,与舍侄叶言材曾是南开大学中文系的同班同学,目前在天津教育出版社任编辑室负责人。今年春天由舍侄陪同他及另一位他们同班同学、现在南开大学中文系任教的赵季先生一同来看我,谈话间提及我这里有这一批阮籍《咏怀诗》

的教学音带,刘志刚先生当即提出愿为我将之整理成书的意愿。原来赵季先生在中文系读书期间就曾为我整理过柳永词的教学音带,文笔极好。我对他们这一班同学颇有信心,就同意了刘志刚先生的提议;而且此事也得到他们出版社的大力支持。此事商定后不久,我就离开天津返回了加拿大,其后又于6月去了美国。谁想到刘志刚先生整理的速度极快,7月我就在美国收到了他寄来的稿件。本来我以为这一批在台湾教育电台录制的播讲教材,整理起来要比我在课堂中讲授的录音困难得多,因为课堂中的讲授所面对的乃是现场的学生,平日师生间既有理解和情谊,而且讲课可以一气呵成,所以讲起来自然有一种生动流畅的气氛。可是在录音室中的播讲则不同了,录音室中所面对的只有一支冰冷的麦克风,气氛自然要生硬得多,何况每次录音只有半小时,开讲前还要播放一段音乐,而且为了听众程度之并不整齐,所以每次都要对教材的题目和页数,以及上一次的进度,做一些简单的交代。因此之故,录音带中自不免有许多重复之处,这些地方当然都需要整理的人重加剪裁和编排。从刘志刚先生寄来的文稿看,其文字颇为简净,可以想见他在整理中是必然下过一番重加剪裁和编写的工夫的。此外,如果把这批依据录音室中的录音而整理出来的讲稿,与另外依据课堂中的讲课录音而整理出来的讲稿相比较,也许读者们就会发现后者虽显得更为流畅生动,但前者在注释和考证方面,却实在更为详尽。不同的讲授场合与不同的听众对象,自然会造成讲授方式的种种不同。这一册《阮籍咏怀诗讲录》,乃是我在播音室中的讲课第一次被整理成书,可以说是一种新的尝试。至于内容中所讲的作者——魏晋时代的名诗人阮籍及其《咏怀诗》,则我在本书中论述已多,在此就不再赘述了。

1996年10月16日写于南开大学

《迦陵文集》总序

《迦陵文集》的出版,就我个人而言,实在深感惶愧。因我自己深知这些论讲诗词的文字,原没有什么学术价值,现以文集形式出版,实非我之本意。但如今终于出版了,这其间实在关系着长达半个世纪以上的一段历史渊源。而在这一段渊源中所牵涉到的师友,都是我所深怀感谢的。所以在此出版之际,我愿把促成此书出版的历史略加叙述。

首先我要谈一谈"迦陵"二字命名的由来。那是1942年的秋天,我当时正在北平辅仁大学国文系二年级从顾师羡季先生修读唐宋诗的课程,因我自幼在家中便已习作旧体诗词,所以便经常写作一些诗词请先生批改,先生对我也时加奖勉。其后有一天先生忽然问起我有没有笔名,说要把我的几篇作品交给报刊去发表,而我一向从来没有发表过任何作品,当然没有什么笔名,仓促间忽然想到先生在讲课时往往引用佛书,而《楞严经》中曾记载云佛国有鸟名迦陵者,与我的名字嘉莹二字的音声颇为相近,于是就选用"迦陵"作为笔名了。关于羡季先生给我的启迪教诲,以及先生对我的期待盼望,我在多年前所写的《纪念我的老师清河顾随羡季先生》一篇长文中,已有详细叙述,现在就不再重述了。总之,我自1948年春因结婚而离开北京后就与羡季师失去了联系。其后又因外子工作调动而辗转迁徙去了台湾,1960年代中又辗转去了美国,更因种种原因而羁留在了加拿大,直到1970年代中才有机会再返回祖国探亲。当时我的一个最大的愿望,就是想把多年来在艰苦流离中所完成的一点研读和教学的成果,能再次呈缴给老师,得到老师的指正和印可。岂意老师竟已早于1960年9月去世,未能再见老师一面,这实在是我平生最大的悲憾。幸而不久后我就与老师的两位女儿——在北京的之惠师姐及在保定的之京师妹取得了联系,并一同展开了向师友们搜辑老师遗著的工作。谁知就由于我与之京的联系,竟然就种下了今日出版文集的因缘种子。原来当时之京所任教的河北大学中文系内,还有一位教写作的谢景林先生。谢先生当年也曾听过羡季师讲课,更有一位年辈较长的谢国捷先生当年也曾听过羡季师讲课。当1979年春我第一次到天津南开大学访问讲学时,谢国捷先生就曾旁听过我的讲课,返回保定后就向谢景林先生介绍了我的情况。所以当我于1981年再次回到南开讲课时,谢景林先生就通过了之京的介绍到天津来看望我,不仅旁听了我的课,而且还提出了要写一篇访问记的计划。谢先生的态度极为诚恳认真,访问时记录得非常详尽。后来写成了一篇传记式的长稿,而那时我已返回了加拿大,谢先生还曾将这篇长稿远寄至加拿大征求我的意见。其后又有一位在唐山大学中文系任教的赵玉林先生,原来也是谢景林先生的同学,偶然见到了谢先生所写的这篇传记稿,而且因为我曾送给之京一册未经正式出版的我的诗词稿,他们二人对这些诗词都极感兴趣,于是就把原来以叙写生平为主的传记稿,改写成了以诗词贯串为主的另一篇题名为《明月东天》的传记稿。及至1987年春,我在北京国家教委礼堂应一些爱好诗词者的邀请,举行了一次唐宋词的系列讲座,有一位担任人民日报社所属《报告文学》主编的程光锐先生,既听了我的讲座,又听说有这一篇文稿,就向谢景林先生要去这篇文稿,在他所主编的刊物中发表了。文稿由谢景林与赵玉林二人联署作者之名。赵先生至今与我仍未识面,而谢先生则与我已成为了经常保持联系的友人。1990年代初谢先生自河北大学转来天津,任天津人民出版社总编辑,恰好我又应南开大学之邀,担任了中国文学比较研究所的所长,也常回到天津来,偶然与谢先生见面时,谢先生曾多次表示要在他的任期内把羡季师与我的一些著作出全出好是他的一大愿望。关于羡季师的著作,他已出版了一册《诗文丛论》,由之京编辑收录补足了我们早期所收辑由上海古籍出版社出版的《顾随文集》中所未收的一批文稿。继之,谢先生就提出了要把我多年来在两岸三地所出版的书都集中在一起出版为一系列的计划。我因此事牵涉问题颇多,所以迟迟未敢应承,但谢先生对此事却极为热心执著。今春2月我赴台港两地讲学后,又一次回到天津。有一天谢先生给我打电话,说有一位河北教育出版社的社长王亚民先生,也是河北大学校友,多年前当他在河北人民出版社工作时,因为曾从之京及谢先生处见到了我的诗词稿,就想拿去出版。曾托谢先生与我相商,我当时自以为这些诗词稿大多为早期习作,不值得出版,所以未曾同意。如今王先生既听说了谢先生要出版我的系列作品,就商得谢先生的同意,请谢先生转让给他去出版。电话中谢先生曾盛赞王亚民先生在出版事业方面的眼光、理想和气魄,于是我就同意了谢先生可以与王先生一晤,一切见面再谈。果然不久后王先生就来到了天津,并由谢先生陪同到南开来与我相见,而王先生果然如谢先生之所称述,办事极为果断敏捷,当日就与我签了出版合约。而文集有很好质量得之于之京师妹之学生邓子平、张国岚及我的学生安易、徐晓莉等的辛勤编辑和校核。如今在此即将出书之日,回想一切过程,实在都出于我曾从羡季师受业的一段历史渊源。因决定将此一系列著作集题名为《迦陵文集》,并请之京师妹集录了羡季师的书法以作为扉页题签,既想借此以表示我对于羡季师的教诲期望之恩的感念不忘,也想借此表示我对于因羡季师之渊源而促成此文集之出版的友人们的感谢之意。而现在距离羡季师第一次拿我的作品以"迦陵"为笔名去发表的时间,盖已有五十四年之久矣。

以上我既对此一文集之出版的渊源,做了简单的介绍,下面我就将对此一文集之内容也略作说明。此一文集暂定十种，计为：1.《杜甫秋兴八首集说》，2.《王国维及其文学批评》，3.《迦陵论诗丛稿》，4.《迦陵论词丛稿》，5.《唐宋词名家论稿》，6.《清词丛论》，7.《古典诗词讲演集》，8.《汉魏六朝诗讲录》，9.《唐宋词十七讲》，10.《我的诗词道路》。以上十册书，大约可分为三种不同之性质：第一类是我自己亲笔撰写的有关诗词的论著，本书所收的前六册书都属于此一类的作品；第二类是在各地讲演及教课的录音整理，第七至第九三册书属于此类的作品；第三类是谈我自己从事诗词研究和创作道路的，其中既包括一些书的序跋，又附录有一些学者对我的诗词研究的评述性的文字，第十册属于此类的作品。不过，以上所言实在只是一种最粗浅的表面的分类，若就每册书之深层性质而言，则虽是同一类的作品，也有着主题与风格方面的种种差别。何况此一系列文集中每册书之写作或讲录的时间与空间又往往相差甚远，则其风格与内容之不尽能贯串一致，自可想见。但就另一方面而言，则我个人又有些基本不变的观念，其在不同之作品中之不免亦有重复的出现，这自然也是可以想见的。关于这些异同之虑，我本应在此对各书之内容与风格更做较详之说明，但因此一系列文集既大多为旧作之组合，而我以前在出版每一册旧作时，也大多已在书前或书后写过序、跋或前言、后记一类文字，现在就不再重述了。尚须说明的是，文集中之部分作品曾获得加拿大社会人文科学研究理事会（Social Sciences and Humanities Research Council of Canada）之研究补助，特致谢意。此外，我自己诗、词、曲、联语等各类创作的作品，将另外辑成为《迦陵诗词存稿》一册，单独出版。

但最后我还有几句话要说，就是我是一个曾经历过不少坎坷忧患的人，我平生从来未曾萌生过任何成名成家的念头。我只是一个从幼年时代就对古典诗词产生了热爱，并且把终生都奉献给了古典诗词之研读与教学的工作者。是古典诗词给了我维生的工作能力，更是古典诗词中所蕴涵的感发生命与人生智慧支持我度过了平生种种忧患与挫折。而今在古稀之年出版以上这一系列文集，可以说只是留下了我所艰辛走过的一片足迹而已。我平生既因为忧患劳苦而未能安心治学成为一个较好的学者，又因过重的教学工作也未能有从容涵泳的余暇成为一个较好的诗人，我只是一个献身于古典诗词之教学的工作者，而且至今仍在奔走各地的讲课中忙碌着。我的愿望只是想把我自己内心中对古典诗词的热爱作为一点星火，希望能借此也点燃起其他人，特别是年轻人心中热爱古典诗词的一点星火，相信我国古典诗词中所蕴涵的生命与智慧，必将在神州大地上展现出一片璀璨的光华。追念我当年所受之于尊亲师长们的教诲和期望，但愿我所接过来的薪火，不要在我的手中熄灭。以前清代的词学家周济，在其《宋四家词选·目录序论》的结尾处，曾写过几句话说："由中之诚，岂不或亮，其或不亮，然余诚矣。"我现在也想引用这四句话来作为我这篇序言的一个结束语，以说明我整个文集中各册论著与讲录中的态度与用心，也不过是如此只如此而已。

1996年12月13日写于天津南开大学，时距离津返加之日仅余两天，仓促成篇，故颇为简率，望编者与读者原谅。

《我的诗词道路》前言

这册书的编辑出版,对我而言可以说乃是全出于偶然的一件事。原来早在几年前,有一次当我回北京老家小住时,曾有几位出版界的友人来访,要我撰写一册教导青年们如何学习和研究中国古典诗词的作品。但我自己平生读书都一向并无任何方法和计划,因此自然也就并没有任何值得叙写的读书方法可以教导后学。所以我对友人所提的要求,最初的答复乃是敬谢不敏,不敢承应此一写作之任务。后经在座其他友人的共同督促,认为我既然从事古典诗词之教学与研究已有五十年以上之久,总应该有一些经验和体会可供后学参考之处,因此我便想到了这些年来我为自己的几册论文集所写的一些序跋之类的作品。虽然这些作品也都是卑之无甚高论之言,不过因为我写作时至少态度真诚,所以每篇序跋却大体也都反映了我个人在研究诗词之过程中的一些真实的经验和体会。于是遂想到若将这些作品编辑在一起,则对于有意研习古典诗词者,或者也不无可供参考之处。朋友们对此一想法都极表赞同,而且当即为这一册书拟定了一个题目,那就是《我的诗词道路》。其后经过友人的整理,一共收集到了十三篇序跋,还有八篇论文作为附录。在十三篇序跋中,有三篇短文都是牵涉到西方理论的作品,因此遂决定将此三篇短文编入了一个标题之内,如此则序跋部分更只剩下了十一个标题,那就是:一、早年学诗经历(《迦陵存稿·跋》),二、对温庭筠词的早期体认(《温庭筠词概说·前言》),三、我的生活历程与写作途径之转变(《王国维及其文学批评·后叙》),四、不可以貌求的感发生命——谈词的评赏(《迦陵论词丛稿·后叙》),五、谈多年来评说古典诗词之体验及感性与知性之结合(《迦陵论诗丛稿·后叙》),六、遇合之可贵与体例之创新(《灵谿词说·前言》),七、谈海内外对《杜甫秋兴八首集说》之反应及海内外各种研究方法与研究资料相融合之重要性(《杜甫秋兴八首集说·增辑再版后记》),八、在西方理论之观照中的反思(包括《迦陵随笔》之前言与结束语,及《对传统词学与王国维词论在西方理论之观照中的反思》之前言三个短篇),九、自叙讲授唐宋词之重点及理想(《唐宋词十七讲·自序》),十、进入古典诗词之世界的两支门钥(《诗馨篇·序说》),十一、谈《灵谿词说》及《词学古今谈》二书之题名与内容体例之改变(《词学古今谈·前言》)。至于附录的八篇论文,则分为两部分,附录一是我自己所写的有关诗词之研习的论文四篇;附录二则是友人们对我之创作与论著之评介的论文四篇。若就本书所收诸序跋的写作时间之跨度而言,则自1958年所写的《温庭筠词概说·前言》,到1992年所写的《词学古今谈·前言》,前后盖已经历有三十四年之久。而若就内容所涉及的生活时间之跨度而言,则从我在《迦陵存稿·跋》中所叙写的幼年读书识字之时期开始以迄今日,前后更已经历有六十年以上之久。当我整理这一批旧稿时,有不少往事都一一重现心头,现在我就将自己这六十余年中对古典诗词之学习与教研之经历略加叙述。

  谈到儿时的读书经历,首当感激的自然是我的父亲和母亲。先父讳廷元,字舜庸,幼承家学,熟读古籍,其后考入北京大学之英文系。毕业后任职于航空署,从事译介西方有关航空之著作,及至中国航空公司正式成立,先父遂进入航空公司服务,曾历任人事科长等职。先母李氏讳玉洁,字立方,自幼年接受良好之家庭教育,青年时代曾在一所女子职业学校任教,结婚后乃辞去教职,侍奉翁姑,相夫理家。我是父母的长女,大弟小我二岁,小弟则小我有八岁之多。大约在我三四岁时,父母乃开始教我读方块字,那时叫做认字号。先父工于书法,字号是以毛笔正楷写在裁为一寸见方的黄表纸上。若有一字可读多音之破读字,父亲则以朱笔按平上去入四声,分别画小朱圈于此字的上下左右。举例而言,如"数"字作为名词"数目"的意思来用时,应读为去声如"树"字之时,就在字的右上角画一个朱圈;若作为动词"计算"的意思来用时,应读为上声如"蜀"字之音,就在字的左上角也画一个圈;另外这个字还可以作为副词"屡次"的意思来用,如此就应读为入声如"朔"字之音,于是就在字的右下角也画一个朱圈;而这个字还可以作为形容词"繁密"的意思来用,如此就应读为另一个入声如"促"字之音,于是就在字的右下角再多画一个朱圈。而"促"音的读法与用法都并不常见,这时父亲就会把这种读法的出处也告诉我,说这是出于《孟子·梁惠王》篇,有"数罟不入洿池"之句,"罟"是捕鱼的网,"数罟不入洿池"是说不要把眼孔细密的网放到深洿的池水中去捕鱼,以求保全幼鱼的繁殖,也就是劝梁惠王要行仁政的意思。我当时对这些深义虽然不甚了了,但父亲教我认字号时那黄纸黑字朱圈的形象,却给我留下了深刻的记忆。古人说"读书当从识字始",父亲教我认字号时的严格教导,对我以后的为学,无疑产生过深远的影响。当我以后开始学英语时,父亲又曾将这种破音字的多音读法,与英语做过一番比较。说中国字的多音读法,与英文动词可以加 ing 或 ed 而作为动名词或形容词来使用的情况是一样的。只不过因为英文是拼音字,所以当一个字的词性有了变化时,就在语尾的拼音字母方面有所变化,而中国字是独体单音,因此当词性变化时就只能在读音方面有所变化。所以如果把中国字的声音读错,就如同把英文字拼错一样,是一种不可原谅的错误。父亲的教训使我一生受益匪浅。而现在我却经常听到电视与广播中的演员及播音员将中文字音读错,而却把英文的变化分别得很清楚,其实二者道理相通,若能把外国文字的变化分辨清楚,怎么会不能把本国文字的读音分辨清楚呢?而这种识字的教育,当然该从童幼年时就开始注意才对。不过父母虽严格教我识字,却并未将我送入小学去读书。因为我的父母有一种想法,他们都以为童幼年时记忆力好,应该多读些有久远价值和意义的古书,而不必浪费时间去小学里学些什么"大狗叫小狗跳"之类浅薄无聊的语文。因此遂决定为我及小我两岁的大弟嘉谋合请了一位家庭教师,这位教师也并非外人,那就是小我母亲两岁的我的一位姨母。姨母讳玉润,字树滋,幼年时曾与我母亲同承家教,其后曾在京沪各地任教职。姨母每天中午饭后来我家,教我和弟弟语文、算术和习字,当时我开蒙所读的是《论语》,弟弟读的是《三字经》。记得开蒙那天,我们不但对姨母行了拜师礼,同时还给一尊写有"大成至圣先师孔子"的牌位也行了叩首礼。目前看来,这些虽可能都已被认为是一些封建的礼节,但我现在回想起来,却觉得这些礼节对我当时幼小的心灵,却确实曾经产生了一些尊师敬道的影响。我当时所读的《论语》,用的是朱熹的《集注》,姨母的讲解则是要言不烦,并不重视文字方面繁杂的笺释,而主要以学习其中的道理为主,并且重视背诵。直到今日,《论语》也仍是我背诵得最熟的一册经书。而且年龄愈大,对书中的人生哲理也就愈有更深入的体悟。虽然因为时代的局限,孔子的思想也自不免有其局限之处,但整体说来,孔子实在是位了不起的哲人和圣者。"哲"是就其思想智慧方面而言,"圣"是就其修养品德方面而言。对于"儒学"的意义和价值,以及应如何使之更新振起,自然并不是本文所能阐述,但我在开蒙时所读的《论语》,以后曾使我受益匪浅,则是我要在此诚实地记写下来的。而且《论语》中有不少论《诗》的话,曾使我在学诗方面获得了很大的启发,直到现在,我在为文与讲课之际,还经常喜欢引用《论语》中的论《诗》之言,这就是我在为学与为人方面都曾受到过《论语》之影响的一个最好的证明。

此外，在我的启蒙教育中，另一件使我记忆深刻的事，就是我所临摹的一册小楷的字帖，那是薄薄数页不知何人所书写的一首白居易的《长恨歌》。诗中所叙写的故事既极为感人，诗歌的音调又极为谐婉，因此我临摹了不久就已经熟读成诵，而由此也就引起了我读诗的兴趣。当时我们与伯父一家合住在一所祖居的大四合院内。伯父讳廷义，字狷卿，旧学修养极深，尤喜诗歌联语。而且伯父膝前没有女儿，所以对我乃特别垂爱，又见我喜爱诗歌，伯父更感欣悦，乃常在平居无事之时对我谈讲诗歌。伯父与父亲又都喜欢吟诵，记得每当冬季北京大雪之时，父亲经常吟唱一首五言绝句："大雪满天地，胡为仗剑游。欲谈心里事，同上酒家楼。"那时我自己也常抽暇翻读《唐诗三百首》，遇有问题，就去向伯父请教。有一天，我偶然向伯父谈起父亲所吟诵的那首五言绝句，与我在《唐诗三百首》中所读到的王之涣的《登鹳雀楼》"白日依山尽，黄河入海流。欲穷千里目，更上一层楼"一首五言绝句，似乎颇有相近之处。其一是两首诗的声调韵字颇有相近之处，其二是两首诗都是开端写景，而最后写到"上楼"，其三是第三句的开头都是一个"欲"字，表现了想要怎样的一个意思。伯父说这两首诗在外表上虽有近似之处，但情意却并不相同，"大雪"一首诗开端就表现了外在景物对内心情意的一种激发，所以后两句写的是"心里事"和"酒家楼"；而"白日"一首诗开端所写的则是广阔的视野，所以后两句接的是"千里目"和"更上一层楼"。伯父这些偶然的谈话，当然也都曾使我在学诗的兴趣和领悟方面得到了很大的启发。

除去每天下午跟姨母学习语文、数学和书法外，每天上午是我和弟弟自修的时间，我们要自己背书、写字和做算术。此外，父亲认为也应从小就学习点英语，有时就教我们几个英文单词，学一些英文短歌，如"one, two, tie my shoe, three, four, close the door"之类。及至我长大到九岁之时，父亲就决定要我插班到五年级，我遂考入到我家附近一所私立的笃志小学。这主要就因为笃志是从小学五年级开始就有了英文课程的缘故。不过,我却只在笃志小学读了一年,就又以同等学力考入到我家附近的一所市立女中。那时父亲工作的单位在上海,父亲要求我经常要以文言写信报告学习的情况。于是每当我写了信,就先拿给伯父看,修改后再抄寄给父亲。而就在我学习写文言文的同时,伯父也经常鼓励我试写一些绝句小诗。因为我从小就已习惯于背书和吟诵,所以诗歌的声律可以说对我并未造成任何困难,而且我不仅在初识字时就已习惯了字的四声的读法,更在随伯父吟诵诗歌时,辨识了一些入声字的特别读法,例如王维的《九月九日忆山东兄弟》一首诗:"独在异乡为异客,每逢佳节倍思亲。遥知兄弟登高处,遍插茱萸少一人。"在这首诗中的"独""节""插"等字,原来就都是入声字,在诗歌的声律中应是仄声字,但在北京人口中,这些字却都被读成了平声字。若依北京的口语读音来念,就与诗歌的平仄声律完全不相合了。因此从我小时候,伯父就教我把这些字读成短促的近于去声字的读音,如此在吟诵时才能传达出一种声律的美感。我既然已在幼年的吟诵中熟悉了诗歌的声律,所以当伯父要我试写一些绝句小诗时,我对于声律的限制几乎已不感到约束,可以说一句诗出口就自然合乎平仄了。记得伯父给我出的第一个诗题是《咏月》,要我用十四寒的韵写一首七言绝句。现在我只记得最后一句是"未知能有几人看",大意是说月色清寒照在栏杆上,但在深夜中无人欣赏的意思。那时我大概只有十一岁左右,伯父以为从我的诗看来,尚属可教之材。所以自此而后,伯父就常鼓励我写诗,至今我还保留有一些十三四岁时的作品,像我在《迦陵存稿》中所收录的《阶前紫菊》《窗前雪竹》等诗,就都是我这一时期的作品。而且当我以同等学力考入初中时,母亲曾为我买了一套《词学小丛书》,还买了所谓"洁本"的《红楼梦》《水浒传》和《三国演义》等一套古典小说。我当时最喜欢读的是《红楼梦》,对大观园中诸姊妹吟诗填词的故事极感兴趣。

对《词学小丛书》中所收录的李后主和纳兰性德的短小的令词也极感兴趣，而令词的声律又大抵与诗相近，所以在吟诗之余，我就也无师自通地填起词来。

及至进入高中一年级后，有一位名叫钟一峰的老教师来担任我们的国文课，他有时也鼓励学生们学写文言文，于是我遂得以把我过去给父亲写文言信时所受到的一些训练，用在了课堂的写作之中。而且我当时不仅喜爱诵读唐宋诸家的一些古文，同时也还喜爱诵读六朝时的一些骈赋，所以曾在课堂中试写过一篇《秋柳赋》，得到了老师很高的赞赏。另外我还在西单附近一所教读古书的夜校中，学习《诗经》和《左传》。记得教《诗经》的是一位姓邹的老先生，我曾把平日写的一些诗拿给他看，他在批语中曾称赞我说"诗有天才，故皆神韵"。那时北平被日军占领已有将近四年之久。父亲自"七七事变"后，就已从上海随国民政府逐步南迁，与家中断绝音信也已有将近四年之久。北平的几所国立大学也已经都在日本人的控制之中。我在高中读书时虽然成绩很好，而且文理科平均发展，每年都获得第一名的奖状，但在报考大学时，却颇费了一番考虑。因为我当时不能决定我是报考北京大学的医学系，还是报考辅仁大学的国文系。报考医学系是从实用方面着想，报考国文系则是从兴趣方面着想。最后读了辅大的国文系则是由于两点原因：其一是由于辅大为一所教会大学，不受当时日军及敌伪之控制，有一些不肯在敌伪学校任教的有风骨的教师都在辅大任教，这对我自然具有强大的吸引力；其二则是由于辅大的招考及放榜在先，而北大的招考则在后，我既已考上了辅大的国文系，所以就根本没有再报考北大的医学系，而这自然就决定了我今后要一直行走在诗词之道路上的终生命运。虽然在现实生活中，我也曾经历过不少挫折和苦难，但一生乃与诗词为伍，则始终是我最大的幸运和乐趣。

我是1941年夏天考入辅仁大学的，同年9月辅大才开学，母亲就因子宫生瘤住入了医院，动过手术后不久就去世了。当时父亲既远在后方，而小我八岁的小弟，则还在小学三年级读书。我是长姐，所以就负起了照顾两个弟弟的责任。幸而那时伯父一房与我们并未分居，仍同住在祖居的一个大四合院内。母亲去世后，我们就不再自己烧饭，而由伯母担负起了为全家烧饭的责任。伯母颜氏，讳巽华，原来也受过很好的家教，喜读唐诗，虽不像伯父和父亲那样高声吟咏，但却也常手执一册，曼声低吟。不过当时已是沦陷时期，生活艰苦，佣人被辞退后，就由伯母亲自操劳家务。每当我要帮忙时，伯母总要我去专心读书，不肯让我帮忙。所以我虽遭丧母之痛，但在读书方面却并未受到什么影响，而且正如古人所说"愁苦之言易工"，所以我在丧母的悲痛中，反而写作了大量的诗词。

进入大学以后，在大二那一年，有一位顾随先生来担任我们"唐宋诗"的课程。顾先生字羡季，号苦水。他对诗歌的讲授，真是使我眼界大开，因为顾先生不仅有极为深厚的旧诗词的修养，而且是北京大学英语系的毕业生，更兼之他对诗歌的感受有一种天生极为敏锐的禀赋，因之他的讲诗乃能一方面既有着融贯中西的襟怀和识见，另一方面却又能不受任何中西方的学说知识所局限，全以其诗人之锐感独运神行，一空依傍，直探诗歌之本质。虽然当时也有人认为先生之讲课乃是跑野马，全无知识或理论之规范可以掌握依循，因此上课时也并不做任何笔记，但我却认为先生所讲的都是诗歌中的精华，而且处处闪耀着智慧的光彩。所以我每次上先生的课都是心追手写，希望能把先生所说的话，一字不漏地记载下来（近年台北桂冠所出版的一册《苦水先生诗词讲记》就是先生之幼女、现任河北大学教授的顾之京女士根据我当年听讲的笔记整理编辑而成书的）。那时先生除了在辅仁担任"唐宋诗"的课程以外，还在中国大学担任词选和曲选的课程，于是我就经常也骑了车赶到中大去听课。在这期间，我遂于诗词之写作外，更开始了对令曲、套数甚至单折剧曲的习作。记得我第一次把各体韵文习作呈交给先生后,先生在发还时曾写有评语说:"作诗是诗,填词是词,谱曲是曲,青年有清才若此,当善自护持。"其后我又有一次写了题为《晚秋杂诗》的五首七律,还有题为《摇落》的另一首七律,呈交给先生,先生发还时,竟然附有六首和诗,题为《晚秋杂诗六首用叶子嘉莹韵》。这真使我感到意外的惊喜和感动。不久后,气候已严冬,我就又写了《冬日杂诗六首仍叠前韵》,而先生竟然又和了我六首诗。所以我在那一段时间写的作品特别多,这与先生给我的奖勉和鼓励是绝然分不开的。更有一次,先生要把我的作品交给报刊上去发表,问我是否有笔名或别号,我那时一向未发表过任何作品,当然没有什么笔名别号,先生要我想一个,于是我就想到了当日偶读佛书所见到的一个唤作"迦陵"的鸟名,其发音与我的名字颇为相近,遂取了"迦陵"为别号。这当然也是受了先生在讲课时常引佛书为说的影响。及至毕业后不久,先生更给我写了一封信来,说"年来足下听不佞讲文最勤,所得亦最多。然不佞却并不希望足下能为苦水传法弟子而已。假使苦水有法可传,则截至今日,凡所有法,足下已尽得之。此语在不佞为非夸,而对足下亦非过誉。不佞之望于足下者,在于不佞法外,别有开发,能自建树,成为南岳下之马祖,而不愿足下成为孔门之曾参也"。先生对我的过高的期望,虽然使我甚为惶恐惭愧,但先生的鞭策,也给了我不少追求向上之路的鼓励。先生往往以禅说诗,先生教学的态度也与禅宗大师颇有相似之处。他所期望的乃是弟子的自我开悟,而并不是墨守成规。他在课堂上经常鼓励学生说:"见过于师,方堪传授,见与师齐,减师半德。"我想我后来教学时之喜欢跑野马,以及为文时之一定要写出自己真诚的感受,而不敢人云亦云地掇拾陈言而敷衍成篇,大概就都是由于受先生之鞭策教导所养成的习惯。而先生在课堂讲授中,所展示出来的诗词之意境的深微高远和璀璨光华,则更是使我终生热爱诗词,虽至老而此心不改的一个至要的原因。

1945年夏天大学毕业后，我开始了中学教师的生活，大概由于我自己对古典文学的热爱，遂使得听讲的学生们也同样产生了对国文课热爱的感情。于是遂陆续有友人邀我去兼课，最后乃在另请人批改作文的条件下，我竟然同时教了三个中学的五班国文课，一周共三十个小时之多。而由于师生们对国文课的共同热爱，遂使得我对如此沉重的工作量也居然丝毫未感到劳苦。那时中学的国文课每周都要有一定的进度，而且有时要举行同年级的联合考试。因此遂使我在讲课之际，除培养同学的兴趣外，对知识方面的讲解也极为认真而不敢掉以轻心。认真的结果，当然使我自己也获得了不少的教学相长之益，只不过这段教学生活为时并不久。1948年的春天，我就因为要赴南方结婚，而离开了我的故乡北平。谁知此一去之后，等待我的乃是一段极为艰苦的遭遇。

　　我于1948年3月底结婚，同年11月就因国内情势变化，随外子工作的调动去了台湾。1949年夏，长女言言出生，同年12月外子就因白色恐怖被捕。次年夏，我所任教的彰化女中，自校长以下有六位教师也一同因白色恐怖被捕，我也在其中，于是我遂带着吃奶的女儿一同被关起来了。其后不久，我虽幸获释出，但既失去了教职，也失去了宿舍，而外子则仍被关在海军左营附近的一个山区。为了营救被关的外子，我遂携怀中幼女往投左营军区外子的一位亲戚。白天怀抱幼女为营救外子而在南台湾左营军区的炎阳下各处奔走，晚间要等亲戚全家安睡后才能在走廊上搭一个地铺带着孩子休息。直到三个月后暑假结束了，才经由一位堂兄的介绍，在台南一所私立女中找到了一个教书的工作。在这期间，现实生活虽然已使我失去了创作和研读诗词的心情和余裕，然而自幼对于诗词的耽爱则积习已深，偶然也仍或有一些诗句涌现出来，虽有时也任其自生自灭，但有时也间或将之敷衍成篇。现在为了填补我在这一段诗词道路中的空白，就姑且录下几首诗来作为当时的纪录吧。其中一首是题为《转蓬》的五言律诗：

> 转蓬辞故土，离乱断乡根。已叹身无托，翻惊祸有门。覆盆天莫问，落井世谁援。剩抚怀中女，深宵忍泪吞。

还有一首是当台南凤凰花开时，我因思念故乡而写的一首《浣溪沙》小词：

> 一树猩红艳艳姿，凤凰花发最高枝，惊心岁月逝如斯。　中岁心情忧患后，南台风物夏初时，昨宵明月动乡思。

还有一副联句，是我梦到在北平一所学校给学生们上课，黑板上写了一副联语，我在给学生们讲解。联句是：

> 室迩人退，杨柳多情偏怨别。
> 雨余春暮，海棠憔悴不成娇。

以上三则作品，除了《浣溪沙》一首小词曾被台湾友人为我编集《迦陵诗词稿》时收入了集中以外，其他一诗一联则均未收入集中。因为《转蓬》一诗写的是白色恐怖，当时台湾尚未开放，所以未敢收入；而联句一则，则因是梦中所见，并非醒时所作，因此也未曾收入。

三年后，外子幸被释出。次年，幼女言慧出生。一年后经友人介绍，我就与外子一同转到台北二女中去教书了。到台北后，见到了以前在北平辅仁大学任教的两位老师，一位是曾教过我大学国文的戴君仁先生，另一位虽未教过我，却是曾住过我家外院作为紧邻的许世瑛先生。他们对我不幸的遭遇，都极为惋惜同情，遂介绍我进入台湾大学兼任了一班侨生的大一国文。次年，台大改为专任，教两班大一国文，而二女中不肯放我离开，一定要我把当时所教的两班高中送到毕业。于是我遂同时教了四班国文课，再加上作业的批改，每天都极为疲累。这时我的身体已远非当年大学初毕业时可比，再加之又染上了气喘病，我那时只是为了生活,所以不得不努力工作,至于所谓学问事业,则我在当时实未尝对之抱有任何期望。不过我对古典文学之热爱的感情,则始终未改。因此无论我的身体如何瘦弱,我在讲课时也依然能保持精神方面的饱满飞扬,只是在写作方面则辍笔已久。直到 1956 年夏天,台湾的"教育部"举办了一个文艺讲座,我被邀去讲了几次五代和北宋的词,其后他们又来函邀稿,我才迫不得已写了《说静安词〈浣溪沙〉一首》一篇文稿。这可以说是我在诗词道路中由创作而转入评赏的一个开始。而自从这一篇文稿发表后,遂有一些友人来向我索稿,于是我遂继之又写了《从义山〈嫦娥〉诗谈起》一篇文稿。前者是我所写的关于词之评赏的第一篇文稿,后者则是我所写的关于诗之评赏的第一篇文稿。读者从这两篇文稿自不难看出,我对诗词的评赏,原是从颇为主观的欣赏态度开始的。这种评赏之作,就今日衡量学术性著作之标准而言,很可能是要被视为一种不入流之作品的。我以为这其实应是受了西方衡量标准影响之故。因为中国古代所重视的原来本该是一种"兴于诗"的传统,而我自己就恰好是从旧传统中所培养出来的一个诗词爱好者。何况我的老师顾羡季先生在讲课时,他所采取的也就正是这种如同天马行空一般的纯任感发的说诗方式。如此则我在早期所写的评说诗词之文字,其所以会形成此一种纯任主观的以感发为主的说诗方式,自然也就无怪其然了。

我还记得当这两篇文稿发表后,有一天在台大中文系第四研究室见到了郑骞教授,郑先生对我说:"你所走的是顾羡季先生的路子。"郑先生是顾先生的好友,对顾先生了解极深。郑先生认为这条路子并不好走,因为这条路子乃是无可依傍的。首先就作者而言,如果一个人对于诗词若没有足够的素养,则在一空依傍之下,必将会落入一种茫然无措,不知从何下手写起的境地。而如果大胆模仿此种写法,则将是不失之肤浅,则失之谬妄。作者要想做到自己能对诗歌不仅有正确而深刻的感受,而且还能透过自己的感受,传达和表明一种属于诗歌的既普遍又真实的感发之本质,这实在不是一件容易的事。不过郑先生对我这两篇文稿却颇为赞赏,说:"你可以说是传了顾先生的衣钵,得其神髓了。"其实我当时正是忧患余生,内心并未敢抱有什么"传衣钵,得神髓"的奢望。我只是因了友人索稿的机缘,把自己因读静安词和义山诗所引起的某种共鸣的感动一加发抒而已。但也许就正因我自己的寂寞悲苦之心情与静安词和义山诗有某种暗合之处,因此反而探触到了他们诗词中的一些真正的感发之本质,也未可知。在此而后,我又陆续写了《几首咏花的诗和一些有关诗歌的话》《从"豪华落尽见真淳"论陶渊明之任真与固穷》以及《说杜甫赠李白诗一首——谈李杜之交谊与天才之寂寞》等文稿。这一批作品,可以说就都是我的属于以一己之感发为主所写的早期诗词评赏之作。此一类作品,虽或者并不符合今日受西方学术界之影响的对于学术论文之要求,然而连在旧诗词方面修养极深的前辈学人缪钺教授,都对这些文字颇为欣赏。缪先生在其所写的《〈迦陵论诗丛稿〉题记》一文中,曾特别指出我的《论陶渊明》一文,以为能"独探陶渊明为人及其诗作之精微",又以为我对陶的评述"不仅欣赏诗作",且能"进而收兴发感动陶冶人品之功"。又曾指出我的《谈李杜之交谊》一文,谓其能"探索诗人之用心","并寄托自己尚友古人之远慕遐思"。缪先生对我的溢美之言,虽使我极感惭愧,但缪先生所提出来的我的文稿中所传达出之感发作用,则确实是我评赏诗词的一个重要基础。而这应该也正是中国诗歌中源远流长的一个"兴于诗"的重要传统。不过,当我在那时撰写这些文稿时,则并没有这种反思的认知。至于其竟而自然形成了如此之结果,则如我在前文所言,应该乃是由于两点因素:其一盖由于我早期在家庭中所受到的吟诵和创作之训练,使我对诗歌养成了一种颇为直接的感受之能力;其二则由于我在大学读书时所受到的顾先生之启迪和教导,使我于直感之外,又培养出了一种兴发和联想之能力。此后我在诗词之研读与教学的道路上,虽然又经过了多次的转变,但我在早年教育中所获得的培育和启发,则是我在诗词之道路上所奠下的根本基石,这是我对于教导我的尊长和老师们所终生感激不忘的原因,也是使我终生受用不尽的。

记得我在《王国维及其文学批评》的《后叙》中,曾经谈到我所写的第一篇评赏诗词的文稿——《说静安词〈浣溪沙〉一首》,以为其"多多少少带有一点自己的投影"。其实此种情况并不仅此一篇作品为然,基本上说来,我早期所写的那些评赏文字,大概多数都带有自己心灵的投影。因为那时我才从创作转入到评赏的写作不久,所以在评赏中也仍然有一种创作的心态和情趣,对于行文造句也仍然有一种美的追求,我曾使用近于王国维的浅易雅洁的文言体来写作《说静安词》一篇文稿,又曾使用富含诗之情调的白话文来写作说李商隐的《嫦娥》及《燕台》等诗的文稿,这些文稿可以说都是既带有创作之情趣也带有个人心灵之投影的作品。至于我所写的第一篇纯客观的评赏之作,则当是我于1958年为《淡江学报》所写的《温庭筠词概说》一文。这种转变之形成,一则固然由于向我邀稿的《学报》之性质与以前向我邀稿的一些文学性的杂志之性质,二者间有很大的不同;再则很可能也因为我在那些文学性的文稿中,已经将自己内心中的一些情绪发抒得差不多了,所以遂有了从主观转入客观的一种倾向。不过纵然如此,除了极少数的纯理论或纯考证的作品以外,直到现在我之评说或讲述诗词作品,其经常带有一种心灵与感情的感发之力量,也仍然是我的一种特色。其次我应该一提的是我在诗词道路上的另一转变,那就是我由为一己之赏心自娱的评赏,逐渐有了一种为他人的对传承之责任的反思。这类作品大抵都是因为我有见于诗词评赏界中的某些困惑和危机,由于一种不能自已的关怀之情而写作的。即如1960年代我在台湾所写作的《杜甫秋兴八首集说》一书,以及书前所附的《论杜甫七律之演进及其承先启后之成就》的一篇代序的长文,就是因为有见于当日台湾现代诗之兴起,所造成的反传统与反现代的争执和困惑而写作的。再如1970年代我在加拿大所写作的《漫谈中国旧诗的传统——关于评说中国旧诗的几个问题》一篇长文,则是因为有见于当时台湾及海外的一些青年学者,在西方文论的冲击下,因尝试使用新理论与新方法来诠释和评说中国旧诗所产生的一些荒谬的错误而写作的。从表面看来,这些论说和辨误的文字,自然不似以前所写的主观评赏之文字之易于获得一般读者的喜爱,但若就一些真正有志于学习如何评赏旧诗的读者而言,则如《集说》中我对历代评说这八首诗的各种纷纭之诠释与评说的逐字逐句的比较和论定,以及在《旧诗传统》一文中我对各种误谬的说明和辨正,也许这一类文字才是更有参考价值的作品,也才更能反映出我个人在这条道路上摸索探寻时,一些亲身体验的甘苦之经历。而当我经历了由主观而客观、由为己而为人的种种转变之后,我遂更走上了由对作品之评赏,转入了对文学理论之研讨的另一段路程。

说到对文学理论的研讨,我就不得不翻回头来再谈一段我早期学习诗词的经历。如我在前文所曾叙及,当我以同等学力考入初中时,母亲曾为我买了一套《词学小丛书》,其中所收录的,除了历代的各家词作以外,还有王国维的一卷《人间词话》,当时我对诗词的欣赏,可以说是仍处于朦胧的状态之中,虽有主观直觉之爱赏,但却因为说不出一个所以然的道理来,所以丝毫也不敢自信。直到读了《人间词话》以后,才恍如在暗室中的人得到了一线光照,往往因为其中的某些言语与我自己的感受有一点暗合之处,而为之怦然心动,欣喜无已。不过我对所提出的"境界"一词,却始终仍感到模糊,不能为之找到一种明白的界说,而这种困惑遂成为了我要想对《人间词话》这本著作做出一种理论之探寻的最大的动力。所以我所写的最早的一篇对文学理论加以研讨的论文,实在应该乃是早在1950年代末期我所写的《由〈人间词话〉谈到诗歌的欣赏》一篇文稿,不过我当时对于《人间词话》中"境界"一词之理解,实在仍极为粗浅。而且对于纯理论性文字之撰写,也仍然缺少练习,所以就理论言,这篇文稿诚属无足称述,但这篇文稿却确实为我以后所写的一系列探讨《人间词话》的论著奠下了起步的基石。至于真正使我写下了纯学术性的对文学理论加以辨讨之文字的,则是我于1970年为参加一个国际性的会议而撰写的《常州词派比兴寄托之说的新检讨》一篇论文。继之我在撰写《王国维及其文学批评》一书时,又在书中对于《人间词话》之批评理论与实践做了一系列专章的探讨。而由此遂引起了我对文学理论之研讨的兴趣,并且阅读了不少西方文论的著作。在诗论方面,我曾先后撰写了《钟嵘〈诗品〉评诗之理论标准及其实践》与《中国古典诗歌中形象与情意之关系例说》等文稿,在词论方面我曾先后撰写了用西方文论中之阐释学、符号学和接受美学等理论来探讨中国词学的一系列题名《迦陵随笔》的短文,又撰写了《论王国维词——从我对王氏境界说的一点新理解谈王词之评赏》及《对传统词学与王国维词论在西方理论之观照中的反思》两篇长文。在对中国词学的不断反思之后,我乃大胆地将词分成了歌辞之词、诗化之词与赋化之词三大类别,以为张惠言与王国维之失误,就在于传统词学未能对此三类不同性质之词做出精微的分辨,所以张惠言乃欲以评赏赋化之词的观点来评赏歌辞之词,因之乃不免有牵强比附之失,而王国维则欲以评赏歌辞之词的态度来评赏赋化之词,所以对南宋长调之慢词,乃全然不得其门径之妙。可是这三类不同风格的词,却又同样具含有一种属于词体之美感特质,王国维所提出的"境界"之说,与张惠言所提出的比兴寄托之说,对此种美感特质都曾经有所体会,但都未能做出透彻的说明,于是我遂更进一步撰写了《论词学中之困惑与〈花间〉词之女性叙写及其影响》一篇长文,借用西方女性主义文学理论,对《花间》词中之女性叙写所引起的中国词学方面的困惑,以及由此而形成的词体之美学特质,和这种美学特质在词体之演进中，对于歌辞之词、诗化之词及赋化之词等各不同体式之词作中的影响和作用，都做了一次推源溯流的根本的说明。而且引用一位法国女学者茱丽亚·克里斯特娃之解析符号学的理论，对这种使人困惑的词之美感的微妙的作用，做了颇为细微的思辨分析。我原以为我的这种尝试，可能不会被国内旧学前辈所接受，谁知缪钺先生读了这些文稿后，竟然写信来对之颇加赞许，以为所论能融会古今中外，对词之特质做出了根本的探讨，体大思精，发前人所未发，是继《人间词话》后对中国词学之又一次值得重视的开拓。缪先生之所言虽使我愧不敢当，但对于这条新探索的途径，则我确实极感兴趣。本来早在1970年代中，当我撰写《王国维及其文学批评》一书时，对于"中国文学批评之传统及其需要外来之刺激为拓展的必然性"，已曾有专节之讨论，此外在《漫谈中国旧诗的传统》一文中对中国传统的"诗话""词话"等性质的文学批评作品之优点及缺点也曾经有所论述。一般说来，由于我自幼所接受的乃是传统教育，因此我对于传统的妙悟心通式的评说，原有一种偏爱。但多年来在海外教学的结果，却使我深感到此种妙悟心通式的评说之难于使西方的学生接受和理解。这些年来，随着我英语阅读能力之逐渐进步，偶然涉猎一些西方批评理论的著作，竟然时时发现他们的理论，原来也与中国的传统文论有不少暗合之处。这种发现常使我感到一种意外的惊喜，而借用他们的理论能使中国传统中一些心通妙悟的体会，由此而得到思辨式的分析和说明，对我而言，当然更是一种极大的欣愉。直到现在，我仍然在这条途径上不断地探索着。

不过，在向西方理论去探索之余，我却始终并未忘怀中国诗歌中的兴发感动之生命的重要性。我对西方理论之探索，主要也还是为了想把中国诗词之美感特质以及传统的诗学与词学，都能放在现代时空之世界文化的大坐标中，为之找到一个适当的位置，并对之做出更具逻辑思辨性的理论之说明。但我个人知道自己的学识及能力有限，因之我对于达成上述理想的此一愿望,乃是寄托在继起者的青年人之身上的。只是要想达成此一愿望,却必须先具有对传统诗词的深厚修养,如果缺少了此种修养,而只想向西方理论中去追求新异,那就必然会产生如我在《漫谈中国旧诗的传统》一文中所举示的那些荒谬的错误了。至于如何方能培养出对传统诗词的深厚修养,我以为最为简单易行的一项基本工夫,就是从一个人的童幼年时代,就培养出一种熟读吟诵的习惯。于是相继于1970年代初我在《漫谈中国旧诗的传统》一文中所提出的"熟读吟诵"之训练的重要性以后,在1990年代初期我就又撰写了《谈古典诗歌中兴发感动之特质与吟诵之传统》一篇长文,对吟诵的历史传统,以及吟诵在诗歌之形式方面所造成的特色、在诗歌之本质方面所造成的影响、吟诵在教学方面的重要性、吟诵教学所应采取的培养和训练的方式,都做了相当的探讨和说明。而最近一年,我更与友人合作编印了一册题名为《与古诗交朋友》的幼学古诗的读本,并且亲自为所选编的一百首诗歌做了读诵和吟唱的音带。还写了两篇前言,一篇是《写给老师和家长们的一些话》,另一篇是《写给小朋友的话》。在这两篇文稿中,我不仅极为恳切地向老师和家长们说明了教小朋友吟诵古诗对孩子们之心灵和品质之培养的重要性,而且提出了不要增加孩子们学习之负担的一种以唱游来进行的教学方式,更亲自为天津电视台做了一次教小朋友吟诵古诗的实践的尝试。我如今已年逾古稀,有些朋友和我开玩笑,常说我是"好为人师",而且"不知老之已至"。其实他们殊不知我却正是由于自知"老之已至",才如此急于想把自己所得之于古诗词的一些宝贵的体会要传给后来的年轻人的。四年多以前,我在为《诗馨篇》一书所写的《序说》中,曾经提出说:"在中国的诗词中,确实存在有一条绵延不已的感发之生命的长流","我们一定要有青少年的不断加入,来一同沐泳和享受这条活泼的生命之流","才能使这条生命之流永不枯竭"。一个人的道路总有走完的一日,但作为中华文化之珍贵宝藏的诗词之道路,则正有待于继起者的不断开发和拓展。至于我自己则只不过是在这条道路上,曾经辛勤劳动过的一个渺小的工作者而已。

　　写到这里,再一回顾我所走过的诗词的道路,这其间可以说已经历了不少的转折,每一次转折虽说也有新的获得,但也因此而造成了不少旧的失落。我从一个童稚而天真的对诗词的爱好者,首先步入的乃是创作的道路,其后为了谋生的需要,乃又步入了教学的道路,而为了教学的需要,遂又步入了撰写论文的研究的道路。我对于创作、教学和科研,本来都有着浓厚的兴趣,但一个人的时间精力毕竟有限,首先是为了教学与科研的工作,而荒疏了诗词的创作,继之又为了教学的工作过重,而未能专心致力于科研的撰著。我在北平刚从大学毕业,就同时担任了三个中学的五班国文课,在台湾又同时担任了三个大学的诗选、文选、词选、曲选、杜甫诗等文科的教学,还曾担任过大学国文的广播教学及台湾教育电视台的古诗教学。及至定居加拿大后,虽然不再有兼课的情况,但我又开始了每年利用假期回国教学的忙碌生涯。近年从加拿大退休后,本可以安心从事于创作和研究了,但我又答应了南开大学的邀请,成立了中国文学比较研究所;并有志于倡导以吟诵为主的、对儿童的古诗教学。目前研究所尚在艰苦的创业阶段,对儿童的吟诵教学更不知何日方能在神州大地上真正的开花结果。不过我个人做事原有一个态度,那就是愿望与尽力在我,而成功却不必在我。我只希望在传承的长流中,尽到我自己应尽的一份力量,庶几不辜负当年我的尊亲和师长们对我的一片教诲和期望的心意。在创作的道路上,我未能成为一个很好的诗人,在研究的道路上,我也未能成为一个很好的学者,那是因为我在这两条道路上,也都并未能做过全心的投入。至于在教学的道路上,则我纵然也未能成为一个很好的教师,但我确实为教学的工作投注了我大部分的生命。我现在所关怀的并不是我个人的诗词道路,更不是我在这条道路上有什么成功与获得,我所关怀的乃是后起的年轻人如何在这条道路上更开拓出一片高远广阔的天地,并且能藉之而使我们民族的文化和国民的品质,都因此而更展放出璀璨的光华。

最后我还要藉此机会,向已于一年前逝世的前辈教授缪钺先生,表示深切的追怀和悼念。我与缪先生相识于1981年在成都举行的首次杜甫学术讨论会的大会之中,从一初识,先生就对我表现了一片知赏和奖勉的情意,不仅与我相约共同撰写了《灵谿词说》和《词学古今谈》二书,而且主动自发地为我当时即将出版的《迦陵论诗丛稿》一书撰写了题记,更在读了我的一些诗词作品后,主动为我本不拟正式出版的《迦陵诗词稿》预撰了一篇序文。其后在1993年夏,我写信向先生报告了我即将应友人之邀编撰《我的诗词道路》一书,并希望先生能为此书写一题签,当时先生身体已极为病弱,久不执笔作书,平日写信也已改由其孙男元朗代笔,但在接到我的信后,仍勉力为我写了此书的题签。并嘱其孙男在信中相告,谓我为其"晚年的第一知己"。其实我的学养自然决不能与先生相比,先生之许我为"知己",我想大概只是由于以下几点缘故:其一是由于先生与我对于中国的古典诗词都有着相同的热爱;其二是由于先生与我对于诗词中某些足以激发砥砺人心的珍贵精美的品质,都有着共同的体认;其三我想就正是由于先生与我对于古典诗词的传承都有着同样的关怀。而如今当这一册先生为之抱病题签的书即将付印时,先生却早已于一年前离世,使我不能再以此书面呈请求先生的品评和指正,这对我而言,自然是一件极可憾恨之事,因在此略志数语,以表我对先生的一份感念之情。

结尾还有几句要说的话,就是本书所收录之文稿,多为以前在不同时地所发表过的旧作。现在既编入一本书之内,为了避免某些不必要的重复,所以曾略作删节和改动,特在此略作简短之说明。

1996年3月26日写毕于天津南开大学

《迦陵谈词》新版序

《迦陵谈词》初版于 1970 年,是我在台湾所出版的第四本书,但却是谈词的第一本书。这册书中一共收录有六篇文稿,如果依写作时代之先后排列,第一篇应是 1957 年在台湾《教育与文化》刊物中所发表的《说静安词〈浣溪沙〉一首》,那是因为在 1957 年暑期,台湾的"教育部"曾经举办了一个文艺讲座,我曾应邀去担任了几次词的讲课,其后"教育部"向授课人索稿,我遂应邀写了这篇文稿,这是我所写的谈词的文稿中,主观色彩最浓的一篇文稿。第二篇是 1958 年在《淡江学报》第一期中所发表的《温庭筠词概说》,那是我应淡江大学中文系主任许世瑛教授之邀而撰写的一篇文稿,因为是为《学报》而写的,所以写得较为严肃客观,性质与第一篇颇有不同,不过这两篇文稿却同样都是用浅近的文言文写作的。第三篇是 1960 年发表于《文星》刊物的《大晏词的欣赏》,那是我应《文星》编者之邀而写作的。这是我用白话所写的第一篇论词的文稿。第四篇是 1960 年代初期所写的《谈诗歌的欣赏与〈人间词话〉的三种境界》一篇文稿,那是因为有几位在台大读书的建国中学的校友,邀我为他们母校的一份刊物而写作的,刊物的名称及发表的确切年代,现在都已不复记忆。第五篇及第六篇是相继于 1968 年及 1969 年发表于《纯文学》中的《拆碎七宝楼台——谈梦窗词之现代观》及《从〈人间词话〉看温韦冯李四家词》两篇长稿。其后于 1970 年遂由纯文学出版社将以上诸文一同结集出版,题名为《迦陵谈词》。而那时我已经离开台湾到加拿大去教书了。此书在台湾曾多次再版，但其后因我曾由加拿大回大陆去探亲，而那时的台湾仍未对大陆开放，所以纯文学出版社就停止了此书的出版。及至1980年，上海古籍出版社遂编集我在加拿大所写的一些论词的文稿与此书中的一些旧稿，合为《迦陵论词丛稿》一书出版。该书出版后，台湾曾有多家书商盗版。近年两岸开放往来后，盗版者已停止出版。于是我这些早期出版的谈词之文稿，在台遂不复得见。今春1月我应台湾信谊基金会之邀赴台讲演，适有姚白芳女士为我整理之《清词选讲》一书将交由台湾三民书局出版。而我最早的一本谈诗的书《迦陵谈诗》，原来也是由三民出版的，三民书局的刘振强先生既与我原为旧识，此次相晤，刘先生遂提出要我将《迦陵谈词》也交其出版的请求。近接编者来函云此书出版在即，要我写一篇序言，因略述其原委如上。而回首前尘，今日距离我写此书中第一篇文稿之时，盖已有将近四十年之久矣。近年来我虽然仍不断撰写论词之文稿，但着眼之重点已逐渐自作品之欣赏，转向于对理论之探讨。且因居住西方日久，不免受有西方文论之影响，行文之风格已与四十年前有所不同。今日即使我重新执笔写作旧题，恐怕也不会再写出如当年旧稿的这些文字来了，信乎人生一切之随流年俱逝而不可复返也。不过，无论内容与风格有多少不同，我所写的都是我自己读词时真正的心得和感动。相信今日的读者也将和四十年前的读者一样，将会感受到我文稿中一片真诚的心意，古人云"以文会友"，不其然乎。

1996年12月书

《叶嘉莹作品集》总序

早在 1997 年，大陆的河北教育出版社曾经刊行了我的一系列十册十种作品，题名为《迦陵文集》。如今台湾的桂冠图书公司又将刊印我的另一系列收辑更广的二十四册十八种作品，题名为《叶嘉莹作品集》。本来，我并不是一个热心于要为自己的作品编印什么系列文集的人，但近年来却在海峡两岸连续出版了两套系列的作品，这实在只能归之于一种偶然之因缘。"因缘"一语本出于佛书，凡夫如我，对于佛家所说的去来今三世之因缘，虽然尚无证悟，但对于现世之事物的缘起和结果，则深感其中确有一段发生和影响的因缘在。当大陆要为我出版那一套《迦陵文集》时，我曾为之写了一篇序言，内容主要就在叙述那一套书之编辑和刊印的一段缘起，因为就我个人而言，一方面对于古典诗词虽说情有独钟，偶然读书有得，不免时常写一些论说诗词的文字；但另一方面则我对于世务却颇为疏懒，所以一向的态度，总是把文稿发表了以后，就任其自生自灭，从来并没有要将之整理成为一系列文集或作品集的念头。而河北教育出版社竟然首倡其先，为我出版了一套十册的《迦陵文集》，这其间实在有一段历时五十年以上的因缘在。原来在四十年代初期，当我在北平辅仁大学国文系读书时，曾经遇到了一位给我以很大的启发使我终生感念不忘的老师，那就是当年担任我们唐宋诗课程的清河顾随羡季先生。而促成我那一本《迦陵文集》之出版的，则因缘所及既有羡季师之幼女、现在河北大学任教的顾之京教授，还有她的同事中文系之教师与校友谢景林等诸位先生,至于为我出版文集的河北教育出版社社长王亚民先生则原是他们的高足弟子。正是由于这些人际的因缘,才使得我在多次推托之后,终于出版了那一套文集(关于此一段因缘的详细经过,请参看《〈迦陵文集〉总序》)。

至于现在桂冠图书公司之决定要在台湾出版我的另一套作品集,则其间自然又有另一段因缘在。如果说大陆之出版我的一套文集,其因缘多来自于由我的老师而衍生的一份师生情谊,那么台湾今日之将出版我的另一套作品集,其因缘则大多来自于由我的学生们所衍生的另一份师生情谊。原来我自1954年开始,就在台湾的各大学任教,直到1969年转赴加拿大为止,前后共有十五年之久。我在台湾所先后出版的一些著作,可以说多多少少都和我当年教过的学生们有着一些因缘的关系,他们有的为我抄稿校稿,有的为我联系出版,有的为我整理录音,当然更重要的是他们不时向我邀稿,遂促使我不得不经常写作,才得以积稿而成书,即如现在台大任教的柯庆明教授,现在淡江任教的施淑教授,现在清大任教的陈万益教授,现在"中研院"文哲所任研究员的林玫仪教授,还有一位现已逝世的前淡江校友陈国安同学,就都曾为我的一些书之出版尽过不少心力。至于我之认识桂冠图书公司的发行人赖阿胜先生——则是经由另一位也在台大任教的吴宏一教授之介绍。宏一在1960年代初期曾经上过我的诗选课,那时我住在信义路靠近新生南路的一条巷子里,每次我乘坐新生南路的公车往返于台大与信义路之间的时候,经常会遇到他,他总是让座位给我,然后就站在我的座位面前很少讲话。但他在班上成绩极好,旧诗和新诗都写得很出色,所以我对他曾留有深刻的印象。其后我于1966年去了美国,当我于1968年返回台湾时,他已经考入了台大中文系的研究所,正在郑骞教授指导之下撰写《常州派词学研究》的论文,那时我与郑先生共用一间研究室,所以与宏一经常有见面谈话的机会,但其后不久我就转去加拿大的不列颠哥伦比亚大学任教,而且因为我转去加拿大定居以后,曾回到大陆探亲,遂被台湾当局列为不受欢迎的人物。在此期间,由于台湾戒严法之可畏,不仅我不敢再回台湾,甚至有些在台的亲友也不敢再和我通信,而宏一则不仅仍与我继续通信,更且曾于1986年趁着到美国去访问的机会,亲自到温哥华来探望过我,那一年温哥华正在举办世界博览会,宏一在白色恐怖之余,不敢明言来看我,他是假借着参观博览会的名义来到此地的。但事实上到达以后他并没有去过一次博览会,也没有会见过任何其他友人,其专程来看望我的心意可以想见。事后多年,有一次在一个学术研讨会中,他提到当时的心境时,曾经说起他那次之坚意要来看望我,是因为在台湾的白色恐怖中,他曾经以为"这一生再也见不到叶老师了"。说到这句话时,他仍不免突然失声哽咽。这一份师生之谊,使我非常感动。其后台湾政策转为开放,于是另一位台大校友,当时正在台湾清华大学任文学研究所所长的陈万益教授,立刻就与我联系,先于1989年冬邀我回去短期讲学,又于1990至1991年间邀我回去客座一年,也就是在那一年中,宏一介绍我与桂冠图书公司的赖先生见了面,提议要我把近年在大陆出版而尚未在台湾出版的书,交由赖先生在台出版。从此我与赖先生遂有了联系,先后由桂冠出版过六册书。及至1997年大陆出版了我的文集以后,适值淡江大学邀我回去讲学,我遂带了两套新出版的文集回去送人。赖先生听说我回来了,就到我住的地方来看我,见到了大陆新出版的文集,表示愿在以前所出过的几册书之基础上,增刊若干种,为我出版一套作品集,而代我与赖先生不断联系的则是我在前面所曾提及的淡江的施淑教授。所以如果说大陆之出版我的文集,是由于我的老师而衍生的一段因缘,那么,台湾之出版我的作品集,则正是由于我的学生而衍生的另一段因缘。而这一切因缘,都是使我极为感念的。

赖先生表示愿出版我的作品集,是1997年冬当我在台湾淡江讲学的时候。其后于1998年春赖先生遂托施淑教授转下了一份出版计划书。我发现赖先生的作风,与河北教育出版社的王亚民先生的作风,实在有很大的不同。王先生的作风是果敢而有魄力,做一切事都是速战速决,所以在天津第一次见面,立即就与我签订了出版十册文集的合约,而且不到一年就把十册书完全出齐了。而赖先生的作风则是谨慎、细密。只就施教授转下的出版计划书而言,就印了有三十余页之多。原来桂冠把我所有的作品拟订了一个总目和细目。在总目中,桂冠把我的作品分成了四辑:第一辑题为"诗词讲录",其中所收录的都是由友人及学生们根据多年来我在各地讲学之录音所整理出来的讲稿,计有《汉魏六朝诗讲录》(上、下)两册、《阮籍〈咏怀〉诗讲录》一册、《陶渊明〈饮酒〉诗讲录》一册、《唐宋词十七讲》(上、下)两册、《迦陵说诗讲稿》一册、《迦陵说词讲稿》(上、下)两册,计共六种九册。第二辑题为"诗词论丛",其中所收录的都是我自己亲笔写的一些说诗论词的文稿,计有《迦陵论诗丛稿》(上、下)两册、《迦陵论词丛稿》一册、《清词散论》一册、《词学新诠》一册、《名篇词例选说》一册,计共五种六册。第三辑题名为"诗词专著",其中所收录的大多是专书著作,计有《杜甫秋兴八首集说》一册、《王国维及其文学批评》(上、下)两册、《唐宋名家词论集》一册、《迦陵学诗笔记》(上、下)两册,计共四种六册。第四辑题为"创作集",其中所收录的计有《迦陵诗词稿》一册、《迦陵杂文集》一册、《我的诗词道路》一册,计共三种三册。总计共收有著作十八种二十四册。(此外尚有台湾三民及大安诸出版社所出书多种并未收入此作品集之内。)除此总目外,桂冠更把我每一著作的章节篇名都做了细目。对于桂冠仔细认真的态度,我当然极为感激。但桂冠也提出了不少对我的要求;其一是要我为各书撰写序文;其二是要我为每册书中所收录的文稿标注出首次发表的年月及刊物名称;其三是要我亲笔所书之原稿手迹;其四是要我不同年代的生活照与演讲照。而这些并不算过分的要求,却增加了我很多困难。这就因为如前文所说,我是一个对世务颇为疏懒的人,很多文稿发表后,我并未将原刊物善加保存,因此有些已在多年前被收入了《丛稿》一类书中的文字,对其原发表的年月及刊物名称,我确实已不复记忆。但因深感赖先生做事认真的好意,故曾尽力查找,并向朋友们函电咨询,现已尽我所知,将原发表之年月及刊物名称大致注明,不过其中仍有少数几篇已不可确考者,只好请赖先生及读者们多加原谅了。至于我的文稿手迹有些也在文稿发表后就已随手弃掷,不复可寻了,不过我也已尽力觅得了一些偶然留下的手稿,特别是做学生时的习作旧稿,上面还有我的老师顾羡季先生评改的手迹,那是因其有纪念性质所以才被我珍重保存下来的。至于我的相片,我也尽力觅得了一些我幼少年时期的照片,如今看来,今日之我已面目全非,实有隔世之感了。以上各资料我都已陆续托施淑教授转给赖先生了。现在只剩下总序和分序的撰写尚未完成。不过其中有几册书,以前出版时我已分别写过一些序跋之类的文字。即如《阮籍〈咏怀〉诗讲录》《唐宋词十七讲》《迦陵论诗丛稿》《迦陵论词丛稿》《杜甫秋兴八首集说》《王国维及其文学批评》《我的诗词道路》等,我都在各书出版时,就已写过序跋之类的文字,如今自然不需再加重复。不过也有几种书,以前虽写过序跋,但此次却又经赖先生重加整理编排过的,依赖先生之意也须重写序文,但经我考虑,以为若每种书各写序文,其间性质颇有相近者,则不免于叠床架屋之病,经与赖先生商议结果,除总序外,我将为四辑文稿各写序文一篇,如此似乎也足以涵盖全部了。至于这一篇总序,则除去以上所已经叙写过的缘起与简介以外,我现在还想略加一叙的,则是当我面对这二十四册结集时,以一个七十五岁高龄的老人,回想自己一生从事古典诗歌教研工作之经历,所产生的一些感想。

当我在前文叙写着这一系列作品集之总目时,我开始注意到赖先生在为我所编列的总目中,除"创作集"外,其他每类的编目前,都冠上了"诗词"二字。我以为这两个字冠加得极有意思。因为就我个人而言,引导和成就我一生的,若究其本源,确实都仅仅是出于我自幼所养成的对于诗词的一份热爱。记得在1987年春天,我曾应北京五个文化单位的邀请,于国家教育委员会的可容一千五百余人的大礼堂中,举行过一系列十次的"唐宋词讲座",当时来听讲的既有七八十岁的学者教授,也有十七八岁的青年学生,更有广大的社会人士,反应极为热烈。因此颇引起了一些媒体的注意,常有记者问起我"你是何时决定终生从事学术研究的",或"你是怎样结合中西理论来评析诗词的"。我回答他们说,我是一个极平常的人,而且胸无大志,所以大学毕业后,就老老实实去教中学,并没有像现在的年轻人之有许多要上研究所或出国的理想,更从来没有过要成为什么学者专家的念头。我的研究也从来没有什么预订的理想目标,我只不过是一直以主诚和认真的态度,在古典诗歌之教学的道路上不断辛勤工作着的一个诗词爱好者而已。而且我的生活并不顺利,我是在忧患中走过来的。诗词的研读并不是我追求的目标,而是支持我走过忧患的一种力量。现在我这样说,或许有些人对此不能尽信;因为如果说我从来没有什么追求学术成就之意,何以现在竟然有了十八种二十四册论说诗词的作品集之出版?而且如果说我平生经历过不少忧患,何以现在从我的形容表现中,又看不出一点经历过忧患的痕迹?如今既有桂冠图书公司要为我的作品做一结集,而且要我写一篇总序,我想也许现在恰好可以借此机会,对大家的几点疑问做一些简单的说明。而提到向别人做解说,我就想到了古人对于自我解说所取的几种不同的态度。一种是如元好问在《论诗三首》中所说的"鸳鸯绣了从教看,不把金针度与人",另一种则是如陈师道在《小放歌行》中所说的"不惜卷帘通一顾,怕君着眼未分明"。前一种是取不做解说的态度,后一种则是说我纵然愿意坦白相示,但观者也未必尽能相信和了解。写到这里,我忽然又想起了当我在大学读书时,我的老师顾羡季先生曾经写过题为《晚秋杂诗用叶子嘉莹韵》的六首七言律诗,其中曾有一联诗句说"淡扫严妆成自笑,臂弓腰箭与谁看",这两句诗所表现的则应该是不能得到别人之认知与了解的寂寞。而由此我遂又想到了王国维在他的一首《虞美人》里所写的"从今不复梦承恩,且自簪花坐赏镜中人"两句词,这两句所表现的则是进一步的不复更求人知的断念与自甘。可见要想对人做自我说明,本是一件愚而多事之举。但既然有不少看过我的书或听过我的课的人,对于我之所以成为今日之我,往往都抱有一种疑问,而且赖阿胜先生又要我为作品集写一篇总序,则我又何妨借此机会对大家的疑问略加解答。

说到我对自己的分析反省,本来在此一系列的作品集中,已曾收辑有一册题名为《我的诗词道路》的专集,其中对于我自己之成长与受教育的过程,以及在写作路程中的几次转变,都已曾有颇详的叙写,自不需在此更为辞费。不过我过去的自我叙写,可以说大都是就写作之内容与风格之演变而叙述的,至于现在我所要说明的,则很可能是触及我之所以成为今日之我,与我的作品之所以成为今日之作品的一个更为本质方面的问题。正如我在前文所言,我一向并无大志,我对于自己既从来未尝以学者自期,对于自己的作品也从来未曾以学术著作自许。然而数十年来我却一直生活在不断讲学和写作的勤劳工作之中,直到如今我虽已退休有十年之久,但我对工作的勤劳,却依然未尝稍懈,我常以为我之所以有不懈的工作之动力,其实很可能就正是因为我之并没有要成为学者之动机的缘故,我对诗词的爱好与体悟,可以说全是出于自己生命中的一种本能。因此无论是写作也好,讲授也好,我所要传达的可以说都是我所体悟的诗歌中的一种生命,一种生生不已的感发的力量。当然在传达的过程中,我可能也需要假借一些知识与学问来作为一种说明的手段和工具,因此有些人见到了这些知识与学问,便会认为这就是做学问,而做学问的人当然就是学者。所以当我对一些访问的人回答说我从来没有想过要做一个学者的时候，有人不免会觉得我所说的只是一种饰辞或妄语。而殊不知我所说的实在正是自己诚实的招供。记得我在讲课时，常对同学们说起，真正伟大的诗人是用自己的生命来写作自己的诗篇的，是用自己的生活来实践自己的诗篇的，而我们讲诗的人所要做的，就正是要透过诗人的作品，使这些诗人的生命心魂，得到又一次再生的机会。而且在其再生的活动中，将会带着一种强大的感发作用，使我们这些讲者与听者或作者与读者，都得到一种生生不已的力量。在这种以生命相融会相感发的活动中，自有一种极大的乐趣。而这种乐趣则与所谓是否成为一个学者，或是否获致什么学术成就，可以说并无任何干系。我想这很可能就是我虽然勤于讲学和写作，却全然没有过要成为一个学者之念头的主要原因吧。以上所叙写，可以说是我对前文所叙及的第一个问题的回答。

至于第二个问题说到我如何把中西诗论相结合，则我也可以坦诚地说，这一切也全出于偶然的机遇和联想，而并非有意为之。我本来是一个完全从旧传统教育中成长起来的人，从小所受的训练就是对古典诗文的熟读和背诵，虽然因为我父亲舜庸公和我的老师顾羡季先生两人都是从老北大的外文系毕业的，经常提醒我学习外文的重要，但因我读书到初中二年级时，就发生了"七七事变"，从此校方就把英文课时减少到每周只有两小时了，中学毕业时，我这个并无大志的人，虽侥幸有着总平均第一名的成绩，却并未曾为将来的出路与收入多加考虑，便按自己的兴趣考入了国文系，大学毕业时虽也侥幸仍以第一名毕业，但我也并未曾考虑过出国或投考研究所的问题，就顺理成章地老老实实到中学里去教书了。其后虽从中学教到大学，从一般的古文教到诗词的专著，但却一直再也没接触过英文。当然更没想到过出国，也全然没想到过什么中西诗论的结合，我后来之决然接受了国外的邀请，主要是因为在1940年代末1950年代初，当台湾岛内白色恐怖盛行时，外子曾遭军方逮捕,被囚禁了有将近四年之久,而我也曾带着吃奶的不满一岁的女儿,遭到被审询的拘禁。其后曾经度过了一段既无家又无业的只在亲戚家的走廊上夜晚与女儿打地铺过日子的生活。因此当海外有人邀聘时,外子遂坚持要我先把孩子带出去,其后又把外子接了出来,最后更把我年近八旬的老父也接出来了。而这时我所接受的聘约,却是要用英语来讲授中国的古典文学。为了全家的生活,我不得不硬着头皮接受了这个工作,每天要查英文生字来备课,经常工作到深夜两点。而每逢学生考试或交来作业时,我更要一边查着生字一边来评阅批改,不过即使有如此的艰难,也并无伤于我对中国古典文学本来的热爱,我所致力的也仍然是要把诗文中的一种感发生命,要尽力传述和表达出来。因此我的英语虽然并不高明,但学生的反应却极好。时日既久,当我的英文程度逐渐提高以后,我就在教课以外,往往去旁听一些西方文论的课程,也常购借一些西方文论的书来自己阅读,每遇到西方文论中似乎与中国传统诗论有暗合之处时,不免为之怦然心喜,而且当我面对一些主观、抽象的传统诗话而无法向西方学生做出逻辑性的理论诠释时,偶然引用一些西方文论,也可以使我们师生都有一种豁然贯通之乐。不过我却从来没有什么结合中西诗论的高远的理想。记得我在写作《论词学中之困惑与〈花间〉词之女性叙写及其影响》一篇文稿时,曾引用西方解析符号学之女学者克里斯特娃的一句话说:"我不跟随任何一种理论,无论那是什么理论。"也许克氏之所谓不跟随任何一种理论,是因为她自己足以自创一种理论的缘故;至于我之不跟随任何一种理论,则是因为我认为"理论"乃是一种捕鱼的"筌",而我的目的则只是在得"鱼",而并不在制"筌"。记得我在早年读一些说部笔记之书时,曾经见到过一首小诗,说"彩云影里神仙现,手把红罗扇遮面,直须著眼看仙人,莫看仙人手中扇"。我之偶尔也在作品中引用一些西方文论,只不过是因为有时仙人之美妙实在难以传述,遂不得不借用一些罗扇的方位来指向仙人而已。以上所叙写,可以说是我对前文所叙及的第二个问题的回答。

最后我还要回答很多人最为好奇的一个问题,那就是我虽经历过不少忧患挫伤,但在我的形容表现中,何以却没有留下什么忧患挫伤的痕迹?我想凡是真正当面问过我这个问题的人,一定都会记得我总会微笑着回答说:"这是学习古典诗词的好处。"也许有人会以为我所说的只是一句戏言,其实我的回答乃是真正由实践而获得的一点真诚的体悟。因为如我在前文所言,我之喜爱和研读古典诗词,本不出于追求学问知识的用心,而是出于古典诗词中所蕴涵的一种感发生命对我的感动和召唤。在这一份感发生命中,曾经蓄积了古代伟大之诗人的所有心灵、智慧、品格、襟抱和修养。所以中国传统一直有"诗教"之说,以为"正得失、动天地、感鬼神,莫近于诗",这些话初看起来,虽似乎不免于夸大而不切实际,但诗歌之富含一种感发作用,则是不可否认的。而且证之于现代西方的接受美学与读者反应论之说,他们也以为阅读进行的同时也就是一种新的品德的强调,又以为阅读不仅可以带领人对于自己有更充分的了解,而且可以达成一种自我的创造。所以孔门说诗,就一直重视诗之"兴"的作用,既说"兴于诗",又说"诗可以兴",而且若根据孔子与其弟子端木赐(子贡)和卜商(子夏)的两段论诗的谈话来看(见《论语》的《学而》篇及《八佾》篇),孔门所谓"兴"实也暗含着品德教化的作用在内。至于就我个人而言,则我不仅天性中就对诗歌中的感发作用有着浓厚的兴趣,而且我幼年时在家中读书,所读诵的第一本开蒙读物就是《论语》。我当时对《论语》中所记述的孔子的仁者与智者的境界,自然并没有什么真正的体悟,但却对于书中所记述的人生修养颇有一种直观的好奇的向往。即如孔子所述及的"不忧""不惑""不惧",与夫"知命"以及"从心所欲"而仍能"不逾矩"的境界,我对之就常有一种好奇的想要探求其是否果然如是的想法。至于我自己则自然本是一个具足凡夫,真正遇到忧患挫伤的打击时,我的承担的力量就受到了严重的考验。如今回想我一生的经历,我想我最早受到的一次打击乃是1941年我母亲的逝世。那时我的故乡北平已经沦陷有四年之久,父亲则远在后方没有任何音信,我身为长姊,要照顾两个弟弟,而小弟当时只有九岁,生活在物质条件极为艰苦的沦陷区,其困难可以想见。所以后来当我读到老舍先生在《四世同堂》中所写的沦陷中北平老百姓的生活时,我是一边流着泪一边读完这部小说的。至于我受到的第二次打击,则是1949年外子之被拘捕。我于1948年3月结婚,同年11月就因政治局势的转变,随外子工作的调动,由南京经上海而乘船去了台湾。1949年8月生了第一个女儿,同年12月外子就因思想问题被他所服务的海军军方所拘捕了。次年6月我与我所任教的彰化女中自校长以下的六位教师也一同被拘捕了,其后我曾度过了一段既无家又无业的日子,固已如前文所述。数年后外子虽幸被释放,但性情发生变异,动辄暴怒。对于我所过的这一段生活,以及我当时的心境,我在《王国维及其文学批评》之《后叙》中,也已曾略加叙述,现在也不想再加重复。至于我自己则在现实物质生活与精神感情生活都饱受摧残之余,还要独力承担全家的生计。在台湾时在三所大学教了七门课程,而且患了气喘病,瘦到不足一百磅,但说也奇怪,只要一上台讲课,我的敏感气喘的毛病就会脱然而去,所以白天听我讲课的人,决不会想到我夜间气喘的痛苦。我的气喘病是来到北美后才完全不治而自愈的,所以才有精力每夜查英文生字去教书。直到1975年,我在不列颠哥伦比亚大学所教过的第一个博士生施吉瑞(Jerry Schmidt)返回母校接了我所教的这一门 Chinese Literature in Translation 的课,而我改为只教研究生及四年级以上的诗词课时,我的压力才减轻下来,而那时我的长女言言与次女言慧也已相继结婚,我正在庆幸自己终于走完了苦难的路程,以为一个半百以上的老人可以过几天轻松的日子了,但谁知就在1976

年春天,我竟然又遭受了更为沉重的第三次打击。我的才结婚不满三年的长女言言竟然与其夫婿宗永廷在一次外出旅游时,不幸发生了车祸,夫妻二人同时罹难。在这些接踵而来的苦难的打击和考验下,我是怎样生活过来的呢?而我平日对诗词的熟诵和热爱,在我所经历的苦难和打击中,又曾产生过怎样的作用呢?下面我就将对此略加叙述。

一般说来,我是一个对于精神感情之痛苦感受较深,而对于现实生活的艰苦则并不十分在意的人。即如当抗战期间,父亲远在后方而母亲又不幸逝世后,我所感受最强的乃是一种突然失去荫庇所谓"孤露"的悲哀,这在我当时所写的《哭母诗》及《母亡后接父书》等一些诗篇中曾有明白的表现。至于当时物质生活的艰苦,如每日要吃难以下咽的混合面,并且偶尔要穿着一些补丁的衣服之类,则我不仅对之并不在意,而且颇能取一种沉毅坚忍的面对和担荷的态度。这种态度之形成,我想大约有两方面的因素:其一是因为我早年所背诵的《论语》《孟子》诸书,在我幼小的心灵中,确实产生了颇大的影响。我在艰苦的物质生活中,所想到的乃是《论语》中所说的"士志于道而耻恶衣恶食者,未足与议也"及"衣敝缊袍与衣狐貉者立而不耻"的一种自信与自立的精神和态度。其二则是因为教我们唐宋诗的老师顾羡季先生,他自己的身体虽衰弱多病,但他在讲课中所教导我们的,则是一种强毅的担荷的精神。我当时背诵得最熟的就是他的一首《鹧鸪天》词:"说到人生剑已鸣,血花染得战袍腥。身经大小百余阵,羞说生前死后名。 心未老,鬓犹青。尚堪鞍马事长征。秋宵月落银河黯,认取明星是将星。"此外,如先生在其另一首《鹧鸪天》(说到天涯自可哀)词中,也曾写有"拼将眼泪双双落,换取心花瓣瓣开"的句子,还有在其《踏莎行》(万屋堆银)一词中,也曾写有"此身拼却似冰凉,也教熨得阑干热"的句子。于是在先生的教导鼓励之下,我自己的诗作也就一改前此的悲愁善感的诗风,而写出了"入世已拼愁似海,逃禅不借隐为名。伐茅盖顶他年事,生计如斯总未更"的句子,表现了一种直面苦难不求逃避的坚毅的精神。古人有云:"欲成精金美玉的人品,须从烈火中锻来。"苦难的打击可以是一种摧伤,但同时也可以是一种锻炼。我想这种体悟,大概可以说是我在第一次打击的考验下,所经历的一段心路历程。

  至于第二次打击到来时,我最初本也是采取此种担荷的态度来面对苦难的,但陶渊明说得好:"人生归有道,衣食固其端。"又说:"敝庐何必广,取足蔽床席。"当第一次苦难到来时,衣食虽然艰苦,但毕竟生活基本上是稳定的,我不仅可以不改常规地读书上学,而且在学校中既有师友的鼓励切磋,在生活上也有伯父母的关怀照顾。所以苦难对于我才能够形成为一种锻炼,而并未造成重大的伤害;但当第二次苦难到来时则不然了。那时我已远离家人师友,处身在海峤的台湾。外子又已被海军所拘捕而死生莫卜,当我带着不满周岁的女儿从被囚禁的地方释放出来时,不仅没有一间可以栖身的"敝庐",而且连一张可以安眠的"床席"也没有。我虽仍以坚毅的精神勉力支撑,但毕竟不免于把身体消磨得极为瘦弱而憔悴。但这仍不算最大的痛苦,最大的痛苦是当外子于三年后被释回时,他因久被囚禁而形成的动辄暴怒的性情,我虽能以坚毅面对贫乏的生活和劳苦的工作,但当我为了支撑家计而终日劳苦的工作以后,回到家中却仍要忍受外子横加于我的无端折磨时,那才真是难以承受的悲苦。那时因为我上有年近八旬的老父,下有两个仍在读书的女儿,我总是咬紧牙关承受一切折磨和痛苦,不肯把悲苦形之于外。但在晚间的睡梦中,我则总是梦见自己已经陷入遍体鳞伤的弥留境地,也有时梦见多年前已逝世的母亲来探望我,要接我回家。那时我终于被逼出了一个自求脱苦的办法,就是把自己一部分精神感情完全杀死。这是使我仍能承受一切折磨而可以勉强活下去的唯一方法。我现在如此说决非过言,因为我那时确实在极端痛苦中,曾经多次在清醒的意识中告诉自己说:"我现在要把自己杀死,我现在要把自己杀死。"这可以说是我最为痛苦的一段心路历程。其后使我从这种痛苦中逐渐得到缓解的,实在仍是出于学诗与学道的一种体悟。我曾经读到过一首王安石《拟寒山拾得》的诗偈,当时恍如一声棒喝,使我从悲苦中得到了解脱,于是遂把这首诗偈牢记在心。不过今天当我要引述这首诗偈时,一经查看,却发现我所记诵的与原诗并不完全相合,但我更喜欢自己记诵中的诗句,我记诵的是:"风吹瓦堕屋,正打破我头。瓦亦自破碎,匪独我血流。众生造众业,各有一机抽。切莫嗔此瓦,此瓦不自由。"正是这种体悟,恍然使我似乎对早年诵读《论语》时所向往的"知命"与"不忧"的境界,逐渐有了一种勉力实践的印证。这可以说是我在第二度打击之考验下,所经历的又一段心路历程。

当第三次打击到来时,那真如同自天而降的一声霹雳。我实在没想到自己在历尽了人生悲哀苦难之后的余生,竟然还会遭遇到如此致命的一击。长女言言与女婿永廷是在1976年3月24日同时因车祸罹难的。当时我所任教的大学已结束了春季的课程,我正去东部开会,途经多伦多我还去探望了长女言言夫妇,其后又转往美国费城去探望我的小女儿言慧与女婿李坚如夫妇。我一路上满心都是喜悦,以为我虽辛苦一生,如今向平愿了,终于可以安度晚年了。谁知就在我抵达费城后的第二天,就接到了长女夫妇的噩耗。我当时实在痛不欲生,但因为多年来我一直是支撑我家所有苦难的承担者,我不得不强抑悲痛立即赶到多伦多去为他们料理丧事。我是一路上流着泪飞往多伦多,又一路上流着泪飞返温哥华的。回到温哥华后,我就把自己关在家中,避免接触外面的一切友人,因为无论任何人的关怀慰问,都只会更加引发我的悲哀。在此一阶段中,我仍是以诗歌来疗治自己之伤痛的。我曾写了多首《哭女诗》,如:"万盼千期一旦空,殷勤抚养付飘风。回思襁褓怀中日,二十七年一梦中。""平生几度有颜开,风雨逼人一世来。迟暮天公仍罚我,不令欢笑但余哀。"写诗时的感情,自然是悲痛的,但诗歌之为物确实奇妙,那就是诗歌的写作,也可以使悲痛的感情得到一种抒发和缓解。不过抒发和缓解却也并不能使人真正从苦痛中超拔出来,我的整个心情仍是悲苦而自哀的。这种心态,一直到1979年以后,才逐渐有了改变。那是因为自1979年以后,大陆开始了改革开放,我实现了多年来一直想回去教书的心愿。关于这些年的转变,我在最近为庆祝南开大学八十年校庆所写的一篇题为《诗歌谱写的情谊——我与南开二十年》的文稿中,曾有颇详的叙述,现在也不想再加重叙。总之我现在已完全超出了个人的得失悲喜,我只想为我所热爱的诗词做出自己的努力,如我在《我的诗词道路》一书之前言中所写的:"我只希望在传承的长流中,尽到我自己应尽的一份力量。"记得我在大学读书时,我的老师顾羡季先生曾经说过,一个人"要以无生之觉悟为有生之事业,以悲观之体验过乐观之生活"。我当时对此并无深刻的了解,但如今当我历尽了一生的忧苦患难之后,我想我对这两句话确实有了一点体悟。一个人只有在看透了小我的狭隘与无常以后,才真正会把自己投向更广大更高远的一种人生境界。古人说物必极而后反,也许正因为我的长女言言夫妇的罹难给了我一个最沉重的打击,所以我在极痛之余,才有了这种彻底的觉悟。这段心路历程,不仅使我对前面所叙及的儒家的"知命""不忧"的修养有了更深的体会,而且使我对道家《庄子》所提出的"逍遥无待"与"游刃不伤"的境界,也有了一点体悟。我曾将此种体悟,写入了一首《踏莎行》小词,说:"一世多艰,寸心如水。也曾局囿深杯里。炎天流火劫烧余,藐姑初识真仙子。　　谷内青松,苍然若此。历尽冰霜偏未死。一朝鲲化欲鹏飞,天风吹动狂波起。"词中所写的藐姑射的神人与鲲化的飞鹏,自然都是《庄子》中所寓说的故事;至于"谷内青松",则我所联想到的乃是陶渊明的一首诗,陶公在《拟古九首》的第六首中,曾经写有几句诗,说:"苍苍谷中树,冬夏常如兹。年年见霜雪,谁谓不知时。"大家只看到松树的苍然不改,却不知松树是如何在霜雪的摧伤中承受过来的。我想朋友们所说的从我的外表看不出什么经历过忧患挫伤的痕迹,大概也和一般人只看到松树之苍然不改,而不能体悟到松树所经历的严寒冰雪的挫伤打击是同样的情况吧。松树之能挺立于严寒,并非不知冰雪之严寒,只不过因为松树已经有了一种由冰雪所锻炼出来的耐寒之品质而已。我这样说不知是否回答了大家最为好奇的第三个问题,但我所说的确实是自己真实的体验和招供。

以上这些自我叙述,本是我平日不大喜欢向别人提起的。因为一则重述过往的不幸,总不免仍会触动心底的沉哀,这是我所极力避免的。再则在今日知识已经日益商品化的现代,我却想以个人生活实践之体验,琐琐叙述学诗与学道的修养之重要,这不仅是一种不合时宜之举,而且恐怕还会招致一些人的讽笑和讥议。以前我的顾虑较多,所以一直不敢直言自己的经历和感受,只不过在我评说古人之作品的时候,其中偶尔也有个人之情思意念的流露而已。十余年前缪钺先生为我撰写《迦陵论诗丛稿》题记》一文,于结尾处曾云:"君之此书虽皆论古之作,思辨之文,而孤怀幽抱,隐寓其中,庶几风人之旨。"缪先生对我往往有过誉之言,自非我所敢承当,但我也愿坦白地承认,我对诗词的评说和赏析,确实既不同于一般学者之从知识学问方面所作的纯学术的研究,也不同于一般文士之将古人作品演化为一篇美丽的散文之纯美的铺叙。我是以自己之感发生命来体会古人之感发生命的,我的尝试自然未必成功,不过虽不能至,而心向往之。如今以迟暮之年,渐无顾忌,遂将一切自我的经历,都做了真实的招供,知我罪我,只好付诸读者的评断了。

最后我要在此感谢师妹顾之京教授为我集录了羡季师的书法"叶嘉莹作品集"六个字作为全集的题签,老师对我的教诲与期望之深恩,我是永志不忘的。

1999年5月11日完稿于温哥华

《叶嘉莹作品集·诗词讲录》序言

"诗词讲录"编目内,收录了我的六种讲课录音整理稿,其中有三种且分别为上、下两册,故综计之共有九册之多。记得我在1996年为《我的诗词道路》一书所写的前言中,曾经自我反省说:"在创作的道路上,我未能成为一个很好的诗人;在研究的道路上,我也未能成为一个很好的学者。那是因为我在这两条道路上,都并未能做出全心的投入。至于在教学的道路上,则我纵然也未能成为一个很好的教师,但我确实为教学的工作,投注了我大部分的生命。"我自1945年大学毕业就开始教书的生涯,至今已有五十四年之久,不仅从来未曾间断过,而且往往总是同时在多校兼课。即如我在1940年代中,刚从大学毕业,就在北平担任了三个中学的五班国文课。1950年代以后,我又在台湾的台大、淡江、辅仁三所大学担任了诗选、文选、词选、曲选及杜甫诗等多科的教学,还同时担任了教育电台大学国文课的广播教学。及至1960年代中,教育电视台成立,我又兼任了古诗的电视教学。1970年代到加拿大任教后,虽然不再有兼课的情况,但我却又开始了每年利用假期回国讲学的忙碌生活,曾先后在大陆十余所大学讲过课。1990年代退休后,更曾应邀赴台湾各大学、大陆各大学,及新加坡国立大学担任过全年或者半年的客座教学。近年又应天津南开大学之邀聘筹建了中华古典义化研究所且担任了所长的工作,并亲自带领研究生。不过,我教学讲课的时间虽已有五十四年之久,但讲稿之被录音且被整理发表,则是二十年前由于一些特殊情况才开始的,关于这些情况,我在《阮籍〈咏怀〉诗讲录》一书的前言中,已曾有简单的记述。总之,我早年在台湾教书时,可以说从来没有过要将之录音并整理成书的念头。《阮籍》一书之存有录音,是因为那原是当年在台湾教育电台播讲大学国文时的录音,不过其被整理成书则已是三十余年以后的事了。至于我的讲演之第一次被录音整理发表,则是由于在1978年的夏天,我曾应邀参加了美国东岸一些爱国的文艺工作者所举办的一个夏令营的聚会,在聚会中我所作的题为《旧诗的批评与欣赏》的一篇讲演,曾被录音并整理发表于一册题名为《海内外》的杂志,而且自此以后,《海内外》的编者尹梦龙先生遂要求我把所有的讲课都做成录音交由他们去整理发表。这实在是我之所以有这些录音讲稿的最早的缘起。在"诗词讲录"这一部分中所收录的《迦陵说词讲稿》下卷内的大多数文稿就都是当年在《海内外》所发表的录音整理稿。此外《汉魏六朝诗讲录》上下两册,原也是为应《海内外》编者之要求而做的讲课录音,但因这一系列的录音带数量极多,直到1990年代后期才被陆续整理完稿,而那时《海内外》杂志已经停刊了。适值台湾的《国文天地》向我约稿,于是我遂将这一部分讲稿交给了他们去分期刊载,直到最近才全部刊完。此外在"诗词讲录"这一部分所收录的作品中,还有一册较具系列性的录音整理稿,那就是上下两册的《唐宋词十七讲》。原来在1987年的2月我曾应北京五个文化单位的联合邀请,为他们所举办的"唐宋词系列讲座"做了十次讲演,讲了五代及北宋一些名家的词。结束以后因主办人及一些听众意有未尽,遂又由沈阳及大连的两所院校邀我去继续讲了七次南宋名家的词。其后由三地的主办人分别将各次录音整理合编成书,那就是分为上下两册的《唐宋词十七讲》。而与此《十七讲》相配合的,其实还曾有北京师范大学出版社音像部出版的题为《唐宋词系列讲座》的一套音带和一套录像带。私意以为如果能配合音带或录像带去阅读《十七讲》

一书的话，也许更能体会到一种如我在《〈作品集〉总序》中所说的"感发的效果"。因为增加了声音和形象，较之纯然只用文字传达的效果一定更好，不过如此有心的读者可能并不多就是了。

　　除去以上所叙及的四种讲录之成书的特殊情况以外，还有一册成书情况更为特殊的讲稿，那就是《陶渊明〈饮酒〉诗讲录》，原来在1980年代初，我在不列颠哥伦比亚大学所教的学生中，有一位从香港来的名叫蔡宝珠的女同学。她既喜爱诗词，同时也笃信佛教。每逢学校放了寒暑假，她就到加州一处名叫万佛城的法界大学去静修，有时她也携带一些我讲课的音带去聆听。她学佛的师父就是开创万佛城的宣化上人。宣化上人在北美曾创建有多处佛寺，温哥华也有他所创建的一所金佛寺。1984年夏天，有一次宣化上人到金佛寺来讲道，我就随蔡宝珠同学一起去听讲，谁知上人登上讲坛后，却一定要邀台下的我上去讲话，我推辞说我对佛法并无深知，不敢妄言。上人说不一定讲佛法，随便你讲什么都可以。在坚辞不获下，我只好登上了讲坛。我心中自忖在佛寺中该讲些什么才好呢？由于金佛寺座落在温哥华的中国城地区，寺中的清修者竟能对外在喧闹杂乱的环境充耳不闻，于是我就想到了陶渊明的"结庐在人境，而无车马喧"两句诗。这两句诗出于陶公《饮酒》二十首中的第五首诗。于是我当时就把这一首诗做了简单的敷演讲述。岂料由此一讲，遂被宣化上人邀定每周两次要到金佛寺去讲陶诗。于是我就只好重新开始把陶公的《饮酒》二十首从头讲起。讲到第十八首时，因为我要回中国去讲学的日期已经到了，于是把课程就停止了没再讲下去。及至九年以后，那位蔡宝珠同学已经正式在万佛城受戒，她又坚邀我去加州万佛城把余下的两首《饮酒》诗也讲完了，而从开始到结尾，他们在温哥华与万佛城两地都做了录音。现在这一册《陶渊明〈饮酒〉诗讲录》就是由此一因缘而获致的结果。在《迦陵诗词稿》中曾编录有我在万佛城讲陶诗时所写的四首绝句，记述了我在佛寺中讲《饮酒》诗的这一段超然于形迹之外的殊胜因缘。其中有一首诗是这样写的：

> 陶潜诗借酒为名,绝世无亲慨六经。却听梵音思礼乐,人天悲愿入苍冥。

宣化上人之所以肯邀我在佛寺中讲授以"饮酒"为题的陶诗,那当然就正因为陶公此一组诗虽以"饮酒"为名,而其所写者实在乃是对东晋衰乱之世礼崩乐坏六经不亲的一份深慨。如果从悲天悯人之想要挽救颓风的一点心意来看,则当日写诗的陶公,和此日邀我去讲授陶诗的宣化上人,以及肯到佛寺中去讲陶诗的我自己,也许我们可以说是都共同怀有一种人天之悲愿吧。我的粗浅的讲述,当然未必能传达出陶公的深远幽微的意蕴,但我确实曾经诚挚地为此献上了我的一份心力。

以上五种较具系列性的讲录,其所以成书的因缘,既各有一段特殊的情况,固已如前所述。至于《迦陵说诗讲稿》及《迦陵说词讲稿》(上卷)两册书中所收录的讲稿,则除去《说诗》一书中所收录的《旧诗的批评与欣赏》一篇,原为我在前文所曾提到过的1978年在美东夏令营中的一次讲演,乃是最早的一篇从录音被整理出来的讲稿以外,其他各篇大都是1980年代以来,我在两岸各大学或学术会议中的讲演记录。关于这些讲演的年代和地点,出版者赖阿胜先生都已在各篇文题之后分别加以注明,所以在此不拟更为辞费。不过此一编目内所收录的却并非我的被整理写定的讲稿之全部,除此以外,还有台北大安出版社于1988年出版的《唐宋名家词赏析》四册,及三民书局于1996年出版的《清词选讲》一册,与1997年出版的《好诗共欣赏》一册,这六册书也都是依据我的讲演被整理出来的文稿,但因为所属版权之关系,所以并未收录在桂冠所出版的作品集中的"诗词讲录"此一部分之内。至于这些年来我在各地讲学时,被主办单位录制的音带、像带其未被整理出版者还有很多，即如我于 1990 至 1991 年在台湾清华大学与台湾大学讲课的全部录音，1993 及 1994 年在马来西亚与新加坡两地巡回讲演及讲课的录音，历年来每次至美国哈佛大学做研究时，为当地各学术及文艺团体所做的多次讲演之录音，1997 年春季在美国明尼苏达大学讲课三个月之系列录音，1998 年春季在美国加州万佛城讲授杜甫诗之系列录音，近年在港台两地之讲演录音，还有多年来为加拿大之温哥华中华文化中心所举办的各种诗词讲座之录音，与在渥太华为旅加大学校友及中文学校所做的多次讲演之录音，其中有些主办或邀请单位，除录音外且还制有录影带，我对所有主办和邀请的主人之盛意，都极为感激。至于有些音带被整理出来，有些音带则没有被整理出来，这其间也各有一些偶然之机缘。一般说来，现存的讲稿大抵总是由于有人索稿，而仓促被整理出来的，这些机缘既并非出于我自己的安排和选择，而我也更未曾想到这些临时为应付稿债而被整理出来的散乱的篇章，有朝一日竟会被汇集起来而编订成书，因此现在看来，这些讲稿实在显得浅薄、零乱，而且往往有相互重复之处。这是我个人对之极感汗颜的。如果允许我在此做一反省，我想这些缺点之出现，主要自然是由于我个人学识的浅陋，其次则是由于我个人之不肯事先准备讲稿。我之不肯事先准备讲稿，也有两个原因：其一是因为我的天性既疏懒，而工作又非常忙碌，因此无法抽时间去准备讲稿；其二则是由于我一向极注重诗歌中之感发作用，我总以为一定要讲诗的人先有所感动，然后才可以使听者也有所感动。如果把讲稿先写定了，则纵使字斟句酌写得极为仔细认真，等到临场再按照写定的稿子来读诵时，那也已经是一个死板固定的成品，而不再是一个正在成长中的生命了。所以我宁愿事先不写讲稿，等到在现场讲演时，才透过我自己当时的感发，来带动听众们的感发。我以为如此才能真正使诗歌获致一种不断在生发成长中的活泼的生命。记得著名的解析符号学的女学者克里斯特娃曾经将诗歌语言的作用分为两种：一种是被约定俗成的关系所束缚住的"被限制了的作用"(restrictive function)；另一种则是不被束缚的不断在生发变化的"成长中的作用"(productive function)。我所向往的诗歌讲授的最高境界，就应该也是同样带有不断生发成长之作用的一种境界。而这种境界既带有一种不能事先固定的质素，因之此种境界之是否能完美的达成，自然就带有了许多不稳定的性质。就以我个人讲演与讲课之经验而言，往往我所讲的虽是同样的题目和作品，但在不同的场合面对不同的听众，所讲的结果必然会产生许多并不能由我自己完全控制的临场的差别。我个人以为我这种不备讲稿的习惯，虽有其可取之处，但也有其不可取之处。其可取之处主要固在于富有生发感动之作用，而且纵然所讲的是相同或相近的题目，也不会有完全重复相同的内容。我想这很可能也就正是河北教育出版社及桂冠图书公司两地的编者何以竟都决定不加删落便把一些题目相近似的讲录都编入了一本书中的缘故。至其不可取之处，则是因为我之讲演既注重感发之作用，因此在讲演开始后，总要经过一段酝酿培养的时间，才能够把我自己和听众都带入到一种感发的意境中来，而如果讲演所规定的时间太短，则往往在进入到此种意境情况之后不久，便已经到了结束的时间，所以与我熟识的朋友常会笑我每次讲演总觉得时间不够用，常不免有虎头蛇尾之病。这是我的一个最大的缺点。所以比较而言，我更喜欢系列的讲座，因为一定要有较充裕的时间，我才能够畅所欲言。不过虽然同是系列的讲课，但场合与听众不同，也会产生不同的结果，即如此一编目内所收录的《阮籍〈咏怀〉诗讲录》一书，虽也是系列的讲课，但因是在录音室中的播讲，缺少了现场的听众，因此就形成了较为偏重考证和诠释，而缺少了直接感发的气氛。又如《陶渊明〈饮酒〉诗讲录》一书，虽然有了现场的听众，但因听众们大多是出家人，使我总是感到有些拘谨，所以就不免也减少了一种任意发挥的乐趣，比较而言，我以为在这些系列讲座中，《唐宋词十七讲》可以说是我自己较为满意的一次讲座。这与主办者的安排,听众们的品质,以及讲演的场地等都有着密切的关系。总之,我是在一进入当时的场地之中时,就感到了听众们对古典诗词的一种热爱和理解的气氛,一千五百人的大礼堂,满座的听众不分年龄和职别,似乎极迅速地就都进入了感发的情况。关于此次"唐宋词系列讲座"之主办及录音与录像之编排及整理的情况和过程,我在《唐宋词十七讲》一书之自序中,已有较详的叙述,兹不再赘。我现在只不过是由于面对今日即将出版的几册讲录的书稿,遂使得我对于自己一向讲课所表现的得失利弊,不免又引生了一些反省和回顾而已。

最后我更想借此机会对于邀请我讲演并做出录音的所有朋友们,在此表示深挚的感谢。其中特别值得一提的,首先是《海内外》的编者尹梦龙先生,因为若不是由于他的要求,我根本不会想到要为自己的讲课和讲演做出录音,并整理成为文稿去发表。这自然是要特加感谢的。其次则是坚邀我去举办唐宋词系列讲座,并为此讲座安排录音与录像的辅大校友马英林学长,若不是他的热心邀请和安排,根本就不会有《唐宋词十七讲》这一册讲稿的出现,这自然也是要特加感念的。至于为我整理录音的友人,则自《海内外》陆续刊出我的录音整理稿开始,迄今盖已有二十年以上之久,曾经参与整理讲稿的友人也已有将近二十人之多。有些系列讲座的整理者,如《十七讲》及《阮籍〈咏怀〉》诸讲稿,在出版时我曾在自序或前言中对整理者分别表示了感谢之意;至于一些单篇的由不同友人整理出来的讲稿,则我已要求编者在每一篇后都注明了整理者的姓名,我在此也一并表示感谢之意。但其中有两册讲录乃是以前既未曾单独出版过,我也未曾为之写过任何前言或者自序的文稿,那就是《汉魏六朝诗讲录》与《陶渊明〈饮酒〉诗讲录》。这两册书的数量极大,为整理这两册讲稿而付出了不少时间精力的三位友人,她们乃是目前在南开大学中华古典文化研究所担任秘书工作并在中文系兼课的安易女士,及在天津电视大学担任中文系主任的徐晓莉女士,与在天津铃铛阁中学担任教师的杨爱娣女士。她们都是自从1979年开始就来旁听我讲授的诗词课,二十年来一直在各方面都不断给予我支持和协助的诗词爱好者。她们不仅为我整理写定了《汉魏六朝诗》与《陶渊明〈饮酒〉诗》两册讲录,其他讲录中的一些文稿,也有不少出自她们三人的手笔。因此我在这里要对她们三人特致感谢之意。记得我在《〈作品集〉总序》中,曾经提到过作品集之编辑出版,其间曾牵涉许多使人感念的因缘和情谊,这些讲录从录音到整理写定,更是牵涉不少使人感念的因缘和情谊,我对此都将铭感不忘。至于这些讲录之不免于浮浅荒疏之病,则如前文我对自己讲课所做的反省与回顾之所言,我对此实极感汗颜,惟是披沙拣金,或者亦可偶尔见宝,唯在读者之善于别择去取而已。是为序。

《叶嘉莹作品集·诗词论丛》序言

在"诗词论丛"内,共收录了我所写的论评诗词之作品五种,计有《迦陵论诗丛稿》(上、下)两册、《迦陵论词丛稿》一册、《清词散论》一册、《词学新诠》一册及《名篇词例选说》一册,合共六册。我在此首先要说明的是,在此一辑中有些书名虽与旧著相同,但内容却已有所增删;又有些书名虽新,但内容却实在乃是旧著的改编:凡此种种,自然都应向读者略作交代。

首先我要对《迦陵论诗丛稿》及《迦陵论词丛稿》两书中增删的情况略加说明。《论诗丛稿》一书,乃是依据1984年北京中华书局所出版的同名著作而改编的。其中增入者三篇,删去者两篇。增入之三篇为:(一)《漫谈中国旧诗之传统》(原载于台湾《中外文学》1973年第2卷4期及5期),(二)《谈古典诗歌中兴发感动之特质与吟诵之传统》(原载于台湾《中外文学》1993年第21卷11期),(三)《从元遗山〈论诗绝句〉谈谢灵运与柳宗元的诗与人》(原载于香港《抖擞》1976年第15期)。删去者两篇,为:(一)《论杜甫七律之演进及其承先启后之成就》(此文已收入《杜甫秋兴八首集说》作为代序),(二)《由〈人间词话〉谈到诗歌的评赏》(此文已收入《王国维及其文学批评》下册所录诸文稿中)。至于《论词丛稿》一书,则是依据1980年上海古籍出版社所出版的同名著作而改编的。其中增入者三篇,删去者六篇。增入之三篇,为:(一)《学词自述》(原载于南京《江海学刊》1984年第2期),(二)《王沂孙其人及其词》(原载于北京《文学遗产》1987年第6期),(三)《论陈子龙词》(原载于台湾《中外文学》1990年第19卷第1期,原题为《由词之特质论令词之潜能与陈子龙词之成就》)。至于删去之六篇,则为:(一)《从〈人间词话〉看温韦冯李四家词的风格》,(二)《说静安词〈浣溪沙〉一首》,(三)《谈诗歌的欣赏与〈人间词话〉的三种境界》,(四)《对〈人间词话〉中"境界"一辞之义界的探讨》,(五)《〈人间词话〉境界说与中国传统诗说之关系》,(六)《常州词派比兴寄托之说的新检讨》(以上六篇中之前五篇均已收入《王国维及其文学批评》一书,第六篇则已收入《清词散论》一书)。总之,《论诗丛稿》与《论词丛稿》二书,都是根据旧著改编而成的。而此二书在第一次出版时,我已曾分别为之撰写了《后叙》,《论诗丛稿》的《后叙》曾被河北教育出版社收入《我的诗词道路》一书,改题为《谈多年来评说古典诗歌之体验及感性与知性之结合》,《论词丛稿》之《后叙》亦被收入同一册书内,改题为《不可以貌求的感发生命》。前者所写的是我个人对评说古典诗歌之体验和经历,后者所写的则是我个人对于词之特质的一点认知,二者所谈的都是一些本质上的问题,与书中所收录之文稿的多寡和增删,并没有什么重要的关系,如今桂冠的编者自可以取用此二篇文稿分别作为《论诗》及《论词》二书之序言,如此我在此一辑之序言中,当然便无须再对之更加赘述了。

其次,再谈《清词散论》一书,这一册书是由摘录自《清词名家论集》中的四篇文稿,与增入之其他另四篇文稿,合编而成的。《清词名家论集》原是我应台湾"中研院"文哲研究所林玫仪教授之邀,为其词学专题研究计划与上海古籍出版社的陈邦炎先生合作撰写的一册有关清代之词与词学的论集。全集共收文稿八篇。其中由陈先生所撰写者,共有四篇,计为:(一)《评介女词人徐灿及其拙政园词》,(二)《评介陈维崧及其词论词作》,(三)《论云起轩词》,(四)《陈曾寿及其旧月簃词》。我的文稿也有四篇,其中三篇为自撰稿,一篇为讲演记录稿。自撰之三篇,计为:(一)《谈浙西词派创始人朱彝尊之词与词论及其影响》,(二)《从艳词发展之历史看朱彝尊爱情词之美学特质》,(三)《说张惠言〈水调歌头〉五首——兼谈传统士人之文化修养与词之美学特质》。讲演记录稿一篇,题为《从云间派词风之转变谈清词的中兴》。现在桂冠所出版的《清词散论》,除去原在《清词名家论集》所收录的我的这四篇文稿外,还另增入了四篇文稿,计为:(一)《论纳兰性德词:从我对纳兰词之体认的三个不同阶段谈起》(原载台湾《中外文学》1991 年第 19 卷第 8 期),(二)《常州词派比兴寄托之说的新检讨》(原载台湾《现代文学》1973 年 10 月号),(三)《对常州词派张惠言与周济二家词学的现代反思》(原载香港中文大学《中文学刊》1997 年第 1 期),(四)《记南开大学图书馆所藏手抄稿本〈迦陵词〉》(即将于北京《燕京学报》新 6 期刊出)。本来当《清词名家论集》一书出版时,我曾为之撰写过一篇颇长的序言,文中对于清词中兴的主要因素以及其所体现的美学特质,与清代词学家对于此种特质的觉醒与反思,都曾经做了扼要的论述。现在《清词散论》一书所收录之文稿,较之原来的《论集》,在篇幅上虽然有所增删,但大旨依然相似,所以原来的一篇序言,自然仍可冠于此书之卷首。只不过就体例而言,则有两点需要说明之处:其一是按照作品集编辑之体例,凡是他人所整理的我的讲演稿,本来都应编入在"诗词讲录"一辑之内,而不应编入在此一辑我的自撰稿"诗词论丛"之内。而现在编辑的自撰稿之内,却收入了一篇他人所整理的讲稿,那就是《从云间派词风之转变谈清词的中兴》一篇文稿,此一篇文稿之所以被收入了自撰稿的"论丛"之中,主要是因为明末清初之际,云间派几位词人的词风之转变,确实与清词中兴的因素有着密切的关系。本书既题名为《清词论丛》,则对于此一现象自然不应加以忽视,我个人因限于时间未能对此一现象亲自撰文加以论述,所以就把这一篇讲稿收入在此书之内了。这是第一点需要说明之处。其次则是我一向撰文都以评赏为主,很少撰写考证的文字,这自然是由于如我在《〈作品集〉总序》中之所云,我平生从事诗词教研之工作,主要都在于要传达"诗歌中的一种生命","一种生生不已的感发的力量"。虽然在探求诗歌中之感发生命时,我对于所应从事的考证工作也并不逃避,即如我在评说李义山之《燕台四首》与《海上谣》诸诗时,对义山之生活经历与写作背景就都曾做了一番探讨;在评说梦窗与碧山二家词时,对二人之身世与作品中之故实也都曾做了一番探讨。只不过除了评赏所需要者以外,我平日很少专门写作纯考证的文字,但在此一辑所收录的《记南开大学图书馆所藏手抄稿本〈迦陵词〉》一文,则是一篇纯然考证的文字,本来早在1980年代初期,我已经在南大图书馆中见到了此一手抄稿本,也心知其可贵的重要性,但因一则我的工作既极为忙碌,而且平日又不写考证文字,所以多年来竟一直未曾为之撰文加以任何考证和介绍。直到最近南大图书馆为其八十年馆庆向我索稿,我才为之撰写了这一篇纯然考证的文字,性质虽与其他文稿不尽相同,但毕竟也是有关清词的文字,所以就也一并收录在此一册《清词散论》之中了。这是第二点需要说明之处。既已经有了旧著《论集》的序言冠于卷首,我又在此一编之序言中做了此二点说明,当然也就不须再为此书另写序文了。

再次我要对本辑所收录的《词学新诠》一书也略加说明。此一册书中共收录有《迦陵随笔》十五篇,《论词学中之困惑与〈花间〉词之女性叙写及其影响》长文一篇与《对传统词学中之困惑的理论反思》一篇,计共有文稿十七篇,其中的《迦陵随笔》十五篇,是我应北京《光明日报》之邀为他们所写的随笔性质之文字,开始于1986年10月,曾陆续刊载于《光明日报》之"文学遗产"一版之中,但自1987年3月起,"文学遗产"一版就被《光明日报》取消了,编者虽仍邀我继续供稿,但因我所写的随笔原有一系列之连续性质,如果不定期的刊载于不定版的报刊中,无论对作者而言或对读者而言,实在都有许多不便,于是我遂于1988年写了最后一篇《结束语》后,就停止了随笔的写作,这就是这十五篇随笔的由来。至于《论词学中之困惑与〈花间〉词之女性叙写及其影响》及《对传统词学中之困惑的理论反思》两篇文稿,则在文题中虽然皆有"词学中之困惑"的字样,但其写作及发表之年代,却已相隔了有六年之久,前一篇完稿于 1991 年 8 月,曾刊载于台湾《中外文学》1992 年第 20 卷第 9 期,后一篇完稿于 1997 年 3 月,曾刊载于北京《燕京学报》1998 年新 4 期。前一篇是对词学中之困惑的探讨之开始,后一篇则是对词学中之困惑的一个简单的总结。本来在写作了随笔十余则以后,在写作此两篇有关"词学中之困惑"的文稿以前,我还曾于 1988 年写过另一篇有关词学之现代观的文稿,那就是已被作品集收录在《王国维及其文学批评》下册中,题名为《对传统词学与王国维词论在西方理论之观照中的反思》的一篇文稿(此文曾刊载于《中华文史论丛》1989 年第 2 期)。这一系列作品可以说都是我有意借鉴西方文论来对传统词学加以反思及诠释的一种尝试工作。此一动机盖始于 1986 年 6 月《光明日报》向我邀稿之际。其后于 9 月中当我应复旦大学之邀赴沪讲学时,又得与上海古籍出版社之陈邦炎先生相晤,陈先生对我言及当时青年学生之心态,谓自改革开放以来,目前青年所追求者有两种趋向:一方面是对西方现代新潮的向往,另一方面则是对中国古老根源的探寻。经此一番谈话,遂更坚定了我欲以西方文论来诠释传统词学的心意,于是从 10 月份开始,我就动笔陆续为《光明日报》撰写了一系列用西方文论来诠说中国词学的《迦陵随笔》。陈邦炎先生读到这些随笔后,又来函向我建议何不写一长文做综合之论述,于是我遂于 1988 年 5 月又撰写了《对传统词学与王国维词论在西方理论之观照中的反思》一篇文稿,恰好台湾的清华大学邀我去访问讲学,于是台湾的大安出版社遂于当年的 12 月赶在我讲学期间出版了一册《中国词学的现代观》,内中所收录的就是《迦陵随笔》十五则以及这一篇《反思》的长文。文中不仅引用西方文论之处是一种新说,就是对传统词学的反思,把词之美感特质分为歌辞之词、诗化之词与赋化之词三种不同的性质,也是一种新说。本来我对自己的创新之尝试常不免心怀惴惴,唯恐其不能被深受传统影响的中国学者所接受,谁知在这些文稿发表后不久,就接到了南京大学程千帆先生的来函,以为我将词之演进依其美感特质分为歌辞之词、诗化之词与赋化之词,厘清了历代词学中之一种困扰,是对词学之一大贡献;继之又有四川大学缪钺先生来函,认为"自从王静安接受西方康德叔本华哲学美学之观点论词,撰《人间词话》,在研究词学中别开新域,你采取近现代西方新的文学理论,反照中国词学,发抒创新之见,可谓继静安之后又一次新的开拓"。两位前辈教授的溢美之誉,自非我所敢承当,不过,想要借鉴西方文论来反思中国的传统词学,则确实是近些年来我所致力探寻的一个方向。所惜者学海无涯而人生有限,以我个人年龄之老大与学识之浅陋,诚恐终难有成,现在只不过是把我个人的一些尝试,提供给后之学者来作为一点参考而已。过去我在《随笔》及有关"词学困惑"等诸篇文稿发表之时,也都曾写过一些前言之类的文字,对于各篇文稿之撰写的动机与经过,都曾有所叙写,在此就不再多加赘述了。

最后我要对此一辑中的《名篇词例选说》一书也略加说明。本书共收录了我所写的评说历代名篇词作的文稿二十九篇。本来一般而言,我平日虽然经常写作一些评说诗词的文字,但大多是以阐明个人对词之某种观点或心得为主,其中虽也偶举一些词作来加以评说,也不过是以之作为我之观点或心得的一种例证而已,基本上说来,我是很少只举一篇作品来对之加以敷衍为说的。所以这一册书中所收录的,大多是一些词之鉴赏辞典的编者,偶然在我一些评词的文稿中见到了我所举引的一些词例,因而遂来函要求要把这些词例作为单篇的说词文稿,而编入了他们的《辞典》之中。不过有些作品在编入时改动较多,有些改动较少,也有极少数是我应友人之邀为之另外写作的。就现在本书所辑选的篇目来看,其中录自《唐宋词鉴赏辞典》者,依词人时代之先后为序,计收有:韦庄、冯延巳、晏殊、欧阳修、柳永、苏轼、秦观、周邦彦、吴文英及王沂孙等作者十家、作品十六篇;录自《金元明清词鉴赏辞典》者,有王国维作者一家,作品五篇;录自《古代文学作品鉴赏》者,有李煜及欧阳修作者二家,作品二篇;录自《词林观止》者,有陈子龙作者一家,作品二篇。以上录自各鉴赏辞典中者,计共得作者十三家,作品二十五篇。此外有应友人之邀稿发表于其他刊物中之文稿,计有《说辛弃疾〈祝英台近〉》(原刊于台湾《幼狮》1954 年 2 卷 8 期)、《说李璟〈山花子〉词》(原发表于《唐宋词鉴赏辞典》,上海辞书出版社 1988 年版,上卷页 119—112)、《说辛弃疾〈水龙吟〉词》(原刊于《北方论丛》1987 年第 1 期,题为《从一首〈水龙吟〉词看辛词一本万殊之特质》)及《说朱彝尊〈桂殿秋〉词》(原刊何处未能查到,原题为《说朱彝尊词一首:说朱氏的一首爱情词〈桂殿秋〉》),计共得散篇作品五篇,综计之本册《名篇词例选说》之内,共收有作者十五家,作品二十九篇。不过,如我在前文所言,本书所收录者往往都是我所写的其他论著中的词例,虽曾略加改动,但仍不免多有重复之处,未及详予核对并加改写,这自然是要请读者加以原谅的,但也许有些读者不愿读长篇沉重的论文,而只想对一些名篇做一种蜻蜓点水式的逍遥自在的欣赏,则此一册书中所收录的作品也或可供读者在休闲遣兴之余,对于词之特美,也略微获致一种尝鼎一脔的品味。

  以上就是我对此一辑"诗词论丛"中所收录的五种著作的简单介绍。是为序。

1999 年 6 月写于温哥华

《叶嘉莹作品集·诗词专著》序言

面对"诗词专著"的标题,我实在极感惭愧,因为这一辑中所收录的作品虽有四种六册之多,但其中第四种《迦陵学诗笔记》上下两册,原只是早年我在北平辅仁大学读书时,听我的老师顾随羡季先生讲课,在课堂中写的笔记,如今桂冠的编者竟然将之编入了我的专著之内,真使我惭愧无已。我想桂冠之所以如此安排,当然主要是因为在我的作品中,够资格称为"专著"的作品实在太少了。我之不大撰写什么"专著",主要盖由于两点原因:其一是由于我教书的工作实在太忙,以前在台湾时,竟同时担任了三个大学的相当于三个专任的教学工作,而且还在"教育部"的广播教学与电视教学两个电台,担任了大学国文和古诗讲座的课程。及至来到加拿大以后,我又经常来往各地开会及回国讲学,直到现在我虽已退休有十年之久,忙碌也未尝稍减,总是在行旅匆匆之中,这当然是我无法写出什么像样子的专著来的原因之一。其二则是由于我的研读兴趣既偏重在诗词中的感发作用,因此即使是在撰写论文时,我也喜欢撰写一些确实能引起我内心中之感发的"伫兴"之作,而不喜欢先支起一个框架再用材料去将之填充为一个构件。这当然是我很少写作什么像样子的专著的又一原因。至于现在居然仍留下了三种我写的所谓"专著",则其中实在各有一段因缘。

先谈《杜甫秋兴八首集说》一书,在这一册书中,我最先写的原只是前面作为"代序"的一篇题为《论杜甫七律之演进及其承先启后之成就》

的长文。这篇文稿的字数有将近五万字之多,对于七律一体之发展完成与演变,做了颇为深入的溯本穷源的探讨。表面看来,固为一篇纯理论之文字,所以二十年后美国圣地亚哥加州大学的郑树森教授,在其所写的《结构主义与中国文学·序文》中,还曾称述我的这篇文稿,以为其"仔细追溯七律的历史构成……具备了'文类批评'的特色"。似乎我之撰写此文,也颇具有了一些现代化的理论框架。但事实上当初我之撰写这一篇长文,原来也只不过是出于一点触发的"伫兴"之作。关于此一篇文稿的写作意兴之触发,我在该文的《尾言》一部分之中,也曾经有所叙述。约言之,则我之写作虽一向以古典诗歌为主要之内容,但我之阅读却一向对于现代作品也有极大的兴趣,当1960年代初期我在写作那一篇长文时,盖正值台湾之现代诗盛行一时,而且引起了文坛上不少争论之际。而当时我则正在台湾的几所大学内开设杜甫诗的课程,因此在讲解杜甫的《秋兴八首》时,遂对此八诗的内容之意象化与文本之多义性略做了一些发挥,欲借此以说明"现代诗之'反传统'与'意象化'的作风,原来也并非荒谬无本",而"要想反传统破坏传统,却也要从传统中去汲取创作的原理与原则"。但由于课时之限制,不免意有未尽,于是遂决定撰写一篇文稿,对之做详细之讨论,希望可以因之而唤起对现代诗反对者与倡导者的双方面的注意。其后遂利用暑假期间,不辞劳苦地在台湾的溽暑中,乘坐着拥挤的公共汽车,赴台湾各地的图书馆中去搜求有关杜甫《秋兴八首》的资料。当时复印机还不普遍,而且因我所查阅的又大多是善本书,根本不许外借,所以这一册书内所收录的几十种杜诗注本有关《秋兴八首》的资料,可以说都是当年我自己辛辛苦苦一个字一个字亲手抄录下来的,而且在每诗每联下都加了按语,对各种注本的不同的解释和评说,都分别做了仔细的按断和论述。所以就一般读者而言,这一册书不免会显得枯燥而乏味;但对于有心研求中国古典诗歌之艺术,且欲养成较高之评赏能力的读者而言,则若能详读此书,我相信必会有相当之助益。总之这一册书的撰述,就其写作之动机而言,原也是一时的"伫兴"之作,但就其写作之过程而言,则我也确实曾为之下了一番考索的工夫。而这种情况则恰好也说明了我的性格中的几点特色:其一是主诚与认真的态度,因为一般说来,若不是我真正感发有得的主题,我决不会轻易着笔,而既着笔去写了,就一定会不惜费力地去做追根究底的探索;其二是我所研读的虽是古典的作品,但其动机却往往也蕴涵着对现代的关怀;其三是对于感性与知性两方面之并不偏废。记得以前我在为《迦陵论诗丛稿》一书撰写《后叙》时,就曾为之加了一个副标题,题为《谈多年来评说古典诗歌之体验及感性与知性之结合》,这一册《杜甫秋兴八首集说》,可以说也仍是我的性格中之此种特质的又一次证明。只不过在我的一般评说诗词的作品中,感性常为叙写之主流,理性只是其中的几个支点而已,至于《集说》一书,则感性虽仍是一种引发的动力,但理性则发展成了全书主要的骨干,表现虽有不同,但其反映了我的性格中之一种基本特质,则仍是一致的。这一册书于1966年在台湾首次刊行时,我曾把前面所提到的那一篇题为《论杜甫七律之演进及其承先启后之成就》的长文作为"代序"而置之卷首,阐明了我之所以撰著此《集说》一书的动机和主旨;其后于1985年当上海古籍出版社欲出版此书之增辑本时,我又为之撰写了一篇《再版后记》,对此书初版后海内外之反响,也做了扼要的说明,现在桂冠的编者既已决定将原书之《代序》与再版之《后记》仍一并附入本书之中,我在此当然就不需更加赘述了。

其次再谈《王国维及其文学批评》一书,关于此书之撰写的动机与经过,在1978年此书首次交由香港中华书局出版时,我已曾为之写过一篇颇长的《后叙》,其副标题写的就是《略谈写作此书之动机、经过及作者思想之转变》,在该文中,我不仅对于《王国维》一书之撰写的动机与经过做了颇详的叙述,而且对于附录的几篇与王国维及其《人间词话》有关的文稿,也都做了简单的说明,凡此种种,我在此自然都不需对之再加赘述。不过现在桂冠所编印的这一册《王国维及其文学批评》,却较之香港中华的此书之初版,更增录了几篇近年的新作,因此现在我遂想对此新增录之部分也略加说明。根据桂冠所寄给我的编目来看,其新增录者共有三篇,兹谨依写作年代之先后列举其篇目于下:(一)《〈王国维及其文学批评〉补跋》(写作于1984年冬,发表于香港《明报月刊》1985年第2及第3期)。(二)《对传统词学与王国维词论在西方理论之观照中的反思》(写作于1988年春夏之交,发表于上海《中华文史论丛》1989年第2期,但在发表前已被台北大安收录于其所出版的《中国词学的现代观》一书)。(三)《论王国维词:从我对王氏境界说的一点新理解谈王词之评赏》(写作于1989年春,发表于台湾《中外文学》1989年第18卷第3及4期)。以上三篇增入的文稿,对旧撰之《王国维及其文学批评》一书,做出了许多重要的补正。第一篇《补跋》之写作,是因为1984年3月北京中华曾出版了一册吴泽主编的《王国维全集·书信》,此中所收录的信札多为以前所未经公布者。原来我在1970年代初撰写《王国维》一书时,于论及"静安先生与罗振玉之关系"一节中,就曾据王德毅之《王国维年谱》一书所引述的王氏之女公子东明女士之言,谓"家父在自杀之前,曾将与罗振玉往来信件都烧掉"之叙述,而推断"其往来书信中,或不免有论及当时政局者,可惜这一部分文献我们已无法看到,所以也就无法得到证明了"。如今这一册《全集·书信》之印行,竟使我以前所憾惜的以为"无法得到证明"的这些推断得到了切切实实的证明,这自然是一件值得欣奋的事,但当时却仍有些人对书信之年月不加详查,以断章取义的态度发表了一些不合事实的说法,所以我遂写了这一篇补跋,全以客观的文献对王国维之死因做了又一次论证。第二篇《传统词学与王国维词论》之写作,则如我在《诗词论丛》一辑之《序言》中论及《词学新诠》一书中所收录的诸文稿之所言,那是因为自1986年我返国讲学时,发现当时的青年学生颇有一种鄙弃传统而追求新异的风气,当时我曾经应《光明日报》编者的要求,为他们当时岌岌可危的《文学遗产》一版撰写了一系列的《迦陵随笔》,希望能以西方的文学新论为中国的古典注入一些新生的气息。虽然我们的努力并没有能够把《文学遗产》这一版保留下来,不过我自己在撰写这些古典之新论中,却颇获得了一些促使我对传统词论加以反思的启发,更加之上海古籍出版社的陈邦炎先生来函建议我把这些新论综合起来写一篇长文,于是我遂撰写了这一篇题为《对传统词学与王国维词论在西方理论之观照中的反思》的将近四万字的长文。这篇文稿可说是我对于传统词学的一次彻底的反思。因为一般说来,在中国传统词学中确实充满了许多困惑。关于这些困惑,我在作品集第二辑《词学新诠》所收录的有关"词学困惑"的一些文稿中,大多已曾加以讨论。盖以词之为物既原始于歌筵酒席间所演唱的歌辞,于是一般习惯于以言志和载道来衡量文学之成就与价值的士大夫们,遂对词之欣赏及衡量有了一种无所适从的迷惘,此其困惑之一;继之苏、辛一派豪放词之兴起,一方面虽突破了旧有的歌辞之限制,但另一方面却也破坏了旧日令词所独具的一种富含言外意蕴的特美,于是遂又产生了本色与变体之争,此其困惑之二;及至周、姜一派以安排勾勒之思索为写词之方式的兴起,则又引起了习惯于以直接感发为美的不少读者的争议,此其困惑之三。而且因词所特具的一种要眇幽微之特质,往往即使是内容与风格各方面都极为相近的作者,其间的优劣高下也有许多难于体会和难以判断之处,而且这种困惑,不仅就一般读者而言是如此的,就是著名的词学家对于词之评赏,也往往需要有一个相当的过程,方能够养成一种精微深入的鉴赏辨析之能力,即如周济在其《词辨序》中,就曾自叙其与另一词学家董晋卿二人论词之所见的差异,以及互相影响和转变的过程。王国维在《清真先生遗事》中对清真词的评赏,与他在《人间词话》中对清真词的评价，也表现了很大的不同。正是基于词学中之种种困惑，与词之评赏之难于有一个客观的理论的说明，于是我遂尝试撰写了这一篇题为《对传统词学与王国维词论在西方理论之观照中的反思》的长篇文稿。而由于此一篇文稿之写作，遂使得我对王国维在《人间词话》中所提出的"境界"之说，也因而较之我在《王国维及其文学批评》一书中所提出的对"境界"一词之为义的认知，有了更进一步的体会和了解。而恰在此时我又接到了美国所举办的国际词学会议的一封邀请函，并提出希望我撰写一篇有关王国维之词与词论的文稿，这就是今日桂冠编录《王国维》一书所增入的第三篇文稿《论王国维词：从我对王氏境界说的一点新理解谈王词之评赏》。记得早在我为《王国维及其文学批评》一书写作《后叙》时，我本曾说过最初于草写《王国维》一书之写作计划时，原拟于该书之第三部分选取王氏之作品加以评说，其后将此一部分搁置未写，则是因为我个人思想之转变，不愿意再沉入到王氏的忧郁悲观的情绪之中去。但我终于应国际词学会之邀，撰写了这一篇《论王国维词》的文稿，一方面固然补足了我以前原计划之第三部分，使我对王国维之研究有了更完整的面貌，但另一方面则我后来撰写《论王国维词》一文时之心情与角度，与当年读王国维词时的心情和角度却已有了很大的不同，当年我对王词之耽爱，原出于一种全然主观的共鸣的感受，但在我撰写《论王国维词》一文时，则除去我原有的主观的共鸣以外，更多了一种客观的理论的评析，所以本文就还有一个副标题，题为"从我对王氏境界说的一点新理解谈王词之评赏"，那就正因为我在写作《论王国维词》一文时，不仅对王氏之作品有了新的观察角度，对王氏以前所提出的"境界"之说，也有了更为深入的体会。这种转变实在足以说明虽有人轻视词体目为小道，然而若想真正对词学有深入的心得和体会，却实在决非一件简单容易的事，周济在其《词辨》的序文中曾叙及他自己对词之评赏与理解的先后不同之转变，我的转变也验证了词学的研究之确实并非一件易事，若非经过多年的体会和反思，是难于窥其堂奥的。希望我的研究也能够给爱好词与词学的读者们一些参考和助益。至于我个人之何以自幼少年时代开始就对王国维的《人间词话》及其《人间词》有着一种共鸣的偏爱，则只能说是出于一种天生之禀赋。罗继祖先生在其所编撰的《王国维之死》一书之第四部分"王氏身后直到目前种种不同评论之驳正"之中的第七节中，对我所推论的王氏之死因虽然并不同意（关于此点我在《王国维》一书之《补跋》中已曾有所讨论，读者可以参看），但却在其"编者按"中，称述我的《王国维》一书，认为"对于观堂之死，当时社会上议论纷纷……其中较能客观分析，卓然不为谰言所惑，当推叶嘉莹教授的《王国维及其文学批评》一书上编的《王国维生平》，作了较客观较全面的分析"，并谓"叶教授对观堂非亲非故，兼无一面之识，但对观堂的品质学问非常景慕，流露于字里行间"。罗氏之一段话确实深得我心。我对静安先生的景慕，从少年时代读他的《人间词话》一书时就已经开始了，而且我的景慕还不仅是理性的对其学问知识或人品的景慕而已，而是发自内心深处的一种"于我心有戚戚焉"的共鸣之感。早在四十年前当我撰写《说静安词〈浣溪沙〉一首》之时，谈到了我对静安词之偏爱，就曾经说过"其故殆亦难言，惟觉其深入我心遣之不去耳"的话。我与静安先生虽然"非亲非故"，但我对静安先生之为学与为人既有一种中心戚戚之感，而静安先生身后却为后人留下了两大困惑，其一是其自沉之死因，其二就是他在《人间词话》中所提出的"境界"一词之为义，所以我乃窃不自量对这两方面做了一些探讨，其结果就是这两册《王国维及其文学批评》与书中所附录的一些文稿。

再次，我所要谈的乃是《唐宋词名家论集》一书。这册书是从我与四川大学缪钺教授所合撰的《灵谿词说》一书中，把我所撰写的部分摘录出来改编而成的。原来早在1982至1984数年间，我曾与缪先生合作撰写过一册《灵谿词说》(此书曾于1987年由上海古籍出版社出版)。共收论文三十九篇,其中缪先生所撰写者有二十二篇,我所撰写者有十七篇。这一册《唐宋词名家论集》所收录者,就是我所撰写的十七篇文稿。关于缪先生与我由相识到合作的经过,我曾撰写过一篇颇长的前言,刊载于《灵谿词说》之卷首。我对于缪先生对我的知赏之情,一直感念不忘。此次台湾桂冠拟出版我的作品集,原则上自然只能收录我自己的作品,但缪先生最初提出合作之理想,原有纪念先生与我由相遇而相知赏的一份深意,所以我恳切希望桂冠的编者仍将此一前言保留于《唐宋词名家论集》一卷之卷首,一方面既以之纪念缪先生对我之知赏,并说明写作之缘起,一方面则在此前言中,我对于此书撰写的体例之创新也曾有所说明,盖以此书于每篇论文之前,皆附有数首论词绝句。此一体式原出于缪先生之提议,所以我在前言中对于中国文学传统批评中的各种体式,如论词绝句、词话、词论等诸体之得失,也都曾做了一番论述。缪先生之本意盖欲使此书之撰写,兼有古今各体之长,所以我现在乃要求桂冠的编者,不仅要把原书的前言冠于卷首,而且也把我所写的论词绝句也冠于卷首。更希望桂冠能把原来《灵谿词说》之整体目录与缪先生所写之后记,全都附录于书后,俾使世之读者能借此了解此一册《唐宋词名家论集》的由来。不过此一册《论集》虽摘录自《灵谿词说》,但因我在最初撰写之时,也原曾有一个依词人时代之先后来论述的构想,而且在写作时也颇注意到了词人之彼此先后的影响,所以这一册《论集》也仍能自成体系,且颇有"史"的意味,我想这大概也许就是此书之何以竟以摘录之文稿被列在了"专著"之中的缘故吧。

最后我要谈的自然就是被桂冠编为上下两册的《迦陵学诗笔记》了。这两册书之被列为"专著",实在较之前一种《唐宋词名家论集》之被列为"专著",尤其使我惭愧。因为《论集》一书虽然是从另一册书中分离出来的文稿,但那确实是我自己撰写的文稿,而且各篇文稿之间也颇有一个完整的系统,所以将之列为"专著",犹有可说;至于这两册《学诗笔记》,则是名副其实的我在当年"学诗"时的"笔记",列在我的作品集中"专著"的一辑,实使我万分惭愧。关于我从顾师羡季先生学诗的经历,早在1982年我所写的《纪念我的老师清河顾随羡季先生:谈羡季先生对古典诗歌之教学与创作》一篇长文中,已曾有详细的叙述,其后我又曾应先生之幼女,目前在河北大学中文系任教的顾之京教授之命,先后为先生的著作《诗文丛论》与先生的书法集《顾随先生临帖四种》,分别各写了一篇序言,最近又应之京师妹之命,为河北教育出版社即将出版的《顾随全集》也写了一篇序言,总计起来,我已陆续写了四篇文稿,既表达了我对先生的感激和怀思,也对先生各方面的成就都做了扼要的介绍,而且桂冠已决定把我所写的第一篇长文《纪念我的老师清河顾随羡季先生》,收录在《学诗笔记》之卷首,作为代序。至于其他三篇文稿也已被桂冠编入了我的《杂文集》中,读者自可取来参看,我在此自然就不须更加重述了。我现在所要谈的是,当我听羡季先生讲授诗词时,常会产生一种与我读静安先生《人间词话》一书时相近似的"于我心有戚戚焉"的感动。记得《宋史·苏轼传》中,曾记载说,当苏氏读到《庄子》一书时,曾经叹曰:"吾昔有见,口未能言,今见是书,得吾心矣。"我当然并不敢以苏氏之言自比,不过我确实觉得人类的脑波或心灵的电波,其间一定有许多极为精微奇妙的作用与差别。如果是波动的频率之性质相接近者,当其相遇时,就会产生一种发自心灵深处的共鸣的感应。我在《王国维》一书的后记中,就曾叙写说,当我第一次读到王氏的《人间词话》一书时,我实在只是一个才考上初中的十一二岁的少年,"对于《人间词话》的精义,当然也并不了解,我之喜爱上了这一本书,似乎只是因为其中一些评词的话,曾经引起过一种'于我心有戚戚焉'的直觉的感动"。我在《纪念我的老师》一篇长文中,也曾叙写说:"自上过先生之课以后,恍如一只被困在暗室之内的飞蝇,蓦见门窗之开启,始脱然得睹明朗之天光,辨万物之形态。"于是自此以后,凡先生所开授之课程,我都无不选修。甚至在大学毕业以后我已经在中学任教时,还经常骑着车赶往各地去旁听先生的课程。而且每次听课时,总是心追手写,要尽量把我听到的先生所讲的每一个字都记录下来。其后在1987年春,当我应北京五个文化团体之邀,在国家教委礼堂讲了一共十次的"唐宋词系列讲座"以后,我的同班学长、今日的考古名家史树青先生在被邀参加的"讲座结束座谈会"中,曾经称赞我的这些笔记说"简直跟录音录下来的一样仔细真切",而且自谦说他自己记的笔记很少。又一次当我以先生的别号"驼庵"为南开大学设立了奖学金,在1997年首次颁奖大会中,被邀请来参加此次颁奖大会的我的同门学长北京师大的杨敏如教授在致辞时,也曾提到我的笔记之详尽仔细,而自谓她在听讲时只是一味心驰神往,而顾不上写笔记了。以史、杨二位学长之博学高才,自然可以如释尊与迦叶传法之妙悟,不需更立文字,至于我自己则自知愚下,所以不敢不仔细记录,以为后日深思详味的准备。其实我想对于先生讲课的方式,一般人可能也各有不同的体认。我在近日所写的《顾随全集·序言》中,也曾提到说先生的著述和讲课的态度,与一般学者有很大的不同。一般学者的著述和讲授,大多是知识性的、理论性的,而先生的著述和讲授,则大多是源于知识却超越于知识以上的、一种心灵中之智慧与修养的升华。因此,一般注重知识和理论的人,就反而会觉得先生所讲的内容全无可记之处了。记得杨敏如学长就曾告诉我说,当解放以后,先生转到天津去教书时,就曾有不少学生对先生的超越于知识理论以上的讲授方式,完全不能接受。而殊不知先生所讲授的,才是如我在《纪念我的老师》一篇长文中之所言,"是他自己以其博学、锐感、深思以及其丰富的阅读和创作之经验,所体会和掌握到的诗歌中真正的精华妙义之所在"。我是从一开始听先生的讲课时,就体认到了先生讲授之内容的宝贵的价值,所以我在《顾随全集·序言》中,曾经叙写说"我之所以在半生流离辗转的生活中,一直把我当年听先生讲课时的笔记始终随身携带,唯恐或失的缘故,就因为我深知先生所传述的精华妙义,是我在其他书本中,所决然无法获得的一种无价之宝"。而我在历经艰苦忧患之余,所以仍不敢不孜孜自勉,以致力于对古典诗词之研读与写作,也就正因为早年我所得之于先生的一份期望与鼓励。所以当1979年我第一次回国探亲时,我的一个最大的愿望,就是想能重谒先生于故都,使我得以将自己半生忧患中所获得的一点成绩,呈缴于先生之座前,冀能一得先生之印可,则庶几亦可以略报师恩于万一。谁知当我回到故乡时,才知道先生竟已早于1960年病逝。中心怅悼之余,幸得重晤先生之四女之惠学姊及先生之幼女之京学妹,且获知之京师妹已在河北大学中文系任教,因得联络诸同门学长一同整理了先生的遗著。我则更将自己多年来所珍重保存的多册听讲笔记,全部交给了之京师妹,最后由她整理写定为《驼庵诗话》,编入了我们首次为先生整理出版的遗著《顾随文集》之中,其后此一部分"诗话"又陆续增入了之京师妹不断整理写定的其他一些我的听讲笔记,交由台湾的桂冠图书公司,以单行本出版为《顾羡季先生诗词讲记》,孰知因为时空之阻隔,先生之成就竟不为台湾年轻一辈读者所认知,造成了滞销的现象,于是桂冠此次遂决定在为我编印作品集时,将此一册《诗词讲记》加以重新改编,且又增入了近年来之京师妹所继续整理出来的我听先生讲授其他课程的笔记,而编成了这两册"专著",这可以说是目前所整理出来的先生讲课的最全的笔记了。我个人虽因此二册《笔记》被桂冠列在了我名下的"专著"之中,而深感愧疚不安,但若可使世之读者能因此二册《笔记》,而得与先生讲课时之神光相接,因而能涵泳有得,则我深信其必能在为学与为人及欣赏与创作各方面,都将获得极大之启发与助益。则我个人虽自愧不才,借着这二册《笔记》,也总算略尽了一些传承的责任了。而使这二册《笔记》得以编定成书者,则实在有赖于之京师妹多年来不断的辑录和整理,我个人在此谨对她表示最大的感谢。

1999 年 7 月写于温哥华

《叶嘉莹作品集·创作集》序言

在此一辑之内,共收录了我的三种作品。那就是《迦陵诗词稿》一册,《迦陵杂文集》一册,还有《我的诗词道路》一册。这三册书,除去第一册《诗词稿》中所收录者确实是我的诗、词、曲、联语等各体之创作,其内容虽然也颇为浅陋,并无足观,但归之于"创作集",总还算是名实相符的一种指称;至于其他二册,《杂文集》及《我的诗词道路》两书,现在也被收入了"创作集"之内,则我个人对此实在极感惭愧。因为《杂文集》中所收录的,大多是应友人之约而撰写的因人因事之作,严格说起来,当然算不得是什么"创作";而《诗词道路》中所收录的,则原是由于我对友人约稿的推拖,而编录出来的一些旧著的前言和后记,这当然更算不得是什么"创作"。记得早在二十多年前,当我为《王国维及其文学批评》一书撰写《后叙》时,我原曾说过我"不惯于毫无假借的来自我抒写,而尤其不喜欢用白话来做自我抒写"的话,所以过去我总是只撰写诗词评赏的文字,而绝不肯写自我抒情叙事的杂文。谁知年近古稀以后,却由于人际的种种因缘,竟然陆续写出了数十篇杂文,而且更被桂冠的编者将之编录成了一册专集,这实在是始料所未及的一件事。至于《诗词道路》一书之竟然把旧著的前后序言编录成集,当然更是当初所绝然未曾想到的事。所以这三册书之被编入了"创作集"的一辑之中,可以说原是出于一种极为偶然的机缘。若按照我近来为作品集中其他各辑所写的序言之体例来说,我本应在序言中为这三册书分别各写些简单的介绍才是,但当我把这三册书的文稿浏览一遍以后,却发现桂冠的编者将这三册书编为一辑,其间果然也颇有一些可以归为一辑的共同之性质。那就是这三册书中所收录的都是与我的生活密切相关的一些情事的叙写。无论是《诗词稿》中所写的纯任直接感发的抒情创作,还是《杂文集》中所叙写的种种人际因缘,或是《诗词道路》中所叙写的我在诗词之研读方面的体验和经历,总之这一辑中的三册书,都是带着强烈的自叙性的作品。我自己过去虽然一直不愿对自我做直接的叙写,谁知势之所趋,我竟然已面临到一个无可回避的境地。因此我想那就不如因势乘便,把这三册书综合起来,为之写一篇自我回顾的坦诚综述吧。

在《我的诗词道路》一书的《前言》中,我对于自己的"儿时的读书经历",本来已曾有过简单的叙写,现在我则更想对我家的家世也略作一些叙述。我家先世原是蒙古裔的满洲人,隶属镶黄旗。本姓纳兰,祖居叶赫地。所以我在《论纳兰性德词》一篇文稿后面所附的小诗中,就曾写有"我与纳兰同里籍"之句,不过我们并非近支的族人,其间已无族裔之关系可考。我出生在民国十三年(1924),那时清王朝才被推翻不久,很多满人都改为汉姓了,所以我家也就摘取祖籍之地名"叶赫"的首字,改姓为"叶"了。我未曾见到我家的族谱,对先世不敢妄言,我现在仅就我所确知的一些情况,以及我的堂兄嘉谷所提供的一些资料,对我家之近世简述如下:我的曾祖讳联魁,字慎斋,生于道光六年(1826),在咸、同之间曾任武职,官至二品,卒于光绪十三年(1887),享年六十二岁。我的祖父讳中兴,字一峰,生于咸丰十一年(1861),为光绪壬辰科翻译进士,仕至工部员外郎,在光绪二十年版的《大清缙绅全书·元卷·工部》中曾有记叙,卒于民国十八年(1929),享年六十九岁。祖父有子三人,有女二人。我的伯父讳廷义,字狷卿,生于光绪十一年(1886),青年时曾一度赴日本早稻田大学留学,未几,因父病返国。民国初年曾任浙江省寿昌县等地秘书及科长等职,后因感于世乱,乃辞仕家居,精研岐黄,以中医名世,卒于1958年,享年七十三岁。我的父亲讳廷元,字舜庸,生于光绪十七年(1891),早年毕业于老北大之英文系,后任职于航空署,译介西方有关航空之各种重要书刊,对我国早期航空事业之发展,颇有贡献。及至中航公司在上海成立,我父亲遂转往上海,曾任中航公司人事课长等职。1949年随中航公司迁至台湾,一度拟返回上海,在基隆登船受阻,未克成行,遂留居台湾,曾在物资局任职。我在台北各大学任教时,曾与父亲同住在物资局的宿舍中。及至1969年我受聘于加拿大温哥华之不列颠哥伦比亚大学,遂迎养已退休的老父来温同住。1971年父亲突发脑溢血,昏迷不醒,住院月余,终告不治,享年八十一岁。我的叔父讳廷弼,字翼卿,生于光绪二十年(1894),毕业于法政专科学校,工书,能诗,为兄弟中最有才华者,可惜未婚而卒,年仅二十六岁而已。我的姑母二人,长姑讳廷蕙,生于光绪十一年(1885),未婚早卒,年仅十余岁而已;二姑讳廷兰,生于光绪十五年(1889),嫁后遇人不淑,心情抑郁,未育而卒。当我出生的时候,我的叔父和两位姑母都早已逝世,所以都未曾见过。不过祖父尚在,祖母关氏,患有哮喘病,衰疾侵寻,在我出生后的第二天就病逝了,所以也未曾见过。我的母亲李氏讳玉洁,字立方,生于光绪二十四年(1898),青年时代曾在一所女子职业学校任教,婚后专心相夫理家,为人宽厚慈和,而不失干练,生有我姊弟三人,长弟嘉谋,小我两岁,幼弟嘉炽,小我八岁。及至"七七事变"发生,父亲随政府流转后方,那一年我年龄只有十三岁,长弟十一岁,幼弟只有五岁,当时在沦陷区中,生活艰苦,一切多赖母亲操持。但因国府军队节节败退,父亲久无音信,母亲忧伤成疾,身体日渐衰弱,后于1941年入医院检查,诊断为子宫生瘤,经开刀割除,不治逝世,享年仅有四十四岁。

我家虽是满族,但清代自皇室入关开始,似乎就都极重视汉族文化，我家也不例外。所以我从一开蒙，读的就是《论语》。开蒙的教师就是我的姨母。关于我读书的经历，在《我的诗词道路》一书之前言中，已曾有所叙述，兹不再赘。但事实上是我在正式开蒙读书前，就已经背诵了不少唐诗，后来长辈们常和我说起的一则笑谈，是我在很小的时候，就喜欢随口吟唱诗歌，有一次家中有亲友来访，逗弄我，要我背诗，我随口就吟唱起李白的《长干行》，吟唱到了"八月蝴蝶黄，双飞西园草，感此伤妾心，坐愁红颜老"几句时，亲友们都哄笑起来，逗我说"你才有几岁啊，怎么就'坐愁红颜老'了"。其实我那时的背诵，对于诗中情意并不见得真正了解，只不过是像唱儿歌一样，随口唱诵而已。所以我后来在所写的《谈古典诗歌中兴发感动之作用与吟诵之传统》一篇文稿中，就不仅提出了教儿童吟诵诗歌在教育方面之重要性，而且还曾引用著名的诺贝尔奖得主物理学家杨振宁先生在其《演讲集》中的话，提出了"渗透性"的学习方法之重要性。杨先生所谓"渗透性"的学习方法，就是在儿童们还不完全懂的情况下，以直感的体会去学习的一种方式。我想我终身所最为得益的，大概就是这种"渗透性"的学习方式。

　　如果按照旧小说的描述而言，我可以说是出生和成长在一座"深宅大院"之中。关于我家这所古老的住宅，上海的一位民俗学者邓云乡先生，曾经于1994年2月在《光明日报》的《东风》版上，发表过一篇题为《女词家及其故居》的文稿，对我家的故居，有着颇详细的描述，我读到邓先生的文稿后，也曾写了一篇题为《我与我家的大四合院》的文稿，发表在同月的《光明日报》，作为回应。其中曾提到我是出生在这所故居的西厢房中。我的堂兄嘉谷看到我这篇文稿后，还曾从台湾写信来，对我做了一些纠正，说祖父在世时，原规定伯父与我父亲要在东西厢房轮流居住，每数年轮迁一次，所以我原来并非出生在西厢房，而是出生在东厢房的，后来才随父母迁入西厢房。只不过自我记事起，就是住在西厢房，所以就误以为我自己是出生在西厢房了。邓先生在他的文章中曾描写我的故居说:"一进院子,就感觉到的那种静宁、安祥、闲适气氛,到现在一闭眼仍可浮现在我面前。"又说:"女词家的意境,想来就是在这样的气氛中熏陶形成的。"我在自己的文稿中,也曾承认说:"我家故居中的一种古典诗词的气氛与意境,则确曾对我有过极深的影响。这所庭院不仅培养了我终生热爱中国古典诗词的兴趣,也引领我走上了终生从事古典诗词之教学的途径。"目前这一辑"创作集"所收录的三册书,可以说就正好反映了我在诗词之创作与教研中所经历的三个不同的阶级。虽然就文体性质而言,它们原有着很大的差别,但这三册书却不仅如前文所言,其内容所写都是与我的生活密切相关的一些情事而已,而且还在不同的层次上,果然反映了我从青年到老年,在写作方面所经过的几个不同的阶段。约而言之,则《诗词集》中所收录的,乃是我从青少年时代就开始写作的一类作品,《诗词道路》中所收录的,则是我中年以后所开始写作的一类作品,而《杂文集》中所收录的,则大抵已是老年以后的作品了。

正如我在《诗词道路》的前言中之所叙写,我学习写作旧诗的年龄颇早,当伯父命我以《咏月》为题去写一首七言绝句时,我大约只有十一岁,而从此以后就引起了我写诗的兴趣。常言说"少女情怀总是诗",我虽是一个生长在"深宅大院"中的生活经验极为贫乏的少女,但从我的知识初开的目光来看,则春秋之代序、草木之荣枯,种种景象都可以带给我一种感发和触动,于是我家窗前的秋竹、阶下的紫菊、花梢的粉蝶、墙角的吟蛩,就一一都被我写入了我的幼稚的诗篇。这时不断给我以指导和鼓励的,就是我的伯父。伯父喜爱诗词,但似乎并不常写作诗词。我所记得的伯父所写的唯一的一首诗,是1948年当我要南下结婚时,伯父写赠给我的一首五言古诗。其中曾有句云:"有女慧而文,聊以慰迟暮。前日婿书来,招之使南去。婚嫁须及时,此理本早喻,顾念耿耿心,翻觉多奇妒。明珠今我攘,涸辙余枯鲋。"这一页诗笺,我原曾珍重保存,谁知当我婚后赴台之次年,就遭遇到了白色恐怖,许多书信都被抄检而去,这一页宝贵的诗笺,从此就失落了。除去写诗以外,伯父更喜欢写作的,其实是联语,记得每逢亲友家中有一些婚丧寿庆时,伯父总会写一些联语去相赠。而且每逢旧历年的正月初一,伯父总会取一支新毛笔(大抵是七紫三羊毫),在一方笺纸上,写一副嵌有新年之干支的联语,作为新春试笔。即如乙酉年所写的"乙夜静观前代史,酉山深庋不传书",戊子年所写的"戊维吉日诛螯尽,子绍箕裘号象贤"等,就都是我所记得的伯父所写的一些干支嵌字的联语。所以当我学习写诗略有根基后,伯父就鼓励我也学写一些联语。于是当我的外曾祖母去世时,伯父就鼓励我也写一副挽联。我的外曾祖母姓曹氏,讳仲山,也极为喜爱诗词,晚年还曾由家人集资刊印了一册《仲山氏吟草》。因此对于我这个也同样喜欢诗词的外曾孙女,也特加垂爱。所以我也就果然撰写了一副长联,来表示我对外曾祖母逝世的哀挽(此联现已收入在《诗词集》中)。除了跟随伯父的教导学写诗歌和联语以外,自从我以同等学力考上了初中以后,母亲还曾买了一套开明版的《词学小丛书》给我作为奖励,于是其中所收录的纳兰性德的《饮水词》和王国维的《人间词话》,就又引发了我读词和写词的兴趣,于是我也就无师自通地填写起小词来了。及至我考入辅仁大学中文系,听了羡季师的讲课,又经历了母亲逝世的生死的变故,更加之当时已进入抗战后期,沦陷区的生活也日益艰苦,种种因素,才使得我写作的诗词之意境逐渐有所深入。同时因为受了羡季师的影响,我又开始学习试写散曲的小令和套曲。这些习作,不仅曾受到羡季师的奖誉,称赞我"作诗是诗,填词是词,谱曲是曲",并且还曾经把我的作品交给一些报刊去发表,而我奉羡季师之命,还曾自拟了"迦陵"的笔名。关于这些情事,我在《诗词道路》的《前言》与《迦陵论词丛稿》中所收录的《学词自述》一文中,也都已曾有所叙述,兹不再赘。及至我从大学毕业到中学去任教后,因为同时在三所中学兼职,课业繁重,所以诗词的写作就逐渐减少了。不过这时我却曾做了一次新的尝试,写作了一个只有一折的杂剧,那是因为我偶然在一册署名为顾名编的《曲选》(上海大光书局 1935 年印行)中,见到了吴梅先生所写的一出单折杂剧《惆怅爨·白乐天出妓歌杨柳》,一时见猎心喜,所以就也做了一次新的尝试。不过这一折杂剧并未收入在我的"创作集"中,因为我把剧稿呈交给羡季师去批改以后不久,我就南下去结婚了,并于结婚后未几,就转去了台湾,从此以后就与羡季师音问隔绝,三十年来历经种种动乱,这篇剧稿当然早已不知所终了。

到台湾以后的第二年,当我生下第一个女儿四个月以后,就遭遇了台湾的白色恐怖,外子与我先后被逮捕和拘询,我曾度过了一段极艰苦的日子,而在创作方面则几乎是一片空白。所以我在三十年前所出版的《迦陵存稿》的跋文中,就曾写有"所遇之忧患艰危,更有决不为外人知且不可为外人道者,碌碌余生,吟事遂废"的话。不过我在那一篇跋文中也曾提道:"早岁之习染已深,偶尔因情触景,亦仍时有一二诗句时或涌现脑中……其偶有敷衍成章者,则如《郊游野柳》之四绝,《留别哈佛》之三律等,或者以之写示诸生,或者以之留别赠友,如是而已。"其实除了这几首诗以外,我当时在极端的不幸中,原曾还写有一首题为《转蓬》的情调极为悲苦的五言律诗,不过因为当时的台湾仍在白色恐怖之中,所以未敢收入在《迦陵存稿》之内。而说到《存稿》之出版,则其间原也有一些曲折的因缘。本来如我在《〈作品集〉总序》之所言,我原是一个疏于世务的人,我当年的那些诗词稿之得以保存下来,只是因为那些稿纸的上面常留有羡季师评改的手迹,因此这些诗词稿遂随着我所保存的羡季师的书信,以及我听羡季师讲课时所写的一些笔记,一同被我随身携带出来了。不过这些稿件却都只是一些零乱的散页。1950 年代初,外子经历了白色恐怖的长期囚禁后幸被释出。当时我正在台南一所私立的光华女中任教,外子闲居无事,就向学校借来蜡纸和钢板,为我抄录了一份诗词稿,并且油印了十余册加以保存。及至1950年代后期,当我已在台湾大学专任,并在淡江大学兼课时,有一位名叫陈国安的淡江同学,又为我印了三十余册打字的诗词稿。其后在1960年代中,当我又到辅仁大学去兼课时,又遇到了一位也在辅大兼课的南怀瑾先生,因为我们授课的时间表相同,经常同乘一辆校车往返,并在同一间教员休息室休息。谈话中偶然谈到了我的一些诗词作品,南先生对之颇为欣赏,就极力鼓励我将之付印,并亲自与台湾的商务印书馆联系,将我的这一册《迦陵存稿》编入了该馆的"人人文库",于1969年正式出版。我将之题名为《存稿》,意思是说这不过只是一些旧稿的保存而已。所以我在该书的跋文中,就曾叙写说"是编之辑,即泰半为当日习作之旧稿,固早知其幼稚空疏,略无可取,不过聊以忏悔一己之老大无成,且以之纪念伯父狷卿翁及羡季师教诲之深恩而已"。当我写作这一篇跋文时,我已经移居至加拿大之温哥华,正在忙于每夜查生字以英语讲授中国古典文学的工作,原以为在这种环境中,我大概不会再写什么古典诗词的创作了。谁知正如我在《存稿》的跋中之所言,我对诗词之写作,确实"习染已深",竟然在移居至加拿大以后,又陆续写出了不少作品。其后于1980年代中,遂有一位我以前教过的学生,现在台湾淡江大学任教的施淑教授,又将这些作品抄录整理,由其自费为我刊印了一册《迦陵诗词稿》。将以前《存稿》的作品编为"初集",将以后的作品编为"二集",而总题为"迦陵诗词稿"。

说到施淑教授之得有机会见到这些诗词的草稿,原来更有一段因缘。施淑本名施淑女,小字梅子,1960年代中在淡江读书时,曾经选读过我的诗选、词选、曲选、杜甫诗等多门课程。她是淡江中文系有名的高材生,为所有的师长所称赏,毕业后考入台大中文系研究所,台大中文系主任台静农先生更是对之赏爱有加,而且施淑对师生情谊极为看重,当我于1969年赴加拿大而独留老父一人在台湾时,施淑体会到我的难处,遂主动提议愿搬来与我的老父同住。当时我家虽有一个名叫秋菊的女工,已在我家工作多年,极可信赖,但如有缓急,毕竟乏人主持,使我放心不下;而如果我不去北美,则外子与我两个在美国读书的女儿,又复生计无着。两难之下,得有施淑愿来照顾老父,使我甚为感激,其后我幸而不久即将老父接来温哥华,施淑亦相继来不列颠哥伦比亚大学进修,遇有假日也常来我家小住,遂亲近如家人,常协助我整理一些书物旧稿。其后老父不幸病逝,长女与次女相继结婚。而长女婚后未及三载,即以车祸与婿永廷同时罹难。回忆自从1971年老父病逝,到1976年长女夫妇之罹难,前后不过五年,我竟然经历了人世间婚丧哀乐的种种变故。而在这种种变故中,施淑一直在我身边给了我不少支持和协助。因此凡我来加拿大后所写的一些诗词,她不仅成为了我的第一个读者,而且可以说凡我在诗词中所抒写的一切悲喜忧乐的生活,她都莫不有着深切的体会和了解,虽然她往往自谦说她的古典诗词的修养不够,但对于古典诗词却一直保持着浓厚的兴趣和敏锐的感受。1980年她应台湾淡江大学之聘,返台任教,我每有所作仍然习惯性地先寄给她去阅读,她也往往回信发表一些高论。不过后来因我经常赴大陆讲学,而那时台湾尚未解严,两岸不能有书信往来,所以我与她也往往会因此而断绝音信有累月经年之久。谁知她竟然在音讯隔绝之时,为我整理并且自费出资刊印了一册《迦陵诗词稿》。而现在桂冠所出版的这一册《诗词稿》,就正是以施淑为我编印的那一册《诗词稿》为底本增辑而成的。

  以上之所叙写,乃是我早年学写诗词之经历,以及《诗词稿》之被整理编印的一些人际的因缘。至于其中所收录的作品之内容与风格,则六十年来自然曾经有过不少变化。本来如我在《〈作品集〉总序》之所言,我原是一个虽热爱诗词,但却并无大志的人。自幼吟诵和写作诗词,都是纯任兴趣。既从来没有什么成名成家的想法,所以在写作时也从来没有过要模仿哪一家,或从哪一家入手的念头。伯父与羡季师对我都只是启发和鼓励,也从来未曾对我有过什么强制的规定。及至1980年代初我与缪钺先生相遇,先生见了我的《诗词稿》,曾经称美我的作品,谓云"寓理想之追求,标高寒之远境,称心而言,不假雕饰"。缪先生的称誉,我虽决然不敢承当,但说我的作品是"称心而言,不假雕饰",则实在可以说是深得我心。不过我的并无模仿之心的作品,却偶然也或者会与古人之风格甚至诗句有暗合之处。即如我在大学读书时所偶然写作的几首《晚秋杂诗》,其中第五首有一联写的是"凉月看从霜后白,金天喜有雁来红"。那是因为有一天我与同学到西郊旅游,偶然在途中看到一片红色的植物,有人告诉我说这种植物叫做雁来红,于是我就把它写到诗里面去了。数年后当我毕了业到一所中学去教书,有一位喜爱清诗的国文教师偶然见到了我这几首七言律诗,就问我是否喜欢读清代金和(亚匏)的诗。我答说我对金和的诗并不熟悉。他说你不熟悉他的诗,怎么用了他的诗句。原来金氏诗中有一联名句,写的是"璧月愁为鸦点黑,金天喜有雁来红。"这位教师认为金氏的对句更工整,不过我也以为我的对句更自然。总之我那时本未曾读过金和的诗,即使与他的诗句偶然暗合,那也毕竟仍是我自己的诗句。其后,缪先生读了我少年时的诗作,也曾以为其风格"清逸似韩致尧",我虽读过一些韩氏的诗作,但却也决然没有过模仿的念头。缪先生以为我的诗与韩氏之诗的风格有相近之处,这应该也只是一种偶合而已。不过我虽然并没有模仿古人之诗句的念头,然而有时又会毫不犹豫地就借用古人之诗句,即如现在我的《诗词稿》中,就分明在题目中便写有"用义山诗句"的三首七言绝句,和一阕《鹊踏枝》小词。我对于义山诗确实颇为偏爱。早在1950年代中,在我所写的《从义山〈嫦娥〉诗谈起》一篇文稿中,当我谈到诗人之"寂寞心"时,就曾经把义山诗与摩诘诗及静安诗做过一番比较,说我"对静安称先生,表示我的一份尊敬之意,对摩诘称居士,表示我的一份疏远之感,而独于义山不加称谓,就因为义山给我的感觉最为亲切"。我平生教诗,自以为兴趣颇为广泛,对于各种不同风格的作品都可以欣赏和接受。但其中最使我感受到一种无可抗拒的吸引之力量的,则是义山的一些深微要眇的诗篇。不过我对义山诗也只是深爱而已,却决不敢轻言模仿。在我的《诗词稿》中之偶然留有题为《梦中得句杂用义山诗足成绝句三首》的小诗,乃是因为我确实在梦中得了一些诗句,梦醒后我曾尝试将之完成,但我清醒中所写出的诗句,总无法与梦中之句的风格相融会,想来是梦中之句总有一种说不清道不明的情思,并不是清醒中所能掌握的,于是就只好摘取义山诗中一些也同样说不清道不明的句子来将之凑成了三首绝句。这当然只是偶合而决非有意的模仿。至于那首《鹊踏枝》词,则是因为我一直以为在所有的诗人中,义山之诗乃是最富有词体的要眇深微之美者,所以就用义山的诗句试写了一首小词,这虽然是有心之作,却也决非模仿。至于数十年来,我的诗词之内容与风格也有过不少次的变化,那大多也只是由于实际生活之环境与心情之变化使然。而其中变化最大的一次,则发生于1974至1981年之间。那是因为我于1974年及1977年曾两次回国探亲旅游。当时的中国旅行社曾为我安排参观了不少与革命事迹有关的名胜之地。我原生长于积弱的旧中国,而且曾在日军统治下的北平过了八年沦陷区的生活。所以当我于1974年初次回国被安排去各地参观时,看到祖国终能独立自强的种种成就,确实极为激动和兴奋。因此曾写了一首题为《祖国行》的两千余字的七言长古。及至1977年第二次回国,又因正值全国工业学大庆的时期,曾由旅行社安排我至大庆参观,我对于大庆当年艰苦创业的精神也甚为感动,于是就又写了一首题为《大庆油田行》的七言长古。当时我所见的都是从来未曾在古典诗歌中出现过的新生事物,因此在写作时自不免用了一些融新入古的尝试。这种内容与风格,当然既不同于我早期作品中所表现的少女情怀,也不同于中年作品中所表现的忧患哀乐,可以说是我的诗词创作中的一种新的转变和开拓。只不过因为施淑在台湾为我刊印《迦陵诗词稿》之时,台湾尚未解禁开放,所以未敢将我这些诗篇编录在内,因此缪钺先生便只就我早期的诗词而认为其风格之凄婉有与韩致尧相近之处,而并未见到我后来这些叙写新生事物的激昂奔放之作。而这些作品之未能得到缪先生的指正和品评,对我而言当然是一件可憾之事。不过我的这些诗篇在香港发表以后,当时却颇引起了一些强烈的反响。先是香港左派的报刊曾对之发表了多篇称赏和赞美的文字,继之则又有台湾的报刊对之发出了严厉的批评。至于能撇弃政治之见而纯就诗歌艺术加以评赏者,则当时有一位曾任台湾东海大学中文系教授的孙克宽先生,他才从台湾来到美国不久,偶然见到了我写的《祖国行》长歌,就给我写了一封信来,以为我的这些新作是"成连入海,便有新声",又以为我的长诗是"纯用赋体,充满感人之力,实属难得"。至于就我个人而言,则我的这些长歌之作原来也不过仍是真诚的叙写我的见闻和感动,与缪钺先生称述我的早期之作的"称心而言,不假雕饰"的写作态度可说仍是一致的。只不过是由于见闻不同,因之感动也就有了不同而已。而除了这些叙写新生事物的诗篇以外,自1979年以后,我的诗集中又增添了不少酬答赠友之作,这在我的早期作品中,也是很少见到的。因为我从早年读了王国维的《人间词话》开始,就认定了酬赠之作只是"羔雁之具",所以不肯写酬赠之作,可是自从我1979年接受了国内各大学的邀聘而返国教书以后,既见到了很多旧日的师友,也见到了不少我一向所仰慕的前辈学人。兴奋之余,就也写了不少酬赠的诗篇。不过私意以为我的这些诗篇虽是酬赠之作,但却也仍是属于"称心而言,不假雕饰"的真诚的抒写,与所谓"羔雁之具"实有很大的区别。而且当我的兴奋之情过去以后,近年来我就又极少写什么酬赠之作了。总之,我在诗歌的写作方面所经历的几次变化,大多与当时的生活环境和心情有着密切的关系。至于我在词的写作方面,也曾经历了一些变化,而这些变化则除了生活环境和心情的变化以外,则还牵涉我对词之美感特质之认知的一些因素,下面我就将对此也略加叙述。

如我在前文所言,我早年的习作原是从诗歌入手的,而一般来说,则诗歌既以直接的感发为美,而且又有适合于吟诵的声律来增加此种直接感发之美。何况我自童稚时代学诗就是从吟诵入手的。所以我所最习惯于写作的,就是音律谐美的七言绝句。及至我考入初中后,因为从母亲为我购买的一套《词学小丛书》中,读到了纳兰的《饮水词》,蓦然发现其中的《忆江南》《浣溪沙》等短小的令词,与诗之声律竟然如此相近,而且除了情致更为柔美以外,其直接感发之作用也与诗极为相似,于是我遂大胆地尝试写起小词来。至于长调,则一般说来除了苏、辛二家之词,我以为其亦富于感发之力,因此对之颇为赏爱以外,至于其他南宋慢词的作者,如白石、梦窗、草窗、碧山诸家,则因其声律既往往与诗相异,而且读起来似乎也不易自其中感受到直接的感动,所以我对之并无深爱。同时因为《小丛书》中还收录有一册王国维的《人间词话》,王氏对南宋诸家慢词之作,也颇有一些微辞。于是我对于自己之不能赏爱南宋这些作者的慢词,也就觉得颇为理直气壮起来。及至我考入了大学,我的老师羡季先生,也同样不欣赏南宋诸家的慢词,但对于稼轩词则极为称赏,而且写有《东坡词说》与《稼轩词说》等著作,于是在羡季师的影响下,我遂也偶或尝试写作一些意气颇近于苏、辛的豪放之作。至于南宋诸家的词,则是一直等到我自己在台湾各大学担任了词选课之教学以后,为了教学的需要,遂不得不对这些我对之本无深爱的南宋诸家的词,做了一番仔细的研读。在研读的过程中,我才对南宋这一类词的佳处所在,有了较深的体会。我所写的《拆碎七宝楼台——谈梦窗词之现代观》一篇文稿,就是在这种体会中写作出来的。不过我当时的体会仍只限于对梦窗这位作者的个别作品之评赏而已,至于有关词学中之种种使人困惑之问题,即如《花间》词之评价的问题、婉约与豪放之争的问题、由北入南的词风之演化的问题,凡此种种,我当时对之大抵仍是只停留在但能知其然,而并不能深言其所以然的境地。直到我于1966年应聘赴美国讲学,为了要参加一个有关中国文学批评的国际会议而撰写了《对常州词派比兴寄托之说的新检讨》一篇论文,才开始了对词学之理论的探讨。继之我又因为要完成在哈佛大学的一个研究计划而撰写了《王国维及其文学批评》一册专著。于是我的研究兴趣,遂逐渐由对于作者与作品的评赏而转入了对于批评理论的探讨。其后更因为陆续阅读了西方近现代的一些理论著作,竟然发现这些西方的新论,对于解决中国传统词学中的一些困惑之问题,颇有可供参考之处,于是遂不仅更增加了我对于词学理论之探讨与反思的兴趣,而且在此种探讨与反思中,也使得我对于南宋之梦窗与碧山诸家之词的特美,以及其何以形成此种特美的原因,都有了较深的体悟。而也就正是在这种体悟中,我自己就也尝试填写起此种慢词来了。所以缪钺先生在其为我所撰写的《〈迦陵诗词稿〉序》一文中,就曾引用我自己的话说:"君尝谓余曰'吾生平作词,风格三变。最初学唐五代宋初小令;以后伤时感事之作又尝受苏、辛影响;近数年中,研读清真、白石、梦窗、碧山诸家词,深有体会,于是所作亦趋于沉郁幽隐,似有近于南宋者矣'。"继之缪先生又说:"昔周介存选录宋四家词,主张学词者应由南返北……今叶君作词之经历则是由北趋南,从冯、李、欧、秦、苏、辛诸人影响下脱化而出,以归于周、姜、吴、王,取径不同,而其深造自得则一也。""深造自得"之誉,自非我所敢承当,但若说到我与周介存所提出的学词之取径不同,则我对此却颇有一些个人的想法。私意以为词之为体,其美感之特质确实有一种既难于体悟也难于说明之处。约言之,则词自早期的歌辞之词终于演化出南宋后期的赋化之词,其所经历的途径大抵乃是从无意中所流露的一种深隐幽微之美,转化为有意去追求的一种深隐幽微之美的一个过程，我个人学习写词的年龄颇早，所以乃是从无意为之的纯任自然的写作入手的。因此一直要等到我自己对词之研读达到了可以对南宋诸家之有意追求的深隐幽微之美有所体悟以后，自己才能够也写作出与此种美感性质相近的作品来；至于周介存氏则是由于他已经先入为主地受了常州派词论之有意求深的影响，所以才会提出由南宋入手的主张来。关于词之从歌辞之词转化为诗化之词，又从诗化之词转化为赋化之词的演进，以及词学中之种种困惑，我在近年所写的几篇文稿中，对之已有详细之讨论，当然不须在此更为辞费。我现在不过只是想借此说明我在词之写作方面的风格之变化，与我对于词学的探讨和反思，其间原是有着相当密切之关系的。而无论是创作也好，还是论著也好，我的写作之态度一向都是以"修辞立诚"为主的。我的创作既是"称心而言，不假雕饰"，我的论著也一向是诚实地叙写我自己在读书学习中的一些真实的了解和体会。而写到这里，我想我就可以把我对《诗词稿》的叙写，转入到《我的诗词道路》一方面来了。

如我在前文所言，《我的诗词道路》一书中所收录的，原都是我的一些旧作的前言和后记，这些文稿自然都是我对自己的作品所做的一些说明。而且在《诗词道路》一书之前，我也曾写了一篇前言，那自然又是一篇对说明的说明。而如今我若再为此书写什么序言，则岂不真成了叠床架屋的多事之举？所以我本不拟再为此书撰写序言。不过当我把这一册书浏览了一遍之后，却感到我原来还有一些话可说。那是因为这一册书中所收录的大多已是多年前的旧作，而近年来我在"诗词道路"上的行走和探索既还没有停步，则我当然就也仍然有一些可说的话。仔细想一下，我大概可以从两方面略作叙述：其一是对于词学的探讨，我似乎有了更深的体会。这种体会大多反映在我近年的一些文稿中，即如《对传统词学与王国维词论在西方理论之观照中的反思》（原写于1988年，已收入作品集第三辑"诗词专著"之《王国维及其文学批评》

之《附录》)、《论词学中之困惑与〈花间〉词之女性叙写及其影响》(原写于1992年,已收入第二辑之《词学新诠》)、《谈浙西词派创始人朱彝尊之词与词论及其影响》(原写于1995年,已收入第二辑之《清词散论》),及《对常州派张惠言与周济二家词学的现代反思》(原写于1997年,亦已收入《清词散论》),以上诸文稿都分别反映了我对于词学的一些深入的理解和体会。记得韩愈在《答李翊书》中,曾经写过一段他自己学文之体会的话,说他学文二十年之久,然后才进入一种"俨乎其若思,茫乎其若迷"的境地,其后又学之有年,然后方能"识古书之正伪,与虽正而不至焉者,昭昭然白黑分矣"。我想我对词学之探讨所经历的体验,大概也颇有类乎是。读者不难发现,在我的作品集中所收录的一些文稿或讲稿,其标题往往多有相近者。不过只要仔细一读,就又会发现其文题虽然相近,但其中所阐述的理论和见解,则在不同的年代确实反映了不同的体会。所以我曾在一些文稿中多次提出过中国词学之不易理解和掌握。即以王国维而言,他虽然对五代宋初的一些令词中之境界有极深的体会,但却对南宋词之特美始终未能体悟;又如周济在其《词辨序》中,亦曾自叙其与另一词学家董晋卿氏之"造诣日以异,论说亦互相短长"的不同之见解,及彼此互相切磋后,二人之所见皆曾有所改变的一些经过。凡此种种,皆可见出对词之评赏若想要获致一种深辨甘苦惬心贵当之言,并非易事。我个人所走过的可以说就是一条曾经深历甘苦的道路,而《诗词道路》一书中所收录的文稿,则不过只是我走在半途中的一些甘苦之言而已。如今我既然仍在这条道路上不断行走着,所以我极盼望读者在阅读我的《道路》一书时,也能对我的一些近作略加参阅,则或者能对我所走过的"道路"有一点更为全面的了解。

除去以上所写的关于词学方面的探讨以外,我近年来在"诗词道路"上还做了另一方面的努力,那就是除了书面的写作以外,我在行动方面也对诗词教学的传承做了一些实践的工作,我不仅在南开大学成立了中华古典文化研究所,并且捐出了我的退休金之半数,设立了驼庵奖学金与永言学术基金,并且曾向国内有关方面提出了加强幼少年学诗的建议。我自己则早在1995年就与友人合作编印了一册题为《与古诗交朋友》的教儿童学诗的读本,更曾把书中所收录的一百首诗亲自做了两卷吟诵的音带。此外我还曾亲自做了教儿童学习古诗的六卷录像带,只是直到今日还未能找到有心人的推广和传播。以前杜甫在其《赴奉先县咏怀》一诗中,谈到他自己"许身一何愚,窃比稷与契"的理想时,曾经说过"盖棺事则已,此志常觊豁"的话,我虽然没有稷与契的理想,但我对于诗词的感情和我愿意为诗词而献身的愿望,则倒是也颇有一点"盖棺事则已"的不断追求与努力之精神的,所以只要我仍有一口气在,我的"诗词道路"是总要不断行走下去的。

最后,我也应该为我的《杂文集》写几句话。正如我在前文中所已曾叙及,我本不是一个喜欢写作杂文的人,所以这册书中所收录的大多是一种因人因事的应约之作。不过虽是应约之作,但我在写作时也仍是一贯地以修辞立诚为本,所写的都是我真实的经历和感受。桂冠的编者在收录这些文稿时,曾经依各篇内容之相近者做了一种有次序的排列,我现在就将按其次第先后,对各篇文稿写作时之人与事的因缘,略作简述。

文稿中之第一类是属于自叙性质的作品,共有文稿三篇:计为第一篇《什刹海的怀思》,是1980年代中期,什刹海委员会透过顾之京师妹而向我邀写的文稿;第二篇《我与我家的大四合院》,是1994年为了回应邓云乡先生的《女词家及其故居》而写作的文稿;第三篇《诗歌谱写的情谊》,是1998年应南开大学校庆筹委会之邀,为即将来临的南开大学八十年校庆而写作的文稿。

文稿中之第二类是属于悼念及祝贺性质的作品,共有文稿五篇,计为:第四篇《纪念我的老师清河顾随羡季先生》,是1982年应顾之京师妹之约而写作的文稿;第五篇《论缪钺先生在诗词评赏与诗词创作两方面之成就》,是 1992 年应四川大学历史系之约,为祝贺缪钺先生九十寿庆而写作的文稿;第六篇《悼念马英林学长》,是 1993 年应马学长夫人尹洁英女士之约而写作的文稿;第七篇《怀旧忆往》,是 1994 年应台湾大学中文系之约,为悼念台大几位相继逝世的师友而写作的文稿,此文发表后,台湾"中央"电台还曾邀请台大中文系的柯庆明教授做过一次访谈;第八篇《悼念端木留学长》,是 1994 年应辅仁大学天津校友会程宗明女士之约,与端木学长之弟端木阳先生访谈后所写作的文稿,当时一同在座的南开大学中文系之安易女士也曾依据访谈而写过一篇文稿,题为《虚负凌云万丈才》,曾发表于天津《文史》,对端木留学长生平之记叙更为翔实,读者可以参看。

  文稿中之第三类是属于序、跋之类的作品,从第九篇到第十八篇,共有文稿十篇,这类作品大多是应编者或作者本人之约而撰写的文稿,一般说来,我在撰写此类文稿时,对于我应约撰写的一切人与事之因缘,大多已有简单之叙介,因此我就不拟在此更一一加以说明了。而从编者在各篇文稿后所附记之撰稿年代来看,则读者自可一眼见出,除去《序〈还魂草〉》一篇文稿是 1965 年所写的以外,其他各篇可说完全是 1990 年代以后的作品了。那就因为我在早期原来一直不肯为人写作序跋之类的作品,只有《还魂草》是一篇例外。那是由于经过我当年的学生、目前在台大中文系任教的张健先生之介绍,我对《还魂草》之作者周梦蝶先生之为人与为诗之特色颇为感动,所以才特别撰写了那一篇文稿。至于 1990 年代以来,则约我为之撰写序跋者大体可分为两种情况,其一是较我年长的前辈学人,我对这些前辈长者本就早存一种钦迟仰慕之心,自然乐于为之撰写序跋;其二则是较我年轻的学人与艺术家,我对他们的努力和成就也极为欣喜,所以也乐于为之撰写序跋。而且我相信读者也不难看出,我所写的序跋虽是应约之作,但其中却也都蕴涵着我真实的感受与感动。我对于所有的遇合因缘都是极为珍重和爱惜的。

　　文稿中之第四类也就是最后一类,乃是我自己的一些作品的序跋,从第十九篇到第二十五篇共有文稿七篇。那是因为桂冠此次为我编录的作品集,虽有十八种二十四册之多,然而这些却仍然并非我已出版的作品之全貌。此外还有些或因语文之不同,或因版权之归属而未能编入作品集者,桂冠之编者遂决定将这些未经收录的一些作品的序跋,都收入了《杂文集》之内,则读者于观览之际,对于这些未经收录之作品,或者亦可得约略之印象,我对之就不再一一加以介绍了。

1999年8月写于温哥华

《中国诗歌论集》英文版后记

这一册书内所收录的,是哈佛大学远东系教授海陶玮先生(James R. Hightower)与我多年来陆续合作所完成的十五篇文稿。其时间跨度自1966年暑期开始,至今年1994年暑期为止,前后盖已有二十八年之久。在这二十八年间,我们并不一定每年都有合作的机会,所以书中所收录的论文也并没有一个可以贯穿终始的主题和体系,不过大体上都是有关中国诗歌之评赏和理论的一些论述,所以乃名之为《中国诗歌论集》。

我与海先生相识于1966年的春夏之交。当时美国的傅尔布莱德(Fulbright)基金会委托海先生在台湾邀谈和甄选一些将去美国任教的台湾学者,我那时正在台湾大学担任诗选及杜甫诗等课的教学,台湾大学与美国密西根州立大学有一项交换计划,每两年由两校互派一个教授到对方的学校讲学。而台大的钱思亮校长则自1965年暑期便已与密大商定,将于1966年派我赴密大讲授中国古典诗歌。所以我当时就自然也成为了被海先生所邀谈的众多候选者之中的一员。记得那次邀谈是由美国基金会在台负责的台大历史系教授刘崇鋐先生主其事。邀谈后我退出到外面另一个房间,刘教授的秘书吴女士随后就追出来对我说,今晚刘教授邀你和一些友人在他家中晚餐。当晚我应邀而去,发现海先生也在座中,我与海先生遂得有更多交谈之机会。谈话中我发现海先生对中国古典诗歌之学识甚为渊博,有不少共同的话题可以讨论,所以晤谈甚欢。临行时,刘教授叫了一辆计程车先送我回家,再送海先生回他的住处。在车上,海先生问起我是否愿去哈佛与他合作之事,我想如能与对中国旧学如此渊博之人共同合作,当然是一件幸事,就表示了乐于接受的意愿。原以为将来或可有机缘至哈佛一做访问,岂知刘教授的秘书吴女士第二天就给我打来了电话,说海先生送我抵家后并未乘车回他的住处,却令计程车立刻又折返到刘教授家中,向刘教授提出了要请我去哈佛的要求,而这却使我陷入了一个两难的处境,因为台大钱校长原是一年前就与我约定了要派我去密大交换的。于是我就去见台大中文系主任台静农先生商谈解决的办法,台先生说如我不去密大,中文系可以派另外的人去密大。我想这是个解决难题的办法,就立即又去见钱校长商谈此事,而钱校长则坚持不肯同意,因他在一年前便已与密大商定了派我去,如何可以临时改变。我想钱校长的坚持也甚为有理,遂将不能应海先生之邀请的困难告知了刘教授,请他代我向海先生致歉。但海先生的邀请之意也极为诚恳和坚持。最后商定了一个解决之道,就是我提前两个月出国,先至哈佛与海先生合作研究,然后再于9月转往密大任教。于是我遂于1966年暑期来到了哈佛大学。

当时我们合作研究的主题,一是陶渊明诗,海先生为撰写人;一是吴文英词,我为撰写人。我们的讨论主要是以英语进行的。海先生为人极为恳切真诚,每当我的英语有辞不达意或语法不正确之时,都随时给我指正,这使我无论在英语会话或用英语表述中国诗歌之能力方面,都获得了很大的进步。此外在研讨问题时,海先生所表现的西方学者之更为理性且更富于逻辑性之思辨的方式,也给了我很大的影响,两个月的时间虽短,但却奠定了我们以后长期合作的基石。

9月初,我离开哈佛往密西根州立大学任教,临行前,海先生就已经与我约定了明年暑期再返回哈佛客座讲学的邀请,所以1967年7

月,我就又回到了哈佛大学。这次已经是我与海先生的第二次合作,我们既已较前更加熟识,所以在讨论问题时,我们也就可以更加坦诚相对,遇有意见不同之时,我们也往往可以互相争议而不以为忤,而且因此反而更增加了共同研读之乐。那时我们在哈佛燕京图书馆的二楼上,各有一间研究室。我的研究室窗外恰巧面对着一棵高大的枫树,不仅朝暮阴晴各有不同的光影,而且我来时正值夏季,窗前是一片浓密的树荫,每当读写之暇,偶然抬头一望,便可见一片翠色的繁枝密叶,随风起舞。其后秋天来到,又眼见其逐渐染成一片黄赤缤纷的彩色的图画。最后严冬来到,木叶尽脱,又被覆盖上了满枝晶莹的白雪。初来时,原以为一年的时间很长,谁想一年的光阴转眼就过去了。当第二年我窗前的枫叶再度染上秋色的时候,已是深秋9月,台大即将开学,在我将要离开哈佛大学前,海先生曾坚意要把我留下来。而我则坚持要返回台湾,其原因之一是因为我来美之前已对台大做出了两年后回去的承诺;其原因之二则是因为那时我的外子和两个女儿都已来了美国,只有老父一人只身在台,所以需要我回去照顾。于是海先生遂又坚持要我写了一篇研究计划,以为一年后再度来美合作的准备,我当时曾经写了三首《告别哈佛》的七言律诗,第三首就是与海先生告别之作,诗是这样写的:

  临分珍重主人心,酒美无多细细斟。案上好书能忘暑,窗前嘉树任移阴。吝情忽共伤留去,论学曾同辨古今。试写长谣抒别意,云天东望海沉沉。

首句表示我对主人海先生的感激之意,次句写研读合作之乐已近尾声,而因主人所研究之对象陶渊明以饮酒为名,故以"酒美"为喻。三句写哈燕图书馆藏书之富与阅读之便,使人耽读而忘倦。四句写窗前嘉树之美景与光阴推移之速。五句用陶渊明"曾不吝情去留"之句,反衬今日主人力加挽留而我则坚意归去的去留之争。六句写研讨时共商古今或时有争论的合作研究之真谊。七、八两句则正写告别之意。于是在写了这首诗不久之后，我就回台湾去了。

次年接到了哈佛寄来的聘书后，我就去台湾的美国领事馆办理接我父亲一同来美的手续。谁知美国领事馆不仅不给我父亲签证，还把我护照上原有的多次出入美国的签证取消了。几经周折，甚至我已来到温哥华后，都未能获得签证，于是遂经由海先生介绍，被加拿大不列颠哥伦比亚大学亚洲学系主任蒲立本（E. G. Pulleyblank）教授聘往该系任教。而且只教了一学期后，于次年春就给了我终身聘约。那时我已全家移来北美，上有将近八旬的老父，下有一个读大学和一个读高中的女儿，而外子则尚未找到合适的工作，为了使生活早日安定下来，我遂决定接受了加拿大的终身聘约，而以后与哈佛大学的关系，遂只是不定期来短期访问的性质了。

本来早在1970年代初期，我还曾保持每年暑假都来哈佛访问并与海先生继续合作，直到1974年及1977年我两次利用暑假去大陆旅游探亲，又从1979年开始陆续赴大陆各地讲学，更自1982年开始了与大陆四川大学缪钺教授共同合撰《灵谿词说》的研究计划，于是我遂一连数岁没有再来哈佛。直到1987年《灵谿词说》一书之文稿全部完成后，我才又开始了经常利用暑期前来哈佛与海先生共同合作研究的工作。海先生自1970年代初期开始，原来也已对宋词之研读，产生了浓厚的兴趣。在那一时期的合作中，海先生曾经撰写了《论柳永词》与《论周邦彦词》两篇长稿，而我则曾继《论吴文英词》之后，又撰写了《常州词派》及《王沂孙之咏物词》等文稿。这些论文都已在哈佛大学《亚洲学报》发表。其后我应承了中国四川大学缪钺教授的邀请，共同撰写《灵谿词说》，而缪先生之意则是要撰写一部有词史之性质的著作，于是我遂依时代之先后撰写了论述唐五代及两宋之词人的文稿多篇。本书中所收录的《论苏轼词》及《论辛弃疾词》二文，就是其中两篇的压缩和改写。我们之所以选录了这两篇文稿，是因为海先生已写了《论柳永词》与《论周邦彦词》两篇文稿，都是属于所谓"婉约"一派的作者，所以现在乃又选入了两篇属于所谓"豪放"一派的作者，以为对比。不过，因为此二文原是发表在《灵豁词说》一书中的作品，所以我所采用的乃是较近于中国传统的写作方式。而在《灵豁词说》一书出版以后，我曾又尝试摆脱中国传统之约束，而结合了近年来我所阅读的一些西方文论，写作了另外多篇作品，本书中所收录的《论陈子龙词》《论王国维词》和《论〈花间〉词中之女性叙写及其影响》等文稿，就是其中的一部分。事实上我近年的研读兴趣已经逐渐从对于个别词人的评赏，而转向了对于词之美学特质与词学之理论的探讨了，并曾以中文刊印了《中国词学的现代观》及《词学古今谈》等书，本书中所选录的虽只是很少的几篇，但已经显示出来我的近作与旧作之间，已有了很大的差别。除此之外，本书中还收录了我所撰写的《论晏殊词》与《李商隐〈燕台〉四首》二文，这是我较早期的两篇文稿。当时我所采取的乃是全然以主观之感受为主的评说方式。这种评说方式，从西方学术界衡量论文的标准来看，虽然缺少理论和架构，但其实乃是真正属于中国式的一种评说方式，因为从春秋时代开始，孔子教他的弟子们读诗，其所重视的就是所谓"兴于诗"的一种兴发感动的作用。我幼年时所受的是传统教育，所以我早年所写的说诗文字，乃大多是属于这一类的作品。本书收录了这两篇文稿，也许使得全书之风格更显得不相一致，但另一方面却更为真实地反映出了我在诗词研读方面所走过的不同的历程。此外本书还附录有两篇关于王国维之性格与他的自沉之悲剧的文稿及一首词的评赏，表面看来，这几篇之性质与其他诸篇论诗词之作的性质完全不同，但本文却实在代表了我与海先生合作研究的一段过程。原来我在1968年将要离开哈佛返回台湾之际,海先生曾要我提出一篇研究计划,我所提出的研究主题,就是《王国维及其文学批评》。其后此一研究成果之中文部分,已早由香港中华书局于1980年出版为一册专书,并曾经广东人民出版社及台北桂冠图书公司,先后商得原出版者之同意,于1982年及1992两年予以再版。至于英文部分则迄未发表,而我个人对于王氏《人间词话》所提出的"境界"之说,则已逐渐有了更为深刻的新的体会和理解,遂于1989年重新写了一篇《从我对王国维"境界"说的一点新理解谈王词之评赏》的文稿,现在已收录在本书之内,至于我旧日所写的有关王国维之性格特色与治学途径的部分文稿,则不仅代表了我与海先生合作研读的一段过程,同时也提供了研读王氏之词与词学的一些重要资料和背景,所以乃决定将之附录于本书之后了。正因为本书既包括了时间、空间、风格、内容各方面都有很多不同的作品,所以我遂不得不写此《后记》略述其原委及经过如上。

最后我要感谢多年来给我研究补助的一些机构,依时代先后而言,1960年代曾给我补助的是哈佛燕京学社(Harvard Yenching Institute),1970年代曾给我补助的是哈佛东亚研究中心(Harvard East Asian Research Center),1980及1990年代曾给我补助的是加拿大社会人文科学研究理事会(Social Sciences And Humanities Research Council of Canada)。没有他们的赞助,我们的研究是无法继续下来的。此外我也要对不列颠哥伦比亚大学亚洲图书馆(Asian Library of U. B. C.)及哈佛燕京图书馆(Harvard Yenching Library)中许多友人表示感谢,他们曾在查找资料方面,给了我很多方便和协助。特别是哈佛燕京图书馆中文负责人胡嘉阳女士,她不仅在图书馆查阅资料方面曾给我很多协助,更曾在我旅居哈佛期间,在生活方面给了我很多照顾。还有不列颠哥伦比亚大学亚洲学系的陈山木博士及其夫人陈小玲女士,他们曾协助我打字并校读了多篇文稿。没有这些机构的支持和友人们的协助,这册书是难以完成的。在此即将成书付印之际,我愿对他们表示最诚挚的感谢。

1994年6月写于康桥哈佛大学

《历代名家词新释辑评丛书》总序

早在两年前,母庚才先生与顾之京女士两位教授,联袂来天津南开大学相访,与我谈及拟编辑此一套丛书之计划。我以为他们的构想极好,故曾表示支持赞同。但对于他们拟邀我担任主编之要求,则因我之才能、精力、时间,皆有所不逮,所以婉言谢绝了。及至今年春,他们二位又再度来津,重新提起要我任主编之事,在力辞不获之情况下,只好同意了他们的要求,虚担了此一名义。目前此一套丛书即将出版问世,他们又嘱我为之撰写序言。于今执笔之际,实有喜愧交并之感。所愧者自然是对自己忝窃虚名的惭怍,所喜者则是行见此一丛书之出版,定将对今后词与词学之研究做出极大之贡献。而我所谓"极大之贡献",则与母先生及顾女士二位实际主编人最初所拟具之编选内容及体例有着密切的关系。下面我就将对此两方面之特色,略加序介。

先从内容方面来说,本丛书之编选,可以说是大致囊括了从晚唐以迄清末的足以代表各种风格与流派的重要作者,基本反映了词的历史发展脉络。首选温庭筠,为《花间集》所辑选的第一位词人,在早期从事于词之创作的唐代诗人中,温氏所留存的词作数量最多,所使用的词调也最广,是奠定了词之美感特质的第一位作者,自当取冠卷首,为专集之一。冯延巳词较温庭筠之意境更为深美,极富言外之感发,固正如《人间词话》所言:"虽不失五代风格,而堂庑特大",拓开北宋一代风气,为专集之二。继之以南唐二主,中主词亦富兴发之感,有言外之远韵;后主词则

"始变伶工之词为士大夫之词",是使得词体自歌辞之词转向士大夫之直抒一己之情的一个重要突破,为专集之三。柳永词则以其对俗曲音乐之娴熟,及其铺陈叙写之才能,不仅为词之长调的写作开出了广大的途径,而且更以其落拓之身世,一变五代令词中所写的春女善怀之思,而写出了失志不平的秋士之慨,对词之形式与内容都做出了重要的拓展,为专集之四。大晏及欧阳二家词,一方面既受有南唐词风之影响,一方面又能各以其情思及修养自开境界,大晏之明丽和婉,欧阳之豪宕沉着,分别使得五代以来之令词,在北宋初期获致了更为丰美之成就,为专集之五及六。晏几道词为歌辞之词的一种回流及新变,不似大晏、欧阳之以意境胜,而以秀气胜韵超越乎教坊艳曲之外,固正如黄庭坚氏所云"可谓狎邪之大雅",为专集之七。苏轼词则更以其诗文余事,为小词别开天地,一洗绮罗香泽之态,而表现了天风海雨般的逸怀浩气,为专集之八。秦观虽为苏门才士,但其为词,则并未受苏氏之影响,而是以其个人所独具的纤锐善感之心性,写出了既不同于《花间》,也不同于北宋其他各家的别具凄婉之致的词篇,为专集之九。与秦氏时代相近的词人贺铸,则是一个颇有争议的作者,陈廷焯在《白雨斋词话》中,曾对之大加称赏,而王国维在《人间词话》中则对之极为贬抑,其所为词是否有屈宋楚骚之深意,是一个值得深入去探讨的作者,为专集之十。周邦彦词富艳精工,集北宋之大成,又妙解音律,既可制为三犯四犯之曲,又兼有勾勒铺陈之妙,为南宋词开出无限法门,自是关系词之演化的一位重要作者,为专集之十一。李清照生于缙绅家妇女多不敢为词的封建之时代,独能以其才情勇气专意于为词,不仅足以与男性作者相颉颃,更能于芬馨之中,时露神骏之致,自属难能,为专集之十二。陆游词驿骑于苏、秦二家之间,颇具遒峭沉郁之概,可谓风格独具,为专集之十三。辛弃疾以英雄豪杰壮志不遂之悲慨发而为词,故能于豪放中独具沉郁顿挫之致,周济称其"才情富艳,思力果锐,南北两朝,实无其匹",固是确论,为专集之十四。姜夔以江西诗法入词,更兼通音律,能自度曲,沈义父称其"清劲知音",在词中别开宗派,为专集之十五。刘克庄颇有豪气,学辛词而缺少沉郁之致,但其"以文为词"之作风,亦不失为词中之一流派,为专集之十六。吴文英词意境幽邃,词笔丽密,周济称其"奇思壮采,腾天潜渊。返南宋之清泚,为北宋之秾挚",为专集之十七。王沂孙身历南宋之亡,故其为词常不免有麦秀黍离之感,托意深婉,遣词工雅,周济称其"思笔""双绝",可以为"入门阶陛",朱彝尊《词综·发凡》谓"词至南宋始极其工,至宋季而始极其变",若王沂孙者,真可谓宋季之代表作者矣,为专集之十八。以上自晚唐五代,以迄南宋之末季,所辑专集十八种,作者十九人,可以说基本涵盖了词体在此一漫长的发展演进之路程中的主要流变及代表作者。

至于元、明两代,虽然不以词称,名家极少,然亦有不可没者,即如金元之际的大诗人元好问,生于盛衰激变之时代,亲历国家之覆亡,盖正如清赵翼所云"国家不幸诗家幸,赋到沧桑句便工"。其所为词,无论抒情、写景、怀古、感事,皆能于其所赋写之情事以外,别具深慨,豪放中不乏婉约之致,自为两宋后之一大作者,为专集之十九。降及清代,号称词之中兴,作者既众,流派纷起,本丛书之编辑盖以五代及两宋之主流大家为主,于清人之词未及备载,乃但录其具有明显之特色者五家。纳兰性德独具纯情锐感,不假工力,直指本心,王国维谓其"以自然之眼观物,以自然之舌言情",颇能摆脱传统旧习,为专集之二十。徐灿为清初之著名女性词人,评者多以李清照为拟比,其才情虽不及李氏之馨逸,然而徐氏词中所写的兴亡之感,其悲慨苍凉之致,则为李氏之所无,为女性词之意境做出了极大开拓,为专集之二十一。史承谦籍隶荆溪,原属阳羡一派之词人,然其所为词,则能于阳羡派之豪健以外,别具幽凄之感。严迪昌先生撰《清词史》,称之为"界内新变"。其"雅丽"之词风,与浙西词派颇有暗合之处。夫阳羡派之宗主陈维崧,及浙西派之宗主朱彝尊,固为清词之两大作者,然而其词作浩繁,本丛书一时未能将二家之词集全部辑入,于今既然有史承谦一家之词,亦颇可见两派词风流变之一斑矣,为专集之二十二。顾太清为本丛书所选辑之第三位女性词人,顾氏在意境方面虽不能与徐灿之苍凉悲慨相比,然其感觉锐敏,用笔深细,往往能在日常景物情事中,写出常人之所未见,出人意外,入人意中,自是女性词人中之一大作手,为专集之二十三。王国维为一代学人,生于清末民初海运大开新旧文化激变之时代,早年曾一度从事于词之创作及评赏,其为时虽短,但其所成就颇有突破传统之处,更因其天性忧郁,好沉思人生之问题,又曾研治西方哲学,故其词往往有哲理之思致,在词之传统中独辟蹊径,正可作为结旧开新之一种启示,为专集之二十四。

早在十八年前,当我与川大缪钺教授合撰《灵谿词说》一书时,我在前言中已曾言及要以具体词作展现词之历史的重要性,因为对于个别之词人与词作之评赏,只是属于"一种'点'的性质,而'史'的叙写,则是属于一种'线'的性质"。我当时以为"如果我们能将分别之个点,按其发展之方向加以有次序之排列,则其结果就也可以形成一种线的概念","则我们最后之所见,便可以除了线的概念以外,更见到此线之所以形成的整个详细之过程,及每一个体的精微之品质,庶几使人有既能见木,也能见林,而不致有见林不见木或见木不见林的缺憾,如此则读者之所得便将不仅是空泛的'史'的概念而已,而将是对鲜活的'史'的生命之成长过程的具体的认识,且能在'史'的知识的满足中,也体会到诗的欣赏的喜悦"。只不过当年缪先生与我所作出的,还仅只是限于对少数作家的个别作品之评赏而已,如今则此一丛书之辑录,则是大体上涵盖了词之演进的历史过程中,各种流派与风格的重要词人之全部作品,正如在词之领域中,建出了品种繁多、木繁枝茂的一片沿历史踪迹而前进的广苑长林,既可供个别之观赏,又可供历史之研究,其有功于词学,自不言而可知矣。

以上还不过是仅就此丛书的内容言之而已。若更就其体例而言,则其所编录者实更重在每一册专集的"新释"与"辑评"。编者对于每一册专书之撰著者所提的要求,是要在严谨的考证、整理的基础上,吸收大量新材料、新观点,融入前人的研究成果,对所选定之词人的作品进行分类、编年,并逐词注释、讲解、辑评,并力求融贯中西,自建体系。也就是说,此一丛书中的每一专集,都各自代表了此一词人之作品自其编订成集以来的全部研究成果。此种研究工作,其所获得的实在已不仅是一种综合的成果而已,同时也展现了每一位词人在历史长流中被接受的整个过程。其所反映的乃是文学在被接受的历程中之各种复杂的情境,是一种立体性的多面性的文学研究。按照西方文学理论中的接受美学而言,此种所谓对"接受过程"之研究,固正为今日文学工作者的一个重要的研究方向。而本丛书的编著体例,则可以说是恰好为此种"接受过程"之研究,提供了最好的结古开新的基础。然则此一丛书之编撰体例,其有功于词学,自亦不待言而可知矣。

最后我还要提出来一谈的,则是此一册丛书所邀请的每册专集的撰著人,不仅都是当今词学界的重要学者,而且若推溯其学术源流,更是包罗了现当代的几位词学大师的众多重要传人,既美具而难并,更珠联而璧合。然则此一丛书之出版,固洵可称学界之一盛事也,只是我个人既在其间忝窃了"主编"之名义,而且更在本丛书最后一册《王国维词新释辑评》的撰著中,忝窃了作者之名义。事实上在此一册专集的撰写中,我虽然参加了全程的研讨,但真正的执笔撰写人则是安易女士,这也是我要在此特别加以说明的,是为序。

2000 年 11 月 1 日
写于南开大学中华古典文化研究所

《浩气长存——历代歌咏文天祥诗钞》阅后小言

我自数年前染患白内障视力减退,即曾在个人网站公开发表过声明,说以后将不再为任何人任何著作撰写序言了。近二载年事日长,体力更不如前,去岁曾因咳喘住院甚久,今秋9月中又不慎跌伤锁骨,再次住院开刀,在开刀期间有《浩气长存——历代歌咏文天祥诗钞》一书之编者王鸿鹏先生来信并附文怀沙先生一函,嘱我为该书写序。当时我一只手臂吊有手术后之夹板,另一只手臂挂有注射输液之吊瓶。写序之嘱不仅为我在网站声明之所不许,在身体情况下亦势有所不能,最近拆线出院返回住处仍在继续做复健之锻炼,偶检旧稿觅得有关文天祥之拙著诗一首文一节,现谨抄录如下,向文怀沙及王鸿鹏二位先生聊以塞责。诗一首写于1942年秋,当时我在旧北京的辅仁大学国文系二年级读书,曾写有《故都怀古十咏》,其中一首诗题即为《文丞相祠》。当时北京已在沦陷之中,因此我对于盛衰世变之际的忠贞不屈之士,特别有一种景仰之情,现在先将原诗抄录如下:

  世变沧桑今古同,成仁取义仰孤忠。茫茫柴市风云护,两宋终收养士功。

诗中所提到的"文丞相祠",位于北京东城府学胡同之内,当地父老相传谓此祠之地址,原来乃是文天祥被俘后遭囚禁的土牢之所在。明洪武年间始修建为文丞相祠,至于诗中的"柴市"则在今日东城区交道口附近,为文天祥受刑之地,我当日既身在沦陷中的北京,因此对于不降敌之文天祥的一些事迹自不免深怀感动,所以就写了前面一首诗。

至于有关文天祥的一节文稿,则见于我最近所撰写的一篇《谈性别文化与女性词作之美感特质》的文稿中,在该文中我曾提到南宋末年被俘北上的一个后宫昭仪王清惠所写的《满江红》(太液芙蓉)一首词,此词结尾处王氏曾写有"问嫦娥于我肯从容,同圆缺"之句,文天祥读到这首词后曾指王氏"同圆缺"句为"欠商量",以为其未能表现坚贞之持守,所以文氏自己乃用王氏原韵又写了一首《满江红》词,词中写有"世态便如翻覆雨,妾身元是分明月"之句,表现了坚贞不屈的凛然大义,我在该文中曾将文氏之词与王氏之词做过一番比较,而结论云:"文氏和词之'世态'两句词与清代名臣林则徐之《赴戍登程口占示家人》一诗中之'苟利国家生死以,岂因祸福避趋之'的两句诗,似正可后先辉映,它们所表现的乃是一种极为难得的诗词美感之境界,是超越于辞藻情景以外的一种纯属于精神气骨的诚中形外之表现,能够写出如此使人激励的诗词之句,固正与文、林二公之身份地位学养遭遇有着密切的关系。"依此看来,则文氏之《正气歌》自当为后世之所共同景仰,但王先生来函却提出了一个问题,那就是钱锺书先生《宋诗选注》不选《正气歌》,使王先生感到难以接受,谓"不知作为选家的去取标准何在"。私意以为,选家的去取标准往往因人而异,即如选杜诗者,有人喜欢选其"三吏""三别"而不选杜诗之《秋兴八首》,或者亦有人选其《秋兴八首》而不选其"三吏""三别",盖以有人评选之标准在作品之思想性,有人则在作品之艺术性,即如陈廷焯《白雨斋词话》之论陈亮词,即曾云"同甫《水调歌头》云'尧之都,舜之壤,禹之封,于中应有一个半个耻臣戎',精警奇肆,几于握拳透爪,可作中兴露布读,但就词论词,则非高调"。窃以为钱锺书之不选《正气歌》,其所见盖亦与陈廷焯之论陈亮词之所见有相似之处也。记得当年我在幼少年时代初读此一首《正气歌》时,虽然对其内容所写也极为感动,但就其艺术言,则我对之也并无深爱,那时我还读了他临刑前所写的一篇《衣带赞》,写的是:"孔曰成仁,孟曰取义,惟其义尽,所以仁至。读圣贤书,所学何事,而今而后,庶几无愧。"这篇短短的赞语,倒是从我一见到就深深进入了我的内心之中,不须如《正气歌》一样之强为记诵,就给了我直接的打动,也正如前文所引的文天祥的"世态便如翻覆雨,妾身元是分明月"及林则徐的"苟利国家生死以,岂因祸福避趋之"诸句之带有一种直接感动人心的力量,相较之下,其直接感人之力,似更有过于文氏之长达三百字之上的《正气歌》。及今反思,私意以为诗词之感人盖仍当以直接感发为主,前引文、林二公之词句与诗句及文氏之《衣带赞》内容所写均是义理,但在句法之表达上则极为直接有力,故能深入人心,至于《正气歌》一诗,则其中间一段对于典故史实之叙写,便似不免理性之安排,超过了直接的感动,是以虽在理性上知解其精神义理之卓诚过人,但却终非直接之感动也。

以上一段是我专为答复王先生之提问而写的一点拙见,不知有当与否,尚祈不吝赐教。

最后我还有一段话要说的,就是文天祥之批评王清惠《满江红》词末句"同圆缺"以为"欠商量",窃恐文丞相对王昭仪之词或亦不免有所误解,盖以王词之结尾虽为八个字与三个字之断句,但在词之体式中则往往有语句虽断而文气不断之情形。即以《满江红》一调而言,辛弃疾《满江红》(风卷庭梧)及(敲碎离愁)二词,其结尾处之"对婵娟从此话离愁,金尊里"与"最苦是立尽月黄昏,阑干曲"就都是句读虽断而语气不断的明显的例证,所以王氏此句结尾之"问嫦娥于我肯从容,同圆缺"一句,实亦当一气贯下,"同圆缺"句正与上句"肯从容"一句相连,而就中国诗词之传统言,则此处之"肯"字,实当为"岂肯",也就是"不肯"之意,此在韩愈之《左迁至蓝关示侄孙湘》一诗中"肯将衰朽惜残年"一句之"肯"字之为"岂肯""不肯"之意正复相同,"肯"字一作"敢",则为"岂敢""不敢"之意。盖王清惠之意正在诘问嫦娥,谓我岂肯如月之圆缺而有所改变哉。所以王氏最后终于出家做了女道士,可以为证。而且按中国旧传统之礼教言之,一般妇女的诗词之作大都是写自己之坚贞自誓,而罕见有以不能守节义写之于作品中的情形。所以私意以为文天祥之讥王清惠之末句"欠商量"应该乃是一种误解,而遂令王氏蒙千古不白之冤,可见评说或轩轾古人作品,固当极为矜慎也。

2006年10月24日写于南开大学

独陪明月看荷花
——《叶嘉莹诗词选译》序

曹丕《论文》引述里语曰:"家有敝帚,享之千金",是说每个作者都会觉得自己的作品好,因而对之特加珍爱。我个人却似乎恰好与之相反,我是自知其为敝帚,所以对于自己之作品一向未尝自珍。多年来虽曾有多种版本流传,盖皆出于师长亲友之偏爱,我其实极感惶愧。近来更有陶永强先生摘选了我的部分诗词稿,译成英文,将要出版公诸于世,而且其中还选译了一些我少年时的幼稚之作,使我更觉汗颜。

我与陶君夫妇相识多年,他的夫人梁佩女士三十年前曾经选修和旁听过我多门古典诗词的课程,他们婚后所购置的一所住房,就在我家邻近之处,而且陶君的本职是律师,我也经常麻烦他处理一些有关法律的事务,他们夫妇都热爱古典诗词,每年暑期我在温哥华开设诗词课程,他们都是必然参加的听众,陶君中英文都甚有根底,对于中英文诗歌之对译有极大兴趣,数年前已经翻译过我的几首诗词,发表在香港出版的著名翻译刊物《译丛》中,去年又荣获了台湾主办的"梁实秋文学奖"中译英诗优秀奖,因此我十分感谢和尊重他的选择和翻译。

不过我对自己之"敝帚",却仍极感不安,因此就想到一个增值的办法,就是给我的"敝帚"加一个精美的包装,于是我就想到了温哥华的一位著名的书法家谢琰先生。谢先生原在不列颠哥伦比亚大学亚洲图书馆工作,对馆内所藏的一些古典善本书籍甚为熟悉,自从1969年我来到这所大学教书后，就经常去麻烦他替我寻捡和借阅书籍，他的夫人施淑仪女士是香港中文大学中文系的高材生，她的外曾祖张其淦先生是晚清学者兼诗人，有此家学渊源，所以施女士极为爱好诗词，二十多年前就曾到我班上旁听过一些课程，后来他们也在我住家附近的地方购置了一所住房，于是施女士更常来我家谈论诗词，真正成了一位"入室弟子"。每年春季梁佩女士经常联络组织我们一起同到温哥华附近的几个岛屿上去度假，就是在这样的一次度假中，当我们在一处山明水秀的湖边拍照时，又谈到了陶君翻译的我的诗词选如何出版的问题，我提出了我的"敝帚"要烦请谢先生为之做一些包装，请他把我的中文诗词稿用他美好的书法写出，谢先生欣然答应了我的请求。他们的两位夫人说要为我们三个合作者在湖边摄影留念，当我们排排站时，论及年庚，于是又有了一个惊喜的发现，原来以中国的十二生肖论，我们是三只老鼠，我的年龄最长，生于甲子年，谢先生次之，生于丙子年，陶先生最幼，生于戊子年。当时谢先生就又有了一个美妙的想法，他提议要请他的好友，温哥华的一位著名的书画篆刻家黎沃文先生为我们刻一方三只老鼠的印章，我与黎先生也是旧识，以前我的一套唐宋词系列的讲课像带，也曾请他画过插图，他的画风清新秀逸，极富远韵，篆刻亦极精美。我的"敝帚"如今竟然得到了三位名家为之翻译、书写和篆刻的合作，这真是何等值得欣幸的一种殊胜的因缘。

在欣幸这殊胜因缘之际，我也愿藉此机会对以前的一些曾助成我诗词稿本之保存与印行的人们表示感激。如前所言，我既自知个人所作之为敝帚，但却因我童少年时代所得之于家中亲长与学校老师之教诲和鼓励，培养出来了我对诗词的浓厚兴趣，当我在北京老家时，曾因兴之所至写过不少作品，这些作品大都有长辈们的一些评语，所以当我于 1948 年春天赴南方结婚时，为了保存亲长之手泽，就把这些习作的旧稿随身带到了南京，那年冬天 11 月，因为政局的变化，我又随外子工作的撤迁,把这些习作的旧稿带到了台湾。次年8月,我生下了长女言言,当年12月外子就因当日台湾白色恐怖的牵连,被海军逮捕。1950年夏6月,我所任职的彰化女中自校长以下还有六位老师,也一同遭到了逮捕,我带着吃奶的女儿也同被拘讯。其后不久,我幸获提前释放,但外子在左营军区的住所和我在彰化女中的宿舍,则已都被有关单位收回。因此我被释出后就成了一个无家无业的无以为生之人,只好投奔了一个亲戚,晚间在她家的走廊上铺一条毯子,聊作我与女儿的栖身之所。暑假后幸得亲友介绍得以在台南一所私立女中谋得一席教职,才勉强得到一间宿舍作为栖身之地。如此经历了四年之久,外子幸获释出,但已失去了工作,遂闲居在我的宿舍中。某日,收拾旧物,忽然从破旧的箱箧中捡出了这一叠旧稿,患难后深感保存旧物之不易,我遂向校方商借了钢板和蜡纸,由外子抄录了一份油印稿,以资保存。其后,因为遇到了两位以前我读大学时的老师,一位是戴君仁先生,一位是许世瑛先生,相继介绍我进入台湾大学任教,并在淡江与辅仁两所大学兼课,担任了诗选、词选、曲选等课程的教学。当时这些课程都有习作的要求,因此我也偶然抄录一些自己当年的习作,作为鼓励同学写作的切磋之用。那时淡江大学有一位陈国安同学,对旧诗词甚感兴趣,于是就将我的油印旧稿,重新打字编印了一册较为整齐的小册子。迄于1960年代中,因我在辅仁大学兼课的时间与另一位也在辅大兼课的南怀瑾先生的时间相同,每次都同乘一辆交通车往来,课后也在同一间教员休息室休息。南先生偶然见到了我的这一册旧稿,于是就将之推荐给了当时台湾的商务印书馆,其后被编入了他们的《人人文库》中,并来函要我写一篇跋文。那时我已来到加拿大的不列颠哥伦比亚大学任教,为养家糊口之计,不得不应承了要以英语教学的一门中国古典文学课程,每天要查英文单词到深夜两点方能上床休息。当时我已长久不作旧诗,所以曾在跋文中叙写说:"嘉莹于旧诗词之写作辍笔已久,年华空逝,往事难寻,偶一翻阅旧作,则当年故都老屋、家居在学之生活点点滴滴,都如隔世,而追怀伯父狷卿翁及羡季师对嘉莹教诲之殷,期望之切,更未尝不衷心自疚,愧无能报。是编之辑,即泰半为当日习作之旧稿,固早知其幼稚空疏略无可取,不过聊以忏悔一己之老大无成,且以之纪念伯父狷卿翁及羡季师教诲之深恩而已。"所以当日台湾商务印书馆所出版的这一册集子,原只题名为《迦陵存稿》。"迦陵"是我的老师当年要把我的习作拿出去交给报刊发表时,我因其与我的名字"嘉莹"声音相近,所临时想起的一个笔名。题其名曰"存稿",是因为我本以为不会更有什么新作,只不过是为了纪念而将旧稿辑存而已。

当时,中国正在"文革"之中,故家难返,每兴他乡羁旅之思,其后,又迭遭丧父、丧女之痛,我对旧诗词之写作既然结习已深,所以每有所感仍往往以写作旧诗词为抒解自我情感之唯一方式。当时有一位曾经在淡江大学听过我三年课的同学施淑女女士,也从台湾转到了加拿大来读书,我每有所作,她都为我誊写一份清稿。但不久她就应淡江大学之聘,返回台湾去教书了,不过我们仍经常保持联系,偶有所得我仍然会把一些诗词稿寄给她一看。直到1980年代初,"文革"已经结束,于是我遂经常回中国去探亲和讲学。1986至1987年,我更曾利用休假的机会,回中国去停留了一年之久,那时台湾尚未开放,于是我与施女士遂断绝了书信的往来。直到次年我回到温哥华后,竟然收到了她在这一年中亲自为我编排整理并出资付印的一大批《迦陵诗词稿》,那时我正在与四川大学的缪钺教授合作撰写《灵谿词说》,我个人曾陆续撰写了五十首《论词绝句》,而施女士当时所编印的集子只收录了二十七首,及至我回到加拿大以后,又将续作的二十三首寄给了她,谁想到她竟然又替我印了一批增入新作以后的选本。而这两册集子,就是以后台湾的桂冠图书公司和大陆的河北教育出版社为我出版《迦陵诗词稿》所依据的底本。至于这一册英译本中所选录的有一些旧日《诗词稿》所未收的新作,则是经由南开大学的安易女士所整理和由她以电脑打印的。安女士自1979年开始在天津听我讲课,其后于1990年代我在南开成立研究所时,曾被聘任为我的秘书,直至近日她一直仍在协助我查找资料和整理讲稿。

写到这里,再一回顾,我的诗词稿竟然先后已有了油印、打印两种版本,施女士赠印的两种版本,以及先后由台湾的商务印书馆及桂冠图书公司和大陆的河北教育出版社三家出版的三种版本,如今又将有英译本面世,合共盖已有八种版本之多。我自己平生对诗词的写作,虽自知其为"敝帚",而从来未尝自珍,但回首前尘,则数十年来曾经为我整理抄录打印编订和出版的所有的友人们的情谊,则确实使我感到有千金之重。在此一册英译本付印之前,我愿在惶愧之余,向大家献上我最诚挚的一份感谢。

2006年8月

《迦陵讲演集》序言

北大出版社即将出版我的《迦陵讲演集》,要我写一篇序言。这七册书都是依据我在各地讲词之录音所整理出来的讲稿,所以称之为"讲录"。这七册书的次第是:

1. 唐五代名家词选讲;
2. 北宋名家词选讲;
3. 南宋名家词选讲;
4. 唐宋词十七讲;
5. 清代名家词选讲;
6. 词之美感特质的形成与演进;
7. 迦陵说词讲稿。

前两册书,也就是"唐五代"及"北宋"词的选讲,其主要内容盖大多取自于台湾大安出版社1989年所出版的我的四册一系列的《唐宋名家词赏析》。在此系列的第一册前原有一篇《叙论》,现在也仍放在这两册书的第一册书之前,并无改动。至于第三册《南宋名家词赏析》,则是依据我于2002年冬在南开大学的一次系列讲演的录音由学生整理写成的。当时由于来听讲的同学并没有听过我所讲授的唐五代与北宋词的课,而南宋词则是由前者发展而来的,所以我遂不得不在正式开讲南宋词以前,做了两次对唐五代与北宋词的介绍。这就是目前收在这一册书之前的两篇《叙论》。至于第四册《唐宋词十七讲》,则是我于 1987 年先后在北京、沈阳及大连三地连续所做的一个系列讲演。当时除了录音外,本来还有录像,但因各地设备不同,录像效果不同,所以其后只出版了录音的整理稿,所用的就是现在的书名。至于录像部分,则目前正在由南开大学的中华古典文化研究所加紧整理中,大概不久就会以光碟的形式面世。在这册书前面,我曾经写过一篇极长的序言,对当时朋友们为了组织这次系列讲座及拍摄录像的种种勤劳辛苦,做了详细的介绍。而且还有当时一直随堂听讲的两位旧辅仁大学的校友——北师大的刘乃和教授及中国历史博物馆的史树青教授,都为此书写了序言,对当时讲课的现场情况和反应也做了相当的介绍。现在这三篇序言也都依然附录在这一册书的前面,读者可以参看。第五册《清代名家词选讲》,其所收录的主要讲录,乃是我于 1994 年在新加坡所开授的一门课程的录音整理稿。虽然因课时之限制,所讲内容颇为简略,但大体尚有完整之系统可寻。在这一册书前,我也曾写了一篇序言,读者可以参看。第六册《词之美感特质的形成与演进》,是 2005 年 1 月我为天津电视台的"名师名课"节目所做的一次系列讲演。这次讲演也做了录像,大概不久的将来也可以做成光碟面世。只不过由于这册录音稿整理出来时,我因为行旅匆匆而没有来得及撰写序言,这一点还要请读者原谅。至于最后的第七册《迦陵说词讲录》,则是我多年来辗转各地讲学随时被人邀讲的一些录音整理稿。这是在这一系列讲录中内容最为驳杂的一册书。一般说来,我自己对于讲课本来就没有准备讲稿的习惯。这倒还不只是因为我的疏懒的习性,而且也因为我原来抱有一种成见,以为在课堂上的即兴发挥才更能体现诗词中的生生不已的生命力,而如果先写下来再去讲,我以为就未免要死于句下了。只是就临场发挥而言,则一切都要取之于自己平日熟读的记诵,而我的记忆既难免有误,再加之录音有时不够清晰,所以整理出的讲录自不免时有失误之处。何况目前的排字印刷也往往发生错误，而我既是分别在各地不同之时空所做的讲演，因此讲题及内容也往往有重复近似之处。如今要整理编辑为一本书，自然不得不做许多剪裁、改编和校对的工作。不过，从此种杂乱复出的情况，读者大概也可以约略想见我平日各地奔走讲课的情形之一斑了。

关于我一生的流离忧患的生活，以前当2000年台湾桂冠图书公司为我出版一系列廿四册的《叶嘉莹作品集》时，我原曾写过一篇极长的《总序》，而且在其"诗词讲录"一辑的开端也曾为我平生讲课之开始有录音及整理的经过做过相当的叙述。目前北大出版社所计划出版的，既然也是我的一个系列，性质有相似之处，我已经要求北大出版社将这两篇序文列于卷首，读者自可参看。

现在我面对着北大出版社即将为我出版的这七册《迦陵讲演集》以及北京中华书局也即将推出的六册《说诗讲录》，两者加起来，我的诗词讲录乃将有十三册之多。作为一个八十三岁的老人，面对着自己讲课已有六十二年之久的这些积累，真是令人不禁感慨系之。我平常很喜欢引用的两句话是："以无生之觉悟做有生之事业，以悲观之心境过乐观之生活。"朋友们也许认为这只是两句老生常谈，殊不知这实在是我的真实叙述。我是在极端痛苦中曾经亲自把自己的感情杀死过的人，我现在的余生之精神情感之所系，就只剩下了诗词讲授之传承的一个支撑点。大家可能还记得我曾经写过"书生报国成何计，难忘诗骚李杜魂"的话，其实那不仅是为了"报国"，原来也是为了给自己的生命寻找一个意义。但自己自恨无能，如今面对着这些杂乱荒疏的讲学之成果，不禁深怀惭怍，最后只好引前人的两句话聊以自慰，那就是："余虽不敏，然余诚矣。"

蔡章阁楼记

夫人文教化,首重传承,学术开新,贵融中外。卑诗大学为加拿大西岸教研重镇,自1961年先后成立亚洲系及亚洲研究所,历时数纪,人才辈出,于亚太地区之交流开拓,贡献良多。近年来,此地区之发展日繁,需材益亟,校方有鉴当前之需要,遂有意扩建亚洲研究所,内分中国、日本、韩国、南亚及东南亚等五个中心,而原有之亚洲中心,则早已地不敷用。爰有工商巨子蔡公章阁先生,平昔热心教育及公益事业。前在香港时,已曾创建学校多所,近二十年来定居温哥华市,虽淡泊自居,而对学术教育之关怀,则此心未已,获知此一需要后,遂慨然解囊,捐献巨资,与亚洲其他地区及本地热心公益人士,暨卑诗省府共同联合在大学校园内兴建亚洲研究所大楼一座,俾使五个研究中心,能共在此大楼内,既可各得研习进修之地,又可收相互交流之益。楼高三重,左邻人类学博物馆,与遥山远海悠然相望,后倚亚洲中心,与日本花园曲径相通,想象佳日春秋,必多弦歌之乐,百年桃李,行见育化之功。而蔡公为人,既秉中华之古训,更具世界之襟怀,守真养和,树德扶善,深以人之为学,既重知识,尤崇德行。乃更决定在大楼之前,树巨石五方,镌以仁、义、礼、智、信五字,各附箴言,垂以为训。其所望者,固欲使来学之青年,不仅能成为博闻之学者,且更能成为知本之君子也。昔鲁颂泮水之咏学宫,曾有"济济多士,克广德心"之句,夫东西虽异,人心本同,德心能广,则必有进于大同之日。方大楼奠基动土之时,蔡公致辞,曾以韵语八句,叙其祝愿。今兹新楼落成,既取蔡公之名,以名斯楼,爰举其祝愿之语,以为斯楼之颂。曰:

  中土道古 西海智新
  五洲齐力 全球同心
  百峰竞秀 千钟争鸣
  圆融文化 万世太平

1990 年代初为加拿大

不列颠哥伦比亚大学兴建亚洲研究所大楼落成作

《常州词派与晚清词风》序言

作为一个担任古典诗词教学已有五十年以上之久的老教师,我多年来虽在海外培养了不少研究生,但自1979年回国任教以来,先是在各地客座讲学,未曾有一个定点,所以一直未曾从事研究生的培养;即使从1993年在天津南开大学成立了中国文学比较研究所,也并未曾招收正式的研究生;直到1997年,当我将研究所改名为中华古典文化研究所以后,才开始正式招收研究生。本书之作者迟宝东,当时甫自中文系本科毕业,因为成绩优异,被保送进入了我的硕士研究班。获得硕士学位后,又以优异之成绩被保送入了我的博士研究班,并于2003年获得博士学位。其博士论文当时曾获得校外七位评审专家的一致称赏。近数年宝东又将其论文更加扩展,即将于最近出版,这是我回国任博士生导师以来第一位博士生论文之出版成书。对宝东之成就,我自然有莫大的欣喜。

想当日宝东之选取《常州词派与晚清词风》来作为他的博士论文研究课题,我曾以为这本是一个可浅可深亦难亦易的题目。就其浅者言之,则近人对常州词派的论述已多,此一派词论对晚清词风之影响亦为世人之所共知。如果只是铺陈资料加以整理和论述,则成篇虽易,但却决难有过人之创见可言。若就其深者言之,则常州词派创始人张惠言之所欲探求和阐述者,实在可以说是词学中一个极为重大的问题。那就是,词之为体其所以有别于诗体的佳处与特质究竟何在？这是自有词体以来,就曾引生过无数困惑和争议的一个根本问题。这种困惑与争议由来已久,其原因主要盖由于诗词之体式既然各异,其产生之背景更有极大之不同,自《花间集》所收集的诗客曲子词之流行于世,士大夫之染指于其间者渐多,但词之内容与风格既与传统的言志之诗与载道之文有着绝大的不同,于是论之者乃陷入了一种极大的困惑之中。其后虽有人逐渐感受到小词中似别有一种绝异于诗文的幽微深隐之特美,但却又深感其难以具言。自北宋李之仪之《跋吴思道小词》、南宋刘克庄之《题刘叔安感秋八词》,以至清初朱彝尊之《红盐词序》诸作,虽曾对小词之具含言外意蕴之特质多曾述及,但这些文字皆为序跋之作,读者往往以为其或未免有溢美过誉之言,不能作为客观上理论之认知。至于张惠言之说,虽然也出于他为《词选》所写的一篇序言,但一则《词选》乃是一个综合的选本,并非只为某一家之词作而撰写,其序文之所言,自然也就应该是属于一种对于词体之特质的总体之认知。这与以前诸序跋的个人称美之言,当然有了显著的不同。何况张氏对其所选录的各家词作,又往往多有抉幽探隐的评说,如此则在理论之外更有了实践的证明,这自然是张氏超越前人之处。不过恰恰也就正因为他对词作的评论有了具体的指说,遂使张氏陷入了牵强附会之讥。私意以为张氏之体认虽确有所见,但因为他在词体中所发现的这种特美,原来乃是过去传统诗文中之所从未曾有,因此遂难于在过去评论诗文的语言中,为之找到一个恰当的词语来加以指说。所以张氏乃不得不含混地描述为"盖诗之比兴,变风之义,骚人之歌,则近之矣"。观其所用的"盖"字与"近之"等字样,可见他本来并不认为小词中的这种微妙的作用,就等同于诗歌中的比兴喻托,他只不过是因为找不到适当的词语,而不得不取前人的词语来加以借用而已。至于他更用此种借用之观念来指说小词中之具含某种比兴之义,则私意以为盖也正由于张氏对于他自己所体认的词体中之此种幽深要眇的作用,也尚未能有更为完美确实的辨知,所以遂不得不以附会为之诠释,而这也就正是张氏之说之所以被讥为牵强附会,而且在其说初起时并不能被一般词学家所普遍认同和接受的缘故。但张氏在词学史中,毕竟是针对词之整体,而不是对任何个人之某些作品而提出来对词之此种特质加以正式论述的第一人。所以当后人对词之此种特美有了更深的认知后,乃逐渐体悟到张氏之说之弥足重要,但亦感其有所不足,于是乃有周济的有无出入之说为之做了补充的说明,又有谭献的"读者之用心何必不然"之说,对小词中作者之文本与读者之体悟间的微妙作用做出了明白的辨析,更有陈廷焯提出了"沉郁"说,于是乃使此种特美摆脱了比兴寄托之说的狭隘的拘束。所以晚清的词与词学,可以说实在莫不受有张氏之说的影响,只不过时代不同,文化背景各异,个人之资质更有明显之差别,故虽然大体在张氏之说的影响之下,但其论述之所见知以及创作之所成就,乃有了种种的不同。若非对常州派词论能有溯源别流之洞见精微的根底,则实难对此一研究课题做出恰当而周至的论述。这正是此一论题的似易而实难之处。

宝东曾先后从我攻读硕士与博士两个学位,其治学之谨严、根底之扎实、感受之敏锐、论析之明辨,固早为我所深知。他的此一篇著作能以文化及历史为根基,对常州词派之渊源流变做出溯源推流之详细的论述,可以说是在常州词派之论述的领域中的一篇集大成之作。以宝东之根底及功力,我对其在学术研究方面的今后之成就,实有更深远之厚望焉。

2006 年冬写于南开大学

《词之美感特质的形成与演进》序言

这册书中所收录的,是我于2005年元月在天津电视台所举办的一次系列讲座的录音整理稿。当时因为时间、地点及听众的种种原因,可以说我所做的只是对于社会大众的一次普及性的讲演,涉及的有关词学之各方面的问题虽广,但都以简明浅易之方式出之,未尝做详细深入的考辨和论述。但如果只以讲题而言,则其所涉及的有关词史、词论及个别词人之风格鉴赏等方面之广,则实在可以说是有关词与词学的一个颇为艰深繁复的大题目。本书中一些看似浅易的论说,原来乃是我数十年来对于词学整体之思索研讨的辛苦之所得。虽然卑之无甚高论,但决然是我个人一己的深辨甘苦之言。既然出版者要我为这本书写一篇序言,因此乃想藉此机会把我个人对词与词学之研讨所走过的路程略作简单之说明。

我自十余岁开始自学填词,好恶取舍一切但取诸心,可以说完全没有理论的观念。偶或涉猎一些前人的词话词论之类的著述,但却深感其琐碎芜杂,无所归趋。当时唯有王国维的《人间词话》,颇能于我心有戚戚之感。我想那主要是因为王氏之说乃全出于其一己真切之感受,不做虚妄之空论的缘故。不过我对王氏之说也颇有所憾,那主要是因为一则他所标举的"境界"之说,其义界不够明确;再则他对于南宋词只喜稼轩一人而对于其他诸家乃全然不能欣赏,其所见似亦未免失之偏颇。但当时我之学词既全属个人之兴趣,因此对这些困惑之处也并未尝加以深入之研求。及至1950年代中期,当我开始在台湾的淡江与辅仁两所大学担任词选课之教学以后,我才对于词之为体的源流演变及其评赏之美感特质何在,开始了反思和探索。从1960年代到本世纪之初,经过四十年来教研的反思和体认,因而对过去所阅读的曾被我认为琐碎芜杂的一些前人的词话和词论,乃渐能有所辨识,对其意旨所在与得失之处,颇有如韩退之所说的"昭昭然白黑分矣"的体会。至于我开始撰写有关词学之正式论文,则始于1960年代中期。当时我正在美国哈佛大学客座讲学,为了被邀去参加一个有关中国文学评论的国际会议,于是我遂撰写了一篇题为《常州派比兴寄托之说的新检讨》的一篇论文,由哈佛大学的海陶玮教授协助将其译为英文,并在大会上做了报告。这篇论文后来被编入了此次大会的论文集,还曾得到审稿人很高的评价。我想那是因为在当时的北美汉学界,还很少有人对于中国词论做过如此深细之研究的缘故。继之在1970年代初,我又撰写了《王国维及其文学批评》一书,其中收有题为《王国维〈人间词话〉中批评之理论与实践》一章专题的讨论,这可以说是我继《常州派》一文之后的第二篇专论。不过我对这两篇文稿则并不完全满意,因为我觉得我在此二文中所做的,还不过只是对这两家词论的一种梳理性的探讨而已。虽然在论说中也有不少我个人深思所得的见解,但对于中国词学之发展的源流和脉络,还未能完成一以贯之的体系。于是我对这两篇文稿又做出了一些后继的研讨,如《常州词派张惠言与周济二家词学的现代反思》《从一个新论点看张惠言与王国维二家说词的两种方式》等论文。读者可自行参考,兹不复赘。其后,我于1980年代初开始了与四川大学缪钺先生共同撰写《灵谿词说》的合作。当我写到《论周邦彦词》一篇时,我对于周词所表现的一种特殊风格提出了"赋笔为词"之说。在此一篇文稿中,曾论及自五代北宋以来,其间词之内容与风格虽曾有多方面之表现，也不乏创新的开拓，即如苏轼在内容方面的开拓和柳永在形式方面的开拓，便都有着极可注意的成就，但我以为他们在本质上仍有着一点相似之处，那就是他们都是以直接的感发为作品中之主要质素的。而周邦彦词的出现，特别是他的一些长调慢词，则使得词之写作在本质上有了一种转变，那就是一种以思索安排来写作的新的质素的出现。这种在基本质素方面的改变，遂为词之写作开拓出了一种新途径与新趋势，对于后来的南宋诸家产生了极大的影响。我在文中曾把这种新途径称为"赋笔为词"。当我提出此种说法后，首先得到了缪先生的肯定，其后程千帆先生读到此文，也曾称赞这种说法解决了词学中的许多困惑之问题。因为我以为，张惠言之把五代宋初之令词都视为有比兴之意的附会之说以及王国维之不喜南宋词的偏颇之见，事实上原来都是由于他们对词之写作中的这两种不同的质素未能加以明白之辨析的缘故。

《论周邦彦词》一文写于1985年，而自1986年开始，我又应《光明日报》"文学遗产"专栏编者之邀，开始为他们撰写了一系列用西方文论来讲中国词学的题为《迦陵随笔》的文字。那是因为当他们来邀稿时，曾特别言及当时古典文学遗产遭受到冷落，希望我能在随笔中加入一些新观念以挽回颓势。这正是我这一系列随笔何以多引用西方文论的缘故。但我的努力也并未能挽回"文学遗产"专栏的颓势，因此在写了十五则以后，就把这一系列的随笔停止了。而在此时遂又有人向我提出了建议，希望我能把这些随笔中的零星之见改写为一个长篇的专论。于是我遂于1988年又写了一篇题为《对传统词学与王国维词论在西方理论之观照中的反思》的长文，对中国整体词学做了一次通观的梳理，将五代两宋之词的发展，划分出了三个阶段，而正式提出了歌辞之词、诗化之词与赋化之词的说法。并且认为其中有两点最值得注意之处，那就是歌辞之词的出现是对于诗学传统中言志之内涵及由此而衍生的伦理教化之观念的一种突破；而赋化之词的出现则是对诗歌传统中以兴发感动为主的写作方式的一种突破。至于诗化之词，表面看来虽然似乎是对诗学传统的一种回归，但却因为词体与诗体的形式不同，诗之齐言的体式，其长篇歌行有时可以直接抒写以气势取胜，而长调慢词之长短句的体式，如果全用直接抒写，则便可能因为失去了齐言之气势，而未免会流于浅率叫嚣了。而这也正是长调慢词之不得不改用赋笔为之的缘故。至于苏、辛二家之佳作，则是因为这两家词在本质上自有其沉厚超拔而不致流于浅率叫嚣的一种质素，自然便不须更假借赋笔为之了。

在写成这篇文稿后不久，我于1990年又应邀在美国缅因州参加了北美首次国际词学会议。于是我又在此一会议中提出了题为《论王国维词——从我对王氏"境界说"说的一点新理解谈王词之评赏》的文稿，对我以前论王氏之"境界"说的一些论点做了修改和补充，提出了王氏之不能欣赏南宋词，乃是因为他对于词体中以赋笔为词的一种新途径的特质未能有所认知的缘故。记得当时一同开会的普林斯顿大学的高友工教授对我的说法极感兴趣，他以为"赋化之词"的说法未之前闻，但此种提法则确实解答了词与词学中的许多问题。在这一篇论文中我还曾提出说，无论其为歌辞之词、诗化之词或赋化之词，要之皆以其中含有一种深隐幽微之质素方为佳作。只不过当时我对歌辞之为体何以形成了此种特美之要求的因素，还未能做深入的讨论。所以其后在1992年，我遂又草写了一篇题为《论词学中之困惑与〈花间〉词之女性叙写及其影响》的长文，引用了西方的多种文论，对于词体何以形成了此种美感特质的基本原因做了更为深入的论述，以为《花间集》中写美女与爱情的小词之易于引人生托喻之想，乃是由于一种双重性别的因素。张惠言的比兴之说虽未免牵强附会，但这种双重性别的质素，则确实具有使读者引生此种联想的可能性。只不过小词中的双重性别之质素，与过去传统诗歌中的男子作闺音的有心之作,实在有极大之差别。因此我在该文中还引用了法国女学者克里斯特娃的说法,指出诗歌语言中的两种作用,一种被克氏称为象喻的作用,另一种被称为符示的作用。中国传统中男子作闺音的比兴之说是属于前一种作用,而小词中的双重性别则是由其叙写之口吻及语言符号与显微结构等因素而使人生托喻之想,是属于后一种的作用。前者是受局限的、被指定的,而后者则是自由的、不断在生发变动之中的。这一种说法,当然也是前人词说所未曾指出的。而小词之可以引发读者许多言外之联想,则除去"双重性别"之因素以外,还有着另外一种"双重语境"之因素。于是我遂又于2000年写了一篇题为《论词之美感特质之形成与世变之关系》的文稿,指出南唐之冯延巳与中主李璟两家词作之易于引人生言外之想,乃是因为他们填写歌辞之小环境虽属安逸享乐的场合,但外在之大环境则南唐之国势正在北周的威胁之下处于岌岌可危之境,所以他们的词中乃可能不免在其隐意识中有一种危亡无日之感,而读词者也因其外在语境产生了不少托喻之想。这正是形成了小词之以要眇深微为美的美感特质的另一要素。

以上各篇文稿,虽然说明了我对词学中之困惑的一段长期探索的路程,而且对词学中的困惑之形成以及词之美感特质之形成的种种因果的关联,与其间一些微妙的质素,都做了简单的说明,但却似乎仍未尝有一个总体的归结。因为我以为还有两点应该加以说明的:其一是词体中之要眇幽微之美,其本质究竟是一种什么样的质素;其二是这种难言之美感,既不能用张惠言之说拘狭地指为比兴,也不能用王国维之说含混地称为"境界",那么这种美感特质究竟应叫做什么呢?于是我在1990年代中期撰写《从艳词发展之历史看朱彝尊爱情词之美学特质》一文时,遂对以上的两个问题提出了两点说法。其一是对词体中之要眇幽微之美的基本质素究竟是什么的问题,我以为这种特美乃是属于一种"弱德之美"。不仅晚唐五代与北宋的令词之佳作是属于具含此种质素的一种美,就连苏、辛一派之所谓豪放之词的佳作,甚至南宋用赋化之笔所写的咏物之词的佳作,基本上也都是属于具含此种弱德之质素的一种美。其二是张惠言所提的"比兴"之说与王国维所提的"境界"之说之所以对此种特美都不能加以涵盖的原因,我以为乃是因为他们在传统说诗的论述中,找不到一个适当之术语来加以说明的缘故。因为词中之此种特美,乃是特别属于词体之美的一种质素,而且此种质素之显现并不全在于作者显意识之活动与追求,而是由于作者在作品之显微结构中所无心表现出来的一种隐意识之无意的呈现。此种特美,在中国传统的诗文中既从来未曾出现过,因此并没有一个现成的术语可以用来指说。这正是其所以使得张惠言与王国维二人都感到难以指称的缘故。对这种困惑,当我在阅读西方接受美学之论著时,忽然得到了一种启发。因为这种作用,并不是完全存在于作者意识中的一种显意识之活动,而是在作品之文本中由其词语本身的显微结构所呈现的一种微妙的作用。这种作用,德国接受美学家沃夫岗·伊塞尔曾称之为一种 potential effect,中文可以试译为"潜能"。我以为,词之特美也就正在于其有时可以表现为并不属于作者显意识之活动的一种潜能。

经过了前面所写的我多年来思索和探讨的结果,我可以说对中国词体之特美的形成与演进的经过已做了既较为完整深细,而且也较为理论化和系统化的说明。至于我现在所从事的工作,则是因为在词学中仍有两点当待补充和完成:其一是关于弱德之美的特质,我在《朱彝尊》一文中说得仍不够详细,因此仍有待更加补充;其二是我在过去所做的研讨,大多以男性作者之作品为主,至于女性之作品,则私意以为其美感特质之发展又别具另一途径,对这方面也尚待我去做另一次系统的探讨。不过我已年逾八旬,体力日衰,而近年琐事又极为忙碌,极少有执笔写作之余暇,何日始能完成殊不可知。姑记于此,以俟来日。

2006年冬写于南开大学

一幅珍藏

——记陈省身先生手书七言诗一首

光阴过得真快,转眼间陈省身先生逝世就已经两年多了。记得2004年12月陈先生逝世后,我曾于12月7日在南开校方为陈先生举办的告别音乐会中朗诵过我所写的两首悼诗,继之又于12月12日到北仓参加了与先生遗体告别的仪式,并于当日下午在南开小礼堂参加了校方为先生举办的追思会,并做了简短的发言。其后于2005年元月底,又曾应《纪念陈省身先生文集》编者之邀,撰写了题为《数学家的诗情——谈陈省身先生与我的诗歌交往》一篇纪念文字。如今经过了两年多之久,哀悼之情虽然逐渐减少了,但追念之情则反而历久弥新。那是因为每一天我都会看到高悬在我书房墙壁中央的那一帧装裱得极为精美的镜框,镜框中所镶嵌的就正是陈先生在逝世前的一个月,亲自用毛笔书写的一首为我祝寿的七言诗。

关于这一首诗,有一段使我极为感念的往事,那是在2004年的秋季。本来每年秋季当南开大学开学时,我都会从加拿大回到南开来,而陈先生则早已在南开定居多年,习惯上是我每次回来以后,都会给陈先生打一个电话问安,然后就会约定一个时间去看望他。那一年因为正值我八十周岁,南开文学院准备在10月校庆期间为我召开一个祝寿的诗词研讨会。所以当我打电话给陈先生时,陈先生就告诉我说,要给我写一首祝寿的诗。祝寿研讨会定在 10 月 21 日召开,而杨振宁先生则在此前一日来到了南开,所以我们就在陈先生家里先聚会了一次。陈先生按照西方的习惯,生日贺礼总要在生日的当天才拿出来,给受者一个惊喜,所以那一天我并不曾见到先生的诗。直到第二天早晨,陈先生在研讨会开始前就乘坐着轮椅来到了会场。大会由侯自新校长主持开幕,陈先生是第一位发言人,当时就有会场工作人员抬上来一个精美的镜框,镜框中镶嵌的就正是陈先生亲自用毛笔写的那首祝寿诗。诗是这样写的:

> 锦瑟无端八十弦,一弦一柱思华年。归去来兮陶亮赋,西风帘卷清照词。千年锦绣萃一身,月旦传承识无伦。世事扰攘无宁日,人际关系汉学深。

陈先生虽是数学家,但如我在两年前所写的那篇《数学家的诗情》之所言,先生对于古典诗词实在有着极大的兴趣。我以前曾把自己编著的一些书送给陈先生,陈先生看过后,经常与我讨论。先生对于诗词不仅有浓厚的兴趣,还有着很敏锐的评赏能力。先生赠我的这首诗,如果就一般诗家的谨严之格律而言,自然是有些不尽合格律之处,但若撇开外表的格律而论诗歌之本质,则先生这首诗所表现的情意之真诚、事典之贴切,却决然是一首好诗。首先说,这首诗开端的两句,关系到先生与我的一次谈话。原来,陈先生曾与我谈起过李商隐的《锦瑟》诗。先生以为,后世读者对这首诗的解释众说纷纭,而其中把这首诗看做是李商隐之自序的说法似较为恰当。我以前本曾写过一篇论《锦瑟》诗的文稿,与先生之说正复相合。所以先生送我的这首诗,开端两句就用的是《锦瑟》开端的诗句,只不过做了一点小小的改变。李商隐原句是"锦瑟无端五十弦,一弦一柱思华年",先生这首诗因为是为祝贺我的八十岁寿辰而写的,所以就把原诗的"五十弦"改成了"八十弦"。而原诗既被认为是自序之作,则"一弦一柱"当然就都象喻了诗人对于华年往事的点点滴滴的回忆。先生虽是引用了古人的诗句,但我以为先生的引用和改写,实在十分恰当。如果把年华喻作丝弦,则八十岁的年龄自应是"八十弦",我在自己八十岁的生日回想起过去八十年的往事,自然也有着"一弦一柱"的追忆。先生的诗,可以说正是道出了我当日的心情。至于后面的两句,"归去来兮陶亮赋,西风帘卷清照词",也写得极为贴切。陶渊明的《归去来兮辞》,是当他决志归去时之所作,我猜想先生的这首诗可能有两层喻意:一层自然是说我回到祖国来教书的决志;另一层我不知先生是否也有冀望我像他一样回国来定居的喻意,这也是可能的。至于先生所用的李清照之事典,则自然是用李清照来喻指我是一个爱好诗词的女性,纵然我不能与李清照相比,但先生的喻指则是极为恰当的。再下面的"千年锦绣萃一身,月旦传承识无伦",则是最使我感到惶愧的两句诗。从1980年代我与陈先生夫妇相识以来,他们夫妇二人就都对我十分关爱,这一切我在以前所写的《数学家的诗情》一文中就已曾有所叙述,所以我在为先生所写的悼诗中,曾经写过"曾许论诗获眼青"的句子。当年陈先生夫妇不仅经常与我谈讲诗词,还往往两个人一起来听我讲课。每读这两句诗,我就会想起他们夫妇二人对我的谬赏和偏爱,这是使我最为感愧难忘的。这短短的两句诗,可以说是包括了先生对我平生所致力的诗词创作、论著与教学三方面的评价。"锦绣"句应该指的是我的创作,"月旦"二字应该是指我的论著,而"传承"二字,则应该是指我的教学。在这三项中最使我惭愧的是创作。我少年时代虽曾有浓厚的创作兴趣,但其后遭遇忧患为生活工作所累,早已无暇顾及到诗词的创作,所以这方面的成绩实在极为薄弱。至于就论著而言,我虽然也曾因工作教研的需要而写过不少文字,但这些文字只是写我个人学习诗词的一份心得而已,丝毫也未敢冀望在学术方面有什么成就。平心而论,在我一生所走过的路途中,我致力最多的乃是教学的工作。自1945年以至今日,六十二年来一直未曾间歇过,不仅时间甚久,而且教学的地域甚广,教学对象的年龄跨度也极大,从幼稚园、初高中、大学生、研究生直到博士后。不过在教学方面我虽然付出的精力最多,但却从来也不敢说在传承方面有什么成果,因为有些成果并不是只靠自己的努力就可以完成的。所以我说先生的这两句诗是使我最为惶愧的。不过就诗而言,则先生在短短的十四个字内,竟然写尽了对我平生三方面的评说,其简练概括的能力实在令人赞佩。至于这首诗结尾的"世事扰攘无宁日,人际关系汉学深"二句,则所写的应该就正是我们以诗歌相交往的一份友谊。在此烦扰之人世中,能够与几个有传统文化修养的友人一起谈讲诗词,这自然是人际间一种难得的境界。总之,先生这首诗所表现的情谊之真诚、喻写之贴切,都是极为难得的。所以先生这一幅手写的诗稿,一直被我视为一份珍藏。而除去了这首诗本身是可宝贵的,另外还有两点增加了其可珍贵之处。第一点是在这一幅诗稿中,先生偶然留下了一个小小的笔误,那就是先生在署名后把2004年的日期写成了200年。而上款所题写的则是"嘉莹姊八十大庆斧正"。如果在200年我就已经是八十岁了,那么到2004年我岂不是就已经将近两千岁了吗?这自然是一个偶然的笔误,但正因为有此笔误,所以我才觉得这幅字之弥足珍贵。这也正像爱好集邮的人之特别珍视错体邮票一样,因为这在世间是独一无二的。记得当时南开大学发表陈先生这首诗时,就已经改正为2004年了,而我所保存的这幅字,遂成了我所独有的一件珍藏。第二点则是就陈先生写作这首诗的时间而言,这一幅字应该已经是陈先生的绝笔了。因为在先生参加了我的祝寿研讨会后,不过一个多月就去世了,而这幅字遂成了最值得珍视的先生的一幅绝笔之作。

本来在研讨会以后,我曾经给先生打过一个电话,表达我的感谢之忱,先生在电话中曾对我说:"你有空来坐一坐吧,我们再谈一谈。"我了解先生实在很想和我一起谈一谈他的这首诗,但那一阵子先生的活动颇为忙碌,而我则被北京师范大学和凤凰台世纪大讲堂邀去北京开会和讲课。我心想,等我从北京回来,先生的一些活动应该也忙完了,那时再去拜望先生也不迟。但就在12月1日我将离津赴京之际,忽然听文学院的友人告诉我说陈先生生病住进医院了。我当时虽感到不安,但想到不久前我在研讨会中见到先生时,先生还是精神奕奕,并在大会上做了精彩的发言,一定没有什么严重问题。我预想当我从北京回来时,先生定然也已经出院返回住所。我将会去拜望他,好好谈一谈他的这首诗作,并且告诉他我对这首诗是如何感动和喜爱。谁知就在12月3日的晚间,当我刚在世纪大讲堂讲完课时,就接到了天津的电话,说陈先生去世了。我当时真是极为震惊,所以第二天就赶回了天津。我为陈先生写了两首悼诗,并且参加了南开校方为陈先生所举办的一切追悼活动,但毕竟这一切都已是先生身后的事了,先生约我再见一面谈一谈诗的约言,永远也无法实践了。这件事对我而言,实在是平生极大的歉憾。现在既有人又邀我再写一篇悼念陈先生的文字,因此我遂趁此机会谈一谈陈先生的这首诗作,也可算做我对陈先生约我谈诗而我未能践约之遗憾的一点补偿吧!而我这一篇文字就是写于我书房中所悬挂的先生这一幅亲笔手书诗作的镜框照临之下,倘先生在天有灵,定能因此而鉴知我践约与先生谈诗的一点诚意。

2007年2月15日写于南开大学

[附言]

写完了上面的纪念文字后,对于这首诗的诗体我也想说几句话。那是因为有人问起我,说后面四句的"身""伦""深"三个字好像是三个韵字,是否可以看成是一首七言绝句?如此说来则前面四句就应该也是一首七绝,不过前面四句却并未押韵,应该如何看待?我个人以为这八句还是应该作为一首诗来看待,因为陈先生当日给我打电话时说得清清楚楚是送我"一首祝寿的诗"。而且我以为先生的本意是写一首七言律诗,这从他用李商隐的七律"锦瑟"为开端,也可以看出来他的原意是写一首律诗。至于此诗格律之与七律不尽相合,则因为先生原是数学家,并未深研诗歌的格律,先生所掌握的是诗歌的本质。诗中三、四两句的"陶亮赋"与"清照词"是明显相对的,五、六两句在字面上虽非对偶,但在质量上则是相对的。为了避免读者对于这首诗为律为绝的争议,所以本文在标题上所写的乃是陈先生手书的一首"七言诗"。私意以为,我们欣赏一首好诗,应该亦如九方皋之相马在牝牡骊黄以外,所重者应是其精神本质,而不在其外表之形式也。

《欧行三记》序

友人宏志信先生将出版其新书《欧行三记》,希望我为这本书写几句话。我与宏君相识盖已有三十年之久,原来宏君在加拿大不列颠哥伦比亚大学读书时,于1979及1980两年曾经选修过我所开设的两科有关中国古典文学的课程。大学毕业后,他又在历史系修读了一个硕士学位,与我经常见面。其夫人杨焕素女士与宏君为广州音专同学。杨女士善烹调,常邀友人在其府上相聚。宏君好学深思,阅读范围颇广,每逢读书有得,亦常与我相互讨论。数年前,他们夫妇曾多次赴欧洲旅游,归来后,宏君写有游记多篇。因其既有学习音乐之背景,又广泛阅读文史方面的著作,我深感在他笔下所呈现的,乃是一个富有诗情哲想及音乐性的欧洲,极具可读性,曾推介其在报刊上发表。如今又喜见其结集出版,所以我虽因年老视力减退,且血压不稳定,已多年不为任何人的著作写任何序言之类的文字,但仍答应了宏君为他这本书写几句话,以志此将近三十年之久的师生之谊。

2006年7月6日写于温哥华

题津门胡志明先生所藏
羡季师自印旧刻本《荒原词》集

　　早在1940年代初,嘉莹从顾师羡季先生受业时,曾保有顾师之全部词作,计有《无病》《味辛》《荒原》《濡露》《留春》《霰集》及《倦驼庵》等词集共七种之多。其后嘉莹于1948年春南下结婚,原以为不久即将北返,是以将所有珍存之书物皆留置北京老家中而未曾随身携带。岂知此一去之后,竟而辗转流离,由北京而南京,而上海,而台湾,更于1960年代中流转至加拿大,直至1970年代初中国与加拿大正式建交后,始得于1974年回国探亲。何期"文化大革命"后北京老家所存之书物竟已荡然无存,而羡季师亦早于1960年逝世。其后经诸同门与嘉莹之搜辑,羡季师之诸词集虽得以在《顾随文集》中全部刊出,然而我当年所珍重保存之多册旧日原刊之词集,则已渺不可寻,不知其流落何所矣。今冬在天津南开大学中文系内成立纪念羡季师之驼庵奖学金,于颁奖会中有同门胡志明君以其多年前在京于冷摊上购得之羡季师《荒原词》一册见示。骤睹此集,五十年前往事又恍如重现目前。一时欣慨难分,怅触无已,聊书数语以为纪念。

丁丑季冬写于南开

《魏晋诗人与政治》修订本序言

近数年来,我因年老体衰,又患有高血压及白内障,本来已早曾对外声明不再为任何人撰写任何序文了。但今春3月离津返加前,当我接到广州中山大学景蜀慧教授的电话,请我为她即将修订出版的《魏晋诗人与政治》一书写一篇序言时,我却毫不犹豫地当即做出了爽快的承诺。虽然无论以时间、体力和学术成就而言,我都深知此一承诺的不自量力,但我却仍然做出了此一承诺,其主要原因实在由于在二十年前,当景君在四川大学历史系从缪钺先生修读博士学位撰写此一册论文时,我与景君之遇合盖有一段殊胜的因缘。

原来1981年4月,当杜甫学会在成都草堂召开第一次年会时,我曾应邀远自加拿大的温哥华前往成都参加了此一会议。使我感到意外惊喜的是在此次大会中,我竟然有幸见到了早自1940年代我初读《诗词散论》一书,便已心生仰慕的前辈学人缪钺先生。而更令我喜出望外的是,缪先生竟也早在1980年就读到了国内所印行的我的第一册书——上海古籍出版社所出版的《迦陵论词丛稿》。缪先生以为我的论词之见与他有"针芥之合",所以自草堂初见,先生便于每日午餐后邀我相晤谈,更且写诗相赠,有"相逢倾盖许知音,谈艺清斋意万寻"之句。大会结束后,当我至四川大学缪钺先生寓所辞行时,先生竟正在伏案作书,已经在给我写信了。而且更在信中提出了要与我合作的构想,并引用清代汪容甫与刘端临相知定交之事以相拟比,曰:"如蒙不弃,愿相与合作,撰写评论诗词之书,庶几如汪容甫所谓'使学业行谊表见于后世',则尤所欣盼者矣。"先生对我的知赏与期盼,实在使我深为感动,于是自兹而后,我与先生就经常保持了书信往来。而先生遂经由四川大学向国家教委提出了邀我至川大讲学及合作研究之申请。适值我在1981年暑期后,有一年休假的机会,只不过因为天津南开大学及北京师范大学也都已经早就有了邀我去讲学的约定,因此直到1982年的4月中旬,当我把南开及北师大的课程都结束了以后,才有机会到川大来实践先生邀我来讲学及合作研究的计划,并且从此以后,我遂于每年暑期皆来川大与先生合作撰写论词之作,如此直到1983年,我们共同撰写了三十九篇文稿,加上我所撰写的前言与先生所撰写的后记,共得四十一篇文稿,题名为《灵谿词说》,交由上海古籍出版社于1987年出版。而景蜀慧君则既曾于1980年代初,在缪先生指导之下撰写了题为《郭璞〈游仙〉诗与魏晋玄学》的硕士论文,更于1987年春再度考入了缪先生门下攻读博士学位,并选择了《魏晋诗人与政治》的研究论题。而我对魏晋诗人亦有极浓厚的研读兴趣,早自1950年代中至1960年代末,曾在台湾大学讲授历代诗歌有十五年以上之久,并曾撰有论诗之文稿多篇。适值北京中华书局拟出版我的论诗旧作,我遂将这些旧稿呈请先生审读,先生读后不仅大加谬赏,更且为中华书局所出版的我的《迦陵论诗丛稿》撰写了一篇《题记》,文中曾历叙我的生平与治学特色,而总结之云:"叶君《论诗丛稿》诸文,皆穷年研讨,深造自得,摆脱常谈,独抒己见之作,综其特点,约有四端:曰知人论世,曰以意逆志,曰纵观古今,曰融贯中西。"先生过誉之言,实使我愧不敢承,而今乃忝加引用者,盖以此数点实在乃是先生平生个人治学与指导学生之准则。先生对我之谬赏,盖亦因先生以为我治学之途径与先生有相近之处的缘故。先生之特别介绍景蜀慧君与我相识,并且往往将景君所写之诗词示我阅读,我亦深感景君才质之美,盖先生治学一向主张文史相结合,而欲从此一途径治学,则不仅需要对史学有深厚之根基,更需要对文学有灵心之妙悟。史学之根基尚可以力学培植,而文学之妙悟则关系个人之性情才分,此在一般研究生中殊不易得,因此先生对景君实有过人之赏识和期许,而又因先生对我之谬赏,遂邀我共同指导景君之论文。当时适值国家对外开放之际,先生遂向国家教委提出了中外合作指导博士生的计划,并得到了国家教委的同意。不过那时缪先生与我合作撰写的《灵谿词说》既已经结集出版,我赴川大的访问已不似往年之有定期,且停留之时间亦已不似往年之久,我对景君实未能尽心指导,而忝窃了导师之名,内心实深感惭怍。我所能做到的只有两点:一则是应缪先生所倡议的结合中外的主张,所以曾自海外携回欧美学人有关汉魏六朝诗文之论著若干种,聊供景君之参考。再则我也曾提供给景君我多年来在海外讲授六朝诗的音带数十卷,虽自知其卑之无甚高论,只不过因为我既不能常在川大,遂以此稍作补偿而已。景君之论文于1991年初完成,缪先生曾函邀我参加其答辩会,而我因当时正在台湾之多所大学讲学,不克抽身前往,缪先生遂嘱我以书面写出评审意见。据我多年教学之经验,景君之作实为我所见到的诸多博士论文中极为优秀出色的一篇作品。景君在缪先生的指导之下,用以诗证史之研究方法,结合魏晋南北朝时期之政治、思想、文化和社会各方面之资料,以探讨此一历史阶段中四位著名诗人——曹植、嵇康、阮籍、陶渊明所代表之知识分子的感情心态,从曹植之汲汲用世,到嵇康之刚肠嫉恶,再由阮籍之佯狂自晦,到陶渊明之退隐躬耕,从而反映出由东汉之末世以迄东晋之末世二百年间政治文化之整个历史背景,以及此一时期中知识分子之种种感情心态,由东汉末之振奋高昂到晋宋间之消沉隐逸,其逐步转变之过程,透过景君论文,莫不有深刻之体现。景君既善于综辑运用有关之史料,更能结合诗人作品中之古典,及其所隐含暗指的当时之今典,使读者如临其境如见其人,达到了文史结合的极高成就。窃以为当今之世如景君之能有如此文史兼融之学识修养,更有如此谨严细密之治学态度者,实为我多年来指导研究生之所仅见。是景君之果然无负于缪先生当年之指导和知赏,而我竟然能有此机遇与他们师生两位结此一段胜缘,此自为我平生之一大幸事。这也正是我在本文开端之所以不惜烦琐,历叙缪先生当年与我之相知遇合之一段经过的主要原因。

以上所写的都是当年的往事,现在再就近年之今事言之:自缪先生故去之后,我既多年未曾再赴成都,景君毕业后又辗转远赴广州任教,我与景君已多年未晤,而2004年当南开大学为我举办八十寿诞之学术会议时,景君乃不仅亲自来津祝贺,更撰写了题为《覃思睿感忆吾师——叶嘉莹先生汉魏六朝文学研究浅述,兼忆先生的培养教诲》的一篇长文。文中对于我所讲述过的有关曹氏兄弟二人之诗的评价和对于阮籍《咏怀》诗之论析,以及对于陶渊明之诗与人的体会,都做出了深刻而且恰当的评述。可见景君对于我当年提供给她作为参考的一些讲课音带都果然曾经仔细聆听,并且表现了她自己的深思和妙悟。这篇文稿使我极为感动。其后于2006年春,景君曾邀我赴广州中山大学讲学,当时因我久病初愈,乘机抵达广州之次日血压突然升高至170,景君当即陪我就医服药,其后更曾不断自广州为我购寄医药及保健养生之汤料,情谊之恳挚使我心感无已。记得缪先生曾在一篇文稿中提到培养研究生的几点理想,不仅要才、学、识三者兼长,更且要德才兼备,景君之为学与为人,真可谓深得缪先生教诲之精髓者,而我竟得与缪先生与景君师生两代结此胜缘,故愿为景君写此序言,以表述我之欣幸和感激如上。只不过因近日温哥华家中不断有事故发生,几于日无暇晷,行文潦草,尚祈景君之见谅也。

2007年5月8日写毕于加拿大之温哥华

喜看诗域拓新疆

——《马凯诗词存稿》读后小言

我于 2005 年 11 月及 2006 年 2 月,曾先后收到过马凯先生寄下的两份大作,第一次是由南开大学校方转下的一册由作家出版社出版的《马凯诗词存稿》,第二次是由马凯先生直接寄给我的一份打印的近作。前后两份诗稿都曾带给我很大的感动和震撼。主要是由于作者的气魄之大、感情之真、方面之广,皆非常人所能及。当时我也曾先后给马凯先生写过两次谢函:第一函写在我染患感冒即将住入医院之际,第二函则写在我即将于次日离津经广州转赴台湾之际。匆匆执笔,都有未能尽所欲言之憾。其后于 3 月中我在台湾讲学时,曾收到南开大学中华古典文化研究所秘书可君的一封电邮,大意谓马凯先生将再度出版其诗词稿,想要我写几句话。我虽然乐于从命,但因我已将前两次收到的两份诗词稿,都留在了天津住所,而我又是一个不惯于写空头文字之人,所以就延误了下来,迟迟未能报命。返回温哥华后,念及此事极感歉愧,因嘱南开可君将天津所存两份诗词稿转寄过来。近日不仅收到了可君转寄下来的一册《马凯诗词存稿》,更可喜的是还收到了由北京钱晓鸣君寄下的一册由马凯先生亲自题赠的,他的有关经改的论著《参与和思考》,其中还附寄了两篇宏文,一篇是霍松林先生所写的《马凯诗词存稿·序》,另一篇是卞孝萱先生所写的《马凯诗词——〈冬青诗词曲话〉之一》,霍、卞二位先生都是我夙所钦仰的古典文学领域的学者专家。拜读了他们的两篇大作后,我可以说是一则以喜、一则以忧,喜的是他们对马凯先生诗词的论见,不仅可以说是如获我心,而且还给了我很多前所未曾见及的感悟和启发。忧的则是珠玉在前,后难为继,使我实不敢更作续貂之妄举。而也就正在我彷徨于忧喜之间不知所措之际,温哥华的两位友人恰好向我提出了两个有关诗词的问题。而我以为马凯先生的诗词则恰好可以给予他们最好的回答。现在我就将把我的一些想法简单写下来,向马凯先生和其他爱好诗词的朋友们求教。

第一位向我提出问题的,是一位研读西方文学的女士,她的问题是:"为什么中国旧诗词中所写的,大都是伤春悲秋的哀愁之作?"这一问,真是如同《论语》中孔子所说的"大哉问",因为这实在是牵涉整个中国历史和文化的一个重要问题。但既限于篇幅又限于学识,我实无法在此做出详细的解答。若仅就诗歌传统言之,则早自中国最早的一位个体诗人屈原开始,《史记·屈原列传》就曾提出说:"屈平疾王听之不聪也,谗谄之蔽明也,邪曲之害公也,方正之不容也,故忧愁幽思而作《离骚》。"这种情况真可说是古代封建制度社会中作为士人的一种悲剧。当然,这种悲剧同时也表现了古代士人的一种品德和操守,屈骚之作也曾给予后世一些有理想和德操之人不少的安慰和鼓励。只是在相延成习的风气下,有些全无屈子之德操与忠爱之人,也无病呻吟地写起了满纸牢愁的作品来,则未免流于虚伪和酸腐了。因此在时代改变了以后,不同之社会,不同之心态,自然应该可以写出一种不同内容和不同风格的作品来。就以马凯先生的《存稿》中之作品来说,其《沧桑篇》中诸多反映新时代建设之作,就多为古人所未曾有。其最为震撼人心者,如其《九八抗洪》组诗十首,真可以说是写得感天地而泣鬼神,虽不敢说后无来者,却绝对是前无古人。而马凯先生对旧诗之拓径开新,还不仅只是因其生于新时代可以反映新事物而已,其开新之处还在于他能从旧题目写出新意境,能将旧诗体创出新风格。即如其写给女儿的几首小诗,就都迥然不同于古代诗人的"示儿""示女"之作,而有着崭新的意境,更如其"步陆游原韵"的《卜算子·咏梅》、"仿李白《蜀道难》句式"的古风《望东方》、"步白居易原韵"的一首《长相思》词,和一首《月晕当风》七律,就都完全脱出了旧诗的充满牢骚哀愁的陈腐之约束,为旧诗词之领域开展出了一片崭新的疆土。我想这自然足可作为对第一位女士所提出之问题的最具实证性的答复。

第二位向我提出问题的是一位男士。原来近些日子我曾开了一班讲授清词的课。当我讲到陈维崧的《湖海楼词》时,讲义中曾引了一段陈廷焯的评语,说陈维崧词"气魄绝大,骨力绝遒……只是不及稼轩之浑厚沉郁"。于是这位男士就提出了一个问题,问我"陈维崧词与辛弃疾词之差别究竟何在?"这虽然不是"大哉问",但却是一个难答之问。因为他们二人的词之差别,不在于外表而在于本质。于是就使我想起了多年前我所写的《论辛弃疾词》一篇文稿,在那篇文稿中,我曾提出说:"真正伟大之作者……是以自己生命中之志意与理念来写作他们的诗篇,而且是以自己整个一生之生活来实践他们的诗篇的。"辛词之所以胜于陈词,盖亦正因为辛词中既有其生命中之志意与理念为本质,而也有其生活中之实践为印证的缘故。稼轩词固绝不同于一般才人文士舞文弄墨之作,在他的作品之中是既蕴涵着他的赈灾平乱之事功,也蕴涵着他的《十论》和《九议》中之论见与谋略的。而若就今日吟坛而言,在此新时代中,其叙写新事物与表现新风格之作品,原来也并不少见。但若欲求得一位既有志意,复有事功,更有切中时代之论著,且有足够之才华足以写出之者,则极为难得。而这也就正是马凯先生之作与一般颂赞新时代之作的最大之差别。因此我想马凯先生的大作,应该也恰好作为第二位男士所提出之问题的最具实证性的答复。

从马凯先生在《自序》一文中所叙写的他个人的生平经历,以及他在《参与和思考》一册论著中所展示出的他对国家经改之大业的思考与探索和理论与实践,盖真有如我在前文论辛稼轩词所述及的,是一位以生命中之志意与理念来写作其诗篇,以自己整个的生活来实践其诗篇的作者。但他却比稼轩幸运得多了。因为他所生的时代使他获得了古代之诗人文士所千载难逢的机会。我为斯人之生得其时而称幸,更为国家之能得斯人而称幸,而作为一个终身从事古典诗词之教研的工作者,我当然更为古典诗词领域能得有如此之人才来为之拓展出一片新的疆土而称幸。因此我近年虽因年老多病、目力减退,而早已宣称不再为任何人撰写任何序文,但却仍勉力为这一册《马凯诗词存稿》写了这篇"小言",而题之曰"喜看诗域拓新疆"。

       2006年7月10日写于加拿大之温哥华

《叶嘉莹诗歌讲演集六种》序言

北京中华书局最近将出版我的六册讲演集,要我为这六册书写一篇总序。这六册书如果按其内容所讲授的诗歌之时代为顺序,则其先后次第应排列如下:

1. 《汉魏六朝诗讲录》
2. 《阮籍〈咏怀〉诗讲录》
3. 《陶渊明〈饮酒〉及〈拟古〉诗讲录》
4. 《唐诗讲录》
5. 《好诗共欣赏》
6. 《迦陵说诗》

这六册书中的第二种及第五种,在以前于1997及1998年先后出版时,我都曾为之写过前言,对于讲演之时间、地点与整理讲稿之人的姓名都已做过简单的说明,自然不需在此更为辞费。至于第一种《汉魏六朝诗讲录》与第四种《唐诗讲录》,现在虽然分别被编为两本书,但其讲演之时地则同出于一源。二者都是1980年代中我在加拿大温哥华不列颠哥伦比亚大学讲授古典诗歌时的录音记录,只不过整理成书的年代不同,整理讲稿的人也不同。前者是1990年代中期由天津的三位友人安易、徐晓莉和杨爱娣所整理写定的,后者则是近年始由南开大学硕士班的曾庆雨同学写定的。后者还未曾出版过,而前者则在2000年初已曾由台湾之桂冠图书公司出版，收入在《叶嘉莹作品集》的第二辑"诗词讲录"中，而且是该专辑中的第一册，所以在书前曾写有一篇长序，不仅提及这一册书的成书经过，而且对这一辑内所收录的其他五册讲录也都做了简单的介绍。其中也包括了现在中华书局即将出版的《阮籍〈咏怀〉诗讲录》和《陶渊明〈饮酒〉诗讲录》，但却未包括现在所收录的陶渊明的《拟古》诗，那就因为《饮酒》与《拟古》两组诗讲授的时地并不相同，因而整理人及成书的时代也不相同。前者是于1984年及1993年先后在加拿大温哥华的金佛寺与美国加州的万佛城陆续所做的两次讲演，整理录音人则仍是为我整理《汉魏六朝诗讲录》的三位友人。因此也曾被桂冠图书公司收入在他们2000年所出版的《叶嘉莹作品集》的"诗词讲录"一辑之中。至于后一种《拟古》诗，则是晚至2003年我在温哥华为岭南长者学院所做的一次系列讲演，而整理讲稿的人则是南开大学博士班的汪梦川同学，所以此一部分陶诗的讲录也未曾出版过。

　　回顾以上所述及的五种讲录，其时代最早的应是1960年代中我在台湾为教育电台播讲大学国文时所讲的一组阮籍的《咏怀》诗，这册讲录也是我最早出版的一册《讲录》。至于时代最晚的则应是前所提及的2003年在温哥华所讲的陶渊明的《拟古》诗。综观这五册书所收录的讲演录音，其时间跨度盖已有四十年以上之久，而空间跨度则包括了中国台湾、美国、加拿大及中国大陆四个不同的地区。不过这五册书所收录的讲演却仍都不失为一时、一地的系列讲演，凌乱中仍有一定的系统。至于第六册《迦陵说诗》则是此一系列讲录中内容最为驳杂的一册书。因为这一册书所收的都是不成系列的分别在不同的时地为不同的学校所做的一次性的个别讲演，当时我大多是奔波于旅途之中，随身既未携带任何参考书籍，而且我又一向不准备讲稿，都是临时拟定一个题目，临时就上台去讲。在这种情况下就不免会出现不少问题。其一是所讲的内容往往不免有重复之处，其二是我讲演时所引用的一些资料，既完全未经查检,但凭自己之记忆,自不免有许多失误。何况讲演之时地不定,整理讲稿之人的程度不定,而且各地听讲之人的水平也不整齐,所以其内容之驳杂凌乱,自是必然之结果。此次中华书局所拟收录的《迦陵说诗讲稿》原有十三篇之多,计为:

  1.《从中西诗论的结合谈中国古典诗歌的评赏》(这是我1980年代初在四川成都所做的一次讲演,由缪元朗整理,讲稿曾被收入在河北教育出版社所出版的《古典诗词讲演集》中)

  2.《从几首诗例谈中国古典诗歌中形象与情意之关系》(这是1980年代初我在天津师范大学所做的一次讲演,由徐晓莉整理,讲稿亦曾收入在《古典诗词讲演集》中)

  3.《从形象与情意之关系看三首小诗》(这是1984年在北京经济学院所做的一次讲演,由杨彬整理,讲稿亦曾被收入《古典诗词讲演集》)

  4.《旧诗的批评与欣赏》(这是我在1990年代中在南开大学所做的一次讲演,此稿未曾被收入我的任何文集)

  5.《从比较现代的观点看几首旧诗》(这是1960年代中我在台湾大学为"海洋诗社"的同学们所做的一次讲演,讲稿曾被收入台湾桂冠图书公司所出版的《迦陵说诗讲稿》)

  6.《漫谈中国古典诗歌中的感发作用》(这应是1980年代末或1990年代初的一次讲演,时地已不能确记,此稿以前未曾出版)

  7.《从中西文论谈赋比兴》(这是2004年在香港城市大学的一次讲演,曾被收入香港城市大学出版之《叶嘉莹说诗谈词》)

  8.《古诗十九首的多义性》(这也是2003年在香港城市大学的一次讲演,曾被收入《叶嘉莹说诗谈词》)

  9.《诗歌吟诵的古老传统》(同上)

  10.《杜甫诗在写实中的象喻性》(同上)

11.《从西方文论看李商隐的几首诗》(这是2001年我在南开大学所做的一次讲演,未曾收录入我的任何文集)

12.《一位晚清诗人的几首落花诗》(这也是2003年在香港城市大学所做的一次讲演,曾被收入《叶嘉莹说诗谈词》)

13.《阅读视野与诗词评赏》(这是2004年我在一次会议中的发言稿,未曾收录入我的任何文集)

以上十三篇,只从讲演之时地来看,其杂乱之情形已可概见,故其内容自不免有许多重复之处。此次重新编印,曾经做了相当的删节。即如前所列举的第一、第二、第四与第五诸篇,就已经被删定为一篇,题目也改了一个新题,题为《结合中西诗论看几首中国旧诗中的形象与情意之关系》;另外第六与第七两篇,也被删节成了一篇,题目也改成了一个新题,题为《从"赋比兴"谈诗歌中兴发感动之作用》。我之所以把原来十三篇的内容及出版情况详细列出,又把删节改编之情况与新定的篇题也详细列出,主要是为了向读者做个交代,以便与旧日所出版的篇目作个比对。而这些篇目之所以易于重复,主要盖由于这些讲稿都是在各地所做的一次性的讲演,每次讲演我都首先想把中国诗歌源头的"赋比兴"之说介绍给听众,举例时自然也不免谈到形象与情意之关系。而谈到形象与情意之关系时,又不免经常举引大家所熟悉的一些诗例,因此自然难以避免地有了许多重复之处。然而一般而言,我每次讲演都从来没有写过讲稿,所以严格说起来,我每次讲演的内容即使有相近之处,但也从来没有过两篇完全一样的内容。只是举例既有重复,自然应该删节才是。至于其他各篇,如《汉魏六朝诗讲录》《唐诗讲录》《阮籍诗讲录》《陶渊明诗讲录》等,则都是自成系列的讲稿,如此当然就不会有重复之处了。

除去重复之缺点外,我在校读中还发现了其中引文往往有失误之处。这一则是因为我的讲演一向不准备讲稿,所有引文都但凭一己的背诵，而背诵有时自不免有失误，此其致误的原因之一。再则这些讲稿都是经由友人根据录音整理出来的，一切记录都依声音写成，而声音往往有时又不够清晰，此其致误的原因之二。三则一般说来，古诗之语言自然与口语有所不同，所以出版时之排印也往往有许多错字，此其致误的原因之三。此次校读中，虽然对以前的诸多错误都曾尽力做了校正，但失误也仍然不免，这是我极感愧疚的。

回首数十年来我一直站立在讲堂上讲授古典诗词，盖皆由于我自幼养成的对于诗词中之感发生命的一种不能自已的深情的共鸣。早在1996年，当河北教育出版社为我出版《迦陵文集》时，在其所收录的《我的诗词道路》一书的前言中，我就曾经写有一段话说："在创作的道路上，我未能成为一个很好的诗人，在研究的道路上，我也未能成为一个很好的学者，那是因为我在这两条道路上，都并未能做出全心的投入。至于在教学的道路上，则我纵然也未能成为一个很好的教师，但我确实为教学的工作投注了我大部分的生命。"关于我一生教学的历程，以及我何以在讲课时开始了录音的记录，则我在1997年天津教育出版社为我出版《阮籍〈咏怀〉诗讲录》一书及2000年台湾桂冠图书公司为我出版《诗词讲录》一辑的首册《汉魏六朝诗讲录》一书时都曾先后写过序言，而此两册书现在也都被北京中华书局编入了我的《诗歌讲演集》六种之中。序言具在，读者自可参看。回顾我自1945年开始的教书的生涯，至于今日盖已有六十一年之久。如今我已是八十三岁的老人，仍然坚持站在讲台上讲课，未曾停止下来。记得我在1979年第一次回国教书时，曾经写有"书生报国成何计，难忘诗骚李杜魂"两句诗。我现在仍愿以这两句诗作为我的《诗歌讲演集六种》之序言的结尾。是诗歌中生生不已的生命使我对诗歌的讲授乐此不疲的。是为序。

《末代遗民陈曾寿及其咏花词》序言

本书原为曾君庆雨所写的一篇硕士论文。庆雨是于 2004 年考入我的硕士班的,本来我当时已是八十岁的高龄,教书也已将近六十年之久,平生所指导和评阅过的研究生论文可以说已难于计数,但庆雨之作为一个研究生和选定她的研究课题,却颇有其不同于一般的特殊之处。

先从她进入我门下作为研究生的一段特殊因缘说起。就一般研究生而言,大概都是考入以后才与我相识的,但庆雨之与我相识则早在她报考我的研究生六年以前。原来石家庄的河北教育出版社曾于 1997 年出版了题为《迦陵文集》的一系列我的著作,庆雨当时正在河北师范大学读书,她天性对于诗词有极大的兴趣,但大都只是自学,忽然读到我的这么多讲论诗词的作品,不免极感兴奋。于是有人告诉她说:这些书的作者现在就正在天津南开大学讲课,所以 1998 年的秋天,庆雨就远从石家庄赶来听课。当时我讲课开的还是大班,旁听的人很多,我对于班上多了一个旁听者,原来丝毫未曾注意。但有一天,庆雨却于课后单独来到了当时我所居住的专家楼。晤谈之下,我发现了她对诗词既有极高的天赋,也有极浓的兴趣,遂对之颇加鼓励。其后一日,我与她在南开马蹄湖畔的大中路上相遇,当时秋意已深,湖中荷花已大都零落无存,但因我平生对荷花情有独钟,遂独自前来觅访残荷。庆雨读过我以前所写的一些咏荷之作,了解我的一份情意,遂陪我一同沿湖畔闲步,寻觅湖中是否仍有残存的花朵。一路上庆雨都在背诗,她对诗词之记诵多而且熟,给了我极深的印象。而且我们的寻觅也没有落空,在湖之西北角处,我们终于在一丛仍未全凋的绿叶丛中发现了一朵色泽仍极为鲜丽的花朵!庆雨笑谓:"此当为花之晚秀者,其有所待乎?"遂相视而笑。后数日庆雨遂给我寄来了一阕调寄《南浦》的新词,词曰:

> 天末起凉波,怅西风、又送清秋无际。香渺梦沉沉,红衣落,犹叠田田寒翠。碧云深处,有朱蕤、灼然孤倚。不作年芳甘后发,欲诉谁人深意? 多情偏耐凄凉,任风摧雨折,相思不已。心苦复丝长,殷勤待,常恐尽随流水。蓬瀛旧事,忍重提、断鸿声里。回首亭亭明玉影,倏做化身千计。

词前还有一篇小序,既提到我们沿湖觅荷之遇,也提到了她在我的《迦陵词稿》中所读到的我的一些咏荷抒怀之作。庆雨此词不仅格律工稳,而且咏物之作,能写得既有深情,复有远韵,此在今日一般青年学子中实属难得。因此我乃对之深加奖勉。尔后,庆雨遂经常寄我以新作,且不断前来听课。自1988至2004年,前后有六年之久。因此我遂鼓励她报考我的研究生。虽因英文程度较差,曾经失败过,但最后终于在2004年秋天考入南开,成为我的硕士。这一段漫长的相识经历,自然是其他研究生所未曾有过的。所以我称之为一段特殊的因缘。

再从她选择了研究课题的另一段特殊因缘说起。一般而言,大多数研究生都是在入学一年之后,方才开始与导师讨论如何选定研究课题之事,而庆雨则是在甫一入学之际,就告诉我说她已选定了将以陈曾寿之《旧月簃词》为研究课题。她的选择使我甚感惊喜:惊者盖因陈氏之词并不为一般人所惯见习知,庆雨遽然做此选择,使我颇感意外;喜者则因陈氏之词原有一种窈眇幽微之特美,此种特美本亦为我之夙所深爱。原来早在1970年代初,当我与上海之陈邦炎先生联合撰写《清词名家论集》时,就曾提及为《旧月簃词》做整理笺注之事。因邦炎先生既谊属"旧月簃"词人之犹子,且邦炎先生亦工诗词,对苍虬老人之身世情怀皆有较深之了解,我遂向邦炎先生提议请其先撰写一篇研究《旧月簃词》的开山之作,既可唤起一般人对《旧月簃词》之认识,且可为以后研究者之阶陛。而且此后不久,我就向台湾从我研究读诗词的一位姚白芳女士推荐了此一研究课题。继之又因北京中国书店编辑出版《历代名家词新释辑评》一系列丛书,并约定我与南开大学之安易女士合撰《王国维词》一册之辑评;当我与安易合作时,我又曾向安易提出,俟《王国维词》脱稿后,我拟与她合写《旧月簃词》之评注;而且我还曾在我的研究生班上对《旧月簃词》做过简单之介绍。只是那时庆雨尚未入学,她对此事完全一无所知。而今她的选题乃竟然有此暗合,此其可喜之一;再则我的年事已高,精力日减,既见后起者有此机同之赏爱与意愿,乃乐观后学之能有成,此其可喜之二;而且庆雨之于《旧月簃词》之赏爱,乃全出于内心的一种不能自已的向往。这是在我的研究生中极为少见的一种情况。我既为庆雨之情所感动,遂介绍她到上海去拜见了陈邦炎先生。邦炎先生曾给她提供了不少研究资料,而庆雨又从网上搜查到了陈氏宗亲论坛,更与苍虬老人之孙女陈文娟与陈文欣两位女士取得了联系。当她获知文娟女士卧病后,更曾远至淮安亲自去探望,其情谊恍若有骨肉之亲。其后文欣女士自美国归来,更曾与邦炎先生联合邀请庆雨至苍虬老人旧居之杭州一游,归途至上海,文欣女士更曾安排庆雨至苍虬老人晚年所居住的"双桐一桂轩"小住。庆雨曾自谓她的沪杭之行,能置身于《旧月簃词》的自然背景与生活背景之中,于是她遂感到苍虬之词境与她自己读词之心境两相重叠,"刹那间即景会心,直入王船山所谓'现最'之境",像庆雨这样对自己所研究之主人公有如此之深情切感者,当然乃是我所指导和接触过的研究生中之所绝无而仅有者。这自然是她与其所选择之研究课题的一段特殊的因缘。

本来以庆雨的资质和她在诗词方面的修养,以及她对于所研究之主人公的深切的赏爱,我原期望她能写出一册对苍虬老人《旧月簃词》之更为全面的研读和论述,只是因为作为一个研究生,自有其被限定的完成论文的期限,所以她目前所完成的只限于《旧月簃词》中的咏花之作。不过古人有云:"尝鼎一脔,旨可知也。"庆雨既有机缘对苍虬老人之亲属有较多之接触,对苍虬老人当日处境之艰难有较深之体会,更因庆雨本身自具一种真情锐感,故其所研究者虽以咏花之词为主,但在赏析之际,则征引既广,体会亦深,抉隐发微,不乏精警深刻之见。此为庆雨第一篇论著,有此成绩已属难能,故乐为之序,并略述其独至之处如此。

迦陵丁亥除夕写于天津南开大学

附 录

月与镜的谈话

我很高兴因为我收到了施淑仪女士最近拿给我的一本翻译的诗集《月与镜》。这本翻译的诗集原来的作者是布迈恪（Michael Bullock）教授，而两位翻译者，一位是我的学生施淑仪女士，还有一位就是梁锡华教授，这本书对我有很大的影响，改变了我过去很多旧有的一些不成熟的观念。作者与译者都是我认识的，当然我最熟识的是施淑仪女士，另外一位译者梁锡华教授虽认识却不是很熟。但事实上说起来，以我认识时间的先后来说，我认识最早的一位其实是这本诗集的诗人布迈恪教授。现在我想分成两个层次来讲，我先讲一讲我与三位认识的经过，然后再谈我对于中国诗以至英文诗，还有翻译诗一些粗浅的看法。我跟布迈恪教授相识最早，我是1969年来到碧诗大学教书的，当时布迈恪教授也在碧诗大学教书。我在亚洲系任教，他在创作系任教。我本与布教授并不认识，而且我初到此地，对学校很多方面还很生疏，忽然有一天，布教授给我办公室打了一个电话，约我到大学教师俱乐部吃午餐，我当时真感到受宠若惊。我们见面时，布教授送给我一本诗集，是一本他翻译的诗集，他翻译的大概都是王维的一些诗歌，译集的中文名字是《寂寥集》。在我们午餐谈话时，我发现他对中国诗有很深的兴趣，他则希望我们合作翻译一些诗歌。我在亚洲系教的就是中国诗歌，布教授已经翻译过一本《寂寥集》，就是把中文诗译成英文诗，对我来说，这当然是一个练习中英翻译的好机会，可是我当时未敢贸然答应。我出生于北京，是北京老的辅仁大学毕业的。后来我在台湾的台大、淡江、辅仁几间大学教书，也是用中文讲。虽然后来在1966—1968两年曾经到美国哈佛大学与密西根大学任教，可是受聘之前，我与他们谈了一个条件，我说我的英文不是很好，我是中文系毕业的，我希望你们的学生听得懂中文才好，所以过去我在美国两间大学教书，我都是用中文讲课。我在哈佛任教期间，因带着眷属居留而发生签证的问题，故临时转到碧诗大学，碧诗大学亚洲系系主任蒲立本教授允许我用中文教研究生，可是我要兼任一课英译中国文学课（Chinese Literature in Translation），要用英文讲授，故每天晚上都要花很多时间备课，还有对新环境适应的问题，故未能答应他的请求，而错过了学习翻译的好机会。

梁锡华教授我是久闻大名的，他是一位很难得的人才，一方面有很高的学术研究成就，一方面也有很好的创作成果，我很羡慕他。我一直只是教书，偶然做一些研究，至于创作，我少年时曾作诗，却没有从事小说及散文的创作，因此我对既是作家也是学者的人，都非常羡慕。

至于与我最熟识的当然就是施淑仪女士，我与施淑仪认识其实是透过他的先生谢琰，谢琰先生是我到温哥华认识最早的一个人，当时谢先生在碧诗大学亚洲图书馆工作，我来到碧诗大学，第一件事就是到图书馆查书，谢先生对古典书籍及图书馆的一切编目都非常熟悉，我常要麻烦他替我查书。跟他认识后，过了几年，听说谢先生结婚了，我们都很高兴，他请我到他家里，那是我与施淑仪女士第一次见面。我们逐渐交往以后，我发现她不但对古典文学有很大的兴趣，而且有很好的修养。后来她常来我班上上课，非常用功。她是香港中文大学毕业的，她的先世也都对国学有很好的修养，她的外曾祖父的大名是张其淦。张其淦字汝襄，号豫泉，广东东莞人，清光绪年间进士，广州学海堂著名学者陈澧的弟子，工诗词，曾编《东莞诗录》。我想那就无怪乎施淑仪对古典文学有这样好的根底了。而且我们两家住得很近,她常常到我家来,无论我随便谈甚么话,她都记下来,她是对我讲话记录最勤的一个人。我不好说她是我的学生,她自己很谦虚说是我的学生,当然以学习来说,她是一位很用功的学生。我觉得我们在温哥华认识这么多对于中西诗歌有兴趣的朋友,特别是我与施淑仪,因为住得这么近,像一家人一样,她也常常给我很多帮助,我们常谈起一些诗歌方面的共同兴趣,我觉得这是人生一段非常美好的遇合。

我当时未答允与布迈恪合作翻译,其实还有另外一个原因。那时我已曾在美国教书两年,然后转来碧诗大学,我在哈佛大学也曾与一些学者合作翻译过中国诗词,我觉得做研究工作的人与搞创作的人,对诗歌翻译的观念与想法是不大相同的。我在哈佛大学时与海陶玮教授合作过,当时他研究陶渊明诗,我研究吴文英词。我来美以前未曾做过翻译的工作,可是在美国我与海陶玮教授合作,发现美国学者因为学术研究的关系,他们对于翻译是非常审慎的,每一个字要翻译得非常恰当,这还不是说翻译得好不好的问题,而是因为做研究时不只是要把诗翻译过来,而且在研究中还要对诗歌做出分析与解释,故对每个字的声音、意义、典故、来源及历史背景都要做非常详细的考证,所以我当时在想,翻译不是一件容易的事情,而是一件非常艰巨的工作,这是我不敢轻易应允布教授要求的另一原因。因此,当我看到梁教授与施淑仪翻译布迈恪教授这本诗集《月与镜》时,真感到极大的惊喜。王勃的《滕王阁序》有一句话说,"四美具,二难并",就是说把很多美好的事物集中在一起,我觉得《月与镜》真是一本美具难并的诗集,因为这本书的完成是要作者与两位译者的完美合作。当我一看到诗集封面"月与镜"三字时,就联想到月亮与镜子是中国古典诗中常见的形象,但细读下去,才发现这位诗人真正有诗人的感情。他对于月亮,有非常复杂、细致、敏锐的种种不同的观察与感受,与中国人咏月亮的诗有很大的不同。中国诗歌的特色是历史悠久,有很多历史背景与典故,就以月亮来说,我们一说到月亮就想起"嫦娥奔月"的传说,而透过嫦娥奔月,后代的人对这个月亮及与之有关的典故就会产生许多联想。中国有很长的历史背景,这历史背景有长处也有缺点,既给诗人很多联想,也给诗人不少约束,不像西方诗人如布迈恪教授有这么丰富奇妙与多姿多彩的想象。中国诗人被一个传说的框架扣住了,但也因为有这样丰富的历史信息与历史背景,所以另一方面,也使月亮有另外一种丰富的内涵。我只是随手举几个例证来说,我比较喜欢李商隐的诗,说到这里,我想起梁锡华教授写了一本《李商隐的哀情》,我很喜欢这本书。现在我就举几首李商隐的诗作为例证。李商隐诗常常写到月亮,他的《嫦娥》诗:"云母屏风烛影深,长河渐落晓星沉。嫦娥应悔偷灵药,碧海青天夜夜心。"月亮上有一位嫦娥,就是传说中的典故。他虽然用这个典故,并未受这个典故的限制,他是用这个典故表达自己的感受。"云母屏风烛影深",云母是一种矿石,一种云母石,可以磨得很薄,在半透明与不透明之间,光影可以透进来,这样一种云母屏风就给人一种朦胧的味道,同时也让人有一种晶莹透明的感觉。这是一种很奇妙的感受。在云母屏风后面坐着一个女子,晚上还未休息,还点着蜡烛,长夜漫漫直到"长河渐落晓星沉"。长河就是银河,银河在中国诗中当然也有很多传说,中国诗中每个形象都有传说。"长河渐落"就是银河快要消失了,天快要亮了。早晨天将亮而未亮时,天上有一颗星星,名为"启明星",破晓时这颗小星星就慢慢隐没,天慢慢亮起来,星星就慢慢看不见了。这首诗虽是写一个女子,但实在是写一种境界。李商隐是一位男性的诗人,男子写女性的形像也是很奇妙的,因为中国古代男性诗人常借用女性的形象,表面写的是女性,而实在的内涵是写自己作为男性的一种感觉与情思。"嫦娥应悔偷灵药",嫦娥是古代传说中一位英雄后羿的妻子,因偷服灵药,飞升天上,独自住在远离尘世的月宫,成为月宫中一位女神,她从此没有衰老也没有死亡,当然是人所称羡的事。但世间所有事物都有一个依附,就像树长在地上,鱼游在水里,都有依附;唯独月亮漂浮在空中,上不在天,下不在地,两无依傍,绝对是非常孤独的形象。而"碧海青天夜夜心",上面是无尽的青天,下面是碧蓝的海洋,她永远孤悬在那里,想象中,她是何等的寂寞与孤单。

"云母屏风烛影深,长河渐落晓星沉"也是写一个长夜无眠的人,不管男性或是女性,这长夜无眠的人,在云母屏风后,对着一支孤独的蜡烛,一直到天将破晓,长河与晓星都消失隐退了。这是表现一个人的孤独,而这颗孤独的心,是用最后两句"嫦娥应悔偷灵药,碧海青天夜夜心"表达出来的。

李商隐另一首与月亮有关的诗《霜月》:"初闻征雁已无蝉,百尺高楼水接天。青女素娥俱耐冷,月中霜里斗婵娟。"诗人第一次听到由北方飞向遥远的南方的征雁的叫声时,夏天的蝉鸣已经消失了。这表示季节的转变,由炎热到寒冷,在这样一个秋天的凄凉寒冷的季节里,天上的月光洒下来,百尺高楼都被月光照满了,好像水从地上的百尺楼一直接到天上的月亮去,这与布迈恪的一首诗《如水之月》的意象非常相似。中国诗中常说高处是寒冷的,"高处不胜寒",故高楼是寒冷的感觉,月光如水也是清凉寒冷的感觉,是写秋天万物凋零的凄清,在这样萧瑟的季节里,"青女素娥俱耐冷",青女是霜的神仙,秋天地面结成一层霜,每一颗霜凝结的形状都像一朵花一样,六角的,放射形的。青女能忍受寒冷,在寒冷中编织出这样美丽结晶的霜花。而素娥就是嫦娥,素是洁白,因为秋月显得特别白,特别亮,所以说是素娥。素娥悬在秋天的高空,白色的月光像水一样,也是一种寒冷的感觉,她也能忍耐寒冷。在上面一首诗中,嫦娥能忍受孤独,夜夜孤悬在碧海青天中。《霜月》诗中,青女素娥俱能承受寒冷。我们中国人的观念,能忍受寒冷,则表示一个人在艰难困苦中能承受得住。中国诗往往在表面的意思外,更有历史文化的背景。"青女素娥俱耐冷",不管是月中的嫦娥,还是编织霜花的青女,都是耐冷的,一个在月中,一个在霜里,争着表现自己的美丽,越是寒冷,越是美丽。

　　李商隐还有一首有关嫦娥的诗《寄远》:"姮娥捣药无时已,玉女投壶未肯休。何日桑田俱变了,不教伊水向东流。"姮娥就是嫦娥,相传月中有一只玉兔在捣药,可是诗中捣药的不是玉兔,而是一位月中的女神,药可以治人,对人是一种拯救,故姮娥一直在捣药,从不停止。而另外一个神话传说是,天上有一位名为玉女的女神,每天在天宫中与天帝做比赛投壶的游戏,将一个像壶之物置于前面一个距离的地方,各执一根像箭之物投向壶中,投中就胜利了,"玉女投壶未肯休"的意思是有些人追求自己的理想是永无休止的,玉女投壶也是永不停息的。"姮娥捣药无时已,玉女投壶未肯休",若能以这样虔敬的心,不断努力追求一种理想,追求人间一个美好的日子,沧海桑田都能改变,一切缺憾便都填补了,就"不教伊水向东流"。中国有一条水叫伊水,而中国的地势是西北高东南低,李后主词有"一江春水向东流"之句,就是一切不能挽回的事情,都像东流的逝水,永远向前,永不回头。姮娥不断在捣药,玉女不断在投壶,她们这样的坚持,这样的竭力追求,就是要将世上所有的憾恨都填平,何日桑田都能改变,就"不教伊水向东流",那一直东流的水,从此不再向东流,人间一切消逝的都能挽回了。

　　上述三首李商隐写月中女神的诗,表现了三种不同的情意,而在每首诗中,这位月中女神的名字都稍有不同。第一首诗是最原始的嫦娥奔月的故事,故沿用嫦娥。第二首诗要表现一种寒冷的感觉,故保留嫦娥的"娥"字,加上"素"字,说是"素娥"。第三首诗是写一位美丽多情又温柔的女子,她深厚的感情与执著的追求,故用"姮"字,而成为"姮娥"。

　　中国诗有悠长的文化传统,典故很多,每个字都有多层意义,这就是我常觉得中国诗很难翻译的原因。布迈恪教授的诗,有诗人敏锐的感觉与丰富的联想,不像中国诗人背负这么长远深重的传统,并由于他是超现实主义的诗人,他的想象就更活泼生动。译者没有那些典故的约束,也较易直接掌握诗人的感觉,若更能将这种生动活泼甚至是奇异的感觉都掌握住了,就可以翻译出很好的诗来,两位译者基本上已做到了这一点。

《新月》是集中我很喜爱的一首诗:"新月/ 向我招手/ 是一条白围巾/ 风中曲卷/ 予人一种精致的,清新的感受。"布教授喜爱王维诗,受王维诗的影响,他与王维实有相似之处。王维是诗人,也是画家,布教授亦是诗人,也是画家,故他们都可以用很直接的诗人与画家的眼睛去捕捉宇宙的一些现象,然后用很优美的文字表达出来。集中如《月儿呼召》《满月》《眼的月》《月光的碎片》《丝样月》《旋转的月》等诗,果然与王维有相似之处。中国诗一般境界与意象是比较恬静幽美的,布教授则更富于西方人自由活泼的想象。有些形象在中国诗中是找不到的,如果我们乍看他的《如水之月》,还以为跟中国诗有点相似,但细看译诗,我发现题目虽然有点像我们的月光如水,可是诗人的想象真是非常新鲜,他说"晨之鸟/ 用你的歌声搓一跟绳子/ 系一个摇晃活结/ 在我窗前树上","昼之鸟/ 你的歌声是火焰,烧残百花的眼睛",然后又说"荡着已醒的清风/ 你举爪/ 开口透出羽毛覆裹的暗语",这真是诗的语言,隐约幽微又充满朦胧的想象。又如集中一首散文诗《两个月亮》:"一个苍白而惊惧的月亮/ 坠入秃树枝中间悬挂着/ 因身处困境而吓呆了",有一种诡异之感,令人惊怖,而月亮"像一个巨大的骷髅头在露齿狞笑",中国诗人是不会用这样的形象写月亮的,但细想一下,我觉得他写得很有意思,黑夜中,一个白白的月亮,月亮中有很多灰灰黑黑的影子,真有点像骷髅头。又如《乌发的月亮》:"潮水推动/ 芦苇款摆作鬼魅舞/ 月亮飘逝/ 一无回顾/ 弃芦苇与水沉入自身的悲哀。"中国人很难想象芦苇款摆作鬼魅舞,对中国读者来说是出了我们的意外,可是你细想一下他的描写，在黑夜中，月色朦胧，芦苇摇动像鬼魅在跳舞，就完全是出人意外，入人意中，有时我们中国诗被典故所限，难以有这样奇异的想象，可是传统也有传统丰富的地方，如我在前面讲的三首李商隐诗，同是用嫦娥的故事写月亮，表现了三种不同的情意与境界，故而传统是一把两面的刀刃，一方面把你限制，一方面也让你的内容丰富起来。

这里面还有一首我很喜爱的诗《月之船》，这首译诗也是施淑仪女士特别提出来，纪念她逝去的童年挚友，并请他的先生谢琰用书法写出来。我觉得这首诗的翻译很美丽，书法也很美丽。梁教授与施淑仪的翻译，加上谢先生的书法，表达布迈恪诗的意境，实在是"美具难并"的结合。"月之船／飘浮在太空海洋／飘向一处不再别离的梦乡／朝着相逢的国度／月亮吸聚世上万千流水。"新月像一只小小的帆船，"飘浮在太空海洋"，就像李商隐诗"碧海青天夜夜心"的那个月亮在太空飘浮，而这飘浮的月亮是"朝着相逢的国度"，"飘向一处不再别离的梦乡"。月亮带我们到一个地方，那个地方不再有人世间的别离，是我梦中想象的一个美好的地方，把一切人间的遗憾、人间的别离都挽回了，又使我想到李商隐的《寄远》："姮娥捣药何时已，玉女投壶未肯休。何日桑田俱变了，不教伊水向东流。"我本来在想，东方诗与西方诗有很多不同，现在我发现虽然在不同的意象中，表面看来有很大的差别，可是我也发现彼此在基本的本质上有很多相似之处，因为人类基本感情的本质是相同的。我是一个对西方诗非常浅薄的外行人，我的英文也不好，只是我拿到这本译集之后，感到非常喜爱，也感到非常幸运，施淑仪请我说几句话，我就把一些不成熟的见解及个人的感受与想法，简单地说一说，希望布迈恪教授、梁锡华教授多给我指教。

（施淑仪谨录）

《中国古代经典诗词文赋选讲》序言

早在我在加拿大的时候,我就听到同学告诉我,徐晓莉在编一本书,是关于古典文学教学方面的资料。我回到南开以后,徐晓莉到我这里送来这本教材大概的编选内容和目录。这本教材的名字是《中国古代经典诗词文赋选讲》。这本书包括的范围是相当广的。除了这本书的主编徐晓莉之外,另外还有一些作者,像安易、杨爱娣,还有张静、钟锦、张海涛,可以说他们都是我熟悉的人,他们大半也都是跟我上过课的一些同学们。我很高兴看到他们编写出来这样一本书。

徐晓莉现在天津广播电视大学任教,我可以说,她在推广和普及我们中国古典文学这方面也做出了很多的成就。听说她讲课的效果也是很不错的。我跟徐晓莉、安易、杨爱娣几个人认识是很早的,现在推算起来已经有二十多年了。那是1979年我第一次回到天津来在南开讲课的时候。从那个时候起,她们几个人就来听我的课。这么多年以来,可以说只要我回到天津,不管是我在家里面给研究生上课,还是我的讲演、讲座,或者是上大课,他们仍然不断地在听我讲课。其实我是很被她们几个人所感动的,而且过去多年以来,她们常常是在听我讲课之余,也根据我的讲课录音替我做了不少文字整理的工作。我真的非常感动,而且很高兴能有这样的年轻人愿意跟我一起从事这种推广普及中国古典文学的工作。这一次他们是由徐晓莉担任主编,而把我当做主讲和顾问,这当然是因为她们在整理那些教材内容的时候,很多地方曾参考了我过去讲课的一些录音，事实上我并没有为这本书专门做一些讲演，只是这本教材中确实有许多是她们曾经整理过的我从前讲课的内容。至于顾问，我刚刚回来，也没有做出什么事情来。但是他们多年来听我讲课，有一点我觉得我们是共同的，就是我们都是共同地重视中国古典诗文里边的真正的生命的本质。诗歌是"情动于中而形于言"的，孔子说"兴于诗"，可见诗里面确实是有一种兴发感动的生命在的。作者是因为内心"情动于中"，所以才写出了诗，那我们这些读者又被他们诗篇中所写的内容所感动，所以这种可以感动人的生命，我一直认为它是生生不已、绵延不绝的。而且，这种"生生不已"还不只是一对一的感动，而同时是一生二，二生三，三生无穷的。因为我们每个时代、每个人的生活背景、遭遇、读书的体会都不完全一样，每个人对诗歌都可能有兴发感动。只要诗歌作品它是真正有生命的作品，我们就会感受到这样的兴发感动。不过我所讲的原来主要都是偏重在诗与词这一方面，那么现在呢，徐晓莉所编辑的这本中国古典文学的教材则包括了中国古代经典的诗、词、文、赋，它的范围是相当广的。像先秦的一些文章，还有些著名的散文，她也都编选在教材里面了。在编选的作者之中，除了与我接触比较多的同学以外，另外也有两位朋友帮忙写了里边的两讲。我对他们所有的人，不管是跟我读过书的，还是现在参与、协助编写这本书的朋友，都是非常感谢和感动的。可以说，在现在这样一个经济挂帅的社会时代风气之中，一般人所追求的都是眼前的、现实的，而且是急功近利的东西。而现在居然仍然有这些个人愿意花很多时间编一本中国古典诗词的读物，我认为这确实是一件非常好的事情。由此可见我们中国古典文学的生命仍然是有着绵延不已的前景的。

现在主编徐晓莉叫我为这本书讲几句话，我最主要的一个感觉就是欢喜和感动。欢喜是因为我看到后起的年轻人也继承我的脚步，做出了相当的成就。感动是因为徐晓莉在她的《后记》里边也讲了许多关于我个人的事情。我自己从来也很少提到我自己,一般我在讲课的时候只讲与诗词有关的内容,徐晓莉讲到我的生平和生平所从事的诗词教学普及的工作。我生平当然经过了许多挫折艰苦,不过我一生对于古典诗词的喜爱,对于诗词的传授,确实就像徐晓莉说的,我是既喜好"诗",也好为人"师"。我喜欢"诗",我同时也喜欢"为人师",不是一定要做老师,只是说,我希望古典文学能够传播,而且教学相长。我跟这几位相熟的同学,我们正是在教学相长之中一同前进,一同为我们中国古典文学的传承而做着不断的努力。我也希望更多的读到这本教材的同学朋友们能够从中国古代文学之兴发感动中获得生命的享受与快乐,从而汇入到这绵延数千年的生命长流中来,为之推波助澜,使之永不枯竭。

2005年10月5日于南开寓所

《迦陵诗词稿》中的乡情

今天要讲的是我的诗词之中的"乡情"。我的乡情分三个阶段来讲。先讲我的老家;然后讲我的学校,就是我读书的辅仁大学,进一步讲当年的北京市;然后再进一步就是我到了海外以后怀念的我的国家。我从我的家、我的学校、我小时候生活过的北京市,直到以后在海外怀念的我的祖国这么几个阶段来讲我的乡情。

一

我是出生在北京的,而且是少数民族。有人说我是满族叶赫那拉,其实我也不是真正的满族,我是蒙古裔的满族。因为叶赫这个部族本来是蒙古族,属于蒙古族的土默特。他最后的领导人金台什被努尔哈赤给打败了,而金台什临死的时候发过一个誓言,说将来我们这个叶赫的部族就是只剩下一个女子,也要把你们爱新觉罗颠覆。有人说这就应验在慈禧太后身上了。叶赫有两个名人,一个是慈禧太后,还有一个就是我们词学界的名人——纳兰容若。我曾读过一篇文章,题目是《论叶赫那拉家族及其代表人物在清初的历史作用》(薛柏成著,见《北方文物》2001 年第 3 期),该文的关键词里我赫然注意到了"佐领"两个字,说是叶赫部族的人有很多都是做过"佐领"这个职务的。这就使我想到了我的曾祖父在道光年间是做过"佐领"的职务的。说到我们家的老房子,就是我的曾祖父购置的,是道光年间的房子。我就生长在这样一个家庭。不过你要知道,满族特别是叶赫的这个部族是很喜爱汉民族的传统文化的。而且论起来叶赫族,我与叶赫纳兰的关系,比跟慈禧太后的叶赫纳拉氏的关系更为密切。因为我们都是很早就入关,而且都是定居在北京的。虽然不是一个嫡系,但是比较接近的。

我们家的老房子,是一个大四合院。我们说什么代表了北京文化?四合院就是北京文化的一种。邓云乡先生曾经写过一篇文章《女词家及其故居》,里面有一段描述:

> 这是一所标准的大四合院,虽然没有后院,只是一进院子,但格局极好,十分规模。半个多世纪前,一进院子就感觉到的那种静宁、安详、闲适气氛,到现在一闭眼仍可浮现在我面前。一种特殊的京华风俗感受。旧时西城一条(按:原文为"街",据意改)南北长街沟沿,由西直门大街转弯往南,一直前行,北沟沿、南沟沿,可以直到宣武门西顺城街,城墙边上,清代象坊桥,象坊养大象的地方,民国初参、众两议院所在地。沟沿由北行来,穿过报子街后,往东拐一小弯儿又往南,右手第一条胡同就是察院胡同。进胡同走不到百米,路北大红门,就是这所房子。但顺沟沿由北来,却不必绕这个弯进察院胡同,只在过了报子街口,正对西南角一条小胡同穿过去,右手一拐,就是这所大四合院(按:原文漏"院"字)的大门了。
>
> 记得第一次去时,正是夏天,敲开大门,迎面整洁的磨砖影壁,转弯下了一个台阶,是外院,右手南房,静悄悄地,上台阶,进入垂花门,佣人引我到东屋,有廊子。进去两明一暗,临窗横放着一个大写字书案,桌后是大夫座位,桌边一个方凳,是病人坐了给大夫把脉的。屋中无人,我是来改方子的,安静地等着。一会大夫由北屋打帘子出来,掀竹帘进入东屋,向我笑了一下,要过方子,坐在案边拿起毛笔改方子……头上戴着一个黑纱瓜皮帽盔,身着本色横罗旧长衫,一位和善的老人,坐在书案边,映着洁无纤尘的明亮玻

璃窗和窗外的日影,静静的院落……这本身就是一幅弥漫着词的意境的画面。女词家的意境想来就是在这样的气氛中熏陶形成的。

中国诗词的某些感受和中国旧时传统生活的感受是分不开的。"庭院深深深几许","雨打梨花深闭门","更无人处帘垂地"……这种种意境,只有在当年宁静的四合院中,甚至几重院落的侯门第宅中才能感受到,在西式房舍甚至在几十层的公寓楼中,是难以想象的。叶教授所以成为名闻中外的学者、词家,原因自然很多,但我想察院胡同那所大四合院旧时的宁静气氛,对她的影响一定是很大的吧。

邓先生的大文使我非常感动。作为一个病人的家属,邓先生其实只不过是到我家来,请我伯父改过几次药方,真没想到相隔半个多世纪以后,邓先生竟然还会对我家宁静的庭院以及其中所蕴涵的一种中国诗词的意境,仍然留有如此深刻的感受和如此长久的记忆。而我自己,作为这所庭院的一个后人,我生于斯,长于斯,我的知识生命与感情生命都形成孕育于斯,我与这一座庭院,当然更有着说不尽割不断的万缕千丝的心魂的联系。我曾专门撰写过《我与我家的大四合院》一文,对我家的大四合院有所描述。我家其实有前院、中院、后院,还有东跨院。我就是在这所大宅院中长大的。

我是怎么学诗词的?我想那是由于一种气氛和环境。不但是院子的气氛,还由于家人长辈的影响,我的伯父、我的父亲,甚至于我的伯母、我的母亲,都是喜欢诗词的。我们住在大院子里,方砖铺地,在院子里随便走过的时候顺口就吟唱一首诗,不是像现在演话剧那样地朗读,而是吟唱。我伯父跟我父亲那时候是大声地吟唱,我伯母跟我母亲就一人拿本书在屋里面小声地吟唱,所以我是在这样的氛围之中长大的。他们常常说一个笑话,说我小的时候就很喜欢背诗,有一次有亲友来了就叫我背诗,背什么呢?就背李白的《长干行》"妾发初覆额,折花门前剧",里边有两句:"感此伤妾心,坐愁红颜老。"我那时候还很小,所以他们就笑我,说你才多大就"坐愁红颜老"?所以吟诗是我家整个生活的一个气氛,不是专门有人教,也没有人让你背。邓云乡老先生说我家院子的气氛对我影响很大,一点儿都不错。因为我家是个很保守的家庭,尤其我的祖父非常地严格,我的祖父说女孩子一定不可以送她进新式的学校,一进新式学校,这女孩子都学坏了,又恋爱又革命,不可以。幸而我祖父去世得早,我父亲还是把我送入了学校。

可是没有上学校以前,我是在家里边读书的。我开蒙所读的第一个课本,不是像现在的小朋友小学一年级,像我的女儿在台湾背"来来来,来上学;去去去,去游戏"。不是。我第一本书背的是《论语》"子曰:'学而时习之'",而且还举行了一个仪式,就是写了一个牌位,木头的牌位,写的是"大成至圣先师孔子之位"。我上学是给孔子磕过头的,所以第一本书我读的是《论语》。我是关在家里长大的,大门不出二门不迈,过了好几十年我在美国哈佛大学教书的时候,有一位教授也在那边教书,他说:"你是从北京来的,那你在哪里住?"我说:"察院胡同。"他说:"我也在察院胡同。你是几号?"我说我是几号,他说:"我家就在你家不远。我知道了,人家都说叶家有一位大小姐,我们都从来没有见过。"我轻易不出门,上了大学我还是很害羞的,从来不跟男生讲话。

我整日生活在这所大院子里,所以我小时候所作的诗写的就是我家的院子。我没有见过世面,没有出去过。下面就给大家看一看我在我家院子里的诗。我家院子种了很多花,因为我的母亲和我伯母都很喜欢种花,所以就吸引了很多蝴蝶,我就写了首题为《蝴蝶》的诗。那是1939年,我十五岁时写的,实在很幼稚,因为今天我要很诚实地面对大家,所以我把这不像诗的诗拿出来给大家看一看。《秋蝶》:

几度惊飞欲起难,晚风翻怯舞衣单。三秋一觉庄生梦,满地新霜月乍寒。

蝴蝶到了秋天就消失了,死亡了,所以我觉得它的生命是这样短促。人家说"少女情怀总是诗",你看到花草都是有情的。我常常背诵辛弃疾的两句词:"一松一竹真朋友,山鸟山花好弟兄。"(《鹧鸪天·博山寺作》)万物都是有情。除了蝴蝶,我还写了窗前的竹子,这竹子是我当年从我同学家里移种过来的,如果我祖父在是不许的,他说那竹子的根把院子的砖都破坏了,我祖父不在了,我母亲比较自由,我就移种了竹子。春夏的时候有各种花草,有蝴蝶,可是到了秋天,花草都凋零了,所以我就写了《对窗前秋竹有感》:

> 记得年时花满庭,枝梢时见度流萤。而今花落萤飞尽,忍向西风独自青。

当年在竹子旁边有飞动的流萤,还有美丽的花朵,现在美丽的花朵也零落了,飞动的流萤也不见了,而你依然是青青不改,你"忍向西风独自青"。这是所谓少女情怀,"少年不识愁滋味……为赋新词强说愁"(辛弃疾《丑奴儿·书博山道中壁》)。

二

后来我进入了辅仁大学。我是 1945 年毕业的,1944 年我们有一个高一班的学姐,叫做李秀蕴,我曾写有一首《临江仙·送李秀蕴学姊毕业》:

> 开到藤花春已暮,庭前老尽垂杨。等闲离别易神伤,一杯相劝醉,泪湿缕金裳。　　别后烟波何处是,酒醒无限思量。空留佳句咏天香。几回寻往事,肠断旧回廊。

"开到藤花春已暮,庭前老尽垂杨"。我们辅大女校原来是当年恭王府的府第，我们的图书馆是当年恭王府的一座大厅，叫做多福轩。那个院子前面有一个大的藤萝架，春天开满了藤萝花，我现在去看，藤萝花依然尚在，所以在夏天临近毕业那个时候，我说"开到藤花春已暮，庭前老尽垂杨"。我的诗都是写实，我这个人不会说谎话，都是实话，"藤萝"是我们校园里边实有的花，而"垂杨"，那个时候我们上课的院子，恭王府的院子，中国四方的院落，四角种着很高大的垂杨，我们在课堂里边上课，每到暮春的季节，柳絮飘飞，就像《红楼梦》上林黛玉所说的"一团团逐队成球"（《唐多令·粉堕百花洲》），那柳絮都飞进我们教室，在我们的黑板之下滚动，所以有"藤花"，也有"垂杨"。我说"开到藤花春已暮，庭前老尽垂杨。等闲离别易神伤"，人生是"等闲离别易神伤"，大晏也说过这样的"等闲离别易消魂"嘛！人生常常有聚会是好的，有聚会就一定有离别，就"等闲离别易神伤，一杯相劝醉，泪湿缕金裳"。我们说临别的时候有一个宴会"一杯相劝醉"，"劝君莫惜金缕衣，劝君惜取少年时"（杜秋娘《金缕衣》）。"泪湿缕金裳。别后烟波何处是，酒醒无限思量。空留佳句咏天香。几回寻往事，肠断旧回廊。"我们那里有一个天香庭院，天香庭院都种的是竹子，传说之中都说那个就是《红楼梦》里面的"潇湘馆"，这是周汝昌先生说的。周汝昌先生后来就写了一个《恭王府考》，考证恭王府就是当年曹雪芹写《红楼梦》中大观园所依据的一个样本。当我写那些个"少年不识愁滋味……为赋新词强说愁"的作品的时候，跟我写现在这些作品的时候，我都在北京，这都是我眼前我看见的我家的院子，我的学校的藤花、垂杨。

而为了叙述我后期的诗作，我不得不先对我这几十年的生活经历，略作简单的叙述。我本来是在国内教书，结婚后随着我先生的调动就跑到台湾去教书。我到台湾的第二年，刚刚生下我的第一个女儿四个月，我先生就因为白色恐怖，台湾的国民党把他抓进去了。第二年的夏天，我的女儿还没有满周岁，我跟我教书的学校校长共六位同事，也一起被抓进去了。我的女儿是吃母乳不吃奶粉的,所以我就带着吃奶的女儿被关起来了。我从故乡远到台湾去,我们无家无业。我们有工作就有宿舍,就有薪水,可以维持生活。我先生被关起来了,他的宿舍没有了,薪水也没有了;我被关起来了,我的宿舍也没有了,薪水也没有了。虽然因为我这个人从来不懂政治,所以很快就把我释放出来了,可是我就成了无家无业、无家可归之人了。我只能投奔一个我先生的亲戚,我先生的亲戚刚刚到台湾,生活也很紧张,他们只有两间卧室,他们夫妻两个一间卧室,她的婆婆带着两个孩子一间卧室,我跟我吃奶的女儿,没有房间也没有床铺,那个时候正是暑假很炎热的日子,在台湾的南台湾还不只是高雄,比高雄还炎热的是左营,那我就每天带我的女儿到树荫之下去徘徊,因为人家睡午觉,小孩子不能吵人家,我们是寄人篱下。一直到夜晚,他们所有的人都睡了,我才能够带我的女儿在走廊上铺一个毯子去休息。我是从这样的生活走过来的。四年以后,我先生幸而放出来了,证明我们没有什么思想的问题,所以我才有机会回到台北去教书。然后经我的老师介绍就到台湾的几所大学去教书。后来接到海外的邀请,我本来想我的英文并不好,虽然我父亲是北大外文系的,小时候也跟我说要学一种外国的语言,可是我刚刚上到初中二年级就发生了"七七事变",那么我们英文的教学的时数都减少了,我们要开始学日文。而大学,我读的是国文系,所以我的英文就荒废了很久,实在从来没有想过要到海外去教书,可是因为我的先生他曾经被台湾的国民政府关起来那么久,他在台湾的工作一直也不如意,所以他一定要我接受海外的聘任,我是不得已而到海外去的。

我1945年大学毕业,在北京教过几年书,1948年结婚就到了台湾,在台湾也教了很多年的书。我无论是在北京教书,还是在台湾教书,都可以随心所欲,可以跑野马,我要说什么,我可以跟我的学生心灵相通、肝胆相照。可是我到了外国,那就没有办法。因为我上有八十岁的老父亲,下有一个念大学、一个念中学的女儿,我先生到海外还没有找到工作,我一定要负担家庭的重担。加拿大的大学说,你一定要用英文教书,你想我们这么美好的诗词,把它变成英文,我怎么样讲?陶渊明说"采菊东篱下,悠然见南山"(《饮酒》之五),它里面蕴涵了多么深厚的意境,你翻成英文说:"I saw the southern mountain from afar",是什么?真的没有办法讲。而我的英文实在是很可怜,不能够任意地往深处去讲,所以当时我就写了一首《鹏飞》:

> 鹏飞谁与话云程,失所今悲匍匐行。北海南溟俱往事,一枝聊此托余生。

"鹏飞谁与话云程",我就说自己如同一个鹏鸟,因为《庄子》有一个寓言,说北海有一条大鱼叫做"鲲",那这鲲鱼就变成了一只大鸟,叫做"鹏"。它从北海迁徙到南海去,"怒而飞其翼若垂天之云"(《庄子·逍遥游》),可以飞到那么遥远的地方去。所以我说,当年我在自己的国家,无论是在北京或者是在台北,来听我讲课的同学,我们同种族,同文化,我可以任意地驰骋,那是非常快乐的一件事情。可是我现在来到海外,我也想像从前一样地像鹏鸟飞在空中,"鹏飞""话云程",在天上、在蓝天白云之中飞翔的那样的快乐的路程,我现在跟谁去谈说?"鹏飞谁与话云程,失所今悲匍匐行",我是流离失所,不得已而到海外的,所以我现在是"失所",我现在所悲哀的好像是从天上掉下来,就变成匍匐在地上爬行的一个爬虫了,所以"失所今悲匍匐行"。"北海南溟俱往事","北海",指的是当年我在北京教书的快乐;"南溟",指的是我在台湾教书的快乐,我说"北海南溟俱往事",现在都成为往事了。"一枝聊此托余生",也是像《庄子》说的"鹪鹩巢于深林,不过一枝"(《庄子·逍遥游》),在芦苇上勉强找到一个栖身之所。我是没有办法,为了我们全家的生活,所以我就留在了国外。那个时候我不但不能回来,而且我们国内正在"文化大革命",连写信我也不敢。无论是在台北还是在北美,我有时候讲杜甫诗,我除了教唐宋诗、唐宋词,也开了教杜甫诗的专书的课程。大家都知道我写过一本书,叫做《杜甫秋兴八首集说》,因为我对杜甫的《秋兴》有特别的感情,有特别的感受。每当我在海外,讲到杜甫的《秋兴八首》"夔府孤城落日斜,每依北斗望京华",我当时讲的时候真是常常不由得热泪盈眶,因为我不知道我何年何月才能够回到我自己的祖国,才能够回到我自己的故乡,才能够回到我自己的老家,所以那个时候我自己说是"每依北斗望京华"。

而当我写《五律三章奉酬周汝昌先生》的时候,已经是1980年代初了,我已经离开故乡有三十多年之久了,所以你看现在就不一样了,我已经老去了。

> 飘泊吾将老,天涯久寂寥。诵君新著好,令我客魂销。展卷追尘迹,披图认石桥。昔游真似梦,历历复迢迢。

> 长忆读书处,朱门旧邸存。天香题小院,多福榜高轩。慷慨歌燕市,沦亡有泪痕。生平哀乐事,今日与谁论。

> 四十年前地,嬉游遍曲栏。春看花万朵,诗咏竹千竿。所考如堪信,斯园即大观。红楼竟亲历,百感益无端。

那个时候我已经在海外漂泊了三四十年,所以我说"飘泊吾将老",那个时候我已经是五十多岁将近六十岁了,所以说"飘泊吾将老,天涯久寂寥",离开我的故乡、同学、朋友,远在海外用英文给人家讲我们的诗词,所以说"飘泊吾将老,天涯久寂寥。诵君新著好,令我客魂销"。现在我接到周汝昌先生的新作,《恭王府考》写了很多恭王府当年的景物、情事,恭王府是我旧日读书的所在,所以"诵君新著好,令我客魂销",我打开书看周汝昌先生所描写的恭王府的所在地,我就想到我当年每天走过的辅仁大学的定阜大街的来往的路。"展卷追尘迹,披图认石桥",他还附有恭王府的图画,我们的校园就在这里,那时候如果从男生的学校的穆尔菲楼往女生的恭王府走,中间有一个小石桥,所以我说"展卷追尘迹,披图认石桥"。现在这个桥没有了,这个道路已经填平了,所以我说"昔游真似梦",当年我从十七岁到大学,到二十岁毕业,所以"昔游真似梦,历历复迢迢"。这么清楚的还如同在我的眼前"历历",可是已经几十年过去了;"迢迢",似水光阴已经流逝了,所以是"历历复迢迢"。第二首"长忆读书处,朱门旧邸存",我记得我当年在大学读书时候的"朱门旧邸",那是原来恭王府的旧邸啊,所以"朱门旧邸存。天香题小院,多福榜高轩","天香庭院"就是刚才我说有很多竹子的那个"天香庭院";"多福榜高轩",那是我们母校的图书馆。"慷慨歌燕市,沦亡有泪痕",因为我们读大学是1941至1945年,是沦陷之中,是抗战最艰苦的最后的那四年,古人说"燕赵多悲歌慷慨之士",所以说"慷慨歌燕市,沦亡有泪痕",我们是在沦陷区的。"平生哀乐事,今日与谁论。"我们少年的时候有悲哀也有快乐,多少哀乐的事情,到现在我六十岁左右远在海外,当年哀乐"今日与谁论"。第三首我是说四十年前的旧游之地,"嬉游遍曲栏",我跟一些同学少女的时代每天在校园里边游来游去;"春看花万朵",春天到处的花开;"诗咏竹千竿",天香庭院的竹子常常进到我们的诗词里边来;"所考如堪信,斯园即大观",我说周汝昌先生,你的考证如果真的可以相信,那么我们当年读书的那个就是大观园了;"红楼竟亲历",没想到我还在大观园生活过;"百感益无端"。这是我写的诗词从我的老家到了我的学校。然后接着就写到了北京这座城市了。

三

我刚才说我们到了台湾的第二年,刚生了我的第一个女儿不到四个月,我先生就被关起来了,第二年我带着我女儿也都被关起来了。我那时候真是怀念我自己的家乡,当日在台湾的彰化没有亲友,我们在外边竟遭遇到这样的不幸。其实我后来还写过一首诗,当时在台湾的诗集里还没有敢收进去,因为这里提到我们都被关起来这段往事。我在《转蓬》诗中说:

> 转蓬辞故土,离乱断乡根。已叹身无托,翻惊祸有门。覆盆天莫问,落井世谁援。剩抚怀中女,深宵忍泪吞。

"转蓬辞故土",我像一个飘转的离根的蓬草,几十年到处地随风飘转,我是"转蓬辞故土,离乱断乡根",就在乱离之中我离开我的故乡,不但不能回去,那时候我在台湾,连给自己的故乡、连给自己的弟弟写信都不敢的。我们什么都没有做,还被关起来,我弟弟也说你幸而没写信,如果你写信,我就不只是被打成有海外关系,牙齿都被打断了。就是"文化大革命"的时候,他说你幸而没有写信。我真是不敢写信,所以我说"转蓬辞故土,离乱断乡根",连故乡的音信都不敢写。"已叹身无托",我已经叹息自己是一个飘转的蓬草,没有一个根可以依托,"已叹身无托"。"翻惊祸有门",人说"祸福无门",而我们真是祸有门。我先生被关了,我也被关了,我带着吃奶的孩子一起被关了,所以这个祸真是有门来到我们的身上,"翻惊祸有门"。"覆盆天莫问",我们说如同头上盖了一个盆一样,看不到青天,没有什么道理可讲,所以"覆盆天莫问,落井世谁援",好像你落井了,没有人给你援助,哪个人敢给你援助?我后来勉强找到一个私立的中学去教书,因为我要生活,我要养我的女儿。公立的中学我连申请都不敢,我和我先生都有被关押的档案在那里,所以我真的是找不到人,很多人都不敢跟我交往了,所以我说"落井世谁援"。"剩抚怀中女",我只能抱着我怀中的女儿,"深宵忍泪吞",我这个大女儿,跟我在患难之中成长的大女儿,在1970年代刚刚结婚不久,跟我的女婿因为车祸同时失去了。我是平生历尽各种不幸的一个人,就是在历尽这不幸的时候,我更加怀念我的故乡。

我现在从我的老家说到我的学校,现在说到北京。我写过一套北曲《双调新水令·怀故乡——北平》。曲子比较容易懂,就跟白话差不多:

故都北望海天遥,有夜夜梦魂飞绕。稷园花坞暖,太液柳丝娇。玉蝀金鳌。念何日能重到。

〔驻马听〕 想古城春暖冰消,红杏朱藤着雨娇。秋高日好。青天碧瓦倩谁描。中南三海玉阑桥。东西如砥长安道。旧游情未了。向天涯谱一曲怀乡调。

〔得胜令〕 说什么莼羹鲈鲙季鹰豪。登楼作赋仲宣劳。故里人情厚,华年美梦娇。逍遥。昆明湖上春波棹。苗条。后海堤边杨柳腰。

〔乔牌令〕 到今日相思魂梦遥。往事云烟渺。想人情同于怀土休相笑。我则待理残笺将风光仔细描。

〔甜水令〕 常记得春来时,积雪初消。垂杨绿软,杏花红小。梨白海棠娇。出城郊西直大道。踏青游草妒春袍。

〔折桂令〕 常记得夏来时,日初长布谷声高。庭槐荫满,榆荚钱飘。火绽榴花,翠擎荷盖,果熟樱桃。什刹海鲜尝菱角。五龙亭嬉试兰桡。最好是月到中宵。风过林梢。看多少叶影田田,舟影摇摇。

我们男女生都不讲话,而到临毕业了,要离别了,一次忽然间发起了,说要游北海,还要到北海去划船。我还记得这件往事,所以说"看多少叶影田田。舟影摇摇"。下边一个曲子:

〔锦上花〕 常记得秋来时,剪烛吟诗助相思纱窗雨悄。登楼望远畅胸襟四野风飘。赤枣子点缀着闲庭情调。黄花儿逞现着篱下风标。凉宵萤火稀,永夜银河悄。香山枫叶艳,北海老荷凋。写不尽气爽天高。古城秋好。鸳瓦上白露凝霜,雁影边纤云弄巧。

这都是怀念我的故乡北京。春夏秋冬我都写了,下面就是冬天了:

〔碧玉箫〕　常记得冬来时,瑞雪飘飘。白满门前道。寒夜萧萧。风号万木梢。喜围炉共看红煤爆。半空儿手内剥。晴明日,看碧天外莺影风摇。冰场上刀光寒照。爱古城玉琢银装,好一幅庄严貌。

〔鸳鸯煞〕　常记得故乡当日风光好。怎甘心故乡人向他乡老。思量起往事如潮。念故人阻隔着万水千山,望天涯空嗟叹信乖音渺。说什么南浦畔春波碧草。但记得离别日泪痕多,须信我还乡时归去早。

所以当加拿大跟我们祖国一建邦交,我很快就申请回国探亲。我1973年申请的,1974年我就回国探亲了。继之,我于1977年又回来了一次。

回来了,我很高兴,我就到各处去旅游。刚才我不是说从我的老家说到我的学校,说到整个的北京城的风貌,现在是在从海外怀念我们整个的故国。我到西安旅游时写了一组《纪游绝句》,前两首为:

诗中见惯古长安,万里来游鄠杜间。弥望川原似相识,千年国土锦江山。

天涯常感少陵诗,北斗京华有梦思。今日我来真自喜,还乡值此中兴时。

我回来旅游就到了西安,而且他们带我到长安县立一中去参观,长安县立一中的教导主任也是学中国古典文学的,所以站在他们那个高坡上就指点说:"那边就是樊川,那边就是杜陵原。"所以我说都是诗中见惯的,"诗中见惯古长安,万里来游鄠杜间"。"弥望川原似相识",我虽然是第一次来长安,第一次来西安,但我在诗中是相识的,那个樊川、那个少陵原,"弥望川原似相识,千年国土锦江山"。我第二次回国是1977年,"文革"已经过去了,"四人帮"已经下台了,所以我说"今日我来真自喜,还乡值此中兴时"。因此1978年我就申请回国教书。这是我的心路历程,诗虽然写得不好,但都是我的真实感受。此外还有《向晚二首》(近日颇有归国之想傍晚于林中散步成此二绝):

> 向晚幽林独自寻,枝头落日隐余金。渐看飞鸟归巢尽,谁与安排去住心。

> 花飞早识春难驻,梦破从无迹可寻。漫向天涯悲老大,余生何地惜余阴。

我住在加拿大的温哥华,我们家附近是一片树林,我那天写好了申请回国教书的一封申请信,然后就要穿过这一片树林,到马路边去把我的信投在邮箱里。这就是我那天投寄申请回国教书的信的时候写的诗。傍晚的黄昏,我们门外一大片树林,"向晚幽林独自寻",为什么说"寻"呢?树林就在门外,我不用寻,可是当我在树林中走过的时候,我内心的寻思,我内心的考虑,我要申请回国教书,"向晚幽林独自寻"。"枝头落日隐余金",树林上有落日的余晖,金黄色的落日的余晖,我们说"一寸光阴一寸金","枝头落日"那寸金就好像在树上一点一点地消失,那是我们的年龄,1978年,我已经五十多岁,将近六十了,所以我说"渐看飞鸟归巢尽",在我走过的树林中,晚上的飞鸟都飞回来了,我的家在哪里?我的巢在哪里?"渐看飞鸟归巢尽,谁与安排去住心",我是应该留在国外,还是应该回到祖国去?"谁与安排去住心"。第二首:"花飞早识春难驻,梦破从无迹可寻",因为我寄信的那个时候是1978年的春天,而加拿大的街道是很美的,路的两边种的都是花树。唐诗说的"春城无处不飞花"(韩翃《寒食》),花开过以后,就"落英缤纷","芳草鲜美,落英缤纷"(陶渊明《桃花源记》),这是加拿大的温哥华实在的景色,所以"花飞早识春难驻",我看到门前的花怎样地开,怎样地落。"梦破从无迹可寻",如果你想要回去教书只是一个梦,那梦境消失,什么都不能留下来。所以你要有一个理想你就要去实现它。"漫向天涯悲老大,余生何地惜余阴。"所以我就决定回来教书了。

2001年,有一个朋友寄给我一个画册,那个画册就叫做《老油灯》。上面所印出来的那些图画,都是古老的油灯,从一个油捻子一直到小时候我们家用的那个煤油灯。图片中有一盏油灯跟我们家里的灯是很相似的。所以我作了一首《鹧鸪天》词(友人寄赠"老油灯"图影集一册,其中一盏与儿时旧家所点燃者极为相似,因忆昔年诵读李商隐《灯》诗,有"皎洁终无倦,煎熬亦自求"及"花时随酒远,雨夜背窗休"之句,感赋此词):

> 皎洁煎熬枉自痴,当年爱诵义山诗。酒边花外曾无分,雨冷窗寒有梦知。 人老去,愿都迟。蓦看图影起相思。心头一焰凭谁识,的历长明永夜时。

我当时很喜欢李商隐这首诗,我又看到这老油灯的图像,我曾在这样的油灯下读诗,自然很有感触。"皎洁煎熬枉自痴",这是李商隐的诗"皎洁终无倦,煎熬亦自求",一切的灯火,不管是蜡烛还是油灯,"皎洁"它要发出光来,"皎洁终无倦,煎熬亦自求",但是它都要燃烧自己才能发出光来,这是李商隐的诗,所以我说"皎洁煎熬枉自痴",因为燃烧自己发出光来,李商隐所说的这真是自己有点傻气的人才这样做,"皎洁煎熬枉自痴"。"当年爱诵义山诗",我当年就是喜欢李义山这样的诗,我喜欢这样的感情,我喜欢这样的一种境界,"当年爱诵义山诗"。不过李商隐说得好,李商隐的那个灯是很幸运的,那个灯可以伴随着诗人去看花,所以"花时随酒远",我们说"更持红烛赏残花"(李商隐《花下醉》),

人们拿着灯来看花。我从小是关在家里长大的,没有任何放纵的生活,我结婚以后第二年我先生就被关了,次年我也被关了。我一直是在艰苦之中,我只有工作,我只有承担一切的痛苦,而从来没有追求过欢乐,直到现在我南开的朋友学生都知道,我的生活非常的简单,什么享受都没有,就养成了这样一个习惯,所以我说"酒边花外曾无分"。李商隐的那个灯还有过"花时随酒远",我从来没有过酒边花外的生活,"酒边花外曾无分"。"雨冷窗寒有梦知",只剩"雨冷窗寒",也只有自己知道,只有梦知道。现在是"人老去",我已经八十岁了,当然老了。"愿都迟",你说你有什么理想,你自己想要做什么?再有什么理想,八十岁也太晚了,所以"人老去,愿都迟"。"蓦看图影起相思",我偶然又看到这个老油灯的这个图画,想到当年我所读李商隐的诗,"蓦看图影起相思"。那种感情,那种追寻的意念还在,"心头一焰凭谁识",我的心头还有那个灯光闪烁的一朵火焰,虽然没有一个人知道在我的心里,但是我的心焰"的历长明永夜时",还一直在那里闪动,虽然我什么也没有完成,只是我的愿望一直长在。《迦陵诗词稿》中的乡情,就是讲我的老家、我的学校、北京城、我的故国,甚至于我家的老油灯。

"红楼竟亲历"

——应周汝昌先生之嘱讲述六十年前在辅大女院恭王府读书之琐忆

周汝昌先生是我的同门学长,他在 1930 年代中,曾在燕京大学聆听过顾羡季先生的课,我在 1940 年代中,曾在辅仁大学聆听过顾先生的课。周汝昌先生研红六十年,有不少友人给他写文章题字相祝贺,因为那个时候我正在生病,先是气喘,后来又是皮肤湿疹,住了半个月医院,每天忙于看病、打针、吃药,所以我就没能给他题写任何的东西,昨天他特意寄来了一封信,说:"嘉莹同门学长大雅赐鉴,昔年蒙为拙著《恭王府考》惠诗三首,常吟诵不去口,真佳作也。"这是说 1980 年代初的时候,他出版了一本《恭王府考》,说北京的恭王府就是红楼梦里大观园的蓝本,他送了我这本书以后,希望我给他写几首诗,我当时就写了三首五言律诗,他说诗写得亲切之至,又说:"其后此书大加增订改名出新版……"然后他说此书有我们的老师羡季师的题词,所谓羡季师的题词,还不是这本书出版以后的题词,而是当年周汝昌先生研究《红楼梦》的时候,那个时候我们的老师还在,所以我的老师曾经给他写过信和题词,他说他曾经托顾之京教授转给我,不过我还没有见到,他说他现在呢,要出一个更新的版本,所以他要我把我在辅仁大学女院读书时的事情,写一篇回忆录,为什么呢?因为据他所考恭王府就是我当年在辅仁大学读书时我们女院的所在地,所以他让我再写一篇回忆录,他说只要写我在恭王府里面读书生活的亲切的实况,还有恭王府的建筑布置的当时的情景,但我近来因药物反应全身都发了湿疹,晚上都不能睡觉,精神委顿,所以我也还未能写出。我现在就把我当年在恭王府读书生活的情况,恭王府的建筑的大概的情况简单说一说,由同学去整理出这篇文稿,简率不恭之处,还请周先生原谅。

我现在先把我以前写的三首诗写在下面:

五律三章奉酬周汝昌先生

周汝昌先生以新著《恭王府考》见赠,府为昔日在辅仁大学读书时旧游之地,周君来函索诗,因赋五律三章奉酬。

飘泊吾将老,天涯久寂寥。诵君新著好,令我客魂销。展卷追尘迹,披图认石桥。昔游真似梦,历历复迢迢。

长忆读书处,朱门旧邸存。天香题小院,多福榜高轩。慷慨歌燕市,沦亡有泪痕。平生哀乐事,今日与谁论?

四十年前地,嬉游遍曲栏。春看花万朵,诗咏竹千竿。所考如堪信,斯园即大观。红楼竟亲历,百感益无端。

还有以前我和同学写的与恭王府有关的两首诗词,可以作为参照,也录在下面:

临江仙·一九四三年送李秀蕴学姐毕业

开到藤花春已暮,庭前老尽垂杨。等闲离别易神伤,一杯相劝醉,泪湿缕金裳。　　别后烟波何处是?酒醒无限思量。空留佳句咏天香。几回寻往事,肠断旧回廊。

附李秀蕴作七绝一首:

天香绿竹几千竿,昔日朱门今杏坛。绕遍回廊寻往事,斜阳犹在旧栏杆。

先说我跟周汝昌先生认识的经过,上个世纪1940年代中,我在辅仁大学读书的时候曾跟顾随先生读过唐宋诗,而周汝昌先生比我年长,他并不是我辅仁大学的同学,周汝昌先生是以前在燕京大学读书的时候,听过顾先生的诗词的课,那时我当然不认识周汝昌先生,可是我现在回想起来,1944年左右,在我读大学三年级的时候,有一天我跟我的同学到顾先生家里去,顾先生偶然跟我们谈起,说有一个学生,诗跟字都写得很好,我当时并没有十分注意,但现在回想起来,那个字的书法,跟我现在看到的周汝昌先生的书法有点相似,所以我以为那个时候顾先生所赞美的可能就是周汝昌先生写的诗跟字,不过那个时候我不认识他。后来呢,我就去了台湾,然后就去了北美;周汝昌先生后来呢,就成为红学的专家,我在台湾及北美都曾久闻他的大名。周汝昌先生当时出了一本书,叫《〈红楼梦〉新证》,对于《红楼梦》做了很详细的考证,当时曾经轰动一时,认为这个书对于《红楼梦》的考证和研究是非常重要的,所以我久仰周汝昌先生的大名。其后,我又离开了美国去了加拿大,一直到1978年,美国的威斯康辛大学有一位周教授,他叫做周策纵,是北美很有名的一位汉学家,当时周策纵教授在美国威斯康辛大学召开了一次国际《红楼梦》研究会;我其实绝对不是红学家,我喜欢看《红楼梦》是当做小说来看,但并没有做过关于《红楼梦》的研究,可是周策纵先生把我请去参加了这个会,可能是因为我在写《王国维及其文学批评》的时候,在中间曾写了一篇有关王国维及其《〈红楼梦〉评论》的文字,所以周策纵先生把我请去了,那次大会,周策纵先生把周汝昌先生也请去了。所以参加那次大会的朋友就说我们这里有"东周"也有"西周",东周、西周本是指朝代,但是我们说这次大会也有"东周西周","东周"是指周汝昌先生,"西周"指威斯康辛大学的周策纵教授。就是在那次大会上我见到了周汝昌先生,周汝昌先生就跟我说:"叶先生你是顾先生的门生,我也是顾先生的门生",其后他就告诉了我一件使我极为感动的事。这件事情是他后来在信中告诉我的,开会的时候他只是跟我说他也是顾先生的学生,可是后来我们开完会,周汝昌先生回到中国以后,就给我写了很长的一封信,这封信里边有一段他就说当年,那时是 1949 年以后了,有一年,当周汝昌先生要从北方调到南方去工作的时候,顾随先生给他写了一封长信,那封信里面就说,说从前有一个"叶生",就是姓叶的学生,从北方到南方,他曾经写了一首诗送给她。诗是这样的:

> 食茶已久渐芳甘,世味如禅彻底参。廿载上堂如梦呓,几人传法现优昙。分明已见鹏起北,衰朽敢言吾道南。此际泠然御风去,日明云暗过江潭。

事隔多年后,因为周汝昌先生当时要从北方到南方去,我的老师就把这首诗写给他,就跟他说这首诗是当年送"叶生"的一首诗,现在老师要把这首诗转送给他。周先生信中说,他曾经问过顾先生:"叶生何人?今在何处?"而"师不答"。他说一直到现在来威斯康辛开会,发现我也是顾先生的学生,而且姓叶,才知道顾先生当年说的"叶生"是什么人。那周先生给我写了这封信,我当然很感动,我也给他回了一封长信。正因为我们在北美相遇,才知道我们是先后同门,我们不是同学,因为他是燕京,我是辅仁,他比我年长,我们都跟顾先生读过书,所以我们应该是同门,因此,当他写出来《恭王府考》这本书的时候,就寄给了我一本,而他写这个《恭王府考》的时候已经是 1980 年前后了。当时我在加拿大,他寄来书时附了一封信向我"索诗",就是让我读过以后给他写几首诗。

我们辅仁大学是天主教的学校,男女分校,他们男生的校舍是个新盖的西式大楼,叫穆尔菲楼,位于定阜大街上。定阜大街向东走,然后过一条马路,这里有一个浅浅的小沟,沟中并没有水,上面有一个小小的石桥,从这个石桥走过去有一个大门,我们的女院就在这个大门里边。这个大门里边就是所谓的恭王府,但是我们那个时候一进这个大门是非常大的一个广场,这个广场呢,靠门的这一边拦出来一部分是我们的存车处,我们在当时都是骑自行车上学的,我当年也是骑自行车上学的,所以这边就是存车处,存车处的那边还有一个很大的广场,这个广场就作为我们的操场。我们那个时候其实还是在沦陷的时候,被日本所统治,可是也有伪华北政府的军队,不但有伪华北政府的军队,而且我们读到大学二年级的时候,还都要接受军训,那边那个广场其实是军训的一个地方,虽然说日本统治者让我们军训,可是那些个华北的部队里的军官,也有些非常爱国的中国军官,当时除了有军训的教练以外,有的时候还有讲话,讲话的时候呢我们还可以感受到他们的那种爱国的热情。对着这个广场的,是一面坐北朝南的大门,这个才是恭王府的门,我现在记不大清楚它是有几层门,但是绝对有一个正门,是红门,大红门,两边还有两个石头的狮子。它至少有三层院落,中间是一条通路,一直通过去,那旁边就是一个一个的小的院子,都是四四方方的院子,我们就在那些个小院子的厢房里边上课,我们上课的那个小院子,我还记得墙角上都种有柳树,所以每当暮春的季节,那柳絮飘飞的时候,因为我们的教室门是敞开的,窗子也是敞开的,所以一阵风来就把柳絮都吹到我们教室里面来,那柳絮就在黑板前边被风吹得转来转去,就是像《红楼梦》上林黛玉写的柳絮词那样的"一团团逐队成球"。所以我这个人跟古诗词结缘,当然是有很多的原因,我出生在一个旧家庭,我们家是一个老四合院,有三层院子,是在这样的一个古老的地方长大,而我大学又跑到恭王府里来念书,所以我这个人就受这些个旧的东西熏染太深了。除了这些小院子,另外有一个比较大的院子,有一个大厅,坐北朝南的大厅,这个大厅的门上就悬着一大块横匾,横匾上三个大字——多福轩,而这个大厅当时就被用作为我们女院的图书馆,你一进这个多福轩的大门,对面是一个长台,是图书馆借书的服务台,那台后有一面屏风,后面有许多书架,我们就在这里办理借书的手续。可是昨天晚上我给我们一个校友打电话,那个校友比我晚很多级,我是1945年就毕业了,她大概是一九五几年的,她就告诉我说这个图书馆当她入学的时候已经不是图书馆了,因为那时候男院正跟女院合并,合用男院的图书馆,所以这个大厅就变成女生的自习室了,晚上,那些女生就在这里自修,而这个情景我也看见了,那是当前年我回到北京去的时候,我到我的母校去参观我就发现这里不是图书馆了,里面摆着一个一个的小桌子,有绿色的台灯,正如我这个校友说的,后来变成女生的自修室了。至于那个我们说是恭王府的恭王,他是道光的儿子,咸丰的兄弟,封恭亲王,名字叫奕䜣。我们这个图书馆,大厅里边四面墙上,都挂有一块一块写有"福寿"字样的匾额,底下写的名字都是奕䜣,可能是他的书法,当时还在那里,但我前年去的时候这些个字已经不见了。这个图书馆的前面是一架非常古老的紫藤,每年开紫红色的藤萝花,暮春的时候,满架都是紫藤花,是很老的一棵紫藤萝,但开的花还是很繁茂的,枝干也很粗大,我前年还看见紫藤依然尚在。正面的这些个院子,有的是我们的教室,有的是图书馆,西边还有一条甬道,路边有一个小门,你走进这个小门去以后,就会看见一个非常幽静的小院子,满院都是竹子,而且是那种很秀气的竹子。这个小院子的一边都是回廊,小院子的小门上有四个字,题的是"天香庭院"。当时就有人说这里就是潇湘馆。如果我们顺着西边的甬道一直往里走,就在这条甬道的尽头,有一个坐北朝南的长条的院子,东西各有两层楼房,楼下也都有矮矮的栏杆,靠东边的这个楼上面也挂着一块匾,写的是"瞻霁楼"。这瞻霁楼的前面,据我的记忆,有一棵很高大的树,我不记得那是什么树了,这个树上缠绕的是凌霄花,凌霄花自己没有枝干,都是爬藤,爬到这个高高的树干上去,开满了那种杏黄色的花朵,因为这平常都是女生宿舍,而我家在北京,我没有资格住这个宿舍,可是等到放暑假了,有些同学就回家了,那个床铺就空下来了,空下来的时候呢,有些个女同学,还没有走,所以她们就把我们住在北京的同学都约去住,凑个热闹,就都住到宿舍里去。我们那个校舍,如果从西边出来就是定阜大街男院,如果从另外一个门向东边拐过去,就是后海,北京有所谓的"三海",把外边的水引到皇城里来,这个皇城有御河是在故宫的周围,环绕着故宫,这个御河的水不但通北海,通中南海,还通到前海、后海、什刹海。最近我到北京的那个国家图书馆讲演,车子经过那个平安大道,平安大道是东西的道,平安大道的南边就是北海,平安大道的北边就是什刹海,我们那个辅仁女院,就是从恭王府出来,走不远就可以到什刹海。我的老师顾随先生,他的家就在辅仁大学附近的一个地方,叫做南官坊口。这个南官坊口呢,就离这个后海不远,所以我跟我的同学,下课以后也可以散步到后海,有时也可以到我的老师的家里,而那个什刹海有很多芦苇。我后来离开了北京,离开了辅仁大学,就到了台湾,经过很多患难,后来又到了北美,当我离开北京以后我常常做梦。因为我毕业后在北京也教过书,所以有时候梦见我做学生在上课,有时候也梦见我当老师在讲课,我的诗词稿里边还有一副对联,就是梦中见到黑板上写的一副联语,我在给学生上课讲这副联语,联语写的是:

室迩人遐,杨柳多情偏怨别。

雨余春暮,海棠憔悴不成娇。

前面的上联"室迩人遐",是出于《诗经》,说"其室则迩,其人甚远",你说住的地方看起来很近,但所怀念的那个人却很远。总而言之是有一种有理想而追寻不到的感觉。那个时候我刚到台湾就遭遇到了白色恐怖,经过了很多患难,所以我常常是做梦,总是梦见回到老家,有时也梦见我自己遍体鳞伤,我母亲要来接我回去,有时就梦见我跟我的同学经过后海,要去看我的老师,而那后海里边就长满了芦苇,怎么走都走不过去,这个路总是不通的,有时候也梦见回到老家,进了院门之后,可是里面每一个住房的房门都是关闭的,都进不去。我这一副对联不是有心要写作的,我梦见我在讲课,所讲的就是这一副对联。"室迩人遐,杨柳多情偏怨别",总是人生就是离别,而如果说离别是自主的,说我随时想要见你就见你,像现在交通这么方便,虽然我家在加拿大,我想飞去就飞去,我女儿想要来看我,说要飞来就飞来,可是那个时候是不成的,所以说"室迩人遐,杨柳多情偏怨别"。下联"雨余春暮",一场雨后,春天真的是迟暮了,孟浩然的诗"夜来风雨声,花落知多少",一场风雨,正如李后主所说是"无奈朝来寒雨晚来风",那花都零落了,春天马上就走了,这就是"雨余春暮",风雨过后,春天完全消失了,"海棠憔悴不成娇"。海棠花已经如此之憔悴了,失去它所有的娇美,那个时候我正在读王国维的诗词,大家都知道,苏东坡有一首和章质夫的《水龙吟》,章质夫的原作说什么"燕忙莺懒芳残,正堤上柳花飘坠",不见佳,苏东坡的则写得很好,是"似花还似飞花,也无人惜从教坠",王国维说得也很好:"开时不与人看",你什么时候看见柳花开在树上,开的时候没有人看见,"如何一霎濛濛坠",怎么没看见它开就看到它落了。我那时候总以为,我是没有开就落的那样的花,那时候果然是如此,因为我那时候刚刚大学毕业,结了婚什么都没有做,也没有完成什么东西,我就经过了很多患难。而且我那时候身体也不好,很瘦弱,后来就有了气喘的毛病,所以我想我这个人是"开时不与人看,如何一霎濛濛坠"。"雨余春暮,海棠憔悴不成娇"。我就做这样的梦,总梦到我回到老家,回到我的故乡去。

话说 1945 年夏天,我那个时候就跟我的同学,跑到那个放假了差不多学生都搬空了的宿舍里边去住,有的时候跑出来在校园中游逛,特别是有月亮的晚上,我们就弄点酒,跑到有花有竹子的地方,找个石头凳子去那里饮酒,这个也在我的诗词稿里面有一首词留下来,词下小序写的是:"五月十五日与在昭学姊夜话,时将近毕业之期。"这个叫刘在昭的女同学,原是我中学的同学,感情很好,所以我就写了一个《破阵子》(一九四五年六月二十八日夏历乙酉五月十九日作),我们聚会在阴历五月十五,从十五到十九,四天以后写了这首词,"记向深宵夜话",记得五月十五,在那天的夜晚我们在谈话,"长空皓月晶莹",天上的一轮明月,五月十五的月亮正圆,"树杪斜飞萤数点,水底时闻蛙数声",夏天北京有很多萤火虫,树梢上有几个萤火虫飞过,而在那个水塘里边,常听到青蛙在叫,"尘心入夜明",尘是尘土的尘,白天那么喧哗,人们有那么多烦恼,但晚上你觉得心是安静的了,所以说"记向深宵夜话,长空皓月晶莹。树杪斜飞萤数点,水底时闻蛙数声。尘心入夜明"。这是上半首;下半首说:"对酒已拼沉醉,看花直到飘零",我不是说我们还带着酒吗,其实我不会喝酒,但是还带了瓶酒,反正大家起哄吧,有酒你就应该尽兴喝醉,对酒当歌,"对酒已拼沉醉",我豁出去了,"看花直到飘零",已经是夏日了,花都落了,所以说"看花直到飘零",我后来读欧阳修的词——"直须看尽洛城花,始共春风容易别",若是看花,我就要把它真正地看好了,我要彻头彻尾地一直看到它落,尽管它落了,我从头到尾看过它了,这也不辜负这一生了,所以我说人生对酒就应该拼却沉醉,看花就应该从头看到尾——"直到飘零";"便欲乘舟漂大海,肯为浮名误此生",我说我想要坐着个船漂流,那时候我也不知道我要出国,什么都不知道,我只是想一个人不要那么拘束自己,可以放开一下嘛,人生你总要有一个开展,所以我说"便欲乘舟漂大海";"肯为浮名",这里的"肯"字,其实是"岂肯""不肯"的意思,我们怎么肯为这世俗的名利误此一生,你应该好好活一辈子;"便欲乘舟漂大海,肯为浮名误此生。知君同此情",就说我知道你可能跟我有着同样的这种感情,同样的这种感觉。

我现在所说的都是我当年在恭王府的往事,我当时是1945年写的那首词,那是我们大学毕业的一年,等到我接到周汝昌先生送给我的那本《恭王府考》,已经是 1980 年,中间有三十五年已经过去了,所以我看到他这本书,书的后面还附着一个恭王府附近的地图,那附近都是我当年的旧游之地,所以我就写了这三首诗,我说"飘泊吾将老,天涯久寂寥",我从 1945 年大学毕业,然后我四八年结婚,然后到台湾及北美,而且你要知道,我的大女儿去世是 1976 年,我跟周汝昌先生见面是 1978 年,周先生把他的《恭王府考》送给我是 1980 年,我已经是经过很多人世之间的忧患,生离死别,所以我曾经写过一首词,说"死别生离久惯谙",死别生离我老早就经过了,漂泊我也经过这么多了,而且在异国要用英文给人家讲课,所以说"天涯久寂寥";现在你给我寄了一本《恭王府考》,而恭王府是我当年读书的年轻时代的旧游之地,所以说"诵君新著好",拿到你这本新书,觉得你写得这么好,"令我客魂销",真是使我引起无穷感慨,因为我回忆起往事,这其中几十年有多少苦难、有多少忧患、有多少死别生离,所以"诵君新著好,令我客魂销。展卷追尘迹",因为他书上有一个图,就是恭王府的地理位置,那我一看这都是当年我的旧游之地,所以说"展卷追尘迹,披图认石桥"。他的图画上还记着从定阜大街到恭王府的那个小桥,那个石桥是我们每天走过的地方,"昔游真似梦",说过去的那些个往事,真的像是一场梦,"历历",一方面在你回忆之中好像是很清楚,我们骑着车怎么样过那个小桥,怎么样停车,"历历",可是现在几十年过去了,一切都成了遥远的往事,所以"昔游真似梦,历历复迢迢"。

第二首是"长忆读书处,朱门旧邸存",说我一直记得我当年读书的地方,那个大红门那两个石狮子,那是当时恭亲王的府邸,"长忆读书处,朱门旧邸存。天香题小院,多福榜高轩"。我的记忆里边,那个有很多竹子的小院,那个小门上边横额的四个字——"天香庭院"的题字,我闭上眼睛好像就在那里,我也记得我们女生的图书馆,上面有一块横匾题写着"多福轩"三个大字,"天香题小院,多福榜高轩",这是我们读书所在的地方。而当时我们遭遇的时代则是北平沦陷的时代,我是从1941入学到1945毕业,正是抗战八年的后四年,是抗战最艰苦的时段,"慷慨歌燕市",当时我们住在沦陷区,心中都是激昂慷慨,像陈邦炎先生所写的诗,所写的回忆录,当时那些个青年学生真是"慷慨歌燕市",我们都在沦亡之中,我们的国家都给日本占领了,所以"沦亡有泪痕",这是我们当年的往事,我们青年是最美好的季节,可是我们遭遇到的是一个忧患的时代,"平生哀乐事",我的生平、我的悲哀、我的快乐,我少年的往事,到现在有几个人跟我有共同的感觉,有共同的经历,所以说"平生哀乐事,今日与谁论?"今天在海外,你没有一个人可以说的,当日那些个加拿大的人哪里去过中国,哪里去过北京,哪里去过恭王府,你所经过的那些抗战,那些个悲欢离合,没有一个人知道,哪一个人知道呢,所以说"平生哀乐事,今日与谁论"。

第三首,"四十年前地",我1941年入学,现在已是1980年了,所以是"四十年前地";"嬉游遍曲栏",我们那些个女同学课后可以在多福轩前看藤萝花,可以到天香庭院看竹子,而且我说的那个天香庭院,有很多栏杆,我们女生宿舍的瞻霁楼下面也都是栏杆,走廊上都是栏杆,所以说"嬉游遍曲栏";"春看花万朵,诗咏竹千竿",春天藤萝花开了,海棠花开了,很多花都开了,天香庭院的那个竹子则是四季长青,我的诗里边写到藤萝花和竹子,我的那个师姐李秀蕴的诗里边也写到这些竹子,所以我们做学生的少女时代真是"春看花万朵,诗咏竹千竿"。而我现在看到周汝昌先生的《恭王府考》的著作,就把我这些往事都唤回来了,所以说"所考如堪信",假如你的考证果然可信,那么我们当时读书的恭王府的旧址,就是大观园的蓝本了,我们读书的这个地方,"斯园",就是大观园了,那我当时岂不是就亲自走到了《红楼梦》里的大观园之中了?所以说"红楼竟亲历,百感益无端",即我的感慨就不仅是个人的今昔之感,同时也有了《红楼梦》中的将真作幻、似幻偏真的无穷今古盛衰之感了么？所以我就写了这三首诗给周汝昌先生,可是我现在所写的只是前面的恭亲王的府邸,是恭亲王他们生活居住的所在,真正的那个大观园的花园其实还不是这里,它是在我们恭王府的背后的一座院子。当时的这个花园是修女们的住所,那个小门关起来,我们是并不能真正进入到那个花园里面去的,一直到近些年恭王府的花园开放了,周汝昌先生说那就是大观园的蓝本了。我也在前几年返校的时候去游过,那里面真的是建筑都很精美,有假山石,有小桥,有亭子,有非常精美的建筑,所以如果说恭王府果然就是大观园的蓝本,那当然也是可能的。不过王国维先生曾经说过,有"造境",有"写境",所有的"造境"也都有写实的依据,所有的实境也都有理想的意味存在其间,所以"造境"之中也有"写境","写境"之中也有"造境",所以他说大诗人写实之作也必邻于理想,大诗人的理想之作也必然有现实的依据,所以大观园在《红楼梦》里面是一个理想的造境,可是呢,所有的造境也未始没有一个写实的实境为依据,如果说它以一个亲王的府邸为蓝本,这当然也是可能的。

2005 年 12 月 28 日讲于天津
2006 年 1 月 9 日审订于北京

我的自述

一　家　世

我家先世原是蒙古裔的满洲人,隶属镶黄旗。本姓纳兰,祖居叶赫地。我出生在民国十三年(1924),那时清王朝已被推翻,很多满人都改为汉姓,所以我家也就摘取祖籍之地名"叶赫"的首字,改姓为"叶"了。我的祖父讳中兴,字一峰,生于咸丰十一年(1861),为光绪壬辰科翻译进士,仕至工部员外郎。卒于民国十八年(1929),享年六十九岁。祖父有三子二女。我的伯父讳廷义,字狷卿,生于光绪十一年(1886),青年时曾赴日本早稻田大学留学,未几,因父病返国。民国初年曾任浙江省寿昌县等地秘书及课长等职,后因感于世乱,乃辞仕家居,精研岐黄,以中医名世,卒于1958年,享年七十三岁。我的父亲讳廷元,字舜庸,生于光绪十七年(1891),早年毕业于老北大之英文系,后任职于航空署,译介西方有关航空之各种重要书刊,对我国早期航空事业之发展,颇有贡献。及至中航公司在上海成立,我父亲遂转往上海,曾任中航公司人事课长等职。1949年随中航公司迁至台湾,一度拟返回上海,在基隆登船受阻,未克成行,遂留居台湾。1969年我受聘于加拿大温哥华之不列颠哥伦比亚大学,遂迎养已退休的老父来温同住。1971年父亲突发脑溢血,终告不治,享年八十一岁。我出生的时候,叔父和两位姑母都早已逝世,所以都未曾见过。我的母亲李氏讳玉洁,字立方,生于光绪二十四年(1898),青年时代曾在一所女子职业学校任教,婚后专心相夫理家,为人宽厚慈和,而不失干练,生有我姊弟三人,长弟嘉谋,小我两岁,幼弟嘉炽,小我八岁。"七七事变"发生,父亲随政府流转后方,那一年我只有十三岁,长弟十一岁,幼弟只有五岁,当时在沦陷区中,生活艰苦,一切多赖母亲操持。父亲久无音信,母亲忧伤成疾,身体日渐衰弱,后于1941年入医院检查,诊断为子宫生瘤,经开刀割除,不治逝世,享年仅有四十四岁。

二 幼年读书

我的父亲和母亲自幼接受良好的家庭教育。大约在我三四岁时,父母就开始教我读方块字,那时叫做认字号。先父工于书法,字号是以毛笔正楷写在一寸见方的黄表纸上。若有一字可读多音之破读字,父亲则以朱笔按平上去入四声,分别画小朱圈于此字的上下左右。举例而言,如"数"字作为名词"数目"的意思来用时,应读为去声如"树"字之音,就在字的右上角画一个朱圈;若作为动词"计算"的意思来用时,应读为上声如"蜀"字之音,就在字的左上角也画一个圈;另外这个字还可以作为副词"屡次"的意思来用,如此就应读为入声如"朔"字之音,于是就在字的右下角也画一个朱圈;而这个字还可以作为形容词"繁密"的意思来用,如此就应读为另一个入声如"促"字之音,于是就在字的右下角再多画上一个朱圈。而"促"音的读法与用法都并不常见,这时父亲就会把这种读法的出处也告诉我,说这是出于《孟子·梁惠王》篇,有"数罟不入洿池"之句,"罟"是捕鱼的网,"数罟不入洿池"是说不要把眼孔细密的网放到深的池水中去捕鱼,以求保全幼鱼的繁殖,也就是劝梁惠王要行仁政的意思。当时我对这些深义虽然不甚了了,但父亲教我认字号时那黄纸黑字朱圈的形象,却给我留下了深刻的记忆。古人说"读书当从识字始",父亲教我认字号时的严格教导,对我以后的为学,无疑产生过深远的影响。当我开始学英语时,父亲又曾将这种破音字的多音读法，与英语做过一番比较。说中国字的多音读法，与英文动词可以加 ing 或 ed 而作为动名词或形容词使用的情况是一样的。只不过因为英文是拼音字，所以当一个字的词性有了变化时，就在语尾的拼音字母方面有所变化，而中国字是独体单音，因此当词性变化时就只能在读音方面有所变化。所以如果把中国字的声音读错，就如同把英文字拼错一样，是一种不可原谅的错误。父亲的教训使我一生受益匪浅。

此外，在我的启蒙教育中，另一件使我记忆深刻的事，就是我所临摹的一册小楷的字帖，那是薄薄数页不知何人所书写的一首白居易的《长恨歌》。诗中所叙写的故事既极为感人，诗歌的声调又极为谐婉，因此我临摹了不久就已经熟读成诵，而由此也就引起了我读诗的兴趣。当时我们与伯父一家合住在一所祖居的大四合院内。伯父旧学修养极深，尤喜诗歌联语。而且伯父膝前没有女儿，所以对我乃特别垂爱，又见我喜爱诗歌，伯父更感欣悦，乃常在平居无事之时对我谈讲诗歌。伯父与父亲又都喜欢吟诵，记得每当冬季北京大雪之时，父亲经常吟唱一首五言绝句："大雪满天地，胡为仗剑游，欲谈心里事，同上酒家楼。"那时我自己也常抽暇翻读《唐诗三百首》，遇有问题，就去向伯父请教。有一天，我偶然向伯父谈起父亲所吟诵的那首五言绝句，与我在《唐诗三百首》中所读到的王之涣的《登鹳雀楼》"白日依山尽，黄河入海流。欲穷千里目，更上一层楼"一首五言绝句，似乎颇有相近之处。其一是两首诗的声调韵字颇有相近之处，其二是两首诗都是开端写景，而最后写到上楼，其三是第三句的开头都是一个"欲"字，表现了想要怎样的一个意思。伯父说这两首诗在外表上虽有近似之处，但情意却并不相同，"大雪"一首诗开端就表现了外在景物对内心情意的一种激发，所以后两句写的是"心里事"和"酒家楼"；而"白日"一首诗开端所写的则是广阔的视野，所以后两句接的是"千里目"和"更上一层楼"。伯父这些偶然的谈话，当然也都曾使我在学诗的兴趣和领悟方面得到了很大的启发。

父母虽严格教我识字,却并未将我送入小学去读书。因为我的父母有一种想法,他们都以为童幼年时记忆力好,应该多读些有久远价值和意义的古书,而不必浪费时间去小学里学些什么"大狗叫小狗跳"之类浅薄无聊的语文。因此为我及大弟嘉谋合请了一位家庭教师,这位教师是我的姨母。姨母讳玉润,字树滋,幼年时曾与我母亲同承家教,其后曾在京沪各地任教职。姨母每天中午饭后来我家,教我和弟弟语文、算术和习字,当时我开蒙所读的是《论语》,弟弟读的是《三字经》。记得开蒙那天,我们不但对姨母行了拜师礼,同时还给一尊写有"大成至圣先师孔子"的牌位也行了叩首礼。目前看来,这些虽可能都已被认为是一些封建的礼节,但我现在回想起来,却觉得这些礼节对我当时幼小的心灵,却确实曾经产生了一些尊师敬道的影响。我当时所读的《论语》,用的是朱熹的《集注》;姨母的讲解则是要言不烦,并不重视文字方面繁杂的注释,而主要以学习其中的道理为主,并且重视背诵。直到今日,《论语》也仍是我背诵得最熟的一册经书。以后曾使我受益匪浅,而且年龄愈大,对书中的人生哲理也就愈有更深入的体悟。《论语》中有不少论《诗》的话,使我在学诗方面获得了很大的启发,直到现在,我在为文与讲课之际,还经常喜欢引用《论语》中论《诗》之言,这就是我在为学与为人方面都曾受到过《论语》之影响的一个最好的证明。

除去每天下午跟姨母学习语文、数学和书法外,每天上午是我和弟弟自修的时间,我们要自己背书、写字和做算术。此外,父亲有时也教我们几个英文单词,学一些英文短歌,如"one, two, tie my shoe, three, four, close the door"之类。及至我到九岁之时,父亲要我考入我家附近一所私立的笃志小学,插班五年级。因为笃志小学从五年级开始就有了英文课程。我只在笃志小学读了一年,就又以同等学力考入了我家附近的一所市立女中。那时父亲工作的单位在上海,他要求我经常要以文言写信报告我学习的情况。于是每当我写了信,就先拿给伯父看,修改后再抄寄给父亲。

就在我学习写文言文的同时,伯父就也经常鼓励我试写一些绝句小诗。因为我从小就已习惯于背书和吟诵,所以诗歌的声律可以说对我并未造成任何困难,我不仅在初识字时就已习惯了字的四声的读法,更在随伯父吟诵诗歌时,辨识了一些入声字的特别读法,例如王维的《九月九日忆山东兄弟》一首诗:"独在异乡为异客,每逢佳节倍思亲。遥知兄弟登高处,遍插茱萸少一人。"在这首诗中的"独""节""插"等字,原来就都是入声字,在诗歌的声律中应是仄声字,但在北京人口中,这些字却都被读成了平声字。若依北京的口语读音来念,就与诗歌的平仄声律完全不相合了。伯父教我把这些字读成短促的近于去声字的读音,如此在吟诵时才能传达出一种声律的美感。记得伯父给我出的第一个诗题是《咏月》,要我用十四寒的韵写一首七言绝句。现在只记得最后一句是"未知能有几人看",大意是说月色清寒照在栏干上,但在深夜中无人欣赏的意思。那时我大概只有十一岁,而从此以后就引起了我写诗的兴趣。常言说"少女情怀总是诗",我虽是一个生长在"深宅大院"中的,生活经验极为贫乏的少女,但从我的知识初开的目光来看,则春秋之代序、草木之荣枯,种种景象都可以带给我一种感发和触动,于是我家窗前的秋竹、阶下的紫菊、花梢的粉蝶、墙角的吟蛩,就一一都被我写入了我的幼稚的诗篇。

自从我考上了初中以后,母亲买了一套开明版的《词学小丛书》给我作为奖励,于是其中所收录的纳兰成德的《饮水词》和王国维的《人间词话》,就又引发了我读词和写词的兴趣,于是我也就无师自通地填写起小词来了。

进入高中一年级后,有一位名叫钟一峰的老教师来担任我们的国文课,他有时也鼓励学生们学写文言文,我遂得以把过去给父亲写文言信时所受到的一些训练，用在了课堂的写作之中。当时我不仅喜爱诵读唐宋诸家的一些古文，同时也还喜爱诵读六朝时的一些骈赋，所以曾在课堂中试写过一篇《秋柳赋》，得到了老师很高的赞赏。另外我还在西单附近一所教读古书的夜校中，学习《诗经》和《左传》。记得教《诗经》的是一位姓邹的老先生，我曾把平日写的一些诗拿给他看，他在批语中曾称赞我说"诗有天才，故皆神韵"。

三 大学生活

父亲自"七七事变"后，就已从上海随国民政府逐步南迁，与家中断绝音信将近四年之久。北平的几所国立大学都在日本人的控制之中。我在高中读书时虽然成绩很好，而且文理科平均发展，每年都获得第一名的奖状。但在报考大学时，却颇费了一番考虑。因为我当时不能决定我是报考北京大学的医学系，还是报考辅仁大学的国文系。报考医学系是从实用方面着想，报考国文系则是从兴趣方面着想。最后读了辅大的国文系则是由于两点原因：其一是由于辅大为一所教会大学，不受当时日军及敌伪之控制，有一些不肯在敌伪学校任教的有风骨的教师都在辅大任教，这对我自然具有强大的吸引力；其二则是由于辅大的招考及放榜在先，而北大的招考则在后，我既已考上了辅大的国文系，所以就没有再报考北大的医学系，而这就决定了我今后要一直行走在诗词之道路上的终生命运。虽然在现实生活中，我也曾经历过不少挫折和苦难，但一生能与诗词为伍，则始终是我最大的幸运和乐趣。

我是1941年夏天考入辅仁大学的，同年9月辅大才开学，母亲就因子宫生瘤，手术后不久就去世了。当时父亲远在后方，我是长姊，所以就负起了照顾两个弟弟的责任。幸而那时伯父一房与我们并未分居，母亲去世后，我们就不再自己烧饭，而由伯母担负起了为全家烧饭的责任，伯母颜氏讳巽华，原来也受过很好的家教，喜读唐诗，虽不像伯父和父亲那样高声吟咏,但却也常手执一册,曼声低吟。当时已是沦陷时期,生活艰苦,伯母亲自操劳家务。每当我要帮忙时,伯母总要我去专心读书。所以我虽遭丧母之痛,但在读书方面却并未受到什么影响,正如古人所说"愁苦之言易工",在这一时期我反而写作了大量的诗词。

在大二那一年,有一位顾随先生来担任我们"唐宋诗"的课程。顾先生字羡季,号苦水。他对诗歌的讲授,真是使我眼界大开,因为顾先生不仅有极为深厚的旧诗词的修养,而且是北京大学英语系的毕业生,更兼之他对诗歌的感受有一种天生极为敏锐的禀赋,因之他的讲诗乃能一方面既有着融贯中西的襟怀和识见,另一方面却又能不受任何中西方的学说知识所局限,全以其诗人之锐感独运神行,一空依傍,直探诗歌之本质。当时也有人认为先生之讲课乃是跑野马,全无知识或理论之规范可以掌握依循,因此上课时不做任何笔记,但我却认为先生所讲的都是诗歌中的精华,而且处处闪耀着智慧的光彩。所以我每次上先生的课都是心追手写,希望能把先生所说的话,一字不漏地记载下来。那时先生除了在辅仁担任"唐宋诗"的课程以外,还在中国大学担任词选和曲选的课程,于是我就经常骑了车赶到中大去听课。在这期间,我于诗词之写作外,更开始了对令曲、套数甚至单折剧曲的习作。记得我第一次把各体韵文习作呈交给先生后,先生在发还时曾写有评语说:"作诗是诗,填词是词,谱曲是曲,青年有清才若此,当善自护持。"其后我又有一次写了题为《晚秋杂诗》的五首七律,还有题为《摇落》的另一首七律,呈交给先生,先生发还时,竟然附有六首和诗,题为《晚秋杂诗六首用叶子嘉莹韵》。这真使我感到意外的惊喜和感动。不久后,气候已入严冬,我就又写了《冬日杂诗六首仍叠前韵》,而先生竟然又和了我六首诗。所以我在那一段时间写的作品特别多,这与先生给我的奖勉和鼓励是决然分不开的。更有一次,先生要把我的作品交给报刊上去发表,问我是否有笔名或别号,我那时一向未发表过任何作品,当然没有什么笔名别号,先生要我想一个,于是我就想到了当日偶读佛书所见到的一个唤作"迦陵"的鸟名,其发音与我的名字颇为相近,遂取了"迦陵"为别号。这当然也是受了先生在讲课时常引佛书为说的影响。及至毕业后不久,先生更给我写了一封信来,说"年来足下听不佞讲文最勤,所得亦最多。然不佞却并不希望足下能为苦水传法弟子而已。假使苦水有法可传,则截至今日,凡所有法,足下已尽得之。此语在不佞为非夸,而对足下亦非过誉。不佞之望于足下者,在于不佞法外,别有开发,能自建树,成为南岳下之马祖,而不愿足下成为孔门之曾参也"。先生对我的过高的期望,虽然使我甚为惶恐惭愧,但先生的鞭策,也给了我不少追求向上之路的鼓励。先生往往以禅说诗,先生教学的态度也与禅宗大师颇有相似之处。他所期望的乃是弟子的自我开悟,而并不是墨守成规。他在课堂上经常鼓励学生说:"见过于师,方堪传授,见与师齐,减师半德。"我想我后来教学时之喜欢跑野马,以及为文时之一定要写出自己真诚的感受,而不敢人云亦云地掇拾陈言敷衍成篇,大概就都是由于受先生之鞭策教导所养成的习惯。而先生在课堂讲授中,所展示出来的诗词之意境的深微高远和璀璨光华,则更是使我终生热爱诗词虽至老而此心不改的一个重要原因。

四 教学生涯

1945年夏天大学毕业后,我开始了中学教师的生活,由于我自己对古典文学的热爱,遂使得听讲的学生们也同样产生了对国文课热爱的感情。于是陆续有友人邀我去兼课,最后在另请人批改作文的条件下,我同时教了三个中学的五班国文课,一周共三十个小时之多。而由于师生们对国文课的共同热爱,使得我对如此沉重的工作量也居然丝毫未感到劳苦。那时中学的国文课每周都要有一定的进度,而且有时要举行同年级的联合考试。因此我在讲课之际,除培养同学的兴趣外,对知识方面的讲解也极为认真而不敢掉以轻心。认真的结果,当然使我自己也获得了不少的教学相长之益,只不过这段教学生活为时并不久。1948年的春天,我就因为要赴南方结婚,而离开了我的故乡北平。谁知此一去之后,等待我的乃是一段极为艰苦的遭遇。

我于1948年3月结婚,同年11月就因政治局势的转变,随外子工作的调动,由南京经上海而乘船去了台湾。1949年8月生了第一个女儿,同年12月外子就因思想问题被拘捕。次年6月我与我所任教的彰化女中自校长以下的六位教师也一同被拘捕了,其后不久,我虽幸获释出,但却既失去了教职,也失去了宿舍,而外子则仍被关在海军左营附近的一个山区。为了营救被关的外子,我遂携怀中幼女往投左营军区外子的一位亲戚。白天怀抱幼女为营救外子而在南台湾左营军区的炎阳下各处奔走,晚间要等亲戚全家安睡后才能在走廊上搭一个地铺带着孩子休息。直到三个月后暑假结束了,才经由一位堂兄的介绍,在台南一所私立女中找到了一个教书的工作。

1952年,外子幸被释出。次年,幼女言慧出生。一年后经友人介绍,我就与外子一同转到台北二女中去教书了。到台北后,见到了以前在北平辅仁大学任教的两位老师,一位是曾教过我大学国文的戴君仁先生,另一位虽未教过我,却是曾住过我家外院作为紧邻的许世瑛先生。他们对我不幸的遭遇,都极为惋惜同情,遂介绍我进入台湾大学兼任了一班侨生的大一国文。次年,台大改为专任,教两班大一国文,而二女中不肯放我离开,一定要我把当时所教的两班高中送到毕业。于是我遂同时教了四班国文课,再加上作业的批改,每天都极为疲累。这时我的身体已远非当年大学初毕业时可比。再加之又染上了气喘病,瘦到不足一百磅,但说也奇怪,只要一上台讲课,我的敏感气喘的毛病就会脱然而去,所以白天听我讲课的人,决不会想到我夜间气喘的痛苦。我那时只是为了生活,所以不得不努力工作,至于所谓学问事业,则我在当时实未尝对之抱有任何期望。

我在台大教书时,有许多美国汉学家到台大学汉语,这样,我就结识了一些美国人。后来,密西根大学提出要我去美国教学,我本人对出国没什么兴趣,可是外子则极力赞成我出去。当时美国哈佛大学的海陶玮先生正在研究陶渊明,他极希望我到哈佛去同他合作研究。他把这一想法让人告诉了我。但因为校方已答应了密西根大学,所以我只能先到密西根执教一年后中止合同再去哈佛。1966年,我带着两个女儿赴美,我的另一段生活开始了。不久,外子也到了哈佛,并在不太长的时间内谋到一份工作。大女儿言言考入了大学,二女儿言慧考入了高中,一切都安排妥了,两年的聘期也到了。美国的朋友劝我继续留在哈佛工作,外子也极力反对我返台。可我觉得台湾政府虽不好,但台大、淡江、辅仁三所大学对我都不错,开学了不回去耽误了学生的课对不起人家。而且,我的老父亲还在台湾,我不能把老人家一人留在那里,因此我又回到了台湾。可是等我第二次离台赴美时,美国在台湾的领事不给我办理签证,无奈,只得转赴加拿大,谁知在那里也受到美国领事的阻挠,我只得滞留在温哥华。

这时海陶玮先生同不列颠哥伦比亚大学亚洲系主任蒲立本联系,让他帮我想办法。而当时这所大学正好需要一个教古典诗歌的教师带两个美国留学生,我就留了下来。在不列颠哥伦比亚大学,我除了教这两个研究生外,还要给大学生们上课。虽然我的英语水平在学生时代一直名列前茅,又有在哈佛两年的工作经历,但是要用英语给外国人讲授中国古典文学,殊非易事。当时我已经四十五岁了,硬着头皮每天抱着英文词典查生字至午夜时分,半年后,不列颠哥伦比亚大学就聘我为终身教授。直到1975年,我在不列颠哥伦比亚大学所教过的第一个博士生施吉瑞返回母校接了我所教的这一门"Chinese Literature in Translation"的课,而我改为只教研究生及四年级以上的诗词课时,我的压力才减轻下来。

1972年,中国与加拿大建交。1973年,章文晋任中国驻加大使。我见到了章大使及其夫人,向他们提出回国申请。1974年,我第一次获准回国,回到了我魂牵梦萦的故乡,见到了我朝思暮想的亲人。我把千言万语化作了一首长诗《祖国行》……

1978年,我向中国政府提出了回国教学的申请,主要出于一个书生想要报国的一份感情和理想,以及我个人对于中国古典诗歌的一份热爱。1979年,我第一次回国讲学时,写下了一首绝句。

构厦多材岂待论,谁知散木有乡根。
书生报国成何计,难忘诗骚李杜魂。

多年来我在文化不同的外国土地上,用异国语言来讲授中国古典诗歌,总不免会有一种失根的感觉。1970年我曾写过一首题名《鹏飞》的绝句:

鹏飞谁与话云程,失所今悲着地行。
北海南溟俱往事,一枝聊此托余生。

诗中的"北海",指的是我出生的第一故乡北京,而"南溟",则指的是我曾居住过多年的第二故乡台北。"鹏飞"的"云程"指的是当年我在两地教书时,都能用自己的语言来讲授自己所喜爱的诗歌,那种可以任意发挥的潇洒自得之乐;而在海外要用英语来讲课,对我而言,就恍如是一只高飞的鹏鸟竟然从云中跌落,而变成了不得不在地面上匍匐爬行的一条虫豸。所以我虽然身在国外,却总盼望着有一天我能再回到自己的国家,用自己的语言来讲授自己所喜爱的诗歌。我的愿望终于实现了,第一次讲学是在北京大学,后来曾先后到过北京师范大学、首都师范大学、南开大学、天津师范大学、复旦大学、华东师范大学、南京大学、四川大学、云南大学、黑龙江大学、新疆大学、新疆师范大学讲学。我之所以长期留在南开讲学是因为南开的李霁野先生是我的老师顾随先生在辅仁大学任教时的好友。我虽未曾从李先生受过业,李先生却以师辈情谊坚邀我去南开。如今,回首前尘竟然已有二十年之久了。

  1991年,南开大学与我商议,希望我在南开成立一个研究所,由我出任所长。我当时的想法是,我只是一个教师,对行政事务一无所知,实在难以担任所长一职。而校方则说那些行政事务自会有人负责,劝我不必为此担心。研究所起初挂靠在汉语教育学院,暂借东方艺术系的一间房子为办公室。汉教学院虽然在很多方面都给了我们大力协助,但因他们没有研究生的指标,所以在招研究生方面一直无法解决。直到1996年秋冬之季,中文系主任陈洪先生决定接受研究所挂靠中文系,并同意拨给研究所两名研究生,还表示只要我能向海外募得资金,校方同意拨给土地,合资兴建教研楼,我立即着手联系。很快获得了一位热心教育的老企业家蔡章阁先生的响应和支持。经与蔡先生磋商,决定将研究所定名为"中华古典文化研究所"。蔡先生更希望在从事文学研究时,同时也能注意到儒家思想方面之研究,对于中华文化中的文学之美与儒学之善同时并重,以期使中华文化之优良传统不断得到拓展。不仅能使其重光于中国之现代,更能使其自中国而走向国际。如今,南大研究所之教研楼在范孙楼之一侧已经落成,研究所也有了正式的办公地点。我个人则为研究所捐出了退休金之半数(十万美金),设立了"驼庵奖学金"与"永言学术基金"。"驼庵"是我的老师顾随先生的别号。无论任何一种学术文化之得以绵延于久远,都正赖其有继承之传人,而教学正是一种薪尽火传的神圣工作。所以我希望领到奖学金的同学所看到的不仅仅是微薄的金钱,而是透过"驼庵"的名称来体会它所表现的薪火相传的重要意义和责任。我非常感谢南开大学给我机会,使我二十年前所怀抱的"书生报国成何计,难忘诗骚李杜魂"的一点愿望,能在南开的园地中真正得到了落实。

五　忧患与体悟

回想我一生的经历,我想我最早受到的一次打击乃是1941年我母亲的逝世。那时我的故乡北平已经沦陷有四年之久,父亲则远在后方没有任何音信,我身为长姊,要照顾两个弟弟,而小弟当时只有九岁,生活在物质条件极为艰苦的沦陷区,其困难可以想见。所以后来当我读到老舍先生在《四世同堂》中所写的沦陷中北平老百姓的生活时,我是一边流着泪一边读完这部小说的。至于我受到的第二次打击,则是1949年外子之被拘捕,数年后外子虽幸被释放,但性情发生变异。我自己则在现实物质生活与精神感情生活都饱受摧残之余,还要独力承担全家的生计。1975年时我的长女言言与次女言慧也已相继结婚,我正在庆幸自己终于走完了苦难的路程,以一个半百以上的老人可以过几天轻松的日子了。但谁知就在1976年春天,我竟然又遭受了更为沉重的第三次打击。我的才结婚不满三年的长女言言竟然与其夫婿宗永廷在一次外出旅游时,不幸发生了车祸,夫妻二人同时罹难。在这些接踵而来的苦难中,是我平日熟诵和热爱的诗词,给了我莫大的精神安慰,支持我经受住了这些打击。这也正是我何以把自己所设立的学术基金取名"永言"的缘故,就为的是纪念我的长女言言与女婿宗永廷。

一般说来,我是一个对于精神感情之痛苦感受较深,而对于现实生活的艰苦则并不十分在意的人。即如当抗战时期,父亲远在后方而母亲又不幸逝世后,我所感受最强的乃是一种突然失去荫蔽的所谓"孤露"的悲哀,这在我当时所写的《哭母诗》及《母亡后接父书》等一些诗篇中曾有明白的表现。至于当时物质生活的艰苦,如每日要吃难以下咽的混合面,并且偶尔要穿着一些补丁的衣服之类,则我不仅对之并不在意,而且颇能取一种沉毅坚忍的面对和担荷的态度。这种态度之形成,我想大约有两方面的因素。其一是因为我早年所背诵的《论语》《孟子》

诸书,在我幼小的心灵中,确实产生了颇大的影响。我在艰苦的物质生活中,所想到的乃是《论语》中所说的"士志于道而耻恶衣恶食者,未足与议也",及"衣敝缊袍与衣狐貉者立而不耻"的一种自信与自立的精神和态度。其二则是因为教我们唐宋诗的老师顾羡季先生,他自己的身体虽衰弱多病,但在他的讲课中所教导我们的,则是一种强毅的担荷的精神。我当时背诵得最熟的就是他的一首《鹧鸪天》词:"说到人生剑已鸣,血花染得战袍腥。身经大小百余阵,羞说生前身后名。 心未老,鬓犹青。尚堪鞍马事长征。秋空月落银河黯,认取明星是将星。"此外,如先生在其另一首《鹧鸪天》词中,也曾写有"拼将眼泪双双落,换取心花瓣瓣开"的句子,还有在其《踏莎行》一词中,也曾写有"此身拼却似冰凉,也教熨得阑干热"的句子。于是在先生的教导鼓励之下,我自己的诗作也就一改前此的悲愁善感的诗风,而写出了"入世已拼愁似海,逃禅不借隐为名。伐茅盖顶他年事,生计如斯总未更"的句子,表现了一种直面苦难不求逃避的坚毅的精神。古人有云:"欲成精金美玉的人品,须从烈火中锻来。"苦难的打击可以是一种摧伤,但同时也可以是一种锻炼。我想这种体悟,大概可以说是我在第一次打击的考验下,所经历的一段心路历程。

至于第二次打击到来时,我最初本也是采取此种担荷的态度来面对苦难的,但陶渊明说得好"人生归有道,衣食固其端",又说"敝庐何必广,取足蔽床席",当第一次苦难到来时,衣食虽然艰苦,但生活基本上毕竟是稳定的,我不仅可以不改常规地读书上学,而且在学校中既有师友的鼓励切磋,在生活上也有伯父母的关怀照顾。所以苦难对于我才能够形成为一种锻炼,而并未造成重大的伤害;但当第二次苦难到来时则不然了。那时我已远离家人师友,处身在海峤的台湾。外子又已被海军所拘捕而死生莫卜,当我带着不满周岁的女儿从被囚禁的地方释放出来时,不仅没有一间可以栖身的"敝庐",而且连一张可以安眠的

"床席"也没有。我虽仍以坚毅的精神勉力支撑,但毕竟不免于把身体销磨得极为瘦弱而憔悴。但这仍不算最大的痛苦,最大的痛苦是当外子于三年后被释回时,他因久被囚禁而形成了动辄暴怒的性情。那时因为我上有年近八旬的老父,下有两个仍在读书的女儿,我总是咬紧牙关承受一切折磨和痛苦,不肯把悲苦形之于外。但在晚间的睡梦中,我则总是梦见我自己已经陷入遍体鳞伤的弥留境地,也有时梦见多年前已逝世的母亲来探望我,要接我回家。这可以说是我最为痛苦的一段心路历程。其后使我从这种痛苦中逐渐得到缓解的,实在仍是出于学诗与学道的一种体悟。我曾经读到过一首王安石《拟寒山拾得》的诗偈,当时恍如一声棒喝,使我从悲苦中得到了解脱,于是遂把这首诗偈牢记在心。不过今天当我要引述这首诗偈时,一经查看,却发现我所记诵的与原诗并不完全相合,但我更喜欢自己记诵中的诗句,我记诵的是"风吹瓦堕屋,正打破我头。瓦亦自破碎,匪独我血流。众生造众业,各有一机抽。切莫嗔此瓦,此瓦不自由"。正是这种体悟,恍然使我似乎对早年读诵《论语》时,所向往的"知命"与"不忧"的境界,逐渐有了一种勉力实践的印证。

当第三次打击到来时,那真如同自天而降的一声霹雳。我实在没想到自己在历尽了人生悲哀苦难之后的余生,竟然还会遭遇到如此致命的一击。长女言言与女婿永廷是在1976年3月24日同时因车祸罹难的。当时我所任教的大学已结束了春季的课程,我正去东部开会,途经多伦多我还去探望了长女言言夫妇,其后又转往美国费城去探望我的小女儿言慧与女婿李坚如夫妇。我一路上满心都是喜悦,以为我虽辛苦一生,如今向平愿了,终于可以安度晚年了。谁知就在我抵达费城后的第二天,就接到了长女夫妇的噩耗。我当时实在痛不欲生,但因为多年来我一直是支撑我家所有苦难的承担者,我不得不强抑悲痛立即赶到多伦多去为他们料理丧事。我是一路上流着泪飞往多伦多,又一路上流着泪飞返温哥华的。回到温哥华后,我就把自己关在家中,避免接触外面的一切友人,因为无论任何人的关怀慰问,都只会更加引发我自己的悲哀。在此一阶段中,我仍是以诗歌来疗治自己之伤痛的。我曾写了多首《哭女诗》,如:"万盼千期一旦空,殷勤抚养付飘风。回思襁褓怀中日,二十七年一梦中。""平生几度有颜开,风雨逼人一世来,迟暮天公仍罚我,不令欢笑但余哀。"写诗时的感情,自然是悲痛的,但诗歌之为物确实奇妙,那就是诗歌的写作,也可以使悲痛的感情得到一种抒发和缓解。不过抒发和缓解却也并不能使人真正从苦痛中超拔出来,我的整个心情仍是悲苦而自哀的。这种心态,一直到1979年以后,才逐渐有了改变。那是因为自1979年以后,大陆开始了改革开放,我实现了多年来一直想回去教书的心愿。

我现在已完全超出了个人的得失悲喜。我只想为我所热爱的诗词做出自己的努力,如我在《我的诗词道路》一书之《前言》中所写的"我只希望在传承的长流中,尽到我自己应尽的一份力量"。记得我在大学读书时,我的老师顾羡季先生曾经说过,一个人"要以无生之觉悟为有生之事业,以悲观之体验过乐观之生活"。我当时对此并无深刻的了解,但如今当我历尽了一生的忧苦患难之后,我想我对这两句话确实有了一点体悟。一个人只有在看透了小我的狭隘与无常以后,才真正会把自己投向更广大更高远的一种人生境界。古人说物必极而后反,也许正因为我的长女言言夫妇的罹难给了我一个最沉重的打击,所以我在极痛之余,才有了这种彻底的觉悟。这段心路历程,不仅使我对前面所叙及的儒家的"知命""不忧"的修养,有了更深的体会,而且使我对道家《庄子》所提出的"逍遥无待"与"游刃不伤"的境界,也有了一点体悟。我曾将此种体悟,写入了一首《踏莎行》小词,说:"一世多艰,寸心如水。也曾局囿深杯里。炎天流火劫烧余,藐姑初识真仙子。　谷内青松,苍然若此。历尽冰霜偏未死。一朝鲲化欲鹏飞,天风吹动狂波起。"词中所写的藐姑射的神人与鲲化的飞鹏,自然都是《庄子》中所寓说的故事;至于"谷内青松",则我所联想到的乃是陶渊明的一首诗,陶公在《拟古九首》的第六首中,曾经写有几句诗,说:"苍苍谷中树,冬夏常如兹。年年见霜雪,谁谓不知时。"大家只看到松树的苍然不改,却不知松树是如何在霜雪的摧伤中承受过来的。我想朋友们所说的从我的外表看不出什么经历过忧患挫伤的痕迹,大概也和一般人只看到松树之苍然不改,而不能体悟到松树所经历的严寒冰雪的挫伤打击是同样的情况吧。松树之能挺立于严寒,并非不知冰雪之严寒,只不过因为松树已经有了一种由冰雪所锻炼出来的耐寒之品质而已。

六　研读与治学

我对古典文学之热爱的感情,始终未改。早年在台大教书时,正值我经历了第二次打击,身心交病,然而我在讲课时依然能保持精神方面的饱满飞扬。只是在写作方面则辍笔已久。直到1956年夏天,台湾的"教育部"举办了一个文艺讲座,我被邀去讲了几次五代和北宋的词,其后他们又来函邀稿,我才迫不得已写了《说静安词〈浣溪沙〉一首》一篇文稿。这可以说是我在诗词道路中由创作而转入了评赏的一个开始。而自从这一篇文稿发表后,遂有一些友人来向我索稿,于是我又写了一篇《从义山〈嫦娥〉诗谈起》。前者是我所写的关于词之评赏的第一篇文稿,后者则是我所写的关于诗之评赏的第一篇文稿。

台大中文系的郑骞教授读过两篇文稿后对我说:"你所走的是顾羡季先生的路子。"郑先生是顾先生的好友,对顾先生了解极深。郑先生认为这条路子并不好走,因为这条路子乃是无可依傍的。首先就作者而言,如果一个人对于诗词若没有足够的素养,则在一空依傍之下,必将会落入一种茫然无措,不知从何下手写起的境地。而如果大胆模仿此种写法,则将是不失之肤浅,则失之谬妄。作者要想做到自己能对诗歌不仅有正确而深刻的感受，而且还能透过自己的感受，传达和说明一种属于诗歌的既普遍又真实的感发之本质，这实在不是一件容易的事。不过郑先生对我这两篇文稿却颇为赞赏，说："你可以说是传了顾先生的衣钵，得其神髓了。"我当时正是忧患余生，内心并未敢抱有什么"传衣钵得神髓"的奢望。我只是因了友人索稿的机缘，把自己因读静安词和义山诗所引起的某种共鸣的感动一加发抒而已。但也许就正因我自己的寂寞悲苦之心情与静安词和义山诗有某种暗合之处，因此反而探触到了他们诗词中的一些真正的感发之本质。在此而后，我又陆续写了《几首咏花的诗和一些有关诗歌的话》，与《从"豪华落尽见真淳"论陶渊明之任真与固穷》，以及《说杜甫赠李白诗一首——谈李杜之交谊与天才之寂寞》等文稿，我早期所写的这些诗词评赏之作，是从颇为主观的欣赏态度开始的，属于以一己之感发为主，既带有创作之情趣也带有个人心灵之投影的作品。

我对诗词的评说和赏析，确实既不同于一般学者之从知识学问方面所作的纯学术的研究，也不同于一般文士之将古人作品演化为一篇美丽的散文之纯美的铺叙。我是以自己之感发生命来体会古人之感发生命的，中国古代所重视的原来本该是一种"兴于诗"的传统，而我自己就恰好是从旧传统中所培养出来的一个诗词爱好者，少年时期在家庭中所受到的吟诵和创作之训练，使我对诗歌养成了一种颇为直接的感受之能力；我在大学读书时受到的顾羡季先生之启迪和教导，使我于直感之外，又培养出了一种兴发和联想之能力。顾先生在讲课时，他所采取的也就正是这种如同天马行空一般的纯任感发的说诗方式。如此则我在早期所写的评说诗词之文字，其所以会形成此一种纯任主观的以感发为主的说诗方式，自然也就无怪其然了。

此后我在诗词之研读与教学的道路上，虽然又经过了多次的转变，但我在早年教育中所获得的培育和启发，则是我在诗词之道路上所奠下的根本基石,是使我终生受用不尽的。

我所写的第一篇纯客观的评赏之作,则当是我于1958年为《淡江学报》所写的《温庭筠词概说》一文。这种转变之形成,一则固然由于向我邀稿的《学报》与以前向我邀稿的一些文学性的杂志之性质有很大的不同;再则很可能也因为我在那些文学性的文稿中,已经将自己内心中的一些情绪发抒得差不多了,所以遂有了从主观转入客观的一种倾向。不过纵然如此,除了极少数的纯理论或纯考证的作品以外,直到现在我之评说或讲述诗词作品,其经常带有一种心灵与感情的感发之力量,也仍然是我的一种特色。

我在诗词道路上的另一转变,那就是我由一己之赏心自娱的评赏,逐渐有了一种为他人的对传承之责任的反思。这类作品大抵都是因为我有见于诗词评赏界中的某些困惑和危机,而引发的一种不能自已的关怀之情而写作的。1960年代我所写的《杜甫秋兴八首集说》一书,以及书前所附的《论杜甫七律之演进及其承先启后之成就》的一篇代序的长文,就是因为有见于当日台湾现代诗之兴起,所造成的反传统与反现代的争执和困惑而写作的。当时台湾现代诗盛行一时,而且引起了文坛上不少争论。我则正在台湾的几所大学内开设杜甫诗的课程,因此在讲解杜甫的《秋兴八首》时,遂对此八诗的内容之意象化与文本之多义性略做了一些发挥,欲藉此说明"现代诗之'反传统'与'意象化'的作风,原来也并非荒谬无本",而"要想反传统破坏传统,却也要从传统中去汲取创作的原理与原则"。但由于课时之限制,不免意有未尽,于是遂决定撰写一篇文稿,对之做较为详细之讨论,希望可以因之而唤起对现代诗之反对者与倡导者的双方面的注意。再如1970年代我在加拿大所写作的《漫谈中国旧诗的传统——关于评说中国旧诗的几个问题》一篇长文,则是因为有见于当时台湾及海外的一些青年学者,在西方文论的冲击下,因尝试使用新理论与新方法来诠释和评说中国旧诗,所产生的一些荒谬的错误而写作的。从表面看来，这些论说和辨误的文字，自然不似以前所写的主观评赏之文字之易于获得一般读者的喜爱，但若就一些真正有志于学习如何评赏旧诗的读者而言，则如《集说》中，我对历代评说这八首诗的各种纷纭之诠释与评说的逐字逐句的比较和论定，以及在《旧诗传统》一文中，对于各种误谬的说明和辨正，也许这一类文字才是更有参考价值的作品，也才更能反映出我个人在这条道路上摸索探寻时，一些亲身体验的甘苦之经历。而当我经历了由主观而客观，由为己而为人的种种转变之后，我则走上了由对作品之评赏，转入了对文学理论之研讨的另一段路程。

说到对文学理论的研讨，最早应是在1950年代末期我所写的《由〈人间词话〉谈到诗歌的欣赏》一篇文稿，不过我当时对于《人间词话》中"境界"一词之理解，实在仍极为粗浅。而且对于纯理论性文字之撰写，也仍然缺少练习，所以就理论而言，这篇文稿诚属无足称述，但这篇文稿却确实为我以后所写的一系列探讨《人间词话》的论著奠下了起步的基石。真正使我写下了纯学术性的对文学理论加以辨析之文字的，则是我于1970年为参加一个国际性的会议而撰写的《常州词派比兴寄托之说的新检讨》一篇论文。继之我在撰写《王国维及其文学批评》一书时，又在书中对于《人间词话》之批评理论与实践做了一系列专章的探讨。而由此遂引起了我对文学理论之研讨的兴趣，并且阅读了不少西方文论的著作。在诗论方面，我曾先后撰写了《钟嵘〈诗品〉评诗之理论标准及其实践》，与《中国古典诗歌中形象与情意之关系例说》等文稿，在词论方面我曾先后撰写了用西方文论中之阐释学、符号学和接受美学等理论来探讨中国词学的一系列题名《迦陵随笔》的短文，又撰写了《论王国维词——从我对王氏境界说的一点新理解谈王词之评赏》，及《对传统词学与王国维词论在西方理论之观照中的反思》两篇长文。在对中国词学的不断反思之后，我大胆地将词分成了歌辞之词、诗化之词与赋化之词三大类别,以为张惠言与王国维之失误,就在于传统词学未能对此三类不同性质之词做出精微的分辨,所以张惠言乃欲以评赏赋化之词的观点来评赏歌辞之词,因之乃不免有牵强比附之失,而王国维则欲以评赏歌辞之词的态度来评赏赋化之词,所以对南宋长调之慢词,乃全然不得其门径之妙。可是这三类不同风格的词,却又同样具含有一种属于词体之美感特质,王国维所提出的"境界"之说,与张惠言所提出的比兴寄托之说,对此种美感特质都曾经有所体会,但却都未能做出透彻的说明,于是我遂更进一步撰写了《论词学中之困惑与〈花间〉词之女性叙写及其影响》一篇长文,借用西方女性主义文学理论,对《花间》词中之女性叙写所引起的中国词学方面的困惑,以及由此而形成的词体之美学特质,和这种美学特质在词体之演进中,对于歌辞之词、诗化之词及赋化之词等各不同体式之词作中的影响和作用,都做了一次推源溯流的根本的说明。而且引用一位法国女学者克里斯特娃之解析符号学的理论,对这种使人困惑的词之美感的微妙的作用,做了颇为细致的思辨分析。我原以为我的这种尝试,可能不会被国内旧学前辈所接受,谁知缪钺先生读了这些文稿后,竟然写信来对之颇加赞许,以为"所论能融会古今中外,对词之特质做出了根本的探讨,体大思精,发前人所未发,是继《人间词话》后,对中国词学之又一次值得重视的开拓"。缪先生之所言虽使我愧不敢当,但对于这条新探索的途径,则我确实极感兴趣。本来早在1970年代中,当我撰写《王国维及其文学批评》一书时,对于"中国文学批评之传统及其需要外来之刺激为拓展的必然性",已曾有专节之讨论,此外在《漫谈中国旧诗的传统》一文中,对中国传统的"诗话""词话"等性质的文学批评作品之优点及缺点也曾经有所论述。一般说来,由于我自幼所接受的乃是传统教育,因此我对于传统的妙悟心通式的评说,原有一种偏爱。但多年来在海外教学的结果,却使我深感到此种妙悟心通式的评说之难于使西方的学生接受和理解。这些年来,随着我英语阅读能力之逐渐进步,偶然涉猎一些西方批评理论的著作,竟然时时发现他们的理论,原来也与中国的传统文论有不少暗合之处。这种发现常使我感到一种意外的惊喜,而借用他们的理论能使中国传统中一些心通妙悟的体会,由此而得到思辨式的分析和说明,对我而言,当然更是一种极大的欣愉。直到现在,我仍然在这条途径上不断地探索着。

七 期 望

在向西方理论去探索之余,我却始终并未忘怀中国诗歌中的兴发感动之生命的重要性。我对西方理论之探索,主要还是想把中国诗歌之美感特质以及传统的诗学与词学,都能放在现代时空之世界文化的大坐标中,为之找到一个适当的位置,并对之做出更具逻辑思辨性的理论之说明。但我个人知道自己的学识及能力有限,因之我对于达成上述理想的此一愿望,乃是寄托在继起者的青年人之身上的。只是要想达成此一愿望,却必须先具有对传统诗词的深厚修养,如果缺少了此种修养,而只想向西方理论中去追求新异,那就必然会产生出如我在《漫谈中国旧诗的传统》一文中,所举示的那些荒谬的错误了。至于如何方能培养出对传统诗词的深厚修养,我以为最为简单易行的一项基本工夫,就是从一个人的童幼年时代,就培养出一种熟读吟诵的习惯。于是相继于1970年代初我在《漫谈中国旧诗的传统》一文中所提出的"熟读吟诵"之训练的重要性以后,在1990年代初期我就又撰写了《谈古典诗歌中兴发感动之特质与吟诵之传统》一篇长文,对吟诵的历史传统,以及吟诵在诗歌之形式方面所造成的特色,在诗歌之本质方面所造成的影响,吟诵在教学方面的重要性,吟诵教学所应采取的培养和训练的方式,都做了相当的探讨和说明。而最近一年,我更与友人合作编印了一册题名为《与古诗交朋友》的幼学古诗的读本,并且亲自为所选编的一百首诗歌做了读诵和吟唱的音带。还写了两篇前言,一篇是《写给老师和家长们的一些话》,另一篇是《写给小朋友的话》。在这两篇文稿中,我不仅极为恳切地向老师和家长们说明了教小朋友吟诵古诗,对孩子们之心灵和品质之培养的重要性,而且提出了不要增加孩子们学习之负担的一种以唱游来进行的教学方式,更亲自为天津电视台做了一次教小朋友吟诵古诗的实践的尝试。我如今已年逾古稀,有些朋友和我开玩笑,常说我是"好为人师",而且"不知老之已至"。其实他们殊不知我却正是由于自知"老之已至",才如此急于想把自己所得之于古诗词的一些宝贵的体会要传给后来的年轻人的。四年多以前,我在为《诗馨篇》一书所写的序说中,曾经提出说:"在中国的诗词中,确实存在有一条绵延不已的、感发之生命的长流。"我们一定要有青少年的不断加入,"来一同沐泳和享受这条活泼的生命之流","才能使这条生命之流永不枯竭"。一个人的道路总有走完的一日,但作为中华文化之珍贵宝藏的诗词之道路,则正有待于继起者的不断开发和拓展。至于我自己则只不过是在这条道路上,曾经辛勤劳动过的一个渺小的工作者而已。

  回顾我所走过的诗词的道路,这其间可以说已经历了不少的转折,每一次转折虽说也有新的获得,但也因此而造成了不少旧的失落。我从一个童稚而天真的对诗词的爱好者,首先步入的乃是创作的道路,其后为了谋生的需要,乃又步入了教学的道路,而为了教学的需要,遂又步入了撰写论文的研究的道路。我对于创作、教学和科研,本来都有着浓厚的兴趣,但一个人的时间精力毕竟有限,首先是为了教学与科研的工作,而荒疏了诗词的创作,继之又为了教学的工作过重,而未能专心致力于科研的撰著。我在北平刚从大学一毕业,就同时担任了三个中学的五班国文课,在台湾又同时担任了三个大学的诗选、文选、词选、曲选、杜甫诗等科目的教学,还曾担任过大学国文的广播教学及台湾教育电视台的古诗教学。及至定居加拿大后,虽然不再有兼课的情况,但我却又开始了每年利用假期回国教学的忙碌生涯。近年从加拿大退休后,本可以安心从事于创作和研究了,但我却又答应了南开大学的邀请,成立了中国文学比较研究所(自 1999 年开始已改名中华古典文化研究所),并有志于倡导以吟诵为主的对儿童的古诗教学。目前研究所尚在艰苦的创业阶段,对儿童的吟诵教学更不知何日方能在神州大地上真正地开花结果。不过我个人做事原有一个态度,那就是愿望与尽力在我,而成功却不必在我。我只希望在传承的长流中,尽到我自己应尽的一份力量,庶几不辜负当年我的尊亲和师长们对我的一片教诲和期望的心意。在创作的道路上,我未能成为一个很好的诗人,在研究的道路上,我也未能成为一个很好的学者,那是因为我在这两条道路上,也都未能做出全心的投入。至于在教学的道路上,则我纵然也未能成为一个很好的教师,但我却确实为教学的工作,投注了我大部分的生命。我现在所关心的并不是我个人的诗词道路,更不是我在这条道路上有什么成功与获得,我所关心的乃是后起的年轻人如何在这条道路上更开拓出一片高远广阔的天地,并且能藉之而使我们民族的文化和国民的品质,都因此而更绽放出璀璨的光华。

叶赫寻根

大家都知道我姓叶,熟悉我的人都知道我姓的这个叶,是由叶赫那拉姓简化来的称呼。提到叶赫那拉,大家都知道西太后,西太后是满族人,所以总是说我是满族人。其实这个说法不是完全正确的。

历史上,以那拉为姓氏的有四个部落:辉发那拉、乌拉那拉、哈达那拉,还有叶赫那拉,统称为扈伦四部。努尔哈赤是建州女真,扈伦四部中有三个那拉部落都是海西女真人,只有叶赫那拉这一部落跟他们不是同族。叶赫那拉这一部落本姓土默特,是蒙古人而不是女真人。后来土默特占领了那拉的地方,于是就也以那拉为姓了。这四个以那拉为姓的部落各自取他们所住的地方附近的一条河的名字加在前面,以示区别。土默特改姓那拉的这一部落住在叶赫河畔,所以就叫做叶赫那拉。

根据史料记载,叶赫那拉部落最早的始祖叫星根达尔罕,原居今黑龙江省松花江北岸巴彦县东北四十五里的蒙古山寨。16世纪初,叶赫部首领祝孔革率众南迁至叶赫河畔。到16世纪中叶,祝孔革的孙子清佳砮、扬吉砮兄弟时,势力强大起来。他们在叶赫河畔修了两座城,清佳砮驻西城,扬吉砮驻东城。到叶赫那拉氏最后一代部落酋长金台石、布扬古的时候,建州女真努尔哈赤渐渐强大起来。努尔哈赤先后灭掉了那拉其他三个部落,1619年9月兴兵攻打叶赫城。尽管叶赫部英勇抵抗,但终没能抵挡住努尔哈赤的进攻。金台石守在东城不肯投降,与努尔哈赤讲条件,说叫你的儿子上来,我要认一认是不是我的外甥。因为努尔哈赤的儿子皇太极,是金台石妹妹孟古格格所生,金台石是皇太极的舅舅。皇太极要上城去见金台石,努尔哈赤却说什么也不让他去。在他们的交恶中,还有一件事:努尔哈赤的皇后孟古格格,她美丽贤惠,希望能把丈夫、娘家都保全,可男人并不在乎女人的这一份感情。当她病重时,提出要见见她的母亲,金台石不让她母亲去,就是担心被努尔哈赤当做人质。后来孟古格格死了,努尔哈赤很愤怒,所以带兵来攻打金台石。现在金台石让皇太极上去,努尔哈赤不让去,也是怕被金台石据为人质。金台石誓死不投降,引火自焚。但当时没有烧死,跌下城来,被捉住缢死了。守西城的布扬古见大势已去,开门乞降,因布扬古见努尔哈赤不拜,也被努尔哈赤命部下绞杀。叶赫部从此被灭掉,努尔哈赤将叶赫部兵民全部带到建州女真,入籍编旗,成为满族成员。叶赫那拉氏编入满籍的后裔,人才辈出,康熙朝大学士明珠、清初著名词人纳兰性德(明珠之子)等,都是金台石的后人。

讲这些是为了说明我实际上是蒙古裔的满族人,但我并没有狭隘的种族观念。清人入关后,很快就接受了汉文化,像前面提到的纳兰性德,就是叶赫那拉氏,因为纳兰、那拉在满文中是同一个字,只是译成汉字的写法不同而已。清初入关时,我们家这一支被编在镶黄旗,纳兰性德那一支被编在了正黄旗。纳兰性德被汉文化所吸引,非常喜欢汉文化,他交往的很多朋友都是汉族的文学家、词人。他不但词写得很好,还整理了汉族的古典经书,著有《通志堂经解》。我们这个家族也同样是喜欢汉文化的,我小时在家念书,开蒙读的就是《论语》,不但请了专门的老师,还拜了写着"大成至圣先师孔子之位"的牌位,我是给孔子磕过头的。我伯父、我父亲常常说我家信的就是儒教。所以我们是一个非常汉化的家族,没有狭隘的种族观念。

这次去寻根,是受到了另外一个蒙古族人的影响,就是台湾著名的文学家席慕蓉女士。席慕蓉是蒙古族人,她的父辈一代还生活在蒙古草原,所以她的族群故土观念还很强。今年春天我到台湾客座讲学,本来是辅仁大学请我去的,因为我从前在台大教过十几年书,所以台大也要请我去讲。辅仁大学在郊区,但台大在市中心,所以去的人特别多。席慕蓉也去了,席慕蓉成名是在我离开台湾以后,所以我不认识她。她专门到南港"中研院"我的住处来看我,还送给我一本书,不巧我不在家,没有见到她。我觉得应该谢谢她,就和我以前的学生施淑女、汪其楣商量送一本我的书给席慕蓉。施淑女、汪其楣与席慕蓉都很熟,她们说席慕蓉一直仰慕您,还不如见个面。于是施、汪二位就安排我们一起吃饭。席慕蓉送给我的书讲了很多蒙古的事,对故乡有很深的感情。所以吃饭的时候,我就告诉了她我也是蒙古人,并给她讲述了前面的故事。席慕蓉听了很兴奋,她问我有没有去叶赫寻过根,因为她曾经回到她父母生活过的草原。她说我一定要回去寻根,她那边有很多朋友,她来帮我联系,她也要陪我去寻根。

席慕蓉真的是非常热心,她找她的蒙古朋友打听到叶赫镇在吉林长春附近的梨树县,她联络了朋友,要陪我去叶赫。有一天我侄子叶言材从日本打来电话,我告诉了他要去长春叶赫寻根的事,他也要去。他说长春吉林大学多年以前与他所在的北九州大学有来往,那时吉林大学的校长曾对他说:什么时候请你姑姑到吉大讲学。他看我太忙,就没有答应他们。这回我们去长春,如果不告诉吉大,恐怕不大合适。所以我侄子就告诉了吉大我要去叶赫寻根的事。吉大听了很高兴,他们请我先到吉林大学讲学,然后负责带我们去叶赫寻根。恰巧我以前为了办理我家祖居的事,结识了一位在北京工作的喜爱古典文学的友人,他是吉林大学校友。听说我要去吉林和长春,他对我说,他认识的一些在那边统战部和宣传部工作的人一定会欢迎我们去。于是我们这次到长春,就有了三个接待的单位。此次寻根之旅得能如此顺利,在此我首先要对这三个接待单位表示深切的感谢之意。

我们是 2005 年 9 月 24 日去的,我是上午 10 点从南开出发的,12 点到北京老家。我侄子叶言材已经在家等着我。席慕蓉也已经到北京,我们约好下午 1 点多在北京机场见面,乘同一架飞机前往。下午 5 点多到长春。一下飞机,正赶上西天的落日,也许是地理、气候的原因,呈现一派"大漠孤烟直,长河落日圆"的景象。那太阳又大、又圆,很红、很美。下面虽然不是黄河,但东北的大漠也很壮观。席慕蓉说按蒙古文的意思,叶赫那拉就是大太阳的意思,叶赫就是大,那拉就是太阳。所以席慕蓉一看见红红的大太阳就很兴奋,对我说,叶先生,您看好美的大太阳啊!这次席慕蓉去长春对吉大是个意外的收获,起初他们只知道叶嘉莹和侄子去寻根,没想到陪着一起来的是这么有名的大作家,他们很兴奋,就要请席慕蓉也讲一次,席慕蓉为人很热情,她立即就答应了。

第二天也就是 9 月 25 日,吉大上午安排我们参观伪满皇宫和办事处,下午讲演。因为我年岁大,下午他们让我先休息,让席慕蓉 2 点钟讲,4 点钟我再讲。可我这个人不但好为人师,也好为人弟子。我不但喜欢讲,也喜欢听别人讲。所以我说我不休息,我也要听席慕蓉讲演。席慕蓉的读者真的是很多,因为是临时安排,教室不是很大,所以到处都站满了人,真的是人山人海。席慕蓉说,多年以前,她的一本书在这里发行,她来签名,一直签到上飞机还没有签完。这回她对大家说,今天讲演后,我一定给你们签名,但你们一定要排队。席慕蓉讲演的题目是"原乡",讲她对蒙古的特殊感情,极为真切感人。最后她提到我昨天晚上说的一段话,原来头一天吃饭的时候,有人问我学古典诗词有什么用处,我说古典诗词所写的是古代的诗人对他们生活的经验,对他们生命的反思。我们在读古典诗词时,使我们的心灵与古人有一种交会。在这种交会之中,我们除了体验古人的生命和生活,我们自己也有感动和兴发,在我们与古人的交会中感受我们自己当下的存在。席慕蓉说这话说得很好,所以她在讲演最后就说叶先生你昨天晚上说的话我已经说不清了,你给大家说说吧。我就把这些话说了一遍,席慕蓉下午的讲演结束后,吉大本来的安排,席慕蓉讲完就是我讲,可是找席慕蓉签名的人很多,她是欲罢不能。我就说,不如先休息,等一下早点儿吃饭,然后我再讲演,吉大同意了。

我讲的题目是"从双重性别与双重语境看词的美感特质",学生们感到很新鲜,提出许多有意思的问题。因为时间关系,主持人限制了学生,我没有能完全回答,以后有机会也许会有人把我的讲演整理发表。

9月26日,我们才去寻访叶赫。从长春一路开车过去,进到叶赫镇时就看到,不管什么单位,像加油站、小饭馆等等,都写着叶赫的字样。负责接待我们的人把我们带到一座崭新的叶赫城,我们都很诧异,一问才知道原来不久以前,为了拍电视剧《叶赫那拉的公主们》,新建了这座新城。来到这座新城,发现城里都是四合院,有的规模大一些,有上下两层,楼上还有栏杆,据说是公主住的地方。其他旁边的房子里,有很多塑像,其中就有叶赫第七代首领清佳砮和扬吉砮的塑像。席慕蓉和我侄子就怂恿我与清佳砮的塑像合影留念。这里也有金台石的塑像、叶赫那拉的公主们的塑像等等。叶赫那拉的妇女都是能征善战的,电视剧《叶赫那拉的公主们》表现的就是这些妇女为叶赫那拉部族所作出的贡献。在部落内部,她们参与决定家族的事务,到了战场上也是主力。遇到对外交涉需要和亲时,她们又很委屈地被送去和亲。

吃过午饭,我们去看叶赫古城遗址。叶赫古城坐落在叶赫河畔,东、西二城隔河相望,西城在叶赫河西,依山而筑;东城地处叶赫河东山旁水畔之间的台地,夯土而筑,三面环水,一面靠山。叶赫河是很漂亮的,她从很远的地方流过来,到这里拐了一个弯,形成了一个环山湖。在东山找到这样一个有山有水的地方是很不错的,这里的自然条件好,物产也很丰富。除了玉米、高粱等传统的北方作物以外,还可以种水稻。因为有河,鱼也很多,我们吃午饭时,他们就做了好多种鱼。我这才理解,我们的祖先为什么要移居到叶赫河畔。据说这里的风水也非常好,是一块凤地。龙地出杰出的男性,凤地出杰出的女性。

叶赫古城的遗址就像我以前去新疆经过的阳关古长城遗址,是一个高出来的土堆。我既然到了这里,当然要上去。因为路不好走,他们怕我这么大岁数摔着,就前边一个人牵着我的手,后边一个人牵着我的手,把我拉了上去。这是一座四百多年前的古城遗迹,在上边我看到有许多砖头瓦块,我带回来一块砖头、一块瓦片。瓦片的底面有细细的布纹,叫布纹瓦,布纹瓦是叶赫城建筑的特色。我们来到的是叶赫的东城,就是金台石战死的地方。在这里我们隔河向西遥望,远远的还有一个高高的土堆,那应该就是西城的遗址了。此时正是黄昏时分,叶赫西城遗址在落日的余晖下给人一种禾黍苍凉的感觉。虽然我说过我没有族群的观念,但找到了叶赫,我还是很兴奋、很激动的,所以还搬了这古老的砖头瓦块来做纪念。我侄子叶言材还带了一瓶叶赫河水回来。

因为叶赫部曾经在伊通居住过,我在访问了叶赫的第二天,又去访问了伊通。在伊通,我参观了满族民俗博物馆。这里陈列着许多满族的服饰、家具和摆设。虽然说我的祖上从清初就入关了,在我的记忆里已经是完全汉化的家庭,但我家毕竟是满族的血统,所以生活习惯上依然保留了一些满族的习俗。我个人对满族也有着潜在的感情。当我看到这些满族特色的陈列时,就想起了我在北京西城察院胡同的老家。像满族妇女穿的鞋子,我小时在家里就见过两种,一种鞋的鞋底像花盆一样,底下粗一点,中间细一点,上边又粗一点托住鞋子,我们管它叫花盆底,这是年轻妇女穿的。还有一种是老年妇女穿的,没有那么高,鞋底前后都向上翘一点,我们管它叫元宝底。我曾和儿时的玩伴一起穿着玩过。像满族妇女梳的两板儿头,我在祖母的照片上看到过。像屋里摆的条案、帽筒,和我家里用的一样。我父亲那一代还保留满族的称呼,我父亲、我伯父管我祖父叫阿玛。我家行礼也是满族式的,男女不一样,男的是一条腿在前,右手向下一伸;女的是双手扶着膝盖向下一蹲,这些我小时都学过。因为以前满族的女孩子都有被选到宫里的可能,所以满族家里对女孩是相当好的,女孩子在家里地位还是很高的。我从小读书跟我的兄弟都是一样的。家里也告诉我我家的叶不是汉姓,是叶赫那拉的简称。

西方心理学讲,人总要有个认同、有个归属,才感到心安。我是一个四海为家的人,在这个世界上,我除了认同北京察院胡同老家是家以外,到了任何一个地方,我都觉得是临时的、是宿舍,现在我所认同的北京老家很快就要被拆掉了,我很快就要失去我最亲切的、伴随我成长的根。但这次叶赫之行,我找到了祖先生活的地方,寻到了更遥远的叶赫的根。这次的叶赫寻根之旅对我是有极大意义的。